백 화

■ 서정자(徐正子)

초당대학교 교양과 교수.
숙명여대, 한양대, 한국외국어대 강사, 동국대 대학원 국어국문학과 석 박사과정 강사 역임. 숙명여대 대학원 문학박사, 문학평론가, 현대소설 전공. 한국여성문학학회 고문, 한국현대소설학회 회원, 한국여성학회 회원. 한국문학평론가협회 회원, 한국 여성문학인회 회원, 국제펜클럽회원.

저　서:『한국근대여성소설연구』『한국여성소설과 비평』
편　저:『한국여성소설선』1,『정월 라혜석전집』,『지하련전집』
　　　　박화성의『북국의 여명』『박화성 문학전집』
수필집:『여성을 중심에 놓고 보다』
공　저:『한국근대여성연구』『한국문학에 나타난 노인의식』『한국현대소설연구』
　　　　『한국문학과 기독교』『한국문학과 여성』『한국노년문학연구』Ⅱ, Ⅲ, Ⅳ.
논　문:「김말봉의 페미니즘문학연구」「가사노동 담론을 통해서 본 여성 이미지」
　　　　「나혜석의 처녀작 <부부>에 대하여」「이광수 초기소설과 결혼 모티브」
　　　　「최초의 여성문학평론가 임순득론」「지하련의 페미니즘 소설과 '아내의 서사'」
　　　　등 50여 편.

━━━━━━━━━━━━━━━●━━━━━━━━━━━━━━━

백 화 박화성 장편소설 | 서정자 편

서정자 편저／1판 1쇄 인쇄 2004년 6월 5일／1판 1쇄 발행 2004년 6월 15일／발행처・푸른사상사／발행인・한봉숙／등록번호 제2-2876호／등록일자 1999년 8.7／주소・서울특별시 중구 을지로3가 296-10 장양빌딩 202호 우편번호 100-847／전화・마케팅부 02) 2268-8706, 편집부 02) 2268-8707, 팩시밀리 02) 2268-8798／편저자와의 협의에 의해 인지는 생략합니다.／이메일 prun21c@yahoo.co.kr／prun21c@hanmail.net／홈페이지・http : //www.prun21c.com 편집・송경란／김윤경／심효정／기획 마케팅・김두천／한신규／지순이

값 25,000원
ISBN 89-5640-240-X-03810

(박화성 문학전집 1)

백화

박화성 장편소설 | 서정자 편

푸른사상

1977년의 작가 박화성.

박화성이 태어나고 자라던 무렵의 목포 시가지. 1910년 이전 이 사진은 일본 엽서제작국에서 촬영한 것으로 3장의 연속사진이다.

①

◀ 1903년에 남장로교 한국선교회가 세운 정명여학교의 1965년 당시의 교사. 당시의 교사는 백주년 기념관만이 남아있다.

1922년 19세 광주 사립여자야학교 교사 시절.

문학기념관에 전시된 『백화』(1959년 덕흥서림 판, 초간은 창문사에서 1932년에 출간)의 표지와 《동아일보》에 연재된 소설 『백화』 스크랩북. 작가가 손수 상하권으로 만들었으며 문학기념관에 전시되어 있다.

▲▶ 『백화』 신문 스크랩북.

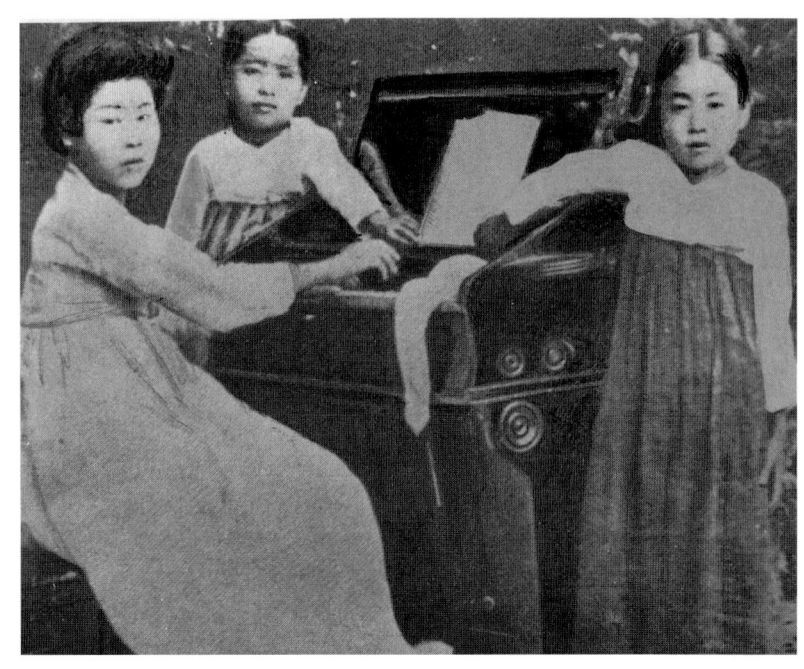

1918년 15세 때 천안공립보통학교에서 교원으로 학생을 지도하는 박화성.

1928년 3월 일본여자대학교 영문학과 3학년 재학시절 한국유학생들과. 뒷줄 오른쪽 끝이 박화성. 이때 「백화」를 구상하고 썼다.

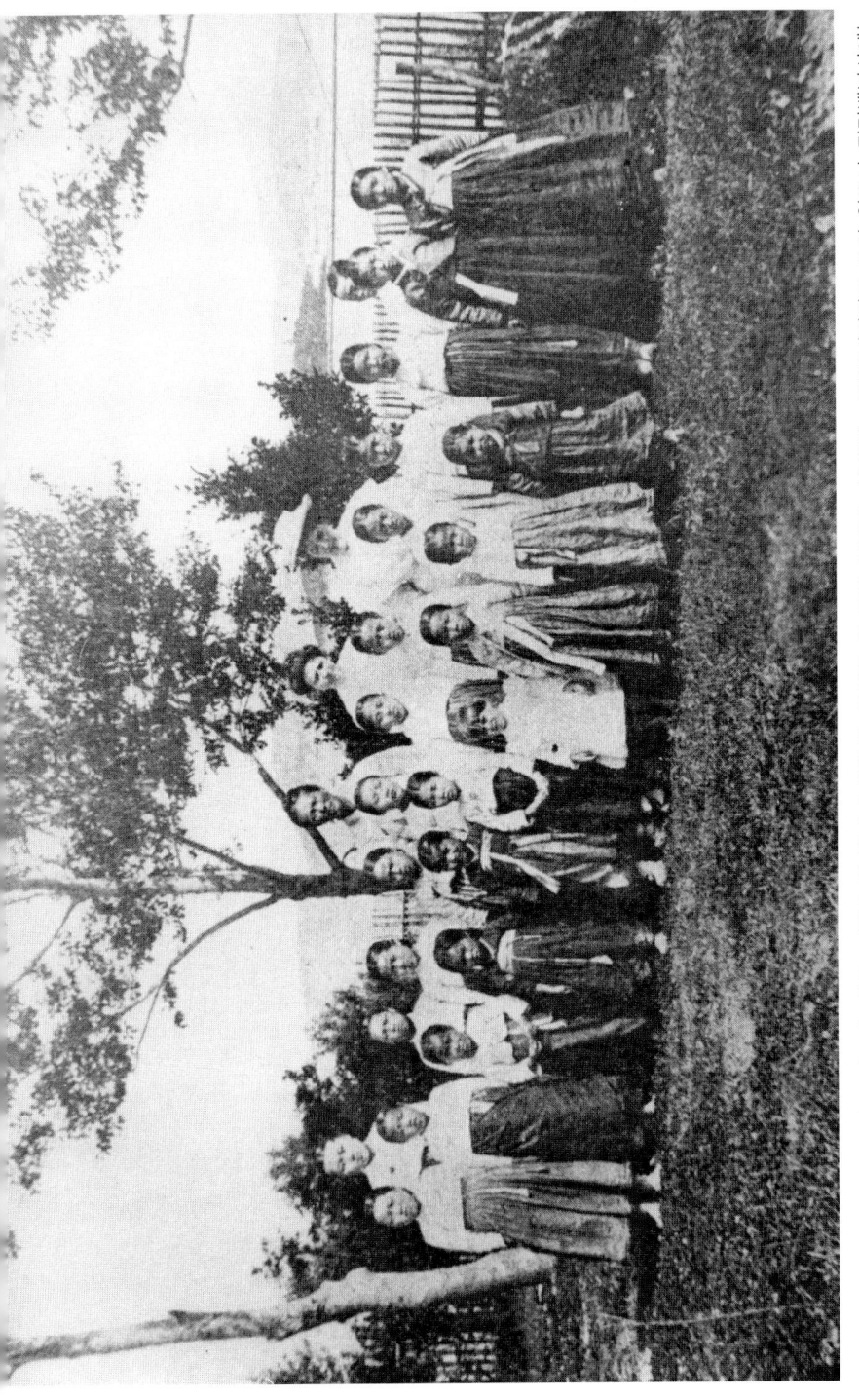

1907년 무렵의 목포 정명여학교 전교생. 앞줄 오른쪽 첫 번째가 박화성. 학생들 중 가장 어렸다. 사진에는 1909년이라고 쓰여 있으나 정명백년사에는 1908년 미세너리 지에 실린 사진이라 되어 있어 1908년 이전의 사진이라야 맞다. 이 때 박화성은 다섯 살쯤 되었을 것이다.

▲ ▶ 목포시에 있는 박화성문학기념관.

◀ 1996년 한국문인협회와 SBS가 공동으로 세운 소영(素影) 박화성문학기념관 표징석.

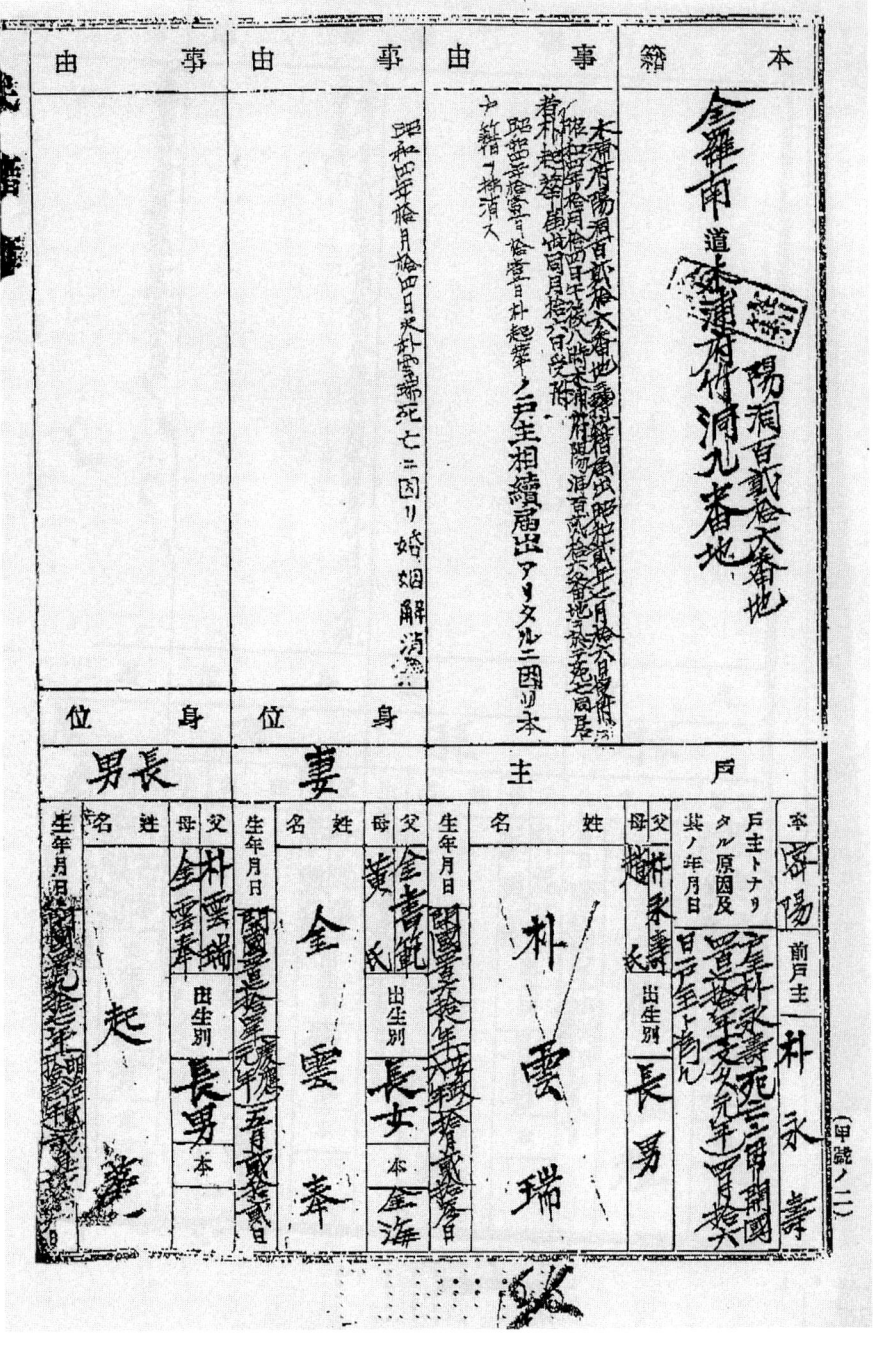

박화성 원적 1
아버지 박운서 어머니 김운선(운봉을 운선으로 바꿈)의 5남매 중 2녀이자 막내딸인 박화성의 호적명은 경순(景順).

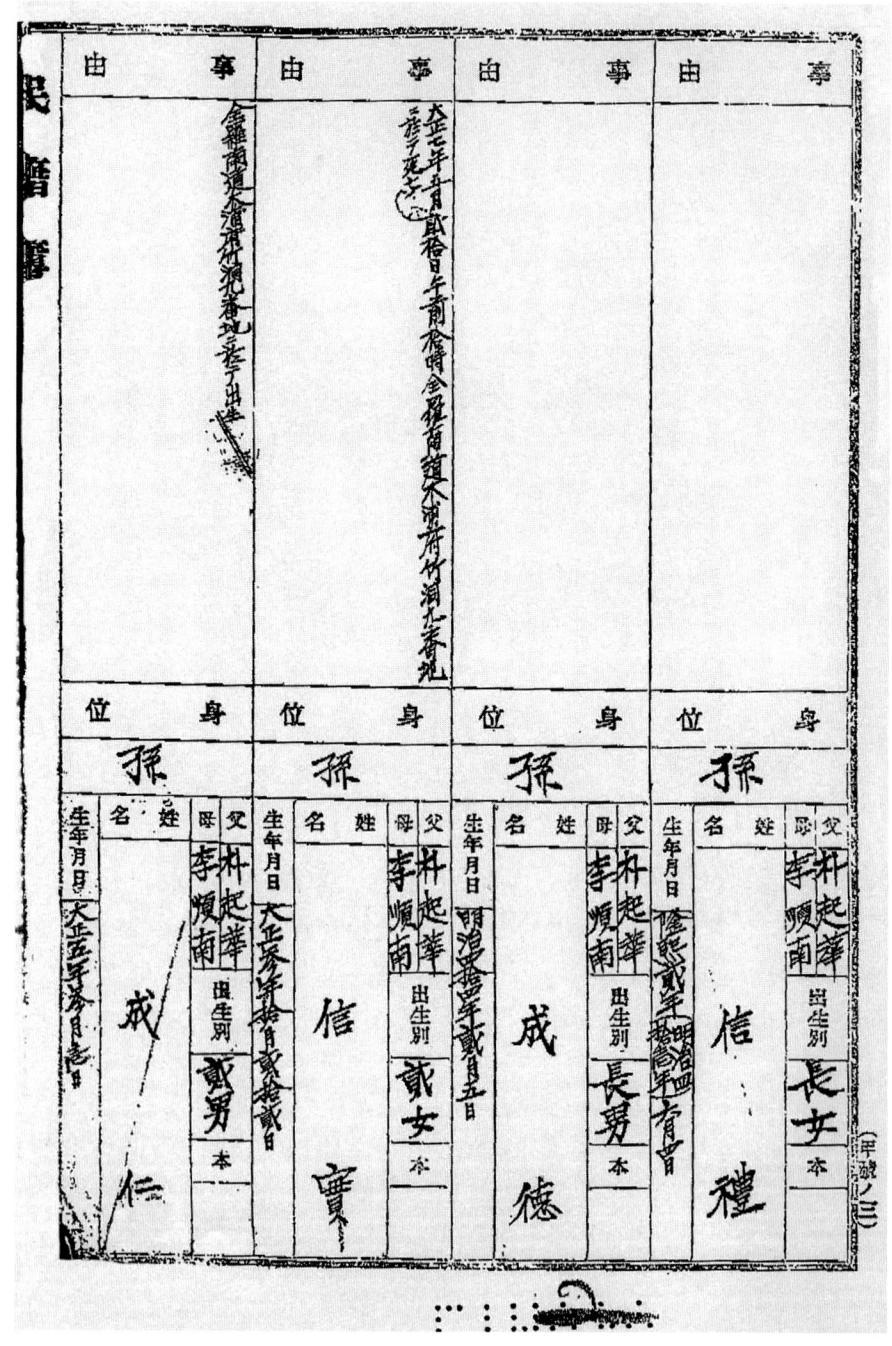

박화성 원적 2

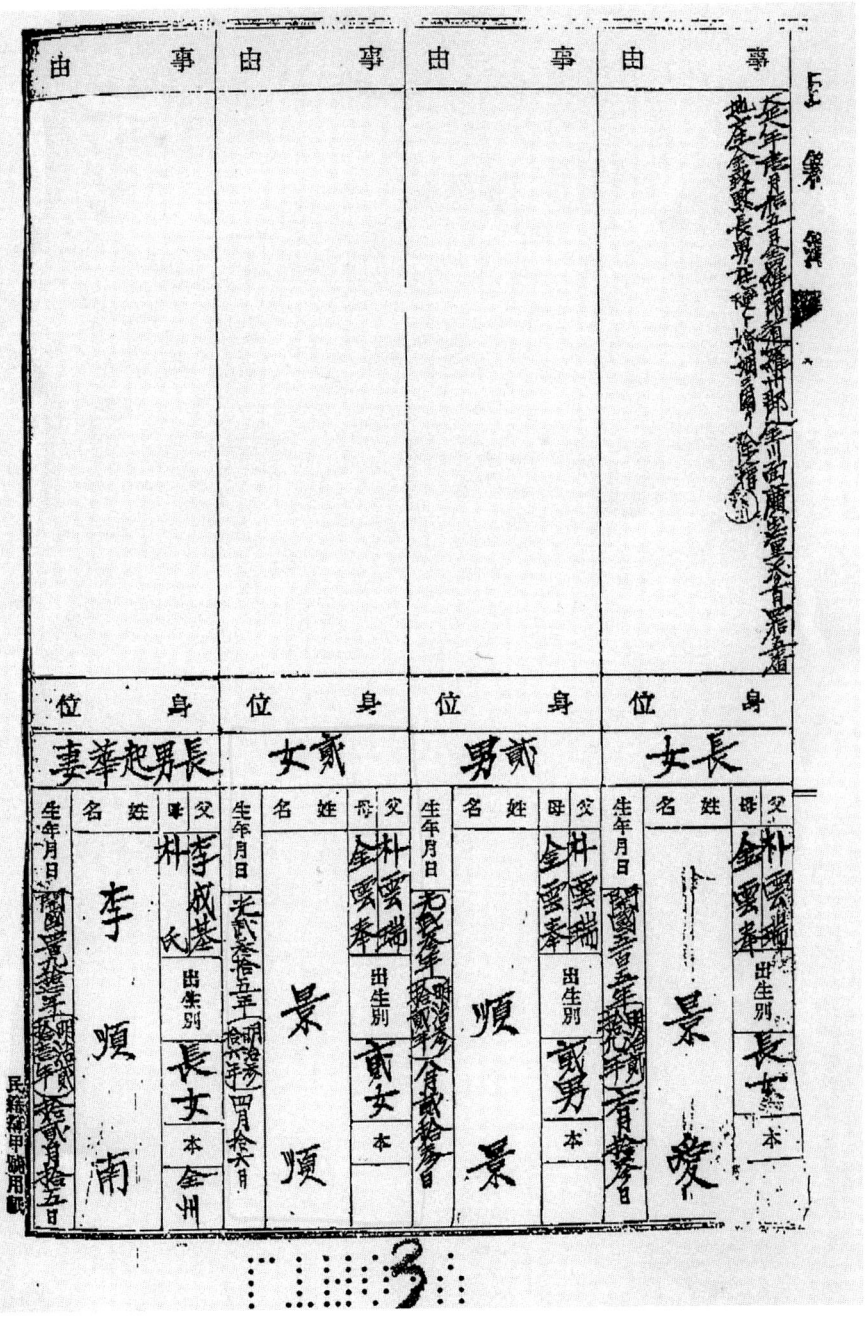

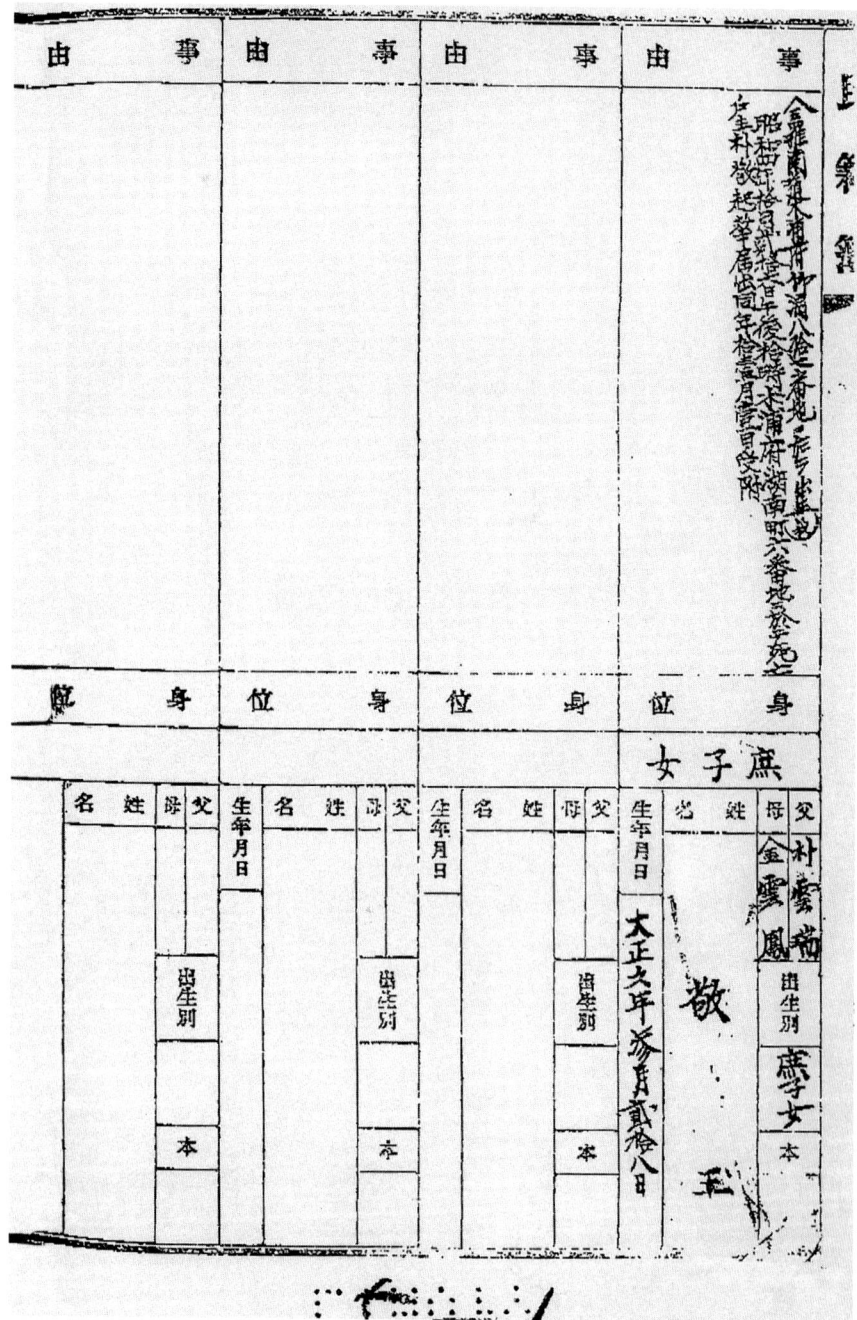

■ 책머리에
박화성 문학전집 발간의 의의

　작가 박화성 선생 탄생 100주년이 되는 해를 기해 전집을 발간하기로 하고 준비한지 3년입니다. 푸른사상사의 한봉숙 사장의 호의로 발간하게 된 박화성 전집은 20권의 방대한 분량으로, 발간을 앞둔 지금 편자 스스로도 놀라고 있습니다. 우선은 20권이나 되는 작품의 양이요, 둘째는 출간 약속을 지켜준 한 사장에 대한 감사입니다. 자칫 출혈 출판이 될 이 작업을 선집으로 줄이지 않고 끝끝내 명실상부한 전집으로 마치어준 데 대하여 감사의 말씀을 드리지 않을 수 없습니다.
　우리 신문학사 여명기에 혜성과 같이 나타난 최초의 본격 여성작가 박화성 선생은 1903년 4월 16일(음력) 목포에서 출생, 1925년 1월 춘원 이광수 추천으로 ≪조선문단≫에 단편「추석전야」가 발표됨으로써 문단에 등단을 하여 1988년 타계하기 3년 전「달리는 아침에」(1985. 5)를 발표하기까지 60여 년 간 작품활동을 한 우리 신문학사의 거목입니다. 그가 남긴 작품은 장편 17편, 단편 62편, 중편 3편, 연작소설 2회분, 희곡 1편, 콩트 6편, 동화 1편, 두 권의 수필집과 평론 등을 제외하고도 모두 92편의 방대한 양입니다. 여성의 사회적 지위가 조선조의 그것에서 거의 한 발자국도 나아가지 못한 어두운 현실에서 여성으로서 당당한 작가로 우뚝 섰던 박화성 선생은 우리 근대문학사에 큰 발자취를 남기셨습니다.
　일제 식민지 치하에서는 일제의 침략과 억압에 고통받는 민중의 삶을 주로 그려 우리 문단의 촉망받는 신예작가로 평가를 받았으며 여성작가 최초의 장편소설『백화』를 ≪동아일보≫에 연재하여 장안의 지가를 올리기도 하였습니다. 특히 일제강점기간 친일을 하지 않은 몇 되지 않은 문학인이기도 한 박화성 선생은 해방 후에도『고개를 넘으면』『사랑』등의 소설을 통해 일제 식민지 치하에서 보여주었던 민족의식을 바탕으로 새 조국의 젊은이들이 지녀야할 도덕과 윤리를 제시하는 등 인기 작가로서 수많은 장편을 썼습니다. 문학을 통해 우리 사회의 모순을 파헤치고 증언하며 지식인의 사명을 다하기 위해 고난을 두려워하지 않았던 지사적 여성작가입니다.
　일제강점기 동반자작가로 작품활동을 시작하였던 박화성 선생은 일제 강점으로부터 조국과 민족을 구원하는 방식으로 사회주의사상을 기저로 한 사회주의리얼리즘 문학을 지향하였습니다. 이러한 그의 사상은 민족애의 다른 이름이었으나 해방과 육이오 등 분단과 엄혹한 냉전 이데올로기의 시대를 거쳐오는 동안 선생으로선 격변기의 작가로서 적지 않은 갈

등과 수난을 겪기도 하였던 것으로 보입니다. 박화성 선생의 표현대로 '눈보라의 운하'를 거쳐 역사의 언덕에 이르기까지 문학을 통해 선생이 보여준 민족애와 투철한 작가정신은 우리 문학사에 길이 빛날 것을 의심치 않습니다. 박화성 선생의 탄생 100주년을 맞아 그의 문학을 기리는 기념사업의 일환으로 박화성 문학전집을 출간하고자 하는 그 필요와 의의는 다음과 같습니다.

첫째, 박화성의 문학이 우리 문학사에서 중요한 위치에 있음에도 불구하고 독자들이 그의 소설을 접하기 어려웠습니다. 그의 소설집이나 장편소설이 절판이 된 지 오래이기 때문에 독자들이 박화성의 소설을 읽을 수가 없어 그의 소설 출간을 간절히 요청하고 있는 점입니다.

둘째, 박화성의 60년 문학이 잘 정리되어 있지 못하여 그의 문학의 전모를 보기에 어려움이 많았습니다. 출간된 작품집도 구하기 어려운 희귀본이 되어 있는데다가 신문이나 잡지에 발표된 이후 아직 단행본으로 출간하지 못한 작품이 많아 이들을 발굴하여 한자리에 모아놓는 것은 박화성 문학의 진정한 모습을 파악하는데 반드시 필요한 작업이 아닐 수 없습니다. 기왕의 단행본과 문학전집에 수록되지 않은 작품들이나 새로 발굴된 작품은 다음과 같습니다.

해방전 :
  단편「추석전야」1925년
  동화「엿단지」1932년
  단편「떠나려가는 유서」1932년
  콩트「누가 옳은가」1933년
  희곡「찾은 봄·잃은 봄」1934년
  장편『북국의 여명』상, 하 1935년
  기행문「경주기행」「부여기행」「해서기행」1934년
  평론「연작소설 젊은 어머니에 대한 촌평」1933년
    「소설 백화에 대하야」1932년
    「내가 사숙하는 내외 작가 ― 토마스 하디 옹과 샤롯 브론테 여사」1935년
    「교육가에게 감히 무를 바 있다」1935년
    「작가 교양의 의의」1935년
    「박화성 가정 탐방기」1936년

해방공간 :

 수필「시풍 형께」1946년
 수필「유달산에서」1946년
 수필「눈보라」1946년
 콩트「검정 사포」1948년
 콩트「거리의 교훈」1950년

6·25 이후 :

 콩트「하늘이 보는 풍경」1958년
 단편「버림받은 마을」1962년
 단편「애인과 친구」1966년

1978년부터 1985년까지

 단편「동해와 달맞이꽃」1978년
 단편「삼십 사 년 전후」1979년
 단편「명암」1980년
단편「여왕의 침실」1980년
 단편「신나게 좋은 일」1981년

단편 「아가야 너는 구름 속에」 1981년
단편 「미로」 1982년
단편 「이 포근한 달밤에」 1983년
단편 「마지막 편지」 1984년
단편 「달리는 아침에」 1985년

박화성 선생의 절판된 작품의 재 간행도 의의가 있거니와 새로 발굴된 자료의 간행 역시 문학사적 의의가 있는, 매우 중요한 일입니다. 이번 처음 발굴 소개되는 장편소설 『북국의 여명』은 일제강점기 여성지식인의 항일 저항의식과 민족의식이 어떻게 싹트고 성장하여 민중과 호흡을 함께 하기 위해 일어서는가를 보여주는 성장소설로서 우리 문학사에 한 획을 그을 중요 저작입니다. 6백여 페이지에 달하는 이 소설의 발굴 소개는 박화성 문학전집 발간의 의의를 한결 더하여 주는 것입니다.

이 외에도 박화성 선생과 관련된 자료
팔봉 김기진의 「비오는 날 회관 앞에서—화성 여사에게 보내는 시」는 박화성의「헐어진 청년회관」이 검열로 삭제되자 이 시로써 울분을 대신한 귀한 자료입니다. 이외에 김문집의 유명한「여류작가의 성적 귀환론」과 안회남, 한효 등의 평론 기타 자료들을 망라하여 출간하는 박화성 문학전집은 우리 문학사상 큰 수확으로 기록될 것을 의심치 않습니다. 우리 나라 최초의 문학기념관인 박화성 문학기념관 개관을 축하하는 시화전의 시 등, 기타 박화성 선생을 추억하는 귀한 글들은 전집 발간 후 단행본으로 모아 엮기로 약속드림으로써 좋은 글들을 함께 묶지 못하는 아쉬움을 대신합니다.

　박화성 문학전집은 전부 새로운 한글맞춤법(1989)에 따랐습니다. 그러나 작가의 특성을 드러낸다고 보는 표현은 그대로 살렸으며 박화성 문학기념관에 보관되어 있는 작품집에 작가가 펜으로 수정해 놓은 부분은 대조하여 수정하였습니다. 작가의 글을 꼼꼼히 찾아 읽지 않고 비평하는 풍토를 안타까워한 나머지 전집 발간에 나섰습니다만 행여 오자나 탈자 등 교정이 미비하여 선생의 작품에 누가 될까 걱정이 됩니다.

　이 출판산업 불황기에 여성작가전집 발간에 적극 나서 주신 푸른사상사 한봉숙 사장님께 다시 한번 감사의 말씀을 드립니다. 방대한 전집을 선선히 응낙 출간하여 주신 것은 여성과 여성문학을 각별히 아끼고 사랑하는 마음이라고 생각합니다. 마음을 다하여 푸른사상사의 발전을 기원합니다. 또한 박화성 선생의 유족들께서 많은 격려를 주신 데 대하여 감사드립니다.

2004년 5월

편저자 서 정 자

백 화

박화성 장편소설

백 화
차 례

- 화보
- 박화성 문학전집 발간의 의의

백화의 내력	• 31
송악산(松嶽山)	• 33
처사동(處士洞)의 두 어린 동무	• 35
충혜왕(忠惠王)과 유비지(柳菲枝)	• 40
반항심의 세력	• 47
유비지를 밀실로	• 49
충혜왕의 죽음	• 54
처사동의 난액	• 65
고향을 떠나는 일주의 설움	• 72
흡혈귀	• 80
서경의 명기 백화	• 85
백화의 스승 전화당(典華堂)	• 90
절대 가인 독보 명기	• 109
흰꽃 족자	• 113
김 장자	• 116
백화 요대(白花 瑤臺)	• 120
초옥(草玉)	• 122
색마 김 장자	• 130
전투종결	• 140

백 화
차 례

이상한 손님맞이	• 143
이러한 결심으로	• 149
순결한 처녀성	• 153
영동 문루에 단소가 슬피 울어	• 158
예술을 통해 합치는 생명	• 164
글귀를 채운 이는 누구	• 175
붉은 사랑	• 183
쓰렸던 과거	• 185
애닯다 그대여	• 188
초옥의 설움	• 197
형님 나는 죽어요	• 207
복수	• 210
소니미는 왜 죽었는가	• 217
백화의 수사 방문	• 224
이 날 밤	• 231
이 기회를 놓쳐서는	• 236
우왕	• 239
부벽루 기연	• 242
단오기약	• 254
생사의 기로에서	• 257
사선을 넘어서 합치는 생명	• 262
내 가슴은 이렇습니다	• 265
안타까운 이 밤이여	• 276

백 화

차 례

임 그린 상사루를 모란봉에 뿌려 · 279
왕생은 어찌 되었나 · 292
여막 주인은 어떤 사람 · 294
매불선자(媒佛善者) · 298
매불선자와 월곡댁 · 301
어머님은 어디로 · 309
부부의 금실이 쓸쓸해져 · 316
사모하게만 되는 것이 웬일? · 321
야속도 서러워 · 330
무서운 대자 대비의 이면 · 335
당신은 정말로 무정합니다 · 342
불탑 밑에서 · 349
피 지는 월곡댁의 죽음 · 354
슬프던 밤은 걷쳤다 · 359
계성사야 네 죄는 아니다 · 364
단오의 아침은 닥쳐왔다 · 367
단오 놀이 · 373
왕생의 단장루 · 380
꽃은 떨어지고 구슬은 깨어져 · 387
대격투 · 391
능라도 밤 그늘에 사라지는 작은 배 · 398
죽음의 제단에서 내리는 새 생명 · 401
새로운 아침 빛에 빛나는 구슬 · 408

백 화
차 례

해주성 서문루에 밤부엉이가 울어 • 411
인간 단락 • 420
변동 • 432
동해 가에 사라지는 아화당의 세 음곡 • 436

■ 작품해설 •「백화」의 작품구조와 역사의식 • 449
■ 박화성 연보 • 461
■ 박화성 작품연보 • 473

백화의 내력

백화는 고려(高麗) 말엽 고려 기원 437년경 여조 31대 공민왕(恭愍王) 말년부터 32대 우왕(禑王) 말년까지의 서경 지금 평양의 명기였다.

당시에 명기라는 명칭을 듣기에는 일국의 재상의 자리를 차지하기보다도 어려웠다. 지조, 문장, 가무, 자색(姿色) 이 네 가지를 구비하지 못하고는 명기라는 이름을 얻지 못하였던 것이다. 백화는 여러 가지 조건이 완전하였던 당시 독보의 명기였던 만큼, 그에게는 많은 쓰라림과 괴로움이 있었으니 이러한 쓰라림들이 더욱 백화의 광채를 더하게 하였던 것이다.

백화는 본시 기녀가 아니다. 그는 고려 서울 송도(松都) 성외에서 출생한 일주(一珠)라는 처녀였고, 그의 부친 임경범(林敬範)은 세대 명사의 가문으로 동방 현유라는 정몽주(鄭夢周)와 벗하여 공민왕 중년에는 대학관(大學館) 박사까지 하였던 청렴한 사람이었다.

고려 말엽에 이르러 누대를 계속하여 내려오면서 안으로는 환관 폐신(宦官嬖臣)과 요승사불(妖僧詐佛)이 전횡하여 충현을 주살함이 그치지 않고 밖으로는 원·명 양국의 제압을 받으며 북으로는 홍건적이 침범하고 남으로는 왜구가 창궐하여 국가의 내우외환이 그치지 못하니 실로 국가의 위태함이 극도에 달하였으나 국왕은 실정 백출(失政百出)하고, 역

백화 31

모 권신은 국권을 전자(專恣)하며, 더욱 요승이 궁전 내외를 탁란하니, 나라의 어지러움이 어떠하였으랴? 임 경범도 역시 권신에게 구축을 당하여 송악산 깊은 곳에 은거하며 몇 명의 자제들을 가르쳐 여생의 낙을 삼고자 하였다.

송악산(松嶽山)

송악산은 천마산의 연맥으로 처음 이름은 부소압(扶蘇岬)이요, 또한 곡령(鵠嶺), 신숭(神嵩), 청목(靑木) 등의 이름이 있으니, 송도의 진산(鎭山)이다. 남으로 고려 궁전의 옛터인 만월대(滿月臺)를 안고, 북으로 자하동(紫霞洞)을 이었으며, 서북은 영통동(靈通洞)과 화담(花潭)의 천석이 극가하니, 중종조의 징사(徵士) 서경덕(徐敬德)의 은거하던 곳이라, 남으로 용수산(龍首山), 진봉산(進鳳山)이 어깨를 겨누어, 봄이면 철쭉꽃이 만개하여 실로 아름다우니, 유득공(柳得恭)의 시에 이러한 말이 있다.

> 진봉산중홍척촉 進鳳山中紅躑躅
> 춘래유자발층층 春來猶自發層層
> 진봉산 가운데 붉은 철쭉꽃은,
> 봄이 오매 스스로 층층이 피었더라.

송악산 북으로 대흥산성(大興山城)은 겉으로는 험준하고 안으로는 탄평하여 실로 고려 건국의 천험지지인데, 동중(洞中)에 기암과 괴석이 중첩하였고 깊은 골과 얕은 시내가 서로 얽혀 흘러 안개폭포를 이루며, 만장의 백연(白煙)을 하늘에 걸쳐놓은 듯, 떨어져 천석의 담수를 지으니, 이것이

박연 폭포이다.

여름에는 녹음이 우거진 그늘에 목련화가 성개하여 향취가 촉비하며, 가을에는 단풍 황엽이 물밑에 떨어져 은은히 비쳐 실로 물과 하늘이 곱고도 맑은 별유 경승이다. 이 같은 명산과 여수가 출생시키고 길러 낸 일주였다.

처사동(處士洞)의 두 어린 동무

  그 부근에 몇 가호의 집이 모여 한 마을을 이루었는데, 일컫기를 처사동이라 하니 이곳에 임 경범이 은거하며 처사라는 칭호를 얻고 있었다.
  임처사가 부인 이씨로 더불어 한가한 생활을 하면서 딸 하나를 낳아 이름을 일주라 하고, 장중의 보옥처럼 귀애 하더니 죽음의 험한 손길이 두 살 된 일주에게서 그의 어머니를 빼앗아가 버리매, 처사의 비통해함은 형언할 수가 없었다. 그러나 처사는 딸을 위하여 후취를 얻지 않고 홀로 젖먹이 유아를 지성스럽게 기르며, 지사의 외로운 회포를 오로지 일주에게 붙여, 지는 해 돋는 달을 보내고 맞음이 거듭 네 해였다.
  어머니의 얼굴조차도 기억 못하는 일주는 오직 편부의 무릎 위에서 길러 나며, 네 살부터 글자를 배우기 시작한 지 두 해가 된 여섯 살의 봄을 맞게 되었다. 여섯 살일망정 숙성한 일주는 마을의 열 살 가량 된 계집애보다도 처녀다웠다. 갸름한 윤곽, 샛별처럼 맑고 가을 물처럼 생기가 도는 가느스름하면서도 은행 껍질처럼 기묘한 눈! 그 눈이야말로 처사가 일주를 볼 때마다 미소를 띄우면서도 귀애하는 마음을 더욱 일으키는 것이다. 그뿐 아니라 아름다운 인물 위에 비상한 재주를 겸하여 처사는,
  "아마 신동이란 이런 것이지."
하고 스스로 탄복하면서도, 애자의 정에 적지 않은 염려까지 하게 되던

것이다.

 하나를 가르치면 이야말로 열을 깨달아 점점 장성함에 따라서 문장 경서에 통달하여 능히 옛 사람의 시가를 비평하며 탄상도 하니, 임처사가 일주를 애중하는 품은 말로는 표시할 수가 없었던 것이다.

 이해 가을이다. 처사가 저녁을 마친 후 일주의 손을 잡고 뜰에 내려 달을 바라보며 배회하다가 뜰 모퉁이에 만발한 국화 앞에 이르렀다. 달 아래 서리를 품어 빛을 다투어 향기를 풍기는 황백 국화가 유난히도 이 밤에는 그 무엇을 하소하는 것 같았다. 처사는 이윽이 서서 만져 보다가 일주를 보고,

 "일주야……이 국화를 너의 어머니께서 오(五) 년 전에 심으신 것인데 이제 저희끼리 이렇게도 만발했구나."
하며 그 다음 말을 할 듯하더니, 감회 무량히 일주를 내려다보며 끊어 버렸다

 그러지 않아도 점점 어머니가 그립게 되어 가던 일주는 아버지의 이 기색을 보고, 소매 자락에 매어 달리며 눈물지었다. 처사가 얼핏 기색을 고쳐 일주의 등을 두드리며,

 "애, 착한 우리 일주! 어머니는 없어도 어머니가 심은 국화가 이렇게 고왔고, 남겨 놓고 간 우리 일주가 이렇게도 예쁘니까, 나는 아무 것을 보더라도 마음에 기쁘구나."
하면서 포근포근한 그의 턱을 손으로 받치며 내려다보니, 달빛 아래 그치지 않는 수정의 눈물이 방울지며 흐르는 일주의 애처로운 표정은 처사의 마음을 더욱 애달프게 한다.

 눈물을 흘리는 얼굴이 저렇게도 애처로움을 보니, 내 딸이 행여나 불행하지 않을까? 아름다운 꽃이 떨어지기 쉽고 맑은 옥이 깨어지기가 쉬운 것이다. 너무나 숙성 미려한 내 딸의 장래가 과연 평탄할 것인가?

 여기까지 생각하던 처사는 문득 일주를 높이 안고 뺨을 대어 한참이나

서있다. 그의 가슴은 끊어질 듯하였다. 조금 후에 그는 일주를 안은 채로 가을 심회를 돋우는 벌레 소리를 들으며 왔다갔다 거닐다가 일주더러,
"이애……내가 글을 지어 읊을 터이니, 받아서 회답할 터이냐?"
하고 일주의 눈을 사랑스러운 듯이 들여다보며 물었다.
"쉬운 것으로 지어 읊으시면 화답하여 드릴까 합니다."
일주는 수줍어하며 대답했다. 처사가 빙긋이 웃으면서,
"자, 내가 먼저 한 귀를 읊거든 이어 읊어라 응."
하고 달을 바라보면서 읊는다.
"가을이 쓸쓸하니, 지아비 마음이 외로웁고."
일주가 그 뒤를 이어
"벌레 울음 애가지니, 소녀 마음은 녹나이다."
하였다.
"가을이 깊어지면 수심이 뒤따르고."
"지는 잎이 싸여지니 원한은 느소이다."
"외기러기 울음에는 짝 사슴이 버석대고."
"어미 잃은 어린 사슴 잠 못 들어 우나이다."
이렇게 부친의 뜻을 이어 지체하지 않고 화답하던 일주가 끝귀에 이르러는 목소리가 떨리어 나오더니,
"잠 못 들어 우나이다."
를 겨우 마치고, 처사의 가슴에 얼굴을 파묻으며 느껴 운다.
처사 역시 장부의 한 줄기 눈물을 어느 겨를에 흘렸는지 굵고 점잖은 처사의 목소리와 곱고도 아련한 일주의 목소리가 읊고 화답하던 달 아래 장면은 홀아비와 고아의 설움을 하소하는 자리로 바뀌었다. 일주는 종래 울음을 그치지 않으므로, 데리고 들어와 잠재워주는 처사의 가슴을 바깥에서 버석거리는 낙엽의 신세가 살펴나 줄까?
이후로 처사는 더욱 일주를 불쌍히 여겼다. 그리고 그의 용모 자질과

비상한 재주가 너무 뛰어남을 아껴 그의 장래까지 사려하게 되매 그의 마음에는 과연 일주의 배필 될만한 사람이 있을까 하는 염려까지도 적지 않았다. 처사가 낮이면 몇 명의 학동에게 글을 가르치고, 밤이면 일주를 데리고 한담할 때 이따금 왕서룡(王瑞龍)이라는 학동의 말을 하며, 그를 칭찬하기를,

"왕생은 왕조의 혈통으로 중간에 허다한 곡절이 있어 여러 대를 낙적하여 고독 단신에 무수한 간난을 당하므로, 내가 수습하여 양육하였는데 인물과 재질이 훨씬 무리에 뛰어 나니, 내가 극히 사랑하는 바이다."
하면서 그렇게 정대한 부친이면서도 왕생의 말을 할 때면 벌어진 입을 줄이지 못하여 편애하는 듯하였다. 그럴 때마다 일주는,

"아버지께서 아들이 없어서 저리도 부러워하시거니."
하다가도 너무 칭찬할 때에는,

'왜 나는 저만 못한가? 나는 왜 남자가 못되었나!'
하면서 슬퍼한다.

그러다가는,

'아니 워낙 왕생인가 하는 아이가 퍽이나 잘났으니까 그렇지, 한 번 보기나 했으면 좋겠네, 어떻게 생겼나?'
이러한 여러 가지 생각을 하여 보았다. 어떤 때 혹시 왕생의 말을 듣지 못할 때는,

'오늘은 무슨 글을 읽고 어떠한 글을 지었는고?'
하면서 궁금하게 여겼다.

외롭게 기른 어린 일주에게 새로운 글동무가 생기게 되었다. 그것은 처사가 일주의 학문을 진취시킬 겸 고독을 위로해 주기 위하여, 왕생을 자기 처소에 불러 일주와 함께 글을 배우게 함이었다. 이때 왕생은 일곱 살이요, 일주는 여섯 살이었다. 두 어린 동무는 처사를 모셔 같이 읽으며 함께 글을 짓기도 하여, 친남매와 같이 정답게 지내니, 대체 이만큼이나 임

처사가 애중히 여기고 일주가 마음을 바쳐 따르는 동무 왕생은 어떠한 아이였을까?

충혜왕(忠惠王)과 유 비지(柳菲枝)

 고려 28대 충혜왕이 심히 황음 무도하여 실정 폐덕이 날로 심하여 갈 때이었다. 충혜왕이 매일 성밖에 나가 사냥할 때에는 화살을 행인에게 쏘아 맞히고 못 맞힘을 시험하여봄으로 백성들이 길가에 다니기를 두려워하여 나오지 아니하여 들과 길에 인축이 희소하매, 대간(臺諫)이 극구 충간하되 듣기는 고사하고 도리어 충간 하는 신하를 축출하며 간신 배를 가까이 하니, 그들은 더욱 왕에게 아첨하여 왕의 폐덕을 돋울 뿐이었다.
 이렇게 왕이 출입하는 노중에서 인민의 부녀 중 아름다운 자를 만나면, 반드시 종자를 명하여 사실한 후에 빼앗아 궁에 돌아와 시첩을 삼으며, 그의 남편인 자에게 벼슬을 주어 귀하게 하니 요악한 무리들은 짐짓 자기 처첩 중의 고운 자를 왕에게 드려 벼슬을 구할 뿐 아니라 다른 인민의 부녀시비 중에서라도 미색만 있으면 구하거나 빼앗아 왕에게 보내되, 만일 여항 부녀 중, 궁전에 이르러 왕의 앞에서 슬퍼하거나 분히 여겨 우는 자가 있기만 하면, 왕이 친히 철퇴를 들어 즉석에서 쳐죽여 버렸다. 모든 백성을 잘 살도록 다스리기 위하여 존재한 왕의 궁전은 죄 없는 꽃다운 넋들이 궁전에 사무치는 원한을 품고 사라지는 도살장이 되고 말았다.
 충혜왕이 날마다 궁전에 밤 잔치를 베풀고 조정 백관의 명부 비첩으로 자리에 참례하게 한 후, 왕이 폐신으로 하여금 그 자리에 있는 부인들의 미모 여하를 일일이 살펴, 자색이 있는 자이면 기록하여 두었다가, 파연할 때에 뜻에 맞는 자를 억류하게 하여 밀실로 끌어 능욕하여 그 여자들에 대한 싫증이 날 때까지는 궁중에 가두어 두고, 남편 된 자의 벼슬을 돋우어 그 입을 막았다. 대신 중 왕의 이러한 음행을 통분히 여기어 처첩을 궁중 야연에 보내지 않을 때는 즉시 관직을 삭탈하고 혹은 형벌에 처하게 하니, 여러 신하 중 부귀를 탐하는 자는 왕의 선택을 요행으로 바랄 뿐 아니라, 자기의 처첩 미려하지 못한즉 비복을 각지에 놓아 백성들의 부녀들을 강탈하거나, 금은을 주고 사서 모아 부귀를 낚으니, 무죄한 시민들의 그 원통한 생각과 비분한 가슴들은 과연 얼마나 하소할 곳조차 없이 애꿎은 하늘만을 우러러 부르짖었을 것인가?

충혜왕이 하루는 성 밖 출입을 마치고 석양에 돌아오는데 어떤 곳에 이르러 잠깐 쉬면서, 바라다 보이는 경치를 둘러보다가, 왕의 눈은 자기의 앉아있는 언덕 아래에서 꽉 붙어 버렸다. 그것은 어느 별장인 듯한 퍽이나 아담스러워 보이는 집인데, 담장 안으로 잘 꾸며 놓은 후원이 있고 그곳에 소복한 젊은 여자가 꽃 사이 길로 거닐고 있다. 석양의 붉은 기운이 사라지고 난 뒤 희미한 검 회색의 빛 속에서는 모든 빛은 더욱 고와 보이는 것이다. 우거진 꽃 숲 사이 좁은 길로 눈같이 흰옷을 입은 미인의 소요가 음탕한 탕자의 눈을 그저 지나칠 수 없거든 하물며 그 소복의 여자는 이십은 넘은 듯하지만, 석양 숲 속에 부끄러운 듯 서 있는 흰 백합같이 호리호리한 몸맵시와 얼굴 윤곽이 그야말로 선녀가 인간에 하강한 것 같았다. 왕이 정신을 잃고 멀거니 내려다보다가, 못 견딜 듯이 몸을 움쓸하여 급히 종자를 불러 물었다.

"이애 너, 저기 별장은 누구의 것이며 저 여자는 누구이냐."

"네, 저것은 지금 찬성사(贊成事)겸 삼남 순무사 윤 정(尹正)의 소유이오나, 소복한 여자는 누구인지 알지 못하옵니다."

왕이 그 말을 듣고 어찌 그저 돌아오랴. 곧 시종에게 명하여 알아 오라

하였다.

"저 별장은 윤 정이 것이 틀림없사옵고, 그 여자는 윤 정의 망제 윤 민(尹敏)의 미망인이라 하옵는데, 상부한 지 구 년에 방년이 이십 팔 세이오며, 자색이 미려하고 성질이 현숙하다 하옵니다."

"그러면 그 미망인의 성명이 무엇이며 자녀가 몇이나 있다고 하더냐?"

"네, 이름은 유 비지라 하옵고, 일찍 상부하와 아무 자녀도 없다 하옵니다."

여기까지 탐지한 왕은 기쁨을 걷잡지 못하는 듯이 황황히 수레를 몰아 환궁하였다.

왕이 즉시 야연을 베풀게 하고, 밀서를 윤 정에게 내려 유 비지의 참석을 명하니, 윤 정은 왕의 심복이었다. 윤 정의 위인이 간요하여 부귀만 탐하는 중, 자기 처 강씨가 미려함을 기화로 여겨 통음하는 중에, 더구나 강씨는 음악한 여자라, 왕을 미혹하게 하여 은총을 받아 윤 정을 그처럼 높은 벼슬에 있게 하였던 것이다.

그러나 윤 정은 이것만에 만족하지 않고,

'어떻게 하면 제수를 다시 이용해서 더 극한 부귀를 낚을고?'

하는 마음이 꿀 같지만, 유씨의 천성이 어질고도 강직하며 또 처 강씨가 극히 반대하기 때문에 성공하지 못했던 것이다.

강씨야 물론 자기보다 몇 배나 예쁜 유씨를 왕에게 보내기만 하면, 자기는 그만 은총을 빼앗길 터이니까 반대한 것이나, 하여간 유씨에게는 다행하였던 것이다. 그러나 이 밤에 강씨조차 궁에 들어간 지가 사흘이나 되고, 이처럼 왕의 뜻이 간절한 밀지를 받은 윤 정에게 참말 성공할 때가 찾아 온 것이다. 이에 일봉서를 노복에게 주어 유씨에게 전하게 하고 자기는 먼저 궁에 들어갔다. 강씨는 한 달의 열흘만을 집에 있었다.

유 비지는 빈한한 선비의 딸이었다. 인물이 일색으로 소문난 규수로서 빗발치듯하는 통혼 중에 윤 민과의 일이 성공하게 된 것은 비지의 부친과 윤 민의 부친이 드문 친교가 있었던 까닭이었다.

  십 칠 세 가을에 윤씨의 집에 들어와 조금도 노는 때가 없이 봄가을에 누이(원문대로)를 키워 명주를 짜서 일가들의 의복들도 지어주고, 채소 같은 것도 농부의 딸인 것이나 같이 잘 매만져 가사를 힘써 도우매, 그다지 넉넉하지 않은 살림도 점점 부요하게 되어, 그 시부모의 사랑이란 혼자 점령하다 시피 하였다. 전에도 강씨는 요악한 주둥이를 비쭉거리고 유씨를 모해하고자 별렀지만, 강씨는 그 때쯤이야 어느 구석에 있는지도 모를 만큼 풀이 죽었다.

  남편에게 대한 사랑도 바야흐로 무르녹으려고 하던 시집온 지 삼 년되던 해이다. 왜구가 강화를 침범하매, 윤 민이 교련관으로 출정하였다가 불행히 전장에서 죽어 버렸다.

  이십 청춘의 비지 신세가 어떠하랴만, 나라를 위한 충혼이 된 남편인지라 오히려 다행으로 여겨 기색을 나타내지 않고 흔연히 집안 일에 힘을 썼다. 시부는 더욱 애중히 여겨 매사를 비지와 상의하여 위로하는 반면, 강씨는 더욱 요악해질 뿐이었다.

  그러나 시부조차 남편의 삼 년을 마치자 세상을 하직하니, 이제야말로 범의 아가리에 물린 외로운 토끼의 신세가 되었다. 강씨는 꼬리를 내두르고 갖은 간악을 다 부려 볶다 못해, 유씨를 성 밖 별장으로 몇 몇 노복과 안동하여 보내 버리고, 의식만 겨우 대어주고 자기네는 왕을 미혹시켜 갖은 부귀를 마음껏 탐하면서도 어찌하면 유씨를 아주 없앨고 하는 궁리만을 하던 것이었다.

  유씨는 성밖으로 나온 후부터 늘 고독을 느끼어, 항상 자기 신세를 한없이 슬퍼하여 수없이 닥쳐오는 봄꽃과 가을달을 혼자 보내는 외로운 베갯머리에 흘리는 더운 눈물이 어느 때고 마를 때가 없었다. 송악산 늦은 재를 넘어 불어오는 봄의 소식이 외로운 화분에서 웃고 재재거리는 새가 봄을 조상할 때는 벅차 오르는 심회를 견딜 수 없어 뜰에 내려 거닐 때가 많았다.

　이날은 별스럽게도 날이 따뜻하여 늦은 봄이면서도 여름날 같았다. 그는 어느 해 이러한 날 처음으로 자기 남편과 농담하던 장면을 그려보았다. 그것은 뽕나무에 어린잎이 돋아서 뽕잎이 많지 못하여 애를 쓰던 때이다. 바구니를 끼고 뒷동산에 올라가 뽕잎을 따는데 어찌나 뜨거운지 수건을 나직이 쓰고 부지런히 어린잎을 따고 있을 때 어느 곳에서인지 발소리가 나더니 다시 돌쳐 가는 듯했다.

　비지가 고개를 돌려 바라보는데 그 발자취의 임자도 돌아다보다가, 마주치는 눈은 남편의 큼직한 검은 눈이었다. 비지는 얼굴을 붉히며 모르는 사이에 하얀 이를 내놓고 빵끗 웃었다. 그러다가 얼른 고개를 돌리며 다시 뽕잎을 만지는데, 남편이 빨리 걸어 뒤로 와서 두 손을 어깨에 놓고 들여다보면서,

　"수건을 쓰고 뽕잎을 따는 촌 큰아기가 이웃집 처녀인가 했더니, 문득 남자를 끄는 웃음이 이 웬일이오. 뒤로 볼 때는 촌부요, 앞으로 보니 월궁의 선녀니, 이것이 꽃 같고 달 같은 직녀로세."

하며 비지의 몸을 흔들었다. 그때 비지는 시집 온 지 두 해요, 어른을 모신 몸이라, 남편과 활발히 말도 건네지 못하던 몸이 이 노릇을 당하매, 가슴이 두근거리고 손에 맥이 풀려 꼈던 바구니가 미끄러져 떨어졌다.

　윤생이 소리내어 웃으며,

　"허허 임도 보고 뽕도 땀이 영리한 일이거늘 임만 보고 뽕은 버리니, 어른의 꾸중을 어찌 면하리오."

하면서 뽕잎을 주워 담았다. 비지가 부끄러워 견디다 못해 빨리 집으로 들어와 버렸다가 나중에 방에서 나오면서 보니까, 그 바구니에 뽕잎이 가득 담겨서 툇마루에 놓여 있었다. 고맙고 반가워 그 뽕이 다 없어질 때까지 누에가 먹는 것조차 아까워하였다. 그날 밤 얼마나 빙그레 웃고 들어오는 남편을 쳐다보기가 부끄러웠던고.

옛 생각이 다시금 새로운 유씨는 지금 생각해도 두근거리는 자기의 가슴을 만져 청춘의 혈조가 얼굴까지 오른 것을 느끼니 창백하던 그의 얼굴에도 이러한 추억을 더듬을 때면 오직 뺨이 붉어질 뿐이었다. 유씨는 견딜 수 없이 안타까운 가슴을 진정시키고자 후원에 거닐다가, 언덕 위로 인마의 소리 요란하여 급히 들어온다고 하였건만, 음탕한 왕에게 들킨 바가 되었던 것이었다.

유 비지가 저녁상을 받으려할 때 시숙 윤 정으로부터 왕명과 자기의 뜻을 전하여 즉시 궁으로 들라는 글이 왔으매, 마음에 심히 의아했으나 긴급히 상의할 일도 있다고 하며, 또한 왕명이요 교자까지 보내었으므로, 자기 시숙을 믿는 마음으로 의상을 단속하고 궁전을 향하여 떠났다.

찬란한 의복을 입은 시녀들의 안내로 내전에 들어앉아, 시숙 윤 정의 소식만을 눈이 감기도록 고대하고 있는 유씨는 가끔 들리는 질탕한 음악과 환호성을 들을 때마다 더욱 초조해 하였다.

'밤은 깊어 가는데, 어찌하여 다른 명부들의 동정은 없으며, 나를 불러 오기는 무슨 까닭인데 앉혀만 두는가? 시숙은 어째 보이지도 않는가?'

만가지 생각이 뒤섞이고 있다가, 참다못해 시녀를 향해,

"오늘 밤 내전에 설연하옵신다더니 어찌 아무 동정이 없는지."

하였다. 시녀가 공손히 자리를 고쳐 서며,

"내전에 야연을 베푸옵셨는데, 벌써 파연할 때가 되었습니다."

하면서 유씨의 동정을 가만히 살핀다.

유씨는 고개를 숙이고 잠깐 생각하다가 고개를 들었다.

"그대들은 어찌 야연에 참석하지 않고 여기 있는가?"

"주상의 명을 받자와 부인 좌우에 모셔 떠나지 말라 하였습니다."

유씨가 더욱 놀라서 물었다.

"그러면 찬성사 윤 정을 뵈온 일이 있는가?"

"네, 오늘 황혼에 주상을 모시고 있삽는데, 찬성사께서 홀로 주상을 모

시고 담화하시다가, 저희들이 명대로 돌아 오려할 때 찬성사께서 밖에까지 나오시면서 가만히 부탁하시기를 오늘밤 침실에서 부인을 모시되, 잠시도 좌우를 떠나지 말라고 신신당부하시더이다."

이 말은 듣는 유씨의 얼굴빛은 푸르러지더니, 나중에는 당황하는 듯한 기색으로 방안을 둘러본다. 이것이 침실인 줄은 처음부터 알았으나, 어찌 이러한 내용이 있을 줄을 짐작이나 했으랴. 다만 유씨는 정신이 얼떨떨하고 머리가 띵해지면서,

"대체 무슨 일로 자기가 여기 있게 되었으며, 무슨 까닭으로 왕의 침실로 안내하여 들었는가."

그러한 생각도 할 여지가 없이 다만 막막한 생각이 막연할 뿐이었다.

반항심의 세력

　머리를 숙이고 눈썹을 찡그리며 가만히 어떤 생각에 잠긴 듯이 한참이나 꼼짝도 않고 앉아있던 유씨는 눈을 꽉 감고 숨찬 기색으로 괴로워한다. 모셨던 시녀들은 서로 건너다보며 장차 떨어질 꽃을 조상하는 듯이 가엾다는 표정으로 유씨를 바라본다. 처음에는 까닭을 몰랐으나, 그의 머리의 맑은 힘들은 이제 그에게 추측이라는 것을 모아주기 시작한 것이다.
　그는 비로소 연약한 자기 한 몸뚱이가 벗어나지 못할 구렁에 빠진 것을 알게 되었다. 이것이 시숙의 간책이라는 것을 알았을 때에, 그는 가슴이 터질 듯이 급한 숨결에 막혀지면서 목이 터지는 듯이 아프고, 눈에서는 눈물이 걷잡을 수 없이 흘렀다. 그러나 울음으로는 자기의 몸을 구하지 못할 것이며, 또한 이 자리에서 도저히 벗어나지 못할 것이라고 생각이 확실해짐을 따라 눈물은 줄어가고 어떠한 생각은 굳어져 간다. 눈물은 이미 그에게서 떠나고, 그는 윤 정을 저주하고 미워하는 분한 숨결에 떨고 있었다.
　그는 한참 동안이나 괴로워하다가, 고개를 번쩍 들면서 눈을 떴다. 그의 눈에는 슬픔과 저주와 원망의 그 여러가지 빛이 황홀한 불 밑에 번갈아 가며 번쩍였다. 그는 입술을 깨물면서 다시 고개를 수그린다. 밖을 향하던 원한과 저주의 강한 힘은 자기 일신을 향하여 맹렬히 발걸음을 돌려

서게 된 것이다. 그리하여 반항이라는 새로운 힘을 반발적으로 유씨의 모든 핏줄에서 뛰게 해준 것이다.

처음에 그는 죽음이라는 것을 각오하고 슬퍼하였으나, 그에게 반항의 힘이 극도로 세차게 솟칠 때, 그는 앉아서 고이 죽음을 맞으려는 마음은 흔적도 없어지고, 복수의 힘이 미칠 듯이 맹렬해져 자기 한 몸을 삼키려는 음군 충혜왕보다도 자기를 미끼삼으려는 윤 정의 부처를 목표 삼아 불길같이 일어나고 있는 것이다.

이러한 복수적 발광은 자기의 삶을 요구하지는 않는 것이나, 죽음을 정지시켜 놓는 것이며, 도리어 죽음을 떠나서 삶이라는 것을 굳세이 요구하게도 하는 것이다.

이제 유비지는 죽음을 떠나 삶의 경내에서 복수의 굳은 결심을 한 것이다. 그의 천성이 온후 정숙하던 만큼, 인간에 대하여 많은 희망과 기대를 가졌으므로, 그는 그의 환경에 잘 복종하여 왔던 것이다.

그러나 이제 그의 희망과 기대라는 것이 무참히도 짓밟히고, 다만 죽음의 구렁 속에 떨어뜨림을 받은 오늘의 그에게는 선도 없고 악도 없으며, 의와 악의 구별조차도 없어지고, 도덕이나 습관 같은 그러한 관념은 물론 흔적도 없이 사라져, 오직 반항과 복수 열로써 된 유 비지가 창백한 얼굴에 찬 기운이 넘쳐 입술을 꼭 다물고 그의 서리 같은 안광으로 깜박이는 불을 바라보고 앉았을 뿐이었다.

그에게는 훌륭한 조력 물까지도 나타났다. 그는 복수에 대한 자기 양심의 가책이라고는 터럭 끝만치도 생각지 못하게 되었으므로, 이날 밤에 당한 그런 일쯤은 아무 거리낌도 되지 않았다.

유비지를 밀실로

조금 전까지도 두려움을 이기지 못하고 겁을 내어 창황하던 유씨는 이제 이러한 결정을 얻은 후 대담히 자기에게 닥칠 운명을 기다리고 있다. 그의 마음은 칼날 같이 날카로워지고, 그의 모든 신경은 독하게 흥분되었으나, 그의 태도는 퍽이나 안 차게 보인다. 이때 문 밖이 둘레이며 시녀가 황망히 비지를 향하여,

"전하께옵서 드시나이다."

하면서 허리를 굽혀 좌우로 갈라선다. 유씨가 태연히 일어나 절하여 왕을 맞으니, 왕이 취하여 몸을 주체 못하는 듯이 비스듬히 자리에 털썩 주저앉을 때 밖에서 윤 정의 말소리가 잠깐 들린다. 엎드려있던 유씨가 고개를 번쩍 든다.

유씨는 애를 써서 그의 떨리는 몸을 진정코자 한다. 왕은 시녀를 명하여 유씨를 일으켜 자리에 앉게 하고, 몽롱한 취안을 들어 그의 대상을 뚫어질 듯이 바라본다. 멀리서만 보고도 못 견디던 그가 이제 그의 취한 눈 앞에 천 가지의 아름다움을 자랑하는 듯 만개한 꽃송이를 놓고 있음이랴? 마치 주린 사자가 살찌고 연한 어린 양을 앞에 놓고 어르듯 집어삼킬 듯이 바라보던 그는 이제는 더 참을 수 없다는 듯이 몸을 음쓸하며 시녀를 향하여 눈짓을 한다.

시녀들은 즉시 몸을 굽혀 곁문을 열고 나가더니, 잠깐 후에 다시 들어와 왕의 앞에 비켜서자, 왕은 비대한 몸을 일으켜 천천히 유씨의 앞으로 간다. 잠시동안 다시 유씨를 내려다보고 섰던 왕의 입에는 웃음이 떠돌았다. 성공의 웃음일 것이다.
　그는 유씨의 손목을 턱 잡아 서서히 곁방 밀실로 끌어간다. 유유하면서도 상대자에게 분각의 여유를 주지 않는 것이 왕자의 특권인 것처럼 보였다. 곁방 문이 밖으로 닫혀지면서, 시녀들의 소근거리는 소리가 끊어지고, 향기가 가득한 방안에 황홀한 등초가 비치는 방 속에 왕과 비지가 마주 앉았다. 왕의 온몸을 돌고있는 음욕의 불길은 이제 완전히 탄 모양이다.
　그는 유씨를 안아 자리에 나가고자 한다. 이때까지의 유씨의 태도는 퍽 유순하였다. 그러나 그 다음에야 그럴 리가 없다. 그는 복수심이 강한 만큼 복수의 대상물에 대한 증오가 절실한 만큼 자기 복수의 원조물에게 유순하였던 것이다. 그러나 이 찰나 꽃이 떨어지고야 말 이 순간에 그는 떨리는 입술을 깨물고 무의식으로 왕의 손을 밀어내었다. 그는 움키는 듯이 유씨를 안아 자리에 들며 금침을 당겼다. 향기로운 바람만 고요한 실내에 나부낄 뿐이었다.

　얼마 지난 후에 왕은 다시 유씨를 끌어안으며,
　"어찌하여 조금 전에는 그다지 불순한 기색을 지었던가. 과인은 마땅치 못해 하노라."
한다. 유씨는 숙였던 얼굴을 더욱 자리에 닿을 듯이 고개를 숙이며,
　"천첩이 전하의 이 같은 은총을 입사와 어찌 추호나 불만하여 하오리까마는, 천첩의 가슴에 심한 원한이 있사와 잠깐 기색을 거칠게 가짐이었사오니, 전하께서는 용서해 주셔지이다."
하면서 가늘게 느껴 운다. 왕이 취정을 못 이겨 유씨의 등을 두드리며,
　"신인의 원한은 즉 나의 원한이라, 어찌 내게 숨기랴."

하면서 재삼 재촉하니, 유씨 머뭇거리다가,

"천첩은 교련관 윤 민의 아내로 윤 민이 출정하였다가 전지에서 죽사 온 지 이제 십 년이 되었사온 중, 홀몸을 다만 시숙에게 의탁하와 갖은 고초를 겪으며 절의를 지켰삽더니, 이제 주상의 애휼을 입사와 거두심이 되오니, 천신의 넘치옵는 영화이오나 전하께서 천첩을 거두어 주신다 하올지라도 천신을 용납하여 주지 못할 무리가 주위에 독수를 내려있사오니, 전하께서 천신을 거두시옴이 도리어 천신에 대하여 더 큰 불행이 되올 것이오매, 감히 뜻을 어기고자 하였사오니, 실로 천첩의 신세 좌우 양난이옵니다."

말을 마치고 은근히 체읍하면서 더운 눈물이 자리를 적신다. 유씨는 자기의 이 같은 행위를 비분히 여기고 처지를 생각하며 이렇듯 비통함이건만 왕은 다만 미인의 울음이 구곡 긴장을 어려낼 뿐이라, 창자가 끊어지는 듯하여 다시금 어루만지며,

"이 같은 기쁜 밤에 신인이 이 같이 슬퍼하니, 과인은 심히 불안하도다. 과인이 극히 총애하는 그대를 용납지 못할 자가 그 누구이랴. 과인 이 외에 누가 내 뜻을 막을 자 있으랴. 신인은 빨리 말하라. 반드시 신인을 천하의 하나인 존귀한 사람을 만들리라."

하면서 노기가 등등하자, 유씨가 왕의 형태를 한심히 여기나 기회를 놓치지 않고 나직이,

"신첩을 용납지 않을 자 다른 사람이 아니옵고 윤 정의 부처이오니, 윤 정이 강씨를 가져 주상의 은총을 받사옴은 부귀를 탐함이온데, 이제 주상께서 천첩을 사랑하실 것 같으면, 강씨 제일 먼저 세력을 잃을까 하여 신첩을 해칠 것이요, 또한 윤 정이 전부터 신첩으로 인하여 부귀하고자 하였지마는, 금번 첩을 택하심은 전하께서 친히 행하신 바이오니, 만일 전하께서 금은을 많이 윤 정에게 베풀지 않으시며 벼슬을 돋우지 않으시고 강씨만 세를 잃게 되오면 윤 정의 부처 다년간 궁궐 내외로 득권 위세하

였사오니, 어찌 신첩을 원망하지 않사오며, 또한 용납해 주리이꼬. 비록 윤 정을 후히 상하옵실지라도 강씨 망극한 천은과 총애를 받는 몸이오니, 결코 그저 있지 아니할지니, 부처 공모하는 독수를 어찌 면하오며 또 신첩이 그들과 친천지간이오매, 전하께 누됨이 적지 않을 것이오니 첩의 신세 실로 이 자리에서 없어짐만 같지 못할까 하옵니다."
하는 애련히 떨리는 가는 목소리가 슬프게도 자기 신세를 하소하면서 더욱 심히 느껴 운다. 왕의 애가 바작바작 타는 듯하여,

"과인이 일국의 군왕이라, 어찌 일개 필부를 두려워하며, 또한 전일 잠시 강녀를 총애하였으나, 이는 신인을 만나기 전에 일이라, 어찌 이후로 추호나 저를 구애하랴. 지어 윤 정의 간악함을 잘 아는 바이니, 조금 전에도 윤 정이 과인을 충동하되 '저의 성격이 비록 고결 냉탁하나, 순종하지 않을 때에 위력으로 강압하면 이미 절개를 깨뜨린 자로 끝내 복종할 것이라'하였으니, 실로 패악 무도한 자이며, 또 처 강씨를 위하여도 일호 두호함이 없었으니, 어찌 이러한 간악 무도의 무리로 정사에 참여하게 하여 국정을 탁란하랴. 명일 즉시 윤 정의 부처를 죽여 화를 끊을 터이니, 신인은 안심하고, 오직 과인과 더불어 화락함만을 도모하라."
하니 유씨가 왕의 말을 듣고 마음에 심히 통탄히 여겨,

'이 같은 무도 혼군이 일국에 임하였으니, 어찌 백성이 도탄을 면하며 나라를 보전하랴.'
하면서도 흔연히 감사히 여기는 듯 왕께 고하였다.

"윤 정의 죄 마땅히 죽임직하오나, 신첩이 그들로 친척이옴은 세상이 다 아옵는 바인데 만일 이렇게 되오면, 얼마나 세상 사람들이 신첩을 욕하오며, 또한 천한 몸으로 인하와 주상의 존체에 누되옴이 적지 않사오니, 극형은 극히 불가하나이다."
왕이 유씨의 얼굴을 어루만지며,

"과인이 무슨 복으로 이 같은 빈첩을 얻었는고. 그대의 말을 들으니, 윤

정 부처 더욱 죄가 중하도다. 그러나 특히 신인의 어진 뜻을 생각하여 관직과 가산을 몰하고 원지에 정배하리라."
하며 미인을 위로하기에 오경도 훨씬 넘었으나, 왕은 오히려 담화 자락하여 그 밤을 새웠다.

이튿날 윤 정의 벼슬을 삭탈하고 가산을 적몰하여 갑주 삼수보(甲州三水甲山)에 유형하게 하니, 강씨가 심히 남편을 원망하며, 전일부터 궁중에서 왕의 눈을 속여 간통하던 어떤 궁배와 부지 거처가 되어 버리고, 윤 정은 유형된 지 석 달만에 병으로 죽었으며, 두 아들은 어리므로 강씨가 데리고 가 버렸다.

이 후로 충혜왕이 유씨의 침전을 잠시도 떠나지 않고 조회에도 나오지 않으며, 궁전에 야연을 베풀지도 않고, 밤과 낮으로 유씨로 더불어 즐기게 되었다. 유씨는 한달 후부터 더욱 마음의 고통을 빚어냈으니, 이것은 자기의 몸의 이상한 증조가 있음이었다. 시의에게 진찰을 받은 결과 잉태한 지 석 달이라는 말을 듣고 심히 놀랐으나, 왕은 몹시도 기뻐하며 축하하는 뜻으로 대대로 전하여 내려오던 세 쌍의 홍옥을 친히 옥갑에 담아서 유씨의 손에 쥐어 주었다.

그러나 그 후 한 달이 다 못되어 그의 그림자는 유씨의 신변에서 사라지고 말았으니 다시 밤을 세워 벌어지는 잔치가 궁전에서 밤마다 열리고, 미색들이 잔치에 꽃밭을 이루어 왕의 행음은 나날이 더해갔다. 한편으로 유씨는 임신한 후부터 전궁 왕후의 투기와 음해에 견딜 수가 없었다.

왕후는 유씨의 임신을 알게 되자 유씨의 국그릇에 독약을 넣었다. 유씨는 한번 숟가락을 적시고 그쳤으므로, 다만 잠시 괴로워하였으나, 이 후로는 자기의 신세가 극히 위경에 있음을 슬퍼할 뿐이었다.

이른 겨울이 닥쳐왔을 때 나라에 큰 변괴가 일어났으니, 즉 원나라 황제의 칙사가 별안간 이르러 충혜왕을 함거(檻車)에다가 싣고 가버린 일이었다.

충혜왕의 죽음

　원나라 세조 황제는 원나라 역대 제왕 중의 가장 영특한 황제였다. 이 당시에 고려국은 제15대 충렬왕 때였다. 고려국이 충렬왕 때부터 원나라의 세력에 억압이 된 후 백여 년 간을 원국의 봉토처럼 되어 있었기 때문에, 고려의 왕으로 원나라에게 봉작된 명의는 개부의 삼사(開府義三司) 정동행성사(征東行省使) 좌승상 고려 국왕이란 것이었다. 원나라가 쇠망해지고 명나라가 창건된 후에도 고려는 매년 연공을 바쳤던 것이다.
　정동행성사 고려 국왕이 극히 황음 무도하여 국정을 탁란하고 인민을 잔해함이 심하다함을 듣고 원제가 견책사 타적 등을 보내어 충혜왕을 묶어가니 조정과 궁전에 큰 소동이 일어났던 것이다. 충혜왕은 원국에 이르러 원제 앞에 꿇었다. 원제가 유책하되,
　"너 일국과 만성의 위에 처한 자로 잔악 무도하니 강토를 어찌 보존하랴. 너 같은 인생은 당연히 너의 피를 가져다 개에게 마시울 것이다. 그러나 짐이 살상하기를 좋아하지 않으므로 특히 너를 게양현(揭揚縣=廣東省湖州)에 정배하노라."
하고 충혜왕을 함거에 실어 몇 개 군졸로 호송하니, 연경(燕京)서 이만리다.
　왕을 따르는 시종 하나 없으매, 왕이 기갈과 고초를 말할 수 없이 당하

며, 정배한 곳에 이르기 전에 안양현 노중에서 필경 훙하여 버리니, 그때가 삼십 세이었다.

본국에서 이 소식을 듣고도 슬퍼하는 자 하나가 없었으니, 이것을 보면 얼마나 충혜왕의 실덕함이 심하였던 것을 알 수 있다.

유씨가 잉태한 지 여섯 달 되는 몸으로 궁전에서 쫓겨나니, 구차한 일생이 살고 싶지 않아, 우물가에 방황함도 여러 번이었지만, 다만 복중의 생명을 불쌍히 여겨 친가로 찾아 와 몸을 붙여 지내게 되었다.

만삭이 되어서 유씨가 아들을 낳았으니 이 아이가 바로 서룡의 부친되는 왕 승신(王承信)이었다.

유씨가 승신에게 낙을 붙여 지내다가, 그나마도 불행하여 승신의 두 살 되는 해에 영원한 저 나라의 객이 되어 버렸으니, 어찌 유씨는 이다지도 박명하였던가.

아비는 국왕이나 무도 혼암하여 타국 이역에서 횡사하였고, 어미는 청춘에 원혼이 되었으니, 이 모든 쓰라림의 흔적은 그 누구에게 죄를 지울 것인가?

승신은 빈한한 외가에서 혈혈 홀몸으로 십여 년을 양육을 받았다. 그의 부모의 얼굴조차도 알지 못하는 고아다. 그러나 열일곱 살에 강화부 남문 안이 행영의 누이와 결혼한 후에 서룡을 낳았다.

그는 서룡의 네 살 되던 해에 돌아오지 못할 불귀의 객을 지었었고, 서룡의 모친도 그 후 익년에 남편을 따라 청춘의 원혼이 되었으니, 어린 서룡의 신세는 말할 것도 없었다.

일주의 부친 임처사가 서룡의 외숙 이 행영과 막역의 친우이었으므로 임처사의 간청과 이 행영의 충정으로 왕생을 임처사에게 맡겨 양육시키는데, 임처사가 딸 하나밖에는 아들이 없을 뿐 아니라, 왕생의 인물이 비범하고 재질이 탁월하므로, 그처럼 애중히 여겨 일주의 글동무까지 되게 한 것이었다. 비범한 글동무의 발전은 이(二) 년을 지나자, 놀라울 만큼 성숙했다.

 이 뛰어난 발전은 정든 두 동무를 갈라놓을 수밖에 없었다. 아침부터 밤늦도록 같이 읽으며 함께 글을 짓던 서룡과 일주는 외당과 내당으로 나누어 각각 학업에 힘쓰면서 가끔 만나는 때면 서로 붙들고 반가워했다.

 일주가 아홉 살 되던 정월 열 나흗날 밤이었다. 이 날은 처사의 생일이었으므로, 외당에서 종일 손님을 치르고 저녁에야 안으로 들어오니, 아내 없는 홀아비에 쓸쓸한 심회가 못 견딜 듯도 하였지만, 일주의 장성한 것만이 다시없는 기쁨이라 생각하고 처사는 일주를 보면서,

 "일주야, 오늘밤은 서룡이가 들어올 터이니, 오랜만에 만나서 잘 놀아라 응!"
하였다. 일주는 깜짝 놀라는 듯이 고개를 들다가 다시 수그렸다.

 서룡이라는 말이 항상 듣던 이름이건만, 오늘밤은 이상히도 놀라진다. 그는,

 "정말이에요? 아버지."
하고 묻고 싶었으나, 어째 부끄러운 듯하여 다시 고개를 숙여버린 것이다. 저녁을 먹으면서도 일주는 서룡이 들어올 것만을 생각했다.

 부친의 부름대로 왕생은 들어오는가 보다. 그의 발소리를 듣는 일주는 고개도 들지 않고 있다. 왕생은 걸음을 별스럽게 박아서 걷기 때문에 발소리가 크고 일주는 가풋가풋 몸을 위아래로 조금씩 움직이며 걷기 때문에 소리가 없다.

 그래서 전일에 둘이 후원에서 숨바꼭질을 할 때에 일주는 항상 왕생의 발걸음 소리를 알아듣고 도망했으며, 왕생은 흔히 소리 없는 일주의 발자취 때문에 잡히기가 일쑤였다.

 이제 그 발자국이 외당에서 내당으로 들어오는 모퉁이 길을 시작할 때부터 일주는 알아들었다. 그 힘있는 발소리가 역시 일주의 가슴에도 힘있게 울렸다. 이전 같으면 마루로 마주 나가며 맞을 일주가 오늘은 아버지

를 모셔서 가만히 앉아있다.

　처사는 문을 열어서 그를 맞는다. 왕생은 들어오면서 일주를 건너다본다. 일주는 그가 방문에 들어올 때 그대로 힐끗 쳐다보았다. 바라보는 두 맑은 눈은 마주쳤다. 왕생 역시 일주의 이름을 부를 것이나, 이번이야말로 너무 오래되어서 그런지 일주의 태도가 변해 그런지 서로 마주치는 눈들이 떨어질 줄을 모르고 계속할 뿐이요, 앉지도 않고 서있자, 처사가 이 모양을 살피고 왕생에게 자리를 주며,

　"자, 여기 앉아라, 저녁이나 많이 먹었느냐?"

하니 그제야 둘은 서로 빙긋 웃으며 왕생은 앉았다. 처사는 이 두 아이가 몹시 숙성한 줄은 이미 아는 바이지만, 이렇게도 숙성한 품이 장성한 남녀 같은가 하면서 은근히 다행으로 여겼다. 처사가 일주를 곁으로 가까이 앉게 하며 그의 손을 잡고,

　"너와 공자가 정이 골육같이 지내며 배우다가, 이제 떠나서 배운 지가 일년이라, 그 동안의 학업이 아마 많이 성취되었을 것이니, 오늘밤에는 너희 둘이 각각 너희 이름자를 넣어서 글을 지어 나의 회포를 풀게 하여라."

하면서 두 아이를 좌우로 들여다본다. 서로 떨어져 각각 외롭게 공부하면서 항상 서로 그리워하던 이 두 동무가 오늘밤에 모여 글을 같이 짓게 됨도 기쁘거든, 하물며 서로 서로의 이름을 넣어 지음이랴?

　처사의 말이 끝나자, 둘은 약속한 듯이 쳐다보았다. 두 눈이 다시 마주치며 그의 눈들은 맑게 빛났다. 일주는 가만히 일어서면서 발에 밟히는 댕기를 잡아 빼니, 무거운 머리채가 당겨진다. 왕생은 그것을 바라본다.

　"글 지으라니까, 무엇 하러 일어서느냐."

　"지묵을 가지러 가려고 그래요."

　일 년 만에 듣는 일주의 목소리는 왕생의 귀에 더 맑고 곱게 들렸다.

　"무슨 종이를 가져올까요? 아버지."

하며 일주의 소리가 이어졌다.

"아니다. 오늘은 다 그만두고 너희 이름자만 넣어서 한 귀씩 서로 읊어라. 공자가 읊거든, 너도 네 이름자를 넣어서 화답하라. 어디 재주들 좀 보자."

처사는 이 날 이 밤에는 스스로 흥에 겨워한다. 일주는 다시 자리에 앉아서 왕생의 읊음을 기다린다. 왕생은 잠깐 지체하더니,

龍本無珠氣不揚(용이 본디 구슬이 없는 즉 기운이 날리지 못하고)

하고 그의 발소리처럼 힘있는 소리로 읊은 후에 일주를 본다. 수그린 일주의 고개 아래서 낭랑한 고운 목소리가 읊어 화답한다.

珠不逢龍是不寶(구슬이 용을 만나지 못한즉 보배 아니더라)

왕생은 그의 화답에 극히 만족한 듯이 아까보다도 배나 흥을 내어 더 크게 읊는다.

北珠南龍若相得(북녘 구슬과 남녘 용이 서로 얻음이 되면)

일주의 고운 목소리가 뒤를 이어,

作雲爲雨振天下(구름을 짓고 비 되어 천하를 흔들레라.)

일주가 읊음을 마치고 얼굴이 주홍이 되며 부친의 등 뒤로 고개를 묻어 부끄러움을 못 견디어 한다. 그러나 왕생은 빙그레 웃으며 일주를 보면서 의기양양해 한다. 처사가 사랑스러움을 못 이겨 두 손으로 두 아이를 어루만지며,

"한 소리는 웅장하고, 한 소리는 낭랑하여 주고받으니, 듣기도 좋으려니와 글이 실로 절창이다. 그 동안 이다지 진보하였음이 놀라진다. 그렇지 않으면 전에 너희끼리 서로 지어 보았던 모양이로구나. 내가 늙었지만, 너희의 글을 한번 읊어 보리라."

하고 천천히 읊기 시작한다.

龍本無珠氣不揚(용본무주기분량)

珠不逢龍是不寶(주불봉룡시불보)
北珠南龍若相得(북주남룡약상득)
作雲爲雨振天下(작운위우진천하)

처사의 소리 은은하게 나직이 울리며, 하소하는 듯하니, 일주의 눈에는 알지 못할 눈물이 이슬진다. 처사가 일주의 기색을 살피면서 다시 쾌활하게

"자 일주야, 이제는 가서 지필묵을 가져오너라. 그 동안 얼마나 필법이 진취하였는가 보자."

하는 부친의 명령대로 지필묵은 그들의 앞에 놓여졌다.

"너희들이 다시 아까와 같이 짓고 화답하는데, 이번에는 각각 지필로 화답하여라."

처사는 먼저 왕생의 앞으로 지필을 다가놓으며,

"이번에는 꽃과 나비 즉 화접을 넣어서."

하고 일주를 바라본다. 왕생은 천천히 붓을 들면서 고개를 갸웃하더니, 빙긋 웃으면서 붓대를 놀린다.

蜂蝶非花饑不免(벌과 나비 꽃 아닌즉 주림을 면치 못하고)

왕생은 일주의 앞으로 밀어 주면서,

"생의 문장이 천박하여 소저의 높으신 것에 미치지 못할 것인데, 오늘 화답하시는 자리에서 얼마나 욕이 되시리오."

일주는 다만 고개를 수그리고 부끄러움을 참지 못하는 듯이 다른 붓을 들어 이어 쓴다.

花不蜂蝶不成果(꽃이 벌과 나비 아닌즉 열매를 이루지 못하더라.)

일주는 말없이 왕생에게로 밀어준다. 왕생은 가볍게 고개를 끄덕이더니 미소를 띠워,

白花赤蝶時相合(흰 꽃과 붉은 나비가 때에 서로 만나면)

이라고 썼다. 일주는 맑은 눈으로 아직도 젖어 있는 왕생의 글을 이윽이 본다. 그러고는

飽滿乾坤都是春(배부름이 건곤에 가득하니 이 모두 봄일러라.)

쓰기를 마친 후에 붓을 놓으면서,

"공자의 금옥 같은 문장이 오늘에 부족한 아랫귀를 얻으니 누됨이 적지 않습니다."

하고 얼굴을 붉힌다. 처사가 그들이 어린 소견이나마 서로 과히 겸양하는 것을 사랑스럽게 생각하면서 그들의 글을 보더니, 소리를 내어 읊조린다.

蜂蝶非花饑不免(봉접비화기불면이요)
花不蜂蝶不成果(화불봉접불성과라)
白花赤蝶時相合(백화적접시상합이면)
飽滿乾坤都是春(포만건곤도시춘을)

처사가 읊기를 마치고 두 아이를 보면서,

"오늘 너희 문장이 옛 사람에게 지지 않을 것이다. 그러나 이러한 진취를 오직 나 홀로 보게 되니 이가 한되는 바다."

하면서 웃음을 띄우나 기색은 좋지 못하였다. 일주는 다만 얼굴빛이 몹시 붉어 가지고 깊이 고개를 수그렸다.

이 밤에 부친의 기색도 이상하거니와 더욱 자기의 기분이란 무어라 할 수 없이 야릇했다. 영리하기 짝이 없는 일주는 가슴에 부딪치는 어떠한 직감이 불길한 징조나 아닌가 하고 생각한다. 그러나 하여간 오늘은 기뻤다.

궁금하던 동무의 글 소식을 알고, 더구나 그의 정도가 지나친 것을 보매, 반가우면서도 부끄러웠다. 일주는 왕생의 글을 화답하게만 되므로 그의 뜻을 이어서 쓰게 되는 것이 더욱 부끄러웠다. 그러나 어린 만큼 다른 별다른 의미보다도 다만 글에 나타난 왕생의 뜻을 정성을 다하여 글로 지

었음이나 또한 이러한 글을 짓는 이만큼 그의 마음도 숙성하였을 것이니, 이 밤에 그는 부친과 왕생의 뜻이 어떠한 암시적 태도이었다는 것은 알 수가 있었다.

그러면 그의 부친인 처사의 뜻은 어떠하였을까, 처사는 성질이 엄격한 사람이다. 어찌 미성의 남녀들로 하여금 이러한 뜻을 자기가 일부러 하다시피 지워 주었으랴만, 그에게는 별다른 회포가 있음이었다. 처사는 고독함을 무엇보다도 슬퍼한다.

그런데 자기는 과히 연로하지는 않으나마, 몸이 약한 데다가 나라는 어지러워 환란은 자주 생기고 또한 근일에 요승 신 돈이 궁전과 조정에 자주 번거하여 국권을 전자하니, 그 음폭 무도함을 형언하지 못하여 모든 충현은 이것을 간하다가 방축 혹은 주살을 당하며 간요한 무리들은 더욱 기세를 펴 국가의 존망이 실로 털끝 같음을 보고 어찌 처사의 충의로 그저 방관할 수가 있을 것인가.

역승 신 돈을 심히 탄핵하여 사리 통쾌한 상소를 공민왕에게 올리었으니, 비록 처사의 충심을 다한 표문이지만, 간악한 무리들이 반드시 왕을 출동할 것인 즉, 자기의 운명이 눈앞에 보이는 것 같이 불길할 것을 알고, 처사는 더욱 딸의 장래를 생각하고 염려하게 되었다. 이러한 염려가 더욱 깊어짐을 따라 처사의 마음 가운데 희미하게 가졌던 어떠한 생각은 결정적으로 굳어지기 시작했다.

그리하여 이번에 자기 생일을 당하여서도 처사는 짐짓 잔치를 전보다 크게 베풀고 고우들과 동리 사람들을 불러 즐겁게 하루를 보낸 후, 밤에는 왕생과 일주를 자리에 모이게 하여 그들의 재주를 보는 동시에 나이에 훨씬 지나쳐 숙성한 그들임에 일부러 어떠한 암시를 주기 위하여 서로서로의 이름자와 화접의 뜻을 가져 읊게 한 것이다.

그런데 이날 밤 일주의 태도이며 왕생의 뜻이 자기가 가진 이상의 정도임을 보고 은근히 다행하게 여겨 더욱 사랑함을 금치 못하는 중에 그들의 문장 필법이 비상함을 보고는, 실로 한 쌍의 보배임을 믿고 얼마쯤 마음을 안정시키게 되었다.

　길고 긴 밤이 어느덧 깊어져 왕생이 물러감을 고하니, 처사가 흔연히 두 아이의 손을 이끌어 뜰에 내려보내고자 할 새, 서리 찬 높은 하늘에 둥글고 밝은 달이 높이 솟아 생기가 씩씩하니, 충신의 혈심인 듯, 열녀의 마음인 듯, 재자의 의기인 듯 달을 바라보는 세 사람의 가슴은 다 다를 것이다. 어쩐지 이 밤이 별스럽게도 구슬프고 애달프게 그들의 가슴에 부딪치는 생각이 있게 하는 것은 셋이 같이 느끼게 된 사실이다. 처사의 감격한 목소리는 드디어 고운 달빛의 곁에 파동을 일으켰다.

　"둥글어 맑고 차고 씩씩한 저 달을 보라, 이것이 열사의 기상일 것이다. 너희는 이 달 아래에서 정다이 읊고 화답한 이 밤을 헛되이 잊어서는 아니 된다. 언제든지 이 밤에는 변치 않는 저 달이 너희 마음을 비추어 줄 것이다."

하면서 두 작은 손을 힘있게 꼭 쥐어 주었다. 어느덧 모퉁이 길게 이르러 왕생은 처사에게 절하고 돌아가려 면서 일주를 바라본다. 달 아래서는 일주도 마음놓고 그를 꼭 바로 바라볼 수가 있었다. 그의 훨씬 넓고 수려한 이마를 비롯한 길음하고도 도톰한 얼굴이 남자답게 장성하여 평화 하면서도 위엄이 있게 보이는 그 얼굴에서 자기를 쏘아보는 그의 눈 광채! 이것이 푸른 달빛에서 더욱 빛날 제, 그를 망연히 보고 서있는 일주의 안광! 더구나 남다른 눈을 가진 일주의 눈을 마주 보는 왕생! 서로 대담히 떨어질 줄을 모른다. 왕생은 사내답게 휙 돌아섰다. 그리고 다시 그 힘있는 발걸음은 큰 소리를 내면서 모퉁이 길을 걸어간다. 마지막 돌아서는 발소리와 함께 다시 돌아다보는 그의 하얀 얼굴이 번듯 보이자, 그는 보이지 않았다. 처사는 이러한 과정을 보면서도 가슴은 에이는 듯 하였다.

　처사는 일주의 손을 잡고 달을 바라보고 잠잠히 거닐더니, 잠깐 걸음을 멈추고 일주를 내려다보다가, 그의 머리를 쓰다듬으며 가는 한숨을 내어

쉰다. 일주는 고개를 살짝 수그리고 가만히 서 있다. 처사는 부드러우나 힘있는 음성으로,

"일주야! 네게 부탁할 말이 있으니, 명심하여라. 왕공자가 나이 어리지마는 지의가 탁월하고 기상이 당돌하여 장래가 심히 유망한 고로 내가 이미 마음을 허락하여 사랑하는 바이니, 너도 후일까지 그러한 정의를 저버리지 말게 하여라."

하고 한 손으로는 일주의 손을 꽉 잡아 주며 다른 한 손은 여전히 딸의 머리를 쓰다듬었다. 그의 얼굴에는 감개 무량의 기분이 넘치면서, 더욱 깊이 머리를 숙이고 서있는 일주를 애련히 내려다 볼 때 송악산 머리에 걸린 달은 차고 매운 서리 기운이 가득 찬 하늘빛에 더욱 밝아진 듯, 처사의 주름진 얼굴을 흘러내리는 눈물 방울을 반짝여준다.

어디로선지 부엉이의 울음인 듯한 소리가 험준한 바위 골짜기를 올려 처사동 뜰의 열 나흘의 밤을 깨어지는 적막 중에서 고요히 흩어진다.

처사와 일주는 부엉이의 울음소리를 들으며 더욱 처량한 마음을 이기지 못하여 한다. 밤마다 듣는 소리이건만 오늘밤에는 왜 이리도 구슬픈고? 이 날 밤 처사동 뜰에 움직이는 이 두 그림자는 후일 어떠한 애끓는 추억의 길에서 눈물을 질 것인가?

처사가 자기 침소로 돌아오니, 일주가 따라 들어와서, 닭의 울음소리가 들릴 때까지 부친의 무릎 앞에 앉아서 그의 말씀을 듣기도 하며 위로도 하여 드리다가, 자기 처소로 돌아 왔다. 그러나 일주는 잠들 수가 없었다. 그는 오늘까지 부친의 그 같은 기색을 본 일이 없었다. 게다가 이상한 자기의 이날 밤의 기분! 그리고 왕생과의 글 짓던 그 장면! 생각이 거듭될수록 정신은 더욱 맑아진다. 그는 가끔 들리는 처사의 긴 한숨 소리를 들으면서, 부친 역시 깨어있는 것을 알았다.

이 밤을 이렇게 보내는 것이 그들 부녀뿐이 아니다. 외당 작은 방 속에서 쇠잔해 가는 등촉을 바라보면서, 이따금 몸을 뒤치는 작은 그림자! 그

백화 63

는 일주와도 다르다. 혈혈 단신의 외로운 몸이 임 처사에게서 받은 그 은혜는 너무나 무겁지 않은가.

 요사이 국가의 정형을 잘 알고 있는 그는 처사의 상소가 어떠한 결과를 가지리라는 것도 희미하게 추측할 수 있으며, 상소 후 처사의 기색이 더욱 울울해가는 것과 오늘밤의 표현된 스승의 뜻도 얼마쯤 짐작할 수 있는 것이다. 그는 더 생각하지 않으려는 듯이 불을 휙 꺼버리고 털썩 드러눕는다. 어디서 부엉이의 울음인 듯한 청승맞은 밤새의 소리와 달빛이 함께 창으로 스며 들어온다.

처사동의 난액

 이때 조정에서는 요승 신 돈이 왕에게 득총한 바 되어 정권을 독점하여 비록 도당 경상이라도 출척과 살해를 임의로 하며, 공경 중신과 사대부의 명부 비첩으로부터 여염의 부녀까지라도 아름다운 자가 있어, 마음에 합하면 기어코 간통하여 무수한 비첩을 기르며 국정을 탁란하나, 조정의 백관이 모두 그의 위세를 두려워 굴종할 뿐이었다.
 임 처사의 상소가 공민왕에게 이르자, 그 뜨거운 충성이 간절한 중에,
 "오직 역승을 극형에 처하사, 신 돈의 창천한 죄악이 없어지고야 국가를 보전하리라."
는 서릿발같은 논박도 있었다. 요승에게 미혹한 왕은 대노하여 신 돈을 불러 표문을 보이니, 그렇듯 간험하고 대담한 신 돈으로도 땀이 등에 젖어 즉시 계하에 내려 꿇어 엎드려 고하였다.
 "천신이 주상을 모셔 국가 대사에 당하오매, 주야 일념이 동동촉촉하와, 위로 전하의 근심을 만일이라도 덜까 하옵고, 아래로 만민에게 왕은을 베풀어 평일 애휼하옵시는 은덕을 봉답하올까 하였삽더니 한낱 은퇴한 선비, 이와 같이 신을 망국 기군의 대죄에 밀쳐 타매하오니, 어찌 이 욕을 당하오며 신이 어찌 살기를 바라오리까. 전하 빨리 신을 죽이사 천하 만민과 조정 백관에게 보여주시오면 신의 죄를 속할까 하나이다."

신 돈의 이러한 언사가 능히 국가를 망하게 하고 충신을 살해함즉 하였다.
　공민왕이 친히 계하에 내려 손을 잡아끌어 올리고 더욱 노기 발발하여 즉시,
　"임경범을 잡아 하옥하라. 종차 처리하리라."
하고 군졸을 엄명한 후 신 돈을 위로하니, 신 돈이 사은하고 물러나와 심복 십여 명을 뽑아서 신신당부하기를,
　"임경범을 잡되 일호 사정이 없게 하며, 가산을 적몰하여 조금도 소홀함이 없게 하라."
하며 군졸과 함께 보내었다. 군졸과 간배들이 처사동에 이르러 일대는 바로 임처사 집에 들어가 처사를 잡으며, 가산을 적몰하고, 일대는 동중을 노략하며 부녀를 침간하니, 고요하던 처사동은 돌연한 난리를 만나 피란하는 노유 부녀의 부르짖는 울음소리로 큰 소동을 일으키게 되었다.
　처사는 어젯밤을 뜬눈으로 새우고, 아침 동안은 일주에게 옛일을 일하여 주며, 점심 후는 외당에 나가서 왕생과 다른 학동들을 잠깐 대하여 앉았을 때 불의의 변을 당하여 잡혀가게 된 것이다.
　일주는 너무도 놀라 어쩔 줄을 모르다가 아버지의 뒤를 따라가며 부르짖는다.
　"아버지! 아버지! 어디 가셔요 네? 저를 버리고 어디를 가셔요. 아이구 아버지! 저도 데리고 가셔요."
　힘을 다하여 부르며 따라 가는 일주! 자주 얼굴을 돌이켜 태연한 백수 창안에 말없는 눈물을 드리우며 버선발로 따라 오면서 목이 쉬게 울며 부르짖는 어린 딸을 바라보는 임처사의 가슴! 무도한 군졸의 발길에 채어 넘어진 채로 스승을 부르며 호곡하는 왕생! 정신을 잃고 따라 오며 울부르짖는 어린 딸마저 군졸에게 채어 넘어질까. 염려하여 자주 돌아보며 초조해하는 차에 마침 전부터 드나들던 황파라는 방물장수를 만나게 되었

다. 처사는 황파에게 눈짓으로 일주를 부탁하니 황파가 즉시 일주를 안고 집 뒤 언덕에 피했다가, 그 길로 도망하여 이십 리나 되는 매천(梅泉)골 자기 집으로 데리고 왔다.

어두운 임군과 요악한 역승의 횡포한 손길이 모든 고려 국민의 머리 위에 내릴 때 처사동 깊은 곳에 숨은 부드러운 숨결의 생명 어린 일주에게도 내렸다. 그리하여 그의 향기로운 천진의 울음을 쓰린 눈물로 바꾸어 주었고, 그의 꽃다운 깃인 아버지의 품을 영원히 그에게서 빼앗아 가시덤불의 뱀의 굴을 그의 잠자리로 정해주었다.

황파라는 중년의 여자는 본시 송경 출생으로 서경에서 기생노릇을 하였다. 그는 날마다 자기의 몸을 돈과 바꾸는 생활을 계속하여 감에 따라 그의 양심은 어느덧 금전화하여 그의 금욕은 곧 그의 양심이었다.

그러나 그가 임 처사의 집에 출입할 때와 이번 난리통에서 일주를 안고 자기 집으로 올 때까지도 이 양심과 일주와는 아무런 관계가 없었지만 이후로 일주의 환경은 그에게 어떠한 기회를 준 것인지?

며칠 동안 일주는 침식을 전폐하고 아버지를 부르며 울기만 하였다. 울고 울다가는 지쳐서 그만 자리에 엎어진 채 혼곤하게 잠이 들다가도 다시 깜짝 놀라 아버지를 찾으며 울었다. 눈만 감으면 아버지의 눈물 드리운 얼굴이요, 눈을 들어 먼 산을 바라보면 그 산이 점점 가까이 오다가 일주의 정 든 집이 되어 그 모퉁이로 우악한 군졸에게 잡혀가던 아버지의 뒷모습이 나타났다.

일주는 아버지를 잡을 듯이 작은 두 손을 벌리다가 다시 울고 쓰러진다. 하늘에 떠다니는 뭉게 구름도 눈물 괸 눈으로 멀거니 쳐다보고 있노라면, 아버지의 거룩한 얼굴이 되어 자기를 내려다보고 내려오는 듯하여, 일주는 다만 아버지만 쉴새 없이 부르며 행여나 어디서나 그리운 아버지의 모양이 나타날 것이냐처럼 이리저리 둘러보다가 다시 우는 것이다. 아버지로 가득한 어린 딸의 귀에는 황파의 달래는 아무런 소리도 들려 오지

않는다. 하다 못해 황파가,

 "여보 아가씨, 너무 그러다가 병이나 나면 어쩌려구 그러시우. 아버지께서는 아무 죄가 없으시니깐, 조정에서도 잘 처리하여서 곧 돌아오실 것인데, 오셔서 병이 난 따님을 보시면 얼마나 속이 상하시겠소? 그렇게 숙성한 아가씨가 그런 생각을 좀 해야지요. 내가 내일은 소식도 알 겸 처사동에 다녀올 터이니 무엇이나 좀 먹고 기다려요, 응?"
하니까 일주는 간절한 눈으로 황파를 바라보며
 "나도 같이 가요. 정말 나도 같이 가겠어요."
한다. 황파는 깜짝 놀라며,
 "그건 안 돼요. 이런 때 같이 가면 되나요. 내가 우선 가보고 와서 형편대로 어떻게든지 해야지요. 그렇지 않우? 아이구 어린 아가씨가……"
하고 고사리 같은 손을 어루만지며 혀를 끌끌 차면서 가엾어 못 견디겠다는 듯이 들여다본다. 사실 황파의 말도 그럴 듯했다. 그러나 일주는 듣지 않았다. 첫째 일각이라도 바삐 아버지의 소식이 알고 싶었고, 다음에는 왕생의 소식이었다.

 군졸에게 채어 땅에 쓰러졌던 왕생을 왜 데려 오지 않았던가? 일주는 차차 정신이 돌아올수록 몇 번이나, 후회하며 못 잊어 하였다. 그래서 황파와 같이 가겠다고 두어 번이나 우겨 보았으나, 결국 황파만 떠나 버렸다.

 황파는 낮이 지난 후에 돌아 왔다. 종일 문밖에서 처사동 길만 바라보고 섰던 일주는 황파를 보자, 어머니나 본 듯이 뛰어 가 치맛자락을 잡고 소식을 물었다. 황파의 대답은 이러하였다.

 "처사의 소식은 동리 사람도 모르며, 처사의 집은 전부 불질러 태워 버렸고, 외당의 학동들은 각각 집으로 돌아가 노비들까지라도 종적을 모른다."
는 것이었다. 일주는 그만 땅에 쓰러져 졸도했다.

황파는 처사동 동리 사람들이 일주의 소식을 몰라하는 것을 보고도 모른척하고 같이 염려하였으며, 왕생이 그 어글어글한 눈에서 눈물을 뚝뚝 떨어뜨리며 일주의 소식을 몰라 애가 타서 하는 것을 보고는 이맛살을 찌푸리며,

"아이구 저를 어쩌나 처사께서는 옥에나 계시거니와 그 어린 아가씨는 어디로 가셨단 말인구. 하도 궁금하기에 일부러 와 보았더니, 아이구 이를 어째."

하면서 눈물을 흘릴 듯이 근심했다.

이것을 보면 황파가 온 것은 처사의 소식 때문이 아니요, 동리 사람들이 행여나 일주의 있는 곳을 알지나 않나 하고 탐지하러 온 것이 분명했다.

황파의 울고 웃는 것과 놀래고 한숨짓는 것을 자유로 하는 것에는 탄복하지 않을 수 없다. 그의 이런 술법은 여러 사람을 마춰시켰다. 일주를, 왕생을, 동리 사람들을.

일주는 자리에서 누워서 호곡할 뿐이었다. 황파는 자기가 아무리 수고로와도 며칠 후에 송도 부중까지 가서 처사의 소식을 알아다 주마고 잘 달래었다. 일주를 위해서보다도 자기를 위하여 더 알고 싶었던 것이다. 그러나 일주는 진정과 같은 황파의 말을 감사히 여겨 복받치는 설움을 억제했다.

보름 후에 황파는 일주의 재촉에 못 이기는 듯이 송도 부중에 갔다가 돌아오는 길에 처사동에 들러 처사가 그후 어찌 된 것까지도 잘 알았다. 그러나 일주에게는 뚱딴지같은 딴소리를 전했다.

"아이구, 임처사께서…… 그래두 다행하시지 참 워낙 복력이 좋으신 어른이니깐…… 저…… 어디인지는 아직 자세히 몰라도…… 그런데 다른 사람도 아주 많이 잡혔다지, 아니 그 사람들은 아주 여망이 없이 되었다는 걸. 그런데 처사게서만은 가까운데로 잠깐 귀양을 가시게 되었대요.

참 다행두 하지. 이제 얼마 아니면 수이 돌아오신대요. 아이 참, 다행두 하단 말이야. 그것도 그저 우리 아가씨 복력이란 말이지."
 이렇게 혼자 말하듯이 둘이 말하듯이 다행도 불행같이, 불행도 다행같이 말하는 이 몇 마디의 말은 알고 보면, 황파의 머리가 꽤 오랜 시간을 허비하여 몇십 리 길에서 발자국 자국마다 열두 번 되풀이로 얽어 놓은 웅변이었다.
 일주는 처음에는 놀랐지마는, 그래도 살아 계신 것과 수이 돌아오실 것을 희망으로 여겨 얼마간 기다리기로 하고 마음을 안정하고 지내게 되었다.
 임 처사는 옥에 갇힌 후 친우들의 주선으로 참형은 면하였지마는, 신돈의 험한 손질을 벗어날 수는 없었다. 신 돈은 옥리를 심복으로 택하여 하루에 죽 한 그릇씩을 넣어 주므로 나중에는 너무 쇠약하여져서 몸져눕게 될 때는 그나마도 주지 않았다. 처사의 철석같은 충의의 굳은 심장도 혈혈한 어린 딸의 정세를 생각할 때는 녹고야 말았다. 생각하면 생각할수록 너무도 견딜 수 없는 아픔이었다. 두 살 된 유아를 홀로서 기를 때 오직 일심 정력을 딸에게 쏟아 잠시도 무릎에서 놓지 않던 딸이 아니냐. 더구나 인물과 재주가 보면 볼수록 기이하고 절묘한 일주는 완전히 부친의 정신을 지배하였던 것이다.
 남성 만능의 시대에서도 처사는 자기 혈육으로 사내자식만을 남겨 두는 것이 인간의 죄악을 면하는 것이라는 생각은 없었다. 그러므로 일주와 왕생을 구별하지 못할 만큼 사랑하고 가르치는 것이다. 이제 의지 없는 두 어린 몸을 버리고 옥중에서 병든 아버지의 마음은 과연 어떨꼬? 황파에게 부둥켜 가면서도 부친을 부르며 몸부림치고 울던 일주와 옷자락을 붙들고 따라 오다가 발길에 채어 넘어진 왕생의 두 그림자가 혼미한 그의 정신을 번갈아 괴롭게 하였다.
 어떻게 친우를 통하여 일주에게 소식이나 전하고자 하였으나, 옥리는

다 신 돈의 심복이었고 혹 처사의 친우로써 약간의 음식을 드리고자 의견만 말하여도 삭탈 관직을 일삼으니, 속절없이 처사는 병든 지 십여 일이 되매, 다시 정신을 수습할 수가 없게 되어 "일주야! 일주야!"라고 희미하게 부르짖는 소리를 최후로 남기고 옥중에 원혼이 되어 버렸다.

  그의 시체는 친우들의 주선으로 처사동 이씨 부인 무덤 옆에 장사 지내게 되었다. 그 상여 뒤에 따르는 많은 사람 중에 상복을 갖추고 가장 설리 통곡하던 어린 사람은 그후 사흘날 이른 아침까지 그 무덤에서 떠나지 않고 호곡하더니, 나흘째 되던 날부터 그 작은 그림자는 처사동에서 사라지고 말았다.

고향을 떠나는 일주의 설움

 송악산을 막 넘으려는 석양이 더욱 붉게 탄다. 오늘도 하염없이 떨어지려는 이 석양을 애달프게 바라보는 한 소녀! 그가 처사동에서 낙조를 바라 볼 때의 얼굴과 오늘의 이 얼굴과는 딴 사람처럼 변하였다. 얼굴은 핼쑥하여지고 둥그스름한 턱까지 뾰족해졌다. 입술조차 하얗게 되어 완연히 병에 지친 사람 같았다.
 그러나 그의 눈만은 쏘이는 광채가 더욱 기운차다. 담은 의지하고 서서 물끄러미 바라보던 그의 눈은 눈물로 흐려진다. 방울방울 눈물은 뺨으로 흘러내린다. 그는 까만 작은 머리를 담에 부딪치며 몸을 비틀면서 간간이 흐느끼는 소리를 낸다. 뒤뜰로는 안방의 뒷문이 툭 하고 열리면서 황파의 찡그린 얼굴이 나타난다.
 "아이 또 저러는 구려. 밤낮 저 모양이니, 낸들 견딜 수가 있어야지. 어서 와 저녁이나 먹어요."
하고는 보기 싫다는 듯이 방문을 탁 닫으며 중얼중얼한다.
 일주는 곱고도 고요한 보금자리 처사의 날개 밑에서 자란 착한 양심 그대로의 사람을 믿을 줄만 알고 의심할 줄은 모른다. 그는 고금의 역사와 시가를 모르는 것이 없으나, 인간 사회의 흑면을 이해할 능력은 아직 없었기 때문에 황파의 간변에 속히어 인간 세계에 다시 두 번 돌아오지 못할 부친을 손을 꼽아 가며 그의 돌아 올 날을 기다리는 것이다. 그러나 미친 듯이 부친이 그립고 보고 싶을 때는 황파도 모르는 줄을 번연히 알면서도,

"아버지께서는 언제 돌아오신다고 해요?"
하고 묻지 않고는 견딜 수가 없었다.

황파야 모를 리가 없다. 저번 송도 부중과 처사동에 다녀 올 때 처사의 죽음과 왕생의 자취가 사라진 것까지도 잘 알고 왔다. 그러나 그는 돌아오는 길 머리에서부터 별다른 궁리가 생기었기 때문에 그처럼 일주를 속인 것이다.

그 궁리란 무엇인가?

일주는 세상에 둘도 없는 절세 미인이다. 그러나 그에게는 어버이도 친척도 없다. 그리고 일주가 확실히 세상에 남아 있다는 것을 일주 자신 외에 아는 사람이라고는 황파 자기밖에 없다. 그렇다, 일주는 분명히 내 물건이로구나.

이러한 생각이니, 이로써 황파의 양심인 금욕은 맹렬히 타기 시작하였다.

한참 갖은 궁리를 다하고 앉아있던 황파는 벌떡 일어났다가 다시 털썩 앉으며 빙긋 웃는다. 그리고 일주가 있는 방문을 슬쩍 바라본다.

이 날도 황파는 여러 계책을 구체화시키기에 골몰하다가, 일주의 우는 소리를 듣고 흥이 깨어져버린 까닭에 그처럼 짜증을 낸 것이다.

황파가 젊었을 때는 꽤 예뻤다. 그래서 서경이란 인육 시장에서는 그의 흥정이 좋고도 비쌌다. 모든 남성들은 다 황파에게 굴종하였다. 그러나 그 굴종성의 대상은 황금선(黃金仙)이라는 속된 사람의 계집이 아니고, 그의 아름다운 얼굴이었다. 곱고도 부드러운 육체에 한한 굴종 성이었고, 별다른 조건이 금선의 생명에 있던 것은 아니었다.

세월이라는 절대의 권력을 가진 악마는 금선의 얼굴을 험한 손길로 만

져 주었다. 모든 남성들의 굴종성과 흠애 연모는 흔적도 없이 그에게서 떠나 버리고 어느 손길이 자기의 등을 밀어냈는지 누구의 발길이 그의 엉덩이를 차 버렸는지 금선은 서경의 장터로부터 쫓겨 나오게 되었다.

황파는 적지 않은 돈을 모았다. 그리하여 자기 고향인 송도에 내려 와 성밖 매천골에 가옥과 전답을 사고, 사촌 동생을 데려다가 살림을 보살피게 하여, 먹고 입기에는 퍽이나 풍요하였다.

그러나 한정 없는 그의 욕심덩이는 늙어짐에 따라 더 커져 가며, 그는 방물 보퉁이를 이고 나서게 되었다. 그러나 그것은 팔기 위한 물건이 아니요, 남의 안방과 건넌방의 아씨와 아가씨들을 방문하고 그들을 낚기 위한 미끼를 담아 가지고 다니는 보퉁이었다. 이 보퉁이가 변하여 부드러운 살을 담아 가지고 오는 것이었다.

그리하여 그의 사촌 동생이 중상이 되어 인육 시장에 내어놓는 것이었다. 그러므로 일주라는 외로운 뼈와 부드러운 살을 깨물기에나 맑고 깨끗한 피를 빨아 마시기에는 너무나 힘이 남았던 것이다.

일주는 자기가 이러한 독한 발톱에 움켜진 것을 알 까닭이 없다. 다만 황파라는 존재가 있기 때문에 자기 역시 살아 갈 용기가 나는 것처럼 생각하면서도 어떤 때 간절히 묻는 자기 말을 성낸 얼굴로 지나쳐 버릴 때는 야속스러운 듯이 그의 뒷모양을 바라보면서 어느덧 눈물이 방울져 떨어진다.

이러한 눈물이 거듭할수록 자기의 설움이 늘어가는 것을 알게 되어 갈 때, 그리도 더디고 오래되는 듯한 여름은 지나가고 가을을 맞게 되었다.

하루는 황파가 엎어질 듯이 황황히 들어와,

"여보! 아가씨, 이걸 어쩌면 좋단 말이오? 지금 나라에서 귀양 보낸 죄수들의 가족들을 잡으려고 아주 사방으로 수색한다니 이 노릇을 어쩌면 좋소?"

하면서 부리부리하게 툭 솟아 나온 눈을 더 크고 휘둥그렇게 떠가지고 수

선스럽게 말하더니, 새파랗게 질린 일주의 말을 들을 사이도 없이,
"이것 보오! 여기 있다가는 큰 변이 나겠구려. 우선 아가씨가 위태위태하고 나도 까딱 하면 죄인의 자녀를 감추었다고 죄를 입을 것이니, 우리 잠시 어디로 피신합시다."
하더니 다시 말끝을 달아,
"글쎄, 그런데 아무래도 갈 곳은 친구 많고 발 익은 서경밖에 없단 말이야. 나로 말해두 나는 도무지 장사라든지 여러 가지 일에 거리낌이 많아서 떠날 수가 없지마는 처사님의 얼굴을 보아서라도 불가불 떠날 수밖에 없단 말이야. 아이구 그게 누구야. 처사님의 옥 같고 금 같은 무남 독녀 외딸이구려. 내가 아니 맡았으면 모르되 이왕 내게 의탁하는 아가씨를 조금치라도 허수이 할 수가 있느냐 말이지. 아이구, 만일 불행한 일을 당하게 된다면, 이 늙은 것이 어떻게 처사님 얼굴을 뵙나? 안 될 말이지 안될 말이야. 그뿐 아니라 내 마음이 말이야 어찌 참아 인정간에… 어린 아가씨를 그 험한 손길에 원 그게 될 말인가, 그건 결코 안 될 말이지. 가야해, 꼭 가야지 어서 바삐 서경으로 가야 해. 아가씨, 그렇지 않우?"
하면서 온갖 요변을 다 부린다. 그러나 일주는 아무런 말 하나가 없었다. 황파는 기색이 돌변하여 명령하듯 한 어조로,
"그러니까, 이제는 서경으로 떠나기를 작정하였지만, 우선 몸 붙일 집이라도 장만해야 되겠기에 사람을 보내 놓았으니, 아마 한달 안으로는 이사를 가게 될걸. 밖으로 함부로 나가선 안 되우."
하였다.
일주는 부친의 생사도 잘 알지 못하고, 멀리 고향 산천을 떠나게 되는 것을 생각하니, 어쩐 영문인지를 모를 만큼 가슴이 터져 오는 듯, 다만 서러운 마음만 가득 차서, 근본 말 한 마디 제대로 하지 않던 그가 요사이는 입 한번 벌려 본일 없이 지나게 되었다.
어느덧 이십여 일이 지나 서경에 갔던 심부름꾼이 돌아왔다. 그는 황파

와 무슨 이야기를 한참이나 계속하더니, 황파는 일주의 방으로 쫓겨오는 듯이 들어와 앉으며 손을 한 번 절컥 치고 나서는 희색이 만면하여,
"아가씨, 참 불행 중 다행이란 이런 것이로구료. 처사님의 은덕이구 아가씨의 복덕이지. 그런데 서경 갔던 사람이 왔는데 말이야. 아주 마음에 꼭 드는 집을 사구서는 살림꺼정도 모두 제 자리에 딱딱 놓구 왔다는 구료. 그까짓 놈의 군졸이 만 명이면 어때? 우리가 감쪽같이 떠나 버리면 그만이지. 한 닷새 후에는 떠날 게니까, 그 동안이라두 조심조심해야지, 그렇지 않우? 아이구 어린 눈 속에 무슨 눈물이 저렇게 많더람. 글쎄 울지 말구 내 말을 들어요. 속담에도 왜 말이 있지? 다된 죽에 코 빠진다구… 그러니 그 동안이라두 퍽 조심해야 되우. 애 참 무엇 좀 준비라도 해야 되겠구나."
하고 획 나가 버린다.
　준비는 다 되었다. 집과 남은 세간들은 사촌 동생에게 맡겨 두고 떠나는 날은 모래이라고 한다.
　그 이튿날 일주는 무엇을 결심한 듯이,
"내일은 떠나게 되었으니까, 오늘 잠깐 처사동 어머니 산소에 다녀오겠소이다. 부엌 어멈 하고요."
하며 황파를 쳐다보는 얼굴은 너무도 가련하게 보였다. 그 말을 듣더니, 황파의 큰 눈은 부리부리하게 더 크게 되고, 긴 혀를 가슴까지 닿도록 쑥 빼 물고는 두 손을 좌우로 척 갈라 들어 열 손가락이 제 각기 따로 떨어지게 뒤흔들며, 머리를 설설 내두르다가 겁을 잔뜩 집어먹은 음성으로 일주를 내려다보며,
"하이… 원, 그게 무슨 소리요. 하 원, 이것 참 큰일나겠네. 아이구, 그게 무슨 철 반 푼 어치 없는 소리람 응? 그런 말이 어디가 있어, 그것 참 큰일날 소리를."
하는 경동된 말소리는 차차 서리 친 맛이 있어지며, 놀랐던 모든 표현은

말소리를 따라 두 눈은 둥글둥글하게 똑똑하여지고, 눈썹 사이에는 주름이 잡혀 혀는 입안으로 서리어 버리고, 입술은 위아래가 딱 달라붙었으며, 두 팔은 뒤로 돌아가 뒷짐을 하게 되었다.

황파는 일주를 쥐 노리듯 노리고 있더니, 이번에는 설교하는 법사의 태도와 같이, 은근하고 정중한 음성으로 다문다문 떨어져 나온다.

"여보 아가씨! 글쎄 지금 관졸의 발길이 뒤 엎히듯 벌리어 있는 이 요란한 시절에 출입이라니 그야말로 춘치 자명이란 말이야요. 일부러 호굴을 찾아가는 셈이 아니오? 원 딱한 아가씨."

그는 일주의 태도를 주목하다가 다시,

"지금 서경으로 가는 것도 몸을 피하여 가는 것이 아니요? 그러니까 조용해지면 다시 올 것이니까, 우선 잠시 이웃집 가듯이 가는 거란 말이지. 글쎄 처사님께서 돌아만 오시면, 산소에는 내 혓바닥이 내 입에 드나들 듯해요. 이것 좀 보우."

하면서 혀를 쉴새 없이 날름거린다. 고개를 숙이고 옷고름을 만지작거리고 섰던 일주는 이윽이 섰더니, 다시 고개를 들어 황파를 쳐다보며,

"어머니 산소에 가다가 잡혀도 좋으니, 노랑은 너무 내 걱정은 말으시오."

하는 말소리는 힘있게 맺혀진다.

황파의 본성은 불끈 나타났다. 얼굴이 별안간 발개지며 눈에는 독기가 흐른다. 이것을 본 일주는 힘없이 고개를 떨어뜨리며,

"노랑에게는 아무런 누가 끼치지 않도록 할 터이니, 이 소원 하나만 꼭 들어 주셔요."

하고 간절히 애원하듯 하였다.

"뭐야? 아무 소리를 한대두 다 안 된단 말이야 안 되구 말구. 내가 처사님의 부탁으로 이렇게 말아 가지고 그 동안 얼마나 애를 썼는데 말이야. 오늘 나가다가 불행만 하고 보면 다음 날 처사님께 무슨 말을 하나? 없지

없어. 아무리 어린 소견이기루, 그런 말이 어디가 있어, 못해 못해. 그건 하늘이 무너진대두 못한단 말이야. 나가다가 잡히겠다면 차라리 내가 관가에 가서 고발하는 게 낫지. 나는 어떻게 되라고 그리우? 늙은 게 방물장사도 못해 먹게 생 모가지가 떨어지라고 그리우? 이 자리에서 벼락불이 백만 구천 번 내린대두 그건 안될 말이야. 에, 아무리 철따귀가 없기로서니, 그게 무슨 말이드람. 응, 참."

그는 힘을 써 응 소리를 맺히면서 눈을 몹시 흘기고 나가 버린다. 일주의 애끊는 간절한 이 소망은 실행되지 못하고 말아 버렸다. 일주는 밤새도록 울고 울었다. 얼굴을 땅바닥에 대고 머리를 움켜쥐며 아버지와 왕생의 형상을 번갈아 그리다가는 다시 울고 또다시 느껴 그 밤을 새웠다.

동이 트기 전부터 황파는 일어나 안팎으로 들락거리며 수선을 피웠다. 전 같으면 남 먼저 일어나 세수를 정히 하고 동천을 향하여 공손히 절을 하며 눈을 짓던 일주가 오늘은 아무 소리가 없다.

일주는 자기의 어린 생각이 상상할 수 있는 알지 못한 어떠한 곳에 그의 아버지를 계시게 하고, 그는 매일 새벽이면 정성껏 늙으신 부친의 건강을 위하여 빌고 빌었던 것이다. 이미 흙이 다 된 처사의 원혼은 아직도 그의 어린 딸의 가슴에 살아 있지 않은가?

보통 아이 같으면 마치 부모의 응석바지가 될 어린 몸이, 밤새도록 울다가 지쳤든지 닭이 몇 번이나 운 다음에야 겨우 혼곤하게 잠이 들어, 고향의 마지막 꿈을 평화롭게 꾸고 있는 듯, 곤한 숨소리만 색색 들리는 일주를 황파는 기어코 깨우고야 말았다. 일주는 얼굴이 몹시 부어 올라 모습까지 변한 듯했다. 황파는 그 얼굴을 미운 듯이 내려다보며,

"어서 일어나요, 오늘이야말로 웬 늦잠이우. 벌써 조반이 다 됐는데."

하고 치마 귀에서 바람이 일어나도록 바쁘게 날뛰었다.

일주를 담은 교군은 밭이랑과 산골길로 바쁘게 행한다. 일주는 교자창 틈으로 멀리 처사동 골짜기에 첩첩이 낀 아침 안개를 돌아보면서 그의 작

은 손을 마주 대어 머리를 숙이면서,

"어머님! 어머님! 어린 딸은 떠나갑니다. 딸이 죽지 않고 다시 돌아오게만 된다면 그때에는 꼭 아버님을 모시고 와서, 오늘 어머님의 산소에도 못 와 뵈옵고 가는 죄를 사죄하겠습니다. 떠나가는 딸의 죄를 용서하여 주십시오. 어머님! 아, 아버지!"

하고 그는 자꾸 머리를 숙여 절을 하다가는, 다시 아버지를 부르며 느낀다.

아직도 살아 있는 줄만 아는 아버지를 그는 더욱 몹시 그리워하는 것이다. 만일 영의 앎음이 있다 할진대, 처사 부부의 혼은 정처 없이 떠나가는 외롭고 어린 딸의 머리에서 떠나지 않을 것이다. 일주의 이러한 부르짖음이 계속되고 있을 때, 가마의 그림자는 사라지고 말았다. 이렇게 떠나는 가련한 일주를 그림같이 곱고 아름다운 서경의 풍경은 어떻게 그를 맞아 줄 것인가.

흡혈귀

　금수강산 서경의 가을 단장은 무르녹았다. 대동수는 더 새파랗게 흘러간다. 저녁 구름에 날리는 단풍잎이 가끔 떨어진다. 영동문 안 어느 집에는 새로운 손님을 맞아 법석거린다.
　그 이튿날부터 이 집에는 수 없는 사람들이 끊임없이 찾아온다. 그들이 이 집문을 나갈 때는 모두가 꽃송이 같은 색시가 천하의 일색이라고 칭찬을 하면서 문을 연해 돌아보면서 가는 것이다. 이것이 일주의 새 보금자리가 된 황파의 집이다. 일주에게는 이 집에 출입하는 많은 사람들이 이상하게 보였다.
　더구나 야릇하게 된 것은 황파의 태도니, 다정한 듯, 냉정한 듯, 그러나 다정하다는 것은 일주의 처음 듣는 음담 패설이요, 냉정하다는 것은 요계 집애 하면서 흘기는 것이다. 이것이 송악산 밑과 모란봉 아래가 이렇게도 다른가 하고 의심의 눈을 깜박이는 일주의 느낌이다.
　어느 날 아침에 황파는 일주의 방으로 들어와서 방문을 안으로 잠그고 일주의 무릎 옆에 바싹 다가앉아, 그의 얼굴을 한참이나 마주 보더니, 푸른 입술은 마침내 열리었다.
　"얘야 일주야, 너의 아버지께서는 작년 봄 잡히실 그때 보름 안으로 옥중에서 병나 돌아가셨단다."

일주의 눈은 똑바로 떠지었다. 황파를 뚫어지듯 쳐다보다가, 다시 고개를 숙이더니, 문득 고개를 들 때, 그의 눈은 쏘아 마칠 듯이 황파를 노려본다.

"무어요? 그게 무슨 짓이요? 왜 사람을 속여요. 그게 참말이 될 리가 있어요?"

일주의 태도는 두려워함보다 냉연히 얼음덩이처럼 차다. 꾸짖는 듯한 어조는 위엄이 어리었다. 황파의 간덩이로도 좀 뜨끔하여 일주의 시선을 피하며,

"아니 정말이다. 거짓말은 아니다. 그때 글쎄 사람이 되고야 어찌 차마 네게 그 말을 한단 말이냐. 그러기에 나는 네 재생의 은인이라는 말이다. 내가 처사님 산소에 가서 네 대신 절까지 하구 왔지만, 차마 네게는 그 말을 아니했단 말이야. 인제 넓고 넓은 천지에는 너하구 나하구 둘이만 남았단 말이야."

하고 일주의 기색을 살핀다. 그러나 무슨 일이 나려니 했던 일주는 돌부처처럼 가만히 있다. 그에게서는 눈물이 말랐다. 다만 눈썹으로부터 입술까지 황파로는 알지 못할 이상한 기운이 맺혀 가지고 있다. 그는 다시 말을 계속한다.

"그런데 말이야. 세상 사람은 모두 남의 피를 못 빨아 먹어서 허덕이는데, 이놈의 심정은 무슨 심정인지, 너 하나를 기르느라구 늙은 게 이때까지 방물 보퉁이를 못 내려놓고 이게 무슨 고생이냐? 그저 처사님 얼굴도 그리려니와, 어디 내 마음이 독해야 말이지. 그런데 이제는 무엇 도무지 하루가 죽음 같이 바쁘단 말이지. 이제는 도무지 방물 보퉁이를 일 수가 없단 말이야. 애야, 누가 주리를 트니 생침을 놓니? 왜 그렇게 새파래 가지고 듣기도 전에 먼저 울고 있느냐 말이야. 고것 참 맹랑한 걸세. 고놈의 몸뚱이는 눈물로 만들었나 보이. 울기는 울어라마는, 귓바퀴는 이리로 대고 있으란 말이야. 그러니 말이야. 아무리 관세음 보살이 인두겁을 한 나

이기루 허구 많은 날 너를 어떻게 먹여 기르느냐 말이야. 늙은 내가 너를 그만큼 길렀으니, 그 은혜는 못 갚더라도 말이야. 이제부터는 좀 먹여 달라는 말이야. 너도 말이지, 전정이 구만리인데, 나만 죽으면 어쩌나? 큰일이구 말구, 참 큰일이지, 사람이란 시종이 여일하여야 하는 겐데 내가 너를 이만큼 길러 가지구 어떻게 굶게 죽이니? 죽어서 처사님 얼굴을 어떻게 뵈오라구. 그러니깐 말이야, 네 평생 호의 호식할 방책을 어느 만큼은 만들어 주어야지. 그래야 죽더라도 눈을 감지."

여기까지 말하고 황파는 우선 숨을 돌이킬 겸 슬쩍 일주의 눈치를 살핀다.

그리도 매섭게 가지고 있던 그가 말 듣는 중간에서는 눈물을 흘리더니, 이제는 눈물도 거두고 황파의 말을 긴장된 태도로 듣고 있다. 이 눈치를 알아 챈 황파는 안심이 되는 듯이 더 한층 흥이 나서 지껄댄다.

"그런데 말이야. 네 인물은 말이지 눈을 안가지구 만져만 부구래두 말이야, 일색이란 말이야. 장래는 말이지 십 색, 백 색 가운데 두고 천만 색은 된다는 말이야. 아이구 천하의 귀남자, 부호낭군, 일등 미남자, 호걸, 풍류, 기남자들이 말이지, 아이구 어쩔거려. 나는 더 말도 못하겠다는 말이야, 후유 애야, 일주야! 너는 꼭 살아야만 할 터인데 말이야. 사는 방법으로는 기생이 되어야 호박 주추에 고래등 기와란 말이지. 그러니까 말이다. 너는 그 준비로 내일부터 공부를 지성껏 해야 된다는 말이야 응, 알아 들었니?"

황파의 이마에는 땀이 맺혔다. 요마가 다된 그로도 이 말하기는 무척 어렵던 모양이다. 그는 고개를 숙이고 입술을 꼭 깨물고 앉아있는 일주를 건너다보며,

"그러니까 내일부터는 공부이다. 오늘일랑 마음껏 잠이나 자려무나." 하고 일어나서 나가 버렸다.

일주는 까딱도 않고 앉았다.

그는 별안간,

"아버지!"

부르고는 방바닥에 픽 쓰러져 버린다. 잠시 동안은 정신없이 울기만 하였다. 그러나 점점 생각이 계속됨에 따라 눈물은 마르고 생각은 분명하여진다.

그는 황파에게서 부친의 죽음을 들을 때 정신이 번쩍 나고 가슴이 선듯 내려앉았다. 그러나 눈물은 나오지 않았다. 황파가 왜 자기를 속였다는 것은 번개같이 지나가는 어떤 생각이 가르쳐 주고도 남았다. 그는 황파의 말을 듣지 않고도 하고자 하는 말의 요령을 알 수가 있었다. 그의 이때까지 경험하여 보지 못한 마음과 분함이 황파를 대상으로 난무하고 있을 때 두 번째 번개같은 생각이 지나가자, 그는 쓰러졌던 몸을 벌떡 일으켜 어디를 바라보는 듯 분해하는 숨결을 시근거린다. 그는 지금 황파보다도 부친을 죽게 한 신 돈을 미워하게 되었다. 그러다가는 황파와 신 돈을 합하여 놓고 저주한다.

순결한 비단결 같은 일주의 그 흰 바탕에 저주라는 붉은 줄기를 가로세로 그어 놓게 되었다. 지금의 일주에게는 염치도 체면 예절도 아무 것도 없게 되어, 그는 몸부림을 탕탕 치면서 소리를 내어 운다.

일주가 부친을 떠나면서부터 얼마나 많이 울었던가? 그러나 그 울음은 단순한 어린아이의 울음이었다. 오늘 이 시간부터 그러한 눈물은 영원히 일주에게서 떠났다. 지금 흘리는 이 눈물은 저주와 비분과 원한의 눈물이다.

밤새도록 울면서 몸부림하던 일주는 세 사람의 대적을 가지게 되었다. 부친의 죽음의 원인인 왕과 신 돈이요, 그것을 기회로 자기를 미끼삼아 금전을 낚으려는 황파였다. 그의 연한 가슴에 못박아 놓은 셋의 대상은 일주가 장성함을 따라 그 상처도 커갈 것이다.

이튿날부터 일주의 몸에는 붉고 푸른 자국이 생기기 시작하였다. 이제 부드러운 그의 살에 악귀의 발톱 자국이 나타난 것이다. 이 집 문 앞을 지나가는 길가는 사람들은 흔히 아버지를 부르고 우는 계집애의 소리를 들을 수가 있었다. 며칠 동안은 극한 형벌로 일주는 자리에서 일어나지 못하였다.

가녑던 처사동의 가을 바람도 오히려 일주에게는 거칠어왔거든 하물며 이 된서리 매운 바람이 그에게 불리워 왔음에랴?

서경의 명기 백화

에라 놓아라 내가 못 놓겠네, 천만 번 죽어도 나는 못 놓겠소.
대동수 변해서 상전이 되고, 모란봉 닳아서 대동수 된대두,
에라 내 임을 내가 못 놓겠네, 구만 번 죽어도 나는 못 놓겠소.

　술이 반 취한 세 사람의 청년이 이런 노래를 주고받으며 부벽루를 향하여 비틀 걸음으로 걸어 내려온다. 봄바람은 탕자의 가슴에 불었다. 유유히 흐르는 대동강은 뱃놀이하는 고운 계집애들의 놀이터가 되었고, 모란봉과 부벽루에는 날마다 열리는 잔치가 그칠 새가 없었다.
　제일 강산, 서경의 봄바람은 거리거리 구석구석에서 야유랑과 기녀들을 모조리 불러내다가, 모란봉을 배경으로 부벽루와 대동강에 큼직하고도 번화한 사람의 시장을 버려주는 것이다. 돈푼 있는 사람들은 있는 대로 가져다가 이 장터에 쏟는다. 모든 상품들은 그 얼굴과 가무에 따라 값이 오르고 내리며, 상품주의 주머니는 날마다 터질 듯이 담뿍 찬다. 이제 이 세 사람도 상품을 흥정하려 가는 것이다. 한 사람이 옆에 가는 사람의 옷자락을 끌며,
　"여보게 이 사람 천천히 가세나. 무에 그리 급하단 말인가. 옳다, 알았네, 알았어. 행여나 그게 왔을까봐, 그러나 이놈아! 씨양 뉘시깔이 숯검정

이 되어 보려믄. 그게 오기나 할 겐가. 그렇지 않나? 여보게, 경수 그렇지 않나?"
하면서 조금 뒤떨어진 경수라는 제일 젊어 보이는 자를 돌아보며 동의를 구한다.

"아무렴 그렇다 말 다하겠나. 영국이 제가 아무리 수사님 자제지만두 네까짓 게 어림도 없다 얘."
이자가 맞장구를 친다. 영국이라는 자는 좀 분이 난 듯이 때릴 것처럼 덤비며,

"미친놈들 다 보겠네. 이놈들아, 백화란 말만 들어도 정신을 못 차리고 덤비는 놈들은 누군데 그러니? 얘, 도춘이 너는 대체 뻔뻔도 하더라. 무얼 가지구 덤비느냐 말이야. 감히 그런 아씨께… 아니꼬운 녀석."
하고는 비틀거리며 다시 저쪽만큼 떨어져 간다. 나이는 삼십이 넘어 보인다.

"이런 씨양 간나놈의 새끼 메라고 하니? 왜 내가 못 덤빈단 말가? 너희 놈들은 대국 황제 새끼나 되니? 매시꺼운 놈의 새끼, 너 같은 놈들은 천만 명이 된대두 백화가 눈도 거들떠보지 않지만, 내야 좀 잘 생겼니? 백화는 그래두 나만 보면 웃더라 얘 먹갔네? 얘 이놈아!"
하면서 도춘이는 의기 양양해 한다. 아닌 게 아니라, 그 중에서는 예쁘게 생겼다고도 하겠다. 영국이가 픽 웃으며,

"얘 이놈 보세 맹랑한 걸. 백화 웃는 걸 꿈에나 보았나 부다. 이놈아 네까짓놈이 무에야? 나로 말하면, 권리가 일경에 으뜸인 수사의 자제이구, 경수는 재산이 천하에 제일 가는 갑부 김 장자의 자제란 말이야. 그래두 경수는커녕 김 장자 영감이 지금 재산을 다 내놓구 덤벼두, 백화는 양 금통키듯이 손톱으로 퉁기고만 있단다. 얘 이놈아 죽겠니?"
하고 깔깔 웃는다. 경수도 따라 웃으며,

"말이 났으니 말이지. 장자인지 무엔지 미쳐 날뛰는 꼴이라군 메시꺼워

못 보지, 백화만 얻으면 목숨보다도 더 중히 여기는 재산도 쓸데 없다구 한단다. 얘, 거야 무어 백화가 누가 안 그러간? 나두 한번 보구는 간이 바삭바삭 녹는데……."
하고 못 견디어하는 듯하다.
"얘 이놈의 새끼 애비허구 새끼허구 맞붙어 보간? 그래 보아라, 구경 좀 하잣군, 누가 이기나. 그래두 경수 네가 질라. 너의 아비 그놈의 뚱뚱이 뉘깔이 톡 솟아 가지구 시뻘겋게 덤비면, 거 누가 당할 재간이 있간? 백화 열두 개두 해먹갔더라 얘."
하고 도춘이는 경수의 등을 치며 밀친다. 영국이는,
"이 사람들아! 화나는 소리 그만들 하게. 나는 그 말만 들어도 구곡이 녹는 것 같으이. 나 같으면 백화를 데려다가, 황금 집 속에 수정 기둥을 달고 벽옥 난간을 틀구서는 홍옥 청아를 달구 진주주렴을 드리워서, 날마다…… 아이구, 이 얘, 말 마라. 난 백화만 있으면 지금 죽어도 한이 없겠다. 한이 없어."
하며 후 하고 긴 한숨을 쉰다. 두 사람도 그 말에는 다른 의견이 없는 듯하다.
"안 그래, 거 누구가 안 그러잤나? 그렇디만 백화는 얘 노상 얼굴을 찡기구만 있는지. 웃는 때가 없으니끼니, 어디메 말이나 붙여 보갔던가? 월서시가 찡긴 얼굴까탄에 오왕 부차를 녹혔다더니 백화 웃기려구 천하 난봉이 다 죽갔데."
"흥, 그러기 때문에 더 죽겠다구 덤빈다네. 얼굴은 가을 하늘처럼 메살스럽게 해 가지구 있어두, 그게 더 간이 녹는 판이야. 그 칩디 뜨는 눈찌들 보게. 원 흘기는 듯 해두 어찌 그리두 미묘하단 말인가? 게다가 문장은 이 태백이구 필법은 왕 희지라네. 그 뿐인가 가무 음률이 천하에 쌍이 없다니, 아이구 이 사람들, 나 죽겠네. 누구던지 백화 낭군이 되면 제 명대로 못 살 겔세."

하고 영국이는 다시 한숨을 길게 내쉰다.
"글쎄 원, 거 누구가 백화를 죄겨 낼지, 아마 백화는 제대로 뒈질걸세."
이렇게 세 사람이 백화를 찬미하기에 여념이 없이 열중한 사이에, 발은 어느덧 부벽루 앞에 이르렀다. 질탕한 음악 소리에 맞혀 곱게 차린 무기들의 옷깃이 나비처럼 나부낀다. 많은 자들은 취하여 곤두 뛰고 엉덩춤도 추며 제각기 계집들을 끼어 앉고 날뛰는 판에, 세 사람을 보자, 상관이나 온 듯이 사내와 계집들이 일제히 일어나 맞는다.
"어이구, 대장님들이 출입이 왜 이리 늦으셨단 말인가? 이애, 기생들 더 곱게 추렸다."
기생들은 끼리끼리 모여 와서 제각기 문후한다. 영국이는 좌석을 휘휘 둘러보더니,
"아마 아니 왔지? 또 헛걸음인 게다. 여보게 이 사람들, 나는 가겠네. 무슨 재미루 있단 말인가?"
하고 낙심한 듯이 고개를 떨어뜨린다. 다른 자 하나가 영국의 어깨를 흔들며,
"어림 없네, 하늘에 가 별을 따게. 백화가 이런데 올까봐 헛 애를 쓰나? 그야말로 상감님 명령이라면 모르지만…… 왜 자네 총희가 좀 많나. 녹주, 금련이, 취선이, 앵무, 홍매, 설월이, 옥엽이, 영산홍이, 월중선이, 아이구 어떻게 다 센단 말인가, 손 안 대어 본 기생이 있다구 뭐? 이애들아, 이리 와 모셔라."
하고 기생들을 부른다. 영국이는 말리며,
"아이구 지저분하이, 천하 기생들을 다 모아보게. 백화 죽은 넋이나 한가?"
하고 시들한 듯이 머리를 흔든다.
"백화에게 미친 녀석 많군. 기미 장자가 대왕이구 또 누구누구 그래두 백화는 왼 눈 깜짝도 않는데, 걸지 않겠으리…… 어쨌든 백화는 좋갔더라.

나두 어서 죽어 백화 환생이나 한다면 좋갔는데.”

"이얘 듣기 싫다. 제까짓 게 거 뭐가. 기껏해두 기생밖에 더 되가이? 너무 하더라. 저두 지금이지, 늙으면 어쩌갔다구.”

"얘들아, 듣기 싫다. 백화야 정말 인중선이지. 우리 같은 것들이야 어깨나 겨누겠니? 백화는 재상의 딸이었구, 열녀도 그 마음을 못 따른다니, 꼭 그런 짝될 만한 위인이 아니면 너무 아깝지 않니? 이 서경 구석에 있다면, 개새끼밖에 더 있겠니? 우리 송경이나 같으면…….”

"또 나오누나 송경인지 죽경인지, 너 그럼 무얼 먹갔다구 왔단 말가. 만날 자랑두 끔즉스리…… 너두 사내가 되었더라문 상사 귀신 하나 더 날 뻔했군.”

이렇게 삐죽도 대고 부러워도 하다가 결국 영국에게로 가 버렸다.

모든 사내와 계집들의 입에서 찬미와 저주를 받는 그리고 서경 일대를 떵떵 울리는 기생 백화는 대체 누구인가? 서경의 봄은 이렇게 아름다운 백화의 향기로 더 곱게 짙어 가는 것이다.

백화의 스승 전화당(典華堂)

 생활과 환경의 변함을 따라 성질조차도 변하여진 일주에게서 옛날에 가지던 부드러운 얼굴의 사랑스러운 표정을 찾을 길이 없었다. 그럴수록 황파의 학대는 점점 더 심해 가매, 어느 날 밤 일주는 이러한 결심을 하게 되었다.
 "나는 혈혈 단신 오직 하나의 몸이다. 내가 죽으려면 모르되, 살고 있는 이상 살아 갈 길은 오직 기생되는 것밖에 없으니, 차라리 이 생활을 계속하여 나의 마음에 맺힌 한을 신설하게 되면 차차 마굴을 벗어날 수도 있을 것이다. 그렇다, 내 마음 정한 곳에 무서움이 어디 있으랴."
 그는 입술을 꼭 물고 휙 돌아누우며 촛불을 바라본다. 그의 영롱한 두 눈이 힘있게 빛난다.
 그 이튿날부터 일주는 자발적으로 공부를 하게 되었다. 그는 자기의 기명을 백화라 하였다. 이것은 왕생의 글귀 중에서 찾아 낸 것이다. 황파는 일주의 태도가 돌변한 것을 보고 놀라고도 기뻐하였다.
 가무, 기예를 배우는 동안 세월은 흐르고 흘러 열다섯 살이 되었다. 짙은 향기가 어찌 숨기어 있으랴. 서경 구석에는 백화의 이야기가 아니 간 곳이 없게 되었다. 얼굴과 문장은 논할 것도 없거니와, 가무, 기예까지 당대 독보인 명기라는 것이다.

그러나 궁리가 깊은 황파는 보통 음률은 보잘것없다 하여 다시 유명한 스승을 구하기에 애를 쓰던 차 마침 음률에는 신인이라고 칭호를 받는 전화당이라는 육십 노인이 유람차로 서경에 이르렀단 말을 듣고, 예단을 갖추어, 그의 숙소에 찾아가서 이 뜻을 간절히 청했다.

전화당은 황파를 유심히 바라보다가 거절해 버렸다. 이튿날 황파는 백화를 데리고 다시 전화당을 방문하고 애걸하듯 하였다. 전화당이 백화를 이윽이 바라보다가, 희색이 넘치며 황파에게,

"이제 바쁜 몸이 서경에서 잠시 두류하게 되매, 실로 여기가 없으나, 특히 백화를 위하여 얼마간 가르칠 것이니, 그대는 적당한 처소를 지정하라. 그곳에 머물며 백화를 가르치겠노라."
하고 쾌히 허락했다.

전화당이 황파의 집에 유하며, 백화를 가르친지 몇 달이 못되어 백화는 완전히 통달하니 전화당이 놀라고 기뻐하여,

"내가 본디 나의 음률 기예를 함부로 가르치지 않음은 범속 재질로는 배워 얻을 수 없음이요, 더구나 기녀 된 자에게는 가르치기 싫어함은 시속 무리가 음률을 다만 술자리와 노는 자리의 임시 소일거리로나 오락들로 사용함이라, 처음 황파는 그의 기상이 좋지 못하기에 거절하였다가, 너를 보고 그 기절을 사랑하여 가르침이러니, 이제 뜻함보다 몇 배나 더하니, 실로 내가 미칠 바 아니라, 그러나 내가 수이 길을 떠나고자 하는데, 내게 한 곡조 남았으니, 즐겨 배우려냐?"
하며 백화를 사랑스러운 듯이 내려다본다. 백화가 아미를 나직이하여,

"미련한 몸이 스승을 모셔 배움을 받사오니, 천한 소견이나마 어찌 감격지 않겠습니까? 바라옵건대, 남은 한 곡조마저 가르쳐 주시오면, 결코 더러이 읊지 않사오리다."
하고 웃음을 띄워 공손히 아뢨다.

전화당 역시 미소 점두하다가, 다시 정중한 어조로,

"이것은 실로 명곡이니, 곡조는 침부사(沈浮思)라 한다. 옛날 한광무 때에 귀곡 산중에 한 현사가 있어 이 노래를 지어 읊었으니, 후세 사람이 혹 흥망가라고도 하는데 이는 인간 몇 만년의 흥망 성쇠를 가져 노래 지은 까닭이다. 이러한 인간 역사의 치란 성쇠의 뜻을 후세 사람에게 유훈하고자 함인데, 마침 그의 친한 벗에 전화암(典華庵)이라는 당대 독보인 음률의 명창이 있어 침부사의 곡을 지었으니, 그가 나의 스승 전화천(典華泉)의 선조라 침부사로 관현 두 가지 음률로 탈 수 있는 것인데 나는 현악을 배웠으니, 너는 전심하여 배우면 얼마 안되어 숙달할 것이다."
하고 백화를 바라본다. 백화는 다시 자리를 고쳐앉아 말을 듣는다.
"그런데, 이 노래가 천하 성회를 노래하였으므로, 이 침부사도 자연 그 성에 가서는 곡조가 웅호 표탕하고 쇠에 이르러서는 애원 처절하니, 침부사의 극의는 이러한 변화에 있음이라, 그러므로 이 곡조를 통달한 자로써는 음곡의 변화를 각종 율음으로 자유로 부르게 되는 것이다. 너의 재질로 착념한 하면 능히 정통할 것이다."
하고 그는 칠현금 문무줄을 골라 단좌한 후에 침부사를 타며 노래하니, 그 노래는 이러하다.

        제 일 장
    어화 벗님네야
    침부사 곡조 울려
    만고 치란 불러보세
    함지에 구름 일고
    부상에 비가 지니
    사해가 적막쿠나
    건곤은 무궁컨만
    천하사는 털끝인데
    자고가 만년일레
    신주탄에 집을 짓고

그러나 궁리가 깊은 황파는 보통 음률은 보잘것없다 하여 다시 유명한 스승을 구하기에 애를 쓰던 차 마침 음률에는 신인이라고 칭호를 받는 전화당이라는 육십 노인이 유람차로 서경에 이르렀단 말을 듣고, 예단을 갖추어, 그의 숙소에 찾아가서 이 뜻을 간절히 청했다.
　전화당은 황파를 유심히 바라보다가 거절해 버렸다. 이튿날 황파는 백화를 데리고 다시 전화당을 방문하고 애걸하듯 하였다. 전화당이 백화를 이윽이 바라보다가, 희색이 넘치며 황파에게,
　"이제 바쁜 몸이 서경에서 잠시 두류하게 되매, 실로 여기가 없으나, 특히 백화를 위하여 얼마간 가르칠 것이니, 그대는 적당한 처소를 지정하라. 그곳에 머물며 백화를 가르치겠노라."
하고 쾌히 허락했다.
　전화당이 황파의 집에 유하며, 백화를 가르친지 몇 달이 못되어 백화는 완전히 통달하니 전화당이 놀라고 기뻐하여,
　"내가 본디 나의 음률 기예를 함부로 가르치지 않음은 범속 재질로는 배워 얻을 수 없음이요, 더구나 기녀 된 자에게는 가르치기 싫어함은 시속 무리가 음률을 다만 술자리와 노는 자리의 임시 소일거리로 오락들로 사용함이라, 처음 황파는 그의 기상이 좋지 못하기에 거절하였다가, 너를 보고 그 기절을 사랑하여 가르침이러니, 이제 뜻함보다 몇 배나 더하니, 실로 내가 미칠 바 아니라, 그러나 내가 수이 길을 떠나고자 하는데, 내게 한 곡조 남았으니, 즐겨 배우려냐?"
하며 백화를 사랑스러운 듯이 내려다본다. 백화가 아미를 나직이하여,
　"미련한 몸이 스승을 모셔 배움을 받사오니, 천한 소견이나마 어찌 감격지 않겠습니까? 바라옵건대, 남은 한 곡조마저 가르쳐 주시오면, 결코 더러이 읊지 않사오리다."
하고 웃음을 띄워 공손히 아뢨다.
　전화당 역시 미소 점두하다가, 다시 정중한 어조로,

"이것은 실로 명곡이니, 곡조는 침부사(沈浮思)라 한다. 옛날 한광무 때에 귀곡 산중에 한 현사가 있어 이 노래를 지어 읊었으니, 후세 사람이 혹 흥망가라고도 하는데 이는 인간 몇 만년의 흥망 성쇠를 가져 노래 지은 까닭이다. 이러한 인간 역사의 치란 성쇠의 뜻을 후세 사람에게 유훈하고자 함인데, 마침 그의 친한 벗에 전화암(典華庵)이라는 당대 독보인 음률의 명창이 있어 침부사의 곡을 지었으니, 그가 나의 스승 전화천(典華泉)의 선조라 침부사로 관현 두 가지 음률로 탈 수 있는 것인데 나는 현악을 배웠으니, 너는 전심하여 배우면 얼마 안되어 숙달할 것이다."
하고 백화를 바라본다. 백화는 다시 자리를 고쳐앉아 말을 듣는다.

"그런데, 이 노래가 천하 성회를 노래하였으므로, 이 침부사도 자연 그 성에 가서는 곡조가 웅호 표탕하고 쇠에 이르러서는 애원 처절하니, 침부사의 극의는 이러한 변화에 있음이라, 그러므로 이 곡조를 통달한 자로써는 음곡의 변화를 각종 율음으로 자유로 부르게 되는 것이다. 너의 재질로 착념한 하면 능히 정통할 것이다."
하고 그는 칠현금 문무줄을 골라 단좌한 후에 침부사를 타며 노래하니, 그 노래는 이러하다.

        제 일 장
어화 벗님네야
침부사 곡조 울려
만고 치란 불러보세
함지에 구름 일고
부상에 비가 지니
사해가 적막쿠나
건곤은 무궁컨만
천하사는 털끝인데
자고가 만년일레
신주탄에 집을 짓고

동창을 열은 후에
서안에 빗겼더니
바다가에 아이 앉아
서럽게도 울음 우니
이 마음이 요란커늘
그 이름을 물어보니
태고라 천황씨라
창혜에 성난 물결
신주탄에 부딪치어
서안을 적시우매
바야흐로 잠을 깨어
동창을 닫은 후에
일월로 촉을 삼고
벼루에 먹 갈더니
곤륜산 비탈길로
뿔 난 아이 바람 지고
창 아래 이르거늘
그 이름을 물어보니
신농씨라 대답한다.
    *
황하수 저문 날에
배 저어 가는 사람
창오에 비 젖는데
남풍곡을 왜 부는가
때 아닌 저문 날에
혈우사 일비비라
무심한 아이들은
젓대 파서 불건마는
소상강 저 반죽은
무슨 일로 어룽졌노
양양 담수 구 년 치수
십삼년에 삼과 불입

구정에 밥을 지어
구주 창생 먹여 길러
하(夏)나라를 세웠건만
무도한 걸임금이
주색에다 녹였으니
영대 매회 남았던가
육산에 해 저문데
장기 지고 가던 사람
탕임금을 만났으니
상상 이윤 아닐는가
위수변 아침 안개
바람 따라 어디 가고
창안 백발 저 늙은이
고기 잡고 앉아 있나
동천에 달이 솟아
무심한 저 바람만
갈대밭에 우쉬부쉬
떼 기러기 울고 난다
빈 바구니 몇 번인고
낚싯대 돌쳐 메고
돌아가며 설어 마소
기산 조양 봉황이 울어
문왕이 나섰다네
은나라 팔대 임금
천하로 예물 삼아
녹대에 찾아가서
달기와 바꾸더니
목야의 까막까치
살을 물고 내려 가며
들짐승은 뼈를 물고
바위 틈에 숨는고나
사악 십주 귀신들이

구중 궁궐 불붙는데
재가 되어 어디 갔나
수양산 저 고사리
백이 숙제 넋이로세
요순되기 어려워도
걸주되기 쉬웁다네
충의 공도 공겸 근면
우애하여 지내이게
문무현 일곱 줄은
주나라 유물이요
대현 주공 칠년 정사
팔백 년의 기초로다
천하를 다스림이
간과 주색 아니옵고
공겸 인후 있었다네
주소왕의
남순 벌초
한수에 죽은 후에
요지의 서왕모를
주목공이 만나려고
팔준마를 채질타가
주나라이 병들도다
때 아닌 봉화 일어
창천을 왜 태우나
진천 동지 우는 철고
천하 제후 황망쿠나
포사의 한 번 웃음
주나라이 망케 되고
여산 밑 저문 날에
유왕의 넋이 우니
황금 유련하던 것이
망국 멸신 아닐런가

백화 95

제 이 장

어화 벗님네야
침부사 곡조 울려
춘추 시절 불러보세
인의 예지 공부자는
만고 성현 일렀건만
제도 창생 못했으니
시절의 탓이런가
춘추사만 남았구나
의리로 본을 삼아
친구를 사귀이게
제·송·진·진·초
오패 중에
제한공이 으뜸이라
관중 포숙 좋은 사이
천고의 우범이요
제나라이 으뜸임은
관중의 충의일레
삼월이라 한식절은
개자추의 넋이로다
진중이가 십구 년을
제국에 유리할제
한역 타향 풍상 중에
그 누구가 같이했나
오록촌에 날 저문데
기근에 난일 보라
개자추 살을 베어
국을 끓여 드렸더니
진공자 달게 먹고
이 국을 어디 났나
살신 사군 의옵기에

활고 구군하나이다
공자 중이 문공되어
논공 행상하를 적에
개자추를 잊었으니
노모 업고 어디 갔나
이튿날에 진문공이
바야흐로 깨닫고서
면산을 찾아가니
만학은 천봉이요
수류 잔잔 만줄기라
가는 구름 편편하고
새 소리만 울리는데
개자추야 어디 갔나
잔나비만 설리 우네
개자추는 지효이니
불 질러 찾으리라
산신님네 울뿐인데
의 아닌 부귀 싫다
열사 모사 타 죽으니
삼월이라 오일일네
   *
태산에 나무 베어
섶을 지고 오는 초동
낮에는 섶을 팔아
팔십 노모 봉양하고
밤이 들면 글을 배워
치국 안민하고지라
동정 추월 밤 드는데
일엽 편주 저어 가니
초나라 상대부는
칠현금을 타시든가
백아의 거문고는

종자기가 지음한데
생사 동고하여지라
별루 강변 기약 둔 후
상대부를 마다하고
태산을 찾았더니
추팔월 십오야에
종자기야 어디 갔나
북망산 초로변에
지음인이 자단 말가
눈물 잔 부어 놓고
삼척 요금 설리우니
그 노래에 하였으되
생각하면 거년 추에
강변에서 만났더니
오늘 다시 찾았는데
벗님아 어디 갔나
보이느니 한줌 흙에
구곡간장 다 녹도다
상심 상심 부상심에
피눈물만 분분이라
오던 때는 기쁘더니
가려니까 왜 슬픈고
구비구비 동정호에
수운만 이는구나
너와 나의 천금의는
저 하늘이 없어해라
이 곡조를 마친 후는
다시 타지 않으리니
삼척 칠현 거문고는
벗을 위해 죽나이다
생사동고 의리일레.

*

저라산 악야계에
서시가 삼겼더니
절대가인 된 탓으로
구천에게 잡혔구나
삼백장 고소대에
능라금수 부귀랄가
문종의 멸오칠술
미인계를 마쳤으니
여보소 청춘 홍안
얼굴 곱다 자랑 말게
춘풍 도리 붉은 꽃이
자고로 박명일레.
와신상담 월왕구천
충현을 사용는데
무슨 일로 오왕 부차
충언 직간 마다하고
오자서를 죽게 하여
목은 걸어 동문루요
몸은 던져 전당수라
국가의 흥망 성쇠
그 임금의 탓이온데
무슨 일로 월 서시를
망국 요녀 이름 주어
강심에다 잠겼느냐
고소대에 비만 진다.
     *
침부사 곡조 울려
전국 시절 불러보세
팔십 노인 창을 메고
삼세 아동 활을 쏘니
간과 백만 전군시라
한·위·제·조·연·초·진은

전국 칠웅 뒤에 있고
진효공의 여정 도치
육국의 으뜸이라
상왕의 패도설과
수변법이 십 년인데
무슨 일로 소진 장의
육국 상인 넌짓 차고
종약장이 되었어라
육국에 길 바쁜고
합종적 연형계는
만고 허사 아닐런가
오월이라 단오절은
굴삼려의 넋이로다
멱라수 맑은 물에
조리 드는 아이들아
다투어 일지 마라
천고 원사 굴삼려의
넋을 건져 무엇하리
산은 높고 골 깊은데
슬피 우는 저 두견아
피지는 네 울음이
귀촉도 불여귀라
굴원인줄 내 아노라.
  *
여보소 벗님네야
재물만 쌓아 놓고
황금 귀신 되지 마소
수부귀 다 남자가
인색하여 복이런가
함곡관이 만장인데
맹상군이 왜 살았나
팔운 오복 억만 금에

목숨이 제일이라
맹상군은 닭이 울어
함곡관에 살았으니
삼천 식객 덕이로세
춘추 전국 저 바람아
어드메로 불리느냐
원교 근공 묘할시구
범수의 계책인데
명상 이사 반간책에
명장 백기 영용하니
염과 이목 쓸데없고
신흥군을 무엇하나
무고한 저 인생이
부모 처자 다 버리고
장평 들 아침날에
백만 백골 되었으니
황하수 만여리에
붉은 피만 무슨 일고
주나라 팔백 년에
피 지는 이 백성일세.

　제 삼 장

침부사 곡조 울려
치란 성쇠 불러보세
덕은 높다 삼황이요
공은 쌓아 오제라고
여정이 시황제라
천하를 통일코자
억만 병기 거두어라
열두 금인 세워 놓고
백만 장자 십이만을
함양성에 살렸으니

고루 거각 고래등에
채운이 어렸도다
좋을시구 위수 남에
백 리 뜰에 십만 주초
아방궁 지어 놓고
삼천 미녀 춤을 춘다
채의 끝에 구름 일제
저기 저기 저 노인은
밭 간다고 땀 흘리며
칠백 행궁 지어 놓고
동서 남북 순수할제
삼척 동자 길 닦는다
비틀비틀 헤매이데
억조 창생 눈물이라
한양성 돌아들 제
화광은 어인 일고
사백 유생 항살하고
백가서를 살랐구나
백만 토부 피 흘려서
만리나네 장성되고
삼신산에 약을 캐러
동해 만리 간 서시야
동순 황제 죽은 후에
불사약을 무엇하리
진시황제 어디 갔나
여산 궁궐 막연쿠나
진나라 건국한 지
십오 년에 망하도다.
*
역발산 기개세의
만부 부당 항우 맘씨
선입 관중 삼장약법

무엇하자 지었다가
선입 관중 못한 탓에
홍문연 칼춤 췄나
장랑 번쾌 충의지심
유방이 살아나니
멀고 멀다 황천 길을
어이 가리 어이 가리
죽장 짚고 망혜 신어
어이 갈고 어이 가랴
범아부 죽단 말가
관우 장자 한패공은
삼상 삼재 얻었건만
강폭 한군 초패왕은
충의 양재 다 잃으니
구리산 십삼 면은
백만 창검 철성이라
구추 공산 달은 밝고
계명산은 적막한데
장자방 옥통소는
왜 그리도 슬펐든고
만군 중에 여자 몸이
각자 도생 하올 적에
그리운 임 보고지면
임의 차신 칼이라도
어루만져 보오리다
차신 칼을 주시소서
우미인이 우는고나
강담 철심 서초패왕
피눈물이 일비비라
슬피 우는 옥통소에
계명산도 눈물 지니
가련할 세 저 군사는

창을 베고 칼을 만져
고향 산천 보고지고
상친 사처 눈물이라
만군 중이 들레이며
원산 만야 흩어지네
강동 자제 팔천인은
간 곳을 몰랐어도
오강 투신하는
임을 오추마는 따랐다네.
　　　*
미천한 필부라도
덕이 있어 한고조라
폐덕하면 국망 신사
옛 일로 알지 말게
웅위 영명하기로는
한무제를 일컫건만
방사의 말을 듣고
장생코자 구선하니
한나라가 병이 들 제
무릉이 없었든가
인간의 생사란 것
천만고의 진리이라
죽는 것이 불의라면
충의 절사 죄란 말가
불의코자 사는 것이
불세의 죄악일레.
　　　*
침부사 이 곡조를
끝 지어 불러보세
번국 만리 소낙비에
옛 사당이 황량코나
왕소군의 사당이라

절세 가인 무슨 죄로
출세 만리하단 말가
멀고 멀다 호무산에
구름만 이는고나
학발 쌍친 보고지라
고향 산천 그리워서
자국마다 피를 괴어
참아 참아 못 가더니
만리 타향 혈혈 단신
어떻게나 지나시나
호지에 달 밝을 제
오동잎만 하나 둘씩
외 기러기 끼럭 우니
백의 소복 소매자락
얼굴을 폭 싸고서
숨이 막혀 느끼도다
천고 원혼 되었어라
어쩐 일로 저 구름만
옛 사당을 감돌아서
천장 만장 구만겹에
고국 산천 막혔는가
유유한 황하수는
의구히 흘러 있고
아미 산월 반토륜은
의연히 걸렸건만
자고 만년 인간 길에
열사 가인 혼령들은
어느 곳에 눈물 지어
어디메다 뿌리시나.
   *
서산에 날 저무니
침부사를 마쳐보세

의를 위해 싸우다가
　　　이 몸이 남고 보면
　　　만봉 유곡 망양대에
　　　시냇가에 터를 닦고
　　　삼간 초옥 지은 후에
　　　우리 임을 모시고서
　　　청의 불러 대답커든
　　　호로에 술을 담고
　　　호박 잎에 안주 담아
　　　소상 반죽 젓대 들고
　　　우리 임은 요금 이어
　　　낙화암에 자리 펴서
　　　동자야 술 부어라
　　　일(一)배의 저를 불고
　　　이(二)배에 거문고라
　　　저 바람아 불지 마라
　　　천고사가 불리운다
　　　인간 일생 족할시구
　　　장생불가 치소이네
　　　침부사가 다하도다.

　노래와 곡조의 변화가 무궁하여, 바람같이 일어나며 꽃 지는 듯 애달퍼서, 전화당의 손길이 번개처럼 노닐며, 인간사를 하소하니, 백화의 눈에는 모르는 겨를에 맺히는 수정이 이슬지고 전화당의 소리도 감격의 매쳐 떨리는 듯 타기를 마치고 거문고를 내려놓으니 전화당의 전신에 땀이 흘러 물에 젖음 같고 백화의 옷깃도 이슬에 젖은 것 같다.

　남은 소리가 오히려 은은한 반향을 울리울 때 스승의 소리가 먼저 여운을 깨뜨렸다.

　"삼장 침부사가 자고 역대를 통하여 내려오며 그의 처란 성쇠를 읊었으니, 자연 각 시대의 문물 풍기를 따라 각각 다르다. 대저 음율이라는 것이 그 시대의 기풍을 따라 울리우지 않으면 음율의 진의를 잊어버림이 되는 것이니, 이러한 점을 생각하여 음율을 배우는 자가 자기의 심정 상태를 그 음운에 합치지 않으면 도저히 통달하기 어려운 것이다. 오늘 저녁부터 배워 보라."

백화가 명을 받아 주야로 정심하여 배운 지 두어 달 만에 완전히 달통했다. 전화당이 칭찬타 못해 탄식까지 한다.

"내가 스승께 이것을 배우기 시작하여 다섯 달 만에 통합을 보시고도 감탄을 마지않았거든, 너는 불과 수개월에 달통하였으니, 진실로 천하 기재라 이 같은 재실로 기녀가 되어 탕자배들의 손에 곤욕을 당케 됨은 실로 통한하여 하는 바라, 그러나 너의 저 같은 기질로 결코 일생을 그릇치지 않으려니 부디 잠시의 고초를 슬퍼 말고, 후일을 기대하라. 내가 이제 나의 율통(律統)을 전수코자 너의 도호를 아화당(娥華堂)이라 한다."

백화가 일어나 절하여 받고 감격하여 하니 전화당이 다시 옥패 한 개를 내어,

"이것은 내가 스승에게로부터 율통을 받자올 때 배수한 것인데, 오늘 네게 전한다."

하고 백화를 주니, 백화는 말없이 절하여 받으며 다만 감읍할 따름이었다.

그날 밤 백화가 스승을 모시고 사은의 정을 펴고자 작은 주석을 준비하였다. 전화당이 백화의 손을 잡고,

"내가 이미 뜻을 이루었으니, 내일은 떠날지라. 내가 본시 고독 단신으로 천하에 유리하기 때문에 인간의 정의를 모르더니, 너를 만난 후 불과 몇 달에 정의가 부녀 같은 중 더구나 사제의 의를 맺어 율도까지 전하게 되니, 나의 애중함은 말하지 말고, 못 잊어 하는 바는 네 신세가 가긍함이라, 주위에 있는 자들이 모두가 불량패들이니, 부디 많은 고초 중에서라도 몸을 조심하여 기회를 기다려라."

하며 창안에 비창한 빛이 가득하니, 백화가 스승의 손을 받들어,

"저의 모든 신세와 마음은 이미 추찰하옵시는 바이니, 개훈하옵심을 삼가 간폐에 새기려니와, 저의 원한이 골수에 맺혔삽고, 또한 황파 극히 간험하여 탕자의 재물만을 탐하므로, 앞으로, 어떠한 짓을 행하올지 실로 저의 전정이 망연하와, 다시 뵈올 것을 기필치 못…하…오니……."

말을 마치지 못하며 느낀다. 전화당이 백화의 등을 어루만지며 위로한다.

"사람이란 살기는 어렵고 죽기는 쉬운 것이다. 그러니까 살고자 하는 것이 의를 위함일 것이면, 그 의 때문에 살아야 하는 것이다. 네 배필 될 자가 반드시 있을 것이니, 흔연히 무리들에게 대하여 사람을 찾아보며, 황파에게는 미리 어떠한 약정을 하여서 그를 억제함이 옳을까 한다."

백화가 그 말씀에는 대답지 않고, 술잔을 드리며 묻는다.

"이제 길을 행하옵시면, 어디로 행하시나이까."

"나는 스승이 계시는 원나라로 간다. 이번에 나의 동창 친우로 침부사의 관악을 정통한 전화악(典華樂)이라는 결의 형제와 함께 원나라에서 돌아와 교주(交州=淮陽) 개골산(皆骨山=金剛山)에 명승을 찾아 두류하다가, 나는 스승의 노쇠하심을 봉양하고자 다시 가는 것이니, 사오 년 간은 될 것이나, 그간 다행히 무사하면 너를 다시 볼까 한다."

밤이 깊어감도 모르고, 사제의 정회 탐탐하다가 할 수 없이 백화는 스승을 처소까지 보내 드리고 돌아와, 애끊는 비애로 그 밤을 새웠다.

절대 가인 독보 명기

　이튿날 이른 새벽에 백화가 행장을 차려 드리려고 전화당의 처소에 이르러, 일습 의복을 곱게 보자기에 싸서 넣어 드리면서,
　"아름답지 못한 것이오나, 제자의 작은 정성이오니, 수습하여 주십시오."
하니 전화당이 미소하여 받고, 즉시 떠나고자 할 때, 황파가 그제야 알고, 미리 알리지 않았다고 백화를 꾸짖으며 예단을 바치니, 전화당이,
　"나는 본시 표류 종적이라, 있고 싶으면 있고 가고 싶을 때 가므로, 백화에게도 어젯밤 깊어서야 말한 바이니, 꾸짖을 것이 아니며, 더구나 예단등은 나의 즐겨하는 바 아니니 노랑은 머물러 두라."
하고 굳게 거절하며 길을 떠나니, 백화와 황파가 대동 나루까지 나아가 전별했다.
　백화가 어릴 때부터 부친만을 의지하여 지내오다가 참악한 중에서 부친을 영 이별하고, 오직 세상과 사람을 저주할 줄만 알다가 스승을 모신 후에는 일념을 그에게 바쳐 부친을 대하 듯 따르며 섬겼다.
　그러던 그의 스승이 이제 떠나고 보니, 어려서 부친을 이별하던 그때보다도 별다른 설움이 복받쳐 한없이 울고 싶었다. 전화당 역시 소매를 휘어잡고 눈물짓는 백화를 떼어놓고 떠나가니, 그의 심회도 견디기 어려울

만큼 쓰라릴 것이다.

서경 내외를 뒤흔드는 꽃봉오리를 손에 쥔 마술사 같은 황파는 요사이로 바싹,

"손님을 보라."

고 백화를 가끔 조른다.

백화는 그처럼 소문이 높은 만큼 열 두어 살 된 동기 때에도 높은 연석에 가지 않고는 견디지 못했다. 그러나 이제 황파가 조르는 '손님 보라'는 의미는 그 때와도 다른 것이다.

그러면서도 꽃에 덤벼 날뛰는 미친 나비떼처럼 이 집을 에워싸고 떠나지 않는 손님들에게는 백화를 즐겨 내놓지 않는다.

전화당에게서 음률을 얻게 된 후부터 이따금 황파는 춤을 덩실덩실 춘다. 실상 말이지, 황파가 황파인만큼 그 하는 것이 영리하기 짝이 없다.

처음에 자기가 전화당에게서 거절을 당했을 때 그는 백화를 친히 데리고 갔다.

"백화를 본 다음에야 누가 거절하랴."

이것을 잘 알기 때문이다. 그래서 그는 성공하였으니, 이것은 황파가 아니면 아무나 못하는 것이다. 이제 천하에 짝이 없으리라고 생각하는 백화를 생명처럼 아끼는 것도 그의 함즉한 일이다.

황파는 누구나 만나기만 하면 아화당의 이야기를 한다. 그리고 또 그는 백화의 자랑을 한다. 백화나 아화당이나 한 사람이다. 그러나 황파는 백화가 있고 또 아화당이란 사람이 있는 것이나처럼 꼭 백화와 아화당을 구별하여 자랑한다.

그것은 실로 굉장한 효력을 내어 서경에는 백화가 진동하고 아화당의 명성이 울린다. 그러다가 이 음률의 신인 아화당과 가무 재색 문장이 당세 독보인 명기 백화가 한 사람이 되어질 때에는 한 개의 백화나 아화당의 그 세력의 몇몇 배가 가하여 서경 일대 뿐 아니라, 멀리 경계를 넘어

방방곡곡의 권리와 금전을 가진 남성들을 콩뒤듯하게 한다. 그러고 다시 남성들이란 남성들을 모조리 뒤흔들어 놓는다.

그러므로 이 흰 꽃봉오리를 중심으로 미쳐, 날뛰는 사내들은 생죽음도 하고 상사 귀신도 되는 것이다.

백화는 이 모든 것을 아는 척도 하지 않고, 아무 상관이 없이 여긴다.

그러나 잠시도 엉덩이를 땅에 못 붙여보고 우쭐거리는 것은 황파이다. 그는 이런 소문을 들을 때마다 껑충 뛴다. 그러고 서른두 개 이가 다 나타나며 두 손을 배꼽 밑에 철컥 붙이고서는 머리를 뒤로 척 젖히고 목구멍까지 나타나게 히히거리고 웃는 것이다.

그것도 그럼즉하다. 자기의 궁리가 하나도 낙착 없이 잘 성취되어 가는 것이니, 그에게는 이제 그 욕망을 이룰 때가 오지 않았는가,

"얘야! 어서 바삐 말이지 네 체면 상하지 않을 곳에만 말이지, 그러구 내 마음도 푸근할 곳에다 말이야 응 알았니?"

눈을 껌벅한다. 그러고 다시,

"네가 누구인데 말이야, 이렇다는 말이지."

하면서 엄지 손가락을 내어 보인다. 백화는 그것을 바라보다가, 더럽다는 듯이 눈을 내리 깔더니, 다시 황파를 쏘아보며 냉연히,

"이 후부터 당신의 청대로 손을 대하리다. 그러나 내 일신을 맡기는 것은 내게 제일 중대한 일이니까, 나의 가무로 말미암아 생기는 돈은 얼마가 되든지 당신께 줄 것이니 사람을 택하는 것만은 내게 맡기지 않으면 아니되오. 그리고 내 몸을 부탁할 곳을 택한 후에는 당신의 정한 내 몸값을 갚아줄 것이니, 지금 몸값을 정해 주시오. 만일 일후 이 언약을 배반할 때는 죽음이라는 것으로 당신께 갚을 것이니까, 그리 알고 있어야 되오."

한다. 실로 백화는 이러한 말을 알만큼 한 지식까지 얻게 된 것이다. 오직 성현과 열녀의 덕과 절개만을 외우던 그의 입으로 이러한 말을 천연히 하고 있는 그의 가슴은 어떠할까?

황파는 눈이 샐쭉해지며 잠잠하다가, 또 무슨 생각이 지나갔든지 쾌활한 낯빛으로

"말마다 음전도 하지. 암, 그야 그러다마다 하겠니? 백화 네가 누구이게 말이야 그래라, 오백 금으로 네 몸값을 정해 놓자. 알았니?"

하고 휙 돌아서며 입을 삐쭉한다. 그러나 백화가 이러한 말이라도 하게까지 된 것을 다행의 다행으로 알아 그만큼 말해 놓은 것이다.

오백 금이란 것은 적은 돈은 아니다. 그러나 백화에게는 적고 적은 돈이니, 지금 몇 천금 만금은 고사하고도 돈과 계집 밖에 모르는, 그러나 돈을 더 생명으로 여기는 서경 갑부 김 장자가 온 재산을 내어놓고라도 백화만을 얻고자 하는 판인데, 왜 하필 그의 몸값으로 오백 금을 정했을까?

황파의 심산은 이러하다. 백화를 제 마음이 아니고 강제로 허신하게 한다면, 그것은 백화를 죽여서 보물을 아주 놓치는 것이다. 그러니까 우선 이만큼 헐찍하게 몸값을 정해 놓으면, 덤비는 놈은 하두 많을 것이오, 백화는 좀체로 허신하지 않을 터이니, 이 농간 속에서 놈들에게 흠뻑 빼앗아 놓고, 기회를 보아 한번 수단을 쓰면 수 천금은 단박에 염려 없을 것이니, 백화를 놓지 않고도 돈은 돈대로 먹을 수 있는 것이다.

덤비는 놈이 많으면 미치는 놈도 많을 터이니, 그 중에서 생기는 진합태산으로 돈벼락을 맞을 자는 황파밖에 없다.

이 흡혈귀 금선의 머리 속에는 이만큼 한 배짱을 정해 놓은 것이다.

흰꽃 족자

 그 후로 백화는 과연 손을 대하였다. 그가 손을 대할 때 처음 오는 손님이면 반드시 자기의 침실에서 맞았다.
 백화의 침소에는 족자가 하나 걸려있으니 그것은 붉은 비단 바탕에 흰꽃을 수놓은 것이었다. 그 흰꽃 아래로는 넉 줄 되는 글귀가 있어 아랫귀를 얻을 자리까지 남겨 놓았다. 그러고 끝으로는 이렇게 써 있다.
 "화답의 글귀를 주시는 이에게 한송이 흰꽃을 드리오리다."
 백화의 담박한 침실을 장식하고 있는 그 족자야말로 기이하기 짝이 없다. 서기를 토할 듯이 여름 구름처럼 피어 오른 흰꽃은 향기를 품은 듯이 솜씨가 정묘하며 글씨는 백화의 친필이니, 백화의 모든 정기의 대표물이다.
 어떤 손님이든지 들어만 오면 눈은 먼저 그 족자로 가는 것이다. 그리하여 이상한 문구까지 읽고 나서는, 그 족자 밑에 단정히 앉아 있는 백화를 보는 것이니, 그러한 기물의 주인공은 과연 어떠한가.
 그의 기묘한 눈은 어려서보다 약간 커진 듯이 긴 속눈썹 속에서 생기 있는 물결을 치며 선선하게 보이나, 잠깐 찡긴 듯한 그의 고운 아미와 함께 영원한 비밀을 감춘 듯하나니, 그의 꼭 다문 입을 보라. 사람이 제 아무리 가장 뛰어나는 재주로라도 빚지도, 그리지도 못할 오똑한 듯하면서도 매끈하게 자리 잡힌 코 아래로 항상 다물고 있는 그의 예쁜 입모습은 그의 눈과 함께 역시 알지 못할 무엇을 잠그고 있는 듯 가장 선명히 뛰어 나는 것은 모든 아름다움의 표상을 조화시키는 그의 갸름한 듯한 타원형의 윤곽이니, 백화의 자태를 측면으로 보자. 구름 같은 운빈은 삼사한데 칠 같은 검은머리를 예쁘게 쪽지어 비취잠의 꼭지가 보일 듯, 말 듯, 그의 고상한 취미를 대표한 의상은 간열피고 아담한 몸맵시를 더 한층 아름답게 하나니 천만가지의 아름다움을 극한 백화야말로 모든 손님의 눈을 황홀하게 하며 정신을 현황하게 하는 것이다.

그러므로 이 침소에 들어오는 자는 누구든지 먼저 족자에 정신을 팔리고, 다음에 백화에게 완전히 도취되어 앉아있는 것이다. 백화는 반드시 그 글귀의 화답을 암시시켜 보며 한 번 이 처소에서 대한 손은 두 번 다시 드리지 않고, 다른 처소에서 대한다.

서경 내외에 이 소문이 날리매, 금권배로부터 문인 행객까지 각 종류의 사람들이 한번씩은 호기심으로라도 백화의 침소에 몰려 와서 족자를 보게 되니, 매일 내객이 구름 모이듯 하되, 하나도 그의 뜻에 만족한 자는 없었다.

일후부터 족자의 덕분인지 금권배들은 금전과 권력으로만 덤비는 것을 스스로 부끄러워하여 주저하게 되고, 자연히 한사 묵객의 출입이 잦게 되매, 황파는 앙앙하여 하나 백화는 오히려 시객들에게만 다정하게 대해 주었다.

그 반면에 부호 탕자들은 황파를 간접으로 금은 주옥을 가져 백화를 달래니, 백화는 더욱 더럽게 여겨, 냉락하면 그럴수록 그의 소문은 점점 더 굉장하게 되어, 오직 백화의 그림자만이라도 얻어 보는 것을 광영으로 생각하게까지 되었다.

이렇게 세상을 들썩거리는 꽃봉오리를 서로 꺾으려고 날뛰는 사내들 중에 가장 열이 높고 보다도 권리가 큰 자가 있었으니, 이는 천하 갑부라고 자타가 인정하는 김 장자였다. 그의 둘째 아들 경수는 은근히 김 장자를 더 미워하는 것이다. 이자 역시 백화 상사에 견디지 못할 지경에 이르게 된 까닭이었다.

김 장자

 김 장자는 이십이 겨우 넘었을 때 막대한 재산을 선친에게서 물려받았다. 그러나 사십여 세가 된 지금은 그 몇 배의 재산이 되어, 서경 일대 뿐 아니라, 북고려 일경에 첫째로 가는 부호이니, 그가 부자로써 이름이 높은 만큼 잔인하기로도 명성이 제일 가는 것이다.
 이것은 당연한 일이니, 이만큼한 큰 재산을 가지게 된 것은 또한 그만큼한 수많은 사람들의 피와 기름을 짜서 모아 놓은 까닭이다.
 이러한 뼈와 살과 피와 기름을 재산이라는 껍질로 변하게 하는 때에는 잔인 불의가 그 요소가 되기 때문이다.
 그는 이 세상에서는 자기로서 못할 일이 없다고 믿어 버렸다. 그는 황금 만능을 잘 하며, 또한 남성 만능의 독점자이니, 언제나 음욕을 마음대로 만족시킬 수 있는 것은 이것의 절대 무기인 황금을 한없이 가진 까닭이라고 믿는 때문이다. 그것은 사실이니, 수많은 여성들은 오히려 서로 김 장자를 빼앗으려고 맹렬히 다루기까지 한다.
 여기에서 그의 자신은 더 굳어져 그의 생명은 금신 색마가 되었으니, 금욕은 그로 하여금 모든 빈한 사람에게 가장 잔인한 행동을 하게 하였고, 음욕은 모든 예쁜 여성들에게 극히 관대한 행동을 하게 하였다.
 과연 그의 두 눈이 끔찍이 크면서 툭 솟아 나온 것과 코가 높고 통통한 것이며 찢어지게 큰 입에 검푸르게 두꺼운 입술이라든지 살이 몹시 쪄서 뚱뚱한 것이 실로 그것들의 화신으로 보였다. 그러나 키가 훨씬 크고 풍치도 그럴 듯해서 미련스럽게 뚱뚱한 것도 오히려 부호답게 보이기 때문에, 무엇으로 보든지 그는 부호 남자의 전형물이었다.

　김 장자에게는 처첩의 수효가 얼마인지 셀 수가 없었다. 그러나 늙은 고사리가 되어버린 본처 이외에 그가 데리고 사는 첩은 항상 하나밖에 없으니, 그가 굉장히 지어놓은 별댁에서는 일 년을 살아본 첩도 없었던 것이다. 심지어 한 달도 다 못 살아 보고 쫓겨가는 기첩의 수효도 셀 수가 없거니와 빈한한 규수에게 장가들었다가, 며칠 밤 지내고 보내 버리는 일 쯤은 예사로 알아, 한 달에 한 번씩도 사모를 쓰고 혼례식을 거행하는 때도 있었다.

　그러나 하나씩만을 데리고 산다는 것이 색마에게 대해서는 칭찬함직도 한 일이라고 해두자.

　김 장자가 이따금 이십 전후인 자기 아들들의 바탕을 꾸짖을 때는 으레,

　"사내란 것이 젊었을 때는 오입도 해보는 것이지만, 너희 놈들처럼 계집을 대여섯 개씩 데리고 사는 놈들이 어디 있단 말이냐? 계집 많이 데리고 사는 놈들 쳐놓고 집안 망해 먹지 않은 놈들은 내 눈으로 보지를 못했다. 이 집안 망해 먹을 자식들 같으니라고."

하면서 야단을 치는 것이다. 그러면 자식들은,

　"흥, 누구가 누구를 보고 하는 말인가?"

하면서 입을 비쭉하고 돌아서는 것이다.

　이러한 김 장자에게 심한 자극성이 되는 것은 백화이었으니, 백화의 이름이 높아 갈수록 더 큰 자극을 받게 되어, 그는 직접과 간접으로 달래고 으르기도 해 보았으나, 백화는 동념도 아니 하였다.

　처음에는 백화의 냉연한 것을 보고,

　"너 좀 보아라."

하는 듯이 빙글대었다. 그 다음에는,

"요것 보아라. 참 별 것이다."

하고 의아하기를 마지않았다. 그러다가 나중에는

"허 허, 아 이것 참 정말 큰일났군."

하고 견디지 못할 만큼 백열화해 버렸다.

김 장자는 백화의 이러한 태도에 놀라지 않을 수 없었다. 금력으로 달래면 그럴수록 백화는 점점 더 밉게만 여겨주는 이것이 김 장자를 놀라게 하고 실망하게 한 것이니, 즉 인간 남녀를 정복하고야마는 그의 절대권이라는 것이 백화에게만은 털끝만 한 효력도 없음이다. 이것이 김 장자에게는 처음 당하는 경악과 실패이었다.

백화에게 들어오는 많고 많은 선물과 금은 주옥은 다 황파의 차지가 되어버린다. 그리하여 황파가 보내는 사람들에게 백화 대신으로 칭사를 할 뿐이요, 백화는 반 마디의 사례는커녕 눈 한 번 다정히 떠보는 일도 없다.

백화도 자기에게 오는 물건을 황파가 소유하여 버리는 것을 잘 안다. 그러나 보내는 자나 받는 자가 다 그의 미워하는 자들이므로 모른 척해 버린다.

백화의 이 행동에 황파는 감지덕지하여 할 수 있는 대로 백화의 비위를 맞추려고 애를 쓴다. 이렇게 황파까지도 금욕으로만은 백화에게 패하여 버린 것이다.

김 장자는 일 년 동안에 많은 재산을 없이하였다. 생명보다도 중히 여기는 재산을 수없이 허비만 한 일을 생각하면 분하기도 하고 야속스럽기도 하여 백화를 저주하고 원망했다.

"고까짓 것의 기생년의 새끼 상파닥이 반반해 가지고 매끄럽기는 시내 밑 차돌멩이처럼 고거 원정 안타까워 죽겠지. 제 까짓거 젊었을 때 말이지 늙어만 보렴. 누구가 고개나 돌려보겠기…… 씨양 고까짓 거 영 생각도 말어야지. 계집이 저 뿐이겠기?"
하면서 단념하여 버리려고 애를 쓴다. 그러다가 견딜 수 없을 때는,
"요놈의 계집년 내래 가서 혼따귀를 내어놓고 입때 받아먹은 재산이나 내어놓으라지 백화 너 견디어 보렴. 오늘은 가만 안 둘 터이니까……"
하고 주먹을 부르쥐고 백화를 찾아간다. 그러나 백화와 마주 앉게만 되면, 모든 생각은 흔적도 없이 다 녹아 버리고, 백화가 차면 찰수록 더 절실히 사모하게만 되는 것이 김 장자의 입때까지의 뒤풀이한 행동이었다. 실로 무슨 일이 나고야 말 것 같았다. 상사병이 날 듯 날 듯하여, 며칠씩 드러눕기도 하였다. 이렇게 그의 음욕에는 끄지 못할 불이 붙었다. 봄바람은 그의 열도를 더욱 강하게 하였다.

김 장자에게는 많은 대적이 있으니, 제일 강적이라고 생각되는 자는 수사의 아들 영국이었다.

영국이 역시 김 장자에게 지지 않는 열로써 덤벼든다. 그는 권력이 서경의 제일인만큼, 김 장자의 금력과 상대가 되는 것이다. 그러나 인물이나 연치로 백화를 끌기에는 자기 이상의 세력을 가졌다고 김 장자는 생각한다.

이러한 대적이 붙어 갈수록 불길은 미친 듯이 타나니, 재산이라는 큰 기름 통 속에서 다른 불길보다도 더 맹렬히 타는 것이다.

이 음욕의 심지는 그 기름을 다 태우고 꺼져 버리려는가. 이 뜨거운 불꽃이 백화를 태우지 못할 때 자기의 불길에 스스로 뜨거워 견딜 수가 없다.

그는 어떠한 방법으로든지 이 열도를 옮기지 않으면 아니 될 극도에 달하였다. 백화를 태워 버리든지 자기가 타 버리든지 할 생사의 기로에 서게 되었다.

김 장자는 뜻을 결정한 후 황파의 집을 찾아가게 되었다. 즉 백화 요대를 찾아가는 것이다.

백화 요대(白花 瑤臺)

　황파는 자기의 집과 터를 작년부터 사고 늘이고 하였다. 백화가 이화당이 된 후로부터 저축했던 밑천을 꺼내어 그 근처의 집과 터를 사서 자기 집을 빙 돌아가며 영동 문루 바로 가까이까지 범위를 넓혔다.
　그리하여 집을 짓기 시작한 후 후원을 잘 손보아 훌륭한 정원을 만들고, 이 정원 뒤로 집 한 채를 썩 그럴듯하게 지었다. 그리 크지는 않으나, 누대식으로 극히 정쇄하게 꾸미고 영동 문루를 향한 곳으로 누대를 만들어 백화대라고 곱게 꾸민 현판을 붙였다.
　집안 사람들은 이것을 백화대라고 하며 요대라고도 하고 백화 요대라고도 한다. 명기의 처소인 만큼 이름도 그럴듯하게 되었다.
　이곳에 백화란 주인공을 모셔 놓고, 황파는 이 집 대문 가까이 있는 집을 수선하여 거처하며, 행랑에는 문일이라는 오십 안팎의 부부가 거처하니, 행랑아범 겸 머슴살이라 아범은 수문군이요, 어멈은 부엌지기로 삼고, 황파 자기는 수문장 겸 도대장이 되어 있으며, 그전 집들도 아담 찬란하게 꾸미어 접객 처소로 정하여 망화당(望花堂)이라고 써 붙였다.
　망화당과 백화대 사이에는 큰 정원이 있으니, 이 정원이야말로 어느 재상가나 부호가의 정원 이상이 될 것이다. 산이며 물이며 다리와 누각이 곳을 찾아 있고, 황색 단풍이며 모란 작약과 백만 화초가 사시에 서로 향기를 다투어 벌과 새가 숲 속에서 노래하고, 짐승은 기암 괴석 사이에서 왕래하며, 원앙과 물고기는 연못에서 물결을 희롱하니 누구든지 이 집에 한 번 들어오기만, 하면 봄바람이 확신거려 몸이 따분하고, 정신이 취하여, 술 한 모금 하지 않은 사람까지도 얼굴이 벌겋게 되고, 머리가 어리둥절해지는 것이다.

황파는 아침저녁으로 뒷짐을 떡 짚고 장구통배를 쑥 내밀고는 느린 걸음으로 이 정원을 순찰하는 것이다.

과연 황파는 황파인만큼 때를 따라 득실을 헤아린다. 남이 갖지 못할 귀중품을 자기 혼자 가진 줄 믿는 황파는, 더구나 그것이야말로 모든 것이 완성한 데다가 전화당이라는 명장을 불러 최후적인 가공을 한 것이니, 진품인 만큼 그 주위에 따른 모든 치장거리들도 진품적이라야 할 것을 잘 알고 있다.

황파는 대담하다. 돈을 잡는데도 대담하고, 이것을 쓰는데도 대담하다. 잃어버린 것 같은 대담에는 반드시 몇 배의 얻음이 있다. 과연 작년부터 그의 설계는 어김없이 들어맞아 나갔던 금덩이들이 들어올 때는 몇 백배의 몸피가 되어 황파의 돈궤 속에 서리고 있는 것이다.

진품은 백화대 주인공이요, 그 다음의 진품은 장래 황파의 자본거리인 초옥(草玉)이라는 열세 살 된 계집애이다.

황파는 이 미성 진품인 초옥을 백화의 수하에 두어 성장시킨다.

이러한 화려 찬란한 백화 요대에다가 귀중품으로 두는 것을 보면, 황파의 계획인 만큼 확실히 진귀한 무엇이 있기 때문이다.

대체 이 작은 보물은 어떠한 것인가?

초옥(草玉)

 초옥은 완산(完山=전주)읍내 성 만경(成晩景)이라는 호상의 무남 독녀였다. 네 살 때 어머니가 죽기 전까지는 어찌나 귀하게 길렀는지 동리에서도 소문이 높았다.
 그러나 어머니가 죽고 후취 한씨가 계모로 들어온 후부터 둘도 없는 천둥이가 되어 버렸다.
 한씨는 얼굴이 요염할 뿐 아니라, 성질이 간악하고 음탕하여 만경은 노예가 되다시피 폭 빠져 버렸다. 게다가 아들까지 낳아 놓고 보니, 더욱 의기가 양양하여 자기 소생을 극히 귀여워하는 반면에, 초옥이를 어찌나 몹시 볶는지 의복을 때를 찾아 주지 않으면서도, 공연히 미워하여 티끌만한 흠이라도 찾고만 보면,
 "저런 년은 밥을 굶겨야 따끔한 맛을 아는 게야."
하고 한두 끼 밥을 굶기기는 예사요. 조금만 비위에 거슬리는 일이 있어도 화풀이는 으레 초옥에게 한다.
 "저런 것이 집구석에 있으니까, 무엇이 되어. 다된 일도 안 된다니께. 천성이 저렇게 되어 먹은 년은 남의 집 부엌살이도 못하는 게여."
하며 때려서 쫓아내기가 일쑤이었다. 그리고 조금만 옷에 무엇을 묻히면,
 "꼴에 제 까짓게 무얼 한다구 옷을 망쳐 놓아. 이런 년에게 옷을 입혀

서 무엇하여. 에라 이년 거지나 주면 적선이나 하지."
하고 입었던 옷까지 벗겨 버리니, 이야말로 전생의 업원이던 것이다.
 초옥의 부친은 속으로는 불쌍히 여기면서도, 한씨의 포악을 두려워하여 사색을 보이지 않는다. 어떤 때 너무 측은하여 한씨 모르게 거리로 데리고 나가서 떡 몇 개를 사주다가, 한씨에게 들켰다. 한씨가 두 눈을 뒤집어쓰고 개거품을 흘리면서,
 "에비나 딸년이나 홍 그래 보아라. 네 집구석이 그렇구두 잘 될 게여? 저 빌어먹을 년을 애비라는 게 저렇게 길을 들이니, 저년이 무에 되어 쪽박 차고 빌어먹는 버릇이나 배우지."
하고 우루루 쫓아가서 초옥의 머리채를 잡고 두드리니까, 만경이가 보다 못해 가로막아 떼어놓았더니, 그만 만경의 멱살을 잡고 매달려 몇 시간 야로친 후에, 자식을 데리고 이웃집에 가서 닷새나 돌아오지 않았다.
 초옥이는 삼동이 다 가도록 솜옷 구경도 못한 것이, 떡 하나 얻어먹다가 생벼락을 맞아 발발 떨며 울고 서있는 모양을, 만경이는 참아 바로 보지 못했다. 그리고 바보 같은 만경도 자식의 이 처량한 꼴을 보고는, 한씨 없는 동안에 솜옷을 만들어 주었다.
 이러느라니, 어린 초옥의 고생이 어떠할 것인가 몸에는 시퍼런 줄이 가실 때가 없고, 눈에는 눈물이 마를 날이 없이, 집안 구석이란 구석, 모퉁이란 모퉁이로만 돌게 되어 한씨의 말소리만 들어도 몸이 오그라져 벌벌 떨며, 더욱 구석으로 들어가 박힌다.
 그러다가 몹시 얼어서 거의 죽게 되면, 부친이 점포에서 돌아오다가 안고 들어가는 때가 있다. 그것을 보면 한씨는 찢어질 듯이 눈을 흘기며,
 "고년이 여우 새끼처럼 공연히 저 혼자 살살 빠져서 모퉁이로나 구석으로만 기어들어가는 걸 뭐 어떡히어. 고년은 모퉁이 귀신이 태어났나 봐 여우 새끼 같은 게 눈치만 본다니께."
하고 초옥에게만 죄를 씌우는 것이다.

초옥이는 이 야단이 무서워 양지쪽에라도 섰다가, 부친을 보면 부친마저 숨어 피하게 되는 것이다.

그러나마 초옥의 고생이 좀 더 되느라고 여덟 살 되던 가을에 만경조차 죽어 버렸다.

한씨는 점포에서 일 보고 있는 전 주팔이라는 자와 전부터 밀통하여 지내왔다. 오십이 된 만경으로는 만족할 수 없었던 까닭이다.

만경이 죽은 후로 한씨는 전가를 자기 처소에 데려다가 공공연하게 주야로 음탕한 생활을 계속했다.

동리 사람들은 그들의 비행을 몹시 욕했다. 한씨는 점포를 비밀히 헐하게 넘기고 가장 집물을 대강대강 팔아 밤을 타서 청주 읍내로 이사했다. 초옥을 데리고 온 것은 자기 아들을 위하여 아이 보는 계집애로 쓰려 함이었다.

전가는 한 집의 주인공이 되어 모든 재산을 소유하게 되었다. 그는 금전을 물쓰듯하며, 첩을 여러 개 얻어 살림을 버려 놓았다.

그리도 포악하기 짝이 없는 한씨도 웬일인지 주팔의 앞에서는 쥐새끼처럼 쩔쩔 매면서도 강짜는 심하게 부린다. 그럴 때마다 머리채를 잡히고 두드려 맞는 것이다.

백만 금도 한정이 있는 것이라, 한씨는 배가 고파 견딜 수 없는 지경에 이르렀고 눈물이 마를 때가 없었다. 한씨가 이다지도 배가 고플 때 초옥은 어떠할 것인가?

한씨는 모든 화풀이를 초옥에게만 하면서 첩의 집으로 주팔을 데리러 보낸다. 배고픔에 정신조차 없어진 초옥이가 겨우 기어가듯이 주팔에게 가면 주팔에게 발로 채이고 얻어맞고 돌아온다. 그러면 한씨는,

"왜 데리고 오지 않았느냐?"

고 다시 때리는 것이다.

하루는 주팔이가 돌연히 큰댁에 행차하여, 한씨가 근일에 들어보지 못

한 다정한 말씨로 손을 잡아가면서 이야기했다.
　한달 동안이나 그림자도 못 볼 때는 잡아먹을 듯이 별렀지만, 주팔이를 만나니, 한 번 다정에 그만 다 녹아 버렸다.
　"사내란 젊었을 때는 외입도 하고 술도 마셔 보아야 세상 물정을 아는 게여. 제 아무리 똑똑한 놈이라도 책상물림으로는 어림도 없을 걸. 그저 주색에 잠겨 보아야 철이 드는 게여. 허, 나도 이제야 철이 난 모양이여. 그저 쓰고 달고 맵고 예쁘고 간에 우리 마누라가 제일이지. 다 쓸 데 없어 이제는 우리 마누라하고만 살 테여."
　주팔의 속이야 어떻든지 말 같아서는 불시에 철이 난 듯싶다. 한씨는 너무나 고마워 새삼스럽게 울고 있다. 주팔은 곁눈으로 한씨를 슬슬 보며,
　"우리 마누라는 정말 불쌍하다니께 내가 정말로 이제는 세상 물정을 알았어. 이것도 다 천만 냥이나 써 본 덕으로 셈을 차리게 된 것이지. 죽을 먹든지 밥을 먹든지 우리 마누라하고 이제는 안 떨어져야 하여. 그런데, 여보아! 까마귀 날자 배 떨어지더라고, 돈 없어지자, 철이 들었구먼. 제에길, 내가 오늘부터는 등짐을 지더라두 살아볼 터이니 자 마누라, 우리 어떻게 돈 좀 만들어 보지 않을 테여?"
하고 손을 꼭 잡아 준다. 한씨는 만사를 다 잊었다.
　"아이구 딱해라. 이제야 무슨 돈이 있수? 어제 저녁부터 밥도 못해 먹구 있는데. 이 집도 안 잡혔더라면 이런 때……."
　한씨의 말이 끝도 나기 전에 주팔은 노한 듯이 눈을 흘기며,
　"그런 말 하면 지금 무슨 소용 있나? 계집이란 것들은 암만해도……액……."
하더니, 그리도 꽉 잡았던 한씨의 손을 휙 뿌리치고 벌떡 일어서려 한다.
　한씨는 모처럼 얻어 본 그리운 사람을 놓치지 않으려고 황망히 옷자락을 잡고 매달리며 야속스럽다는 듯이
　"내가 잘못했으니, 용서해 주시유 네? 그러고 앉아서 이야기라두 더해

주시유."
하고 눈물을 흘린다. 주팔은 한씨가 자기에게 성적으로 노예가 된 것을 잘 알고 있다. 그리하여 이런 방법으로 한 번 위협하여 기운을 죽여놓고, 제 속의 계교를 들어 밀려는 작정이었다.

그는 한씨의 권고에 못이기는 듯이 슬며시 주저앉더니, 화색이 스르르 돌며 전보다 더 다정스럽게 한씨의 무릎 앞에 딱 다가앉는다.

"여보, 나도 전 같지 않은 터에, 그까짓 작은 일로……. 무어, 마누라가 잘 못한 거야 있다구 뭐? 그저 전 버릇이 좀 남아서 그렇구려. 허허 그런데, 마누라, 작은 밑천쯤은 생길 방법이 있단 말이지. 하늘이 무너져도 솟아날 구멍이 있는 게라니께."

하고 조금 주저하더니,

"저 지금 우리가 우선 먹을 것도 없지 않아? 나두 츨츨 굶고 다니는데. 초옥이 그까짓 거 남의 새끼를 집구석에 두어서 무엇할 것이여. 없는 밥이나 치지. 그러니께, 밑천도 만들겸 시급한 기근도 면할 겸, 초옥이를 우리 저 남문 안 김 부자 집에 얼마 가량 받고 팔아 봅시다. 그 댁에서 요새 그 댁 아가씨 몸종 하나를 구한대여. 그러니 그리해 보지 응? 어떠우?"

하고 다시 한 씨의 손을 잡는다. 한씨는 이 말을 듣더니, 갑자기 생각이 난듯이 희색이 만면하여,

"대체 참 아무래도 사내 양반들의 소견이란 건 계집 소견에 못 댈 게여. 그거 그래 봅시다유. 제일 우리 귀동이 놈이 배가 고파서……. 아이구 어린것이 무슨 죄로……. 어서 그렇게 합시다."

하고 별안간 사랑스러워진 듯이 귀동이를 안아서 뺨도 대고 등도 두드린다. 주팔이는 한씨가 의외로 얼른 쾌락하는 것을 보고, 입이 귀밑까지 돌아갔다.

"허, 우리 마누라 속도 여편네 속은 아니라니께 저렇게 속 쓰는 것을 보아. 뭐 집안은 불타듯 일어날 것이니, 염려 없어. 그런데 초옥이를 좀

어떻게 헌옷이라도 꾸며 놓고 신발이라도 하나 사서 신겨야 내일 데리구 가지…… 자, 우선 밥이나 좀 끓여 먹읍시다. 모두 굶었으니께."

혀를 끌끌 차며 허리춤으로 돈 몇 량을 내어놓는다.

어제부터 굶었던 한씨의 식구들은 밥을 실컷 먹었다. 만일 한씨가 주팔의 뜻을 거슬렀더라면, 이 밥도 얻어먹지 못하였을 것이다. 초옥이도 처음으로 배가 불러 도리어 지칠 만큼 많이 먹었다.

이날 밤 두 사람은 오래간만에 썩 좋게 지냈다. 화기가 처마 끝까지 어리었다.

이튿날 초옥은 처음으로 신발과 새 옷을 얻어 입고, 주팔을 따라 발을 아장아장 늘리어 걸어가는 모양은 도살장으로 끌려가는 어린 양과 같았다.

초옥은 김 부자 집 종으로 포 오십필에 팔렸으니 그때 시세로는 좀 헐했다. 그때 종을 매매하는 시세는, 노복 육십 세 이하 십오 세 이상은 포백 필이요 육십 세 이상과 십오 세 이하는 포 오십 필이며, 노비 십오 세 이상 오십 세 이하는 포 육백이십 필이요, 십오 세 이하 오십 세 이상은 육십 필이며, 노비복 일단에는 소 한 마리 포 이십 필 가량 주는 것이었다.

노비가 죽으면 매장하지 않고 산과 들에 버려 들짐승에게 먹히나니, 그때의 습관 제도와 그들의 참상은 넉넉히 추측할 수 있는 것이다.

초옥은 평민 계급보다도 훨씬 떨어진 노예가 되어 버렸다. 외면은 사람의 형상이나 사람의 소유물로써 생명의 권위가 오직 사람에게 매인 노예가 되었다.

한씨는 그날부터 두 달 가량이나 주팔의 그림자도 보지 못했다. 그는 참다못해 귀동을 업고 주팔을 찾아 첩의 집에 가 보았다. 주팔은 두 계집 중에 하나는 팔아먹고 초옥을 판 돈까지 합해 첩 하나와 잘 먹고 사는 판이다. 그러는 중에서 한씨를 보고는 두 눈을 부릅뜨고 달려들었다. 한씨는 쫓겨 나왔다. 머리털은 산산이 뜯기어 흐트러지고, 입술은 터져 피가 흐르며 옷은 갈갈이 찢기고, 오른편 눈은 멀겋게 툭 솟았다. 한씨는 그 길로 다시 자기 집에는 들어가지 않았다.

그날 저녁때 동리 우물에는 사람들이 많이 모여서 들썩들썩했다. 그것은 젊은 여자와 어린 사내애의 두 시체를 끌어 낸 것이었다.

이때 남고려 지방에는 왜적이 창궐하여, 아영성운봉(阿英城雲峰)에다가 근거지를 잡고 웅거하여 있어, 난리가 그칠 사이가 없었다.

청주성도 함락되는 바람에 온 백성들은 산과 들로 피난하여 살기를 구했다. 이중에 초옥이도 끼어 저물어 가는 길가에서 방황할 때에 불행일지 다행일지 다시 전 주팔의 손에 걸렸다.

두 번째 먹이가 된 어린 초옥은 필라고 팔려, 황파의 사촌 동생에게 옮겨오고, 마지막에는 황파에게 옮긴바 되어, 백화의 수하에서 기생의 공부를 하게 된 것이다. 주팔은 그 이듬해 살인 강도의 죄명으로 완산부에서 목 베임을 당했다.

초옥은 노예보다는 한층 높다고 할 창기 계급으로 승급되었으니, 이 덕은 천주팔과 왜적과 황파의 덕이었다. 이 승급의 결과는 또한 어떠할는지?

초옥이는 백화의 아래에서 비로소 인생다운 천질을 나타내게 되었다. 영리하고도 유순하기 짝이 없는 성질이면서도, 총명이 백화에게 지지 않을 만큼 탁월하여, 무엇이나 백화가 하는 것이면 못하는 것이 없었다.

백화는 일심 정력으로 백화다운 교육을 시키는 것이니, 문장이나 필법은 꼭 백화의 그것대로 닮아 가는 것이다.

초옥의 발전은 백화에게 유일한 취미이며 낙이 되었다. 백화를 초옥의 신세가 너무도 애처로웠던 것을 뼈저리게 아파하며, 처지가 자기와 같이 외로운 것을 극히 동정하여 심히 사랑하고, 몹시 아껴 친동생이나 같이 애중히 여긴다. 초옥은 백화의 성질을 많이 닮았다. 그러나 인물만은 퍽 다르다.

백화는 사랑스러워 못견디는 듯이 가끔 초옥을 바라본다. 동그스럼한 윤곽 수정알처럼 맑은 살결 부서질 듯이 통통하면서도 하얗게 서리발 치는 듯하다.

백화의 눈은 가느스름하면서도 은행 껍질처럼 볼통하게 생겼지마는, 초옥의 눈은 좀 동글동글한 듯 어글어글한 맛이 있으며, 눈썹은 새까맣게 풍부하다. 그리고 그의 턱은 계란처럼 매끈한 것이 고개를 수그릴 때는 두 턱이 진다. 가끔 백화는 그 턱을 꽉 꼬집어 준다. 그러면 애교를 부리는 듯이,

"아이고, 형님, 간지러워요."
하고 생긋 웃는다. 옥 같은 뺨에는 우물이 손가락으로 꼭 찌른 듯이 쏙 들어간다. 이것을 백화가 제일 사랑한다. 그 우물을 보려고 자꾸 웃기면 하얀 좀 옥은 듯한 호치를 보이면서 고개를 갸웃거리며 웃는다. 백화는 따라 웃는다.

누구든지 백화의 웃음 구경을 못해 안달하는 난봉 하나가 이 자리에서 백화의 웃는 얼굴과 입모양을 본다면 그야말로 기절할 것이다. 찢긴 듯한 팔자 춘산이 사르르 퍼지면서, 눈가에 가느다란 선을 두어 개 그리고, 단순을 잠깐 벌려 고운 웃음소리를 발하며 잠깐 웃다가, 단순을 닫으며 입만으로 웃음을 보이며 입 모습에 미소를 띠워 화기가 도는 얼굴을 가지게 된다. 초옥이는 백화의 웃는 얼굴에 취하여 앉아있는 것이다.

이렇게 초옥은 꽃다운 처녀의 참 사랑을 오직 백화에게 바쳐 인간의 참다운 정의를 절실히 느끼며, 존경과 흠모로 백화를 따르는 것이다.

이 두 처녀는 서로서로의 유일한 벗이 되어, 이 깃 속에서 한껏 피어나는 것이다. 초옥이가 꽃답고 탐스럽게 피어남을 따라 그의 향기도 풍기기 시작한 것은 작년 가을인데, 금년부터는 훨씬 높이 솟아났다.

백화는 차차 향기를 풍기는 한 송이 꽃봉오리인 초옥이를 물끄러미 바라보며 숨은 한숨을 쉬게 되는 것이다.

색마 김 장자

황파는 김 장자를 반가이 맞아 고요한 자기 침방으로 안내했다. 그들은 문고리를 안으로 굳게 잠그고 비밀한 의논을 결정하였으니, 그것은 바로 이러하다.

"백화를 겁간만 하면, 한번 꺾인 지조를 어쩔 수 없을 것이며, 더욱 황금으로 잘 낚아 놓으면, 제 아무리 냉연한 자나, 황금집 속에서 만족하리라."

색마와 흡혈귀의 최후 결정이었다.

김장자는 황파의 요구 조건을 다 승인하였다.

"몸값의 오 배의 하례금 오백 금을 줄 것이며, 성사하든지 못하든지 간에 몸값의 오 배는 먼저 바칠 것."

이라는 것이니, 김 장자는 황파의 요구대로 선금을 주었으며, 하례금만은 성사 후 주기로 계약하였고, 거사의 장소는 황파의 침방으로 정했다.

김 장자는 다녀오기로 하고 돌아간 후, 황파는 방을 소제하기로, 어멈은 찬수 준비로 분주했다.

황파는 바늘 한 개까지라도 손에 거칠 것은 치워버렸다. 그리고는 건넌방으로 들어가, 뒷문을 열어 놓고 빙그레 웃으며 나온다. 아마 오늘 밤 전쟁 마당을 참관하고자하는 속판인가 보다.

여차하면 뛰어나와 강화 담판의 중재인 노릇을 하든지, 어느 편이나 유리한 편을 들어 선전 포고를 하든지 할 속셈이나, 백화에게는 일이 그릇되더라도 동정을 얻어야 되겠으니까, 아무쪼록 일의 관계가 없는 것처럼 하여야 되겠다고 생각했다.

실로 오늘밤의 전쟁은 크고도 중한 마당이니, 하나는 북고려 일대를 흔드는 색마왕이요, 상대자는 당세 하나인 명기 여왕인 까닭이다.

황파는 이런 종류의 작고 큰 전쟁을 수없이 보았으나, 이 전쟁에만은 큰 흥미를 가지고 정원을 건너 백화대로 큰 엉덩이를 넘슬거리며 가는 것이다.

백화는 막 저녁상을 물리고 초옥이와 이야기하는 중에 황파가 화기가 만면하여 들어와서,

"하하. 밥들 잡숫구 이야기하시는 중이구나. 그래야지, 먹을 것만 있으면 어떻든 먹어야 된단 말이지. 더욱 여자라는 건 말이야 남자의 것을 먹지 않으면 안 되는 게야. 어쩌나? 여자라는 것은 남자의 것을 먹구 살두룩 마련해 놓은 걸. 그게 천리란 말이지. 여자 치구 남자의 사랑을 받을 줄 모르구 남자의 것을 먹을 줄 모른다면 그게야 될 말인가. 평생 서럽지, 무슨 재미가 있나, 호강이 있나, 없지 없어. 그런데 너희들은 왜 그렇게 예쁘단 말이냐. 내가 보기에는 그만 줄 것만 있으면 송두리째 쏟아 놓게만 되었구나. 아이나 예뻐! 그저 고대루 삼켜두 비린내도 안 나겠네. 그렇지만 먹이고 싶으니, 무엇 줄게 있나?"

하며 두 손바닥을 양쪽으로 갈라 보이며 웃는다. 백화는 귀찮은 듯이,

"먹기는 무얼 먹는다구. 그리시우 먹구 말구 간에 그런 말은 듣기 싫어요."

한다. 황파는 더 기세를 내며,

"흥, 너야 그렇지, 언제 무얼 먹어 보았어야지. 먹어 보지 않구야 먹는 맛을 아나? 그만두라니 그만두자. 그런데 저 김 장자께서 지금 사람을 보내셨는데, 오늘밤에 영등문안까지 볼 일이 있어 거기 다녀오시는 길에 잠

시 우리 집에 들러, 너와 잠깐 만나서 이야기라도 하다가 돌아 가시겠다구 하시기에, 내가 그렇게 합시라구 해보냈으니, 좀 있다가 내 방에 건너와서 약주 대접이나 하자."
하고 슬쩍 백화를 본다. 백화는 말이 없이 흔연히 앉았다. 황파는 몸을 일면서,
"있다가 김 장자께서 오시거든, 어멈을 보낼게 곧 건너오너라."
하고 문 앞으로 나가다가 초옥을 보며,
"너는, 요사이 과정을 잘 배우느냐? 너는 네 형이 다녀오는 동안에라두 가야금이라도 타며 놀아라. 무엇을 좀 시원시럽게 배울 때는 배와야지 액."
하고 공연한 짜증을 내어 애매한 초옥이를 꾸짖는 듯이 미닫이를 툭 닫고 나간다.
황파의 일거 일동은 하나도 의미 없는 것이 없다. 백화의 뒤를 어디든지 초옥은 따라 다닌다. 그러나 오늘밤쯤은 초옥이가 있으면 재미가 없으니까, 미리 짜증을 내어 오지 못하게 하는 것이다. 초옥이쯤이야 황파가 제 멋대로 휘두르니까……
얼마 후에 어멈이 와서 백화를 들어오라는 황파의 말을 전한다. 백화는 고개를 숙이고 무엇을 생각하는 듯하다가, 몸을 일으키며 초옥을 보고,
"잠깐 다녀오마. 퍽 심심하겠지마는 내 얼른 갔다올게. 응."
하고 어멈의 뒤로 따라 황파의 처소로 향했다.
백화는 언제나 같이 냉정한 태도로 김 장자에게 문후하였다. 황파는 화기가 얼굴에 넘쳐 앉았으나 김 장자는 웬일인지 기운을 펴지 못하고 고개를 한참씩 수그려 기분이 침울하다. 백화도 종지 말 한 마디가 없이 두 손길을 무릎 위에 올려놓고 치마귀만을 휩싸고 있다.
황파는 이 자리에서 활기를 내게 하느라고 퍽이나 분주하다. 그의 입과 술잔 든 손은 몹시 분망한 것이다. 김 장자는 황파와 백화의 주는 술잔을

거듭함에 따라 차차 황기를 띠어 간다. 술이라는 흥분제가 그의 속에 들어가 그의 주성(主性)을 자극시킨 것이다.

취기 만면한 그는 툭 솟는 눈이 불그스름하게 되어 마주 앉은 백화의 모양을 뚫어질듯이 바라본다.

백화는 머리가 아프다고 술 한번 입에 대지 않았다. 고대로 가만히 차고 무겁게 앉은 백화는 조는 듯 성낸 듯 꿈꾸는 듯 깨었는 듯 일만 가지 변화가 솟치는 듯 잠기는 듯하였다. 김 장자의 취한 눈이 백화의 온 몸을 미친듯이 헤매고 있는 동안, 황파는 술상을 치우기 시작하여, 다 내어 보낸 후 조금 앉아서 백화에게 취하여 앉아있는 김 장자를 또한 말 없이 보고 있다. 밤도 꽤 이슥해졌다. 황파는 배를 슬슬 만지며 혼자 말하듯이,

"요사이 아니 먹던 것을 갑자기 마시어 또 탈이 난 모양인가."

하면서 괴로워하는 듯하더니, 점점 더 못 견디는 듯이 백화의 손을 꾹 찌르며 귀에다 대고 가만히,

"애. 내가 그만 배가 아프더니, 뒤가 급하여 아무래도 견딜 수가 없다. 잠깐 다녀올 것이니, 그동안 무슨 말이라두 좀 해드려라. 응."

하며 김 장자를 선뜻 건너다보고는 급급히 나간다.

황파는 문 밖으로 나오면서 헛기침을 두어 번 요란스럽게 하면서 문고리를 밖으로 얼른 걸었다. 그리고 급한 발소리를 내어 집 뒤로 돌아 가더니 갑자기 기척을 감추며 되쳐 돌아서 발자취를 감추어 가지고, 아까 열어 놓았던 뒷문으로 방에 들어가 앞문 앞에 우그리고 앉는다. 두 방 사이에는 마루 하나가 있을 뿐이었다.

김 장자는 잠깐 동안 가만히 앉았더니, 차차 몸을 들썩이기 시작하여, 그 큰 몸뚱이가 가만히 있지 못하고 굽혔다 뒤쳤다 하며, 공연한 힘을 모질게 써서 오른손으로 왼편 손을 힘있게 쥔다. 김 장자는 벌떡 몸을 쳐들면서 엉덩이 걸음으로 백화의 무릎 앞에 바싹 다가앉더니, 백화의 섬섬한 손길을 꼭 잡는다. 그리고 무슨 말을 낼 듯 검푸른 두터운 입술이 부르르

떨린다. 백화는 붙잡힌 손을 빼어 내면서 냉연한 목소리로,
"하실 말씀이 있으면, 점잖게 앉아서 말씀하십시오."
하고 물러앉는다.
 김 장자는 무슨 몹쓸 짓이나 하다가 몽둥이로 한 차례 몹시 맞은 사람같이, 백화의 말에 몸을 움슷하여 방바닥만 내려다보고 있다가, 조금 다가앉으며, 질편한 얼굴을 백화의 눈 밑에 들어대고 눈치를 살핀다.
 마치 개가 제 주인이 가진 고기덩어리를 좀 얻어먹으려고 보채다가, 핀잔을 맞고는 움슬하여 꼬리를 살에 끼고 물러다가 다시 주인의 앞으로 나오며, 꼬리를 낮춰 가지고 살살 내 두르면서, 간절한 눈으로 주인의 얼굴을 바라보는 것과 꼭 같다.
 그의 꽉 잠긴 목에서 타는 듯한 음성은 콱콱 막혀 잘 나오지 않는다.
 "여보라우 백화, 내……내가……백……백화 까탄에 아주…… 병이 되……되설란 기사 지경이오. 하…하이구 내가 얼마나 백화를 사랑하는데, 아마 임자도 짐작쯤이야 하지. 그리 삼 년이야 삼 년, 그동안 얼마나 재산이 다 없어지구, 내가 애가 말라한 줄 아나. 그렇게두 몰라준단 말이오? 응. 백화 내게 허신만 한다면, 나는 재산이구 처자이구 무애구 다 집어 팽겨치구라두, 백화에게만 온 몸뚱이를 다 바치구 말겠외다. 백화를 내 본실로 정하고, 백화에게서 낳은 자식은 적자로 정하고, 무에 되든지 백화 소원대로 할 테니까, 백화 응, 보라우 엉? 허락하소 그리. 내가 우선 백화의 잔수쇠로 쓰기 위하여 백화 앞으로 벼 일천 오백 석하구 돈 천 냥하구를 따로이 매년 못 쥐어줄 테니, 응. 들어주겠소? 생각도 있겠지만서두……."
 겨우 말을 마치고 방이 꺼지도록 한숨을 쉰다. 몽퉁스러운 말마디이지만, 실로 김 장자의 충곡과 진심을 다한 애원과 하소가 맺혀 있었다.
 김 장자는 말을 마치고 이마에 땀을 씻으며 성취일까, 실패일까, 하는 의구의 눈으로 백화를 보며 처분을 고대한다.

사형 선고이냐 집행 유예이냐. 그렇지 않으면 무죄 판결의 승소이냐. 그의 풍채를 좋은 비대한 몸이 어리고 작은 백화의 앞에 기를 펴지 못하고 앉아 있는 것은 김 장자 앞에 그에게 빚진 자들이 허리를 굽신거리며, 살려 줍시사고 애원하는 태도와 꼭 같다. 그러나 전자는 우습고도 통한하여 보이고, 후자는 처참하고 눈물을 끄는 장면일 것이다.
 김 장자는 백화와 같은 기생의 앞에서 이러한 행동을 하기 위하여 무수한 잔악한 자에게 얼마나 잔인한 행동을 하였을까?
 황파는 곁방에서 김 장자의 이 같은 충정을 듣고,
 "백화는 참 행복스러운 여자이다. 일개 기생이지만, 일국의 왕만 못하지 않구나. 내가 저렇다면 얼마나 좋을고. 백화가 아무리 고결한 체 하지만, 김 장자의 저러한 정성에는 항복하겠지."
하고 자기 역시 김 장자처럼 백화의 대답을 듣고자 몸을 졸이며 귀를 기울이고 창문 앞으로 더욱 바싹 다가앉는다.
 "아마 너무 좋아서 그러는 게지, 그도 그래, 저것이 오늘까지 젠체하고 버티어 왔으니까, 좀 늦추는 게로구나. 홍. 고것 참 영특은 해."
하였다. 만일 황파가 백화의 태도를 보았더라면,
 "너도 계집의 심정을 가졌느냐?"
하고 기가 막혔을 것이다.
 백화는 김 장자의 말을 듣고는, 자기를 쳐다보고 있는 김가의 머리로부터 누릿한 수염에 이르기까지 날카롭게 내려다보더니, 그의 크고 솟은 눈에 가서는 눈총을 쏘아 한참 보다가, 얼음이 치는 듯한 소리로,
 "이렇게 천한 계집을 그처럼 사랑하여 주신다니 감사합니다."
하는 소리를 듣고 황파는 고개를 끄떡하면서
 "옳지 그렇지."
하였다.
 "그렇게도 저의 소원이라면 처자와 재산까지도 내버리시고 저 하나만

을 사랑하시겠다는 말을…….”

　백화의 말을 채 듣지도 못하고, 김 장자는 구부렸던 몸을 번쩍 쳐들며 힘있게,

　“암, 그렇구 말구. 만일 못 믿는다면, 임자 앞에서 당장 계약서를 써 줄 테니깐.”

한다. 황파는 기울였던 고개를 쳐들고 탄복한다.

　“대체 백화는 어린것이 어쩌면 그렇게도 영리할까. 그렇게 말을 아니하면 그런 말을 당장 들을 수가 있나. 허 참 꼭 그렇지.”

하고 헛침을 꿀꺽 삼켰다.

　백화는 김 장자의 말을 듣고 기가 막혔는지, 한참 있다가 별안간 벌떡 일어서며,

　“나는 당신이 보냈다는 당신의 물건을 받아본 적도 없고요, 더욱…….”

하는 말도 끝나기 전에, 김가는 백화의 치맛자락을 부여잡고,

　“그게 무슨 소리야”

하고 쳐다보는 머리 속에는 번개 같이,

　“황파가…….”

하였다.

　황파는 백화의 말을 들으며, 입을 쩍 벌리고 몸을 움쓸하였다. 백화는 치맛자락을 빼어 내려하면서 멸천히 여기는 소리로,

　“왜 이래요. 나는 당신 같은 천하의 불의 무도한 사내에게는 몸을 허락할 수가 없어요.”

하면서, 치마를 찢어져라하고 당기며, 문을 향하여 솟쳐 나간다. 비단 찢기는 소리를 내고 치마는 찢어졌다. 백화는 두 손으로 세게 문을 밀쳤다.

　그러나 덜컥 소리만 나고 열리지는 않는다. 백화의 머리 속에서 번개 같이,

　“황파가……….”

하였다.
 건넌방의 황파도 벌떡 일어나며 눈과 귀를 안방으로 쏘았다. 김 장자는 극도로 흥분되었다.
 그는 벌떡 일어나 백화를 등 뒤로 얼싸 안아다가 방 아랫목에 누여 버렸다. 백화는 죽을힘을 다 들여 버티고, 김 장자도 전력을 들여 덤빈다. 빠져 나오려고 몸부림하며 푸덕거리는 가냘픈 숨소리가 총과 대포 대신으로 수선스러웠다. 대황과 반항, 돌격과 방어, 전쟁은 가경으로 들어갔다.
 김 장자는 오른 팔로 백화의 왼 팔과 목과 오른편 팔까지 감아 놓았다. 그리고 뚱뚱한 넓은 몸으로는 작은 백화의 몸을 눌러 요동치 못하게 하고, 백화의 다리를 큰 발로 억제한 후에 왼손으로 백화의 속옷까지 찢어 놓았다. 백화의 입에서는 피가 나온다.
 건넌방에 있는 황파는 자기가 직접 당하는 듯이 힘을 써가면서 귀를 쫑긋거리다가 옷 찢어지는 소리를 듣고는,
 "옳지 되었다."
하고 입모습을 오므리며 군침을 삼킨다. 김 장자는 방비전은 하여 놓았으니, 이제는 공격전으로 옮기려고 자기 몸을 들며 손을 움직이려 한다. 옥은 깨어지고 꽃은 떨어지는 실로 위기 일발이다.
 죽을힘을 다하여 빠져 나오려고 애를 쓰던 백화를 이 기회를 타서 최후의 힘을 내어 오른편으로 빠져나오며, 왼 팔로 방바닥을 힘껏 괴고 몸을 비스듬히 일켰다.
 김 장자는 다시 덤빈다. 백화는 들어오는 김 장자의 눈과 코를 어울러 목표로 삼고 오른편 이마로 힘껏 들어 받았다. 사내는 "어!" 하는 소리를 지르고 쓰러지고, 백화도 그 자리에 엎드려 버렸다.
 맞은편 방에서 혼자 재미를 보던 황파는 깜짝 놀라, 황망히 문을 박차고 뛰어나와 문고리를 벗기고 들어왔다. 그러고 어멈을 부른다. 아범도

뛰어왔다가, 다시 돌아나간다. 아범의 보고로 초옥도 달려 왔다.
 피투성이가 된 두 남녀를 각각 떼어놓고, 우선 씻기며 주무르고, 일변 물을 끓여다 마신다. 그들은 정신없이 날뛰었다.
 초옥이는 뛰어오자마자, 백화에게 달려들어 팔다리를 주무르며, 흑흑 느껴 가면서 몹시도 운다. 급한 속에서도 황파는 울고 있는 초옥이가 어찌 밉든지 소리를 버럭 지른다.
 "이년! 울려거든 나가거라. 방정맞게 울기는 왜 울어. 초상났느냐? 어린 년이 청승맞게 울기는 못된 년 같으니!"
 여전히 초옥이는 파랗게 질려 백화의 얼굴을 내려다보면서 입술을 깨물어 가며 느낀다. 눈물은 백화의 얼굴에 비 오듯 떨어진다.
 황파는 김 장자를 주무르면서, 독이 질린 얼굴로 초옥을 집어삼킬 듯이 쏘아보다가 아직도 울고 있는 것을 보더니, 우르르 달려 와서 주먹으로 초옥의 머리를 때리며 뺨을 쥐어박으면서,
 "이년, 울어라, 어서 울어라. 눈물은 어린년의 눈구멍에서 웬 눈물을 그렇게 흘리니? 이 배라먹을 년 같으니라구. 그래두 못 그치겠니?"
하고 소리를 버럭버럭 지른다. 김 장자가 몸을 돌이켜 누우며,
 "으응……으……으……으……후유."
하니까, 황파는 급히 그에게로 가고, 초옥은 역시 눈물만 흘리며 백화를 주무르고 있다.
 황파는 이 전쟁의 공모자요 침관자로서 어쩐지 이 결과에 대하여 분함을 가지고 있다. 그래서 이 분풀이를 초옥에게만 하게 되고, 그의 울음에 관계하게만 되는 것이다.
 백화는 아직 아무런 기색도 없고, 가녀린 숨결만 있는 듯 없는 듯 하다. 이윽고 백화도 돌아누우면서 깊은 한숨을 내어 쉰다.
 황파는 무슨 생각을 하였든지, 아범과 어멈을 시켜 백화를 백화대로 옮기고, 어멈과 초옥으로 간호하게 하였다. 백화대를 제 발로 걸어 나가며

다녀오겠노라 하던 백화는 이러한 현상으로 자기 처소에 돌아오게 되었다.
　아직도 김 장자가 정신을 차리지 못하고 있음도 불구하고, 황파는 아범을 시켜 사람을 얻어다 자기 집으로 떠메어 보내고, 자기는 뒤치닥거리를 끝낸 후, 백화대로 쫓아갔다.
　초옥과 어멈은 옷을 갈아 입힌 후, 다시 사지를 부지런히 주무른다. 백화의 감고있는 눈귀는 눈물이 흘러내리며, 가만가만히 느끼기 시작한다. 초옥이도 따라 울며, 어멈도 훌쩍이는데, 황파가 당황하게 들어와, 이마를 찌푸리고 한참 섰더니 백화의 곁으로 다가앉아 혀를 몹시 차며,
　"그 빌어먹을 늙은 것이 이렇게 할 줄이야 누가 알았담. 어이구 흉한 꼴을 다 보아. 그러나 저 애두 퍽은 악살스럽기두 해."
하는 황파의 말소리를 듣더니, 백화는 감았던 눈을 잠깐 뜨면서 황파를 바라보더니, 다시 감은 눈 사이로 굵은 눈물이 넘쳐흐른다. 초옥은 입술에서 흐르는 피를 수건으로 가만가만 씻어 주면서 눈물을 머금은 눈으로 원망스럽게 황파를 보며,
　"아무 말도 마셔요. 형님이 더 속상해 하시는데……"
하고 고개를 수그린다. 당장 벼락이 날줄 알았더니, 의외 그렇지도 않다.
　"저 계집애는 무얼 안다구 저 지랄이야. 너는 형인지 무엔지만 아니? 형님인지 누군지는 그렇게두 똑똑하면서 소리 한 마디두 못 지르드람. 아이구 무슨 대부인가?"
하며 입을 삐쭉하더니, 다시
　"뒷간엔지 앞간엔지 좀 간 새에 저런 일이 났지 그 망할 문고리는 까딱하면 어찌 방정맞게 잘 걸리는지. 아이 빌어먹을 거 내 그놈의 문고리를 당장 빼어 버려야지."
하고 자기 말에 혼자 힘을 얻고 스스로 발끈하게 성을 내어 휙 나가 버린다.

전투종결

 백화가 말을 알아들을 만큼 된 것을 보고는, 초옥의 말 끝에 자기 변명까지 해놓은 후에, 거기 있기는 제 낯이 괴로우니까, 혼자 성을 내어 나와 버린 것이다. 문 밖에서 다시 황파의 소리가 들린다.
 "어멈도 고만 건너 와, 기애도 이젠 염려 없는 모양이니, 잠이나 들면 훨씬 낫겠지. 어서 들어와서 치울 것도 치우고 자게나."
 어쩐지 어멈까지 거기 백화와 있는 것이 꺼림한 것 같다.
 어멈도 초옥에게 눈인사를 하고는 황파를 따라 돌아가 버렸다.
 백화는 석 달 가량 자기 방에 누워 손을 대하지 않음은 물론이요, 방문 밖을 나와 본 적도 없었다.
 황파는 앙앙해하였다. 그러나 자기의 잘못이 있었으므로, 백화를 대하여는 흔연히 하지마는 그 대신 까딱하면 초옥이만을 못살게 군다. 그래서 자연히 백화와도 언쟁이 된다. 황파는 모든 것에 권리를 잃게 되었으니, 까닭은 황파가 백화와의 약조를 깨트린 것이다.
 사실은 황파가 김 장자에게서 몇 몇 배 나 되는 백화의 몸값을 받았으니까, 백화는 정당한 자유의 몸이다. 그러나 백화가 이것을 알 리가 없었고, 또 알았다 하더라도 그의 기질상 김가와 같은 자의 몸값 추림으로 말미암은 자유를 바라지도 않는 것이다.

이렇게 되니, 황파는 돈은 돈대로 먹고도 백화는 놓치지 않게 되었지만, 주재권을 많이 상실하게 되는 통에 초옥까지도 자연 기세를 펴게 되었다.
 전쟁을 꾸밀 때는 색마와 흡혈귀 외에 아무도 몰랐으나, 전쟁이 끝난 후에는 어디서부터 일어났는지 서경 일대에 큰 소문이 벌어져, 두어 달 후에는 더 굉장하게 되어 백화의 명성은 이것으로 몇 배나 강하게 되었다.
 잔인 포악한 김 장자를 미워하던 사람이 많았던 만큼 김가에게는 이 이상 더 큰 손해가 없는 굉장한 소문이니, 이 소문은 몇 달 동안 서경을 들었다 놓았다 하였다.
 백화의 칭찬이 높은 반면에 백화에게 안달하던 자들은 백화를 미워한다. 그 중에도 제일 백화를 미워하며 분해하는 것들은 관속배들이니 그들은 백화를 꾸짖는다.
 "일개 창녀로서 응, 괘씸한 년 같으니, 제 따위가 기생년으로 지조? 문장? 그게 다 뭐야. 설령 지조가 있다기로서니, 김 장자 같은 호박퉁이에게는 앙탈도 했거니와, 우리에게 그따위 짓을 하면 제 모가지가 남아 있나. 앵, 요망한 년 같으니."
 이렇게 입으로는 서리치게 호령하나, 속으로는 더 깊이 사모하는 것이다.
 이 일 후로는 전 같이 함부로 덤비는 자가 없었다. 그러나 백화를 보기만 하면 간장은 더 녹는 것이다. 하여간 이번 전쟁은 백화에게 승리의 결과를 주었다.
 김 장자는 삼사 개월이나 치료하였으나 우뚝 솟은 코가 깨어져서 몹시도 보기 싫게 찌그러졌다. 그는 출입을 하지 않았다. 보기 싫은 코를 가진 것이 한 조건도 되지만, 그렇지 않아도 도둑놈이라고 욕을 얻어먹는 자기의 이름을 아는 곳에서 모두 자기의 욕설만을 하는 것을 알기 때문이다.

제일 큰 타격은,

"그 녀석이 백화 하나를 겁간하려고 황파란 년에게 수천 금을 먹였다니, 허, 죽일 놈 같으니."

하는 것이다. 이 까닭에 빈민들에게나 작인들에게도 전 같이 잔인 인색하게 대할 수가 없었다. 더구나 코가 그 모양이니, 잊었던 자도 코만 다시 생각하리라 싶어 영 출입을 끊고, 옥살이를 하다시피 들어앉게 되었다.

김 장자는 백화를 미워하기는커녕, 더 연모하게만 되어 성병하게 되었다.

계집도 하나씩만 데리고 살던 그가 한꺼번에 너댓씩 얻어 닥치는대로 음탕한 짓을 함부로 하매, 자식들도 아비의 하는 짓을 큰 수로나 알아 아비 장단에 거꿀춤을 추면서 재산을 물 쓰듯 써버리니, 제 아무리 백만 장자나 어찌 지탱하랴.

집안이 망해 감에 따라 울화병도 점점 더하다가 기어코 미쳐서 죽어버렸다.

이것이 백화라는 일개 여성이 금전 중심의 횡포한 남성에게 희생당한 여성을 대표하여 복수해준 것이다.

이상한 손님맞이

하루는 백화가 황파를 불러,
"이 후부터 만일 저번처럼 나의 약조도 어기고 허신할 사람을 내게 맡기지 않는다든지, 또는 몸값 외의 금전을 탐해 가지고 그러한 일이 또 있을 것 같으면, 나는 당연히 내 한 몸을 죽여서 보일 것이니, 그리 알으시오. 그 뿐 아니라, 탕자들의 재물을 중간에서 받을 때는 나는 내 마음대로 일신을 처리할 것이니, 그렇게 알아두시오."
하였다. 황파야 물론 마음으로는 불평을 대단히 가졌지만, 우선 대답이나 해두고 앞으로 기회를 보아 가리라 하고, 그럼직하게 대답한다.
"어디 이번인들 내가 무얼 어쩐 줄 아니? 그건 네 잘못 생각이야. 무얼 그럴 것 없다. 이왕 지내친 걸 가지구 콩이니 팥이니 하면, 네가 이길 테냐 내가 시원할 게 있니? 그런 말은 그만두구, 자 이 다음부터 어디 그렇게 해보자. 언젠들 안 그런 건 아니지만."
하고 백화의 기색을 슬쩍 보더니,
"그런데 애야 나도 네게 부탁할 말이 있다. 약조는 약조대로 하려니와, 손님을 대해서는 그렇게 매정스럽게 굴지는 말아다구. 어디 손님이 와야지 손님이 아니 오면 잔돈푼을 얻어 쓸 수가 있어야 말이지, 그렇지 않어?"

하고 백화를 들여다본다. 그러더니 별안간 생각난 것같이,
 "참 애야, 네 몸값을 좀 올려야겠다. 네가 지금 누구인데 말이야. 몸값이 너무 적어두 남이 업신여기는 게야. 네가 지금 말이지, 고려 천하에 독보라는 명기란 말이지. 그게 다 누구의……. 아이구, 전화당이라는 명인을 말이야 참 나 아니면 그런 명인을 얻어 보나? 안 되구 말구, 너를 그렇게 가르쳐 놓았기에, 지금 그렇게 이름이 진동하는 것이지, 무얼 가지구? 어림도 없지. 음률 때문에 그런 줄이나 아니? 그러니 말이야 말이 난 김에 몸값을 다시 정하잔 말이다. 그렇게 해야지."
한다. 백화는 황파가 혼자 이러니 저러니 하다가, 자기 공치사로만 말을 들려 나중에는 몸값으로 말을 맺어 버리는 것을 보고, 신경이 극도로 흥분되었다.
 "무엇이 어째요? 더 못 빨아먹어서 죽겠는 게로구려. 이와 그렇게 빨아 먹으려면. 이왕 먹힐 바에야 요대로 가만히 누워 먹히지요. 해보 마음대로……아이, 더러워서……당신도 사람 가죽을 쓰기는 썼구려."
 찡긴 이마에서는 찬바람이 불고, 눈에서는 서리가 친다. 그러더니 획 돌아서며,
 "여러 말 할 것 없소. 요구대로 누워서 말라죽을 터이니, 어디 힘껏 해보우. 그런 말 들으려고 이런 말 꺼낸 줄 아오? 더 말할 것 없으니 나는 나대로 하고, 당신은 당신대로만 하면 고만이구려."
하고 초옥의 방으로 들어가 버린다. 황파의 얼굴은 붉으락푸르락한다. 당장 무슨 일이 날듯이 눈망울이 왔다갔다하더니, 황파가 사람이 되어 가느라고 그러는지, 더한 포악의 준비로 그러는지, 하여간에 참느라고 애를 쓰는 모양이다.
 두 눈썹을 아드득 찌푸리고 입모습을 꽉 다물어 독기 살기가 주름 잡힌 얼굴에서 야료를 치고 있다.
 이런 때 보아야 흡혈귀의 본체를 볼 수 있는 것인데, 애꿎은 초옥이가

이 꼴을 혼자만 보고 섰다. 시간이 지날수록 노기가 더 심해 가던 황파의 얼굴은 얼마 후에 훨씬 벗어져 버렸다.

이 때에 보면, 어떤 보살님의 얼굴이나 같이, 별별의 자비스러운 태도가 보인다.

이 현상이 한 이십여 년 전 같으면, 서경 시장을 엎으기도 하였고 뒤집기도 하였을 것이다.

성냈던 그림자는 흔적도 없이 초옥의 방문까지 와서 들어가지는 않고, 문밖에 서서 화평한 음성으로 사랑가나 하듯이,

"애야, 애! 아무리 그렇기루 그게 무슨 짓이야? 그러지 말아라. 내가 한 말은 네 기미를 좀 떠보려고 공연히 한 번 그래 보았단 말이야. 네가 공연한 억지 소리를 오죽 했니? 그러기에 나도 좀 그렇게 네게 씌워 보았던 겐데, 너도 싫지? 나도 싫다는 그것이 교훈이야. 하하, 아니? 이 후부터는 그런 애매한 소리를 당초에 내게 하지 말라는 말이야. 하하, 그렇게 영리한 사람도 억지 농담에는 소용이 없구나. 얘 농담도 그만둘 터이니, 안심하고 손님이나 잘 보아다구."

하고 돌쳐 백화의 방으로 들어오더니, 초옥이가 성난 얼굴로 창문 가에 서있는 것을 보고, 또 꾸지람이 나온다.

"요 계집애는 왜 장승처럼 서 있기를 좋아 하니 비켜라. 요 계집애까지 버리게 된단 말이야. 홍, 너는 안 된다 안 돼. 그런 못된 년들의 개 같은 버릇을 그저 아무에게라도 앙알앙알 액 고약스러운 년의 버릇을 배울 것을 배워야지, 망할 년들 같으니."

은근히 백화까지 걸어 톡톡히 분풀이는 초옥에게로 풀어 버린다. 그리고 창문을 부서지게 닫고는 나가 버렸다.

초옥이는 뛰어가듯 방으로 들어가,

"형님!"

하고 백화의 무릎에 엎드렸다. 두 처녀는 말없이 서로 앉고 분한 숨결로

백화 145

서로서로 안타까워한다.

그후로 황파는 무슨 일인지 영동문 밖에 사는 홀아비 팔란봉 고첨지라는 오십여 세 된자를 제 방에다 데려다두고 부부처럼 지나게 되었다.

황파는 지금 마흔여덟 살이다. 서경으로 이사오면서부터 전일의 취미가 꽤 남았든지, 늙은 오입을 하기 시작하느라고 만들어 두었던 것이 이 고첨지였다.

황파는 자기 하는 일에 누구나 방해거리가 되는 것을 제일 싫어한다. 더구나 자기 집안일에는 다른 사람의 혀끝도 날름거리지 못하게 하는 특성이다. 그러므로 자기 금욕에 거리낌이 되지 않는 범위에서 오입의 상대를 이곳 저곳에 만들어 놓고, 필요할 때만 찾아가던 것이다.

고첨지는 그러한 자 중에서도 가장 황파에게 복종력이 많던 사람이요, 또한 극히 담박한 사람이었다. 이러한 사람을 사용할 때는 술 한잔이면 훌륭히 부릴 수가 있으므로 영감 겸 심부름군 겸으로 동처하는 것이다.

그러나 고첨지가 그 흔한 술잔에도 압제를 받을 때에는 자기를 놀려먹는 벗들에게

"이 사람들아, 호강은 무슨 호강이며 오입은 무슨 오입이란 말인가. 그런 말들은 하지두 말게. 백화는 억세어만 가고, 저는 늙어만 가니 기운이 없다구 같이 있어 달라구만 하기에, 내 역시 홀아비로 어디 술 한잔 그저 먹을 수가 있든가. 그래서 그것하구 같이 있는 것인데, 이 사람들아, 그 늙은 것이 오입은 좋아하면서도, 글쎄 나를 술 한 잔에는 괄세를 하네, 그려."

하고 서러운 듯이 하소한다. 이것을 보면, 고첨지를 무슨 심리로 데려다 놓았는지를 잘 알 수가 있는 것이다.

백화는 그후부터 출입하여 손을 대하게 되었다. 백화가 잠시 동안 잠기었던 만큼, 남성들의 기세는 더욱 맹렬했다. 백화라는 꽃봉오리가 차차 조금씩 벌어져 갈 때, 그 감밀과 향취는 더욱 달고도 향기로운 것이니, 봉

접의 떼는 더욱 미친 듯이 날아 덤벼 멀리서 보는 것만으로도 만족한 듯이 날개를 벌이고 춤을 추는 것이다.

김 장자 사건 후로 백화는 손님맞이를 퍽이나 이상스럽게 한다.

백화는 자기를 청하는 곳이나 집으로 찾아오는 손을 다 대해 주지 않는다. 그야 찾았다고 전부 다니든지 만나든지 하려면, 자기 몸을 몇 만 개쯤 만들어 놓아야 할 것이지마는, 하여간 백화는 어느 곳이든지 어느 손이든지 반드시 먼저 탐사해 보고 자기 마음이 내키는 곳에 응해 준다.

초옥이도 그의 성장에 따라 이름이 높아갔다. 그리하여 백화의 다음 가는 명기로써 백화와 동거한다는 것이 더욱 그의 소문을 북돋아 주는 것이다.

초옥이는 어디든지 백화를 따라가서 조력도 해주고, 어느 때는 흔히 백화를 대신하여 손을 대한다. 황파는 이러한 일에는 입을 벌리지 않고, 그들에게 맡겨 버린다.

백화는 어느 때든지 빈한한 선배의 모이는 곳에는 반드시 응해 주며, 자기가 못 가게 될 때에는 초옥이만이라도 기어이 보낸다.

이러한 것을 알기 위하여 먼저 곳과 사람을 조사해 보는 것이다.

그러므로 부귀한 자들이 모이는 곳에는 백화의 얼굴을 볼 수가 없으나, 빈사들의 부르는 곳에는 백화와 초옥의 아름다운 자태가 보이지 않을 때가 없었다.

서경의 명기 두 사람은 언제든지 빈사들의 차지가 되어 버리기 때문에, 이들의 연회가 부귀한 사람들의 것보다 훨씬 기세를 펴게 되는 것이다.

여기에서 두 명기는 가무 시예로 친절 다정히 손들을 대해 주며, 그들을 기쁘게 해준다.

손들도 그들의 뜻과 행동을 존경 흠모하여, 결코 음담과 희롱은 입밖에도 내지 않을 뿐더러, 문장과 시가에는 넉넉히 스승 자격이 되는 백화를 존대해 줄 수밖에 없었다. 그러나 백화의 명성은 꺾이거나 더럽혀지지 않고, 그럴수록 귀하고 높아만 갔다.

황파는 가끔 백화에게 불평을 말해 보았으나, 그는 목숨으로써 맹세하고 굳게 거절하므로, 황파도 하는 수가 없어 그의 하는 대로 내버려두었다.

이렇게 되니, 황파의 집으로 찾아오는 부귀 남성들은 어쩔 수 없이 초옥이 홀로 치러 내는 것이다.

초옥이도 열다섯 살이나 되니, 인물이 한창 피어 홍매화처럼 아담하고 찬란했다.

그는 근본이 숙성하므로, 백화보다도 좀 더 아글아글하게 장성한 것이 별다른 맛이 있으며, 폭신폭신한 탄성이 더 있어 보인다.

그도 머리를 곱게 쪽지어, 뒤로 보면 누구가 백화이고 초옥인가를 구별하지 못할 만큼 비슷하지만 자세히 보면 초옥의 머리통이 좀 둥근 듯하고, 몸피가 약간 백화보다 풍부한 것이 다른 것이다.

초옥이는 그의 과거가 더욱 쓰렸던 만큼 알속이 있게 사람에게 대한다. 그리고 백화보다 유순해 보이고, 훨씬 다정한 듯하기 때문에, 초옥에게 미쳐 날뛰는 모든 탕사들은 백화에게 향한 마음까지 합하여, 초옥이 하나를 꺾으려고 권력과 부력의 각각의 무기를 내어 다투고 있는 것이다.

이러한 결심으로

 백화의 이러한 행동에는 어떠한 근본적 결의가 있는 것이다.
 그가 김 장자에게 그러한 일을 당한 후, 석 달 동안 병석에 누웠을 때, 그는 자기의 오늘까지의 생활을 대상으로 해부해 보기로 하고 판단도 하였다.
 '나는 왜 이렇게 되었나? 아버지는 왜 잡혀가서 돌아 가셨나? 무슨 죄가 있었음이던가? 아니다. 그것은 신 돈(辛旽)이라는 요승이 자기의 권위를 유지코자 부친을 모해했기 때문이다. 부친뿐 아니라, 얼마나 많은 충신과 그의 가족들이 원한을 품고 참살을 당하였는가? 그놈 때문에 여항의 부녀와 백성들은 얼마나 죄 없이 짓밟혀 가난에 빠졌던가. 아, 국가는 도탄에 빠져 얼마나 뒤죽박죽 하였던가? 신 돈은 용납지 못할 죄인이다. 철천의 원한을 품고 지하에 계신 아버지의 원수!'
하고 날카롭게 소리를 지르면서 이불을 툭 차 버렸다. 곁에서 수를 놓고 있던 초옥이가 깜짝 놀라서 급히 백화를 얼싸안고,
 "형님, 왜 그러세요? 무슨 꿈꾸셨어요?"
하며 근심스럽게 내려다보았다. 백화는 대답도 하지 않고 벽을 향하여 획 돌아누웠다. 초옥이는 가만히 이불을 덮어 주고 다시 둘러앉았다.
 백화가 획 돌아눕자, 김 장자의 벌겋게 덤벼드는 꼴이 눈앞에 힐끈 지

나간다. 그는 머리를 흔들며 잊어버리려고 하였다.
"아이구, 징그러운 되놈의 새끼!"
하고 눈을 감았다. 김 장자에게 대한 증오의 불꽃은 더욱 강렬하여 졌다.
'김 장자, 흥. 이름 좋게…… 인정이란 털끝만치도 없는 금욕과 음욕으로 뭉친 돼지 같은 놈! 이 놈도 신 돈에게 떨어지지 않는 내 원수다. 이놈 때문에 또 얼마나 많은 사람들이 희생이 되었을까? 그놈의 금욕 때문에 얼마나 많은 가난한 사람들의 피와 땀을 짜게 하였으며, 음욕을 만족시키기에 가련한 여성들이 짓밟혔을까? 침부사에도 만고의 인간 역사는 부귀를 얻는데서 시작하여 주색의 만족에 그친다고 하였다. 과연이다. 부귀와 권력을 얻기 위하여 개인과 개인, 국가와 국가는 싸움을 그칠 줄을 모른다. 그 통에 많은 빈약한 사람들이 짓밟히는 반면에 강대하고 잔인하고 간교한 몇 놈이 부와 귀를 독점한다. 그리하여 그 부력과 권력이 그놈들의 주색을 만족하기 위한 이용물이 될 때, 또한 애매한 많은 희생자를 내는 것이다. 그 중에도 제일 많이 짓밟힌 것은 부녀. 더욱이 호소할 곳이 없는 나 같은 처지에 있는 기생이다. 사내들은 인간의 모든 권력을 스스로 잡아 훔치고 망치고 한다. 그러다가 실패할 때는 아무 죄 없는 여자들에게 그 죄를 덮어씌우는 것이 상례다. 그러므로 인간의 모든 죄과는 남성에게 돌릴 것이다.'
그는 이러한 판단이 확실한 근거가 없는 일시적 흥분에서 나오는 독단이 아닌가, 하고 의심도 해 보았다. 그러나 무엇보다도 그의 눈물의 과거와 현재에서 절실히 느끼고 체득한 것이며, 불의와 횡포에 대한 원성이 자못 높은 오늘의 고려가 모든 것을 사실적으로 명백히 증명하고 있음으로써, 그는
'인간의 모든 죄악과 불행의 원인은 부력과 권력과 그리고 횡포한 남성이 아니면 아니 될 것이다.'
마침내 이러한 결론을 지었다. 그러므로 부귀와 남성이란 무기를 가지

고 자기에게 대하는 자들에게 증오심을 가지는 동시에 반항하게 된 것이다.

권력 대표로 신 돈과 부력 대표로 김 장자의 두 큰 원수를 가진 백화는 자기의 너무나 무력함과 의지할 곳 없는 십칠의 여자인 것을 생각할 때 새삼스럽게 가슴이 터질 듯이 분하고 원통하며 외로워 흑흑 느꼈다.

"형님, 형님! 글쎄! 왜 이러세요?"

초옥이는 눈물 머금은 눈으로 백화를 들여다보았다.

"초옥아, 저리 가서 어서 하는 것이나 하여라. 내가 무엇을 좀 생각하느라고 그러니, 염려할건 없다."

백화의 말은 명령적이었다. 초옥은 두말 없이 물러났다. 백화는 그대로 누워서 생각을 계속했다.

'믿지 못할 것은 남성이다. 그처럼 수많은 자들을 접촉하였으나, 하나도 사람다운 자를 보지 못했다. 그들은 나를 이해하며 동정하여 결합하려는 것이 아니고 다만 부귀로 매득하여 욕을 채우려는 것에 지나지 못하니, 이따위 사내들의 동정과 사랑은 나의 용모가 모든 여자보다 아름다운 자리에 있는 동안뿐일 것이다. 아, 차라리 용모나 남만 못하였더면 이러한 곤욕은 당하지 않았을 것을……. 결국 이놈의 얼굴이 나를 이 지경에 이르게 한 것이다.'

백화는 자기의 얼굴을 쥐어뜯을 듯이 움키며 못 견뎌 하는 한숨을 지웠다. 과거의 추억은 감상적인 달콤한 맛이 있어 일종의 위안이 되는 것이다.

모든 것이 원망스럽고 외롭고 서러운 백화는 어느덧 그리운 처사동의 옛날을 추억하는 것이다.

'나의 용모와 자태보다도 나의 생명으로 참으로 이해하고 사랑해 줄 이는 부친과 스승, 그리고 왕생이 있을 뿐이다. 부친은 이미 돌아가시고 스승은 표랑객이며 왕생, 아! 그리운 처사동의 벗님 그는 살았는가? 죽었는가? 살았으면 그는 지금 어떠한 인물이 되어 어디서 무엇을 하고 있는고? 그는 이 꼴이 된 일주를 그대로 생각하고 있는 것인가. 나는 그를 찾을 때까지 이대로 있어 기다리고만 있을 것인가. 그러나 사내들의 장난감 노릇하는 차마 하지 못할 이 욕된 생활을 과연 언제나? 아, 이놈의 세상! 기박한 운명이다.'

원한과 설움이 한꺼번에 복받치어 소리를 내며 울었다.

초옥이도 어느덧 그의 곁에 와서 백화의 등 위에 더운 눈물을 흘리고 있다. 한참 동안 두 사람은 그칠 줄을 모르고 울고 울었다. 서로 말하지 않는 마음의 하소를 그들의 흘리는 눈물이 넉넉히 알려 주고도 남았다.

한참 후에 초옥이가 먼저 눈물을 거두고 간절히 백화를 위로했다. 복받치는 분과 화를 겨우 가라앉힌 백화는 마침내 이 앞으로 어떻게 할 것을 결정하였다.

'나는 오직 그리워하는 왕생을 기다린 대도 이 굴욕의 생활을 오래 계속할 수는 없다. 어떠한 고통이 있을지라도 속히 이 자리를 떠나야 하겠다. 차라리 심한 빈궁에서 한줌의 물로 연명을 할지언정, 내 생명에 욕됨이 없을 것이 오직 나의 바라는 바이다. 아, 어떻게 하면 이 마굴을 벗어날고? 누가 참으로 나를 동정하여 이 욕된 자리를 면하게 해줄까 부냐.'

그는 안타까운 듯이 천장을 쳐다보며 자기의 손을 잡고 있는 초옥의 손을 꽉 쥐었다. 그러고 다시 깊은 새로운 한숨을 길게 쉬었다.

'내가 차라리 목숨을 끊으면 모르되, 그렇지 않은 이상에는 하루라도 이 생활을 계속해 갈 수밖에 없다. 그러나 나는 끝까지 나의 두 원수, 권력과 금력에 반항하고야, 말 것이다. 그리고 하루바삐 이 자리를 벗어날 계교를 도모해야 할 것이다.'

이러한 최후의 결심을 하게 된 백화는 그와 같이 이상한 손님맞이를 하게 된 것이었다.

순결한 처녀성

　백화의 열여덟 살 되는 정월은 닥쳐왔다. 금년도 어떠한 운명이 그를 기다리고 있는가. 정월을 맞이한 서경은 두 떨기의 홍백 매화와 같은 명기를 위하여 더욱 전에 없는 큰 잔치를 성대하게 벌렸다.
　근 보름 동안 어찌나 밤낮으로 몹시 불려 다녔든지 열나흗날이 될 때는 극한 피곤을 느꼈다.
　그리하여 황파에게는 아침부터 눈이 내린다는 것을 핑계로 오늘은 그 동안의 피곤을 좀 풀기 위하여 쉬겠다는 통지를 미리 해놓고, 초옥과 단 둘이서 눈 뿌리는 날을 조용히 보내게 되었다.
　이 날이 부친의 생신날임에 백화는 특별히 이날을 기념하고자 초옥에게 처사동의 이야기를 들려주기로 하였다.
　초옥에게 처사동의 이야기를 가끔 하기는 하였으나 다만 부친과 경색의 말만 하였을 뿐이요, 왕색의 말을 한 때는 없었다.
　언제나 왕생을 잊으랴? 어려서의 순진한 정을 바쳤던 왕생을 잊을 리가 없다. 더구나 자기에게 그러한 결심이 생긴 후부터는 왕생이 몹시나 그리워지게 된 것이다. 백화는 몸을 돌이키며,
　"초옥아, 오늘이 무슨 날인 줄 아니?"
하였다.

"아이구, 그걸 몰라요. 오늘이 아버님 생신이지 그러고 내일은 아버님께서 잡혀가시던 날! 그걸 내가 잊어버릴까 봐……. 아이 형님도…….."
하며 야속스러운 듯이 내려다본다.

"아이. 기특도 하지. 나는 네가 잊어버린 줄 알았지. 그런데 춥지도 않으냐? 거기 가 앉았게……."

초옥은 백화의 말을 들으면서 여전히 미닫이를 연 채로 눈 내리는 것을 보고 있다.

"초옥아! 이리 온. 여기 와서 내 곁에 누워라. 내 재미있는 이야기 해줄 터이니, 언제 또 이렇게 조용한 때가 있겠니? 응, 어서 와."

백화는 다시 재촉했다.

백화가 초옥이와 한 방에서 지난 때도 오래 전이다. 초옥이가 열네 살 된 때부터 딴 방 거처를 하게 되었기 때문에 한 방에서 밤을 지내는 일은 퍽 드물었다.

초옥은 미닫이를 드윽 닫고 일어나면서

눈은 오는데 삽살개 경청
바람이 부니 소나무 흔들
마른 나무엔 꽃이 피는데
연못 잉어는 한숨을 쉬어요.

하고 가늘게 목소리를 빼어 노래하면서 아랫목으로 내려오더니, 이불을 번쩍 들고 들어와, 백화의 어깨를 베고 가슴에 찰싹 안긴다. 백화는 초옥을 꼭 껴안는다. 이러한 포옹이 그들에게는 인생미 있는 유일의 위안이었다.

점심때도 지났다. 어멈이 와서 기웃거리다가,

"모두들 주무시나. 아무 소리도 없게."

하면서 가만히 미닫이를 열어본다.

"자는구먼. 둘이서 누운 게 똑 혼자 누운 것 같애. 아이구 참 곤하게도 잔다. 그 동안 원체 불려 다녀 놓으니까, 오죽 곤해야지. 점심두 그만두구 저녁이나 일찍 먹게 하는 게 옳지."
하며 미닫이를 조심스럽게 닫고 돌아가 버렸다.

열나흘 이 날도 서경 천지에 백설을 쌓아 준 것으로 끝을 닫는 듯이 저녁의 막이 내리기 시작한다.

어멈이 저녁상을 들고 백화의 침실에 이르렀다.

"그만들 일어나요. 무슨 잠들을 점심두 안 잡숫구 주무시더니, 저녁까지 내쳐들 자면 기운만 더 지치지요."

그는 조심스럽게 이불을 흔든다. 일찍 저녁상을 들여놓고 잠깐 기다리다가 할 수 없이 깨운 것이다.

이불이 스스로 벗겨지며, 백화의 불그스름하면서도 부시시한 얼굴이 보인다. 이불이 번쩍 들리면서, 초옥이가 깜짝 놀란 듯이 벌떡 일어나 어멈을 힐끗 바라보고 부끄러운 듯 생긋 웃는다.

백화도 천천히 일어나 앉는다. 자고 깬 두 처녀는 다른 때보다도 말 할 수 없이 더 예뻤다.

머리털은 엉킨 듯이 흩어져 귀밑으로 산산이 내리워 있고, 얼굴들은 무르녹아서 불그스름하게 되어 있는데 눈들은 몽롱하게 꿈이 덜 깬 듯이 서로 건너다보고 미소를 띠우는 것이 평시보다도 훨씬 귀염성스러웠다.

어멈은 밥 권하기도 잊어버리고 번갈아가며 보고 앉았다. 초옥이가 정신이 난 듯이 벌떡 일어나 밥상을 가져다가 백화 앞에 놓으며,

"형님, 점심두 안 잡수셨는데요. 어서 드세요."
하고 권하며, 자기도 우물을 보이면서 맛있게 먹는다.

저녁을 마친 후 초옥은 백화를 졸랐다. 백화는 비로소 이날 밤 부친의 앞에서 왕생과의 글 짓던 장면을 이야기했다. 그리고 자기네의 글귀며 그

내용까지 말해 주었다. 그는 벽에 걸린 족자를 가리키며,
 "저기 써있는 저 글귀가 공자의 글귀다. 초옥아, 꼭 이날 밤이다. 아버님 앞에서 읊고 화답하기가 얼마나 부끄러웠든지……"
하고 그날 밤을 꿈꾸는 듯한 눈으로 족자를 이윽이 쳐다본다. 초옥이도 고개를 들어 족자를 바라본다.
 백화의 눈에는 그 때의 광경이 떠오른다.
 '아, 그리도 흥에 겨워하시던 아버님의 태도, 그리도 처량스럽게 은근히 읊으시던 아버님의 소리, 그날 밤 내가 눈물짓던 것은 그 이튿날의 불길을 암시함이 아니었던가? 아버지께서는 달 아래에서 우리 두 손을 잡으시고 무엇이라고 하셨던가?'
 백화는 벌떡 일어나 미닫이를 드윽 열었다.
 눈은 여전히 내리는데 달빛이 뜰에 가득하다. 사락사락 소리가 달빛이 쌓이는 대로 계속할 뿐이다.
 달밤! 눈밤! 찬밤! 희고도 밝은 밤, 이것이야말로 세계다. 둥근 달은 몽둥히 눈에 쌓여 어슴푸레하다.
 백화와 초옥이가 한참이나 추운 줄도 모르고 보고 있는 동안에 몽롱한 달이 차차 더 밝아지는 듯하더니, 사람 소리도 그치고 흰 뜰에는 오직 달빛만이 가득하다. 달빛 눈빛 그 사이를 새어 밤은 고요히 흘러가는 것이다.
 "설월이 만정한데, 저 바람아 불지 마라. 예리성 아닌 줄은 번연히 알건마는, 아쉽고 그리운 마음에 행여나 긴가."
 백화의 입에서 나오나 고운 목소리가 눈 뜰을 굴러 멀리 퍼지는 듯 아련히 노래한다.
 그의 눈에는 십 년 전에 읊던 처사동의 광경이 나타난다. 그러나 웅장한 화답 소리는 들리지 않는다.
 그의 눈에는 모퉁이 길로 돌아가며 언뜻 돌아보는 왕생의 흰 윤곽이

보인다. 이마는 넓은 듯하고 얼굴은 길음하며 이목이 웅장한데 키는 훨씬 컸다.
　남자다운 그리고 위엄있는 보기 좋은 얼굴이었다.
　뜰에 거닐 때 아버지의 하시던 말씀! 백화는 문득 일어나 밖으로 나간다. 초옥이가 따라 나선다. 작은 발자국들이 나타나며, 하얀 뜰은 두 그림자로 아롱진다.
　"초옥아! 아버님께서 저 달을 보시고 왕생과 나를 두 손으로 끌으시며, (맑고 씩씩한 저 달은 열사의 기상이다. 저 달 같이 맑은 마음으로 서로 잊어버리지 말라)고 하셨다. 이제 눈 위에 달은 더구나 생기차다. 열녀의 마음인가 재자의 의기인가 싶다. 이 말씀은 아직도 귀에 쟁쟁한데, 아버지께서는 어디 계신가? 십 년 후 오늘 귀엽던 딸이 이 모양으로 이 밤에 아버님을 그리워하는 줄을 구천지하에서라도 알으시는가? 구소운외에서라도 들으시는가?"
하면서 달을 쳐다보는 눈에는 수정이 달빛에 반짝인다.

영동 문루에 단소가 슬피 울어

　초옥이는 아무 말 없이 섰다가, 백화의 손을 끌며,
　"저기 쓸어 놓은 길로 걸어가요. 요렇게 고운 눈을 밟아서 되겠어요? 애처로워요. 짓밟는 것이 죄악 같아요."
하고 깨끗이 쓸어 놓았으나, 잠깐 희어진 좁다란 길로 끌고간다. 백화는 끌려가며,
　"옳지 그렇다. 이 눈 속에는 달빛도 들어 있을 터이지. 맑은 달빛과 깨끗한 눈이 서로 섞여 쌓아 놓은 이 설월대를 무참히도 짓밟는 것을 참혹하다 짓밟히는 우리 신세처럼……"
하고 그들은 좁은 길로 천천히 걸어간다.
　백화가 문득
　"초옥아, 내 노래하나 부를 터이니, 너도 듣고 따라 불러라."
하더니, 달을 향해 서며 가만가만 부른다.

　　　새해는 왔다구요
　　　젊으신 네 들은요
　　　그 임을 모시구서
　　　더운 잔 들건마는

애달픈 이 청춘은
왜 그리 서러워서
가시는 줄 알았는데
오신 줄을 모르든고
모란봉 검은 몸도
흰 옷을 입고서야
동천의 새해를요
웃음웃어 맞건마는
월백 설백 천지백의
이내 몸 하나만은
맞을 임 없아와서
여전히 검으서라
남해의 일던 구름
어디로 불리셨나
북녘 하늘 이 구슬만
비지에서 구르노라.
　　　　＊
설천한월 계지 끝에
어린 토끼 뛰놀구요
육화선녀 흰 계집이
설월대에 춤추건만
박명 홍안 무삼 일로
황성고대 낙루산고
마자 말자 하면서도
어느 임을 기다리어
날마다의 밤마다로
백화대 아홉층에
팔장만 끼었든가
처사동 옛 친구여
어느 벗님 모시구서
달 그림자 깊은 곳에
김지는 술 들으셨나

대동수 감돈 언덕
시들은 한 떨기가
그 벗님 못 잊어서
눈물 잔 붙이어라.

애끓는 하소의 노랫가락이 가냘프게 떨려 나오니, 가늘게 솟아나는 애원한 그 소리가 고운 달빛을 타고 내려오는 월궁 선녀의 노래인가도 싶다.

이슬진 눈은 초옥을 내려다보며 재촉하는 듯하다. 초옥이가 눈치를 짐작하고 소리를 내어 부르니, 두 고운 소리가 한데 어울려 아련히 솟아 설월 밤하늘에 사무친다.

두 처녀는 손길을 마주 잡고 묵연히 설월만 바라보고 있다. 이윽한 후에 초옥이가,

"형님, 그만, 들어가서요. 밤이 깊었는가 봐요 추우신대요."
하고 손목을 끌고 막 들어가려고 할 때이다. 어디선지 단소 소리가 일어난다. 그러고 그 끝을 이어 노래도 부르고 노래가 그쳐 단소가 우니, 그 애원 처절함이 비길 데 없다.

관현음률에 달통한 백화로도 그 노래와 단소가 너무도 지나치게 탁월한 것에 놀랐다. 기생 십 년에 모든 음률을 질리게 들어 본 백화로서도 처음 듣는 솜씨였다.

그것은 바로 영동문 성루에서 일어나는 소리이다. 단소와 노래는 원망하는 듯 하소하는 듯 곡조와 노래가 구곡을 어이는 듯 너무도 처절하여 목석이라도 비읍하지 않을 수가 없는 듯하다.

백화는 어느 결엔지 눈 위에 털썩 주저앉았다. 초옥이도 따라 앉았다. 그들은 눈물을 지었다.

그 노래는 이러했다.

가신 임을 찾으려고
길 헤맨 지 십 년이라
찾을 임을 못 찾고서
발감기만 몇 번인고
임 찾으러 나설 적에
구절죽장 짚었으니
높은 재와 먼 먼 길에
닳고 남아 세 마디 다
임 못 찾은 울화 김에
다 헤어진 소매 속에
단소라도 파서두고
못 찾는 임 그리워서
불까 하여라
　　　　*
아무리 마자해도
이 넋이 허락잖고
상하 같은 그 은의를
잊을 길이 없어하니
이 몸을 녹여라도
다시금 찾으리라
모질도다 저 바람이
눈 몰아 휩싸지니
애달프다 이 노래는
서럽게만 떨리우네
살으셨나 죽으셨나
이 단소야 목이 닳게
못 찾는 임 그리워서
울까 하여라.

　이 노래를 부르는 사람도 애가 끊어지는지 그쳐 부를 때에는 울음 섞인 듯한 소리가 떨려 나왔다.

백화가 이 같이 몹시 느끼는 것도 그 노래의 뜻이 너무나 가슴에 부딪쳐 설움의 뭉치를 뒤흔들어 놓은 것이다. 더구나 오늘 밤 한 깊은 이 밤에 이러한 노래를 들음이랴.

노래는 그쳤다. 백화는 눈을 들었다. 희미하게 남은 소리만 검은 영동문 누상에 감돌고 있을 때, 백화는 별안간 급급히 몸을 일어 넘어질 듯이 초옥을 끌고 들어가더니, 거문고를 가지고 빨리 백화대 누상에 올라 영동문루를 향해 앉은 후, 줄을 골라 삼장 조래를 부르며 타니, 그 노래는 이러하다.

송악에 나는 풀은
해마다 푸르건만
어쩐 일로 우리 임은
한번 가서 귀불권가
어버이 가신 곳에
못 따를 넋 아니언만
외로운 딸의 몸은
누구를 기다리나
*
화류가항 푸른 집에
드나드는 아이들아
꽃 꺾으며 넘는 술을
달 향하여 들지 말라
맑고도 밝은 저 달
임 향하는 맘이오니
너희들의 붓는 술에
더럽힐가 저히노라
   *
설월한산 높은 재를
울며 넘는 저 기럭아
아홉 마디 대지팡이

짚어 넘는 벗님네를
너는 정녕 동무 삼아
다닌 일이 있으려니
닳고 남은 세 마디로
단소 분이 그 누군고.

다기를 마친 후 백화는 가만히 앉아 있다. 거문고의 남은 소리가 백화 대 처마에 엉키인 듯 사라진다.
 백화는 시름없이 일어나 방으로 들어왔다.
 "초옥아, 너는 아범 방에 가서 좀 있거라. 그래 누구든지 찾는 사람이 있으면, 꼭 바로 이리 데리고 와야된다."
 초옥이는 즉시 일어나 밖으로 나갔다.

예술을 통해 합치는 생명

 백화는 깜박거리는 촛불을 막막히 바라보고 이윽이 앉아 있을 때, 초옥이가 급히 뛰어 들어오며,
 "형님! 형님! 지금 어떤 사람 하나가 왔는데, 마침 황파가 나왔다가 그만 그 사람이 하도 모양이 걸객 같으니까, 등을 밀어내면서 '이 꼴에 기생은 찾아 무얼 해' 하니까, 그래두 그이는 형님만 만나고 가겠다고 힐난이에요."
하고 급히 숨을 고르더니,
 "게다가 고 첨지까지 나와서 아주 야단이지."
한다. 백화는 빨리 일어나 급히 안으로 들어간다. 아직도 황파는 손가락질을 하면서,
 "곱게 밥술이나 얻어먹지, 그 꼴에 기생은…… 아이구 더구나 우리 집이 어디라구 찾아와. 이 백화대 명성도 못 들었나? 진수사 각읍 수령두 못 부른단 말이야. 그 꼴을 보니, 하두 딱해. 내가 다 몸이 으쓱해이."
하고 고 첨지는 아범의 말리는 말도 안 듣고 등을 밀어내면서,
 "저따위가 응, 고약하군. 가라면 가지 않구. 대동강에 가서 몸이라도 씻고 와야지. 내가 더 더럼을 타겠군."
한다. 백화는 황파와 고 첨지를 가로막으며,

"당신들이 왜 이래요. 내게 찾아오신 손님을 무슨 상관이야. 손님에게 그렇게 할려면 왜 기생업을 하고 있수?"
하고 손을 잠깐 쳐다보았다. 달빛이라 똑똑히는 아니 보이지만, 이십이 될락말락하며 안광만이 헌옷 속에서 빛나고 있다.
 그는 그러한 창피쯤에는 까딱 않는 듯 위엄있게 그들을 바라보고 섰다. 백화는 객에게 공손히,
 "어디서 찾아 오신지 모르지만, 이렇게 밤도 이슥한데, 너무나 감사합니다. 이리로 들어와 주세요."
하며 초옥을 바라본다. 초옥은 손님 앞으로 가서 손잡아 끌듯이 가까이 서며,
 "저하구 같이 들어가세요. 이리로 들어오십시오."
하고 객을 인도하여 백화대로 들어간다.
 백화는 객을 드려 보낸 후, 황파와 고 첨지를 번갈아 보며,
 "나를 찾아오신 손님이면 누가 되든지 영접해야지, 왜 괄시를 해요? 손님을 등 밀어 쫓아내는 것은 나를 쫓아내는 것이나 마찬가지가 아니오? 왜 헐벗고 누추해 보이는 이면 사람이 아닌가요? 당신네는 개에게도 비단 보자기를 씌웠으면 상전으로 모실지 모르지마는, 백화는 그렇지 아니해요. 사람을 쫓으려면 왜 기생 노릇을 한단 말이요?"
하면서 노기가 서릿발같다. 황파는 입을 모로 삐죽거리며,
 "이애는 까딱하면 당상아나처럼 성도 잘 내이데. 그따위 것이 찾아오면 기생도 더럼이 타서못해 먹는 게야. 너야 괜찮지만, 나두 그런 줄 아니? 꾸중은 네가 웬 꾸중이 그리 많으냐?"
하면서 덤비니까, 고 첨지가 황파의 어깨를 돌려놓으며,
 "그럴 것 없이 진흙 속에도 옥이 들었다구 그따위 꼴 속에도 황금이 들었을 줄 아나? 요새는 오입쟁이두 진짜 오입쟁이는 그럴 꼴세를 하는 법이야. 백화 말이 옳지 옳아."

하고 은근히 백화를 돕는다는 눈치로 백화를 힐끈 쳐다보며 황파에게는 어리광대질 하듯이 등을 밀고 들어간다.

고 첨지는 황파에게 보다도 백화나 초옥에게 잘 보이는 것이 유리했다. 가끔 술값을 잘 주는 까닭이다. 그래서 이편 저편을 그럴 듯이 변술을 부린다. 참 분주한 것은 고 첨지이다. 황파는 어깨짓을 하여 고 첨지를 뿌리치며,

"이 반평이는 왜 지랄이야. 안주 조각이나 얻어먹으니까, 이 모양인가. 아이구, 늙은 것이 더럽기는……. 저리 가. 꼴사나워."

하고 들어가 버린다.

백화는 빨리 걸어 들어와 보니, 객은 아직도 앉지 않고 초옥의 간곡한 언사에 점두만 하고 섰다. 백화가 자리를 정해주며,

"이렇게 추운 밤에 제 집에 오셨다가, 많은 곤욕을 보셨으니, 얼마나 미안하온지요."

하고 공손히 허리를 굽혀 앉기를 청했다.

객이 망연히 답례하여 앉으며,

"아닙니다. 나의 행색이 이 모양이라 그러겠지요. 그런데 조금 전에 누상에서 거문고를 타시던 사람이 귀랑인지요? 변변치 못한 행객이 이렇게 밤 깊이 찾아 와서 욕되심이 많습니다."

하는 그의 목소리는 퍽이나 우렁찼다.

백화는 초옥에게 눈주었다. 초옥은 알아채고 나갔다.

백화는 잠깐 고개를 들어 객을 쳐다보며,

"아까는 높으신 음률에 감동되어 잠깐 일시 소회로 소일하였던 것이 들으신 바 되어 부끄럽습니다."

한다. 객은 백화를 바라보며,

"나는 본시 천지 무가객이라, 널리 인간에 표랑하더니, 오늘 아침 비로소 서경에 이르러 몸을 쉬다가, 저녁 후에는 너무도 달이 밝기에 서경의

설월을 볼까 하여 성루에 올랐지요. 두 낭자의 노래 자못 심신이 이상하기에 두어 곡조를 불렀더니, 낭의 거문고가 이 뜻을 화답하시기 감격하여, 여막에 돌아 와 그 누구임을 물으니, 당시 명기 백화의 부름이라 하옵니다."
하고 잠깐 백화의 기색을 살피며,
 "그러나 시속무리가 외형만을 보고 사람을 대해주기 때문에 머뭇거렸지만, 낭의 삼절 끝귀의 뜻을 이상히 생각하고, 또한 참을 수 없는 심회에 감동되어서 잠깐 찾음이니, 허물치 말고, 다시 높으신 음률을 들려주시면, 무엇보다 감사하겠습니다."
한다. 백화는 속으로,
 '형색은 초췌하지만, 행지가 단엄하고 말씀이 당연 정대한 중, 나의 뜻을 알아주는 것이 아마 문장지감이 많은 모양이니, 어디 담화나 해보리라.'
하고 있는 동안, 초옥이가 어멈에게 상을 들려가지고 나온다. 백화는 초옥과 상을 자리에 놓고, 술잔을 들어 객에게 권한다.
 "심히 변변치 못하오나, 좀 덥사오니, 찬 기운을 펴시오면, 천한 재질이나마 높으신 지감을 받자올까 합니다."
 목소리가 평화하고 다정하게 애교를 띠어 나온다. 그의 말소리는 여전히 금방울의 소리인 듯싶다. 객은 백화를 유심히 보면서 잔을 받아 마셨다.
 백화는 거문고를 당기어 단정히 앉아서 거문고를 타기 시작했다. 처음은 누상에서 타던 곡조이더니, 곡조가 점점 변하여 침부사로 들어간다. 백어가 넘노는 듯 섬섬한 두 손길이 빠르게 거문고 줄 위에서 넘놀고 있다. 노래는 왕소군의 출새곡(出塞曲)을 먼저 부르고, 이어 굴삼려의 노래를 부르니, 양협에 서리는 영발한 가상이 애끊는 하소로 변하여 노래 소리가 떨려 나온다.

백화가 이 곡조를 타는 동안, 객은 황망한 태도를 지으며 연방 백화를 자주 바라보더니, 나중에는 이윽이 백화를 바라보고 있다. 그 아름다움에 반하였는가? 그 음률에 취하였는가?

 백화의 소문을 귀가 아프도록 들었고 칭찬을 질리도록 들었으나, 지금 당해 보는 백화는 듣는 것보다 몇 배나 더한 것 같다.

 '어찌 저러한 명곡까지 배웠으며, 저렇듯 달통하리오. 이 같은 천하의 기재로써 탕자의 손에 맡김이 됨은 무슨 까닭이었던고.'

 객은 감탄을 마지않는다.

 백화는 거문고를 타고, 객이 백화에게 취하여 있는 동안, 초옥은 가만히 객을 도둑질하여 보았다.

 남루한 의복이나 그의 안목과 태도 더구나 늠연한 위엄이란 초옥이가 보던 그러한 많고 많은 사람 중에서 일찍 구경도 못해 보았다.

 초옥은 다시 백화를 바라보았다. 그의 저렇듯 진심을 다한 노래는 초옥으로도 처음 듣는 바이다. 그 역시 백화의 인간 벗어난 듯한 기상과 노래에 잠깐 동안 멀거니 취해 있었다.

 그는 다시 객을 바라보았다. 어쩐지 두 남녀의 가슴이 서로 통하고 있는 듯싶게 보였다. 초옥이는 그 중에서도,

 '그의 이마가 훨씬 넓은 것이 그의 좀 기름한 턱과 잘 어울린다.'

고 생각하였다. 그리고,

 '그 눈의 안광이 꼭 형님의 것과 같다. 그러나 이 손님의 눈은 위엄이 있다.'

고 생각하였다.

 이렇게 둘을 번갈아 가며 비교하는 동안, 백화는 거문고 타기를 마치고 거문고를 밀어 놓으며,

 "천한 재주이나마 용납해 주셨으면, 한 마디 높으신 곡조를 아끼지 말으십시오."

하였다. 객은 친히 술잔을 백화에게 권하면서 칭찬을 마지않았다. 백화는 넌지시 머리를 숙여 받아 마셨다. 초옥이가 술잔을 당겨 술을 쳐서 객에게 드리며,
"높으신 재주를 들려주십시오."
한다. 객은 초옥의 술잔을 받아 마시며, 소매 속으로 단소를 내어 단정히 앉아서 불기 시작한다.

그도 처음에는 영동 문루에서 부르던 곡조를 불더니, 곡조를 변해 침부사로 개자추의 넋을 부르고, 이어 우미인의 노래를 부르니, 아련한 맑은 소리 구소에 사모치는 듯 백화대를 감도는 달빛도 처음인 이 소리에 놀라는 듯싶다.

백화와 초옥은 얼굴빛을 변하며, 서로 말 없이 건너다본다. 더구나 백화는 침부사곡을 들으면서부터 경동하고 당황하며 자주 눈을 들어 객을 보다가, 맑은 눈은 객에게서 떠나지 않고 쏘아보고 있다.

객의 심신이 일척 단소에 합일이 되어 오직 그의 모든 정신이 예술 극치의 경계선에서 배회하매 그의 얼굴은 잡념이 없이 장엄하고 신화(神化)한 기분이 넘쳤다.

그리고 두 뺨에는 삼엄한 기상이 어리어 웅장한 안목은 조으는 듯이 침연하니, 백화가 그의 음률과 태도에 취해 망연히 바라보고 있다가, 고개를 수그린다.

'기녀 십 년에 수천 수만의 사람을 겪어 보았으나, 이러한 기질은 처음이요. 또한 침부사의 곡조가 극히 정묘하니, 아마도 스승 전화당의 말씀대로 관악 명인 전화락의 계전자나 아닌가.'
하고 의심스러운 눈으로 다시 객을 바라본다.

객은 노래를 마치고 단소를 내리며 백화를 바라본다. 두 사람의 안광은 서로 마주쳤다. 부딪치는 시선은 번개와 같이 뜨거웠다. 대담히 백화는 마주보고 있다.

두 남녀의 예술혼은 이 시선을 통하여 전광 석화의 간에 왕래하고 있는 것이다.

남녀의 부딪치는 시선의 힘이 각각 처음인 만큼 이것은 강하고 뜨거웠다.

백화는 비로소 부끄러움이 와락 솟치어 얼굴빛이 붉어지면서 머리를 숙인다. 그는 뛰는 가슴을 억제할 수가 없었다.

십팔 년 간 오직 열과 힘을 모으고 뭉치고만 있던 심장은 파열이나 되어 버린 것 같이 극도로 뛰고 있다.

초옥이가 객을 향하여,

"높으신 음률을 들려 주시오니, 감사하옵니다. 바쁘시지 않으시면 잠시 더 쉬었다가 천천히 가시옵소서."

한다. 객은 사례하는 듯이,

"말씀은 감사하외다. 표랑 종적이 어디 가서든지 앉아있는 곳이 내 집이며, 당하는 일이 내 일이니, 나는 별반 일이 없으나, 낭들에게 폐가 될까 합니다."

한다. 백화는 이 말을 듣고, 고개를 숙인 채로 밖으로 나가니, 초옥이가 따라 나갔다.

두 처녀는 무슨 말인지 소근소근한다.

객은 그제야 천천히 눈을 들어 방안을 둘러보았다. 별로 사치한 것은 없으나, 단아하고 결백한 것이 주인의 기상과 같으며, 또한 냉연한 기운이 있으니, 백화의 영발한 것과 같았다.

서안 위에는 족자가 걸려 있으니, 솜씨의 기묘한 것은 그가 알 수 없으나, 하여간 피어오르는 듯한 흰 꽃이었다. 그 아래로는 무슨 글귀가 쓰여 있었다.

객은 일어나 그 족자 앞으로 갔다. 이윽이 들여다보고 돌아서는 그의 얼굴에는 놀람과 불안과 안타까워하는 여러 표정이 양미간에 넘쳐 있다.

말 없이 자리에 돌아 와 앉은 객은 고개를 깊이 수그리고 무슨 생각에 잠겨있는 듯하다.
 문소리가 가만히 나며, 사람이 들어오는 기척이 있다. 객이 눈을 들어 쳐다보니 백화이었다. 그는 들어오는 백화의 걸음걸이를 유심히 바라본다. 머리에서 발끝까지 염치도 잊어버리고 훑어보고 있다.
 백화는 고개를 나직이 하여 객과 마주 앉으며,
 "오늘밤에는 찾아 올 손도 없고 밤 일기도 차오니, 저의 박주이나마 사양치 말으시고 소일타가 돌아가 주심이 어떠하옵니까?"
하고 살짝 미소를 띄운다.
 이렇게 백화가 손에게 은근히 다정하게 함도 처음이요, 자기 참소에 사람을 오래 머물도록 권함도 처음이다. 더구나 모든 사람을 넘보는 듯이 항상 냉정 당돌하던 백화가 웬일인지 이 손님 앞에서는 어린아이나 같이 연련한 태도를 가지게만 되는 것을 백화 자신도 이상히 여겼다.
 백화의 말에 객은 다만 점두만 한다. 그는 안색을 진정시키기에 애를 쓰며, 백화의 말소리를 정신들여 들으려는 듯이 그가 말할 때에 정성스럽게 귀를 기울인다.
 그는 잠시도 눈을 백화에게서 떼지 않고, 일거 일동을 주목한다. 그의 모든 표정은 전보다 더하여 얼굴빛까지 변해 가지고 고개를 푹 수그린다.
 백화가 만일 객의 숙인 얼굴을 볼 수 있었더라면, 그의 눈에는 눈물이 괴어 있음을 알았을 것이다. 그러나 백화는 객이 너무나 자기를 주목하는 줄 알았든지 고개를 들지 못하고 홍조를 올려 말없이 앉았을 뿐이다.
 백화는 작은 상을 밖으로 내어놓으며, 자리를 정돈하면서 수그리고 앉은 객의 얼굴을 모로 바라보았다. 전과도 다른 침울한 기분에 잠긴 그의 태도가 심상치 않음을 보고, 공연히 만류나 하여 안타까워서 그러는가 하였다.
 백화는 조심스럽게 묻는다.

"당돌하옵지만, 아까 문루에서 부르시던 노래는 손수 지으신 것이오니까? 혹은 어느 곳에서 배워 얻으셨습니까?"

객은 모쪼록 태연한 기색으로 대답한다.

"그것은 변변치 못하나 나의 소작이외다."

"만일 손수 지어서 부르셨다면, 그 뜻을 살피건대 깊은 연유 있는 듯하여 저의 마음에 심히 감동되오니, 허락하시면 거문고에 올릴까 하옵고, 또한 그 뜻의 애원함이 저의 소회와 통하옵기 두어 곡으로 마음을 하소하였삽더니, 이렇게 친히 찾아 주시니, 그 지감을 못내 감복하옵니다. 그러나 이처럼 당돌히 가실 길을 멈추게 하오니, 창기의 심태를 감추지 못함을 용납하옵소서."

하고 잠깐 홍조를 띤다.

백화는 다시 말을 계속한다.

"그런데 이 노래는 방금 듣사오매, 침부사가 틀림없사오니, 어디서 배워 계시오니까?"

객은 부득이 대답하는 듯이 흥이 없다.

"그 노래로 말하면 나의 신세가 고독하여 우연히 지어 얻은 것인데, 낭의 과정은 들으니, 마음대로 하시려니와, 방금의 곡조는 침부사가 틀림없습니다. 내가 교주 금강에 두류할 적에 전화락이라는 관악 명인을 만나 이 곡조를 배워 다행히 통하매, 스승이 기뻐하사 전화해(典華海)라는 도호까지 주었으나, 무슨 연유 있어 스승을 작별하고 떠난 지 오개 년이라, 이제 서경을 구경하고 잠깐 고향에 들렀다가, 다시 스승에게로 가서 뵈올까 합니다."

백화가 말을 듣는 중 모르는 사이에 객에게로 자리를 다가앉으며,

"그러면 현악명인 전화당을 뵈셨습니까?"

하고 급히 묻는다.

"스승으로부터 전화당 말씀을 익히 듣고 원나라로부터 돌아오신단 말

을 들었으나, 십여 일을 기다려도 아니 오시기, 스승의 말리심도 듣지 않고 떠나 왔는데, 비록 뵈옵지는 못하였으나, 나의 스승이나 다름없이 사모하는 바라, 낭께서는 전화당께 현악을 배웠나니까?"

그 역시 반가워한다. 백화가 너무나 반가워 눈물까지 머금으며,

"스승께서 금강산으로부터 원나라로 가시는 길에 이곳에 들렸다가 일부러 몇 달 계시면서 저를 가르쳐 주셨습니다. 그러고 저 역시 아화당이라는 도호까지 받았습니다. 전화락의 말씀을 이미 듣삽고 뵈옵기를 갈망하던차, 이제 두 스승의 제자가 이렇게 모임은 반드시 하늘이 지시하심인가 하옵니다."

하면서 방방한 눈물이 옷깃을 적신다. 객 역시 모르는 결에 눈물이 흘렀다. 그의 가슴에는 어떠한 심회가 굽이치고 있음이었다. 백화가 다시 묻는다.

"한번 떠나신 후 소식을 망연히 모르오니, 궁금하기 그지 없사온지라, 그후 어떻게나 계시온지?"

"글쎄요. 나도 그 후로는 소식을 모르지만, 길을 떠나면 얼마 안되어 교수 금강에 이를 터이니, 그때 스승에게 전화당의 소식을 잘 물어다가 낭에게 전해 드리오리다."

백화는 다시 물었다.

"그러면 언제쯤이나 떠나시렵니까?"

객이 잠깐 생각하는 듯하더니,

"처음 생각에는 몸도 쉴 겸 며칠이나 있을까 했더니, 이제 생각에는 명일로 즉시 발정하고자 합니다."

하는 말에 백화는 깜짝 놀라며 야속하다는 듯이,

"무슨 사정으로 그렇게 급하게 떠나시려는지 알지는 못하오나, 일기 방금 풍설이 심할 터인데……."

하는 말을 계속하지 못하고 잠깐 주저하다가 다시 말을 이어,

"감히 가시는 길을 지체하게는 못하오나, 저의 신세 비록 천기이나, 심곡에 맺힌 한이 깊고, 또한 소회 있아온즉……."

말이 다시 막힌다.

"저 같은 천기가 어찌 감히 동무 되심을 바라리까마는, 성질이 괴상하여 기녀 십 년에 오직 고만할 뿐이더니, 이제 이렇게 뵈오니, 친동기나 뵈온 듯 스승을 뵈온 듯 평생 처음으로 마음이 기꺼 안접할 바를 아지 못하오니, 심히 불감하오나, 며칠 더 사관에 두류하시다가, 일기도 쾌청되거든 떠나심이 어떠하오니까?"

백화는 말을 겨우 마쳤다. 객은 잠잠히 머리를 숙이고 듣기만 하다가, 돌연히 몸을 일으키며,

"그러면 내일 다시 찾아뵙고 떠날 일자를 말씀드리리다. 지금은 잠깐 무슨 사정이 있어 여막으로 들어갈까 합니다."

하고 문을 향해 걸음을 옮기려 한다.

글귀를 채운 이는 누구

 백화는 따라 일어나며 미처 말이 나오지 못하고 객의 얼굴을 바라보며, 얼굴의 홍조가 돌면서, 눈에는 눈물이 맺혀 떨어지려고 한다.
 마침 문이 열리며, 초옥이가 아범에게 찬상을 들려 들어오고, 뒤에는 황파가 의아한 눈으로 방안을 끼웃이 들여다보면서, 두 사람의 얼굴빛과 태도를 번갈아 바라보더니, 입을 삐죽하면서 몸을 뒤흔들고 도로 나간다.
 초옥이는 상을 객의 자리 앞으로 다가놓으면, 두 사람의 안색을 살피더니, 객에게 향해 간절한 눈빛으로 쳐다보며,
 "유람차로 다니신다니 별로 급하신 일도 없으시지 않아요? 조금 더 놀다가 가셔요. 일부러 음식까지 준비해 가지고 드리려구 왔는데요 네?"
하면서 백화에게 대하여 하듯이 어리광을 부린다. 이렇게 초옥이까지도 가슴이 통하게 된 것이다. 백화는 그제야 객을 바라보면서,
 "그렇게 급하신 일이 아니면 이왕 가져온 음식이니, 조금이라도 잡숫고 돌아가시는 것이 제 몸둘 곳이나 있게 하시는 것입니다. 그리고 제 행동이나 언사에 잘못된 점이……"
하는 말을 연방히 가로막으며,
 "결코 귀랑의 언사가 잘못이 있음은 아닙니다. 다만 사정이 좀 있어서 그렇게 한 것이지마는 이미 낭께서 그렇게까지 생각하시고 일이 이렇게

까지 되었으니, 잠깐 앉아서 소회나 더 이야기하십시다."
하고 쾌활한 어조로 다시 자리에 앉기는 하나, 난처한 빛이 얼굴에 가득하다.
　초옥이가 백화를 대신해 음식과 술을 권하면서 화기가 가득한 말로 흥을 돋우니 술잔이 이미 두어 번이나 자리를 돌았는지라, 객이 혼자 말하듯이,
　"내가 본디 두 잔 술도 어려운데, 오늘밤에는 두 분의 뜻을 거역키 어려워서……."
하며 주기 만면하여 물러앉으려고 하니까, 초옥이가 얼른 수저를 들어 객에게 권하면서 국그릇을 만져본다.
　"식기 전에 먼저 국을 떠보십시오. 음식을 좀 차려 온 것이니까……."
하며 백화에게도 권한다. 잠잠히 세 사람은 음식을 먹는다.
　객은 수저를 놓고 물러앉으며, 잘 먹었음을 칭사하였다.
　초옥은 상을 물리고 자리를 정돈한 후에, 객에게 물러감을 고하고 자기 처소로 돌아갔다.
　객은 이윽이 앉아 있다가 잠깐 몽롱한 취안을 들어 백화를 바라본다. 그러고 족자를 쳐다보더니, 백화에게,
　"내가 낭에게 물어볼 말씀이 있으니, 대답하시리까?"
하고 다시 족자를 쳐다본다. 백화는 객의 기색을 살피면서 의아한 듯이,
　"무슨 말씀이든지 들려주세요."
하였다. 객은 눈으로 족자를 가리키며,
　"저 벽에 걸린 족자의 글귀를 채운 사람이 아직 없습니까?"
하였다. 백화도 잠깐 족자를 쳐다보며 부끄러운 듯이 객을 바라본다. 약간 주기가 있는 백화의 얼굴은 더구나 절묘하였다. 백화의 눈은 객의 눈과 다시 마주쳤다. 그의 눈은 가을 물결과 같이 맑고 검은 정기찬 눈이 힘있는 물결을 쳤다.

"보시는 바와 같이 저의 신세 이 같사옵고, 또한 생각하는 바가 있어 처음으로 손을 대하게 될 때부터 저 글귀를 써서 걸어 놓은 후 두어 수 글을 얻으려고 하였으나, 오늘까지 뜻에 가합한 글귀를 얻지 못하였습니다."

"그것은 그렇다 하려니와 그 끝에 작은 글자를 써 놓으신 것은 무슨 뜻인가요?"

그는 슬쩍 백화를 바라본다.

백화는 말하기를 부끄러워하는 듯이 머뭇머뭇,

"저에게는 어떠한 연유가 있어 저 족자를 걸어 놓은 것이므로, 글의 절묘함보다도 내 뜻에 합하는 글귀를 얻고자 함이오며, 또한 저의 신세 이 같사와 탕자들의 핍박이 말할 수 없으나, 저 족자의 뜻으로 말미암아 이때까지 생명을 부지하여 욕됨을 면하였지마는 오래도록 있으면 실로 급박한 형세를 면하기 어려울 듯합니다."

하는 백화의 어조는 처량하였다.

"만일 귀랑의 뜻에 가합한 글을 얻으신다 할지라도, 귀랑이 사람에게 매인 몸이라, 저 글귀를 채운 자가 만일 심히 빈궁한 자면 귀랑 같은 명성이 진동하는 몸값을 어찌 감당하리까?"

"만일 가합한 글귀 채우는 자가 없을 때는 오직 자신을 스스로 처치할 것이요. 다행히 그러한 사람이 있어 빈궁하면 죽기로써 도모할 뿐입니다."

그의 흥분된 눈에서는 날카로운 광채가 쏘이며 얼굴에는 굳은 결심이 빛이 가득하여 구름 같은 운빈 밑으로 찬바람이 이는 듯하더니, 다시 말을 계속한다.

"그러므로 속히 이 일을 이루지 못할 때에는 또한 이 몸을 오래 부지하지 못할 것입니다. 허다한 탕류들이 이 몸을 강박하온 중 요사이는, 더욱 교활한 수단이 절심하니, 아무래도 꽃은 떨어질까 합니다."

이 말을 마치고 백화는 더 견디지 못하겠다는 듯이 그만 방바닥에 엎드려 느껴운다. 오늘날까지 이러한 말을 입밖에도 내지 않던 백화가 이렇듯 처음 만나는 행객에게 마음을 쏟아 하소하며, 그칠 줄을 모르고 느끼는 것은 무리가 아니다.

그가 고독한 일신으로 십 년 간 기녀 생활에서 모든 박해와 원망으로만 살아오면서도 한 개의 허심할 만한 남성을 만나보지 못하다가, 부친같이 사모하는 동문 동학의 스승의 제자를 만났으니, 인격과 인격, 예술과 예술, 이것들이 상통할 때 백화로서 순진한 인간성이 발현되지 않을 수가 없었던 것이다. 여러 가지 감정이 용솟음을 쳐 견디기 어려워하던 이 객으로서 명기 백화의 하소연의 눈물을 받고 있는 그의 마음은 또한 어떠랴.

지나가는 행객이 생소한 기녀를 대하였다 할지라도 이러한 정세를 듣고 애끓는 하소를 들으면 동정의 눈물을 금할 수 없으려든, 하물며 이미 지기로 마음이 허락된 백화의 서러운 정경과 피지는 눈물이랴?

그는 고개를 숙이고 눈물을 짓더니, 먼저 안색을 정돈하고 목소리를 가다듬어 아직도 느껴우는 백화를 향하여,

"잠깐 울음을 진정하고 서로 소회나 폅시다. 아까 낭께서 하시던 말씀을 잘 알았습니다. 그러나 낭이 아랫귀를 얻고자 하는 저 글귀가 전일 어떠한 연유로 피차 약맹한 것이라면, 그는 낭의 고결한 의기로 지기상합의 언약을 배반하지 못하여 기다려 얻지 못한즉 죽음으로 결정을 짓는다는 것도 혹간 그렇다 하려니와, 만일 맹약이 있다 할지라도 상대자의 생사를 전연히 모르고 낭이 혼자서 기다리는 것도 어떻다 하겠거든, 하물며 전일 아무 약정한 것이 없이 다만 낭이 혼자서 꽃다운 청춘에 한을 머금어 생사까지라도 결정한다 하면, 낭의 천질과 재색으로 어찌 이 같은 어리석음을 지으리까? 그렇지 않다면 낭이 이 글귀 채움만 중히 여기는 것이고 사람의 여하를 가볍게 여겨 일신을 맡기려는 것이 되지 않습니까?"

하는 그의 말은 욕을 깨치는 듯 사리에 당연했다.
 어느덧 백화는 눈물을 거두고 몸도 일으켰다.
 "저 역시 그것을 전연히 생각지 않는 것도 아닙니다. 지금 말씀하신 것과 같이 글귀의 짝을 얻으려는 연유가 어떠한 맹약도 아니고 또한 굳게 지킬 아무런 사연도 없습니다. 그러나 글귀만을 중히 여기고 사람을 가볍게 여기는 것도 또한 아닙니다. 제가 어렸을 때 잠깐 사유가 있었던 것인데 저의 신세가 이렇게 험악해짐을 따라 십 년 기루에 모든 사내를 접해 보니, 권위와 재물을 가진 자는 그 근본의 바탕이 글러 호색을 목적으로 권위와 재물이 그것을 낚는 미끼가 되었고, 또 약간의 지식을 가졌다는 자는 구구 녹록한 그들의 지식을 자긍하여 화류 정리에 출입하는 어떤 이용물이나처럼 스스로 방자하니, 실로 그 추태를 어찌 견디어 보리까?"
 말소리가 분명하게 힘이 있으며, 얼굴에는 분을 해 하는 기분이 넘친다.
 "권위나 문장을 자긍하는 자들이 사실에 있어서 여색을 일개 욕망을 채우는 기구물이나 완롱물처럼 여기려고 하는 점에서는 결국 다름이 없을 뿐 아니라, 더욱 이러한 기생의 몸은 모든 습관으로 한층 더 친히 여겨 그 추태를 감히 말하지 못하리니, 어찌 이러한 자들에게 차마 몸을 허락하리까, 더구나 이 몸은 죽일지언정 사람의 욕심을 채우는 기구는 놀림감이 되려고 하지 않습니다. 지어 저 글귀로 말하면 어렸을 때 일이라 하지마는, 평생의 지기 상합은 한 번밖에 없었던 사람의 글입니다."
 백화는 말을 하면서 자주 객의 기색을 살핀다. 그리고 다시 계속한다.
 "어린 양심에 박혔던 것을 오늘에 비쳐보오니, 역시 잊어버릴 수 없는 것이 사실입니다. 글귀만을 얻는다는 것이 본의는 아니지마는, 이미 시기 상조하던 이의 생사 존망을 알지 못할 뿐더러, 내 아무리 천한 창기지마는, 결코 재물과 권위에 몸을 붙여 욕된 생명을 이으면서 색욕의 기구물이 되지 않을 것입니다."

씩씩한 지개의 높은 기상이 안목에 넘쳐 감히 사람이 흔들지 못할 위엄을 가졌으니, 객이 더욱 내심에 경복하고 흠탄함을 마지않는다.

고개를 숙이고 이윽이 생각하던 그는 엄연히 고개를 들었다. 그러나 다정한 어조이다.

"내 나이 이십이라, 널리 인간에 놀아 열인도 많이 하였고, 일찍 경서를 배웠으나, 낭같은 고결한 기질은 처음 보는 바니, 어찌 탄복지 않으리까? 이미 이곳에 이르러 심지 상합한 동문의 친우를 뵙고 우리 스승님의 의를 배워 정의 동기 같은데, 이제 그저 떠나기는 참아 섭섭하니, 낭은 한가지 청함을 들어주겠소이까?"

백화는 객의 얼굴을 주목하고 있다가, 그가 쳐다보는 김에 시선을 피하며, "무슨 청이신지 들려주십시오."

하였다. 객이 백화를 보며

"내가 이제 청하는 것은 외람한 생각으로 드리는 것을 결코 아니요, 다만 낭의 깊은 연유를 값없이 알고자 함이 예의 아닌 듯하기로 청하는 바니, 낭이 다년 풍상에서 고대하시던 저 글귀를 채워 다행히 뜻이 가합하시면, 그 값으로 낭의 일신에 대한 깊은 연유를 얻어듣고자 합니다."

하는 말을 듣고 있던 백화의 얼굴은 맑게 개었다.

그는 흔연히 일어나 지필묵과 족자를 떼어 객의 앞에 놓았다.

객은 이윽이 그 족자에 쓴 글을 바라본다. 그 동안 백화는 조심스럽게 먹을 갈고 있다.

객은 곁에 있는 종이를 당겨 먼저 족자에 쓰여있는 글귀를 썼다. 이것은 옛날 처사동에서 왕생이 첫 수로 먼저 읊던 것이다.

龍本無珠氣不揚 ○○○○○○○
蜂蝶非花餓不免 ○○○○○○○
北珠南龍若相得 ○○○○○○○

白花赤蝶時相合 ○○○○○○○

이렇게 써놓고, 글의 아랫귀를 채우려고 잠깐 지체하는 듯하더니, 쓰기 시작한다.

백화는 객의 글씨가 하나씩 흰 종이 위에 나타남을 따라 얼굴빛이 변해 간다.

그의 머리에는 어떠한 생각들이 번개같이 휙휙 지나가며, 그의 짙은 안광은 객의 얼굴에 전기와 같이 빠르게 헤매고 있다.

이러는 동안 객은 쓰기를 마치고, 족자를 백화에게 밀어 놓으며,

"이렇게 화합하여 밑에 귀를 채워드리면 어떠할지요."

하는 그의 말을 백화는 급히 가로막으며,

"손님의 성함은 누구?"

하는 말소리를 맺지 못하고, 그의 몸은 객의 앞으로 다가지며 모르는 결에 그의 두 손은 객의 무릎을 짚고 있다.

"나는 왕 서룡……."

백화는 그만 객의 무릎 위에 푹 엎드렸다. 그리고 부르짖듯이,

"나는 일주……."

하였다. 객도 백화의 등 위에 엎드러졌다.

십 년 동안 쌓이고 맺혔던 모든 감정과 팽창했던 그들의 심장은 한꺼번에 폭발되고 파열해 버렸다. 두 남녀는 끝없는 눈물에 느끼고 있다.

고요한 설월야를 조상하는 첫 닭의 소리가 그들을 축하하는 듯 힘있게 서경의 적막을 깨뜨린다.

왕생은 이날 밤이 어떠한 밤인지를 잘 알고 있다. 그는 십 년간 표랑 생활에서도 이 밤을 반드시 기념하였으며, 그럴 때마다 일주를 몹시 그리워하였던 것이다.

이 밤에도 그는 울적한 객회를 금치 못하여, 영동 문루에 올라 설월을

바라보면서, 십 년 전 이 밤을 추억할 때에 어디로선지 가는 노래 소리가 들렸다.
노래의 내용은 대강 알아들을 만하였다. 나중에 두 목소리가 합하여 불러질 때는 완전히 알 수 있었다.
그의 가슴은 동요했다.
<남해 구름>이니, <북녘 구슬>이니 <처사동 옛친구> 등의 구절이 절실히 가슴에 맺혔다.
그 노래의 음성으로 보아 기생들인 것은 틀림없었다. 그는 머리를 숙이고, 단소를 꺼내어 노래를 불렀던 것이다. 조금 있더니, 거문고의 노래가 즉석에서 들리는 듯, 마주 보이는 누상에서 그들의 희미한 자태까지 보이며, 자기 노래의 끝귀를 이어 화답하는 민첩한 수단에는 더욱 감복하였다. 그는 뜻을 결정하고 백화를 찾아왔다. 백화의 걸음걸이와 그의 음성이 그의 기억의 창고를 흔들어 의아함을 금치 못하다가 족자를 본 후에는 확실히 그가 누구임을 알게 된 것이다.
그러나 반갑고 기쁨보다는 더 깊은 사려가 생기었으니,
"백화는 당세독보의 명기이다. 그는 어려서의 자기와의 정을 못 잊어하여, 아직도 생각하고 있다. 그러나 모든 박해는 그를 나날이 위협한다. 아 은인의 딸! 그 은혜를 보답하고자 생사간에 십 년을 찾고 찾던 그를 만나고도 이러한 정세에서 구출하여 내지 못한다면, 첫째 백화로 얼마나 비원이 크며, 둘째 나의 면목과 심사는 어떠하랴 차라리 이 자리를 떠나 즉시 고향에 돌아가 구조책을 얻어 가지고 다시 와서 구출할 때에 알아지는 것이 가하리라."
하는 결심으로 분연히 일어나 떠나려던 것이 정세 이러하여 하는 수 없이 글귀를 채워 그의 행적을 탄로시킨 것이다.

붉은 사랑

며칠을 두고 꼭 이대로 계속하여 울어야 그들의 무거운 가슴이 겨우 가벼워질 것이나 같이 원한과 기쁨의 눈물에 끝없이 느끼다가, 왕생이 먼저 일어나, 아직도 멀었다는 듯이 몹시 느끼고 있는 백화를 내려다본다.

그의 동그스름한 등허리가 느낌을 따라 들썩이는 것을 안타가운 듯이 바라보던 왕생은 그 어깨를 가만히 안아 흔들며,

"자, 일어나시오. 우리가 이렇게 만난 다음에야 울음보다도 그간 지나오던 경력과 앞으로 어찌할 일들을 상의해야 되지 않겠소?"

하며 백화를 일으켜 준다. 백화를 일어나면서, 눈물에 젖은 눈으로 그를 쳐다보며, 가는 한숨을 길게 내쉬었다.

왕생은 백화를 한참 바라보다가, 그 눈은 족자로 옮겨졌다.

백화도 따라 본다.

龍本無珠氣不揚 北珠南龍若相得
蜂蝶非花餓不免 白花赤蝶時相合
珠不逢龍是不寶 作雲爲雨振天下
花不蜂蝶不成果 飽滿乾坤都是春
洪武二十年 一月 十四日夜
無家寒士 典華海 書

글은 그들의 어려서 지은 바이나, 서로 서로의 놀란 것은 그들의 장성한 신경에 이른 필법이었다.

"자, 이 글을 우리 둘이 같이 읊어 처사동 옛날을 기념합시다."

그가 읊기를 시작하니, 백화도 따라 읊어 그들의 소리는 나직이 울리며 애원하는 듯하다.

이것을 읊으며, 그들은 얼마나 각각 옛날의 그 부친의 앞에 앉아있던 그 장면을 애닯게 추억하는가?

읊기를 마치자, 백화는 오아생의 가슴 속에 엎어지듯이 안겼다. 왕생은 그를 자기 가슴 속 깊숙이 힘껏 안았다. 다시는 이 사랑을 놓치지 않으려는 듯이……

그들의 젊은 핏줄은 극도로 뛰었다. 그들의 심장은 찢어지는 듯싶었다. 두 사람은 깊은 한숨과 함께 다시 힘껏 껴안았다.

한참이나 되었다. 방문 열리는 소리에 두 사람은 고개를 돌이켰.

황파가 들여다본다. 황파는 방 안의 정태를 들어다 보더니 어이가 없다는 듯이 입을 벌린 채로 서 있다가, 다음에는 더럽게 여기는 표정으로 곧 침이라도 뱉을 듯이 오므린 입술을 움직이며 멸천히 여기는 태도로,

"애야, 자정도 훨씬 넘었는데, 저 손님은 어쩔 테냐는 말이야. 대문을 열어 놓고 밤을 새우던 일도 있더냐 말이야. 저 손님은 가라구 하지."

하며 어서 가라는 듯이 객을 노려본다. 백화는 객으로부터 물러앉으며 냉연한 음성으로,

"글쎄, 별것을 다 참견하고 다니는구려. 글쎄, 웬 걱정이 그리 많수? 어서 들어가 잠이나 자시오."

하고 날카롭게 말하였다. 명령적인 이 말에 황파도 어쩔 수 없이 새파랗게 질린 얼굴을 잔뜩 부어 올라 가지고, 왕생과 백화를 노려보다가, 부셔져라는 듯이 문을 꽉 닫고 나가 버렸다.

쓰렸던 과거

"공연히 오늘밤에 욕만 보시게 됩니다. 그러나 어찌할 수 없는 일이니 그까짓 일은 염두에 두지 말으시고, 그간 지나온 경력이나 이야기합시다."

백화가 먼저 황파에게 붙들려 와서 부친과 왕생의 소식을 몰라 애통하던 일과 부친의 주검을 속여 거짓 관리를 빙자하여 서경으로 데리고 와서 기생이 되라고 구박하며 핍박하던 일이며 형벌을 당하고 앓던 일과, 결심하고 기생 공부를 하다가 전화당을 만난 후 손을 보기로 하여 김 장자에게 당한 이래의 모든 일들을, 간단히 이야기했다.

왕생은 듣는 동안 여러 번 얼굴빛도 변했고 눈물도 머금었다. 그는 비로소 긴 한숨을 내쉬며 입을 연다.

"나는 그때 처사동에서 대인을 따라가다가 발길에 채여 정신을 잃었습니다. 나중에 깨어보니, 동리 사람들은 그림자도 안 보이기에 들과 산으로 소저의 종적을 찾으러 다녔지요. 피란하였다가 돌아오는 사람들을 다 붙잡고 물어도, 모른다고 합니다 그려 돌아와 보니까, 집은 불질러 태워버리고, 찬 재만 바람에 날릴 뿐이지요."

백화와 왕생이 같이 한숨을 쉰다.

"그래 동리 집에서 자고, 그 이튿날 성중에 들어가, 대인의 소식을 탐문하니까, 옥에 갇혔다고 합디다. 떨리는 가슴을 진정하고 소저 찾기에만 일심을 쓰고 있는데, 황파가 마침 왔기에 쫓아가서 물어 보니까, 아주 모른 척하고, 눈물을 흘리며 걱정하기에……."

백화는 이 말에 분해하는 기색이 나타난다.

"그래도 행여나 하고 소식을 알기에 전력을 쓰다가 하는 수 없이 성내 최부교 댁으로 찾아갔지요. 그는 대인의 친우이십니다. 대인께서 옥중 병환이 대단하시다고 부교께서 어찌 근심하시든지 떠날 수가 없어, 그 집에 있으며 병후를 알려 하는데, 그만 최부교께서 하루는 슬피 울면서 옥중에서 돌아 가셨다고……."

왕생의 목소리도 눈물에 젖고 백화는 수건을 얼굴에 댄다. 이야기는 잠깐 그쳤다.

"그래 어떻게 되셨어요?"

백화가 다시 물었다.

"최부교와 여러 친우들이 극력 주선을 해서, 시체를 모셔다가 처사동 어머님 산소 곁에 장례를 지냈습니다. 나는 두 분의 산소 앞에 오직 대인의 일점 혈육이신 소저를 기어코 찾아 만분의 일이라도 온의를 보답할 것을 맹세하고, 그 길로 강화로 가서, 외숙께 뵈왔습니다. 외숙께서도 의외 일이라 퍽이나 슬퍼하셨습니다. 나도 곧 그곳을 떠나려하니, 외숙께서 대인의 제례를 네가 받들 것이니, 삼 년을 지성껏 마치라 하시기 대인의 영위를 그 곳에 모시고 삼 년을 마쳤습니다."

백화의 감격한 눈물이 비오듯 떨어진다.

"열 네 살부터 천하를 편답하기로 나섰습니다. 남고려 지방을 돌아다니다가, 다시 강화로 가서 몇 달 쉬고는, 다시 떠나 방방곡곡에 소저의 거취를 찾으려, 천하 경승의 문견을 넓혀 널리 표량했습니다. 그러다가 교주 금강에서 우연히 스승을 뵈옵고, 율통을 받은 것이 제일 다행입니다. 그 후로는 단소에 몸을 붙여 멀리 원나라로 중원의 문물을 구경하려고 뜻을 정하고, 스승께 하직하여 발끝 안 간 곳이 없이 편답하며 돌고 돌아 서경에 이르렀다가, 이렇게 낭을 만나게 된 것은, 오직 대인의 음덕의 덕택이지마는, 이제 낭의 이러한 정상을 보고도, 내 몸이 빈궁하여, 방금 어찌할 수 없는 형편이니, 나의 심회를 도무지 어떻다 말할 수가 없습니다."

그는 백화의 손을 끌어다가 두 손으로 힘껏 잡는다. 백화는 고개를 숙인 채로 하는 대로 가만히 있다.

애닯다 그대여

 이슥하여 백화가 고개를 들고,
 "저 같은 신세를 잊지 않으시고, 갖은 풍상을 다 당하신 은혜는 새삼스럽게 말씀할 수도 없거니와, 공자께서, 나를 구하시지 못하심을 한하시는데 대해서는 어쩔 수 없는 사정이오니, 우선 숙소를 정하셔서, 며칠간 유하시며, 서서히 우리의 일을 도모하시는 게 어떠합니까? 제의 몸쯤이야 죽도록 도모할 것 같으면 염려 없을 것이니, 그간 마음을 진정하시고, 몸이나 쾌복되시도록 유의하심이 당연한 일일까 생각합니다."
하는 말을 들으며, 왕생은 눈을 감고 무엇을 깊이 생각하며 앉았다. 그는 눈을 번쩍 뜬다.
 "우리가 서로 십 년을 사모하다가, 이렇게 만나지기 상합하여 일신을 서로 허락하니, 기쁨이야 말할 수 없거니와, 이곳에 유하며 후사도 서서히 도모하고, 미진한 정회도 서로 펴, 외롭던 심회를 위로함이 당연할 것입니다. 그러나 이러한 급박한 자리에서 낭을 만나 즉시 구출도 못하면서, 일시 청춘의 심정으로 시일만 연기하오면, 대인의 은덕에 대한 면목도 없고, 또 낭의 좌우에 있는 간악배들의 더 큰 욕을 장탄할 것이니, 나는 오늘 밤으로 즉시 낭을 작별하고 떠나, 구출할 방법에만 전력을 할 터입니다. 또 내가 어떠한 방책이 없음도 아니니, 일시도 지체말고 즉시 착수하여, 그만한 금력을 얻은 후 자유의 몸 되어 가지고 예의로써 결합하는 것이 선인께나 낭에 대한 면목이 있을 가합니다."

왕생의 말이 늠름한 중 사리에 당연하여, 족히 만인의 압두할 기상이 보이니, 백화가 심중에 심히 탄복하고 경모하는 마음이 더하여,

"높으신 말씀을 들으니, 천한 소견에 미칠 바 아니라, 그러나 저렇게 몸이 허약하시고 행색이 저러하시니, 명일까지 쉬시고 내명일 출발하시면 약간의 행장도 준비할까 합니다. 아무리 사리가 그렇다 하나, 의외에 만났다가 즉석에서 이별한다는 것이 저로서는 참아 못할 일이니까, 하루만 더 쉬어서 떠나십시오."
하는 태도가 퍽이나 연련해 보인다.

왕생이 백화의 손을 어루만지면서,

"자고로 재자와 가인이 만나고, 떠남에 무수한 험난이 있었고, 이러한 험난 쌓는 후에야 더욱 평탄의 행복을 느끼는 것이니, 너무 설어 말고 때를 기다려 주시오. 이제 나의 일각의 두류가 천날의 폐됨을 남긴 뿐이나, 추호도 이익됨이 없을 것이며, 또한 간악한 황파가 우리의 행동을 십분 짐작하였으니, 어떠한 음모가 있을 지 알지 못할 바라 나의 행장으로 말하면, 약간의 은자가 있고, 솜옷도 행리 속에 있으니, 염려할 것이 없을 뿐 아니라, 먼 길에는 오히려 이러한 행색이 편리할 것이며, 또 풍편에 들으니, 외숙이 왜구의 장난으로 강화로 내려가, 자세히 알아 가지고 다시 외숙께 뵈일 것이니, 지금 떠난다 하여도 오월 오 일경에는 반드시 돌아올 것입니다. 별다른 사고만 없을진대 몇 달만 지나면 반갑게 다시 만날 것이니, 그때만 기다려 주시오."
한다. 백화가 듣기를 다하고는 혼연한 낯빛으로,

"그렇다면 이제 떠나심이 좋겠습니다. 그러나 지금 새벽바람이 대단히 차고, 여막 문도 닫혔을 것이니, 잠깐 더 앉으셨다가, 음식이나 만들어 잡수시고 밝은 날 떠나시도록 하십시오."

하고 일어나 자리를 펴서 편안히 앉게 하고, 자기는 밖으로 나갔다.
　이윽하여 손수 만든 음식을 가지고 들어왔다. 왕생이 쳐다보며,
　"이렇게 찬 새벽에 저렇듯 고생하시게 하니, 나는 참 박정한 사람입니다."
하고 빙긋이 웃으니, 백화가 방그레하게 마주 웃으며 상을 왕생에게로 밀면서,
　"글쎄요, 떠나시는 이가 박정하신가, 못 붙잡는 이 몸이 무심함인가. 좌우간 변변치 못하나마 손수 만든 음식이오니, 달게 잡수어 주십시오."
하고 수저를 들어 왕생에게 준다.
　왕생도 백화에게 수저를 권하여 잠잠히 먹기 시작하였다. 가정 생활이나 하는 듯한 어떠한 만족감이 남녀의 가슴을 흐뭇하게 해주었다.
　몇 번이나 닭이 울었는지 길고 긴 겨울밤의 오경도 거의 된 듯싶다. 백화가 술잔을 들어 왕생에게 드리면서,
　"이 몸이 오늘 공자를 뵈오니, 십 년 고통이 눈 슬듯 일만 가지 근심이 흔적도 없어졌습니다. 그러나 이제 떠나지 않으면 아니 될 이 자리에서 공자가 떠나시는 그때부터 내게는 애타는 사모와 기다림이 있을 것이며, 또한 부랑패류들의 어떠한 장난이 있을지 아무리 유쾌하게 보내 드리려 하오나…… 도……무지……서러……워……서."
하며 말 끝을 맺지 못하고, 입술을 깨물면서 눈물을 흘린다. 왕생은 더 견딜 수 없다는 듯이 상을 밀어 버리고, 백화를 끌어당겨, 가슴에 꼭 안았다. 그러고 한 손으로 얼굴을 어루만져 애처로운 듯이 한숨을 쉬며 눈을 감고 있다.
　"일주, 너무 이러지 말아 주시오. 내 가슴은 칼로 에이는 듯합니다. 낭보다도 나는 더욱 쓰라립니다. 갈 때는 서러운 듯하지마는, 희망과 기쁨을 담뿍 안고 와서 낭을 맞을 것이니……자……그만 그쳐……주."
　왕생의 말끝도 눈물로 흐려졌다. 백화는 왕생의 가슴을 파고들어 갈 듯

이 깊이 안긴다. 왕생은 더욱 힘껏 안았다.
 백화는 안긴 채로 왕생을 쳐다보며 물었다.
 "가시려는 곳은 알았지마는, 방략은 어떤 방략을 세워 계십니까?"
 "글쎄요. 우리 집이 오래 낙적하였던 고로, 가산이라는 것은 없지마는, 대대로 내려오는 세 쌍의 홍옥이 있어, 모친이 돌아가실 때 외숙에게 맡겼습니다. 내가 외숙을 뵙고 이 말씀을 드리면, 그것만이라도 당분간 처리가 될 뿐 아니라, 외숙께서도 물론 힘껏 주선하여 주실 것이니, 다만 하루바삐 안 떠남이 오직 문제가 될 것입니다."
 백화가 몸을 빼어 일어나더니, 장롱을 열고 보자기에 무엇을 싼 것과 금낭 하나를 내어 왕생의 앞으로 놓으면서,
 "이것은 부족하나마 의복이오니 입어 주시고, 이 금낭에는 약간의 은자가 있으니, 급할 때 써주십시오."
한다. 왕생은 다만 칭사할 다름이었다. 그는 어렴풋한 창을 바라보더니, 다시 단소를 내어 들며,
 "이제 떠나는 내 가슴을 일 척 단소로 하소하여 이별하리이다."
하고 단정히 자리를 고쳐 앉아 불기 시작한다. 노래는 이러하다.

   임 찾으려 나선 길에
   임 부르던 이 단소야
   십 년 동안 부르짖어
   목이 닳던 이 단소야
   봄바람에 꽃을 보고
   잎이 질 때 달을 바라
   산과 들에 방황하며
   눈물 많던 너 아닌가
   찾던 임을 만났으니
   즐거움도 하련마는
   높고 낮은 네 소리는

왜 그리도 서러우냐
*
임과 나의 너의 신세
전생 차생 한이 많아
원한 속에 만난 임을
피 지어서 떠나가니
가는 맘이 이렇거든
남긴 임은 어떠하리
차고 매운 저 바람아
고이고이 그쳐다고
멀고 먼 길 수륙 천리
수이 다녀 오고지라
우는 임께 너를 남겨
후일 기쁨 기약노라.

   곡조는 어젯밤 문루에서 불던 곡조라, 창자를 어이는 듯 처량하여 부는 이와 듣는 이가 눈물을 머금어 서러워한다.
   왕생이 단소를 백화에게 주며,
   "이 단소는 십 년 춘추에 그대를 불러 울던 것이라, 이제 찾던 임을 만났으니, 낭이 거두어 기념하여 주시오."
한다. 백화가 두 손으로 받아 자리에 놓고, 거문고를 당겨 줄을 골라 자리를 고쳐 앉으면서, 노랫가락을 뽑는 듯,
   "임 보내는 이 눈물을 거문고로 아뢰리다."
하더니 그의 섬섬한 손길이 거문고를 타기 시작한다. 떨리는 고운 목소리가 하소하는 듯 부르는 노래는 이러하다.

임의 자취 떠나신 후
이 마음을 어디 둘고
구름 속에 던져 두고

가는 임을 따를 건가
회오리 바람되어
옷깃에나 싸여볼까
산수 천리 길이 되어
가시는 임 걸려볼까
*
붉은 족자 걸어 놓고
기다리고 바랄 때는
하 그리도 서러울 줄
그다지도 몰랐더니
족자 떼워 임께 드려
이 단소를 받고 보니
어인 일로 이 눈물이
방울지어 대동순가
*
가는 임은 기약 두어
수이수이 오신다니
돌아오실 날 곱아서
기뻐함도 있으련만
어인 일로 거문고는
울려고만 떨리는고
아마도 다한 박명
상사루가 되리로세
*
궂은비 지는 아침
바람 부는 저녁 날에
그리운 임 보고지면
이 단소를 꺼내어서
목이 닳게 불으리다
부대부대 보중하사
이 몸이 백화대에
시들잖게 하옵소서.

백화가 겨우 타기를 마치고, 몸을 왕생의 가슴에 던진다. 왕생은 어린 아이 달래듯, 백화를 담뿍 안은 채로 가만가만 흔든다. 아마 동천도 밝은 지 오래인가, 방 안의 촛불이 힘이 없어 보인다. 왕생이 백화의 등을 만지며,

"벌써 여막도 문을 열었을 것이요, 동창도 훨씬 밝은 듯하니, 이제 낭을 떠날지라, 아모쪼록 귀체를 보중하여 가는 사람의 염려를 덜어주오."
하고 결연히 물러앉으며, 물건을 수습해 일어난다. 백화도 따라 일어서 그를 쳐다보며,

"이제 떠나시면 정하신 기약 안으로 꼭 돌아오시겠습니까?"
한다. 왕생도 마주 내려다보며,

"다년간 길에 익은 몸이요, 더구나 마음을 다하여 전력하는 일이니까, 무슨 별다른 연고만 생기지 않으면 꼭 기약 안으로 도달하게 될 것이오."
하더니 문득 백화의 손길을 덥석 잡고 힘있게 쥐면서, 이윽이 그를 본 후에,

"자, 그 동안 그저 몸만을……."
하고 용기 있게 손을 놓으며 걸어 나간다. 백화가 따라 나가면서,

"여막으로 들러 행리를 수습하여 영등문 밖으로 나오시면, 초옥이와 내가 기다리고 있겠습니다."
하는 동안, 둘이는 벌써 방문 밖에 나왔다.

초옥의 방문이 부시시 열리며, 초옥이가 밖으로 나온다. 그의 두 눈이 퉁퉁 부었다. 아마도 밤새도록 이 두 사람의 모든 이야기를 들으며 함께 울었던 모양이다. 백화는 말없이 초옥의 부은 눈을 바라보고 섰다.

왕생이 초옥을 바라보며,

"어젯밤부터 폐 끼침이 적지 않습니다. 그러나 그것도 이러한 형님을 두신 탓이겠지요."

하고 눈으로 백화를 가리킨다. 두 처녀는 잠깐 웃었다. 왕생이 다시 그들을 보며,
 "한 번 작별도 어려운데, 이 추운 날 문 밖까지 나올 것 없고, 또 이목도 번다하니, 여기서 아주 작별하는 것이 좋겠습니다"
하는 말의 대답을 백화가 미처 하지 못하여, 초옥이가,
 "아닙니다. 우리가 문 밖까지 가겠습니다. 그리로 나와 주십시오."
하였다.
 "만일 나를 위함이라면, 차라리 이곳서 이별을 하여, 두 번의 이별을 없게 하는 것이 가장 당연한 일이니, 뜻을 어기지 말아 주시오. 자, 나는 떠나갑니다. 부디 몸들을……."
 그는 눈이 하얗게 덮인 정원의 나무 사이 길을 빨리 빨리 걸어간다. 백화와 초옥이가 황망히 따라 나오며, 백화가 야속스럽다는 듯이 가만히 소리 친다.
 "뜻을 어기지 않고 여기서 작별하겠으니, 천천히 걸어가 주십시오."
 세 사람은 대문까지 이르렀다. 벌써 왕생은 대문 밖에 나가 섰다.
 "모쪼록 몸들을 조심해 주시면, 얼마 안되어 반가이 만날 것입니다."
 그는 백화의 손을 다시 한 번 꽉 쥐면서 쳐다보는 백화의 눈을 내려다본다. 드디어 왕생의 발걸음은 움직였다. 백화는 따라갈 듯이 쫓아간다.
 "아무쪼록 몸을 보중하셔서 속히……."
 말을 마치지 못하고, 그 대신 눈물이 주르르 흐른다.
 왕생은 고개를 끄덕여 보이며 걸어간다. 눈 쌓인 길에서나마 지금도 역시 버걱버걱 소리가 힘있게 난다.
 집 모퉁이 길에서 그는 힐끗 한 번 돌아보고는 획 들어가 버렸다. 바라보고 섰던 백화의 눈 앞에 처사동 달밤에 모퉁이 길을 돌아가며 획 돌아보고 가 버리던 어린 왕생의 그림자가 얼른 지나간다.
 지금 하얀 이 새벽에 그의 남루한 의복자락이 펄럭하면서 초췌한 얼굴

이 힐끗 보일세, 백화의 가슴은 터지는 듯이 몹시 아프며 다리가 발발 떨린다.

"지금 저 몸이 눈 쌓이고 바람 찬 천리 험로를 나 때문에 저렇게 빨리 가는 것이 아닌가? 아니가든 못하겠는가? 아! 박명한 이 몸이……."

백화는 털썩 땅바닥에 주저앉으려 할 때 초옥이가 얼른 붙들었다.

"형님, 그렇게 길만 바라보고 서 계시면 무엇합니까. 어서 들어가세요. 저렇게 가시는 공자를 생각하여서라도 더욱 몸을 조심하셔야 되요."

초옥은 백화를 붙들어 집으로 들어간다.

아범이 눈을 쓸다가 백화를 쳐다보며

"너무 설어 마십시오. 다 이 다음 좋은 날이 있습지요. 잠깐 뵈와도 퍽 호걸답게 생기셨습니다. 그런 양반은 처음 뵈었는걸요. 아무 염려 말으십시오. 곧 오실 걸이오."

하는 그의 말은 참말로 다정했다. 그는 전에 없이 백화가 어떤 객과 밤을 지낸 것을 보고, 벌써 다 결정된 것으로 생각하는 것이다. 그러나 진심인 것만은 말마디에 나타난다.

백화는 대문 안에 들어섰다. 뜰과 정원길에 힘있게 눌려진 왕생의 발자국이 보인다. 그는 빨리 그 발자국 위로 걸어간다. 그의 핏줄에서는 오직 왕생이라는 생명만이 돌고 있는 것이다.

백화는 방에 들어왔다. 그의 앉아있던 자리가 보인다. 그리고 족자의 글씨가…단소가… 그의 말소리가 향기 가득한 방 속에서 가득 찬 듯싶다. 백화는 벌떡 주저앉으며, 단소를 품에다 안았다. 그리고 왕생이 앉아있던 자리에 푹 엎드렸다. 옆에 놓였던 거문고가 치맛자락에 슬쩍 닿아 스르렁 소리를 낸다. 백화는 잠깐 몸을 흔들며 느끼는 소리가 찢어지는 듯이 들린다.

초옥의 설움

　서경 진주사 김 정상은 나이 칠십에 현후 인자한 사람이었다.
　고려 말엽에 국가 내외에는 환란이 그칠 사이가 없었으니, 그것은 외적의 침로가 심한 까닭도 있었지만, 국정을 탁란하는 환관 권신이 권리를 전횡하는 것과 국왕의 혼암 실덕이 큰 원인이 된 것이었다.
　그러므로 조정에는 충현이 없고 간신들만 가득했을 때, 오직 서경 진주사 김 정상만은 홀로 덕이 많은 현사이었다.
　그는 조정과 국왕이 간신들의 농락물이 되어 가지고 국권이 날마다 쇠퇴해 가는 것을 심히 분개하여, 관직을 버려 간배들로 벗을 하지 않으려고까지 하였으나, 국가 대사를 돌보아 외형을 관대히 하여 국정에 참여한 것이었다.
　그러나 이러한 충현이 내직에 있는 것을 심히 꺼려하여 외직으로 서경에 유수하게 함이었다. 이러한 이름 높은 색향인 호화로운 곳의 관속배들도 김수사의 도임 이후로는 마음대로 감히 빙자치 못하였고, 각읍 수령까지도 백성들에게 잔인한 행동을 하지 못했다. 그리하여 백성들의 풍기까지도 다소간 진압되었던 것이다.
　김수사는 서경 일대를 좌우하는 꽃봉오리 백화와 초옥의 명성을 잘 안다. 더욱 백화의 지조가 높단 말과 가무 기예가 뛰어나고 문장이 독보라는 것도 항상 들었다. 그러므로 부중 연회에는 반드시 두 명기를 불러 참석하게 하였다.
　김 장자의 사건이 서경 일대를 요란하게 할 때에 비로소 김수사는 백화의 사람됨을 존경하여 사사 연회에나 공연에서 항상 백화를 예로 대해 주었고, 또한 그의 문장을 사랑하여 가끔 내아로 불러다가 음시 영가로 울울한 심회를 덜었다.
　이러는 동안 수사는 백화의 사람 이상의 모든 재질을 다 알게 된 때 친딸이나 같이 사랑하였으므로, 그 아들 영국이 비록 백화 때문에 상사 귀신이 될 뻔하였어도 감히 함부로 하지 못하였던 것이다.
　김수사가 이렇게 백화와 초옥을 아끼고 사랑하는 것이 그들에게는 큰 보호가 되었다.
　백화가 왕생을 떠나 보내고, 심화와 신병으로 자리에 누운 지 엿새 되던 날 밤이다.
　초옥이도 백화를 위로하느라고 같이 들어앉아 문밖을 나지 않으니까, 황파는 앙앙하여 못 먹겠다고 벼르고 있었다.
　이 밖에 초옥은 백화의 머리를 짚어 주며, 아름다운 얼굴과 풍경 있는 말씨로 백화와 담화하고 있을 때, 황파가 급급히 들어와 백화 곁에 앉으며,
　"지금 부중의 관로들이 나와서 말하기를, 김수사께서 오늘밤에 돌연히 송경에서 오신 지우 몇 분을 위하여 내연을 간략히 베푸시는데, 백화와 초옥이를 부르시고 싶다구. 그러나 백화는 신병이라니 쾌차하지 못했거든, 초옥이만이라도 불러오게 하라는 명을 받고 왔다니, 초옥이만이라도 곧 보내 드려야 하지 않겠니?"
하면서 백화와 초옥을 번갈아 바라본다.
　백화는 아무 말이 없이 초옥을 바라본다. 초옥이도 백화를 바라본다. 백화는 속으로 잠깐 이상히 여겼다.

'김수사께서 언제든지 공사간에 부르실 때는 전일 말씀해 주시고 아무리 급하셔도 몇 시간 여유를 주시며, 우리 형편을 물어보셨는데…… 더구나 초옥이만을 부르신 일은 도무지 없었는데…… 그러나 별안간 손이 와서 그러시는가부다.'

이러한 생각을 하면서, 우두커니 천정만 보고 누웠다. 황파는 가깝증이 난듯이 벌떡 일어나며 초옥을 보고,

"자 어서 다녀오너라. 하인들이 교자까지 가지구 와서 기다리는 모양이다."

하고 나가버린다. 초옥은 웬일인지 처음부터 가슴이 덜렁하면서 도무지 가고 싶지 않았다.

그러나 수사의 부름이라, 다른 곳과도 다르고, 또 백화조차도 아팠으므로, 대신 겸해서 가보려고 하니 문 앞으로 따라 나가며,

"그럼 다녀올 터이니까, 하인들더러 기다리라고 해주세요."

하고 도로 장 곁으로 가면서,

"형님! 아니 갈 수가 있습니까? 잠깐 다녀오겠어요."

하고 옷을 갈아입는다. 백화가 그제야 일어나서 옷을 매만져 주면서,

"김수사께서 잠깐 부르시는 것이니까, 그리 붙잡지도 않을 것이요, 오래도 안될 것이니, 속히 다녀오너라."

하고 방문까지 바래다주었다.

초옥이는 지금 열여섯 살이다. 둥그스름한 얼굴에 맑고도 포근한 뺨이며 영채 있는 눈은 모든 남성을 끌대로 끌었다. 그리고 유순하게 겸양하는 듯한 태도이며 풍치 있는 애교라든지가 접촉미가 있어, 얼굴도 너무 사람 이상의 아름다움이며, 모든 것이 너무나 신인처럼 뛰어나는 찬물에 돌덩이 같은 백화보다도 탕자의 마음을 더 유혹시키는 것은 초옥이었다.

황파도 초옥을 볼 때는,

'저것은 또 누구의 간장을 녹이려나.'

하는 것이다. 백화는 가끔 초옥을 멀거니 바라보며,
 '어디서 저러한 인물의 짝을 구하여 줄고.'
하고 남모르는 한숨을 쉬게 된다.
 이삼 년 이래로 초옥은 놀이에 갔다가 오든지 손님을 대하고 돌아 온 후면, 가끔 이마를 찌푸리며,
 "형님, 남자라는 것들은 왜 그 모양일까요. 그들의 심리는 왜 고 따위예요? 세상 남자가 모두 그럴까요?"
하면서 의아의 눈을 깜박이는 것이다. 그러고는
 "사내 녀석들이란 음욕과 포악으로만 되어 먹은 모양이에요."
하고 한숨까지 쉬는 때가 많다. 이럴 때마다 백화는 초옥의 손을 쥐며,
 "너도 점점 인간 맛을 알게 되는구나, 세상 사내란 것들은 우리 같은 이런 신세를 말할 것도 없고, 보통 여자들이라도 여자들이라는 것은 일시적 소일거리나 노리개로 아는 것이다. 사내라는 것들은 모든 권리와 재물을 함부로 쓰며, 모든 여자에게 대한 조건도 저의 마음대로만 지어 가지고 여자라는 것은 한 개의 사람이나 국민으로 보지도 않고, 남자에게 매달린 생명이나 물건으로 밖에 여기지 않는단다. 너도 차차 세상맛을 알아 가노라면 더욱 절실히 알게 될 것이다."
하였다.
 "그래도 형님, 사람 같은 사람도 더러 있겠지요. 왕공자 같으신 이?"
 초옥은 말끝을 못 맺히고 얼굴을 붉혔다.
 "그렇지. 있기도 하겠지마는, 흔하지 않은 모양이더라. 왕공자 같으신 이야 물론 생각이 다르니까, 여자들 외모로 취하여 기구물로 여기는 일은 결코 없겠지마는……."
 "그러니 어디 그런 양반이 또 계셔야지요."
 더욱 얼굴이 붉어지며, 고개를 수그리는 것이다.
 초옥이는 점점 자기의 일생이라는 것이 얼마나 중한 것인가?

'일생을 같이 믿고 지낼 만한 사람은 과연 어디 있는가.'

이러한 생각으로 닥쳐올 운명을 생각하고, 곱고 맑은 눈을 흐려지게 한 때도 하루에 몇 번씩 있었다.

그러다가 의외에 왕생이 나타나서 백화와 하룻밤을 새워가며 눈물 섞어 하는 말과 그들의 뜨거운 사랑을 목도하고, 밤새도록 울면서 백화를 위하여 기뻐하였다. 그러나 웬일인지 자기가 더욱 외로워 가는 듯하여 슬픈 생각도 들었다.

'형님은 정말로 행복하다. 오늘 죽어도 한이 없겠구나. 십 년을 저렇게 찾아다니면서 형님 때문에 얼마나 고생을 하였는가. 형님은 또 얼마나 그를 위하여 애를 태웠든가? 저러한 서로서로의 뜨거운 사랑으로……. 아! 그리고 어쩌면 왕공자는 그리도 정대하고 호활한가. 말씀이나 행동이나 정당하고 씩씩하여 남자답고……. 아! 형님은 참 행복이다. 저러한 사람을 평생의 지기로 정하신 형님이야말로…….'

이렇게 초옥은 왕생이 다녀 간 후로 더욱 외로워짐을 느끼는 것은 사실이다.

오늘밤도 마음조차 산란한데, 싫증까지 나는 것을 겨우 참고 교자에 올랐던 것이다. 초옥이가 교자 밖으로 내다보니, 수사 부중은 틀림없었다. 그는 어떠한 방으로 안내를 받았다. 그 방에는 아무도 없었다.

초옥은 앉지 않고 잠깐 서서 의아하게 생각하는 중에 어떤 사람 하나가 들어온다. 초옥이는 쳐다보았다. 그러고는 고개를 숙이며,

'퍽이나 낯이 익다.'

하였다. 다시 좀 더 자세히 보았다. 키는 훨씬 크고, 얼굴이 백옥 같으며, 눈은 좀 가느스름하면서도 들어간 듯이 움푹하게 보였다.

그리고 코에는 살 하나가 없이 날카롭게 솟았으며, 입은 작고도 붉었다. 그리고 검은 수염이 보기 좋게 났다.

그가 앉는 것을 보아도 아주 점잖은 앉음이다. 그는 기침을 점잖게 하

면서 초옥을 쳐다본다. 묻지 않아도 그는 귀골로 생긴 귀한 사람으로 보였다.

'수사의 친구로는 너무도 젊으며 어찌 낯이 저리 익은가?'
하였다. 생각이 곧 날 듯하는 판에 그가 초옥을 이윽이 쳐다보고 있다. 그의 눈만은 음탕한 기운이 가득하였다.

"네가 초옥이구나. 내 집에 오느라고 고생하였다. 이리로 와서 앉지. 왜 그렇게 서있어."

그의 말이 끝나기 전에, 초옥은 번개 같이,
'아, 이제 보니 수사님의 자제로구나.'
하고 가슴이 덜컥 내려앉았다.

백화에서 상성이 되었던 이 영국이가 무슨 일로 초옥을 부른 것인가? 초옥이를 이용하여 백화를 달래고자 함인가?

영국은 수사의 둘째 아들이다. 수사의 성질이 그렇게 군자다운 정반대로, 영국은 간특하고 음탕하기 짝이 없었다.

그는 외모가 그럴듯하게 생겼다. 김 장자가 부호의 대표격으로 생긴 것 같이 영국은 귀골의 대표격이었다. 그는 귀족적 전형물인 만큼 귀족 행세를 몹시 한다. 누구나 성씨가 유, 최, 김, 이씨이면 무조건으로 공경한다. 아무리 평민이라도 사성 중에 하나이면,

"응, 조선 때는 참 대가이었네. 말세가 되어 상한에게 밀려서 그렇지."
하고 아무리 당세 문벌이 높아도 사성 중에 아니 들었으면,

"흥, 제 까짓 것이 그 따위 성을 가지고 다 무어야."
한다. 그의 제일 큰 목적은 부녀 간통이다. 그러나 그에게 제일 기특한 일이 있으니 그것은 술을 한 모금도 못하는 것이다. 그래서 어느 친구가,

"영국이 여보게! 자네도 그만큼 해두게. 주색은 망가의 근본이라네."
하고 권유하면, 그는 성을 버럭 내며,

"이 사람, 누가 주색을 좋아한단 말인가. 술 좋아하는 놈 치고 색 좋아

않는 놈 없네. 내가 언제 술 먹는 것 보았나?"
하면 동무도 말을 더 못하고 만다.
 이것이 행동의 변명거리로 훌륭히 되지마는, 영국은 술 안 마시는 덕이 실로 많은 것이다. 술을 많이 마시는 자는 그만큼 포악 무지하나, 영국은 술 한 모금 안 마시느니만큼 정신이 똑똑해 가지고 민첩하고 주밀한 수단이 더욱 절묘한 것이다.
 영국은 자기의 외모로 부녀를 낚는다. 여간 부녀쯤은 그의 외모에 두말 없이 넘어 가는 것이다. 만일 외모로 성공하지 못하는 때는 완력으로 한다. 그러고 누구나 한 번만 건드리면 두 번도 건드리지 않고 곧 동무패에게 주어 버린다. 이것이 영국을 무뢰배의 두목이 되게 하는 것이다.
 어떠한 목적물이 있으면 그는 애가 달아 날뛰다가 기어코 통간하러 갈 때는 부하를 데리고 가서 제가 먼저 음욕을 채운 후에 윤간을 시키는 것이다.
 이것은 김 장자의 오직 금력만의 힘으로 덤비는 그것보다도 두려운 것이다.
 수사가 송경에 있을 때는 방에 갇히기도 여러 번이요, 몹시 엄하기 때문에 마음대로 못했으나, 수사가 서경으로 간 후에는 너무도 방자하여 못된 놈들의 대장이 되어 가지고 음행이 말할 수 없이 자기 처가 직접 말을 못하고 서간으로 충고한 일도 여러 번 있었다. 그러면 영국은 펄펄 뛰며,
 "계집년이 가장이 무엇을 하기로 참견이라니. 어, 집안이 망하려니까, 더구나 이런 사사로운 글귀를 통하니, 이런 짓을 어느 놈에게 얼마나 해 보았는지, 모르되, 좌우간 음악한 계집이라, 만고성현 공부자께서 부부지의를 마련하실 때 칠거지악을 남기셨는데, 이년은 칠거지악의 다섯 가지를 범한 년이야. 자손을 못 낳으니 제일 큰 죄요, 남편이 첩을 천만 개 두거나 말거나 이년이 투기를 하니 둘이요, 서면을 쓰니 음란한 행실이 수없을 것이라 죄 셋이요. 얼마나 말이 하고 싶어야 글까지 쓰겠느냐, 말 많

은 죄 넷이요. 이때까지 자식을 못 낳는 것 보니 큰 병신이라 죄 다섯이다. 하나만이라도 범하면 쫓으라고 했는데, 다섯이나 범했으니, 이년, 너 같은 것이 족히 사대부의 아내가 될 것이냐. 아무리 성씨가 서씨라는 년이지마는."
하고 어느 날 밤 서씨에게 선고를 내렸다.
　서씨는 상당한 문벌가의 딸로 인물 행동과 부모 효행이 나무랄 곳 없는 여자이므로 모든 것을 잘 참고 견디었다.
　그러나 그의 모친이 수사에게 편지하여 서경으로 데려가게 한 것이다. 영국이가 서경으로 오자 명성이 진동하는 백화를 꺾어 보려고 거의 죽다시피 안달을 하였으나, 그러한 수단과 수많은 부하로도 성공을 하지 못했던 것인데, 초옥의 명성이 서경에 진동하자, 사방 벌떼가 구름 모이듯, 초옥이 역시 백화와 다름없는 지조라 함을 듣고,
　'흥, 더럽고 아니꼬운 년, 제 까짓게 일개 상민의 딸로 남의 종년으로 팔려 다니다가, 기생이 되 가지고 약간의 자색이 있다고……. 응, 괘씸한 년 같으니, 제 따위가 아무리 말세기로…….'
하며 벼르고 벼르다가, 대담히도 두어 명 부하에게 관노의 복색을 입혀 부친의 명령으로 초옥이를 불러다가 뜻을 이루어 초옥이를 꺾었다는 기세를 서경에서 자랑하고자한 것이다.
　초옥이는 영국임을 알자 가슴은,
　'앗차.'
하였다. 영국이는 벌떡 일어나 초옥의 손을 꽉 잡아다가 제 옆에 앉히면서,
　"허, 꽤 잘 생겼구나. 네 나이가 몇 살이라지."
하더니, 다시
　"응, 열여섯이라는 말을 들었는데 퍽 숙성하고나. 벌써 머리 얹을 나이도 넘었으니, 너도 생각이 있겠구나."
하고 초옥을 들여다본다. 초옥은 물러나면서 손을 뿌리치려고 한다.

"너도 벌써 맛이 들었구나. 오 응, 그래야지 그래야 더 붙는 맛이 있는 게야. 고거 제법인데."
하면서 입술을 쭉 빨아 입맛을 찍 다시며 침을 꿀꺽 삼킨다.
 그는 한 손으로 초옥의 폭신폭신한 턱을 손으로 턱 받쳐서 번쩍 쳐들며,
 "얘, 네 요 턱이 썩 묘하구나. 흥, 네 생김생김이 간장을 녹인단 말이야. 얘, 그러나 내 얼굴 좀 보아다구. 너도 절세 명기이니, 눈은 있겠지. 내가 너만 못하지는 않을 게다. 자, 좀 보아다구."
하고 얼굴을 초옥에게로 턱 들어 대면서 초옥의 입술에 쪽 하는 소리를 내자마자, 꽉 끌어안다가 움켜서 방바닥에 누여 버렸다.
 초옥은 너무도 놀라 소리를 지르고 몸부림을 하려 하였으나, 벌써 입은 막히고, 두 손으로 꽉 움키어 꼼짝할 수가 없었다. 그는 몸을 버리퉁거리며 죽도록 몸부림을 친다. 영국은 초옥이를 내려다보며,
 "너는 걸렸다. 흥, 곱게 견디어라. 몸부림하면 더 좋은 꼴을 보여 줄 터이야."
하고 초옥이를 더 힘껏 누르더니,
 "경주 거기 있나? 들어와야 되겠네. 도춘이와 같이 들어오게."
하니까, 앞문이 열리며 두 사람이 들어온다.
 "어린것이 앙탈이 대단하네. 얽어 놓게."
 두 사람이 달려들어 초옥이를 잘 묶어 놓고, 옷을 찢어 벗겨 놓은 후, 빙그레 웃고 돌쳐 나갔다. 초옥은 그만 기절해 버렸다.
 백화는 초옥을 부중으로 보낸 후, 아무래도 안심이 되지 않아서, 별별 추측을 해가며 천장을 쳐다보고 눈을 감았다가 떴다가 하는데, 발자취 소리가 급하게 나면서 방문이 벼락같이 열리더니 황파가 뛰어 들어와
 "얘 큰일났다. 초옥이가 기절해 가지구, 온 몸이 피투성이가 되어서, 지금 들것에 떼메어 왔단다."
하더니 다시 뒤를 돌아보며,

"어서 이리로 안아 들이게."
한다. 백화는 벌떡 일어났다. 그러나 가만히 앉아 있었다.

초옥은 방에 누여졌다. 아범의 눈에서 굵은 눈물이 새파랗게 질린 초옥의 얼굴에 뚝 떨어졌다. 백화는 초옥을 바라보았다. 비참한 애련의 빛이 넘치는 그의 얼굴과 그의 눈으로 초옥을 가만히 바라본다.

초옥의 입술은 피멍이 들었으며, 옷은 찢겨지고 몸은 피투성이가 되었다. 그리고 구름 같은 머리가 요란스럽게 흩어졌다. 백화의 눈에서는 눈물이 샘솟듯이 솟쳐 나온다. 제일 날뛰는 것은 황파다. 황파는 금욕덩어리인 만큼 서경 부호와는 한 덩어리가 되어 좋아하나, 관속배들과는 대단히 사이가 좋지 못하다. 그런데다가 오늘 이 꼴을 당하고 어쩔 줄을 모르면서 날뛰는 것이다. 그는 벌떡 일어나 안으로 들어가면서 아범을 부른다.

백화는 그제야 일어나 초옥의 몸을 살펴보다가 별안간 소리를 날카롭게 지르며 입술을 꼭 깨물었다. 입술에서 새빨간 피가 보이며, 몸을 우둘우둘 떨고 있다. 그는 주먹이 부서지게 방바닥을 두드리더니. 폭 엎드려 버린다. 그리고 소리를 내어 안타깝게 흑흑 느낀다.

황파의 소리가 다시 들린다. 백화는 얼른 일어나, 초옥의 몸을 덮어 주었다. 황파는 끓인 물을 가지고 와서, 무슨 약물을 먹이더니, 어멈을 불러 사지를 주무르게 하며, 자기도 함께 주무른다. 백화는 한참 있다가,

"초옥이는 오늘밤 내가 잘 보아주겠습니다. 어서 들어가시오."
하는 말소리는 극히 온화했다. 황파는 분이 잔뜩 난 얼굴로 초옥의 얼굴을 한참이나 내려다보더니 분한 듯이

"응, 흥, 참."
하고, 힘을 쓰면서 기침을 칵 하고 벌떡 일어나 나간다. 어멈도 따라 나갔다.

백화는 초옥의 얼굴에 자기 얼굴을 대고 문지르며 소리쳐 운다. 백화의 이 울음이야말로 얼마나 피맺힌 울음일까.

형님 나는 죽어요

　초옥은 몸을 움칫한다. 백화는 얼른 일어나, 초옥의 옷을 가만히 벗기고 다른 옷을 입힌 후, 몸을 조심스럽게 만져줄 때, 초옥이가 깜짝 놀라는 듯 몸을 뒤쳐 옆으로 눕더니, 다시 곧 몸을 뒤치며 벌떡 일어나려고 한다.
　백화는 급히 초옥의 몸을 붙들며,
　"초옥아, 이게 웬일이냐 응? 정신을 차려라."
한다. 초옥이는 백화의 얼굴을 보자, 그만 소리를 내어 어린애처럼 운다.
　"초옥아, 먼저 정신을 차려라. 어서 울지 말고 정신을 차려 가지구 나중에 이야기를 하자."
　초옥을 위로하는 그 눈에서는 눈물이 더 흐른다. 초옥이는 백화의 손을 가져다가 꼭 안으며
　"형님, 나는 오늘 죽어요."
하고 그는 몸을 비틀면서 느낀다.
　"나는 죽을 테야요. 형님, 나는 죽어야 되겠어요."
　백화는 아무 말 없이 초옥의 손을 힘껏 맞잡아 주었다.
　초옥이는 가끔 아픔을 견디지 못하는 듯이 다리를 틀면서,
　"아이고, 형님!"
하고 백화를 꼭 끌어안으며, 다시 소리를 내어 운다. 황파가 급히 들어와

초옥의 곁에 앉으며,

"애야, 초옥아, 울지만 말고, 어찌된 일이냐. 말이나 좀 해다구. 갑갑하구나 응. 어서, 얘."

하고 재촉하니, 초옥이는 느끼기만 할 뿐이다. 백화가,

"지금 고작 깨어나서 우니까, 나중에 마음이라도 안정된 다음에 듣지요."

하여도, 황파는 분함을 못 견디어 한다.

그의 분해하는 것과는 온전히 성질이 다르니, 초옥의 오늘 이 일 당한 것은 황파에게는 큰 손해가 되는 까닭이다. 이 큰 손해를 생각할 때 황파는 분해 어쩔 줄을 모른다. 황파가 혀를 연해 차며 앉았더니, 백화를 보고,

"약을 지어다 끓일 터이니, 가져오거든, 먹이고 좀 편히 잠들게 하여라."

하고 일어나 나간다.

초옥은 울음을 섞어 가며 백화에게 오늘밤 당한 일을 이야기하였다. 그리고 백화를 쳐다보며,

"형님, 그러니 나는 죽어요."

한다. 백화는 먼저 초옥을 편히 눕게 하고, 자기는 그 옆에 앉아, 손을 잡아 만져 주면서 조용히 말한다.

"초옥아, 네가 오늘밤 그런 말을 하는 것은 당연하다. 정조를 생명같이 여기던 네가 그런 짓을 당하였으니 죽는다는 말도 틀리지 않는다. 그러나 죽는 것으로 일이 결정되는 것은 결코 아니다. 네가 그자들에게 욕을 당하였으나, 네 생명이 욕보거나 더럽힘을 당한 것은 아니니까, 그것들 때문에 죽을 까닭이 있느냐. 죽음은 언제든지 마음대로 할 수 있는 것인데, 그런 악인들의 그런 짓에 네 몸이 없어지고 만다면, 너는 네 온 생명이 약한 자에게 참패가 되고 마는 것이다."

초옥은 말없이 정성껏 듣고 있다.

"그러니까, 우리는 살아야 한다. 언제든지 죽을 만한 값있는 일이 생기기까지는 살아야 한다. 죽음을 생각한 자에게 무슨 무서운 것이 있니? 네

복수도 시원스럽게 해줄 것이니까, 마음을 안정하고 어서 몸만 충실하도록 하자."

초옥이는 감격한 눈물을 새롭게 흘리면서 백화의 두 손을 꼭 잡아다가 뺨에 대며,

"형님. 나는 내 생명을 형님의 생명에 합쳤습니다. 살고 죽는 것을 오직 형님과 같이 하겠습니다."

하고 백화의 품에 깊이 안겼다. 그도 초옥이를 힘있게 안고 잠시 동안 깊은 생각에 잠겨 있었다. 열나흗날 눈 오는 날에 이 두 처녀가 순결한 처녀성을 속삭이던 그러한 날은 이들에게 두 번 없을 것이 아닌가?

복수

왕생이 떠난 후에 다시 서경에서는 큰 소문이 났으니, 당세 명기 백화가 지나가는 길인과 지기 상합하여 허신하였다는 것이다. 더구나 이 소문이 힘있는 것은, 하나는 걸객이요, 하나는 명기라는 것이다.

이 평판 뒤를 이어 요사이 초옥의 허신 사건까지 첨부되어 서경의 경계를 넘어 멀리 백화와 초옥의 이름이 알게 된 곳에는 어디까지든지 이 소문이 퍼졌다.

이 소문의 확실한 증거로는 백화의 방 벽에 걸렸던 족자가 없어진 것이요. 또 경수와 도춘이가 저의 입으로 초옥이와 정을 맺었다는 자랑을 하고 다니는 것이다.

이 족자의 유무를 알려고 모든 사람은 황파의 집에 모여들었다. 그러나 백화와 초옥은 병을 칭탁하고 다 거절해 버렸다. 사람들은 이 두 명기가 한꺼번에 출입을 그친 것은 더구나 적실한 증거라 하였다.

어떤 날 저녁때이다. 두 사람이 동무하여 지나가면서, 영동문 성루를 쳐다보더니, 그 곁으로 은은히 보이는 백화대를 힐끗 쳐다보다가, 한 사람이 곁 사람더러,

"여보게, 백화가 어떤 걸객하고 맞붙었다네 그려. 백화 그것도 사람일까? 아마 무슨 요물이 사람의 형상을 쓰고 나온 모양이야. 그거 원 참."

하니까, 다른 사람이
"그거야 그렇게 할 말이 아니지. 시속 기생들이란 것들을 좀 보게. 돈이 있는 놈들에게는 찰떡 호랑이가 되고, 없는 놈들에게는 차돌 여구아 되지 않든가? 이렇게 변화를 잘 하는 것을 보고서, 요물이 사람 껍질을 썼다는 게야. 자네도 사람 심정을 가졌으면 말이라도 바로 해보게 그려."
한다. 말씨를 들으면 서경인인 듯하다. 먼저 사람이 고개를 끄떡하며,
"그것도 그렇기는 해."
하니까, 을이 눈을 흘긴다.
"그렇기는 해가 무엔가 그건 꼭 그렇지. 자네도 찰떡 여우가 다 되어 가는 걸세 응. 그러면 못쓰느니. 자네가 요새 아주머니가 텅하였는 게네 그려. 왜 막걸리 집을 못 지나가겠든가."
"한잔 받아주게 그려. 그런데 이 사람아, 그거 참말인 게야. 족자도 없어졌고, 요사이는 출입도 않고 쭉 드러누웠다네 그려. 초옥이 그것두……."
"좌우간 백화 같은 여자는 이 세상에 둘도 없을 것일세. 흥 이렇다 하는 부자, 이렇다 하는 권력가들이 백화에게만은 쓸데가 없네 그려 원. 사대부 정렬 부인이 백화에게 가당이나 할 것인가?"
"그런데 그 걸객이 몸값을 갚아줄 것이 없어 그걸 주선하러 갔다네 그려. 저에게 내라도 그 걸객이 되었더라면, 하다 못해 자식을 몇 개 팔아서라두 몸값쯤은……."
"예끼, 이 천하에 염라왕 열두 개 잡아먹을 녀석 원 그놈이 그래두 사람인 줄 알았더니, 딸년이 백화보다도 늙은 것을 가지구 있는 녀석이 원 고두름 창자만두 못한 녀석 예끼 천하에 에이 못된 액……."
하면서 을이 침을 몹시 세게 콱 뱉어 버리고 빨리 가 버린다. 갑이 을에게 욕을 얻어먹고, 을의 뒷모습을 멀거니 바라보다가 성을 버럭 내어쫓아 가며,
"원, 저 자식은 기생집 삼대종을 삶아 먹었나? 제 어미보다도 더 위하니

저런 녀석이 만일 백화의 옷자락에만 스쳐보았더라면 이놈아 너야말로 염라왕 끝 종놈에게 잡혀갔을 놈이다 이놈아 웬 침은 오뉴월 배앓이 난 놈처럼 갈기고 다니니 얘 고약 망칙한 녀석 같으니 이놈아, 도망은 왜 해?"
하고 열이 나서 쫓아간다.

을이 갑의 기세를 보고 슬쩍 기분을 눙쳐 돌아다보고 선웃음을 치며,
"이 사람아, 백화고 걸객이고 막걸리 한 잔 좋지 좋아 어떤가 자, 어서 오게 막걸리 석 잔이다. 석 잔이야."
한다. 갑이 성이 벌겋게 나가지고 쫓아 와서 을의 앞에 딱 서더니, 눈을 부릅뜨고 주먹을 잔뜩 쥐어 곧 벼락이 날 듯하다가 을의 농간있는 말을 듣자,
"얘 밑졌다 밑졌어. 막걸리 서른 잔 좋다 좋아 가자 가. 그런데 이놈아 너 큰일날 뻔했다. 그만 내가 너를 콱 요령을 댈려고 했드니라."
하고 두 주먹을 불끈 쳐들어 번쩍 들어서는 을의 어깨를 때릴 듯이 내려오다가, 손을 ,확 펼쳐 을의 어깨를 슬쩍 흔들며,
"그랬더니, 참 운이 좋아서 술 서른 잔이 너를 살렸느니라."
하니까, 을이 입을 삐죽하면서 손가락 셋을 꼽아 들고 갑의 눈앞에 들이대며,
"막걸리 석 잔이야 석 잔. 조둥이로만은 백화 열댓 개 오입쯤은 해먹겠는 걸 그렇지만 누구를 어찌할 뻔했는걸 나야 나, 이 문칠이를 어떻게 해."
하고 손가락으로 자기 가슴을 가리킨다. 갑은 불쾌한 듯이
"뭐야 술 열석 잔? 그까짓 열석 잔에 이 주먹이 그만두어? 그래라 에따 가자. 열석 잔이다. 가."
하고 문칠의 소매를 잡아끈다. 문칠이는 얼굴을 찡그리고 획 돌아서며,
"술 석잔 싫거든 그만두게. 내가 언제 생겨난 줄 아나? 천지 개벽한 지가 오만 년일세."

하고 가려고 한다. 갑은 문칠의 소매를 놓지 않고 잡아당기며,
"여, 문칠이 자네가 왜 이리 요사이는 버드나무가 되어 버렸나 응 술석 잔에 이 고삼이를 막 놀려댄단 말인가 그리 말게 나도 전에는 이런 사람이 아니더니."
하고 고삼이는 금시에 기색이 돌변하여 비분한 표정을 보이고 처량해 하는지라, 문칠이가 고삼의 그 모양을 보고는 다시 몸을 돌려 가까이 가서 고삼의 손을 잡으며,
"자, 고삼이 가세 가. 자네나 내나 그렇지 못한 처지에 우리 다 농담 끝이 아닌가 그러나 아까는 바로 자네가 나를 곧 때려죽일 것 같데 그려. 자네나 내나 젊은 시절에는 힘깨나 믿고 그랬지만 어디 지금이야 나이가 사십이 넘지가 않았나 자 좌우간에 주막으로 가서 막걸리나 하세."
하고 고삼을 데리고 근처 주막으로 가서, 호기 좋게 주모를 불러, 술을 마시기 시작하였다.
둘이가 웬만큼 술기운이 가득 차게 되었을 때 고삼이가 문칠이를 바라보며,
"여보게, 문칠이! 아까 우리가 영동문 거리에서 하던 말이 말이야 내가 하는 말을 이 사람아 말로야 그런 소리도 못할 게 무엇인가. 나도 속정이 있어 자네 속을 한 번 떠보려고 그리 했지 그런데 나 역시 당시 명기 백화를 모를 리야 있나 그러나 이 세상 놈들이 말이지 아니 돈 있는 놈들 말이야, 내 참 좀 보았으면……."
"그건 보고싶어 무엇하나? 그까짓 것들을……."
"아닐세 말을 다 들어나 보게. 그놈들 껍질을 벗기어 그놈의 창자들을 좀 보고 싶단 말이야 그런데 이 걸 보게 백화가 허신했다는 걸객이 돈이 없어 그걸 주선하러 갔다니, 아 글쎄. 백화가 그런 기막힌 명기로 제 몸값 쯤 못해 놓았겠나마는, 그걸 보면 백화는 참 얼마나 청백한 사람인가 그 개새끼만두 못한 김 장자 녀석 그 계집허구 돈에 미쳐 죽은 놈 말이야.

그놈이 평생을 돈과 계집밖에 모르더니, 기어코 그렇게 미쳐 죽었네 그려 그뿐인가 그놈의 자식놈들을 좀 보게"

고삼이는 새삼스럽게 이를 악물며 분해한다.

"이 사람아 자네까지 그놈과 원수 질 게야 무엇 있나 이왕 죽은 놈이니 그놈은 그만두세. 그런데 참말이지, 세상에 분통 터질 일도 있데 그려. 자네가 들어보면 다리 걸고 덤빌 걸세."

문칠이는 고삼이를 슬슬 바라본다. 고삼이는 버썩 대들며,

"이 사람, 무슨 일인가 응?"

하고 열이 나서 덤빈다.

"백화 다음으로 초옥이라는 어린 기생……."

"응, 열여섯 살 먹었지 그래."

"아따 이 사람아, 말이나 끝나거든 대답을 해 그런데 초옥이가 똑 백화를 닮았지. 모양세라든지 마음이라든지가, 그러니까, 이 녀석들이 이제는 초옥이에게 쉬파리들이 되어 버렸지."

"그렇지 나도 보았지."

"가만히 있게. 그런데 요새 몇 놈들이 합해 가지고 김 수사 부르심이라고 거짓말로 꾀어다가, 결박을 지어놓고 그만 요절을 내어버렸다네."

고삼이는 깜짝 놀라 더 버썩 대들면서,

"무엇, 이 사람 그 말은 처음 듣네 그려. 어떤 놈이 언제 그리 했나 응?"

하고 몹시 분해한다. 문칠이는 손을 꼽아 보더니

"아흐레째 되었네 그런데 한놈의 강간이 아니라 세 놈이 돌아가며 그래놓고 바로 저의 입으로는 초옥이와 정을 통했다구 꾸며 대고 자랑을 삼고 다니니, 아무리 한편이 기생이라고 그렇게 돌려세워 버려야 되겠나?"

하며 그 역시 분해한다. 고삼이는 두 눈을 크게 뜨고 주먹을 쥐며,

"응? 저런 죽일 놈들 대체 그놈들이 누구란 말인가?"

하고 날카로운 시선으로 문칠의 입을 주목한다.

문칠이는 방안을 휙 둘러보다가, 건너편 방문을 반쯤 열고 이곳을 바라보는 얼굴과 마주쳤다. 그자는 얼굴을 몹시 찡그려 가지고 독기를 잔뜩 올려 이야기하는 이 사람들을 바라보는 것이다.

문칠의 눈과 마주치자 방문은 닫혀진다. 문칠이 깜짝 놀라, 고삼을 보고 눈을 끔벅하며,

"이 사람, 저 방에 김 장자의 둘째 아들 놈 경수가 있네, 그래. 그래서 우리를 집어 삼킬 듯이 보는데, 그놈 뒤에 어떤 히멀겋게 생긴 놈이 숨어보다가 내 눈과 마주치니까, 문을 닫쳐버리네 그려."

한다. 말소리만은 작게 하나, 주먹을 부르쥐고 노기가 등등하다. 그는 부르르 떤다.

"이 사람아 별안간 중풍이 들렸나 그래 경수 그까짓 놈이 그리도 무서운가."

"이 사람, 가만히 있게, 저놈들이 초옥이를 꾀어내다가 결박지어 돌림으로 강간한 놈들이야."

고삼이는 벌떡 일어나 건너 방으로 쏜살같이 뛰어 들어간다. 문칠이는 황황히 쫓아간다.

고삼이는 건넌방 문을 열어젖히고 들어서더니 무엇을 보았는지 우뚝 서며 소리를 빽 지르고는 부르르 떨고 섰다. 문칠이도 경수를 노려보고 섰다, 그러나 고삼이는 경수를 보는 것이 아니요 그의 두 눈은 곁에 있는 자를 노려보더니,

"이놈 도춘아 너 오늘은 죽어 보아라."

하면서 번개 같이 달려들었다. 도춘이는 고삼의 가슴을 죽으라고 쥐어박으며 도망하려고 한다. 고삼이는 도춘이를 잡아 낚아챘다. 둘이는 어루려져 격투가 시작되었다.

문칠이는 경수에게 달려들었다.

"이놈! 도춘아, 오늘은 결단이다. 이놈."

"아악 에쿠, 으응"

도춘이는 가슴에서 선지피를 쏟으며 거꾸러졌다. 문칠이도 부르짖는다.

"이놈, 경수야, 네가 나를 죽이려고."

하더니, 문칠이가 털썩 나자빠진다. 그 순간 살기 가득 찬 고삼이는 도춘을 찌르던 칼을 번쩍 들어 대번에 경수를 찔러 버렸다. 온 방은 피 빛이요, 주막은 사람으로 뒤범벅이 되었다.

고삼이의 그림자가 사라진 후 살인났다는 소문이 깊은 밤 거리거리로 퍼져갔다.

소니미는 왜 죽었는가

 문칠과 경수의 사이에는 어떠한 이유가 있는 것인, 이제 그 이유를 알아보자.
 문칠이는 황파의 집 아범으로 있는 문일의 셋째 동생이다. 그들의 출생지는 서경서 얼마 안 되는 촌이었고 그들이 처음 살던 곳은 순화(順和=順安)이었는데 그들의 부모가 구르고 굴러 장성한 그들을 데리고 이 근처에까지 이르게 된 것이다.
 문일은 김 장자의 논밭 몇 십 두락과 자기 소유전답 얼마를 가지고 생계를 이어가고 문칠이는 그 이웃에서 살면서 형 문일의 전답을 김 장자에게 잡혀 약간의 자본을 얻어 가지고 각처로 돌아다니며 상고를 하였으므로 먹고살기에는 과히 곤란하지 않았다.
 어느 해 심한 흉년이 들었다. 문일의 농사는 그 중에도 말못하게 되어 자기 식구들의 몇 달 양식도 되지 못하였다. 설상의 가상으로 문칠의 장사까지 아주 참혹히 실패를 당하여, 자본조차 없어져 버렸다.
 김 장자는 자기의 빚 대신으로 문일의 전답을 차지해 버리고도, 변리에 변리를 붙여 전부 갚지 않는다고, 문일의 집과 터까지 빼앗고서, 관가에 소장을 드리고는, 소작으로 주었던 자기 전답까지 빼앗아 버렸다.
 두 집의 전 가족은 속절없이 굶어죽게 되었다. 문일의 성질은 순후 정

백화 217

직하나, 문칠은 활달강직하고 기운이 몹시 세며 의협심이 풍부한 사람이었다.

문칠은 김 장자의 그 행동에 크게 분개하여, 동무 몇 명을 부동하여 김 장자를 해 내려고 쫓아가려 하였다. 그러나 형 되는 문일이는 저사하고 말렸다.

형제간에 우애가 깊기로 인근에 이름난 그는 형의 말을 거역치 못하여, 분을 참고 지나오던 중 나중에는 정말로 죽고야 말 지경에 이르렀다.

문일이는 최후의 소청으로 김 장자에게 가서 애걸을 하였다. 김 장자는 그렇게 빌고 있는 참상과 정경에 가장 동정이나 하는 듯이,

"그만두구 앉게나, 자네 집 식구도 허구 많은데 오죽이나 어렵겠는가. 자네는 사람됨이 매우 순량하지마는, 동생 문칠이는 대단 불량한데 그려. 자네도 자네 아우의 빚까탄에 그리 된 게 아닌가. 그런데 문일이 자네 내 말 하나 못 들어주겠나?"

하니까, 문일이가 허리를 굽히며,

"네. 무슨 말씀이신지는 모르지마는 들을 만한 일이면 듣잡기를 이르겠습니까."

하였다. 김 장자는 잠깐 주저한다.

"내가 임자집에 성년된 딸이 있단 말을 들었는데 옳기는 한가."

"제게는 삼십 줄이 난 아들자식 하나밖에 없습니다. 아마 잘못 들어 계시는 게지요."

하고 문일이는 잠깐 무엇을 생각하는 듯하였다.

"응, 있다는데 그래? 없거든 어서 가게 가."

이것은 김 장자의 위협하는 수단이다. 문일은 다시 고개를 쳐들며,

"저에게는 실상 딸자식은 없습니다. 제 아우 문칠에게는 딸자식 하나가 있습니다마는."

하니까, 김 장자가 얼른 말끝을 따라,

"옳지 옳아. 그래 잘못 알았네. 옳아 자네에게가 아니라, 문칠이야, 문칠이. 임자네 이름이 비슷하니까니. 내래 잘못 말했다. 그래 질녀가 몇이나 났다구?"
하며 문일이를 내려다본다.
 김 장자는 일찍부터 문칠에게 소니미라는 딸이 있어 과년하고 얼굴이 미려하단 말을 듣고, 이러한 결과를 얻을 양으로 그들에게 혹독한 처분을 한 것이었다. 사실은 일부러 문일에게 이러한 수작을 붙인 것이었다.
 문일이는 다시 대답한다.
 "열일곱 살이 되었는데. 아직 어려서……."
 "응, 그래. 어드매 통혼 자리나 있나?"
 "아직 어려서 없습니다."
 김 장자는 이 말에 기운을 얻어,
 "여보게 문일이!"
하고 다정하게 부른다.
 "네."
 "그럴 것 없네. 내래 내 처되는 사람이 병 까탄에 노상 고생하니끼니, 응 내래 자네니끼니, 말이디 정 흠벅 고적하네 그리. 그러니 님자 주선으로 거내게 소실로 주문 어떻갔는가 해, 그리문 내가 임자 네 형제쯤야 뭐 과기 내 소유 산판으로 많이 있디 전답 같은 거야 벌라만 하문 뭐 거야 어려울께 있다구. 아 그런데 디금 흉년이 들어가다구 님자도 알디 그리 어드메 닙쌀 한 알 구경해 볼 수가 있겠는가, 그것 참 야단들 났네 그리. 응 님자 집두 수테 곤란일 걸 어찌나 지내는가?"
 금시에 인정이 비 쏟아지듯 한다.
 사실이다. 지금 그들의 가족들은 얼굴이 누렇게 되어 모두가 아귀처럼 되어 있다. 어른들은 아주 자리에 가 누웠고 아이들은 누웠다, 일어났다, 하며,

"할바지 할마니, 배고파 죽겠다."
하고 부르짖는 것이다.

가련한 손자들과 집안 정세가 숙이고 있는 문일의 머리에 떠오른다.

문일은 김 장자의 속을 알게 되자 다소 분개하여 단박에 떼어버릴까 생각도 하였다. 그러나 그는 자기 집 정상을 그려볼 때 참아 말이 입밖에 나오지를 못하였다.

그렇다. 배가 고파보지 않고는 제 아무리 천재라도 인간의 쓰라림을 모르는 것이다. 인간의 고통을 구해 준다는 대자대비의 가사 속에서나 경전 속에서 만년을 지낸다 하여도 진실한 인간의 고통을 모를 것이며 제 아무리 창생을 제도한다는 자라 하여도 자기·밥상에 고기가 오르고 제 등이 뜨뜻하면 어느 것이 진정한 못 견딜 쓰라림이며 사람에게는 반드시 없지 못할 것이 무엇인가를 완전히 알지 못할 것이다. 도덕이니 무엇이니의 모든 관념은 밥이 창자에 들어간 후의 문제이기 때문에…….

자기 형제의 온 가족이 굶어 죽게 된 이 자리에서 그는 다만 어느 것이 가족을 구해낼 방법인가를 생각지 않을 수가 없었다.

한참이나 생각하고 섰던 문일이는 얼굴이 상기가 되어 김 장자를 쳐다 보며,

"그것은 돌아가서 제 동생에게 알아보아야 하여간에 알겠습니다."
하고 일어섰다. 김 장자도 따라 일어서며,

"그야 그렇지. 그래두 모두가 임자에게 매었으니까, 잘 생각해서 하게 그런데, 노자라두 몇 냥 가지구 가야지 안나? 그 먼 길에."
하고 돈 몇 냥을 내어 준다.

실상 문일이는 조반도 굶고 왔다. 돌아 갈 길에는 이 모양으로 돌아갈 수가 없었다. 그는 감사히 받았다.

문일은 돌아 와서도, 그 말을 아우에게 참아 하지 못하였다. 그러나 문칠은 다른 곳에서 이것을 들어 알았다.

그는 어떠한 깊은 생각 끝에 결심을 하고, 형에게는 아무 말이 없이 김 장자를 만나러 서경까지 왔다. 문일과 문칠이는 전답과 산판이며 상고 밑천까지도 얻었다.

그러나 소니미는 두 달 후에 눈이 붓게 울어 가지고 쫓겨 왔다. 그는 이어 홧병으로 자리에 누워 다시 일지 못하고, 십칠 세의 어린 청춘이 북망산 흙집 속에 사라져 버렸다.

문일 형제는 전답이며 집터까지도 빼앗겨 버렸다. 그리하여 하는 수 없이 서경에 와서, 문일 부처는 황파의 집 고용이 되었고, 그 아들은 대동강 송교 나루장이를 하며, 문칠은 셋방에서 두 내외 살림하며 둘치기 장사를 하던 것이었다.

그러므로 김 장자가 백화 때문에 그렇게 된 것을 고맙게 여길 뿐더러, 그 형에게 항상 그의 말을 들어 마음으로는 깊이 존경하였던 것이다.

그러면 고삼이는 왜 도춘이를 기어코 죽이고야 말았는가? 고삼이는 문칠과 동향인으로 일찍부터 서경에 와서 상업을 하였다. 밑천은 적으나마 자기의 것이었고 식구가 단 세 식구이기 대문에 자기네 생활에는 아무 어려움이 없었다.

그러나 그의 아내가 병으로 죽은 후 그는 홀로 열네 살 된 문영과 살아오면서 데릴사위를 구하던 중 마침 친구의 아들 중에 착한 아이가 있어 통혼해 가지고 문영이 열여섯 살 때 성례를 하였다. 성례하던 날 밤이 깊어 고삼의 집에는 불이 나서 다 타버리고, 신부는 종적이 없어졌다. 별안간 변괴로 재산과 딸을 잃었을 뿐 아니라, 동리에서는 별별 풍설이 문영에게 향하여 벌어졌다.

"그러니까, 고것이 음행이 분수없던 게야. 신랑이 살아난 것만 다행이지."

"아마 어떤 간부 놈과 배가 맞아 도망간 게지 참, 원, 세상두."

이렇게들 말하니까, 고삼이는 얼굴을 들고 다닐 수가 없게 되어 하룻밤에는 행적을 감추어 버렸다.
"고삼이가 불쌍하이. 그 사람이야 충실하고 인후하였기, 몇십 년을 한 이웃에서도 누가 놈자 한마디 해보았든가. 그런데 그 딸년 때문에 원 고거 인물이 고렇게도 절묘하더니 그 값을 한단 말이야."
동리 사람들은 이러한 말로 고삼이를 동정하였다.
고삼의 집 바로 이웃에 장 두찰이라는 사람이 살고 있었다. 그는 수사부 두찰 관직에 있어 백성들에게 몹시도 냉혹한 자다.
이자에게 도춘이라는 삼대 독자가 있었다. 얼굴이 미려하게 생겼으므로 이 얼굴을 미끼 삼아 근 삼십이 되기까지 수많은 부녀를 농락할 뿐 아니라 아비의 기세를 믿어 가지고 방자하기 짝이 없었다.
도춘의 별명은 선골대(蟬骨袋)이니, 이러한 내용이 원인이 된 것이다. 이자가 매향이라는 예쁜 기생을 꾀어내다가 살림을 차려 가지고 재미있게 살던 중 하루는 출입하였다가 집에 돌아 와 보니까 방안의 장농문이 열리고 자리가 어수선한지라 의아하여 섰던차 매향이가 황급히 돌아 오니까, 두말 없이 머리채를 잡아 결박지어 놓고, 어떤 간부놈과 간통하였느냐고 때리며, 나종에는 단근질까지 하여 며칠 후 죽어 버렸다.
죽은 후에야 매향이가 저의 난봉 오라비를 위하여 의복가지를 잡혀서 오라비를 갖다가 주고 돌아왔던 일을 확실히 안 후에 선연동까지 가서 매향이의 무덤을 파고 시체를 불사르며 뼈는 전대에 담아 가지고 허리에 감고 다녔으므로 그러한 별명을 얻음이었다.
이렇게 잔악한 도춘이의 주야로 사모하는 사람이 있었으니 이 사람은 고삼의 딸 문영이었다. 바로 이웃인 만큼 어떻게든지 틈을 타서 겁탈하려고 하였지만 문영이가 도춘의 위인을 잘 알기 때문에 조심을 여간 극진히 하던 것이 아니었다.
그러나 문영의 성혼 첫날밤 신랑 신부의 단꿈이 깊었을 때, 집에 불이 나면서 신부는 여러 놈에게 강탈된 것이다.

문영은 어떤 곳에 이르러 깊은 골방 속에 갇힌 후 무수한 욕을 당하였다. 두어 달 후에 밤든 후 다시 끌려 교자를 타고 밤새도록 길을 행하여서 어느 작은 집에 내렸다. 그곳서 일년 동안을 눈물과 한숨으로 지내다가 이듬해 봄에 해주 어떤 기생 어멈에게 팔리었다. 그는 얼굴이 눈같이 희고 탐스러워 연꽃같이 아름다웠으므로 그곳서도 이름 있는 기생이 되었다.

 고삼이가 패가 망신을 하고 울홧김에 이리저리 떠돌아다니다가 우연히 해주에 이르러 길거리에서 기생 문영 잃었던 딸을 만났다.

 비로소 자초지종을 알게 된 고삼은 다시 문영과 작별하고, 복수차로 서경에 와서 탐문하여 수사는 갈리고 두찰은 죽었으며 도춘이는 무뢰배의 두목격이 되어 있다는 것을 알았다. 그는 도춘을 만나려고 무뢰배 속에 출입을 하며 찾기를 힘썼으나 이 때까지 만나지 못하다가, 그날 문칠이와 술먹는 주막에서 만나 상쾌히 복수를 하였던 것이다.

백화의 수사 방문

　백화와 초옥이가 자리에 누운 지 열하루 되는 아침에 백화는 일찍 일어나 화장과 의복을 선명히 한 후,
　"초옥아, 나는 오늘 수사 부중에 다녀올 터이니 혼자라도 몸조심을 잘 하고 누워 있거라 응. 내 얼른 다녀올게."
하고 아침상을 대하였다. 초옥이는 백화를 쳐다보며,
　"그럼, 얼른 돌아 오셔요. 아이구 어떻게 기다릴까?"
한다. 백화가 방긋 웃고 초옥의 머리를 쓰다듬으며,
　"무얼 곧 다녀올 터인데……."
하고 타게에 올라 바로 수사 내아로 들어갔다.
　수사의 소실 한씨는 무척 반긴다.
　"왜 요사이는 도무지 볼 수가 없었나? 몸이 아프다는 말을 들었지 마는 그래 요새는 좀 어떤가?"
　그의 말씨는 다정했다. 오십여 세쯤 되어 보이는 덕있게 생긴 부인이었다.
　백화는 공손히 절하고 앉으며
　"그 동안 신병으로 그다지 못 뵈왔습니다. 진즉이라도……."
하는 말을 가로막으며,

"무얼, 그렇게 앓았다는데도 도리어 모른 척하고 있었는데 그런데 얼굴이 너무도 수척하군 퍽 몹시 앓았던가 봐."

하고 백화를 바라본다. 백화는 잠깐 가만히 앉아 있다가 한씨를 보며,

"벌써 행청에 좌정하여 계십니까?"

하니까 한씨는 가만히

"어젯밤에 영동문 주막거리에서 살인 사건이 나서 오늘은 일찍부터 나가셨는데, 아마 퍽 중한 사건인 게야."

한다. 백화는 조금 주저하다가,

"제가 좀 뵈와야 할 일이 있어서 그렇지만, 오늘은 퍽이나 분요하시겠는데요."

하니까, 한씨는 내아로 통한 문을 바라보면서,

"아직 조반 전이시니까, 들어오시기는 곧 하실 걸세."

하는 말이 그치기 전에, 김수사의 유성이 들린다.

"조반을 속히 드려라."

그는 마당에서부터 재촉을 하면서 방으로 들어온다. 한씨와 백화는 일어나 맞았다. 수사가 백화를 보더니 반김이 넘치며,

"어 너 왔니? 그래 좀 어떠냐? 그러지 않아도 오늘 너를 좀 부를까 했더니, 마침 잘 왔다."

하고 자리에 앉는다. 백화는 절하여 문후하였다.

"천신이 조금 불안하와, 며칠간, 문후하지 못하여 죄송합니다."

"그거야 어쩔 수 있니마는, 아직도 쾌차치는 못한 모양이로구나. 병색이 가득한 것을 보니까······. 그렇지만 네 병은 반가운 병인지도 모르지."

하고 김수사는 쾌활하게 웃는다. 백화는 얼굴이 붉어지며 고개를 수그린다.

한씨가 변명하듯이

"저 애가 긴히 뵐 일이 있어서 저렇게 병색을 띄워 가지고도 들어왔

대요."

하니까 수사는,

"응. 무슨 할 말이 있어?"

하더니, 한씨를 돌아보며,

"저 애도 무얼 좀 먹여야지."

한다. 백화는 황망히 한씨를 바라보며,

"저는 이른 아침을 먹고 들어왔습니다."

한다. 밥상이 들어와, 한씨는 상머리에서 상받이를 한다.

상이 물러간 후 수사가 백화를 보며,

"오늘은 내가 좀 바쁜 일이 생기기 때문에, 네가 모처럼 왔는데도 이야기를 오래도록 못하게 되었다. 무슨 사정이 있으면 말해 보지. 그러고는 좀 놀다가 돌아가렴."

하고 한씨를 돌아보니, 한씨가 몸을 일면서 백화를 보고,

"말씀드린 후 오늘은 좀 놀다가 가게나."

하며 나간다.

백화는 일어나 한씨를 보내고 다시 앉으면서,

"무슨 심려되시는 일이나 아니신지요?"

하니까, 김수사는 고개를 끄덕이며,

"응. 어젯밤 살인 사건이 났는데, 범죄인을 하나는 잡았으나, 아직 하나를 못 잡아서 지금 수색중이니까, 차차 알아지겠지. 그런데 혹시 무슨 의논할 것은 없느냐?"

하며 은근한 말소리로 백화에게 물었다. 백화는 고개를 수그리고 잠깐 생각하는 듯하더니, 뜻을 결심한 듯이 초옥의 당한 일을 일일이 아뢰었다. 그러나 당자가 영국이라고는 지적하지 않았다.

수사는 백화의 말을 들으면서부터 얼굴빛이 달라가며 심히 흥분되어 하더니, 말을 다 듣고는 무겁고 엄한 음성으로 묻는다.

"그러면 처음 초옥에게 행악한 자의 얼굴과 형상을 알려 들었느냐?"

백화는 모든 형상을 일일이 말하였다. 수사는 생각에 깊이 잠겨 있다가, 다시 묻는다.

"또 그 나종 놈들이 모양은 어떠하더라고 하더냐?"

"그때는 벌써 초옥이가 기절하던 때이니까, 아마 잘 기억하지는 못하는 모양입니다."

"응, 그것은 사실하면 차차 알겠지. 그 동안 너희들은 안심하고, 이번 이 일은 내게 아주 맡겨다우."

그의 백수 창안에는 비분의 기색이 넘치면서, 그의 두 눈에는 이상한 광채와 눈물까지도 어린 듯하였다. 백화는 나직이,

"공연히 이러한 사건으로 해서 심려를 끼쳐 드리오니, 황송하오나 너무나 억울한 일일 뿐더러, 더욱 그 행동이 감히 존체를 빙자하였삽기 아니 고할 수가 없사와 고하였사오니, 널리 통촉하시옵소서."

하는 말끝이 떨리며 눈물짓는다.

수사는 참괴한 빛을 띠고 가만히 앉아 있을 때 관속 하나가 들어와,

"지금 어떤 자가 어젯밤의 살인 죄수라 자청하옵고 자수하겠다고 합니다."

하고 뜰 아래서 허리를 굽힌다. 김 수사가 천천히 일어나며,

"이 사건은 안심하고 기다려라. 그리고 모처럼 왔고 날도, 추우니, 점심이나 먹고 가도록 하여라. 나도 그때는 들어오마."

하고 나간다. 백화는 머리를 숙인 채 몸을 일어 수사를 보내고, 다시 방으로 들어왔다.

고삼이는 어제 밤에 두 사람의 생명을 죽이고, 아무 정신이 없이 뛰어나와, 밤새도록 대동강 가에 헤매며 통쾌한 복수의 장면과 문칠의 넘어졌던 광경이며 또는 쓰렸던 과거의 모든 추억을 다시금 회고하며 새로이 눈물겨워하였다.

그는 여막에 돌아와서도, 흥분된 가지가지의 감정과 산란한 생각에 잠을 이루지 못하다가 신경이 극도는 피곤하였을 때 잠깐 잠이 들었었다.
잠이 깬 후도 다시 어제 저녁 일을 생각하다가, 벌떡 일어나 주막 근처에 와서 모든 사람의 말을 들으니, 두 시체와 기절해 있는 죄수 하나는 관가에서 잡아갔으며, 남은 죄수의 거처를 몰라 방금 수색 중이라 하는지라, 고삼이는 문칠이가 홀로 죄명을 입을 것을 생각하니, 견딜 수 없이 마음이 괴로워 즉시 자수하고자 수사부로 들어온 것이었다.
고삼이는 수사 앞에서 자기의 전후 수말과 자초지종을 일일이 고하고, 최후로
"그러니까, 도춘이는 나의 철천의 원수입니다. 그놈들은 지조가 높은 당시 명기 초옥이를 사또가 빙자하고 꾀어내다가 두 놈이 강제로 윤간하고는 저의 입으로 초옥이가 정을 맺었다고 자랑하고 다녔습니다. 이런 놈들을 살려주오면 일후 어떠한 악행이 또 있을지를 몰라서 이 한 몸을 바치어 죽였사오니, 두 놈 죽인 이 몸을 당연 처치하옵시고 문칠이는 백백 무죄한 자이오니, 즉시 방송하여 주시옵기를 하정에 아뢰는 것입니다."
하며 머리를 조아려 애원했다.
김 수사의 얼굴에는 처참한 기색이 가득하여 이윽이 고삼이를 내려다보고 있다. 그의 가슴은 말할 수 없는 비통한 분한으로 터지는 듯하였다. 굵은 눈물이 늙은 두 눈에서 말없이 흘러내린다. 이윽하여 김수사는 형리에게 고삼이를 아직 옥에 가두어라 명하고, 문칠이라는 죄수를 잡아오라 하였다. 문칠이는 들어왔다.
수사는 문칠이를 주목하여 앉았다가 입을 열어,
"너도 오늘까지의 모든 자초지종을 하나도 빼지 말고 고하여라."
하였다. 엄하고도 온후한 어조였다.
문칠이는 김 장자와 관계로 인하여 김 장자를 미워하던 일과, 형 문일이가 황파의 집 고용이므로 초옥의 행액까지 알게 되어 경수를 더욱 밉게

여기던 것이며, 고삼과 주막에서 술 먹으며 그 이야기를 하는 중에 우연히 경수와 도춘이를 만나 자기는 경수와 싸우다가 목줄기를 몹시 다쳐 기절한 것까지 말하였다.

김 수사는 더욱 통한해하였다. 원인이 살인이라는 결과를 짓게 되는 것과, 모든 죄악의 근본이 성욕 때문에 생긴다는 것을 절실히 느끼며, 말 없이 문칠이를 내려다보고 있다.

"너는 무죄한 자이다. 지금으로 내어보내는 것인, 일후에는 더욱 조심하여라."

하고 형옥사를 돌아보아 분부한다. 문칠이는 울면서 애원한다.

"명찰하신 사또께옵서 비록 저의 무죄함을 내리시오나, 친구 고삼의 범한 죄와도 관계가 없는 것이 아니오며, 범하게 한 것도 이 몸 때문이오니 그저 황송하오나, 고삼이와 같이 형벌을 받을지언정 어찌 저 혼자 무사히 나갈 수가 있사오리까? 죄송하오나 혼자는 나갈 수가 없사오니, 총찰하여 주시옵소서."

하고 소리를 내어 운다. 김 수사의 눈에서는 두 번째 눈물이 흘러 내렸다.

"이 죄수를 살인 죄수 고삼의 옥방에 함께 가두어 두어라."

문칠이는 옥리에게 끌려나가 버렸다.

수사는 다시 형리에게,

"오늘밤 자정 시각을 어기지 말고 대령하라."

하고 분부한 후, 내아로 들어가는 그의 얼굴은 푸르게까지 보였다.

김 수사는 고삼의 자백으로 인하여 초옥에게 범행한 자의 성명을 확실히 알았다. 그러나 두 놈은 죽어버리고 말았으니 백화의 말에 의지하면, 한 놈은 아직도 남아 있는 것이다. 그 남은 자가 누구인 줄을 수사는 잘 알고 있는 것이다.

처음에 도춘이와 경수가 한편이 창기인 만큼 멸시하여 그러한 악행을 하고도 초옥과 정을 맺었다고 꾸며내어서 자랑을 하였으나, 영국이만은 절대로 입밖에 내지 않아 잘 숨겨 주었고, 초옥과 백화도 영국인 줄을 확실히 알았지마는, 세 사람이라고 모호하게만 말하였기 때문에 두 놈이 죽어 버린 오늘에 영국이 진범인 것을 아는 사람은 김 수사와 백화, 초옥이 뿐이었던 것이다.

김 수사는 북고려 일경을 좌우할 만한 절대의 권력을 가진 몸으로 자기만이 알고 있는 그 범인이 영국인 것을 알 때, 그는 과연 어떠한 처치를 하려고 하는가.

그는 내아에 들어와, 한씨를 물리치고 백화와 오래도록 이야기를 하였다.

"지금 내가 네게 할 말은 초옥이 외에는 도무지 입 밖에 내지 말아다우. 나의 결심은 움직일 수 없는 것이다. 그러나 그 일을 시행하려면, 지금 조정이 명나라와 국경 문제로 분요가 극심한 중이니까, 내 뜻을 조정에 주달하더라도, 지금 정세와 시일의 관계로 즉시 청허되지는 못할 것이니, 그것만은 알아다우."

그의 얼굴에는 비회가 넘쳐 눈물이 엉긴다.

이 날 밤

 백화는 김 수사의 말을 듣기 시작할 때부터 마칠 때까지 감격의 눈물이 그치지 않았다.
 "또 너의 일신이 정형과 초옥이 몸의 지금 처지는 내가 뜻을 결정지은 후 서울에 올라가 힘껏 도모하여 줄 것이니, 아직은 그 형편에서라도 안심하여 지내다우."
 백화는 더욱 감격하여 대답할 바를 몰랐다. 그는 김 수사 내외의 권고로 점심까지 마치고 돌아왔다.
 초옥은 반기다 못하여,
 "왜 그렇게 늦게 오셔요? 나는 마음을 졸이고 졸이면서 별별 생각을 다 하고 몹시 기다렸어요. 나중에는 걱정까지 되어 견딜 수가 있어야지요."
하고 백화를 쳐다보며 원망했다. 백화의 얼굴은 잠깐 흐려진다.
 초옥이가 백화의 표정을 살피려고 백화의 얼굴을 쳐다보다가, 그의 기색을 살피고 눈에 눈물이 핑 돌며 정말의 소리로,
 "형님 틀렸지요? 무얼 우리 신세에 무슨 좋은 일이 있겠어요?"
하며 고개를 떨어뜨리고 앞서서 방으로 들어갔다. 백화는 초옥의 손을 급히 잡아당기며,
 "애야! 너는 혼자 그만 야단이니? 일은 우리 생각보다도 너무 과히 처

결된 듯싶어서, 기쁜 일도 없는 것처럼 도리어 황송해 못 견디겠다."
하고 그는 어젯밤 살인 사건으로부터 이야기를 시작하였다.
 김 장자와 문칠의 관계며, 고삼의 도춘에게 대한 복수심과, 초옥의 이야기가 중개가 되어 주막이 죽임을 당한 것을 일일이 말하고, 김수사의 그 아들에게 대한 결심과 처치 등 또한 비밀을 지켜달라는 말까지 다하였다.
 "그러니 글쎄 초옥아, 죄는 죄로 악은 악으로써 갚는 것이 당연하지마는, 수사께서 지금 칠십 당년에……."
 말은 잠깐 그쳤다. 그의 목소리는 다시 떨리어 나온다.
 "영국이를 이번의 일로만 그러시는 것이 아니지마는, 자연 우리들로도 관계가 없는 일이 아니니, 아이구 어찌……. 그 뿐 아니라, 사표까지 올리시고 경사로 가시겠다니……."
 백화는 말을 이루지 못한다. 둘이는 서로 붙들고 김수사의 고결한 인격과 따뜻한 인정미에 감동했다.
 "그리고 또 올라 가셔서도 우리들의 몸을 위해 힘껏 도모하여 주시겠다니, 너무 황송해서 무엇이라고 말씀 드릴 수가 없구나."
 초옥이는 한참 무엇을 생각한다.
 "그런데 형님, 고삼이와 문칠이를 어떻게 처시하겠다는 말씀은 못 들으셨어요?"
하니까, 백화는 그제야 생각난 듯이,
 "그 말씀은 못 들었어도 원만히 처치하시겠다고 하시더라."
하고 말할 때, 방문이 열리며 아범이 나타난다.
 그는 눈이 붓도록 울었는지, 아직도 눈물이 넘치며 우는 목소리로,
 "지금 수사부중에서 하인이 나왔어요. 무엇을 가지고요."
하더니, 다시 백화를 보며,
 "그런데, 제 동생이 살인죄를 범하여 옥에 갇혔대요. 아까 부중에 가셨

을 때 못 들으셨오?"
한다.

　백화가 아범의 곁으로 가면서,

　"아까 자세한 말씀을 들었는데, 사람을 죽이기는 하였지마는, 순전한 살인 죄인이 아니오, 다른 까닭이 있는 것이니까, 모쪼록 잘 처리하시겠다고 하십디다. 그러니 염려될 것은 없을 것 같아요. 기다려 보면 알겠지만……."

하고 위로한다. 아범은 손등으로 눈물을 씻으며

　"그저 여러 가지로 힘써 주신 덕택이올시다. 이 늙은 것이 아우 하나 있는 것을……. 아이구, 어떻게 은혜를 갚아 드리겠습니까마는, 그저 아무쪼록 보살펴 주십시오."

하고 나가니까, 백화가 따라나가면서,

　"그런 말씀은 마시지요. 은덕이 무엇니까? 그런데 하인들은 어디 있어요?"

하며 아범을 돌아본다.

　아범이 집 안쪽을 바라보며,

　"저기서 기다리는데, 이리로 오라고 할까요?"

하고 나가더니 하인들을 데리고 들어왔다. 하인들은 물품과 서찰을 전하였다.

　백화는 가지고 방으로 들어왔다. 겉봉에는,

　"백화 초옥 개탁"

이라 썼고, 그 내용은 이러하였다.

　　오늘 노부의 심사는 여등이 잘 알아 줄줄 아노라. 더욱 초옥에게 대하여는 참괴함을 금치 못하는 바이니, 어찌 번다한 말을 다할 수 있으랴마는 나의 심사를 조금이라도 살펴준다면, 하인 편에 보내는 약간의 물품을 추심하여, 초옥의 신병을 처료하는 데 보태어 주기를 바라는 바이다.

읽기를 마친 그들은 감격하여 한동안 말이 없었다. 백화가 다시 일봉서를 닦아 보내고, 초옥이를 보며,
"이렇게까지 해주시는데, 마땅히 우리가 부중에 가서 뵈옵고 감사를 드릴 것이니까, 너 내일 부중에 들어갈 수 있겠지?"
하니까, 초옥이가 얼른,
"이보다 더 중병이 들었더라도 가서 뵈올 것인데, 지금이야 어떻습니까? 그렇지만, 제가 어떻게 뵈올까요? 형님! 아이구 어떻게……."
하고 얼굴이 붉어지며 머리를 숙인다.

이 날 밤 자정이 지났을 때 아범과 함께 어떤 두 사람이 백화를 찾아왔다. 그리하여 한참동안 다섯 사람이 울고 느끼며, 서로서로 이야기하다가, 황파의 집문 앞에서 백화와 초옥과 아범에게 번갈아 가며 눈물을 뿌려 작별하고, 캄캄한 어둠 찬바람 속으로 사라져 버렸다.

이 날 밤 자정에 김 수사는 대령한 옥리를 데리고 살인수 옥방의 문을 열었다.

고삼수와 문칠이는 엎드려서 김 수사의 인자하고 위엄한 훈계를 받았다.

그들의 몸에서 형틀과 쇠사슬이 풀릴 때, 그들은 김 수사에게 고두 배례하고, 영동문 황파의 집으로 행하였던 것이다. 백화와 초옥이는 방에 들어와서까지도 눈물이 마르지 아니했다.

"초옥아, 김 수사께서 그들에게 하셨다는 말씀과 같이, 두 사람으로 하여금 살인죄를 범하도록까지 끌어준 사람은 따로 있는 것이다. 살인을 한 것은 두 사람의 행위가 아니요, 남을 살해코자 하는 자들의 손이 필경 자기의 생명을 빼앗아 버린 것이다. 그러므로 그 죽은 형식만 다를 뿐이요, 실지에 있어서는 자살이 된 것이다. 만일 그것이 타살이라면 그는 다수한

인간의 대표자에게 두 개 인간이 인간법의 판결로 사형을 받은 것이다. 그래서 이 두 사람은 사형집행리가 된 것이다. 그러니까 그들의 죄는 없다. 이것은 김 수사께서 고려국법을 떠나 더욱 엄청나고 광범한 인간법으로서 처리하신 것이다."

여기까지 말한 백화의 맑고 고운 얼굴은 잠깐 어느 이상한 광채로 말미암아 푸르게 되었고, 촛불을 바라보는 그의 눈은 날카로운 안광이 빛났다. 초옥은 백화의 손을 자기의 두 손으로 힘껏 잡고 그 위에 엎드렸다.

이 기회를 놓쳐서는

김 수사는 사표를 제출하였다. 그러나 조정은 불허했다. 그리하여 다시 몇 달간 유임하게 되었을 때 수사부의 군관이 함거 같은 수레를 끌고 송경 김 수사의 본댁에 도착되었고, 그후 사흘만에 수사의 둘째 아들 영국은 복약 자살하였다는 소문이 났다.

영국의 죽은 날, 그 집 건넌방 속에서 슬피 부르짖어 우는 젊은 여자의 소리가 밤새도록 그치지 않았으니 대체 이것은 누구의 부르짖음이었을까.

이때 조정에서 흥사(興師)하여 명나라와 전쟁이 일어나게 되었으매 국왕 우 주는 친히 좌우 군졸을 거느리고 요동성이 정벌차로 서경에 둔차하는 동시 김 수사는 퇴관하여 돌아갔다.

백화가 왕생과의 약정이 있은 후, 황파의 태도는 그 외형에 있어서는 전보다도 더욱 혼연히 백화에게 대해주나 내용으로 표현되는 친절의 몇 십 배가 험악해졌으니, 백화에게 선이 되는 즉 행복이 되는 일은 황파의 일신에는 악이 즉 불행이 되는 까닭이다.

백화가 왕생을 만나기 전에도 얼마나 굳세었는지 모른다. 그런데 지금부터는 몇 배가 더 굳세어지려는지 이것이 황파의 가장 앙앙하는 근심거리다.

　황파는 백화가 왕생과 육적 관계까지 있는 줄로 알고 있다. 만일 다른 사람이 왕생과 백화의 육적 관계가 없다는 것을 말한다면 황파는 이것을 부인하기에 싸울는지도 모른다. 황파는 모든 남녀가 육욕으로 부딪치는 것에서만 행복되고 선미되는 줄로 알고 있다. 원만한 남성과 충실한 여성의 생각과 뜻이 합하고 이해와 이해가 서로 통하는 곳에서 그곳으로부터 생기는 작열적 애정 이것을 본위로 한 남녀의 육적 결합이 비로소 선미화되는 것인 줄 황파는 알 까닭이 없다.

　황파가 자기 일평생 여성으로서의 남성과의 관계는 오직 육욕 본위이었기 때문에 이 환경에서만 장성한 그 이상의 어떠한 선미나 행복은 꿈에도 추구나 상상도 할 수 없었던 것이다. 그렇기 때문에 왕생과 백화와의 완전한 결합까지도 자기의 병적 관념으로 판단하여 버린 것이다.

　백화가 왕생에게 허신한 것은 황파의 금욕에 말할 수 없는 큰 타격이 되는 것이다. 그러나 황파는 낙심하지 않고 이 불리한 기회를 도리어 악용하려고 몸부림을 치고 있는 것이다.

　황파는 백화의 속신금 오백 금쯤은 근본 바라던 바가 아니며, 그 이상 몇 백 배의 금덩이를 원하는 것이매, 왕생이 이르기 전에 어떠한 간술과 단말마적 최후 폭조를 다해 속히 자기의 불붙는 욕망을 채우려고 덤비는 것이다.

　그는 고객들의 심리까지도 잘 헤아린다. 모든 사람이 갈망하고 소유하기를 원하는 한 물품을 한 사람이 독점하였다 하면, 희망하던 자들은 단념을 해버리든지, 그렇지 않으면 기어코 그 물건을 절취한다든지 강탈한다든지의 비상 수단을 쓸 것만이 남아 있을 뿐이다.

　이러한 최후 행위는 그 물건의 소유자자의 처지와 행세가 미약할수록 더 유리한 것이니 지금 백화의 허신 대상이 어떤 걸객이란 소문은 그들의 질투와 멸천을 합세한 최후의 폭행이라도 감행할 것을 잘 알고 있는 황파는 이제 새로운 희망으로 우왕의 서경 둔차에 대하여 주도 치밀한 비상 수단의 묘책을 꾸미고 있었으니 이 묘책은 과연 어떠한 성공을 그에게 줄 것인가?

우왕

명나라 태조 주원장이 원나라를 멸하고 창업의 위엄이 천하에 떨칠 때이다.

명국이 국경을 정계하고자 할 때 요동은 본시 원국의 땅이라 하여 철령까지 점령하고자 철령위(鐵嶺衛)를 세웠다.

그러나 고려는 철령 이북까지 고려의 영토라 하여 두 나라 사이에 분쟁이 생기어 비로소 전쟁이 일게 되니 우왕이 최 영(崔瑩)으로 팔도도통사(八道都統使)를 삼고, 조 민수(曺敏修)를 좌군도통사로, 이 성계(李成桂)를 우군통도사로 삼아, 친히 거느리고 요동 원정의 길을 떠나 왕은 서경에 둔차하고, 좌우군으로 출정하게 하였다.

우왕은 고려 삼대 공민왕(恭愍王)의 뒤를 이은 왕이었다.

공민왕의 왕후 노국 공주(魯國公主)가 난산으로 죽으니 공민왕이 주야로 왕후를 심절히 연모하여 비통함을 마지않았고, 그를 위하여 영전(影殿)을 지을세, 굉대 장려하고 아여 민재와 국재를 탕진하다시피 하였다.

공민왕이 후사가 없음을 한하여, 요승 신 돈의 말을 듣고 문수회(文殊會)를 대설하여 왕자 얻기를 구하였다.

신 돈은 본시 옥천사(玉川寺)라는 절의 비자의 아들이었다. 공민왕이 하룻밤 꿈에 어떤 자가 칼을 빼어 왕을 치려 하매 왕이 황망 착급하여 어쩔 줄 몰라 하던 차, 한 중이 왕을 구해 주었다.

공민왕이 그후 어떤 회석에서 신 돈을 만나 그 얼굴이 꿈에 보던 중과 같다 하여 궁전에 데리고 와서 극진 관대하니 신 돈이 본시 교활한 자로 왕의 뜻을 잘 맞추어 점점 신망을 얻게 되어 왕은 신 돈을 사부라 존하고 벼슬을 돋우어 삼중대광령도 첨의사 판감찰사 사취성 부원군(三重大匡領都僉議使判監察司事鷲城府院君)을 봉하였다.

신 돈이 이로부터 국정을 전자하고 충신을 주살하는 등 횡포가 극도로 달하였을 때, 일주의 부친 임 경범이 신 돈의 죄를 탄핵하다가 옥사한 것이다.

왕이 신 돈의 집에 자주 미행하여 신 돈과는 군신의 별까지도 없게 되었던 것이다. 공민왕이 신 돈의 비첩 반야(般若)의 소생아 모니노(牟尼奴)를 취하고 재상 이 인임에게 부탁하기를 취하고 재상 이 인임(李仁任)에게 부탁하기를

"이 아이는 내가 신 돈의 집에 출입하여 그 비첩 반야로 더불어 행하여서 낳은 자식이니, 후사를 부탁하노라."

하고 이름을 우(禑)라 봉하여 강녕 부원군(江寧府院君)을 삼았던 것이니, 요동 원정차로 서경에 둔차한 우왕이 즉, 신 돈의 첩 반야의 소생이라 한다.

우왕이 어려서부터 천성이 음푹하여, 횡악한 무리를 거느리어 백성을 잔해하고, 국재를 탕갈하여 부녀 통간을 예사로 알아, 그 전횡을 이루 들어 말하기 어려울 만큼 되었다.

이와 같은 우왕이 호기 있게 서경에 둔차하여 행락하게 되었으니, 일대 명기 백화와 어떠한 전투가 일어날고?

하루는 왕이 근시를 바라보아,

"일찍 들으니, 당세의 명기 백화의 이름이 우레 같다 하니, 명일 부벽루(浮碧樓)에 기연을 대설하여 경개를 완상하며, 서경 기예를 보리니, 명을 전하라."

하고 이튿날 부벽루에 올라, 이악을 대창한 후, 시신을 돌아보아 묻는다.

"백화가 자리에 참석하였느냐?"

근시가 즉시 본부 부리에게 사실한 후,

"백화라는 기녀 병을 자칭하고 부연하지 못하였나이다."

고 아뢰었다. 우주가 문득 노색을 띠워,

"과인이 국가 다난한 때에 당하여 장졸을 원정하게 하고, 서경 경색을 대하여 기주로써 울적한 심회를 일시 소창함이어늘, 천기 감히 칭병 불출함이 무슨 도리이뇨. 속히 왕명으로 착래하라."

하니 근시 공구하여, 즉시 관로 수십인을 거느리고 백화대로 향했다.

부벽루 기연

 이것도 황파의 음책이니, 왕생의 돌아올 기약이 임박함과 우주의 서경 둔차를 기민히 이용하고자, 이미 부충 관속과 왕의 근시들로 내통하여 왕의 욕심을 충동시켜 놓은 것이었다.
 백화가 왕생의 돌아올 기약이 점점 박도함을 따라, 더욱 초조함을 이기지 못하고, 식음을 전폐하며, 초옥이를 시켜 정중 내외를 자주 출입하게 하여, 기거 침식에 아무 경황이 없으니, 초옥 역시 침식을 잊고 황망해한다.
 "초옥아, 공자께서 오월 오 일 이내로는 꼭 오겠다 하였으니, 단양절이 얼마 남았니? 늦어도 오월 칠 일 이내라 하셨으니, 아마 오실 때가 되었는데……."
 "글쎄요, 오늘 안 오시면 내일은 오시겠지요."
 초옥이도 퍽 애달픈 듯이 대답한다.
 "애야! 그러나 또 혹시 무슨 연고나 아니 계셨는지, 하두 팔자가 기박하니까."
 백화는 말을 마치지 못하고 눈에 눈물이 담뿍 괸다. 초옥이도 따라 눈물 지며,
 "그럴 리야 없겠지요. 형님! 그렇지만 저도 늘 마음을 놓지 못해요."

한다. 백화는 갑자기 생각난 듯이,

"초옥아! 그런데 오늘이 오월 이일이 아니냐? 어제 부관 속이 전하기를, 오늘 부벽루에 왕명으로 기연을 대설한다구 날더러 참석하랬는데, 나는 병으로 행보를 못한다구 하였지만······."

하는 말을 미처 듣지 않고 초옥은,

"글쎄 형님! 나는 왕께서 여기 둔차하신 것이 웬일인지 퍽 근심이 돼요. 요사이는 자꾸 별별 염려가 다 일어나겠지요."

하며 고운 아미를 잠깐 찡긴다. 그의 얼굴은 가득한 근심의 빛으로 흐려졌다. 백화는 그 말에 동감된 듯이 초옥을 물끄러미 바라보더니, 고개를 수그리며 아무 말이 없다. 그러지 않아도 백화는 우왕의 서경 둔차를 몹시 꺼려하여 그의 가슴의 큰 고통이 되어서 더욱 왕생의 도착이 일각이라도 속하기를 고대하던 것이다.

어린 두 생명이 이렇듯 근심에 근심을 쌓고 있을 때, 관로 십여 명이 돌입하여, 왕명으로 백화 잡아감을 말하였다.

백화는 너무도 놀랐다. 그러나 즉시 마음을 진정시킨 후 태연한 안색으로 시종을 바라보며,

"어제 부리로부터 기연 말씀을 들었으나, 병석에 있었으므로 부연하지 못하였더니, 만일 왕명으로 잡고자 하신다면, 당연히 잡혀가지요. 그러나 조급히 여기지 말고, 잠깐 기다려주시오."

하고 기상이 엄연했다.

시종과 군로들이 백화의 절세한 자질에 엄연한 기상을 보고 생각하되,

'백화가 저렇듯 절대한 미색이니, 왕께 득총할 것은 만 번 확실한 일이다. 후일을 생각해서라도 과히 거슬리지 못하리라.'

하고 잠잠히 기다리고 있다가,

"왕명이 지엄하시니, 어찌 소홀히 하리까, 주상께서 잠시 노하심이니, 안심하고 갑시다. 왕명이 지엄하시니 그렇지, 우리야······ 무어······."

하며 벌써 백화가 귀비나 된 듯이 장래사까지 부탁하는 듯, 자기들을 살짝 변명하면서 태도가 공손하다.

백화는 아무 단속함이 없이 서서히 걸어나온다. 그는 옷을 다스리는 듯하며, 장속으로써 가느다랗게 비단으로 싼 것을 품에 넣고 나왔을 뿐이다.

백화는 파랗게 질려 가지고 약간 몸을 떨고 서있는 초옥을 잠깐 돌아보며, 시종들과 부벽루로 향하였다.

초옥이는 아범을 데리고 부벽루 근처에 은신하여 동정을 살피고자 뒤따라갔다. 초옥이가 명기면서도 기연에 불리지 않은 것은 황파의 덕이니, 황파는 자기의 뒷일을 생각하고, 귀중품을 한꺼번에 없애지 않을 양으로, 부관속들에게 내약하여 왕에게 알린 바 되지 않았던 것이다.

우주가 시종과 관졸을 시켜 백화를 잡으러 보낸 후 노색을 오히려 띠고 좌우를 향하여,

"대저 하향의 일개 부호들과 각 읍 말관들이라도 오히려 기주로 유흥하여 일시 심사를 위로커늘 과인이 근자에 국사 다난하여 심사다번한지라, 어찌 잠시 기주로 소창치 못하랴?"

하고 다시 음성을 가다듬어 위엄있게,

"그런고로 금일은 특히 신료 이하 비복들까지 대동 단락할 것이니, 여등은 마땅히 과인의 흥을 돋우라. 만일 과인의 명을 거스리는 자는 단정코 용서치 않으리라."

하였다. 우주는 행여나 신료 중 간하는 자가 있을까, 하여 미리 방책함이라, 일좌가 송연 공구하여 있을 때 근시가 고한다.

"백화는 당시 명기이옵기 경향 도처에 그 이름이 높사오나, 전하께서는 구중에 깊이 계시와 모르셨사올지라, 이제 그 양어미 황파라는 자가 참석하였사오니, 부르사 백화의 여하함을 물어 보소서."

우주가 즉시 부르라 명하매, 근시가 부리에게 눈을 주니, 부리가 곧 황파에게 전하여 대담히도 황파는 왕 앞에 꿇어 엎드려 고한다.

"전하께옵서 원정하옵심에 서경에 행순하옵심을 듣잡고, 비록 천녀이오나 국은을 입사온지라, 전하께서 잠시올지라도 궁금을 떠나 계심을 의려하와, 천비의 집에 길리우는 기녀 비록 천창이 오나, 당세에 독보하는 자질을 구비하였사옵기, 감히 전하의 좌우에 모시게 하고자 미심에 생각하온 바이옵더니, 백화 신병을 칭탁하고 저사하고 거역하옵는고로, 감히 황송하오나, 천비의 미성을 억제하지 못하여, 서신으로 하여금 주상 지엄하에 통촉하옵심을 비옴이옵더니, 도리어 황공 성구하여 하옵니다. 그러하오나 백화 연천한 탓이오니, 용납하여 주소서."

황파의 존망이 실로 이 기회에 달렸으니, 음성이 충곡을 다한 듯 간절하며, 말소리가 떨리어 충정을 자아냈으니, 그 효과가 어찌 없으랴?

우주가 황파의 주달함을 듣고, 내심에 심히 기뻐하여 좌우를 돌아보며,

"노랑이 비록 천적이나마 저 같은 충심과 분의 범절은 족히 조정 대간에 지내니, 과인이 가납하는 바라, 노랑의 충성을 보아 백화를 책하지 않을 것이며, 또한 백화의 자질을 보아 헛됨이 없은즉 후히 상하리라."

하니 황파가 고두 사은하고 물러갔다.

왕이 기녀로 가무를 성장하게 하면서 백화를 기다리는데, 얼마 안되어 근시가 아뢴다.

"백화를 잡아 대령하였나이다."

우주가 잠깐 황망하여 하면서 기무를 그치라 명하고 다시 노기 등등하여,

"백화를 속히 들여라."

하니 관속들이 백화를 왕의 앞에 꿇린다. 좌우인들과 기녀들까지도 놀란 빛을 띄워 적연하게 소리가 없다.

우주가 노기를 띠어 잡혀 들어오는 백화를 바라보니, 삽삽한 오운이 잠깐 흩어져 산산이 이마에 어리었으며, 지분을 단장하지 아니한 얼굴은 천연미를 그대로 나타내어 때묻은 의복과 병든 듯한 얼굴이 더욱 풍정을 이

끄는 듯, 그 얼굴의 아름다움은 형용하여 말할 수 없거니와, 태도가 단아 엄정하여 조금도 황급함이 없고, 내려 뜬 눈과 꼭 다문 입술에 서리 같은 찬 기운이 어리었으니, 왕의 생각하고 꿈꾸던 경국 경색의 절대 가인이란 이러한 것인가 하여 들어오는 백화를 바라보며, 등등했던 노기는 걸음걸이를 따라 사라지고, 오히려 혼취하여 넋이 없는 사람처럼 백화가 부복하였음을 볼 뿐이요, 이윽토록 아무 말이 없으니, 근시가 나직이 고한다.

"백화를 잡아 꿇리었나이다."

우주가 연망히 몸을 일으키다가, 비로소 깨달은 듯이 다시 주저앉으며, 얼굴에 붉은 빛이 잠깐 돌더니, 두 손이 얼굴로 급히 올라가서 양 뺨을 잠깐 어루만졌다가, 다시 무릎으로 내려진다.

우주가 갑자기 소리를 내어,

"잡아 왔느냐?"

하다가 좌우 근시를 보면서 별안간에 대책한다.

"누가 백화를 착래하라 하더냐? 동반하여 오라 하얏지?"

시신 제인이 묵묵히 서로 돌아보며 황황해 우주 더욱 성하여,

"여등의 위령한 죄를 당연 처벌할 것이로되, 오늘은 특히 가인을 얻어 성락하는 가일임에 가인을 보아 용대하노라."

하니 좌우는 다만 국궁 청죄할 뿐이었다.

"빨리 가인의 좌석을 설비하고 청죄하라."

시종이 일변 백화의 좌석을 준비하며 고두 청죄하고 백화는 엄연히 엎드려 있다. 죽음을 각오한 백화에게 아무런 두려움도 없는 것이다.

우주는 시종을 명하여 왕좌 가까운 곳으로 백화를 앉히게 하였다. 그의 취한 눈은 백화의 온몸과 얼굴에서 떨어질 줄을 모르고 정신을 잃고 있는 듯하더니, 추위 만난 사람처럼 갑자기 몸을 움칫하면서 물러날 듯 하다가, 다시 앞으로 다가앉아 다정하게 말을 꺼낸다.

"과인이 국사 다난한 시기에 처함에 피로함이 많더니, 서경에 잠류하여

경색을 대하매 자못 상쾌한지라, 울울한 흉금을 서창코자 군신 일석에 가무를 구경하던 중, 가랑의 명성이 자못 높음을 인식하여 잠시 불음일러니, 명을 행하는 자 오전하여 가인으로 하여금 놀람이 많게 하니, 그대는 용대하라."

백화가 몸을 굽히고 아뢴다.

"천첩이 신병으로 인하와 오늘 기연에 나오지 못하였사오니, 죄사 무석이나이다."

우주가 시녀를 돌아보며

"가랑에게 과인의 배잔을 권하여 병여의 경동됨을 진정케 하라."

하니 시녀 즉시 왕의 옥배를 들어 백화에게 권한다.

"가인은 과인의 잔을 받아 허물을 속케 하라."

백화가 어배를 받아 들고 고개를 잠깐 들며 고한다.

"천첩이 오늘 천질로 인하와 어주를 마시지 못하오니, 황공하여이다."

말소리가 분명하게 울려 금방울이 우는 듯 어떠한 음악을 듣는 듯하다. 시녀가 백화에게서 어배를 받아놓는 것을 보고, 우주가 소리를 내어 크게 웃으며,

"과인이 금일 다행이 천하의 가인을 얻으매 군신 제인이 공락 대취하여 가인의 일생을 하례할까 하였더니, 미인이 너무 담박하매, 분요한 중에 오히려 다행하도다."

하고 좌우를 보며 이어 웃는다.

백화가 어이없이 가만히 앉았으니 왕이 다시,

"미인은 과인에게 잔을 권하라."

하니 백화가 혼연히 시녀의 붓는 잔을 받아 몸을 일어 받들어 드렸다.

우주가 백화의 잔을 받아, 희색이 만면하여 마시다가, 눈이 우연히 대동강가에 이르러 돌연히 마시던 잔을 내려놓으며 노기가 만면하여,

"저 천자 너무도 무례하니, 빨리 잡아 참두하라."

하니 제신이 깜짝 놀라 일제히 강변을 바라보았다. 그곳에는 한 여자가 옷을 벗고 물가에 들어서 말을 씻기우고 있는 것이었다.

우주가 무사를 호령한다.

"빨리 천자의 머리를 베어 누하에 달아두라."

무사들은 황망히 강가로 내려가고, 시신은 경황하여 일언을 발하지 못했다.

"무릇 신민된 자 충성을 다하여 군부를 섬길지며, 추호의 거스름이 없을지라. 저 천자 감히 과인의 기연 앞에 옷을 벗어 말을 씻기니, 어찌 그대로 용서할 수 있으랴."

하고 기녀를 명하여 가악을 대창하게 하다가, 기구에 무사가 여자의 머리를 받들어 드리니, 즉시 누하에 달아 두라고 명했다.

우주의 이 행동은 짐짓 백화를 억압하여 왕권의 지대함을 보여서 그의 강경한 기질을 굴종하게 하고자 함이었다. 우주가 다시 말을 이어,

"과인이 청춘 제왕으로 본시 유흥을 좋아하니, 주석에 연락할 때는 비록 공경 제신의 명부 비빈이라도 감히 과인의 흥을 거슬린 즉, 용서치 않았는지라, 금일 누상에 가인을 얻어 종일 환락하리니, 석상 제인은 추호라도 파흥됨이 없게 하라."

하고 백화의 자리에 가까이 가서, 얼음같이 앉아있는 백화의 손을 잡아 어루만지며 묻는다.

"가인의 나이 몇 살이뇨."

"십팔 세로소이다."

말소리는 명확하다.

"가인 같은 재질에 어찌 기녀 되었으며, 고향은 어디뇨?"

백화가 잠깐 머뭇거리다가,

"고향은 송경이옵고, 본시 기녀는 아니로소이다."

하였다. 우주가 탄식하는 어조로,

"과인이 오늘까지 무수한 인물을 많이 보았으되 가랑 같은 자질은 처음 보나니, 과인의 지인지감으로 가인이 본시 천인 아님을 알았는지라, 과인이 일국의 군주로 만민의 행고를 살펴 상벌할지라 가랑 같은 절세의 자질을 어찌 천루에 오래 두랴 과인이 마땅히 거두어 부귀를 같이 하려니와, 본시 기녀 아니라 하니, 가랑의 부친은 누구며, 어찌하야 천기가 되었던고?"
하고 묻는다. 백화의 얼굴에는 난처한 빛이 가득하여 잠깐동안 생각하며 앉았다가, 뜻을 결한 듯이 힘있는 말소리로,
"천첩의 아비는 전조 대학관 박사 임 경범이옵고······."
하는 소리에 우주는 깜짝 놀라고, 시신은 눈을 둥그렇게 뜬다.
"그렇다면 조정 명신의 딸로 어찌 기녀가 되었던가?"
"천첩의 아비 조정 권신 신 돈에게 방축되어 숭산에 깊이 은거하였삽더니, 역신의 횡악 무도함이 장차 국가를 망하겠기로, 첩의 아비 국가 쇠폐함을 분탄하여 상소를 올려 극간하다가 신 돈에게 해를 입어 옥중에서 병사하온지라, 혈혈단신 신첩의 몸이 난을 피하여 잠깐 황파에게 의탁하였삽더니, 황파 신첩을 속이고 거짓을 꾸며, 모든 간섭과 강압으로 신첩을 열 살부터 가무에 종사하게 하였사오니, 신첩이 어려서부터 아비에게 예의 덕륜을 배워, 오늘까지도 잊음이 없사오니, 어찌 위시와 금력으로 천기라 하여 겁박하리이까? 그리하여 십 년 청루에 원한과 비애로 일신을 정히 가져 배필을 구하옵더니, 천행으로 거번 정월에 지기 상합자를 만나 일생을 비로소······."
우주가 백화의 말을 듣는 중 자로 놀라더니, 백화의 말이 여기 이르매, 급히 말을 마치고 시신을 돌아보며 묻는다.
"황파라 하는 자 조금 전에 배례하던 노랑인가."
시종이 조금 머뭇거리며 난처한 기색을 띠우다가 마지못해,
"그러하옵니다."

하니 우주 곧 발연 대노하여,

"백화 비록 기녀이나, 본시 조정 명신의 규수이라, 요녀 황파의 핍박한 바 되었으니, 조정에서도 예대하는 현사의 부녀를 사욕을 충족하고자 강력으로 비한에 떨치니 의륜의 대죄며, 또한 과인이 백화를 이미 수습하기로 정하였으니, 백화는 즉, 과인의 빈인이라, 백화의 원한을 즉, 과인의 원한일지어늘, 천녀 오히려 두려움을 모르고 도리어 기망하여 후한 금재를 얻고자 하였으니, 일각을 지체말고 참수하고 가산을 적몰하여 들이라."

하며 호령이 추상같다.

제신이 경황 실색하고, 무사는 즉시 황파를 잡아 누하로 내려가니, 황파가 뜻밖의 변괴를 당하여 청천의 벼락이 내려지는 듯, 창황 망조하고 넋이 비월하여 크게 소리 지른다.

"나는 오직 백화를 양육한 은혜밖에 없거늘 어찌 나를 죽이느뇨. 충심을 다하여 미인을 천거 함이어늘, 그것이 죄이뇨?"

하며 눈을 부릅떠 왕과 백화를 본다. 일좌는 숙연하고 왕은 더욱 노질한다.

"천녀를 참신하라."

백화가 의의의 변사를 당하여 심히 놀라서 황망히 고한다.

"황파의 죄 비록 없지 않사오나, 기연으로 인하와 참형하심이 옳지 아니하나이다."

우주가 오히려 노기를 없애지 아니하고 백화의 등을 어루만지며,

"이 같은 현숙한 가인을 침해한 죄 더욱 용대하지 못할지니, 신인은 과인의 처지에 맡겨 두라."

한다. 황파는 발악하고 몸부림하며 부르짖어 누하로 내려가고, 왕은 즉시 기녀를 명하여 기악을 대창하게 하며, 백화를 끌어당기면서,

"과인이 이제 가인을 얻고, 가인이 또한 과인을 얻으니, 고기 물을 얻음이요. 범이 날개를 더함이라. 어찌 즐겁지 아니하랴. 가인은 두주를 기울

여 과인을 마시우라."
하고 백화를 어루만져 기꺼하니, 우주의 음행을 실로 바로 볼 수가 없었다.

　황파의 죽음은 오직 우주가 백화의 환심을 사려고 하는 것이 원인이 있었으나, 여하간 그 죄는 당연히 죽음에서도 남을 만하니, 흡혈귀의 말로가 이렇지 않고야 어찌 후세인의 징계가 될 수 있으랴.

　점점 취해가는 우주는 본색을 감추지 못하고 백화를 어루만지며 끌어 안으려 한다. 백화는 힘을 써 몸을 빼어 내며, 자리를 물러 나와 꿇어 엎드려,

　"신첩이 비록 불감하오나, 생각하옵건대, 어인과 호아파 다 죄 없다고는 못 하올지라도 역시 전하의 신자라, 전하께옵서 오늘 부벽루에 기주로 즐기시니, 비록 일시 소창이라 하올지라도, 그 여택을 지천한 신자에게까지라도 내리시어 황파의 어인으로 하여금 후일을 경계하심이 옳겠삽거늘, 인명을 초개같이 알으사, 벌주심만 알으시고, 측은하심은 추호도 생각지 않으사, 잠시 주석으로 두 낱 생명을 없이하셨으되, 군신 일석의 제인이 가무 기주로만 대창 자약하니, 어찌 해연하지 않사오리까? 이 같사올진대, 일국의 창생이 누구로 인하와 복됨을 바라오며 평안함을 얻사오리까? 천업이 비록 천기이오나, 또한 전하의 신자이오며, 허신하온 지아비 있사오니 일개 부녀라 기녀된 자 기예를 팔아 생업함이옵고 몸을 팔아 금재를 취함은 아니옵거든, 일개 천기로 여기사 석상의 이목을 거리껴 않으시니, 천첩의 일신은 족히 말씀하올 바 아니오나, 전하의 체중하심을 어찌 살피지 않으시리까? 아무리 일시 주연이라고 할지라도 군상이 임해 계시고, 신민이 받들어 있사오니, 이 역시 국가 조정이라, 어찌 위엄하심을 잊으시나이까, 더욱 살피옵건대, 이 참악하옴이 신첩 일신을 인하여 된 것 같사오니, 천첩이 위로 군상의 실덕하심을 도움이 되고, 아래로 신자들의 비탄을 자아내게 되오니, 신첩의 죄를 어찌 백대에 씻으리이까."

하는 백화의 말이 여기에 이르자, 몹시 느끼며 왕과 모든 사람은 고개를 숙여 잠잠하고, 백화는 다시 말을 계속한다.

"신첩이 살피옵건대, 전하의 실덕하심이 오직 국와의 권위를 가지사 사물로 여기시어 유흥 중에서라도 사의에 불만하신 즉 살육을 임의로 하시고, 국가 만백성의 복리를 생각지 않으시니, 이보다 더 큰 실덕이 있사오리까. 더욱 전하의 실덕을 가지사 호기등등하게 행하시니, 전하 일국의 왕되심을 유일의 반초로 알으사, 일신의 일시 흥락을 도웁고자 전국 신민의 복리를 탈취하심이 아니오리까."

모든 사람이 너무나 놀라고 두려워 우주의 기색을 자주 살핀다.

그러나 우주는 태연히 앉아 듣기만 하고 있으니 왕의 성질을 알고 있는 제신들은 왕의 이러한 태도에 더 가슴을 두근거린다. 그러나 백화는 그대로 천연히 엎드려 다시 계속한다.

"방금 국가 다난하와, 외구 내환에 강토와 신민의 생사 존망이 호말과 같사온지라 전하께옵서 장사를 거느리사 사지에 보내어 두시고, 전하 홀로 경색을 찾으시며, 기녀 가수로 즐기시니, 사지에 방황하여 칼을 만지며 창을 베개삼아 멀리 고향의 부모 처자를 그리워하면서도, 초로에 자리하고 주림을 견디며, 적과 싸워 주검이 발로 밟히고, 적혈이 옷에 임리하되, 오히려 나라를 생각하며 위해서 충성을 다하옵는 장졸들을 후일 무슨 면목으로 대하려 하시나이까? 신첩이 심히 불감하오나 약간의 경사를 배운 자로써 또한 사람의 껍질을 쓰고 생긴 자이오니, 신첩이 이것을 알고도 오히려 일신의 영행을 위하여 어찌 교언 영색을 강작하여 가무 주악으로 군상을 모시오리까? 신첩이 이미 죽음을 아끼지 않사오니, 신첩의 죽은 넋이라도 천상 지하에 붙일 곳이 없을까 하나이다."

백화가 말을 마치고 단순을 닫으니, 옥을 굴리는 듯 낭랑한 어음이 오히려 자리에 남아 있으며 언론이 당당하여 대를 쪼개하는 듯 씩씩한 홍협에 더운 눈물이 흘러내리고 백설 같은 두 귀밑에 홍조가 올랐으며, 삼사

한 머리털이 약간 가리운 두 눈썹 위에는 엄한 기운이 엉기어, 단정히 엎드린 그의 몸으로부터 찬 기운이 떨치는 듯하니, 일좌는 묵연히 소리가 없이, 오직 찬 기운에 쌓여 우주의 행동과 안색을 살피면서 두 주먹에 찬 땀물에 젖음 같으나, 우주는 얼굴이 극히 긴장되어, 이윽이 백화를 바라보다가, 돌연히 주찬을 당기어 친히 수배를 연음하더니, 문득 무릎을 치면서 크게 웃는다. 제신이 왕의 이 같은 태도에 더욱 놀라 실로 혼백이 비산할 지경이다.

우주는 혼연히 웃으며 좌우를 돌아보더니,

"과인이 무슨 복이 이다지 많아서 천하에 둘도 없는 충신을 주야로 몸 가에서 떠나지 않게 되었는고? 백화는 과연 당세에 오직 하나인 내외 동일한 절대의 가인이라, 과인에게는 실로 없지 못할 인재이니, 어찌 고려국을 작다 하며 천하를 크다하나뇨. 이 같은 인재를 처빈으로 두지 못한즉, 내 어찌 일국의 왕이 되어 나라를 다스리랴?"

하고 백화의 곁으로 가서, 백화의 손을 잡으며 그 옆에 앉으면서,

"과인이 취여에 두 놈 인생을 죽였거니와, 또한 죄 없지 않으며, 가령 죄가 없다 할지라도, 이미 베어 놓은 목을 어찌 다시 붙여놓으랴. 과인은 염라의 사자를 불러 인간의 넋을 가져가게는 하거니와, 가져가 버린 넋을 다시 찾아올 권한은 염라국왕에게 있는 것이니, 청컨대 신인은 가군을 조르지 말고, 적은 허물을 용서하라."

하고 백화를 일으켜 자리에 앉힌다.

백화가 너무나 어이가 없어 가만히 죽은 듯이 앉았으니, 왕이 애가 달아서 좌우를 돌아보며,

"과인이 무슨 방책을 가져야만 신인으로 하여금 즐겁게 할꼬?"

한다.

단오기약

 백화가 우주의 곁에 앉아 머리를 숙이고 생각에만 잠겨 있으니, 우주가 다시 손을 잡으며,
 "신인은 과인을 위하여 흥을 내어 기색을 쇄락하게 가짐이 어떠하뇨? 청컨대 과인에게 일 배주를 권하라."
하니 백화가 혼연히 주배를 받들어 드린 후, 화평한 음성으로,
 "전하께옵서 천신을 이 같이 애중하여 주시오니 감격하오나, 천신이 방금 병들었사와, 존엄지에 오래 모시어 있사오면, 도리어 파흥됨이 많사올지라, 삼 일 후이면 천중가절이 오니, 그날 크게 강상에서 유흥하여, 굴원의 넋을 건지며 전하를 모시고 대락하올지라, 오늘은 쉬 돌아가게 해주시오면, 그 동안 신병을 섭양 치료하와, 단오절에 쾌락이 모실까 하오니, 죄송하오나 허락하여 주시옵소서."
하니 우주가 잠깐 생각하다가 머리를 끄덕이며,
 "신인의 말이 옳도다. 신인이 신병으로 괴로워 하니 과인이 어찌 독락하리오. 이 연석을 파연하고 과인과 함께 돌아감이 옳도다."
하고 좌우 시종을 보며,
 "신인이 병고하니, 좌우에 극진히 모셔, 일의 소홀함이 없게 하여 행소에 이르게 하라. 또한 신인의 특청으로 단오절에 강상에 대락할지니, 모

든 준비에 일호 유루됨이 없게 하라."

하니 백화가 다시 고한다.

"신첩의 병고를 그 같이 심려하여 주시올진대, 행궁에 치료함이 도리어 공구 불편하와 병이 첨가하올지며, 또한 황파 죽사와, 뒷일의 처치도 많사오니, 신첩을 집으로 돌아가게 하심이 만행일가 합니다."

우주가 즐겨하지 않는 안색으로 말한다.

"과인이 신인으로 더불어 백년을 기약하였으니, 과인의 비빈이라, 귀중한 몸으로 어찌 기가에 일시를 두류하게 하리오."

백화가 내심에 어이없으나, 시급한지라 다시 고한다.

"신첩을 이미 빈인으로 정하셨으면, 비록 천첩이오나, 십 년 청루에 지조를 지키와 일신을 고결하게 가졌사오니, 일신의 진퇴함에도 신첩을 애중히 여기실진대, 일시 주석으로 인하여, 이 같은 행색으로 지엄한 행소에 구차히 모시리이까. 신첩을 일개 천첩으로만 여기사, 외대하심이니 살아서 구차함을 받음보다는 차라리 죽어 개천에 밀치옴이 나올까 하나이다."

백화의 얼굴에는 냉연한 기색이 넘치니, 우주가 크게 깨달은 듯이,

"과인이 취중에 예의를 잊었도다. 신인을 얻으매, 천하를 얻음 같으니, 어찌 조금이라도 소홀히 하여 뜻을 거스르랴. 명일 반드시 금백으로써 신인을 맞이하리라. 내 이제 의약으로써 보내리니, 모쪼록 잘 치료하여 과인의 심려함을 저버리지 말라."

하고 시신을 돌아보며 명한다.

백화가 우선 집으로 돌아가는 것만으로 다행으로 생각하여, 다시 더 말하지 않고, 왕의 지시대로 수레에 올라 집으로 돌아오니, 시종 수인과 종졸 수십 인이 따랐다.

초옥이가 종일 누 외에서 방황하면서, 가슴을 졸이고 울울하여 하다가, 백화가 집으로 돌아감을 알고, 급히 아범과 집으로 돌아왔다.

황파의 집에는 제일 먼저 앞장을 서서 왕후나처럼 들어올 사람이 없었다.

 그러나 그들의 눈에는 아니 보였을망정, 황파는 독기있는 두 눈에 불붙는 안광을 가지고 피를 흘리며 머리를 풀어 입술을 악물고, 황파의 방 돈궤 위에 울고 섰을 것이다.

생사의 기로에서

백화는 집에 돌아오자 방에 들어가 그만 엎드려 버렸다. 초옥이도 백화의 등 위에 엎드러졌다.
두 여자는 서로 안고 각각 소리를 내어 언제까지나 울고 있었다.
백화는 자기 앞에 닥쳐올 모든 운명을 잘 알고 있다.
그는 죽음이라는 시꺼먼 그림자가 자기를 따르고 있는 것을 깨달았다.
그의 한 손에는 죽음이란 것을 잡고 있다. 그러나 다른 한 손은 희미하면서도 분명한 듯한 삶이라는 것을 붙들고 애를 쓰는 것이다. 그는 죽음이 떠나지 못하는 것을 슬퍼하였다.
그는 아직도 죽음이란 것은 맛이 쓰고 삶이란 맛이 단 줄로만 여기고 있다. 십팔 년 동안에 다른 사람이 일평생에 맛보지 못할 모든 쓰라림을 맛보았다.
그러므로 맛보지 못한 단 것의 맛을 그리워하지 않을 수도 없는 것이다. 그의 단 것을 구한다는 희망, 그것으로 그는 오늘까지 생명을 계속하여 그의 희망은 바야흐로 아침 햇발같이 붉고 밝았다.
그러나 그의 행복의 희망이 침해를 받을 때, 행복과 희망열로써 구성이 된 그의 생명은 상실되지 않을 수 없는 것이다.
백화는 죽기를 각오했다. 그러나 생명이라는 것을 더듬어 차마 놓지 못하며 발버둥치고있는 것이다.

그는 눈물 속에서도 오히려 두 손의 잡은 것을 의심하고 있다. 그의 손길이 흑면과 광면 어느 편으로든지 결정지어야 할 것이니, 백화는 아직도 울고만 있는 것이다.

초옥이가 먼저 백화의 어깨를 흔들며,

"형님! 형님!"

하고 불렀다. 백화는 벌떡 일어나, 눈물을 말갛게 씻고 우두커니 앉았다가,

"초옥아, 자리 좀 펴다우. 너무 정신이 없어서."

한다. 백화는 반일을 부벽루에서 지나면서 그의 정신이 대적과 맹렬한 싸움을 하였으므로 이제는 몹시 피곤하여진 것이다.

그는 초옥의 깔아 놓은 자리 위에 몸을 던져 혼미한 정신으로 누웠고, 초옥은 백화의 옆에 앉아 눈 감긴 그의 얼굴을 애달프게 내려다보고 앉았을 때, 방 밖에서 사람들이 들레며 공손한 음성으로,

"왕명을 받자와 시의가 대령하였나이다."

한다. 백화가 눈을 뜨며,

"시의만 들어오게 하여다우."

하고 일어나 앉는다. 초옥이가 밖으로 나가더니, 시의를 데리고 들어왔다. 시의는 어디까지나 공손하다. 그리고 진중하게,

"왕명을 받자와 병세를 진찰하고자 이르렀나이다."

하였다. 백화는 시의를 주목한다.

"천신을 이렇듯 성렴해 주심은 감사하오나, 나의 병세에 대하여 미세한 사정이 있어 잠깐 상의하고자 하니, 그대 약간의 정세를 살펴 주시리까?"

시의가 마주 백화를 바라보며,

"무슨 말씀이든지 명하옵시면, 어찌 거역하오리까?"

한다. 백화가 왕의 가납을 얻은 후, 백화 자신에는 아무런 변동이 없으나,

주위의 사람들에게는 큰 병동이 생기었다.

그들은 극진히 군신의 예의를 찾아 백화에게 대하며, 또한 일후 백화의 득총할 것을 생각하여 미리 그의 호감을 사서 환심을 얻고자 하는 것이다. 시의도 이러한 사람들의 하나이다. 그러나 백화는 시의의 위인이 충직한 것을 살폈다. 그리하여 사정을 말하려는 것이다.

백화는 시의의 말을 듣고 반기며,

"나에게 약간의 사정이 있다 함은 별다른 것이 아니라, 내가 본래 기녀인 고로 자연 여러 가지의 관계되는 일이 없지 않고, 또한 황파가 비록 득죄하여 처형되었으나, 너무 돌연의 일이며, 나를 양육하였으니 이역 부모라, 어찌 비애하지 않으며, 또 황파의 업에 관하여도 내가 처리하지 않으면 아니 될 형편이 많으나, 주상이 천신을 애중히 여기시므로, 명일로 입시하라 하시니, 심히 난처한지라, 그대 나의 이 사정을 생각하여, 병세가 침중하므로 수삼 일을 안정 치료하지 않으면 병세 침중할 것을 주상께 아뢰어 줌이 어떠하리까?"

하는 말소리가 애처롭고 간절했다.

시의가 장래 일을 생각할 뿐 아니라, 근본 성질이 온화하고 고로하여 인간 사정을 잘 살피는 사람이라 화색을 띠고 몸을 굽혀 공손히 고한다.

"이 같은 사소하신 일을 말씀하여 계시오니, 어찌 명하심을 거역하리까? 반드시 돌아가 주상께 이대로 복주하겠사오나, 신색이 너무 초초하여 계시니, 잠깐 진맥함이 어떠하오니까?"

백화의 얼굴에 화색이 움직인다.

"생각은 감사하나, 내가 별안간의 경동하므로 그러하니, 과념하지 말으시고, 그대로 돌아가는 길에 시종에게 말해 주시며, 시종을 잠깐 불러주고 가소서."

시의가 예를 마치고 돌아 간 후, 시종이 이르러 시립하니 백화가 시종에게,

"내가 지금 경동되어 병이 더하니, 만일 내외가 번잡하면 불편하여 첨병할지라, 그대는 몇 명을 데리고 안 처소에 있음이 어떠하오?"
하니 시종이 명을 듣고 물러갔다.
초옥이가 시종의 발자취가 멀리 사라짐을 보고 백화의 앞으로 다가앉으며
"이 뒤의 일을 어찌나 처리하시려고 그러십니까?"
하고 근심스럽게 백화를 보더니,
"공자께서는 아직도 소식이 망연한데……."
하며 눈물이 가랑가랑 맺힌다.
백화가 초옥의 손을 꽉 잡으면서,
"초옥아! 일은 틀렸다."
하고 입술을 잠깐 깨물 듯하더니,
"내게는 오직 죽음이란 것 밖에 남은 것이 없다."
하며 그마저 눈물이 어린다. 말소리를 떨리며 나온다.
"내가 이미 닥쳐오는 운명을 어찌 피하랴마는 다만 못 잊는 것은 공자의 돌아오실 기약이 박두함이라, 늦어도 오늘 내일에는 도착하실 것만 같아서, 더구나 마음이 안정되지 않는다. 그렇기 때문에 오늘 부벽루에서도 충곡을 다하여 간해 보았으나, 일은 글렀으니, 내가 어찌 구차히 살기만을 바라랴마는, 다만 생전에 공자를…… 꼭……한번만……."
말을 마치지 못하고 느낀다. 그러다가 겨우 말을 계속한다.
"공자께서 엄동에 길을 떠나 그렇듯 고생하시다가 돌아오시는 날에…내가…죽었다는 말……."
초옥이는 백화를 붙들고 소리내어 운다. 백화도 한참이나 느끼다가 다시 진정해 가지고,
"그렇기 때문에 혼군을 속여 단오절까지라도 기약을 둔 것이니, 그 안으로 돌아오시면 다행히 뵈올까 하나, 공자 오신다 하여도 내 일신의 핍

박은 못 면할 것이니, 죽음은 결정된 것이다마는, 다만 생전에 그리운 공자의 얼굴을 보고 죽으려 함이라, 만일 이대로 죽게 되면, 가슴에 맺힐 원한은 죽어 혼백이라도……."
하다가, 그만 엎드려 버린다.

사선을 넘어서 합치는 생명

　시종이 왕명으로 어찬 내리심을 고하고 저녁상을 드렸다. 백화는 아범을 불러 다른 음식을 가져오게 하여, 초옥이와 같이 먹고 어찬은 물렸다.
　초옥이는 웬일인지 백화 이상으로 더 침울한 생각에 잠겨 있다. 그는 얼굴이 극도로 긴장되어 자주 눈을 들어 백화를 바라보다가, 뜻을 결한 듯이 백화의 두 손을 자기의 두 손으로 힘들여 쥐며,
　"저의 생명은 이미 형님의 것과 합한 지가 오래입니다. 형님의 생명이 없어질 때에 물론 같이 없어질 것이니, 초옥을 불쌍히 여겨 죽음에서 떼어버리지 말아 주셔요."
하는 말소리는 무겁고 힘이 있었다. 굳은 결심에 엉킨 말소리에 백화까지도 잠깐동안 눌려 버렸다.
　백화는 마음에 깜짝 놀라서, 말없이 초옥이를 바라본다. 초옥이도 백화를 바라본다. 눈이 마주칠 때, 두 사람의 영과 영은 뜨겁게 두 눈을 통해 부딪쳤다.
　백화는 초옥의 말에 아무런 대답이 있을 수가 없었다. 다만 서로 마주 보아 맑은 두 눈의 광채가 빛나고 있을 뿐이다.
　초옥의 입술을 굳게 다물렸다. 그의 입술은 두 번 벌어질 듯 싶지도 않으며, 맹렬한 기운이 그의 탐스러운 이마에서 떠나지 않았다.

한참 있다가 백화는 초옥의 손을 마주 잡으며,
"초옥아, 너는 죽음을 받들 자가 아니다. 그러므로 죽음 길에 따라 오지 못할 것이다."
하는 그의 말은 명령적이었다. 그러나 초옥은 머리를 좌우로 흔들며,
"형님이 나를 저버린다 하시면, 나는 나 스스로 죽음을 정할 것이니, 생사의 간에서 오직 형님을 따를 뿐입니다."
하고 옥같이 흰 얼굴에 약간의 푸른 기운을 띄워 날카로운 기운이 넘친다.
백화는 더 말하지 않고 초옥이를 바라보다가, 그의 팔을 끌어 품에 안았다. 그는 새삼스럽게 백화의 가슴에서 뜨거운 눈물을 흘리고 있다. 백화의 눈물은 초옥의 옷 위에 떨어져 아롱진다.
잠깐 후에 백화는 초옥을 일으켜 앉히고, 화한 낯빛으로 말을 시작했다.
"초옥아, 우리는 어떠한 일이 있든지 방비하고 견디어 단오절까지 공자를 기다려 보자. 이 안에 공자께서 돌아오시기만 하면, 우리는 우리의 정한 길대로만 나갈 뿐이나, 만일 별안간에 오셔서 이 말이 누설된 즉, 큰 변을 장만하게 될 것이니, 우리 의논하여서 방책을 정해보자."
그러나 초옥은 아무 말도 없다. 백화는 다시 말을 이어,
"내 생각에는 내일 아침 일찍부터 아범을 성밖에 보내어 기다리게 하는 것이 좋겠다. 그리고 또 아범의 아들이 대동진에서 나룻장이를 한다니, 아범이 나룻가에서 기다리다가, 오시면 아범 아들집에 계시게 하고, 우리에게 통지하면 내가 곧 그리로 가서 뵈옵는 것이 제일 좋을까 한다."
하였다. 초옥이는 눈을 깜박깜박하고 생각하면서,
"글쎄요. 그렇게 하는 게 제일 상책이겠지만, 시위들이 형님의 출입을 어떻게 알아서 왕께 고하면 좀 어렵지 않겠어요?"
한다.

"글쎄 그것도 생각해 둘 일이다마는, 그것은 그때 어떻게든지 하기로 하고 우선 아범을 조금 불러다우."

초옥이가 즉시 일어나 밖에 나가서 아범을 데리고 들어왔다. 백화는 아범에게 그 일을 당부했다.

아범이 쾌활하게 머리를 끄덕이고 나간 후, 얼마 되지 않아서 다시 뛰어 들어오며, 숨이 차서 견디지 못하는 목소리로,

"왕……."

하고는 급하게 덤비기만 한다.

"무어? 누가 오시어?"

백화와 초옥은 꼭 같이 벌떡 일어났다.

내 가슴은 이렇습니다

 그들은 깜짝 놀라 어느 결엔지 문장지를 붙들고 엉거주춤 하고 서 있으며, 가슴에서는 맞방망이질을 하면서 다리를 벌벌 떨린다.
 그들은 아범의 입에서 다음 말이 나오기를 기다리고 있노라고 아범의 놀란 얼굴과 입만을 바라보고 섰다.
 이 말 한 마디가 그들의 생사의 판결이나처럼…….
 백화가 겨우 입을 열어 안타가운 듯이,
 "아범, 누가 오시어? 응?"
하니까 아범은 그제야 숨을 내어 쉰 후에,
 "왕께서 미행하신다고, 지금 시종 군졸들이 황망……."
하는 말소리가 끝나기 전에, 백화의 다리의 맥이 탁 풀려 그 자리에 벌떡 주저앉았다. 눈에는 어느 결엔지 눈물이 맺혔다. 초옥이도 그만 백화 곁에 털썩 앉아서 촛불만 바라보고 있다.
 그들의 눈은 불빛에 이슬이 반짝인다. 아범도 그제야 깨달은 듯이 두 사람을 물끄러미 바라보다가 힘없게 문을 닫고 돌아선다. 두 눈에는 눈물이 괴어, 그가 들어오던 정반대로 힘없는 걸음으로 나갈 때는 굵은 눈물 방울이 되어서 뚝뚝 떨어진다.
 초옥이는 무엇을 생각한 듯이 급히 일어나더니, 수건을 가져다가 백화의 머리를 싸매어 주고, 백화를 끌어다가 자리에 누인 후에 이불을 폭 뒤집어씌우고 자기는 그 곁에 근심이 가득한 표정으로 앉아 있는데, 문 밖이 들레며 시종이 정중한 음성으로,
"전하께서 듭시나이다."
하고 조금 있더니, 미닫이가 열리면서 동시에,
"듭신다."
한다. 초옥이는 대담히 그제야 일어나, 서서히 엎드려 절을 하고 이어 고한다.
"지금 정신이 혼미 되어 누워 있어서, 전하의 이르심을 알지 못하여 맞지 못하오니, 용납하여지이다."
문득 음성이 낭랑하며 쇄락한 중에 천연히 일어나는 얼굴과 태도가 왕의 눈을 깜짝 놀래게 한다.
왕이 잠깐 멈칫하여 초옥을 바라보다가, 이어 초옥에게 앉으라 권하고, 자기는 백화의 이불 곁에 앉으며,
"과인이 미인의 병세 위중함을 듣고, 심려 극하여 찾음이더니, 이렇듯 혼도하였다 하니 다만 그 얼굴만이라도 보고 갈까 하노라."
하고, 이불에 손을 대려 한다. 초옥이가 황망히 일어나 백화의 곁으로 가며,
"너무나 황공하여이다. 그러하오면, 신첩이 잠깐 병인을 깨울까 합니다."
하고 이불을 가만히 쳐들며 얼굴을 가까이 이불 속으로 들어 놓으면서 가만가만 소리로,
"형님! 형님! 잠깐 정신을 차리십시오. 잠깐만 정신을 차리세요."
하면서 가만히 백화의 몸을 살살 흔든다. 이불 속에서 기척이 있는 듯하며 이불이 잠깐 움직인다 초옥이는 다시,
"지금 전하께옵서 여기 임행하여 계시옵니다. 잠깐 정신을 수습하여 뵈

오십시오."

하고 몸을 일으켜 주는 체한다.

백화가 거짓 깜짝 놀라 벌떡 일어나 앉으며, 왕을 힐끗 보고는 빨리 일어나 절하려고 한다. 왕이 황망히 붙들면서,

"경이 어찌 항상 이 같이 하랴. 하물며 병세 중하니 몸을 안정함이 옳으리라."

하니까, 백화가 앉은 채로 절하여 뵈옵고, 고개를 들며 아미를 깊이 찡그려 괴로워 견디지 못하는 표정을 지었다.

왕이 백화의 태도를 이윽이 바라보다가 말을 낸다.

"과인이 이 같이 돌연히 이르니, 경이 병중에 놀람이 많을지나, 과인이 생각하여 보면, 서로 그리워하는 자 간에는 이렇게 서로 돌연히 만나는 것이 더욱 재미있는 것이라. 그러므로 오늘밤에는 미행하여 신인의 병세를 염려하여 방문함이니, 허물치 말라."

하고 백화의 손을 잡는다. 백화는 머리를 숙여 가만히 앉았고, 초옥은 왕의 앉은 모양을 훑어보다가, 백화의 손을 잡은 왕의 손을 흘기는 듯이 보고 앉았다.

백화가 나직한 음성으로,

"신첩의 병세로 인하여 이 같은 비지에 임행하시니, 황공 무지이오나, 돌연히 이르시매, 미비함이 많사와, 죄송하여이다."

한다. 왕이 백화의 등을 가만히 두드리며,

"비록 폐초파석이라도 가인이 있은 즉 옥좌보탑보다도 나을지니, 경은 과도히 심려 말라."

하고 백화의 찡그려 숙이어있는 얼굴을 옆으로 바라본다.

그의 초췌한 얼굴에 구름 같은 머리털이 제멋대로 엉키어 있는 칠 같이 검은머리를 하얀 수건이 꽉 동이어 그 끝이 엉키어 쪽진 옥비녀의 꼭지에 달락 말락 나풀거리며, 소긋이 내려진 팔자 춘산에 수심과 괴로움이

엉킨듯 박명한 듯이 잠깐 붉은 양 뺨은 운빈에 가려 은은하며, 작은 몸을 주체하지 못하는 듯 힘이 하나도 없이 숨소리 은은하여, 섬섬한 두 손길이 힘없이 놓여있으니, 왕의 넋이 사라지고 음탕한 기운을 겉잡을 수 없는 중, 보면 볼수록 그 모양이 더욱 마음을 이끌어 애가 녹고 넋이 없어지니, 왕이 더 참을 수 없어 초옥을 보며,

"너는 잠깐 나가 있거라, 과인이 미인으로 사담이 있노라."

하니까, 백화가 잠깐 고개를 들어 왕의 얼굴을 거쳐 초옥을 바라본다. 초옥도 왕의 얼굴을 거쳐 백화를 바라보다가 백화와 마주쳤다.

초옥이는 마지못해 일어나며 흘기는 듯이 왕을 힐끗 보고 나가 버린다.

왕이 초옥의 나가는 문소리를 듣고 백화의 앞으로 다가앉으며, 백화를 내려다보다가 그 손을 잡으면서,

"과인이 경을 얻으매 일각이 삼추 같은 지라 천리 여궁에 고적함이 심하여, 잠깐 찾음이니, 경은 안정하여 누우라."

한다.

"천신이 도리어 황감하와, 경동됨이 많사오니, 심신을 안정할 수가 없사옵니다."

"경은 속히 자리에 누워 과인의 마음을 편하게 하라. 어찌 사소한 예의에 구애되랴."

백화는 오히려 이마를 찌푸리며,

"전하께서 환행하신 후에 눕고자 하나이다."

한다. 왕이 백화를 앞에 놓으니, 마음이 심란하여 견딜 수 없는지라, 자기가 백화를 자리에 뉘여주는 체하고 백화를 당겨 안으려하니 백화가 얼굴에 심한 홍조를 올려 몸을 빼치며,

"전하께서 이미 신첩과 약정하시고, 스스로 배약하시며 또한 천신의 병세 위중함을 시의로부터 들으시고도 오히려 이 같이 하심은 더 멸천히 여기심이라. 전하의 체중하심을 잊으시고, 일개 범한이 음창을 대하심과 같

이만 하실진대, 차라리 전하 존전에서 죽사와, 친히 여기시는 욕됨을 면할까 하나이다."
하니까, 우주가 묵묵히 앉았다가,
"과인이 경을 새로 얻으매 일각을 견디지 못하나, 경의 신병과 뜻을 생각하여 경의 뜻대로 하여줌이라 그러나 단오절까지 기다리는 것이 실로 과인의 목숨을 십 년이나 감수하게 하는 것 같으니 경은 생각하라."
하며 야속스러운 듯이 백화를 바라본다.
백화가 왕의 음태를 더럽게 여기나 흔연한 안색으로 고한다.
"시의의 말을 듣사오니, 이, 삼일만 안정하오면 무사할 것이요, 경동하면 위중할 것이라 하오니, 전하 어찌 잠시의 울적하심을 생각하시고 후일의 무궁하심을 생각지 않으시나이까?"
우주가 백화의 손을 당기며,
"그러나 단오일까지는 지금부터 삼일간이라 과인이 어찌 고대하리오."
하며 잠깐 머뭇거리다가, 또 다시
"경은 자리에 누우라."
한다. 백화는 잠자코 있다가 분명한 소리로,
"전하 계시는 곳에 누울 수 없사오니, 전하께서 환행하시오면 곧 편히 누울까 하나이다."
우주가 다시 아무 말 없이 이윽이 앉았다가, 다시 더욱 백화의 앞으로 다가앉으며 백화의 얼굴을 어루만지면서 못 견디어 하다가 기어코 백화를 안아서 자리에 누였다.
백화가 힘을 다하여 빼쳐 나오면서 빨리 상 밑으로 손을 넣어 보자에 싼 가는 것을 들고 문 앞으로 가더니, 보자에서 가느다란 비수를 빨리 내어 자기 가슴에 겨누면서
"전하께서 이같이 천멸히 여기신, 천첩은 그만 전하 앞에서 스스로……."

하는 말이 마치지 못하여, 문이 급히 열리며 초옥이가 들어와, 백화의 손에 매어 달린다.

우주가 황망히,

"경은 정지하라. 내 결코 침범하지 않으리라."

한다. 초옥이가 백화의 칼 잡은 손을 굳세게 잡고, 그의 영롱한 추수에 노기 발발하여 왕을 내려다보니 왕이,

"여동은 신인의 손을 잡아 멈추게 하라."

하고 초옥을 재촉했다.

"전하께옵서 이 같이 멸천히 욕되게 하실진대, 천첩도 같이 죽사오리니, 어찌 손을 멈추게 하오리까 천첩들을 살리려 하시오면 속히 환행하소서."

우주가 마땅치 못하게 여기며 노기가 약간 띄워 내려다보다가 무엇을 생각하였는지 몸을 돌리며,

"과인이 이제 돌아가리니, 경은 몸을 조섭하여 약정한 날에 유쾌히 놀게 하라."

하고 문 앞으로 발을 옮기니, 초옥이 빨리 문을 열어 왕을 보낸다. 시종이 황망히,

"납신다."

소리를 급히 외치며, 거가를 받들어 돌아갔다.

백화라는 여자를 중심으로 우주와 왕생이 이제 단오절을 경계로 승부를 판결하려 한다.

이 두 남자를 외재적 조건으로 비교해 볼 때 하나는 군왕이요, 하나는 걸객이며 한편은 부귀 권위의 극점이요, 한편은 빈천 유약의 극점이니, 이 두 남성을 외형으로 비교할 때는 운니의 차가 있을 것이다. 그러면 다시 내재적 조건을 비교해 보자.

이로 또한 운니의 차가 있으니, 전자는 음폭하고 후자는 고결하며, 전

자는 혼암 잔인하고 후자는 정대 인후하다.

이렇게 외형과 내용이 정반대인 두 남성이 백화를 대상으로 승부를 결하려 할 때 승리는 어디 있을 것인가?

백화와 우주와는 근본적으로 그 발단이 다르니 우왕이 판단력을 조금이라도 가졌으면, 백화는 변절할 여성이 아니라는 것을 알았음직도 하지마는 만능인 왕권을 이용하려고만 미쳐 날뛰는 우주를 백화는 절대로 존경할 수가 없던 것이다.

백화와 왕생은 서로서로의 공통된 생각을 서로 이해하고 경모하여 결합한 동지 뜨거운 정열은 두 몸을 한 생명으로 호하게 한 것이니 초옥과 백화와의 정의도 또한 분리시킬 수는 없는 것이다.

오월 초사흘날의 아침은 맑게 빛났다. 해는 벌써 얼만큼이나 올라왔다. 그러나 백화대는 아직도 고요하다. 어젯밤 찬 서리에 흰 꽃은 시들었는가 풀 구슬은 얼었는가, 난초 향기 속에 나비는 미쳐 춤추고 모란꽃 숲 사이로 푸른 새는 지저귀며, 어우러진 백만 꽃 속에 벌들은 춤춘다.

연못에 원앙은 새 아침을 즐기는 듯 물결을 밀쳤다 당겼다 쌍쌍이 넘놀며, 정원 숲 속에는 알지 못할 짐승들의 소리가 쪽쪽한다.

그러나 백화대에는 사람의 그림자조차 없고, 다만 집 짓는 제비만 들락날락할 뿐이다. 미닫이가 드르륵 열리며 백화의 얼굴이 나타났다. 이어서 초옥의 얼굴도 백화의 머리위로 나타났다.

그들의 얼굴은 밤사이에 몹시도 파리해 오랫동안 병중에 있었던 사람과 같았다. 지난 밤 왕의 환행 후, 얼마나 둘이서 붙들고 울었던고? 그들의 눈은 몹시도 부어올라 벌겋게 충혈까지 된 듯하였다. 반항의 극한 힘은 그들을 꿈에서도 괴롭게 한 모양이었다.

오늘은 어떠한 괴로움과 기다림이 해를 저물게 할 것인가 그들의 얼굴에는 이러한 불안의 빛이 떠도는 것이다.

사실이다. 백화와 초옥과의 어제 하루는 십 년의 기생 생활보다도 더욱 그들을 괴롭게 하여 하룻밤 된서리에 그들은 아주 시들어진 꽃과 같았다.
 몇 번이나 들어왔다 나갔다 하던 어멈이 들어오다가 마침 내어다 보는, 그들과 마주쳤다. 어멈은 깜짝 반겨,
 "아이구, 이제야들 일어나셨어요? 아이 저 얼굴을 좀 보아요. 너무도 신색이 말 아니네. 아이 얼마나 애를 태웠으면 저렇게들 되었을구?"
 끝에 말소리를 힘없이 떨어치며, 눈에는 눈물이 핑 돈다. 백화는 우두커니 바라보다가, 깜짝 생각한 듯이 묻는다.
 "아범은 벌써 나갔지요?"
 "어젯밤에도 늦게야 잠깐 들어왔다가 오늘 새벽에 일찍 나갔습니다. 도무지, 그렇게."
하면서 팔짱 끼었던 손을 풀고 한 손으로 머리를 긁는다. 그의 왼편 손에는 방긋이 피기 시작한 모란꽃이 들려 있었다.
 "아이, 꽃은 웬 꽃을 꺾어 가지고 다니시우? 노인이 멋은 아주 단단히 들었어요."
 초옥이가 방긋 웃으며 손을 내밀어,
 "나 주어요. 아이, 퍽도 곱게 피기 시작해요."
하며 그는 어멈에게서 꽃을 받아 그의 뺨에다가 사랑스러운 듯이 꼭 댄다.
 "고놈의 토끼가 방정을 떨고 돌아다니더니, 기어코 그것을 꺾어 버렸어요. 그래 내가 가지구 왔지요. 드리려구……"
하더니 초옥의 꽃 사랑하는 양을 쳐다보고, 빙긋 웃으며,
 "꼭 누구와 같이 예뻐요. 그래두 꽃은 그만큼 예쁘지 못한걸 뭐……"
한다. 초옥이가 말을 가로막는 듯이,
 "아이, 별소리를 다 해요. 꼭 우리 형님처럼 예쁘지 무어……"
하고 백화의 얼굴 아래로 꽃을 들이댄다. 백화는 그것을 받아 손에 들고 이러저리 보며,

"고거 참 곱다 새파란 두 잎새 위에 웃는 듯이 핀 것 좀 보아. 아름답기도 하지……. 모란은 화중왕이니까……."
하며 그 역시 자기 뺨에 꽃을 가만히 댄다.
"참 모란꽃이야 화중왕답구말구요. 의젓하고 천연한 듯한 게 참 왕의 기상이지요. 인간의 왕이라 해두, 왕답지 못하면 아주 천하고……."
어멈은 말을 하다가 깜짝 놀라며 뒤를 돌아보더니 나중에는 입을 삐죽하며 분개하는 기운이 나타난다. 백화는 갑자기 무엇을 생각한 듯이,
"어서, 조반 주어요."
하니까, 어멈은 들쳐 나오고 미닫이는 닫혀졌다.
둘이서 막 아침 밥상을 물리고 나자,
"주상의 명을 받자와 예노를 받들어 드리나이다."
하는 시종의 소리가 방문 밖에서 난다. 백화는 그 말을 듣기가 너무나 불쾌했다.
기다리는 반가운 소식은 아니 오고, 원하지 않는 딴 소리만 들리기 때문이다.
백화는 말없이 급히 자리에 누우며 초옥은 밖으로 나갔다.
"전하의 친서와 예단을 드리나이다."
초옥이가 대신으로 친서를 받들고, 시종들은 초옥의 명대로 예물을 초옥의 처소로 옮겨 놓았다.
그 예물은 백화의 몸을 속한다는 의미인 왕의 특별한 예단 금백이었다.
고려왕의 서경 장락궁은 아직 미인에게는 풍요한 모양이었다.
초옥이가 왕의 친서를 백화에게 전했다. 백화는 몸을 일어 받아 가지고 펼쳤다.

여의 가장 총애하는 가인이여! 장장일야지한이 일천 실마리에 감기
며 풀리는 사군지회를 어느 하늘에 흘리었는가?

장락궁 일순지고가 여로 하여금 이 같이 절실하게 한다면, 여는 결코 삼악의 채를 원치 않으리니, 여산 궁궐의 어리석은 임금을 치소하는 바로다.
총애의 회군이여!
지척이 천리니 멀고 멀도다. 서경의 하늘이 왜 이리도 길고 넓던고?
여는 바야흐로 천하(天河) 동서에 우랑 직녀지한을 동찰하나니, 원컨대 가인은 청춘 제왕의 상사지정을 삼경 바람에 불리어 주겠는가?
상사의 비인이여!
고려 군왕의 서경의 밤이 이리도 쓸쓸하고 외롭다면 여는 달게 군왕의 위를 내여버리고 가인으로 더불어 호미와 절구를 잡으리로다.
여는 작야에 경을 경동하게 하였도다. 그러나 이는 경을 지나치게 애중함으로서이요, 결코 멸천히 여김은 아니라 하노라.
여는 최애의 신인을 경동하게 함의 사례로써 약간의 패단을 사송하여써 위안하노니 나의 가인이여, 적다 웃지 말라.
희라, 칠석은 은하의 기쁨인데, 여의 단양절은 왜 그리도 멀고 길미여.
우는 요대 소군에게 부치노라.

자주 변하는 얼굴빛으로 읽기를 마친 백화는 두 손을 사자의 발톱처럼 움켜 버렸다. 움켜진 손 속에는 왕의 친서가 있는 것이다.
그는 움켜든 것을 힘껏 방바닥에 메어쳐 버렸다. 초옥이는 구겨 떨어진 친서를 힐끗 보고는 백화를 쳐다보다가, 황급히 방문 편을 돌아본다. 그리고 얼른 친서를 주으며 다시 방문을 힐끗 본다.
백화는 꼭 다물었던 입을 열었다.
"너 그 친서 좀 보아라."
초옥이 역시 읽는 동안에 이상한 여러 가지 표정이 얼굴에 번갈아 가며 나타나더니, 약간 떨리는 음성으로
"아이구 참……."

하고 백화를 쳐다본다. 조금 후에 백화는 왕에게 감사의 글을 올렸다.
 그는 시종이 돌아 간 후에도 이윽이 앉았다가,
 "초옥아! 재 물품들을 시종들과 동리 사람들에게 나누어주자."
하니까, 초옥이가 얼른,
 "아이구 참 그렇게 하지요."
하며 다행히 여긴다. 그도 그 물품 처치에 곤란하였던 것이다.
 "그럼, 시의를 좀 불러오게 하여라."
 백화의 명을 받아 시의는 들어와 시립하였다. 백화는 자리를 주어 앉은 후에,
 "전하께서 하사하신 예단 전부를 그대에게 맡기니 반분은 시종 제인에게, 반분은 근리 향민들에게 빈한한 정도를 보아서 공평히 나누어주시오."
하고 다시 초옥을 보며,
 "물품 분배에 시의도 물론 같이 하려니와 특히 답례의 뜻으로 금패류 한 상자를 네가 보아서 시의에게 주고, 너도 그를 도와 같이 처리하여라."
하니 시의는 감격함을 이기지 못해 수없이 절하고 초옥이와 나가버렸다.

안타까운 이 밤이여

　백화는 서안에 엎드려 죽은 듯이 가만히 있다. 이따금 못 견디어 하는 숨소리가 들릴 뿐이다.
　서안 머리에 외롭게 꽂혀있는 어멈이 가져온 모란꽃이 인간의 왕을 비웃는 듯이 피면서있다.
　한참이나 되어 초옥과 시의가 들어왔다. 시의가 감사함을 말하고 물러가려고 할 때 백화가 시의더러.
　"오늘 저녁부터 내일 밤까지는 황파를 위하여 제례를 올릴 것이니, 안 처소도 그 동안은 사용해야 되겠고, 또 분요하면 어려우니 시종 제인과 시위 관졸까지라도 마음대로 물러나가 쉬게 해주시오."
하였다. 시종은 청명하고 나가서 그대로 실행하였다.
　금백을 많이 받은 시종 제인들은 자유까지 얻게 되매 백화의 은덕을 못내 칭찬하며 날뛰었다.
　몇 시간 후에 어슴푸레한 장막이 백화대 처마에서 내릴 때, 한 사람의 시종 졸군의 그림자도 황파의 집 근처에서는 볼 수 없이 되었다. 어멈이 무녀를 데리고 황파의 처소에 있을 뿐이었다.
　백화는 이렇게 하여서 몸의 자유를 얻게 되었다. 만일 왕생이 온다 하더라도 조금도 거리낄 것 없이 앞뒤를 추려 놓고 눈이 까맣게 기다리고만 있다.

 만일 왕생이 이것을 안다면, 애끓는 정성의 이러한 가슴을 살펴서라도 구름을 넘고 바람을 헤쳐 이 날 밤으로 이르러 줄 것이 아닌가? 삼경이 넘어서 촛불이 힘없이 깜박거릴 때, 발자취 소리가 나면서 문이 가만히 열린다. 백화와 초옥은 두 눈을 꼭 같이 모아 문을 바라본다. 아범의 낙망한 얼굴이 힘없이 나타난다.

 백화와 초옥은 서로 마주 본다. 아범은 그들을 내려다보면서 말은 하지 않는다. 그러나 그의 눈은 넉넉히 두 사람에게 절망의 선고를 내린 것이다.

 백화는 아무 말도 하지 않고 앉은 대로 아랫목을 향해 움직이고 초옥은 아범의 곁으로 가까이 가서 묻는다. 번연히 오지 않았음을 알면서도,

 "안 오셨지요?"

 아범은 머리만 끄덕인다. 그리고 가만히 미닫이를 닫고 다시 발자취 소리가 사라진다. 초옥이는 우두커니 그대로 서서 무엇을 깊이 생각하고 있다. 백화가 초옥을 돌아보며,

 "초옥아, 여기 와서 앉아라."

하니까 그제야 초옥이는 백화의 곁에 털썩 주저앉으면서,

 "아이고, 형님. 어떻게 해요?"

하고 애달프게 쳐다본다 백화는 초옥의 머리를 쓰다듬으면서,

 "내일 아침 일찍이 아범을 서울 길로 하루 왕래할 만한 곳까지 보내서 기다리게 하자. 그러고 너하고 나하구는 바람도 쏘일 겸 모란봉에 가서 만일 해전으로 오신다면, 그리로 모셔 오게 하고 그렇지 않으면 밤들 때까지 아들의 집에 가서 기다리다가 집으로 오게 하자."

하였다. 초옥은 어린애처럼 고개를 까딱까딱하기만 한다. 백화는 다시,

 "그럼, 아범을 좀……."

하는 말이 끝나기 전에 초옥은 나가더니 아범과 같이 들어왔다.

백화는 아범을 자기 가까이 앉게 하고 그 동안에 된 일을 들려준 후에 내일의 일을 부탁했다. 그러고 다시,
　"모레는 마지막으로 한 번 더 수고할 것이 있으니까 우선 내일 일부터 먼저 수고하여 주시오."
하고 아범을 간절한 눈으로 바라본다. 아범은 모든 것을 쾌히 허락했다. 그러고 끝으로.,
　"제가 제 동생 문칠이의 생각을 한다면 더구나 이 늙은 몸을 어떻게 해야 은혜를 갚을지 모르는 터인데 수고가 무에오니까 아무쪼록 무슨 일이든지 그저 제 힘에 감당할 만할 일이면 무엇이든지 시켜 주십시오."
하며 충직한 그의 눈에서는 눈물까지 흐르려 한다. 닭 우는 소리가 가까운 곳에서 들리지 시작한다.

임 그린 상사루를 모란봉에 뿌려

　단오절도 하루가 격한 오월 사 일이다. 늦은 아침을 지내어 백화는 초옥이와 작은 아희에게 약간의 음식을 들려 가지고 정원 사잇길에 나타났다.
　"만일 행궁에서 무슨 일로 시종이 오거들랑, 황파의 묘소에 갔다고 해 주시오."
하고는, 다시 어멈의 귀에 입을 꼭 대고 무어라고 수군거렸다. 어멈은 머리를 끄떡일 뿐이다.
　세 사람의 그림자가 사라진 후, 다시 이 집에서는 무녀가 제례를 지내고 있다. 고 첨지는 이 집에서 없어졌다. 그는 황파를 따라 부벽루 기연에 참석했다가, 황파가 처형되는 바람에, 행여나 해를 받을까 하여, 그만 뛰어 달아나다가, 그래도 황파의 집 돈궤를 잊을 수가 없어, 어멈에게는 황파의 심부름이라 거짓말로 꾸며 대놓고, 돈궤를 부서트려서는 욕심대로 꺼내고, 기타 여러 가지 보물을 몸에 지닌 후, 어디로인지 사라져 버린 것이다.
　서경에는 이번에야말로 큰 소문이 벌어졌으니, 즉 백화가 비빈으로 가납된 소문이다. 입을 가진 모든 사람들은 제마다 백화의 지극한 행동을 부러워하며 지껄인다. 상복을 갖추어 험한 의복의 소복을 하였을망정, 모란봉까지 올라가는 동안에 여러 사람의 주목을 받았었고, 자기의 말하는

백화 279

소리를 여러 번 듣게 되었다.

 백화는 고개를 푹 수그려 뭇 사람의 입과 눈을 피해, 이제 모란봉 꼭대기에 서게 되었다. 그들은 멀리로부터 가까이 이편으로부터 저편으로까지 그들의 눈이 미치는 곳은 다 바라보았다.

 백화의 눈은 남쪽 하늘에서 떨어지지 않았다. 먼 남녘 하늘에 가느다란 선이 희미한 구름과 몽몽한 산을 경계로 남쪽의 세계를 굳게 막아 있었다.

 '저 구름 밖에는 저 산 밖에는 그리운 임이 계실 것인가?'

 능라도로 감돌아 유유한 강물이 푸르게 흐르고, 심리에 긴 숲은 바야흐로 녹음이 무르녹아 푸른 장막을 드린 듯, 강 위의 제비와 숲 위의 까마귀도 떼지어 하늘에 높이 솟았는데, 어쩌나, 이 몸만은 무거운 상사의 가슴을 안고 남녘 구름만을 한하고 있는가. 구름 밖에 눈에 보일 듯 말 듯 먼 산의 봉우리들이 야속스럽게 보이며, 멀고 가까운 곳에 물을 임하여 푸른 기와와 붉은 난관들이 그림같이 솟아 있으니, 그것이 이 마음의 미움이라, 단양 하늘에 나직이 불리는 훈훈한 바람이 벽수를 거쳐 지나가니, 곱다란 가는 물결이 강가에 매어 있는 빈 배를 흔들어 문득 내일의 운명을 새삼스럽게 예고해 주는 듯싶다.

 저 강 위에서 내일은 백화의 혼이 잠길 것이냐? 넋이 사라질 것이냐? 어쩌나, 십 년의 원한이 오직 한 털의 길고 짧음에 매었거늘, 임의오시는 발자취를 들으며, 이 몸은 저 강에 잠길 것인가?'

 여기까지 생각한 백화는 다시 더 생각을 계속할 수가 없이, 골 위에 털썩 주저앉으며, 눈물이 방울방울 풀 위에 떨어진다.

 이윽한 후에 백화는 품에서 단소를 내었다. 이것은 왕생의 끼친 오직 하나의 기념이다. 그는 남편 하늘을 바라, 애련히 한 곡조를 부르니, 이 노래를 「남풍사」라 한다.

무심히도 일어나는
강남의 저 바람아
흰 꽃에 맺힌 한을
네 마음의 설움 삼아
떨어진 후 오시려는
내 임의 옷깃에다
이슬 지어 비 되어라
상사루가 되리로세
   *
수이 다녀오시마고
훌뿌리고 가시던 임
고운 얼굴 시들어도
어이 아니 오시는가
낙화혼이 비 될 때나
오시려고 하시거든
남쪽 바람 이는 곳에
울어나 주시소서.

 백화는 단소를 안은 채 풀 위에 엎드러졌다.
 한 많은 백화의 떨어지려는 생명은 서경의 풍경을 가슴에 안고, 오히려 남은 회포가 다시 움직여 그는 견디지 못하는 듯이 몸을 이따금 흔들면서 느낀다.
 초옥은 움직이는 백화의 어깨를 가만히 내려다보다가, 눈을 감고 이마를 찡그려 무엇을 생각하는 듯 하더니, 감은 눈에서 눈물이 흘러내린다.
 초옥이는 백화의 등 위에 어깨를 얹고 소리를 내어 간간이 느낀다. 애끓는 두 여자의 서러운 울음을 모르는 척하고, 대동강물은 무심히 흘러가며 구름은 그들의 머리 위로 지나쳐 간다.
 얼마를 울었든지 초옥이가 먼저 눈물을 씻고 일어나 앉으며, 백화를 안아 일으킨다.

"형님! 모처럼 왔다가 울고만 있어야 되겠습니까? 자, 진정하세요 네? 저기서 사람이 올라오는가 봅니다."

백화는 일어났다. 그는 사람을 피하기 위하여 대동강변 으슥한 곳을 찾아간다. 좀 비탈진 곳이나, 나무가 둘러있는 우묵한 풀밭에 자리를 잡고 앉았다.

초옥이도 아이를 데리고 따라왔다. 초옥이는 음식을 내려, 작은 소반에 술병과 잔을 담아서 백화의 앞에다가 갖다 놓으며,

"형님, 형님하고 저하구 언제 다시 두 번 이 모란봉에서 모일지 알겠습니까? 그러니 우리 서경 풍경을 앞에다가 놓고 마지막으로 한 잔씩 나눠 봅시다 네?"

하고 술을 따라 백화에게 권한다. 백화는 받아 마셨다. 그도 초옥에게 한 잔을 권하면서,

"삶에서 같이 울었고, 죽음에까지 같이 하려는 초옥아, 이 잔을 받아라." 하는 말소리는 떨렸다. 잔을 받는 초옥이의 손도 떨렸다. 초옥이 술을 마신 후에 백화는 초옥의 손을 잡아당기며,

"초옥아, 오늘 우리의 눈물은 서러운 눈물이 아니다. 세상에서 가장 외롭고 서러운 사람은 외로운 사람, 지기라는 것이 없는 자일 것이다. 그러나 나는 이제 두 사람의 벗을 가졌다. 삶에서 의로 합하였으면 죽음에서도 의로 나누이거나 할 것이다. 너도 두 사람의 지기를 가졌다. 우리는 이것을 죽으면서도 웃음 지울 일이다. 그러나 초옥아, 어리석은 죽음은 우리가 마땅히 피할 것이 아니냐? 나로 말하면 죽지 않고는 아니 될 몸이다. 그러므로 나는 달게 죽음을 받으련다. 그러나 너는 어리석은 죽음을 하려는 자다. 만일 네가 참으로 나를 사랑하여 죽음에까지도 따르려고 한다면 그러한 뜨거운 사랑과 정성을 가지고 너는 마땅히 살아서……."

하는 말이 그치기 전에, 초옥은 얼른 손을 들어 백화의 입을 막으며,

"형님, 나는 더 듣지 않으렵니다. 형님의 아무런 말이라도 초옥의 이 마

음만은 움직이지 못합니다. 그만두세요. 죽음길에서 야속한 원을 머금고 따르지 말게 해주세요."

하고 초옥은 백화의 손을 꼭 쥐고, 고개를 가만히 백화의 가슴에 묻는다.

그들은 안고 안긴 채로 상을 당겨 두어 잔을 더 마셨다. 그들의 수척한 얼굴에 주기가 올라 도화색의 홍조가 그들의 고움을 새롭게 하였다. 백화가 초옥의 등을 가만가만 두드리면서,

"초옥아, 내가 십 년 기루에서 아직 입 밖에도 내어보지 않은 노래는 사랑가이다. 이미 기생이 되었던 자로 오늘 이 차생에 마지막일지도 모르니까 사랑가를 불러보지 못한 것도 한이 될지 모른다."

하고 말을 잠깐 그치더니, 다시 이어

"모란봉에 임 기다려 눈물이 피 되오나, 유정인가 무정인가 빈 구름만 웬일이냐. 초옥아! 술 한 잔 더 부어라."

하고 노랫가락처럼 멋있게 나오면서 백화의 취흥이 그럴 듯하다.

백화가 초옥의 주는 술을 마시고, 다시 초옥에게 권한 후에 초옥의 두 손을 마주잡고 흔들면서 사랑가를 부르니, 사랑가를 부르는 백화의 소리가 은은하게 나온다.

      사랑 사랑 내 사랑이로다
      사랑이라구요 사랑이라니
      이내 가슴에 솟치는 사랑
      어느 임 주려고
      생겨 난 사랑인가
      내 임께 바치려 피지는 사랑
      사랑을 던져라
      지척이 천리니
      청산은 의외요 백수가 창랑
      둥실 그 사랑 저 구름 타고
      창해 만리를 건너단 말가

어화둥실 내 사랑이에요
둥둥둥실 내 사랑이로다
     *
사랑이라구요 사랑이라니
사랑도 사랑도 내 사랑이외다
우리 임 그리워 맺히는 사랑이
남쪽 바람에
피눈물 되오나
소상반죽이 아니옵기로
뿌릴 때 없사와 서러워합니다.
사랑을 당겨라
만리도 지척
태산이 낮구요 하해가 옅어요
공주 월지를 담뿍이 싣고서
만파 천리에 백범이 출몰
떴다 잠기는 두둥실 사랑아
     *
사랑아 사랑아 어느 임 사랑인가
어화둥실 내 사랑인지
백계 황계 사랑 사움에
물고 박차는
둥실 사랑
삼월 삼일 연비여천은
물차고 솟치는
제비의 사랑
초려 삼간 저 비둘기는
콩 한 알 물고서 으르렁 사랑
벽해 창룡이 여의주 얻은 듯
오동의 봉황이 죽실을 물은 듯
두둥둥실 내 사랑이외다
사랑이라구요 사랑이라니
이내 가슴에 솟치는 사랑

어느 임 주려고 생겨난 사랑인가
내 임께 바치려
피 지는 사랑
군산 만학에 희게 핀 꽃아
도리 춘산을 반만 열어라
비단결 바람에
넘놀아 나자
쌍거쌍래 호접이 분분
우의 무상에 백화가 점점
두둥실 사랑에 넘놀자 둥실
우리 임 모시어 내 사랑이란다.

  백화가 당세에 떨치는 명기로 처음 부르는 사랑가에 취흥을 띄워, 한없는 설움과 열정을 사랑가 사장에 하소하니, 진진한 흥미 은은한 소리며 넘어가는 구비의 멋진 맛이 정말로 명기의 사랑가임즉 하였다.
  초옥이가 백화의 사랑가에 취해 잠깐 동안 가만히 앉았다가, 백화의 옷깃을 만지작거리며,
  "형님! 형님이 부르시던 남풍사와 사랑가의 화답으로, 내가 상사곡을 부를 테니, 들어보세요 네."
하고 자리를 옮겨 앉으며 주순을 반개하니, 가늘고 맑은 목소리가 곱게 떨려 나온다.

찬바람에 한산 설령
넘으시며 가시던 임
하늘은 단양이요
녹수 청산 되었는데
모질구요 모질도다
산수 장장 천리라니
산이 막혀 못 오시나

물 가리어 길 멀었나
　　　　　*
　　강남 바람 그침 없이
　　저 구름은 일건마는
　　어인 일로 청조조차
　　무정하게 그쳤는고
　　그리 마오 상사루만
　　피 지어서 뿌리옵네.

　그들은 죽음을 앞에 놓고 기약 없는 사람을 기다리며, 속절없는 노래만을 흘리는 동안, 그들의 그림자는 동편으로 길어지고 남쪽으로의 소식은 아득했다. 이렇게 하루도 덧없이 가 버렸다.
　초나흗날의 가느다란 달이 백화대 처마로 넘어갈 때, 어멈은 밥상을 가지고 이르렀다. 요사이는 어멈의 인자한 얼굴에도 공연한 황겁한 기색과 수심이 가득히 끼어 있다. 그는 내일의 일이 어찌 되려는가 하는 의문의 눈으로 백화와 초옥의 눈치만 살펴보고 있다.
　"점심때도 어찬이 내렸습니다. 저녁에도 일찍이 내렸었어요."
　어멈은 상을 백화의 곁으로 다가놓으면서 말했다.
　"그러구 기애 아범은 종일 얼굴도 안 보였어요."
하며 수저를 잡는 두 사람을 번갈아 본다.
　"아이구, 오늘 저녁은 반찬이 어찬 뒤지지 않겠는걸요. 형님, 많이⋯⋯ 네?"
하고 초옥이가 백화를 쳐다본다. 과연 음식은 놀라울 만큼 준비되어 있다.
　어멈은 아무래도 상서롭지 않은 내일을 두려워, 오늘 자기 힘껏 재주를 부려서 종일 장만한 모양이었다. 백화는 빙긋 웃고 어멈을 보며,
　"참 수고하셨구려. 많이 먹자, 초옥아."

하며 둘이는 맛있게 먹었다. 어멈은 꼭 지켜 앉아서 만족한 듯이 보고 있다.

삼경도 거의 닥쳐왔다. 백화대의 마지막 밤의 삼경까지의 시간은 두 사람에게 너무도 지루했다.

지지러지게 타고 타는 가슴을 더 졸여 주면서, 역시 밤은 새여만 간다. 이 밤도 저물었으니 이제 아범의 보고만이 최후의 운명을 결정할 것이다.

아범의 기침 소리가 들리며, 발자취는 가까워 온다. 그러나 백화나 초옥이나 아무도 감히 일어나 문을 열어 보는 사람이 없다.

문은 열렸다. 아범의 햇빛에 그을린 그리고 눈이 움푹해진 얼굴이 나타났다. 그의 얼굴은 다시 절망을 아뢰었다. 백화는 의외에 태연히,

"참 수고하셨소. 잠깐만 들어와 주시오."

한다. 아범은 들어왔다. 백화는 그를 보며,

"내일은 부벽루에서 낮이 지나도록 시간을 늦춘 후에 기다려도 아니 오시면, 나는 배에 올라 놀이를 할 것이고, 어멈과 초옥은 강가에서 아범을 기다릴 터이니, 해질 때까지 강가에 도착되도록 와주시오. 나는 해질 때까지는 어떠한 일이 있든지 기어코 방비해서 견디어 볼 것이니까, 아범은 하룻길 될 만한 곳에서 기다려 보시오. 해 떨어져 밤만 들게 되면 아마도……."

여기까지 말하고, 그는 입술을 깨물면서 머리를 숙인다. 아범은

"해질 때까지는 강가에 도착되오리다. 만일 아니 오시면…… 어떻게……."

하고 코를 훌쩍인다. 백화는 혼자 말하듯이,

"오시든 안 오시든 나는 죽을 몸이니까, 다만 얼굴만이라도 죽기 전에 한번 더 뵈옵고 죽으면 원한이나 없을까 하여서……."

하면서 한숨을 깊이 내쉰다.

"그래두 오시면 혹 무슨 도리가……."

하고 아범은 소매를 얼굴에 댄다.

"오셔서 도리가 있다면 지금도 있게요? 어디로 도망을 가겠소? 어쩌겠소? 아이구, 도망가서 피할 수만 있다면, 오죽이나…… 어디로 간들, 그 손길을 벗어날 수가 있나요. 돈 있고 권세 있는 그러한 무도한 사람이 있는 이상에는 백화라는 생명이 어디 간들 용납되겠소? 나는 죽음을 달게 받으려 합니다. 나는 죽음을 만족하게 하기 위해서 왕공자를 한 번 더 보려고 내일까지 생명을 연기하는 것입니다. 그러니까, 아범은 만나든지 못 만나든지 해전에만 도착해 주시오. 그러니까, 여기에서 말 두 필을 얻어 가지고 가서 기다려 주시오."

백화의 안색을 푸르렀으나, 말소리만은 씩씩했다.

아범은 벌떡 뛸 듯이 일어나며,

"그러면 저는 내일 새벽에 뵈옵지 않고 바로 떠나겠습니다."

하고 나가려 한다.

"잠깐만 기다리시오."

백화는 일어나 장문을 열어, 작은 보퉁이를 주며,

"이것을 가지고 내일 비용에 보태 쓰시오. 그리고 내가 편지를 한 장 써서 공자에게 남기겠으니, 잘 간수했다가 꼭 드리시오. 그러니까, 내일 새벽에 잠깐만 들려주시오."

한다. 아범은 연해 고개를 끄덕이며 나갔다.

백화는 필연을 갖다 놓았다. 그리고 종이를 펼치고 붓을 들었다. 그는 한참이나 붓든 채로 있더니 쓰기 시작했다.

일주의 가장 경애하는 공자여! 당신의 일주는 붓을 들었습니다. 이것이 공자에게 처음 드리는 글이며, 또한 마지막이 되는 글입니다.
공자께서 떠나신 후로 이 몸은 몇 번이나 임 그리는 붉은 마음을 썼다가 찢었다가 한 줄이나 알으시나이까? 보낼 곳조차도 모르는 이 가슴을…… 드릴 곳조차도 없는 이 마음을…… 어느 하늘 밑에 괴로운 나그네의 꿈을 못 이루어 하시는 공자가 계실 것을 알겠사오리까?

그러므로 오직 돌아오실 그날만을 기다려 흰 종이 조각을 쌓아 두었던 것입니다. 그러나 이제 일주는 이 글을 남겨 오시는 공자를 맞게 하렵니다.
　그리운 공자여! 어쩌다 일주는 하룻밤의 만나므로 영원한 이별을 짓게만 되었습니까? 어찌하여 죽음 길에 들지 않고는 아니 되게만 되었습니까?
　모든 사람은 다 살고 있습니다. 그런데 어찌하여 일주만은 사는데서 쫓겨 죽는 데로만 가게 됩니까? 아니 가든 못하겠던가요?
　그러나 일주는 이 죽음을 달게 받으렵니다. 이 죽음이 도리어 일주를 행복되게 할 것이기 때문에……
　오직 최후의 원은 죽음의 길에 드는 눈이 공자의 얼굴을 한번 더 보고자 합니다마는, 박명한 일주에게는 가엾은 최후의 원조차도 이루어질 수 없을까요?
　그리운 임이여! 일주는 갑니다. 다시 오지 못할 먼 길로 기어코 가고야 맙니다. 임께서 남겨주신 세 마디 이 단소만 품에 품어 죽음의 동무로…….

　글씨를 아롱지게 하더니, 여기까지 쓰고는 책상에 엎드려 잠깐 느끼다가, 다시 일어나 눈물을 씻고 계속해 쓴다.

　공자여! 가는 일주의 오직 한가지 부탁이 있습니다. 이 몸이 죽은 후에라도 공자께서 이르시면 재가 된 한줌의 흙이나마도 서경 하늘 밑에 두어 주지 말으십시오. 어찌 참아 죽은 후에라도 기색의 이름으로 선연동 쓸쓸한 산에 묻혀 있으리까 백화가 죽은 뒤에는 백화가 아닙니다. 일주입니다. 일주는 결코 이 같은 권위와 금력의 횡포 아래에서 핍박받을 기생은 아닙니다. 멀천에서 눈물짓고 한숨 쉴 물건이 아닙니다. 순전한 한 개의 인간입니다. 처사동 그대로의 일주입니다.
　일주는 아홉 살에 고향을 떠날 때 어머님의 산소에 못 다녀온 것이 이날까지의 철천의 원한입니다. 그때! 아! 그때! 철모르는 어린것이 황파에게 옮긴 줄도 알지 못하고, 교자창 틈으로 멀리 아침 안개에 가리는 처사동 산골자기를 바라보며 머리를 숙여 맹세했습니다.
　일주가 죽지 않고 살아 있게만 되면, 후일 돌아올 때 아버님을 모시고 와서 어머님 산소에 와 뵙겠습니다. "딸의 죄를 용서해 주십시오."라고 한 일이 있었습니다.

두 번째 백화는 붓대를 멈추고 느끼고 있다. 등 뒤에서 초옥의 훌쩍이는 소리가 들린다. 백화는 다시 일어나, 애써 진정해 가지고 계속해 쓴다. 그러나 눈물은 여전히 흐르고 흐른다.

　일주는 살아서는 부모님 산소에 갈 수가 없었습니다. 그러나 죽은 넋이라도 나는 기어코 가고야 말겠습니다. 어머님의 곁이 그립습니다. 그리고 아버님의 곁이…… 아아, 아버님께 내 아버님께 나는 가고 싶어요. 애처롭게도 나는 죽어서야 그곳에를 갈 수가 있습니다. 그래.

백화는 몹시 느끼며 간간이 소리까지 발한다. 이제 영원한 이별이 될 그리운 사람에게 일천만 가지의 하소를 쓰려고 하는 그의 가슴에서는 얼마나 원한과 비애가 굽이치고 있으랴? 느끼고 또 느껴 끝없는 눈물이 피가 될 때까지도 백화는 이 글을 쓰고 다시 느껴 그것을 계속하는 동안에 스스로 닥쳐오는 죽음을 당하고 싶었다.

　그리운 이여! 일주를 당신의 손으로 고이고이 옮겨다가 아버님과 어머님 곁에 묻어 주셔요. 나를 용납해 주실 아버이 곁에 영원히 편하게 잠재워 주십시오.
　임이여! 다시 한가지의 부탁을 저버리지 말아 주십시오. 공자께서 설한 험로의 모든 고생을 달게 받으심도 오직 일주를 위하심 일진대…… 임이여! 임께서는 용감히 살아 주십시오.
　그리고 초옥을 사랑하여 주십시오. 초옥은 일주 이상의 또한 일주의 생명 그대로인 초옥입니다. 못 잊혀질 공자여!
　장롱 속에는 일주의 눈물로 만들어 놓은 의복이 들어있습니다.
　일주를 본듯이 입어 주십시오. 그리고 붉은 보자기에 싼 것은 일주가 아홉 살 때 고향을 떠나올 때에 입고 나왔던 의복입니다. 임께서 눈 익혀 보신 작은 의복이오니, 공자의 행장에 남겨 두십시오.

임이여!
　　이 밤도 다하였습니다. 이제 죽음은 입을 벌리고 기다리고 있습니다. 놓기 싫은 이 붓대나마도 놓고야 말 일주는 이것으로써 일생의 마지막의 생명을 닫아버립니다.

　　　　　　홍무 이십년 오월 오 일
　　첫닭이 울 때 차마 못 가는 일주는 경애하는 낭군, 왕 공자께 드리나이다.

　붓대를 던져 버리고, 그는 땅바닥에 엎드렸다. 참고 참았던 오열은 드디어 터져 버렸다.
　그는 약간 몸짓까지 하면서 몹시 흐느끼고 있는 것이다. 초옥이는 백화가 이 글을 쓰는 동안 눈물을 멈추지 않고 줄곧 흘리고 있었다. 백화의 이 모양을 보자, 그는 백화의 등 위에 엎드려 같이 실정 체읍했다. 초옥이는 백화보다도 더 절실하게 통곡했다.
　이윽하여 백화가 먼저 일어나 눈물을 거두었다. 그는 다시 편지를 펼쳐 들었다.
　종이는 아직까지도 물에 젖은 것 같았다. 백화가 두 손으로 고이 받혀 들고 처음부터 다시 내려 읽는 동안, 멈추었던 눈물은 다시 흐르기 시작했다.
　읽기를 마친 후에도 그는 눈물에 젖은 눈을 편지에서 떼지 않고 이윽이 이윽이 한참이나 바라보고 있다.
　무심한 닭은 세 번째 울었다. 이렇듯 백화로부터 그 이하 모든 사람이 목숨을 내놓고 기다리고 바라는 왕생은 그 동안 어찌나 되었는가?

왕생은 어찌 되었나

　왕생이 정월 십오 일 눈 덮인 길가에서 백화를 떠나 올 때 정말 그의 마음은 쓰리고 아팠다.
　백화의 설음은 그래도 왕생의 것보다는 단순하였으니, 그에게는 울면서 기다릴 희망이 있었다. 왕생에게는 백화의 희망을 이루어 주어야 할 무거운 짐이 있었던 것이다.
　남성의 힘이 없이는 여자란 살 수 없는 것이라는 깊은 관념과 인습은 뛰어나는 생각의 주인공인 그들까지도 굳게 얽어 놓았던 것이다.
　왕생은 오직 백화의 일생을 구하고 못하는 것이 자기에게 매인 줄만 알고 있다. 사실도 그러한 것이니, 백화 역시 왕생의 처단만을 유일의 구원으로 알 수밖에 없지 않았던가? 왕생은 십 년 동안 그리워하던 일주를 만날 때 반가움과 기쁨을 어찌 다 말하랴만 백화로서의 일주를 만날 때 너무도 어이가 없었으니, 그날 밤에 나타난 그의 모든 행동을 보아서 가히 짐작할 수 있었던 것이다.
　그날 밤 왕생은 어디까지든지 이지적이었다. 그리운 사람을 만나 애끓는 눈물의 하소를 받을 때 녹고야 말았을 그의 감정은,
　'일각이라도 속히 백화의 일신을 구해내지 않으면 아니 되겠다.'
　는 굳은 결심이 이기고 말았던 것이다.

황파의 집 대문 밖에서도 그는 담대하게 떼쳐 버렸었다. 그러나 모퉁이 길을 돌아서던 그때부터 그의 가슴은 견딜 수 없이 쓰리고 아팠다.

그는 여막에서 아침도 먹지 않고 짐을 차려 떠나려고 할 때, 주인은 눈 쌓인 추운 날 새벽의 보행을 만류하였다. 그러나 왕생은 듣지 않았다. 귀를 어이는 듯한 날카로운 바람도 발을 얼릴 듯한 길바닥의 추위도 그에게는 두렵지도 겁나지도 않았다. 그의 온몸에서 뜨거운 피가 용솟음을 치고 있으며, 가슴은 희망에 가득 찼었다.

종일을 길 걸을 때는 일각도 백화의 그림자를 잊지 않았다. 그의 모양이 그의 눈물이 그의 말소리가 온전히 그의 정신을 지배하고 있었다.

그는 사흘만에 동주(洞州=황해도 瑞興)에 이르렀다. 심한 적설과 취설로 교통은 그쳤다.

십여 일 만에야 불가불 다녀야만 되는 양식의 교통 같은 것만 왕래하고, 사람의 왕래는 별로 없을 때도, 그는 부지런히 길을 행해 강화에 이르렀다.

외숙은 과연 도령(道寧=강원도 金城)으로 이거하고 없었다. 그날 밤을 외숙의 친우집에서 쉴 때 피로가 극도에 달하여, 열이 몹시 나고 몸이 지쳐져 버렸다.

이십여 일을 죽도록 앓고 났다. 겨우 행보할 만한 때에 만류함도 듣지 않고 그곳을 떠나니, 때는 벌써 삼월 초순이었다.

그는 장주(獐州=경기도 漣川땅)에 이르자, 너무도 한전이 나고 두통이 심해 견딜 수가 없었다.

이상 더 행보를 할 수 없게 될 때, 배돌장(布石)에서 조금 들어가는 좀 깊이 들어앉은 듯한 조용한 여관을 찾아 들어갔다.

왕생은 간신히 몸을 지탱하면서 주인을 불렀다. 오십여 세나 될 듯한 노파가 나오더니, 손을 흔들면서 말을 못하는 것이 벙어리인 듯 싶었다.

왕생이 다시 말할 때 방문이 열리며 젊은 여자가 나오더니, 왕생을 이

옥이 바라보다가,

"이리로 오시지요. 이 방으로 들어가십시오."

하면서 마당에 내려 마당 건너편에 있는 조그마한 객실로 손수 안내해 준다.

"아마 이 여자가 여막 주인인가 보다."

생각하며 왕생은 방으로 따라 들어갔다.

"대단히 미안합니다마는, 지금 내가 길에서 병을 얻어 견디기 어려우니, 나을 때까지는 좀 유숙하여야 되겠습니다. 그러니 퍽 폐가 많겠소이다."

그는 아픔을 견디지 못해 간신히 신음 소리까지 발하여졌다.

여막 주인은 어떤 사람

주인 마누라는 얼른 대답한다.
"아이구, 별말씀을…… 뵈오니까 신색이 말아니십니다. 퍽이나 괴로워하시는 모양인데요. 아이구 관세음 보살 나무아미타불 아무 염려도 마시고, 괴로우신데 어서 먼저 누우시지요."
하고 손수 자리를 펴놓고 나가더니, 노파와 무슨 이야기를 한다.
　이 여막 마누라는 이십이 될락말락한 여막 주인으로는 너무도 젊고 아리따운 여자였다. 둥글지도 길지도 않은 하얀 얼굴의 양 뺨은 도화색을 띄워 있고, 입은 작으며, 눈은 가느스름한 것이 요염하게 보이는데 말소리까지 듣기 좋게 울렸다.
　주인댁은 다시 방으로 들어오더니, 아직까지 눕지도 않고 신음하고 앉아있는 왕생을 측은히 여기는 듯이 내려다본다.
"아이구, 어서 누워 계십시오."
하며 자리를 다시 고쳐 깔면서,
"지금 불을 뗄 것입니다. 그리고 약이라도 말씀하시면 지어다가 드릴 터이니까, 조금도 어려워 말으시고 말씀하세요."
하고 상긋 웃으니까, 하얀 이가 반짝 한다. 그의 희고 탐스러운 팔목에는 염주가 걸려있으니, 틀림없는 불도 신자였다.

왕생은 이러한 친절을 심히 감사히 여겼다. 그는 잠깐 몸을 굽혀,
"너무나 감사합니다. 그러나 한전과 두통이 심하니까, 우선 약 몇 첩을 지어오게 해주십시오."
하고 은자를 꺼내려니까, 주인댁이 연망히,
"약은 제가 곧 지어 오겠습니다. 셈은 후일로 미루어 두세요. 그리고 어서 누우세요. 저렇게 신음을 하시면서도……. 아이구 관세음 보살 나무아미타불."
하면서 문을 열고 나가더니, 다시 노파와 웅얼웅얼하는 소리가 들린다.
이 여막의 바깥주인은 서 여산(徐如山)이라고 하는데, 지금 삼십이 세가 된 키가 훨씬 크고 몸이 장대한 사람이다.
그는 힘이 대단히 세어서 동리 사람들이 여산이라고 불러주는 것이요, 본 이름은 배덕이라 하였다.
그의 부친은 예성강(禮成江) 선주 노릇 겸 나무질을 하였던 까닭에 배덕이는 어려서부터 물에 익숙했다.
그의 성질은 충직하고 온순하면서도 어디인지 시원하고 큼직한 대목이 있었다. 그리고 몹시 부지런해서 틈틈이 글자를 배우며, 적은 여가가 있어도 독서에 열중하여 지식 얻기에 골몰히 애를 썼던 만큼, 그는 자기 동류에서도 뛰어나는 학문이 풍부한 사람이었다.
그의 부친이 죽은 후, 그는 가산 집물을 팔아 가지고 이 동리에 와서, 그의 어머니와 살림을 하였다.
그는 일찍 상처했으나, 즐겨 재취를 구하려고도 하지 않고 약간의 밑천으로 각처에 행상하여 먹고살기에는 그다지 곤란하지 않았다.
그 이듬해 여산이는 동무 장수의 소개로, 월곡(月谷)이라는 산골에서 열여섯 살 되는 처녀를 재취로 데려온 지 삼 년째 되었는데 동리 사람들이 월곡댁이라고 불렀다.
왕생에게 친절한 주막 주인이 즉, 이 월곡댁이었다.

이렇게 여산이가 살림을 하면서 장사를 다니지만 웬일인지 자꾸만 실패를 보게 되니까, 그 어머니가 애처롭게 여겨 심심 소일 겸 여막업을 시작한 것이다.

매불선자(媒佛善者)

 이 배돌 여막에서 과히 멀지 않은 곳으로 언덕을 의지하여 계성사(戒成寺)라고 하는 절이 있었다.
 고려조에는 불교가 국교였으므로, 왕실부터 서민까지 불도를 신봉했다. 그러므로, 각 고을 부중으로부터 각 촌락까지 흔히 절이 있었던 것이다.
 이 계성사의 주승 포덕대사(布德大師)라고 하는 중은 동리 사람들이 매불선자(媒佛善者)라고 존칭하여 불렀다.
 당시에는 으레 승려들이 백성의 위에서 항상 존경을 받았으나, 매불선자는 더욱이 존경과 신임을 받았던 것이다.
 매불선자라는 존칭의 유래는 이러하였다.
 자손 못 낳는 부녀들이 사원으로 가서 삼일 이상 몇 달이든지 중과 함께 부처 앞에서 주야 정성으로 기도를 드리며 자손을 얻는 데서 시작된 것인데, 이상하게도 자손을 얻는 사람이 많았다.
 그리하여 모든 사람들은 승려의 중개와 지성으로 인해 부처님에게서 자손을 얻음이라 하여, 자손 낳기 위하여 같이 빌어주는 중을 매불선자라고 존칭한 것에서 비롯하였다.
 그런데 이 계성사의 매불선자는 별달리도 영험하여 이름이 매우 높았다. 모든 부녀들은 다투어 계성사에 모여서 정성을 드렸다.

이러한 부인들은 대개 십팔 세 이상으로 사십 이내의 부녀들이나, 그 중에도 이십부터 삼십 세까지의 꽃다운 부녀들이 제일 많았던 것이다.
 포덕대사라는 매불선사는 몸이 뚱뚱하고 키가 큼직하며, 미목이 호남 자격으로 생긴 사람으로, 삼십 사오 세 가량 된 풍채 좋은 사람이었다.
 그는 언제든지 두 눈을 뜨는 때가 별로 없이 불전에 단좌하여 정성스럽게 염불을 한다. 매일 답지하는 부녀들이 혼자이거나 여럿이거나 불당 앞에 와서 합장 배례하고 매불선자 나오기를 기다리노라면 그는 엄정한 태도로 생불이나처럼 유유하게 일어나서 불당 앞마루까지 나오며, 두 눈을 딱 감고 백팔 염주를 목에 걸어, 두 손으로 슬슬 비비며 입술을 털썩털썩하면서, 염불을 쉬지 않는다. 그러다가 마루 앞까지 와서 우둑하게 서게 되면, 부녀들은 합창하여 배례하느라고 머리를 깊이 숙인다.
 그때에 생전 안 떨어질 듯이 감겨 있는 매불선자의 두 눈 중에 한 눈이 빵긋이 열리면서, 번개같이 눈동자를 구슬리며 입으로는,
 "선남선녀 삼성삼계 나무아미타불······."
하고 손으로 비비는 염주가 잠깐 올라가면서 다시 소리가 적어지자 한 눈은 감기고 다른 한 눈이 열려진다. 매불선자의 눈이 이렇게 좌우가 번갈아 가면서, 번개같이 살피는 것을 아무도 아는 사람이 없었다.
 이렇게 떠지는 매불선자의 한편짝의 눈은 속하게도 신통이도 여러 부녀의 자태를 한꺼번에 보아 버린다. 몇 십 년의 단련 있는 그가 아니고는 보통 사람은 어림도 없는 신통한 묘술이었다.
 삼성삼계라는 것은 불가의 팔불 중에서 불살생, 불탐재, 불주색 등을 세 번씩이나 돌아보아 생각하고 경계하라는 뜻이니, 이것은 매불선자가 누구를 만나든지 첫 인사의 말이요, 나무아미타불을 어토나처럼 달아 쓰는 것이다.
 이렇게 부녀들이 와서 매불선자에게 뵈올 때 혼자이면 선자가 직접으로

"선남 선녀 삼성삼계 남무아미타불, 들어와 계소로 들어오시오. 아미타불"
하여 당 좌우편에 법당 불탑을 통한 작은 방으로 들여보내며 여럿이 온 때는 상자 중이 나와서 여러 부녀 중 가장 용모와 자색이 나은 젊은 사람 넷을 택하여 법당 좌우편 계소에 둘씩 나누어 들어가게 한다.

그러면 택함을 입은 부녀들은 계소에 들어가 계의를 갈아입고 아랫목과 웃목으로 나누어 앉아서 기도를 정성껏 드리는 것이요, 남은 부녀들도 이렇게 번갈아 가며 차례로 계소에 들어가는 것이었다.

매불선자와 월곡댁

 그런데 계소를 혼자 차지하는 부녀는 귀하거나 부한 집의 부녀들인 동시, 그들은 정한 날짜를 마음대로 기도하는 것이었다.
 이같이 손님이 답지하고 이름 높은 계성사를 중심으로 그처럼 유명한 매불선자의 가장 수신도가배들 여막의 주인 마누라인데 월곡댁이 수제자로써 매불선자에게서 받은 불명은 혜니매암(惠你媒庵) 선통이라는 계호였다. 월곡댁의 열여덟 살 되는 칠월경이었다. 시집온 지 이 년이나 되었건만 자손이 없어 그의 시어머니는 아들의 나이 많고 또한 자기도 육십이 넘어 죽을 날이 멀지 않다 하여 퍽이나 초조하게 자손을 기다렸다.
 그는 근실하고 인자한 노인으로 불교의 독신자였으므로, 부처와 승려를 극히 사랑하고 신뢰했다.
 그래서 자기 며느리의 자손 얻기를 매불선자에게 간청하여, 월곡댁은 자기 혼자 계성사 계정소에서 닷새 동안 기도를 드리게 되었다.
 첫날 이른 아침부터 그는 계성사 법규에 따라 목욕 재계한 후에 매불 정의를 갈아입고 머리를 풀어 동여매고 발을 벗고 계소에 들어가게 되었다.
 이 정의라는 것은 단겹으로 된 흰옷으로 위에서부터 내려 입은 것인데, 다른 옷은 입지 않고 나체에 이 정의만을 무릅써 입는 것이다.

월곡댁이 좌편 계소에서 정성껏 기도를 드리고 있을 때, 매불선자는 불탑 아래 단좌한 채로 월곡댁을 불렀다.
　월곡댁은 법당으로 나가서, 단정히 무릎을 꿇고 고개를 숙여 앉았다. 매불선자는 불탑을 향해 눈을 감고 앉은 채로,
　"선남선녀 삼성삼계 나무아미타불."
하더니, 말을 이어서,
　"선녀 월곡은 들으라. 무릇 육근 탁신을 가져 자손을 얻지 못하는 것은 전생의 죄악이 많은 연고이라, 아미타불! 그런고로 자손을 얻으려는 것은 심히 어려운 일이니, 정성을 다하여 부처님께 기도를 드릴 때는 아미타불 부처님께서 그 정성을 보시어 지성 기도하는 자에게 감동하시사, 비몽사몽간에 영근 불맥을 접하여…… 아미타불…… 나무관세음 자손을 얻게 되는 것인데, 선녀 월곡도 지성 기도 드릴 시에는 혹시 자손을 불전으로부터 받자올 지 모르는 것이라, 그러나 정성을 드릴 동안까지는 하루 죽 한 그릇씩만 먹고 밤낮으로 잠들지 않게 특별히 주의하여 정성을 드리는 때에 영근 불맥을 접할지도 모르는 것이니…… 아미타불… 그때에 어떠한 놀라움이 있을지라도 추호도 경동하지 말라. 여러 가지 현신으로 부처님께서 현상을 하는 것을 각별히 조심하여, 몽매의 간이라도 경동하지 말아야 비로소 죄업 탁신에 영근 불맥을 받을 것이외다. 나무아미타불. 나무나무 관세음보살…… 선녀 월곡은 명심 명각하여 정성을 헛되이 말지어다. 나무 관세음 나무 극락 제보살천지 제신 천존 사리 사리 선녀 월곡 나무뢰음 나무 제불……."
하고 무거운 말소리가 정성껏 울려 나오면서도, 매불선자는 눈을 뜨고 월곡댁을 다 살펴보았다. 그리고 다시 눈을 감으며,
　"선녀 월곡은 계소로 들어가시오. 연후 지성 정심하시오."
하였다.
　월곡댁은 몸을 일어 계소로 다시 들어간다. 매불선자는 이제는 마음을

턱 놓고, 두 눈을 크게 떠서 광채 나는 눈으로 월곡댁의 뒷모습을 바라본다.

크고 넓은 텅 빈 법당에 희고 작은 월곡댁의 그림자가 멀어 갈 때, 어슴푸레한 금빛 나는 불탑 옆에서 그의 뒷모양을 커다란 붉은 눈으로 쏘아 보고 있는 그 형상은 실로 음침한 해골 구렁의 마왕이 섬약한 선녀를 집어삼키고자 벌건 입을 벌리고 독한 불기운을 쏟고 있는 것과 흡사하다고 할만하다. 이 눈같이 하얀 흰옷을 입고 구름 같은 머리를 풀어, 등 위에 묶어 느려 놓은 가는 몸맵시의 굴곡은 너무도 절묘해 실로 선녀나처럼 곱게 보였다.

온순 순진한 월곡댁은 어린 마음에 매불선자의 말을 부처의 말이나처럼 믿었을 뿐 아니라 매불선자의 그 모든 행동은 생불로만 보였을 뿐더러, 시어머니와 남편의 지극한 염려와 자기 스스로의 원을 생각해 지성껏 신념을 다해 기도를 드렸다.

이렇게 지성을 드린 지 사흘째 되는 날의 깊은 밤이었다.

월곡댁은 어리고 연한 꽃다운 몸이 밤낮 사흘의 죽 한 그릇씩만을 먹으며, 잠을 한숨도 못 이루어 본 탓으로 심신이 극히 피로했다.

그러나 강인히 견디어 기도하던 중, 어느덧 깊은 잠이 들어버렸다.

언제인지 누군가 자기의 몸을 건드리는 듯싶었으나 워낙 지친 몸에 정신조차 몽롱하여, 이야말로 비몽사몽간이다.

확실히 자기 몸에 무엇이 닥쳐 눈을 몽롱히 떠보았다. 그는 깜짝 놀랐다.

그러나 매불선자의 이르던 말을 생각해 정성껏 견디고 있었다. 완연한 영근 불맥이 자기를 안은 동안은 심한 쾌감을 느꼈다.

이윽한 후 불당으로 통한 계소의 문이 열릴 때, 문으로 들어오는 밤빛에 보니, 검은 그림자가 나간다.

월곡댁은 지쳐진 몸을 겨우 일으켰으나 정신은 상쾌한 듯싶었다.

월곡댁은 너무도 이상하고 신기하여 밤새도록은 기도로 정성도 드리지 못하고 놀랍기도 하고 두렵기도 하며 기쁘기도 하여, 날이 밝기까지 잠을 이루지 못했다.

이른 새벽에 불당으로부터 매불선자의 소리가 난다.

"선남선녀 삼성삼계 나무아미타불 선녀 월곡 불탑 앞으로 오시오. 아미타불…"

소리는 여전히 장엄 침중하다. 월곡댁은 그의 소리를 듣자, 가슴을 진정시키려고 애를 썼다. 그의 얼굴은 후끈하게 달아지고, 매불선자를 대할 일이 어쩐지 부끄럽게 생각되었다.

그는 마지못하여 탑 앞에 나아가, 선자 곁에 머리를 숙이고 단정히 꿇어앉았을 때, 자기 가슴에 뛰는 소리가 잘 들렸다.

매불선자는 눈을 감은 채로 머리를 불탑 위로 쳐들었다. 어쩐지 오늘은 너무 쳐들어서 예에 벗어진 듯하였다.

너무나 많은 부녀들을 위한 정성스러운 기도로 인해 아마 정신이 좀 흐려진 듯하였다.

"선남선녀 나무아미타불 삼성삼계……."

항상 쓰는 염불까지도 거꾸로 외어 버렸다.

"선녀 월곡은 들어오시오. 내가 어제 깊은 밤 불전에서 정성껏 기도드리는 중에 비몽사몽으로 현몽되시기에 보니…나무…타불."

염불이 또 빠져진 듯이 들린다. 그리고 염불 욀 때나 말할 때 전에 없는 헛기침을 하게 된다.

"…불탑으로 좇아 한 줄기 붉은 기운이 솟치어 나며…타불……."

염불 구절이 좋아든다.

"선녀 월곡의 정성 드리는 계소로 손살같이 뻗치어 가더니……. 아미타불… 선녀 월곡의 백체 탁신에 감겨 보이었으니……타불…… 그대의 몸이… 비로소 타불…영근 불맥을 받은 모양…이오…타불."

타불 속리가 엄청나게 빨라지며 숨을 가쁘게 빨리 지나쳐버린다.

"그대가 오 일 기도에 사흘째 되는 어제부터 영근 불맥이 임하였으니, 오늘밤 내일 밤까지 접할 것이오. 나무아미타불…이는 도시 나의 정성과 그대의 정성으로 말미암음이라, 아미타불…이로부터 그대의 몸이 거룩하였으니, 아미타불……고로 특별히 그대의 계호를 선통 혜니매암이라 주는 것인, 나무아미타불. 더욱 정성을 드려 경동함이 없게 하시오. 나무아미타불 그러고도 자손을 얻지 못한 즉, 이는 죄악이 태심한 연고라, 아미타불! 그러나 오늘부터는 음식을 먹어 영근 불맥을 접한 혜니매암의 귀한 몸을 보양하시오. 아미타불 나무 관세음보오살"

말을 그쳤다. 월곡댁은 그의 말을 듣는 중에 가슴은 몹시 두근거리었으나, 부처의 혜택과 매불선자의 은덕을 퍽이나 감사하게 생각했다. 그리고 종일 즐거운 생각과 어떠한 자만심에 마음이 들떠서 그날 해가 길어 보이는 것처럼 은근히 밤 되기를 고대했다.

그날 저녁 때 상자 중이 젊고 아름다운 여자 하나를 데리고 와서 월곡댁의 계소의 웃목을 지시하여 기도를 드리게 하고, 월곡댁에게는,

"이 부인네는 우편 계소에서 기도 드리시던 분인데, 오늘 사흘째 되었으나, 워낙 다른 부녀들이 많이 오시기 때문에 할 수 없이 한 계소에서 정성을 드리게 하였습니다."

하였다. 방은 좁으나 길게 되어 있어, 둘이라도 번잡치는 않을 것이라고 생각했다.

그 부인도 월곡댁과 같이 계의를 입고 머리를 풀어 퍽이나 지친 것같이 보였다.

밤이 이윽이 깊어진 모양이다. 불당 사이 문이 열리며 검은 그림자가 빨리 들어온다. 가슴은 두근거렸다. 어젯밤과 같이 영근 불맥은 접했다. 검은 그림자가 나간 후에도 월곡댁은 너무도 신기해 잠을 이루지 못했다. 그의 정성이 심하던 만큼 기쁨도 심했다.

한참 있으니까, 다시 계소의 문이 열린다. 가슴은 다시 두근거렸다. 그러나 공포심으로의 것이 아니고 즐거움으로의 경동이었다.
월곡댁의 정신은 윗목으로 쏠렸다. 그도 몹시 놀라는 듯싶었다. 그리고 잠깐 동안 계소가 고요하지 못했다.
검은 그림자는 나갔다. 그 부인도 일어나서 부스럭거렸다. 꼭 어젯밤 자기와도 같이 신기히 여기는가 보다라고 생각했다.
그 이튿날도 월곡댁과 위편 부인은 영근 불맥을 받았다. 월곡댁은 투기심으로 웃편을 바라보게까지 되었다.
엿새만에 월곡댁은 집에 돌아 왔다. 여산이는 그 이튿날 돌아 왔다. 그는 남편을 보기가 부끄러웠다.
그의 마음은 가라앉지가 않고 들정들정해 일이 손에 잡히지가 않았다. 여산이는 사흘 있다가 다시 나가 버렸다. 월곡댁은 매불선자의 지시라 하고 음식을 많이 준비해 사흘 기약으로 계성사에 기도 드렸다.
시어머니는 손수 모든 음식을 지성껏 장만하여 며느리를 보내주었다.
이 후로 월곡댁은 하루 건너 이틀 건너 단 하룻밤이라도 기도 드리러 간 적이 많았으며, 어떤 때는 낮이든지 밤이든지 단 몇 시간이라도 기도를 하러갔었다. 그럴 때마다 월곡댁은 시어머니에게

"어머니! 매불선자께서 말씀하시는데요. 저의 죄악은 그 동안을 정성으로 다 속해졌지마는 자식이 없는 것은 어머니와 남편의 전생 죄악이 많은 탓이라고 하셔요. 그러니까 두 분의 대신으로 자손 받을 당자가 계속하여 지성을 드리면 어머님과 남편의 죄를 속하고 부처님께 자손도 받는다고 그러셔요."
하며 야속스러운 듯이 어머니를 바라보며,
"글쎄말이다. 그렇지 그래. 몹쓸 죄악으로 어린 네가 저렇듯 고생을 대신하게 되는구나, 아이구."
하고 무료한 듯 혀를 끌끌 차는 것이다.

"그러나 어쩔 수 있니? 너라도 고생을 하여서 죄악을 씻고 아이를 얻어야지. 어서 가거라 응. 매불선자님인들 오죽 고생하시겠니?"
하면서 진심으로 염려를 해주기도 하였다.

어떤 때는 매불선자가 월곡댁의 집으로 와서, 치성을 드려 준 적도 많앗다. 이런 때는 시어머니에게,

"요새 도무지 기도하러 오는 부인네들이 어찌 많은지 도무지 자리가 없으니까, 특별히 저를 위해서 집에까지 친히 오셔서는 이렇게 치성을 드려주셔요."
하였다. 그러면 시어머니는 너무나 감사하여서 머리를 숙여 합장을 하며,

"저런 저런 일 보아. 나무아미타불 선자님의 하해 같으신 은덕을 어떻게나 갚나?"
하며 고두 배례를 하면서 며느리 방에 단 둘이 있게 하여 오래도록 치성과 기도를 드리게 하고, 자기 방에서 염불을 하며 기도를 드렸다.

이렇게 영근 불맥은 계성사 법당으로부터 월곡댁의 침방까지 붉은 기운이 뻗쳤던 것이다. 이렇게 된 후부터 그리도 온순하게 시어머니와 남편을 공대하던 월곡댁은 차차 성질이 변해져서 시어머니와 불목하기 짝이 없었다.

월곡댁에게는 모든 세상 것이 다 귀찮고 일 같은 것은 더구나 손끝에도 걸쳐지지 않는다. 그는 사람들이 모두 보기 싫고 말도 하기 싫으며, 시어민 얼굴도 보기 싫고 그의 말은 더구나 듣기 싫었다. 오직 때때로 계성사에만 가고 싶으며, 매불선자만 만나고 싶었다. 그런 때는 공연한 짜증을 내어 이맛살을 찌푸리고 심난스럽게 멀거니 앉았다가, 저의 방으로 들어가 누워 버린다. 자기 스스로도,

"어쩌면 이다지도 변하여 버렸을까?"
하고 생각한 적도 많았다.

그러다가 여산이가 들어오게 되면, 더 밉고 보기 싫은 것을 겉으로는

더욱 다정한 채하려니까, 자연 아양까지 부리게 되었다.

여산이는 전에 못 들어보던 어머니의 험담을 월곡댁에게서 늘 듣게 되었다. 그럴 때마다 꾸짖기도 하고 달래기도 하였다.

여산이 보기에는 월곡댁의 태도가 야릇하기 짝이 없었다. 황망한 듯도 하고 실신한 듯도 하며 침울한 듯도 하고 사나운 듯도 하였다.

하여간 대단히 성질이 거치러져서 까딱하면 성을 잘 내는 것은 사실이니, 월곡댁 자기도 그의 마음이 성낸 물결처럼 늘 요동하고 있는 것을 느끼는 것이다.

월곡댁에게 이러한 큰 변동이 생긴 후에 여산이는 좀 이상하게 생각하였으나, 다른 의심은 할 수가 없었다.

그는 어머니의 불도의 신자인 것을 마음으로는 환영하여 불교 승려들을 존경하고 신뢰하였으므로 충직한 여산으로는 제정사의 기도가 월곡댁을 이렇게까지 만들었거니는 꿈에도 생각지 못하고 다만 더욱 어머니에게 극진한 효성을 다할 뿐이었다.

그해 시월에 여산이라는 멀리 덕은(德恩 恩津)땅에 동무 장수들과 장사를 가서 다섯 달 가량 있게 된 일이 있었다.

아무리 타처로 많이 다녔으나, 이번처럼 오래된 일은 없었고 열흘 아니면 오륙 일의 얼굴도 못 보고 그대로 다시 나가버렸던 일도 있었다.

어머님은 어디로

  여산이가 덕은 땅에 떠나게 될 때 그 어머니에게 비창한 어조로,
  "어머님, 이 자식이 생로 때문에 늙으신 어머님을 슬하에 한번도 평안히 모신 때가 없으니, 참으로 불효가 많습니다. 그렇지만 이번만 이렇게 가고는 다시 안 가겠으니까, 그저 이번 다섯 달만 참아주십시오."
하고 목이 메어 더 말을 이루지 못했다. 어머니도 눈물을 머금으며,
  "얘야! 이 다음엘랑 이런 장사는 아예 다니지 말아라, 차라리 여막을 쳐서 죽 한 그릇씩을 먹더라도 어디 마음이 편해야지 글쎄 자식을 그렇게 멀리 보내고 마음 붙일 데가 있어야 하지 않니, 늙어가니까 그런지 점점 마음이 설어만 가는구나 도무지"하는 말을 마치지도 못하고 치마귀로 눈물을 씻는다. 여산의 눈에도 눈물이 흘렀다. 어머니는 다시 말을 이어,
  "그런데 저 애도 불전에 기도를 드리러 다니구 매불선자님도 가끔 오시니까, 전보다 더욱 용돈이 더 많이 든다. 그러니 저 애한테 돈을 좀더 남기고 가거라"
하니까 여산이는 전대를 끌러 돈을 더 내어 월곡댁을 주며,
  "옜소. 자, 이것 가지고 보태어 쓰시오. 그러구 이번은 장삿길도 오랠거니까, 그 동안 어머니를 지성으로 보양해야 되오. 조금이라도 불안을 드려서야 되겠소?"

하고 월곡댁을 바라보았다. 월곡댁은 어젯밤부터 남편에게 이 권고를 귀가 아프도록 들었다.

그는 얼굴이 좀 붉어가지고 옷고름을 만지면서 아무 대답도 하지 않았다.

여산이는 어머니에게 향하여

"아무쪼록 쉬 다녀오겠습니다. 과히 염려는 말아 주십시오."
하며 절을 하고 어머니를 이윽이 바라보다가 일어나서 나오니까, 어머니와 월곡댁이 뒤를 따라 나왔다.

어머니는 문밖 한길까지 따라 나와서, 눈물을 줄줄 흘리며,

"내가 이번에는 퍽이나 서럽구나 너무 오래 될 터이니까 그런지 너무 늦어서 그런지 별스럽게도 마음이 안 놓이고……."
하고 자꾸 치맛자락을 들어 눈물을 씻어 가며 울었다.

여산이도 자주 돌아보면서 걸어간다. 벌써 월곡댁은 그림자도 보이지 않았다. 동리 골목을 휙 돌아서며 그는 손짓으로 어서 들어가시라니까 어머니는 흰머리를 끄덕이며 서 있었다. 여산이는 기어코 산모퉁이를 돌아가 버렸다.

그는 주먹으로 눈물을 씻으며 걸어가면서 생각한다.

"어째 이번에는 나도 마음이 안되었고, 어머니는 더 서러워하시나?"
하다가,

"응, 며느리가 전 같이 않으니까, 마음을 붙일 수 없어 더 서러워하시는 게지?"
하고 우뚝 발걸음을 멈추고 섰다가 다시 길을 걸었다.

여산이는 그후로도 다섯 달 동안 항상 그 어머니의 울던 모양과 길거리에서 치마 자락을 들고 끄덕이는 그 흰머리가 늘 가슴에 얹히고 눈에 삼삼했다.

그러다가 장사 기한을 마치고 바삐 행하여 집에 와 보니까, 문고리가

안으로 걸리었다. 여산이는 문을 흔들면서,
 "어머님! 어머님!"
하고 불렀다. 그전 같으면 대번에 마주 소리치고 나올 어머니가 재삼 불러도 아무 기척이 없었다.
 여산이는 가슴이 꽉 내려앉으며, 무슨 뭉치가 목구멍까지 꽉 막히는 것 같았다.
 이윽한 후에 어떤 노파가 나오며 문을 열자, 월곡댁이 흩어진 옷과 머리로 황황히 마주 나온다.
 "어머님, 어디 계시오?"
 여산이는 먼저 이 말부터 물으며, 월곡댁을 똑바로 쳐다, 보았다.
 월곡댁은 그 대답은 하지도 않고,
 "어서 들어나 오시구려."
하면서 앞서 들어간다. 여산이는 짐짝을 마루에 부려 놓고 방으로 따라 들어갔다. 이부자리가 흩어져 있었다.
 여산이가 문 밖에서 어머니를 여러 번 부르고 있을 때 안에서 누구인지 황망히 옷을 주어 입어 가며 뒷문을 열고 뛰어 나간 사람이 있었다.
 그 사람이 옷을 단정히 입고 점잖게 되어서 한길로 나아가 계성사 편으로 정엄한 발길을 내어놓았을 때, 마주 오던 동리 동리 사람 하나가 허리를 굽실하며,
 "매불선자님, 어디를 행차하셨다가 돌아가십니까?"
하고 다시 절을 꾸벅한다. 매불선자는 어디서부터 눈을 감고 왔는지 모르나 감고서도 누구인지 아는 모양이었다.
 "선남선녀 삼성삼계 나무아비타불 선남 문칠이 별래무양하신가 나무아비타불."
하고 지나쳐 버렸다.
 여산이는 자리에 앉아서 월곡댁에게 모든 말을 듣고는 목이 막히고 가

숨이 메어 말을 이루지 못하다가, 가슴을 쿵쿵 치며 울고 운다. 월곡댁에게서 들은 말은 대강 이러하다.

"어머님께서 석 달 보름 전에 병환으로 사흘간 아프시다가 돌아가셨기 때문에 혼자 손으로 어쩔 줄을 몰랐었는데, 매불선자의 극력 주선으로 치상범절을 마쳤다."

는 말이었다.

여산이는 방바닥을 두드리면서 통곡한다. 이럴 때 마당에서 기침 소리가 나며,

"여산이! 원 이런, 기막힐 데가…… 아이구, 여산아."

하는 소리를 듣고 여산이는 울음을 그치고 문을 열면서,

"아이구, 형님! 후우, 형님! 이런 기막힐 데가 어디 있겠습니까! 아이구! 후우."

하고, 다시 방바닥을 치면서 운다. 찾던 사람은 방으로 들어왔다.

월곡댁은 일어나면서,

"아지버니, 오십니까"

하고 맞았다. 그는 여산이를 붙들고

"여보게! 그러지 말게, 응? 어서 울음을 그치게, 응."

한다. 여산이는 울음을 삼키면서,

"바로 이리로 오셨습니다 그려."

하고 눈물을 흘린다.

"글쎄 이런 기막힐 일이 어디 있겠나? 그저 이놈의 목구멍 때문에 이런 일이 생기네 그려. 나도 자네하구 갈려 가지구 막 집에 들어서니까, 판돌이 녀석이 뛰어 나오면서, 자네 원, 이런! 재상당한 말을 하기에 그만 짐짝을 던져 놓고 찾아오는 길일세. 원 하두 기가 막혀서……."

하고 찾아온 사람은 말을 못 맺는다.

월곡댁은 혼자 가슴을 졸이고 행여나 저이가 무슨 말을 하면 어쩌나

하는 듯이 그 사람의 입을 쳐다보고 얼굴을 질려 앉았다.
그 사람의 입술은 다시 열리려고 한다.
월곡댁은 가슴이 뜨끔하였다.
"참 아주머니 혼자 손에 얼마나 애를……."
월곡댁의 가슴이 선뜻 풀리며, 그의 말이 끝나기도 전에 너무도 다행한 듯이
"아이구, 별말씀을…… 저야…… 무어…… 여간 고생이 된대두 말할 게 무엇 있어요? 그저 어머님께서 그렇게 되신 후에…… 원 매……."
그 말끝에 나오려는 말이 자연 위험스러울 듯하기 때문이다.
손님은 다시 훌쩍거리고 앉아있는 여산이를 바라보며,
"여산이 울지 말게. 이 문칠이도 목구멍 까닭에 별별 짓을 다 당해 보았네. 참 못 당할 일이데마는 어디 그놈의 세상이 무엇 마음대로 되는가? 그저 세상일이란 그러하이."
하면서 그렇듯이 타일렀다.
하루는 여산이가 밤 늦게야 들어올 것을 첫 새벽에 말하고, 가까운 촌에 나갔다가, 의외의 일이 속히 끝나게 되어, 점심때가 지나 집에 돌아오게 되었다.
여산이가 자기 집 뒷길을 걸어 올 때 매불선자와 마주쳤다. 여산이는 공손히 절하면서,
"선자님! 어디 행차하셨습니까?"
하였다. 매불선자는 황망히 지나치며 답례했다. 매불선자가 지나칠 때 술 냄새가 훅 끼친다. 여산이는 이마를 찌푸리고 매불선자를 돌아보다가, 매불선자의 큰 눈과 마주쳤다. 매불선자는 획 돌아서며, 다시 걷기를 시작하였다.
여산이는 우두커니 바라보았다. 매불선자의 걸음걸이가 저렇게 급하고 바쁜 때는 이때껏 보지를 못했다.

여산이는 돌쳐 자기 집 앞문에 와 보니까, 사립문이 안으로 걸려 있었다. 이때 번개같은 생각이 번쩍 지나가면서 그는 급히 발길을 돌려 뒷 사립문으로 들어가, 안방 뒷문을 덜컥 열어 젖혔다. 술 냄새가 콱 풍기면서 앞문이 탁 닫쳐진다.

여산이는 다시 빨리 앞문을 열고 보니, 어멈이 술상을 들고 엎드러질 듯이 부엌으로 들어가다가 탁 엎질러지면서, 와그락 덜그렁 소리를 내고 술병과 술잔이며 안주그릇이 박살이 되어 마당으로 풍기며 굴러간다.

여산이는 다시 방으로 돌쳐 섰다. 이불은 아랫목에 펼쳐진 대로 뒤숭숭하고, 월곡댁의 머리는 비녀까지 빠졌으며, 옷고름 치마끈들이 머리가 아프도록 어지럽게 풀리었고, 월곡댁은 옷을 주워 입노라고 부산했다.

술기로인지 얼굴이 퍽이나 붉었다. 이때 만일 여산이가 월곡댁 곁으로 조금만 더 가까이 갔더라면 염통 뛰는 소리가 세잡이 절구질 소리만큼 심했을 것을 알았을 것이다.

여산이는 우두커니 서서 월곡댁만을 바라보고 있을 뿐이다.

월곡댁은 점점 예뻐만 가는지 옷고름이 풀어져 벌어진 그 사이를 백옥 같은 젖가슴이 부드럽고 곱게도 보이고 칠 같은 머리단이 제 멋대로 풀려 앞뒤로 구름 같이 흩어진 사이로 보이는 얼굴이 요귀처럼 요염하면서도 징글맞게도 보였다.

월곡댁은 갑자기 배를 웅키며 가슴을 만지면서 얼굴을 찡그리고 몸을 굽혀 앓는 소리를 내면서,

"아이구 배야! 아이 참 무슨 증후가 있은 후로는 늘 이렇게 먹는 것이 꼭 체해 버리니 살 수가 있어야지. 꼭 죽겠어 망할 거 아이 오늘두 하루 저물도록 체해 가지구, 견딜 수가 있어야지. 아이구 참 귀찮어. 자식인지 무엇인지 그래서 하도 못 견디겠기 술을 좀 마시면 났다나? 그래서 몇 잔 먹었더니 아이구 그만 가슴이 벌떡이구, 숨이 차서 견딜 수가 있어야지. 그래 어멈시켜 가슴 좀 문지르라구 누웠느라니까, 매불선자님이 오셨겠

지. 어떻게 죄만스러운지. 그래 몸둘 곳이 있어야지. 어멈을 사이에 두어 꼭 가리우고 누웠느라니까. 아이 참 선자님께서 도리어 미안쩍게 여기시며, 선자님께서두 요사이 너무 바쁘셔서 체중이 생겼다구 몇 잔 잡숫구 잠깐 앉으셨다가 가시었지 아이구 어찌 죄송스러운지 아니 저 들어오실 때 못 뵈왔어요? 선자님을?"
하고 여산을 쳐다본다.

  월곡댁이 신도가 되기 전에는 단순 순박한 여자이다. 거짓말 한 번 한 적도 없고 아양이라거나 요사스러운 짓은 생각지도 못하던 것인데 지난해 칠월부터 영리하여 언사가 좋아졌을 뿐 아니라, 완전히 아양 덩어리가 되어 버렸다.

  이러한 특징과 특장들은 포덕 대사의 설법의 은덕이며 매불선자의 영근 불맥의 감화였다.

  여산이는 우두커니 서서 다만 뚫어지게 월곡댁의 얼굴을 내려다보고 있다. 월곡댁은 치마끈을 만지며 고개를 숙이고 앉아 있다.

  여산이는 청산의 유수 같은 월곡댁의 변명을 듣고 기가 막혀 정신이 띵하였다.

  '저것이 저렇게도 변하여 버렸을까, 그렇게도 착실하던 것이 작년 칠월부터 삼월까지 여덟 달 동안 저렇게도 속히 완전히 변해 버렸을까, 이제야 열아홉 살 되는 것이.'

  하면서 아직까지도 바라보고만 있다. 볼수록 요귀로밖에 안 보여, 잔등이 으슥해지며 더 서 있을 수가 없었다.

  그는 마루방으로 나와 누워 있으면서 공포심과 의구심에 잠겨 몹시 괴로워하였다.

부부의 금실이 쓸쓸해져

월곡댁은 홀로 누워 있으면서 아찔아찔한 모든 추억을 어찌나 지독하게 생각하였든지 머리가 헹댕글하여 정신조차 희미하게 되었다. 그는 한 팔로 방바닥을 짚고 정신을 진정하고자 할 때 건넌방으로부터,
"으으응."
하는 남편의 신음 소리가 들린다. 그는 별안간 남편이 불쌍한 생각이 들었다.
그리고 얼른 매불선자의 기름진 뚱뚱한 모양과 건강한 하지만 어디인지 거치럽고 기운 없이 늘어진 모양 같은 오늘의 남편을 비교해 보고,
"아이 불쌍해"
하였다. 그리고 불러보려고 하였다. 그러나 오늘 낮에 하마터면 하던 생각이 문득 나면서 좀 쭈뼛쭈뼛하여 그만 두어 버렸다.
밉살스러웠던 남편이지만 추억을 맞추고 보니까 역시 허젓한 생각이 들며 남편을 그리워하는 생각이 불 일 듯이 벌떡 일어나서, 입을 그 방쪽으로 두르고 불렀다.
"개똥 아버지! 여보, 개똥 아버지!"
아무 대답이 없었다. 월곡댁은 소리를 더 크게,
"별안간 왜 그 방에서 주무시우! 참 별일도, 여보 개똥 아버지! 나 보구

여기서 혼자 자라구 그리시우!"
하고 야속한 듯이 저 혼자 눈을 흘긴다.
"개똥 아버지! 개똥 아버지 참 아이구 대답 좀 해요, 예. 왜. 그 모양이야 사람두 참!"
하면서 혼자 성을 바락 내어 얼굴이 뾰로통해 가지고 고갯짓을 변덕스럽게 한다. 그래도 아무 소식이 없다. 그러니까, 이번은 애가 닳아서 몸을 앞으로 굽히고 소리를 은근히 내어,
"여보, 개똥 아버지! 왜 대답이 없소! 내! 아이 대답 좀 해요. 싫어! 응! 개똥 아버지!"
하면서 몸을 틀었다가 얼굴을 찡그리고 짜증을 내는데 연산이가 내질렀다. 별안간에 불퉁스럽게,
"왜 그리 떠들고 야단이야. 몸이 아프다면서 가만히 잠이나 잘 것이지."
하는 여산의 말소리가 월곡댁의 모든 표정을 탁 멈추게 하였다. 월곡댁은 눈을 깜박깜박하고 가만히 앉았더니 벌떡 일어나서 문을 덜컥 열고 나간다.
여산이는 문소리를 듣더니 얼른 일어나서 문고리를 걸어 버렸다. 월곡댁은 문을 덜컥 잡아당기다가 안 열리니까,
"아이구 참 별일을 다 보겠네. 문 열어 주, 문 열어요."
하더니, 다시
"당신이 안방으로 아니 오면 나도 이 방에서 같이 잘 테야. 문 열어요. 글쎄 찬방에서 혼자 무슨 꼴이냐 말이에요. 네 어서 문······."
하고 발을 동동 구른다. 그러다가 다시 딸깍딸깍 흔들며,
"참 별일도 다 많으니. 내 원 기가 막혀. 자, 어서 문 열어요. 제발 문 열어요."
하고 문을 탁탁 친다. 그리고 잠깐 있다가 다시 조른다.
"이 양반이 금시에 정신이 어떻게 되었나 봐. 일부러 장난을 한 번 해

보려고 이러시우 어째우? 응? 아이구, 속타서 문 열어요."
　금방 울려는 목소리다. 여산이는 성이 나서 벌떡 일어나 문고리를 벗기고 무슨 일을 낼 것 같더니, 어찍 생각하였는지 다시 드러누우며,
　"여보, 나도 몸이 퍽 괴롭고 당신도 대단 괴로운 모양 같으니까, 그렇게 떠들지 말고 들어가서 편히 자시오."
하고 좋은 말로 타일렀다.
　"여보, 글쎄 웬 일이냐 말이에요. 전에도 그렇게 하였습디까? 응? 대답 좀 해요. 몸이 아프면, 왜 더운 안방에서 편히 못 주무시고, 나는 인제 몸도 관계찮아요. 글쎄 별안간 왜 그래요?"
하고 분이 나서 앙탈을 한다.
　월곡댁의 이 모양을 밖에서 본다면 아무렇게나 쪽진 머리에, 옷이 틈새로 풀어진 듯 흐트러져서 하얀 살이 허리로 보이며 한 손은 문고리를 잡고 얼굴은 마치 자다가 깬 어린 아기 뺨처럼 깨끗하고 불그스름한데, 눈에는 눈물까지 괴어 가지고 안달을 하고 보채며 서있는 모양이 타락한 요염한 계집의 대표물이 될 만했다.
　"그러니까 안방에서라도 당신 혼자서 편히 주무시구려. 별안간에 알 수가 없단 말이야요. 당신 하시는 노릇이……."
　사실 그 말도 그럼직한 말이다. 여산이는 월곡댁에게 불편한 듯이 얼굴이나 말소리를 낸 적이 없었는데, 정말 오늘 저녁은 심상치가 않았다.
　월곡댁도 자기 속에 한 속종이 있으니까, 이렇게까지 하기는 하지만 여산이는 월곡댁의 말을 듣고 문득 다시 생각했다.
　'공연히 지금 그의 성정을 건드려 틀어 버린다거나 섣불리 하다가는 도리어 코 다칠 터이니까, 우선 태도를 눅게 해 가지고 눈치를 보고 사실을 증명할 증거를 찾아내야 되겠다.'
　이렇게 마음을 정한 후에 그는 혼연한 기색으로 억지 웃음을 머금어 문고리를 벗겨 주고 머리를 내밀어 보았다.

그러니까 월곡댁은 원망스러운 낯빛으로 입을 꼭 다물고 남편을 쳐다보았다. 여산이는 월곡댁을 내려다보며,
"어떻게 하는지 한 번 보려고 그리했더니, 아직도 마누라가 내가 없으면 못 살겠는구려."
하고 한번 멋있게 웃어 부치며, 월곡댁의 손을 턱 잡아 주었다.
 방금까지 안달을 하며 앙탈을 하던 월곡댁은 남편의 이러한 말과 행동을 보고는, 그만 성이 나서 손을 뿌리치고 안방으로 가면서,
"오시든지 말든지 하시구려."
하고 힐끗 보면서 문을 닫는다. 여산이는 다시 불쾌한 마음이 쑥 솟았다.
 '전에는 결코 저런 따위의 아양이나 앙탈을 해본 일이 결코 없었는데…… 말해서 무얼 하나? 아주 환장을 해버린 딴 사람이 된 것을…….'
 한숨을 쉬고 나서는 다시 돌쳐 들어가려고 하는데 방문이 천천히 열리면서 월곡댁이 방긋이 웃어 나오더니, 남편의 소매를 붙들고,
"원 이렇게 구 척이나 되게 큰 이가 그랬다구 노염 났소? 들어가요, 그러지 말구. 당신도 내 속을 태웠으니까, 나도 그래 보았지 이리 와요."
하며 끌고 안방으로 들어간다. 여산이는 말없이 끌려 가 앉히는 대로 자리에 앉았다. 월곡댁은 자리를 고쳐 깔더니,
"아니 주무시려우? 나는 먼저 자겠어요."
하고 속옷 바람으로 뛰어 들어가듯이 이불 속으로 들어간다.
 그러고는 이불을 푹 뒤집어쓰고 조금 있더니, 머리만 살짝 내놓으며 불만 바라보고 있는 남편을 바라보면서,
"왜 저렇게 얼빠진 사람 같아요? 아, 어서 들어와 주무시구려. 몸도 편찮다면서."
한다. 여산이는 머리를 돌려 내려다보며,
"어서 먼저 자시오. 그런데 내 자리는 어디 있어? 괴로우니까 따로 자겠소."

하며 일어나서 자기 자리를 내어 깐다.

　월곡댁은 우두커니 바라보고 누웠다가 이불을 다시 뒤집어쓰면서,

　"아이구 참……."

한다. 그러고는 한숨 소리가 가만히 난다.

　둘이서는 모두 잠이나 들었는가? 아무 소리가 없었다. 그러다가 가끔 이불 들썩거리는 소리가 들리면서 여산이의 깊은 한숨 소리가 난다.

사모하게만 되는 것이 웬일?

그 이튿날 여산이는 종일 나갔다가 저녁때 돌아와 보니까, 월곡댁이 손수 약을 다리고 있다.
"왜 누가 아팠소?"
여산이는 의아한 듯이 물었다. 월곡댁이 부채를 든 채로 일어나며,
"어떤 손님이 오셨는데, 노중에서 병이 나서 지금 저 건넌방에서 앓으셔요. 그런데 아마 퍽 몹시 아프신 모양이기에 약을 몇 첩 지어다 다려 드리려는 중이에요."
한다. 여산이는 마당 건넌방으로 들어간다. 월곡댁은 자기도 모르게 여산의 뒤를 따라서 그 방문 앞까지 갔다. 그리고 그 방 속에서 나는 소리를 듣고 섰다.
"어, 허, 대단하신 모양이로군요. 아마 행역에 지쳐서 병이 나셨는가 봅니다."
하고 여산의 말소리가 들리더니 다시
"아니, 누워 계십시오. 어서 그대로 누워 계십시오. 무엇 하러 일어나십니까? 퍽 고생하십니다. 저는 이 여막 주인인데 장사라고 다니니까, 손님들께 불편하신 일이 많습니다. 제 이름은 서 배덕이라고 합니다."
하니까,

"이렇게 아파서 눕게 되니까, 주인께는 적지 않은 괴롬과 폐됨이 많습니다. 어찌 불안한 일이 많은지요."
하는 객의 힘없는 은근한 소리가 들린다. 그러나 아팠을 망정 우렁차고 점잖은 맛이 있다.
월곡댁은 그렇게 곱고도 진중한 말소리를 처음 들어보았다.
남편의 소리는 크고 빽빽하여 귀가 시끄러울 만큼 요란스럽고 매불선자의 말소리는 꼭 무슨 쇠로 만든 징 소리처럼 웅얼웅얼한 것이 흐리기가 짝이 없다. 그리고 아주버니 문칠의 소리는 순한 듯하지만 너무 굵었다.
이 음성은 무슨 노래가 듣는 것처럼 웅장하면서도 점잖게 어투가 듣기 좋고 힘이 없이 하는 말소리는 은근하게 들린다. 여산이의 크고 빽빽한 소리가 다시 들린다.
"참 별말씀을 다 하십니다. 그렇게 말씀하시니 도리어 불안합니다. 나으실 때까지 편히 조섭하시고, 무엇이든지 어려워 마시고, 제 마누라에게 시켜 주십시오. 자, 어서 누워 계십시오. 저는 또 종차 들어와 뵙겠습니다."
월곡댁은 얼른 다시 화롯가에 앉아 불을 붙인다. 여산이는 나와서 손수 약을 보면서,
"그 손님이 퍽 아프신 모양인데, 좀 속히 다려 드려야지. 약은 어디서 지어 왔소? 아마 먼길에 행역이 나신 모양인데……."
하니까, 월곡댁은 불을 자주 붙이며,
"그러지 않아도 속히 다리는 중인데, 어째 잘 안 끓어. 이 약은 저 장약방에 가서 한전하고 두통난 데 먹는 약 달라구 했어요. 좀 보시구려."
한다. 여산이는 그 말대답은 하지 않고,
"여보! 내게 좋은 환약도 있지마는, 이 약 자신 후에라도 무얼 좀 마실 것을 만들어 드려야 하지 않겠소? 그러니 어멈에게만 맡기지 말고 손수 좀 만들어 드리시오."

한다. 월곡댁은 남편이 객에게 그렇게 친절히 하는 것이 퍽이나 기뻤다. 그래서 갑자기 생각난 듯이,

"글쎄 참 그래야지. 그럼 당신이 불 좀 보아주시구려."
하며 부채를 내주고 부엌으로 들어간다.

여산은 지성껏 불을 보아서 약을 다린 후 짜 가지고 병자에게로 갔다. 병인은 더 신음한다. 여산이는 약 그릇을 들고,

"우선 이 약을 좀 자시어 보십시오. 그리고 취한을 잘 하셔야 합니다."
하고 약을 권했다. 손은 자리에서 일어나 약을 받아 마신 후에 여산이를 유심히 바라보면서,

"이 여막 이름이 무엇입니까?"
하니까, 여산이는 약 그릇을 받아 든 채로,

"이 동리가 배돌이라고 하기 때문에 배돌 여막이라구 해둡니다."
하더니 다시 생각난 듯이,

"그런데 참 성함은 누구시며, 어디로 가시는 길입니까?"
하고 왕생의 얼굴을 더 자세히 보았다.

"저는 이 서롱이라고 합니다. 지금 도령까지 가는 길입니다."

왕생은 외가의 성을 쓰는 것이 더 편리하게 생각되어 이가라고 한 것이다. 여산이는 일어나면서,

"그러면 얼마 남지도 않았습니다. 잘 조섭만 하시면 염려는 없겠는데요. 하여간 오늘밤에는 편안히 주무십시오."
하고 다시 왕생을 한참이나 내려다보다가 나가 버린다.

여산의 눈에는 왕생이 보통 사람으로 보이지 않았다. 나이는 이십이나 밖에 안 되어 보이지만 숙성한 체격이 귀인의 풍이 있고, 미목이 준수하고 언어 행동이 극히 진중 다정하여서, 여산이와 같이 각처 각읍으로 돌아다니던 사람으로도 처음 만났다고 할 만큼 비범하게 보여 웬 일인지 자연히 공경하고 싶은 생각이 들었다.

그래서 어느 사람에게든지 친절히 하는 여산이지만, 더구나 왕생에게는 진심으로 친절히 하고 싶었다.
여산이뿐 아니라, 아마 월곡댁도 왕생의 사람됨을 헌옷 속에서도 알아보았든지, 몹시도 친절히 해준다.
왕생은,
'다정한 주인 내외를 만나서 다행하나 불안할 만큼 친절하다.'
고 생각했다. 그리고,
"그 남편과 안해가 퍽 연세의 차이가 있으나 남편은 충직하고 쾌활한 사람이다."
고 생각하고 나니 마음에 좀 안심되어서 편히 누워 있었다. 여산이는 월곡댁을 부르더니,
"저 큰 궤짝 열쇠 좀 주시오."
하니까 월곡댁이 치맛자락에서 끌러 준다. 여산은 안방으로 들어가 궤를 열고 보퉁이를 끄집어 문서 같은 것을 다 주머니에 담고, 작은 주머니 하나를 낸 후 궤를 잠그고 밖으로 나와서, 월곡댁을 다시 부른다.
"여보! 이리 좀 오시오."
하니까 월곡댁이 행주치마에 손을 씻으면서 마루 앞으로 왔다. 여산이는 종이 주머니를 주면서,
"이건 환약인데, 행여에는 참 좋은 약이니까, 탕약을랑 식전으로 드리고, 환약은 식후 한 시경쯤 되거든 더운물에 잡숫도록 하시오. 나는 볼 일이 있어서 한 사흘 동안 어디 좀 갔다가 오겠으니 그 동안 좀 지성으로 보아 드리오. 부탁이오."
월곡댁은 놀란 듯이,
"지금 곧 떠나시우? 저녁밥이 다 되었는데……."
하고 마당으로 내려서는 남편을 바라본다.
"응, 가는 노중에서 누구를 좀 만나서 같이 가다가 또 어디를 들러 거

기서 자겠소. 좀 일찍 떠나려 하던 것이 너무 늦었소마는……. 그런데, 손님이 모처럼 누우셨는데, 들어가기가 무엇하니 이따가 저녁 후에 말씀이나 좀 들려주시오."
하고 나간다. 월곡댁은 남편의 뒤를 바라보다가 깜짝 생각한 듯이,
"여보 열쇠는 어찌 하였어요."
하니까, 여산이도 마주 놀란 듯이,
"오, 참 저 궤 위에 놓고는 잊어 버렸소. 그리고 저 손님께 드는 것은 조금도 돈 드는 것 생각지 말고 쓰시오. 그리고 그 동안이라두 손님이 나으셔서 떠나시게 되거든, 우리 셈은 부디 그만두시라고 하시오."
하고 나간다. 왕생은 부부의 말을 듣고 너무도 감사하다고 생각하면서 가만히 누워 있었다.
　월곡댁은 손수 미음을 가지고 왕생의 방으로 들어가, 상을 자리 앞에 단정히 놓으면서 공손하게,
"미음을 좀 가지고 왔는데 조금 마시어 보십시오……. 맛은 좋지 않지만……."
하였다. 왕생은 주인 마누라가 어찌나 가만히 들어왔는지 알지도 못했다. 그러나 말소리를 듣고야 깜짝 놀라 이불을 걷어차고 일어나 앉으며,
"한전은 좀 잡혔지마는, 열이 오르고 두통이 더 몹시 납니다. 일부러 해오신 것이지마는, 지금은 좀 먹기가 어려운데요."
하였다. 월곡댁은 근심스러운 듯이 바라보며,
"그래두 무얼 좀 잡수셔야 또 환약을 잡수실 터인데……."
하니까, 왕생은 난처한 듯이 월곡댁을 잠깐 쳐다보며,
"지금 먹으면 꼭 구토할 것 같습니다. 그러니 환약이나 좀 먹지요. 음식은 먹을 수가 없으니……."
하고 미안해하는 기색이 보인다. 월곡댁은 그 눈치를 알고 말끝을 달아서,
"그럼, 먼저 환약을 잡숫구 누워 계시다가 미음일랑 있다가라도 두통이

진정되시면 잡수시지오."
하고 상을 들고 일어선다. 왕생은 불안한 듯이,
"도무지 너무 폐를 끼쳐서……."
하고 잠깐 쳐다본다. 월곡댁은 선 채로 왕생의 쳐다보는 눈과 마주쳤다. 그래서 눈을 내리 쓸어 상을 보면서,
"아이구, 별말씀을…… 병으로 저렇게 고생하시는 이도 계신데……. 그럼, 환약을 곧 가져오겠어요."
하고 한 손으로 방바닥을 짚고 있는 왕생의 손을 힐끗 보면서 나간다.
"그 손이 옥같이 희고 퍽이나 곱게 생겼다."
하고 월곡댁은 생각하면서 나왔다. 그는 환약 두 개를 싼 채로 접시에 담아 가지고 다시 왕생의 방으로 들어갔다.

월곡댁은 왕생의 곁으로 가까이 앉으며, 약 그릇을 객에게도 권하고, 물그릇을 들고 있다가 왕생이 환약을 집어드니까, 받으라는 듯이 물그릇을 전한다.

이러는 동안에 멀리만 보았던 객의 얼굴을 월곡댁은 가깝게 자세히 볼 수가 있었다. 처음 들어올 때는 한전으로 얼굴이 푸르고 희기만 하더니, 지금 보니까 얼굴이 불그스름하면서 이마로부터 턱까지의 생김생김이 어찌도 잘나고 아름다운지 월곡댁은 한참이나 보다가 속으로,

'저렇게 잘 생긴 미남자도 있던 것인가?'
하였다.

월곡댁은 어렸을 때부터 오늘까지 자기가 잘 났다고 감탄해 본 사람은 없었다. 단순하게 길러 난 월곡댁은 실상인즉 앙큼스럽다고 할 만큼 어떤 인물에도 감복하지 않았다.

자기 남편은 건장하고 튼튼해서 사내답게는 생겼지만 콧대가 좀 솟았기 때문에 아름다운 곳은 없었다. 그가 처음 시집 와서는 너무나 나이가 많은 것 같아서, 몇 달 동안은 무섭기도 하고 싫기도 하여 가만히 친정

부모를 원망도 해보았다.
 그러나 할 수 없이 지나오는 동안 서로서로 뜻도 맞추고 정도 들어 잘 지내왔으나, 속 깊이는 그렇게 홀아비에게 또는 나이가 훨씬 많은 사람에게 시집 온 것이 한이 되지 않는 것도 아니었다.
 나이는 훨씬 많지만, 존경과 신임의 선입감을 가지고 우연히 만나 신기와 호기심과 미신의 여러 가지 맛이 섞인 매불선자가 마음에 들었었다. 그러나 그 뚱뚱하고 몽통하여 미륵 돼지 같은 그 몸을 지금 자기 앞에 보이는 그 손님에게 비교하면 너무도 차이가 심한 것이었다.
 연세도 자기 연세쯤 되는 젊고도 어린 태가 나는 얼굴이 희고도 살결이 부드러우며 이목이 잘 생긴데다가 체격이 늠름한 장부의 기상과 같이 무슨 이상한 기운이 어리어,
 "맑고 광채가 나는 이 수재와 음기가 더럭더럭 맺힌 매불선자와는 근본이 다르구나."
생각했다. 월곡댁이 순진하던 때 같아도 이러한 처음 보는 미남자를 보았더라면, 그의 가슴에서 어떤 감정이 그를 괴롭게 하였을지도 모르거든, 하물며 매불선자와 접촉이 된 후, 근본적으로 확실히 변해 버린 오늘의 월곡댁이랴.
 월곡댁의 왕생에게 대한 생각은 처음에는 놀람과 감탄이었으나 나중에는 그것이 연모로 변해졌다.
 그의 마음이 흐려진 것인 만큼 어떠한 흐릿한 물결이 몹시 가슴에서 요동을 하고 있는 것을 자기 스스로 잘 느끼면서 몇 번이나 붉은 영맥으로부터 자기 남편까지의 모든 것을 비교해 가며 생각하였는지 모른다.
 "잘 먹었습니다."
하고 물그릇을 내려놓는 왕생의 소리에 생각은 그쳐지고, 어느 결엔지 자기의 손이 물그릇을 놓는 왕생의 희고 고운 손으로 쏜살같이 내려가다가 문득 목표물은 잡지 못하고 애매한 물그릇만 엎질러지도록 꽉 잡았다.

그는 몸을 으슥하고 놀라며 얼굴이 몹시 붉어졌다. 입으로는,
"애쿠, 무얼요."
하며 황망히 걸레를 집어서 조금 엎질러진 물을 분주히 닦았다. 그러고 자기도 모르게 물그릇을 든 채 언제인지 일어서 있었다. 그는 자기가 서 있는 줄을 알고야 일어선 것을 후회했다.

월곡댁은 할 수 없이 잠자코 나왔다. 그는 무엇을 잃어버린 사람처럼 툇마루에 나와서 우두커니 서 있다가 다시 그 방 쪽을 돌아본다. 그 방이 몹시도 그리웠다. 그러나 다음 미음을 가져올 생각을 하고 안으로 들어왔다.

그 밤에 월곡댁은 미음을 갖다주고 자기 방으로 돌아오자, 그만 자리 위에 퍽 쓰러지며 안타까워하였다. 밤새도록 그는 잠도 못 이루고 괴로워했다.

그는 가끔 귀를 기울인다. 마당 건넌방이라고는 하지만, 그곳에서 나는 소리는 마루 건넌방에서 나는 소리에 지지 않게 잘 들리는 것이다. 이따금 신음하는 소리가 들린다. 그럴 때마다 월곡댁은 몸짓을 하며 못 견디어 한다.

자기가 스스로 생각해도 무슨 일로 이렇게 그리워만 지는지 모를 지경이다. 이것이 월곡댁에게 두 번째 일어나는 큰 변동이니, 이 변동은 또 그를 어떻게나 변혁시켜 주려는가?

월곡댁에게는 삼 시의 밥 드릴 때와 약 드리기가 몹시도 기다려진다. 그때를 기다리는 일각 일각이 어찌도 그리 길고 먼지 구곡 간장이 녹아나는 듯 싶었다.

그의 온 심정은 객의 방을 중심으로 모조리 쏟아져 그 방만을 감돌고 있다. 이 넓고 큰 하늘 아래에는 오직 객과 자기의 두 몸뚱이만이 있는 듯 싶었다. 혹시 다른 사람이 눈에 보이면,
"이 세상에는 아무 다른 인간도 없고, 오직 객과 나와 단둘이만 있다면

얼마나 좋을까?"
하는 생각까지 간절했다.

　이러한 변동으로 틈만 있으면 찾아가는 어멈을 보내어 청해 오던 매불선자쯤은 자기 가슴에서 찾아 낼 수가 없었던 것이다.

　이틀 후부터 월곡댁은 객의 방에 아주 매이다시피 하였다. 미음이니 약이니 하고 쉴 새 없이 들락거리며 자리 밑에 손도 넣어 방의 온도도 시험해 보며 머리도 짚어 주고 지성껏 간호하나 그의 병은 점점 더해 갔다.

　어떤 때 월곡댁이 머리에 손을 얹어 짚어 보거나, 또한 자리 속에다가 두 손을 넣고 놓고 머리가 이불에 닿을 듯이 되어 가지고 손가락을 이상스럽게 비비적거리고 있을 때는 그처럼 정신없이 흔흔하게 앓고 있으면서도 왕생은 심히 불쾌한 듯이 이맛살을 찌푸리고 확 돌아누우며 신음했다. 월곡댁의 이러한 친절은 객에게 다만 불안을 끼칠 뿐이었다.

　사흘째 되던 날 밤에 왕생은 너무도 위중하여서, 팔과 다리가 빠져나가는 것 같으며, 허리가 끊어지는 듯이 아프면서 몸이 불덩이 같이 되었다.

　그는 월곡댁을 끄려 입술을 깨물면서 아픈 것을 말하지 않고자 견디었으나, 모르는 결에 정신없이 아픈 곳을 일러주는 것처럼이나 같이 신음하는 소리를 내었다.

　월곡댁은 노파를 불러서 팔과 다리를 주무르며 허리도 쳐주었다. 그에게는 이렇게 객이 정신없이 앓는 것이 오히려 다행했다.

야속도 서러워

그의 희고 탐스러운 손은 병인의 머리로부터 발까지 분주히 왔다갔다 하였다. 이렇게 왔다갔다할 때마다 그는 짜릿짜릿한 감각을 받는다.
그는 가끔 무엇인지를 생각하다가는 다시 한숨을 쉬고 머리를 들면서 머리털로부터 발까지 객의 온몸을 훑어보며 힘세게 주무르고 기운 없이 놓는다.
그러다가 노파더러 물을 데워 오라는 형상을 하니까, 노파는 나갔다. 그 바람에 이불이 한껏 걷어차며 객의 허리살이 하얗게 보인다.
그는 어찌할 줄을 모르는 듯이 허리 가까이 앉았다가 다리 가까이 앉았다가 노파가 없는 동안을 혼자서 쩔쩔매는데, 신음하는 소리가 괴롭게 나면서 객이 몸을 돌이켜 누웠다. 이번에는 객의 복부 편으로의 흰 살이 잠깐 보인다.
그는 덮어 주지도 않고, 그냥 다리를 쳐주고 앉아서 그의 얼굴은 그곳에 닿을 듯이 숙여졌다. 그러다가 어느 결엔지 월곡댁의 얼굴이 객의 부드러운 살이 부딪치는 듯이 닿았다. 객은 그 중에서도 깜짝 놀라 벌떡 일어나 앉는다.
월곡댁은 깜짝 놀라 몸을 움칫하며,
"아이구"

소리를 내면서 물러앉았다.

왕생은 입을 꽉 다물고 불쾌한 기색으로 고개를 숙여서 신음하면서 앉았다. 그에게는,

"어서 이 집을 떠나야 하겠는데……."

하는 생각이 다시 솟아올랐다.

노파가 주전자를 가지고 들어와, 일어나 앉아있는 왕생을 이상스러운 듯이 내려다보고 또 월곡댁을 본다.

월곡댁은 얼굴이 붉어진 대로 환약봉지를 물 그릇 곁에 놓고 물을 따라 놓았다. 왕생은 얼굴을 숙인 채로,

"저는 관계찮으니 돌아가 주무십시오."

하였다. 월곡댁은 억울하고 야속한 듯이 노파를 쳐다보며,

"저렇게 아프신데 혼자 두고 갈 수가 있어야지."

하니까, 노파는 저더러 무어라고 하는 줄이나 알았든지, 두 눈을 크게 떠가지고 끄덕끄덕 내려다본다.

"나는 관계 마시고, 어서 가서 주무십시오."

하는 말은 위엄 있게 맺혔다. 월곡댁은 일어나지 않을 수가 없었다. 그는 눈물이 나올 듯한 눈으로 원망스럽게 객을 힐끗 보고는 나간다. 노파도 따라 나간다.

이튿날 이른 아침에 월곡댁의 얼굴은 좀 수척해지고 눈가가 불그레하게 되었다. 그는 벌떡 일어나 거울 앞에 가서 대강 얼굴을 문지르고 쓰다듬고는 왕생의 방에 들어갔다.

몇십 년이나 그리워하던 임이나 만난 듯이 너무도 반가웠다. 그는 가만히 자리 밑에 손을 넣어 보느라니까, 객은 눈을 뜨면서 일어나려고 하였다. 월곡댁은 애원하듯이,

"좀 어떠세요? 밤새도록 몹시 앓으셨는데……. 아이구 누워 계십시오. 저는 나가서 무엇 좀 하겠습니다."

하고 몸을 일으킨다.

"좀 나았습니다. 너무 불안해서……."

월곡댁은 급히 말을 가로막으며,

"아이, 원 별말씀을……."

하고 나와서 노파를 깨워 불도 피우고 약도 안치고 미음도 쑤느라고 한참 분주했다.

조금 후에 그는 약을 가지고 들어갔다. 왕생은 약을 받아 마시고는 우두커니 앉아있다. 월곡댁은 왕생이 야속스럽기만 하였다. 그의 모든 기색은 자기를 싫어하는 것 같으며, 눕지도 않고 자리를 만지고만 있는 것이어서 가라고 하는 것 같았다.

그는 일어나려고 하나, 발이 떨어지지 않았다. 머뭇머뭇 망설이는 판에 노파가 미음을 들고 왔다. 그는 너무도 다행히 여겨 상을 받아 가지고 그의 앞으로 다가놓으며,

"아무쪼록 좀 잡수셔야 되요."

하고 벌써부터 식전에 먹을 환약을 꺼내어 봉지를 만지작거리고 있다.

왕생은 먹기를 마치고 상을 밀어 놓았다. 월곡댁은 상 위를 바라보다가,

"아이구, 저렇게 안 잡수셔서 어떻게 해요."

하고 근심스럽게 병인을 바라보았다.

"아니, 많이 먹었습니다. 그런데 바깥주인께서는 어디 가셨습니까?"

"아이구 참 잊어버렸습니다. 이런 참, 그저께 나가면서 약 잡수신 후이라, 드나들기가 불편하다구 그냥 가면서 말씀드리라고 했는데, 내가 왜 잊어 버렸을까? 아이 정신두……."

사실 여산이의 일도 왕생이 말하니까 이제야 생각난 듯한 것이다. 다른 사람의 생각은 일각도 할 수가 없었기 때문에…… 월곡댁은 가만히 눈치와 기색을 살피며 야속스럽다는 듯이 바라보고 앉았더니, 벌떡 일어나 다

정치 않은 말씨로,

"조금 있다가 환약 잡술 물을 드리겠어요."

하고 상을 발딱 들고 나왔다.

그는 노파가 공연히 미워져서 짜증을 내면서 상을 내어 준다. 그러자 여산이가 들어왔다.

그는 들어오는 남편을 못 본 체하고 획 돌아서면서 지나쳐 간다. 여산이는 이상한 듯이 월곡댁의 뒤를 따라가며,

"여보, 어디가 불편하오? 왜 그렇게……"

하는 말을 채 듣지도 않고 톡 쏘는 말씨로,

"그렇게고 무어고 왜 들어온다는 날에도 안 들어와요. 어디다가 무엇하나 두었나 봐. 화나 죽겠네."

한다. 여산이는 돌아서서 왕생의 방을 향하면서,

"응, 그 짜증이야. 나는 별일 났다구. 어젯밤에 오려던 게 그렇게 되었소. 그런데 저 방 손님은……"

하면서 그리로 걸어간다. 그제야 월곡댁은 차지 않은 말씨로,

"손님께서 더 몹시 앓으신다우. 어젯밤에는 참 대단하셨어요. 어서 가 보시오. 참 어찌 딱한지……"

하며 마루 끝에 걸터앉는다.

여산이는 왕생에게 자기가 주인으로서의 정성을 하지 못했다는 것을 간절히 사과하였다.

왕생은 어찌 주인 보기가 미안한 듯싶었으나 안주인의 정성과 친절을 감사했다. 이렇게 이야기하는 동안 그들의 마음은 서로 통해지고 친근해졌다.

열흘 동안이 얼른 지나갔다. 왕생의 병세는 차도도 있어 간다. 그는 하루가 민망하였으니, 첫째는 자기의 일이 자꾸 늦어만 갈 뿐이요, 둘째는 안주인의 태도가 변해 가는 것이었으나, 아직은 길을 걸을 수가 없기 때

문에 좀 더 조섭할 수밖에 없었다.

 여산이는 매일 아침 일찍 나가서 저녁이면 밤 깊이 들어와 월곡댁이 깨지 않도록 가만히 한편에 누웠다가 새벽이면 일어나 나가버렸다.

 월곡대도 남편이 들어오는 줄을 번연히 알건마는 모르는 체 해 버린다. 여산이는 요사이 무슨 생각으로인지 자기가 받을 것을 받고 갚을 것은 갚으며, 몇 두락 남았던 전답도 팔아 버렸다.

 그리고 집과 집세간까지 팔려고 함인지, 어느 날 저녁때는 의형이라는 문칠이와 동리 사람을 데리고 와서 집까지 돌아보고 갔다.

 그 이튿날 여산이가 월곡댁을 보고,

 "나는 무슨 일이 있어서 형님과 좀 어디를 다녀오겠는데, 만일 가평까지 다녀오게 된다면, 한 닷새 동안 될지도 모르니까, 그 동안이라도 손님을 정성껏 구호하시오."

하더니 객의 방에까지 다녀왔다.

무서운 대자 대비의 이면

 이 날 밤이다. 월곡댁은 노파를 일찍 자게 하고 별달리 얼굴과 의복을 치장했다.
 요사이는 객의 병도 훨씬 나아서 일간 길을 떠난다는 말에 월곡댁은 더욱 애가 닳고 번민에 싸여 식음을 거의 전폐하다시피 하고도 병인을 구호하기에 밤이면 잠도 못 자므로 얼굴이 몹시 수척해져서 형상까지 초라하게 되었다.
 그는 오늘밤에 어떠한 결심을 하였든지, 한참 단장을 야단스럽게 하는 판에 뒷사립문에서 가만 가만 목탁 치는 소리가 들린다. 월곡댁은 잠깐 눈살을 찌푸리다가 나가서 열어 주었다. 그리고서는 모르는 척하고 앞서서 들어와 버렸다.
 그 사람은 쑥 들어와서 아랫목에 가 앉으며 월곡댁의 얼굴을 곁으로 뚫어져라는 듯이 보고 있다
 "왜 오시었소?"
 말만을 던지고 월곡댁은 여전히 거울 앞에서 단장하고 있다. 그자는 아무 대답이 없다.
 "왜 별안간 포덕대사님이 벙어리가 되셨소? 포덕대사님이 벙어리가 되시면 덕택을 어떻게 중생에게 전할까 큰일이지."

하면서 눈썹을 그리고 있다.

　매불선자는 들어올 때부터 기색이 좋지 못하더니, 월곡댁의 말과 행동을 보고는 더욱 성이 나서 잔뜩 노기를 띠고 앉았다.

　이편에서는 냉정하기 짝이 없어, 그만쯤한 노기에는 아무렇지도 않는 모양이다. 매불선자는 쏘아보고만 있으며 월곡댁은 단장만 하고 있으면서 서로 아무 말이 없더니,

　별안간 매불이

　"응 알았다. 알았어. 흥 옳지."

하고 그 큰 눈을 사납게 떠서 월곡댁을 노려본다. 월곡댁은 그 말에 획 돌아앉으며,

　"무얼 알어? 알면 어떻구 모르면 어때? 원, 참 별일이야."

하더니 다시 돌아앉아서 얼굴을 문지른다.

　"오냐 알았다. 응 대체 무슨 일이 났기는 났구나. 응, 어디 보자 흥."

하는 말에 월곡댁은 다시 돌아앉으며 성이 발갛게 난 얼굴을 매불의 턱 밑에 들이댔다.

　"아이구 왜 이래. 참 별일 났구려. 왜 선자인지 악자인지가 처음부터 성이 나가지구 대답하지도 않더니, 왜 됩데 꼭갈루 야단이오? 보자니 보았으니 가구려. 어디서 술은 잔뜩 먹고 와서 화풀이는 왜 내게야 머리가 어찔하이."

　본시 월곡댁이 말 한마디 변변히 하지 못하던 사람인데, 매불의 수제자가 되면서부터는 변술이 소진장의 뺨 칠 만하다. 매불은 월곡댁의 말을 듣더니, 앞으로 다가앉으며 농치는 음성으로,

　"아니 헤니매암! 정말 무슨 일이 생기었구려 응, 말 좀 해보. 헤니매암!"

하니까, 월곡댁이 입을 삐죽하면서,

　"무어? 헤니매암! 아니 달이니 매암이가 어떻소? 이제부터는 선통이구 악통이구 다 듣기 싫어."

하면서 저편으로 고개를 돌린다.
"아니 여보! 이것 참 큰일났구려. 당신이 전에도 내게 이랬수? 그래 내가 잠시라도 다른데 갈까봐 쫓아다니며 안달을 하고 다니던 당신이 응? 그러고 밤새도록 자기 개소에만 와있지 않는다고 밤낮 야단하던 사람이 누구요 응?"
하고 기세가 당당하다. 월곡댁은 그 말을 듣더니 악이 바싹 나서,
"무어? 개소 그놈의 돼지소! 이 빤빤하기 절굿대 밑바닥 같은 중놈아! 이 눈 딱 감고 속이던 포덕대사 포악 독사 놈아! 그래 개소인지 달의 똥뒷간인지에서 영근 불맥 까떡 않고 받았으니 내 탓이냐? 가거라 가! 이 민대머리에 송곳 질러 푸덕 즉사할 놈아! 남의 집 부녀를 미친개 붉은 막대기로 몸 감아주던 이 아미타불 중놈아! 갈 테면 네가 칼산 지옥 염라지옥 가거라. 네 모가지 염주보고 네 손의 목탁보고 말해라. 내가 말 좀 했다. 어쩔 테냐?"
하고 독이 새파랗게 나서 말을 다하고 난 때에는 매불의 턱 밑에 바싹 다가앉았다.
매불의 월곡의 독기에 질려 버렸는지 넋이 떴는지 소금물에 끓여낸 상치 잎처럼 풀이 하나도 없이 월곡을 한참이나 내려다보더니, 그의 손을 턱 잡으며,
"여보! 월곡댁! 왜 이리 앙살을 피우? 응 자 우리 그럴 것 없이 여기 누워 좋게 지냅시다. 한번만 좋게 지내면 곧 풀어져서 그만 아양덩이가 될 터이면서도 공연히 그러지. 자, 이리 와."
하면서 월곡댁의 가는 허리를 안다가 자리에다 누이며 얼싸 안는다. 월곡댁은 기가 막혔는지 그대로 누워서 사내의 날뛰는 모양을 보고 있다.
조용해져서 들리게 되었는지 건넌방 손님의 괴로운 듯한 기침 소리가 은은하게 가만히 들린다. 월곡댁의 눈에는 손님의 아름다운 모양이 언뜻 지나간다.

그리고 자기를 안고 날뛰는 매불선자의 흉칙스러운 태도를 보자마자, 월곡댁은 몸부림을 치며 사내의 허리와 다리를 걷어차고 뛰어 일어났다. 사내는 더욱 덤빈다.

그들이 서로 당기고 밀치고 차고 박고 하는 동안, 옷도 찢기고 벗어지고 하다가, 계집이,

"이놈아! 날 죽여라."

하고 소리칠 때 뒤 툇마루 밑에서,

"쿵!"

하는 소리가 났다. 그러나 두 남녀는 들었을 리가 없었다. 전쟁은 그대로 계속되었다.

"네가 정말로 이러면 나는 약을 쓸 터이다."

하는 여자의 눌려서 숨막힌 소리가 나니까,

"응, 네가 정말이냐? 오냐 그만두자."

하고 남자는 물러나 옷을 정돈하고 버티고 앉았다. 여자는 찢어진 옷을 움켜 안고,

"이 더러운 놈아!"

하고 뛰어 나가려 한다. 사내는 얼른 여자의 팔목을 잡아 낚아채듯이 앉히고,

"내가 할 말이 있다."

하였다.

"무슨 말이냐? 팔뚝 놓아라."

"응, 네 죄를 네가 아느냐?"

"죄? 죄? 내가 무슨 죄가 있어?"

"응, 모르니, 너의 시어머니를 말이다."

월곡댁이 이 말을 듣더니, 금시에 살기가 가득해지며,

"무어? 오냐 그렇다, 그래 이 흉악한 놈아! 네가 도리어 나더러? 누가

정말 죽였니 이놈아! 누가 독약을 갖다가 나를 주면서 열흘 동안 졸랐느냐? 내 손에다가 억지로 쥐어주며 내 손을 붙잡고 약을 탄 놈은 누구이야? 이 흉악한 도둑놈 같으니. 또 두 달 전부터 우리 남편에게까지 술에 타서 주라고 조르던 놈은 누구이냐? 그래 우리 시어머니를 내가 죽였다. 어쩔 테냐?"
하고 방바닥을 치며 입으로 거품을 삐걱삐걱 내놓으면 날뛴다.
　월곡댁의 말이 끝맺게 될 때 다시 툇마루 밑에서
　"쿵!"
　소리가 나더니,
　"어!"
하는 소리까지 났다. 만일 이 남녀가 극도로 상기되지 않았더라면, 두 번째 소리만은 넉넉히 들었을 터이나 저의 악독에 취해서 들을 수가 없었다.
　월곡댁은 너무 극하게 흥분이 되어 주먹으로 매불의 가슴을 치며,
　"어쩔 테냐 이놈아. 술그릇은 내가 드렸으니 내가 죽였다. 어쩔 테냐? 이 눈 감고 염불하며 선남선녀 삼성삼계 나무아미타불 하면서 생사람 잡아먹는 이놈아! 어쩔 테냐."
하고 분이 극도로 복받쳐 푹 엎드리며 소리를 내어 느껴 운다.
　그의 옷은 갈갈이 찢어져 눈빛 같은 살이 여기저기서 보이며 기름을 곱게 발라 새로 빗은 머리가 몹시도 엉키었고, 쥐어 박힌 입술에는 피멍이 들어 푸르스름하게 부어 올라, 그 모양이 극히 처참했다. 방 안에서 이러한 야료가 났을 때, 밖에서는, 또한 어떠한 일이 났는가?
　매불대사가 이 집 뒷문으로 들어와서, 방 안으로 들어가는 것을 보고, 즉시 뒤쫓아 들어와 툇마루 밑으로 들어가는 두 사람이 있었다.
　하나는 키가 훨씬 큰 사람이요, 하나는 중키나 되는 좀 뚱뚱한 사람이었다.

이 두 사람이 귀를 기울이고, 방 안의 싸움 소리를 눈앞에 보는 듯이 듣는 중에 키 큰 사람이 방에서 옷 찢기는 소리가 나니까, 일어나서 곧 쫓아갈 듯이 몸을 움칫하는 것을 다른 사람이 꽉 붙잡았다.
 그리고 손을 휘휘 내저으니까, 다시 주저앉았다.
 "이놈아! 날 죽여라!"
하는 소리가 날 때는 벌떡 일어나다가, 툇마루에 머리를 쿵 하고 닿는다. 그 사람이 다시 키 큰 사람 귀에다가 무슨 말을 하니까, 이를 악물고 도사리고 앉았더니,
 "그래 내가 죽였다. 어쩔 테냐?"
하는 소리를 듣고는, 두 팔을 벌여 자기도 모르게 미친 이 푹 솟아 일어나다가 몹시 머리를 들이받고,
 "어!"
하고 넘어져 버렸다. 작은 이는 깜짝 놀라 넘어진 사람을 끌어당겨 사지를 주무르느라고 아무 정신이 없었다.
 매불선자는 크고 붉은 눈방울로 엎드려 우는 월곡댁을 쏘아보면서, 두터운 시퍼런 입술을 앞으로 악물고 두 주먹을 꼭 쥐어 벌벌 떨더니, 벌떡 일어나 옷자락에 달린 계도(戒刀)를 쑥 빼어 날이 시퍼런 칼날을 번쩍이며 월곡댁을 향하여 찌르려고 노려보고 섰다.
 이때의 그의 형상은 완전한 악귀 그것이었다. 그러더니 무슨 생각을 했는지, 칼을 숨기고 앞문으로 나가려다가 다시 돌쳐 서서, 칼을 집에 꽂으며, 마치 재판장이 죄수에게 선고하듯이,
 "응, 네가 건넌방 젊은 놈 까닭에 나를……. 응, 좋다. 내일 안으로 너의 연놈은…… 응, 보아라."
하며 뒷문을 열고 쏜살같이 나가 버렸다. 문이 닫쳐진 후에야 월곡은 깜짝 놀라며 일어났다. 그는 닫쳐진 문을 바라보고 말할 수 없는 비참한 표정을 하더니, 다시 푹 엎드려져 버린다.

매불이 나가자 툇마루 밑에서 한 사람이 쑥 나와서 그 뒤를 가만가만 따라 가다가 울타리에 딱 붙어 서서 동정을 살핀다.

매불이 문을 나서며 휙 돌아다보았다. 그러나 아무 것도 보이지 않았다. 그는 다시 빨리 걸어간다. 뒤 따라 가던 사람도 울타리에 붙어서 쫓아가다가 돌아드는 굽이에서 돌쳐오는 매불과 딱 마주쳤다.

둘이는 무슨 약조나 있었던 것같이 서로 어울려 저 버렸다. 배돌 여막 뒤에서는 대격투가 시작되었다.

매불이 정신없이 뛰어 나와서 한참 가다가 무슨 생각을 했는지 두 손으로 목을 슬슬 만지더니

"아앗차."

하며 머리를 득득 긁다가 되돌아서는 판에 누구와 딱 마주치자, 자기에게 대어드는 줄만 알고 턱 받아 얼싸 안았던 것이다. 이쪽에서 가던 사람 역시 동정이나 살펴보려고 나왔던 것이 그렇게 되어 버린 것이다.

이렇게 두 사람이 어우러질 적에는 다 의외이었으나, 어우러지고 보니, 정말로 싸움이 시작된 것이다.

매불은 달아나다가 다시 차고 박고 도망가다가 다시 덤벼든다. 무척 급한 모양이었다.

두 사람은 밤빛에 보아도 키와 몸피가 비슷비슷하나, 민둥민둥한 대머리와 검고 칙칙한 검은머리만이 서로 다르다.

한번은 민둥머리가 자빠지고, 한번은 검은머리가 자빠지다가 민둥머리가 칼을 쑥 빼어 꽉 찌르니까, 검은머리가,

"응응!"

하는 소리와 함께 밭고랑에 넘어져 버렸다.

민둥머리의 자취는 어두운 곳으로 사라졌다.

당신은 정말로 무정합니다

 한참이나 울고 엎드렸던 월곡댁은 울음이 진정되어 가면서 어떠한 결심이 더욱 굳어져간다. 그는 무엇을 결심한 듯 벌떡 일어난다.
 그는 분주히 옷을 갈아입고 머리를 쓰다듬어 다시 쪽지며 얼굴에 손을 대어보다가 입술이 깨어진 것을 알고 낙망하는 듯하더니, 다시 벌떡 일어나 밖으로 나가 마당을 건너서 객의 침소로 향했다.
 그는 문고리를 잡고 잠깐 섰다가, 맹연히 문을 열고 들어간다.
 왕생은 몸이 쾌차하지는 못하나, 여러 가지 형편으로 내일은 길을 떠나고자 장차 할 일을 생각하고 누웠는데, 안방에서 남녀의 다투는 소리가 들렸다.
 "바깥주인도 없는데……."
하고 그대로 드러누웠노라니까, 요란스러운 소리가 나며 여자의 우는소리가 나더니,
 한참은 고요했다.
 방문 열리는 소리에 고개를 쳐들어 보니까, 주인댁이 들어온다. 왕생은 일어나 앉았다. 안주인도 방바닥만 내려다보고 앉아서 수건을 입에서 떼지 않고 있다.
 왕생은 서로 아무 말도 하지 않고, 오래 앉아있는 것이 불안한 생각이

들어 주인댁을 보면서,

"저는 내일 떠나겠습니다. 모든 것……"

하는 말이 끝나기 전에 월곡댁이 깜짝 놀라며,

"네? 내일 떠나서요?"

하고 쳐다본다.

"네, 지금은 많이 나았고 또 볼 일이 급하니까, 할 수 없이 떠나게 됩니다. 내일이 그다지 급하지만 않으면 바깥주인도 뵈올 겸 몸도 더 충실한 후에 떠나겠는데, 형편이 이러하니까, 불가불 못 뵈옵고 떠나겠습니다. 말씀이나 잘 전해 주십시오. 그리고 그 동안에 너무나 애쓰신 것을 말씀도 드릴 수도 없습니다. 은덕으로 이만큼이라도 나았으니까요. 그런데 그 동안의 것을 셈해 주시지오."

월곡댁은 고개를 숙이고 왕생의 말만 듣더니 눈물 괸 눈으로 왕생을 바라보면서,

"내일 꼭 떠나서요?"

하는 말소리가 곱게 떨리는 그는 고개를 다시 수그리면서 자주 눈을 씻더니, 이어 가만 가만 소리를 내면서 울고 있다.

왕생도 그 음성과 행동에 감동하였는지 머리를 들어 이윽이 월곡댁을 바라보고 있다. 이렇게 유심히 주인댁을 바라보기는 처음의 일이었다.

월곡댁은 다시 젖은 눈으로 왕생을 쳐다보다가 그의 눈과 마주쳤다. 월곡댁의 원망하는 듯 하소하는 듯한 눈에는 수정 같은 눈물이 떨어질 듯이 어리어 애처롭게도 쳐다보는 그 표정을 무어라 할까 다만,

"눈물 머금은 미인의 눈."

이라는 표현이 가장 적당할 것 같았다. 그가 다시 머리를 숙이니까, 맑은 눈물은 방울져 떨어진다. 그는 다시 고개를 들어,

"그러면 저의 한 가지 원을 풀어주고 가셔요."

하는 간절한 이 말은 월곡댁이 십여 일간 객으로 인하여 쌓이고 맺혔던

결정의 말이며, 팔 개월 동안 북 돋우며 두었던 행동의 열매일 것이다.

왕생은 의아와 놀람으로 바라보고만 있다.

"저는…… 정말 그 동안 어떻게나…… 손님을 사……사모했는지 병이 날 뻔했어요."

말이 콱 막힌다. 그는 다시 말을 잇는다.

"그렇지만…… 오늘까지…… 저는…… 아이구 그러니까 제 원 하나만 풀어주고 가시면 저는 죽어도 한이 없……."

말이 다시 막힌다.

"저는 이 원을 풀면 결코……더 살려고도 않습니다. 죽는 계집의……이 원을……."

말을 마치지 못하고, 왕생의 무릎 위에 푹 엎드리며 숨이 막히는 듯이 흐느낀다.

왕생은 놀랐다. 그 얼굴이 갑자기 붉어지면서 벌떡 일어난다. 월곡댁이 방바닥에 뚝 떨어진다. 왕생은 흥분된 안색으로 내려다본다.

월곡댁도 벌떡 일어나 우뚝 서면서 왕생을 날카롭게 쏘아본다. 눈물도 말랐다. 그는 왕생의 손을 꽉 잡고 부르르 떨며,

"정말 저의 이 원을 안 들어주시겠습니까?"

하는 말소리는 힘있게 맺힌다. 왕생은 잡힌 손을 빼어내면서 부드러우나 엄숙한 말소리로,

"여보, 주인댁! 이게 무슨 짓이오? 당신의 원이라는 게 무엇인지는 짐작하였소. 그런 행동이 어디 있단 말이오? 당신의 원이라는 것이 의로운 일이라면 내가 내 몸을 바쳐서라도 풀어드리겠으나 당신의 원이라는 것이 허락할 수 없는 불의의 일이기 때문에 나는 결코 용납할 수가 없소."

하였다. 그의 기색은 냉엄하였다.

"정말이야요? 내 원을 못 들어주시겠다는 말이지요?"

왕생은 더 말하지 않았다. 그러나 그의 안색이 넉넉히 대답을 하여 주

었다. 월곡댁의 흐린 물결은 미친 듯이…… 걷잡을 수가 없었다. 그 힘이 극심한 만큼 왕생을 원망하는 마음이 몹시 강하였으며 따라 미움이 극하였다.

그는 입을 꼭 다물고 왕생을 노려보더니, 문득 입을 열어,

"나도 할 일이 있어요."

하고 잠깐 멈추더니, 다시

"나는 지금 당신이 나를 겁간하려는 것같이 발악을 하고 소리지르며 뛰어 나가요. 그러면 당신은 어떻게 되겠소? 나는 사람 살리라고 부를 터이야요. 나는 이제 악밖에 남은 것이 없어요. 좌우간에 죽는 년이 무엇이 어려울 게 있어요."

하고 쓰러지듯이 왕생의 가슴에 안기며 그를 힘껏 안았다. 거의 쓰러질 듯싶었다.

"자, 들어주겠어요? 안 들어주겠어요?"

왕생의 분노는 드디어 터졌다. 그는 자기를 안고 몸부림치는 월곡댁을 힘껏 메어다붙이며,

"이 음악한 계집! 발악할 테면 하여라."

하였다.

월곡댁은 방구석에 푹 엎드러졌다. 그는 다시 일어서려고도 하지 않고 엎드러진 채로 원망스럽게 쳐다보며 극도의 낙망에서 부르짖는다.

"아, 당신은 정말로 무정합니다."

방문이 덜컥 열리며 누가 뛰어 들어오더니, 두말 없이 월곡댁의 머리채를 잡아끌고 나간다. 방문 밖에서 호령하는 성난 목소리로,

"이년! 내가 다 들었다. 이년!"

하였다.

여산이는 안방으로 날쌔게 끌고 가서 방바닥에다가 메어다붙이며,

"이년! 네가 매불선자놈하고 으응! 어머님을 아이구 이년 그러고 또 애

매한 손님까지……. 응! 이년……이년아! 그래도 모두가 다 네 죄는 아니다. 그러니까, 너는 여기서 자결해라! 그렇지 않으면 내 손으로……."
하고 여산이는 상기가 된 눈으로 월곡댁을 노려보고 돌쳐 나간다.

왕생은 별안간에 이런 일을 당하여 너무도 격동되어 우두커니 방 가운데 서 있었다.

여산이는 들어오자 왕생의 앞에 꿇고 절을 하더니, 그냥 소리를 내어 울고 있다.

여산이의 설움과 분함은 이제 왕생이라는 인간을 상대로 솟치고 솟치었던 것이다. 그는 오직 왕생만이 자기의 이 모든 비분을 받아주고 알아 줄 것같이 믿어졌다. 그리하여 참고 참았던 비분의 감정이 폭발되어 버린 것이다.

그의 웅대한 울음소리가 애끊는 느낌의 굽이에서 막힐 듯이 호곡하고 있을 때 무슨 까닭으로일까? 왕생의 눈에서는 자기도 모르는 눈물이 괴어 있었다.

왕생은 통곡하고 있는 여산의 어깨를 흔들며 다정하고 은근하게,
"그만 진정하셔서 이야기나 합시다."
하였다. 여산이는 고개를 들고,
"이런 집에를 오셨다가 병여에 이러한 일을 당하시게 하니, 도무지 무엇이라고 드릴 말씀이 없습니다."
하고는 다시 고개를 숙인다.
"저야말로 드릴 말씀이 없습니다. 나 때문에 이런 일이……."
"아니올시다. 그렇게 말씀하시면 이놈은 도리어 입도 벌릴 수 없습니다. 황송하오나 제 말씀을 좀……."
하고 가슴이 막히는 듯이 기침을 칵 한다.

그는 자기의 지나던 일을 눈물 섞어 말하기 시작하였다.
어려서부터의 말과, 아내 얻던 말이며, 자손 얻고자 어머니가 매불선자

에게 의탁하던 때부터 월곡댁의 성질이 변하였을 뿐 아니라 매불선자와의 관계가 이상하여 근일에 문칠이와 동정을 살피던 중 오늘밤에 매불선자의 뒤를 따라와 툇마루 밑에서 듣노라니까 그 동안의 음행은 고사하고 어머니가 두 남녀에게 독약 치사 당한 것이며, 그 말을 듣고 기절했다가 일어나 보니 문칠이가 없고 안방에도 인기척이 없기에 이 방 앞까지 가만히 왔다가 지금 이러한 일을 알았다는 말과, 월곡댁의 죄는 이미 용납을 못할 것이므로 자결을 명하여 안방에 던져두었으며, 이로부터 매불선자를 죽여 철천의 원수를 갚겠다는 전후 수말을 한 후에, 한숨을 길게 쉬더니 다시 정중한 태도를 지어,

"그런데 문칠이라는 사람이 어디로 갔는지 의심된 일도 있기 때문에 더 자세한 말씀은 후일에 드리겠습니다마는, 끝으로 저의 충곡을 다한 말씀이 하나있으니, 버리지 않으시렵니까?"

하고 애원하듯이 왕생을 쳐다본다.

왕생은 여산이의 눈물겨운 과거를 듣는 중에 그의 가슴은 의분과 뜨거운 동정으로 가득 찼다. 그는 여산이의 마지막 말을 듣자, 즉시 대답한다.

"무슨 말씀이신지 저 같은 사람으로도 할 만한 일이라면 하다뿐이겠습니까."

여산이가 다시 옷깃을 정히 하고 간곡한 음성으로,

"저도 본시 악하지는 않았지마는, 워낙 무식하고 우직하기 때문에 불도 승려를 그렇게까지 신임하였다가, 이렇게 전 가족이 참패를 입게 되었습니다. 이러고 보니, 정말이지 이놈이 더 살고 싶은 생각은 조금도 없습니다마는, 이미 살아있는 몸이니까, 손님께서 버리시지 않으시면 생사간에 모시어 꼭 같이 하겠습니다. 이 몸을 다시 살리시는 마음으로 버리시지 않고 거두어 주시겠습니까?"

하고 새로운 눈물이 그의 건장한 뺨을 적신다. 여산이는 과연 충직한 사람이었다. 그가 충직하였던 만큼 매불선자를 극히 신임하였다가, 이러한

무서운 결과를 보고, 그는 세상을 원망하였다.

그러나 왕생이라는 참다운 인간을 만나자, 의지할 데 없는 그는 그를 심히 존경하는 동시에 자기의 일생을 의탁하기로 결심한 것이다.

왕생은 첫 인상으로 여산의 충직하다는 것만은 알았으나, 자세한 사연으로 인하여 모든 것을 정확히 알게 될 때 깊은 동정이 생기며, 그의 참된 눈물에 자기도 또한 뜻 있는 눈물을 흘리게 되었다.

"주인의 하시는 말씀은 참으로 진정에서 나오는 말이오니, 저 역시 감복하옵는 바이니와, 우리가 서로 합하면 어떠한 어려운 일이라도 못할 것이 없을 것인즉, 저는 진심으로 같이 하고자 하지마는, 혈혈 단신이 또한 빈곤하니, 저와 같이 하실진대, 도리어 고초되심이 많으실 것이니, 그것이 난처하외다."

그의 말은 정중 다정하였다.

"비록 죽는 한이 있사올지라도 곤란을 같이 하겠습니다."

여산의 말이 끝나자, 안방에서

"아이구, 개똥 아버지!"

하고 신음 섞어 부르는 소리가 들린다.

불탑 밑에서

　왕생이 결연히,
　"그러면 우리 서로 마음을 합하여 고와 낙에 버림이 없게 하십시다."
하는 말소리는 힘있게 울렸다. 그는 다시,
　"자, 어서 건너가 보십시오. 괴로워하시는 소리 같습니다."
하니까, 여산이가 벌떡 일어나며,
　"그러면 잠깐 다녀오겠습니다."
하고 문을 열고 나갔다.
　남편의 선고를 받은 월곡댁은 퍽 엎드러지며 한참이나 울었다. 그러다가 어느 샌지 눈물은 점점 말라지고 모든 생각이 끝을 이어 머리에 지나간다.
　그는 가만히 엎드려 죽을 것을 생각을 하다가,
　"내가 이런 청춘에 왜 죽어?"
하고 몸을 흔들면서 벌떡 뒤쳐 눕는 순간에 초저녁 때 죽일 것을 선언하고 나가 버리던 매불선자가 획 지나간다.
　"그놈이 나를 죽인다고? 그놈이 나를 죽여?"
　눈을 번쩍 뜨고 천장을 노려보며,
　"이놈이 또 저 손님까지?"

하고는 도로 눈을 감는다.
"모두가 네 죄는 아니다. 그러나 네 손으로 여기서 자결하여라. 그렇지 않으면 내 손으로……."
남편의 말소리가 다시 들리는 듯싶었다.
그는
"죽어? 자결해?"
하고 되풀이하자, 하소연 할 곳조차도 없는 설움이 복받쳐 다시 흑흑 느낀다.
얼마 후에 그는 다시 눈을 뜨며 아랫방 쪽을 내려다보더니, 다시 눈을 스스로 감으며 절망한 어조로,
"아! 과연 나는 당연히 죽어야 한다."
하고 깊은 한숨을 길게 내어 쉬고 괴로운 듯이 몸을 획 뒤쳐 돌아누울 때, 그에게는 아까 떨어뜨리고 간 매불의 염주가 보였다. 한참이나 노려보고 있던 월곡댁은 벌떡 일어나 움키듯이 집어서 미친 듯이 박박 깨문다.
"이놈이 염주 걸고 사람 죽이는 놈! 그놈이 나를 이렇게 만들었지."
더욱 깨문다.
"그놈이 우리 시어머니까지 독살하구……. 그리고도 나까지? 또 저 손님까지?"
손님의 방에서는 여산의 장대한 울음소리가 아직도 그치지 않았다. 월곡댁은 남편의 울음소리에 가슴이 몹시 아팠다. 무슨 생각에 잠겨 있음인지 얼굴빛만이 자주 변하다가, 이를 악물고 부르르 떨었다.
"내 철천의 원수놈아? 너를 살려놓고 내가 죽어."
하고 소리를 버럭 지른다.
눈과 얼굴에는 푸른 살기가 가득하다. 그의 얼굴은 너무나 무서웠다.
그는 벌떡 일어나더니 장롱 속에서 계도—헤니매암 될 때 받은 것—를 꺼내 가지고는 뒷방 문을 열고 뒷사립문을 지나 미친 걸음으로 계성사를

향하여 쫓아간다.

　여막 뒤 밭고랑에서 도망간 매불선자는 정신없이 자기 방까지 뛰어 들어가 턱 누워 버렸다. 여전히 얼굴에는 살기가 가득하다. 그는 눈을 감고 잠깐 있더니, 다시 눈을 들 때, 그는 빙긋 웃는다. 그때는 얼굴도 평정되었다.

　그는 천천히 일어나 옷을 갈아입고 불당을 향하여 들어가서 전과 같이 불탑 밑에 단좌하였다. 염불을 하는지 무엇을 하는지 목탁도 두드리지 않고 염주도 비비지 않는다.

　그는 한참이나 앉았더니, 오른편 계소 앞까지 왔다. 그는 잠깐 작은 구멍에 귀를 대고 섰다가, 가만히 문을 열고 들어간다.

　매불이 막 사라지자, 어디선지 여자 하나가 불당으로 빠르게 들어간다. 그는 불당문 밖에 살짝 붙어 서서 가만히 귀를 기울이더니, 왼편쪽 작은 문을 열고 쑥 들어간다.

　이 문은 어떻게나 만들었는지 열고 닫을 때 소리가 나지 않는다.

　그는 즉시 좌편 개소의 문 앞에 이르러 구멍을 손쉽게 찾아 귀를 기울이고 있다. 옷 소리와 여자의 놀라는 듯한 소리가 들렸다.

　그는 치마귀로써 계도를 쑥 빼어 들고 입을 꼭 힘있게 다물더니, 계소 문을 열고 쏜살같이 들어간다.

　어떠한 큰 그림자가 벌떡 일어선다. 여자는 칼을 꽉 쥐고 얼른 달려들어 힘껏 푹 찌르며,

　"이놈 매불아!"

하였다. 매불이라는 큰 그림자는 큰 소리로,

　"어, 아이쿠!"

하고 푹 쓰러졌다. 아랫목에 작은 그림자는 황망히,

　"아이구, 사람 살리오!"

하고 쓰러져 버린다.

백화 351

그 여자는 다시 나와서 불당에 발을 들여놓자마자 오른쪽 계소의 문이 급히 열리면서 누구인지 황망히 뛰어 나온다. 여자는 그자를 얼핏 보더니, 미친 듯이 소리친다.
"아, 이놈 매불!"
하고 평생의 힘을 다하여 가슴을 힘껏 찌르고는 뒤로 자빠져 버렸다. 매불선자는 큰 소리로,
"아이쿠, 응"
하고 여자의 배 위에 꼬꾸라졌다. 이쪽 계소에서도 놀란 여자의 소리가 난다.
넘어졌던 여자는 빨리 몸을 빼쳐 몸을 솟치어 일어나며, 쏜살같이 법당을 나와 다시 달음박질한다. 집 근처까지 왔을 때 뒤 밭고랑에서,
"으응"
소리가 나며 누군가 일어섰다가 자빠진다. 여자는 미친 듯한 걸음으로 뛰어와 방에 들어서자, 폭 거꾸러졌다.
그의 옷에는 앞가슴 쪽으로 붉은 피가 묻었다. 그는 언뜻 옷자락에 묻은 피를 보자,
"더러운 놈의 피!"
하더니, 훌떡 벗어버리고, 다른 옷을 빨리빨리 주워 입는다.
그는 장롱에서 붉은 종이에 싼 것을 꺼내어 얼른 입에다가 털어놓고 화장할 때에 쓰고 남았던 한편 구석에 있는 물그릇을 집어들더니, 벌컥벌컥 두 모금을 들이켰다.
그는 이불을 급히 내려 깔고 덮고 하더니, 그제야,
"아이구!"
하고 한숨을 내쉬면서, 두 활개를 쩍 벌리고 지친 듯이 눈을 감고 누워있다.
그 여자의 하는 행동은 온전히 제 정신을 잃어버린 사람의 행동과 같

이 날쌔고도 황황하게 보였다.

　조금 있다가 그는 배와 가슴을 번갈아 쥐어뜯으며 몹시 고통스러운 듯 연해 신음하는 소리를 한다. 그러다가 그는 기어코 남편을 부른 것이다.

　남편을 들어왔다. 그는 남편을 보자, 소리를 내어 울었다. 그는 자리 옆에 우뚝 서서 내려다보는 그의 남편을 쳐다보며, 온 몸을 비비틀어 괴로움을 견디지 못하는 신음하는 소리와 섞여 맺힌 음성으로,

　"저는요. 그놈이 당신 먹이라고 으응, 주던 약을 먹었어요. 으응."
하고 다시 못 견디도록 신음한다.

　"나는 이미 죽는 계집입니다…저의 죄를 용서 못하시겠거든…으응, 다만 불쌍한 계집이라고…만…해주세요. 으응, 으응."
하면서 온몸을 잠시도 그대로 두지 못하고 가슴과 배를 쥐어뜯을 듯이 괴로워한다.

　그는 입술을 악물고 참으려는 모양이나, 견딜 수 없는 고통에 소리를 내어 신음한다.

　이것을 보고 있는 여산의 눈에는 머리가 하얀 자기의 늙은 어머니가 이러한 고통과 이러한 참상에서 죽었을 것이 눈에 보인다. 그는 주먹을 우들우들 떨며 소리를 크게 내어 한숨을 길게 혹 뿜었다.

피 지는 월곡댁의 죽음

 측은히 여기는 빛이 미우에 완연히 나타났던 여산이의 얼굴은 이러한 생각을 하자, 타는 분노의 불길이 어리며 고통하는 월곡댁을 흘기는 눈으로 내려다본다.
 "저는 씻지 못할 죄악을 지었습니다. 으으응. 그러기 때문에 열아홉 살의 청춘으로…… 아이구, 응, 이렇게 죽어요. 매불선자 그놈 때문에…… 이렇……게…… 악한 년이 되었어요…… 으응……으응."
하고 잠깐 숨을 돌리더니, 다시
 "그런 놈을 살려……두었다가는 또 무슨 일이 날지 몰라서, 내 죄를 속하겠다는 결심과 또 내일…… 그놈이……."
 여기까지 말할 때 방 뒷문을 찌걱찌걱 잡아당기는 소리가 나더니 누가 신음하는 음성으로
 "으음. 여산이 으음."
한다. 여산이는 급히 뒷문을 열고 깜짝 놀라며,
 "어, 웬일이요? 형님! 어서 들어오시오. 그러지 않아도 지금……."
하다가 들어오는 그 사람을 불빛에 바라보더니,
 "아이구, 이게 웬일입니까?"
하고 달려들어 몸을 부축하여준다. 월곡댁은 가슴을 움킨 대로 그 사람을

보더니,

"아이, 아주버니, 으음 으음."

하다가 픽 쓰러진다. 여산은 문칠의 귀에 두어 마디 말하니까, 그는 깜짝 놀라는 기색으로,

"응! 으음 음, 그러면…… 나는 생명에는 관계없으니까, 어서 유언을 들어야 하네."

하고 월곡댁 자리 곁에 털썩 주저앉으며 눈썹을 찡그리고 괴로워하면서 방바닥에 손을 짚고 의지하여 있다. 여산이는 황망히 월곡댁을 일으키며,

"자, 어서 말을 마치시오."

하며 흔드니까, 그제야 월곡댁은 눈을 떠 문칠을 바라보며 의구의 표정으로,

"계성사에 가신 일이 있습니까?"

하고 바쁘게 말하며, 그 대답을 어서 고대하는 듯이 문칠의 입을 바라본다.

"아아니요."

하고 문칠이는 고개를 좌우로 흔들었다.

월곡댁은 안심하겠다는 듯이 한숨을 후 내어 쉰다. 그는 그 괴로운 중에서도 문칠의 모양과 옷에 묻은 피를 보고, 자기가 계성사에서 두 사람 찌른 것을 얼른 생각하였기 때문이었다.

월곡댁은 다시 말을 계속한다.

"그놈이 내일 안으로 저 방 손님까지 죽인다 하기에 내가 아까 계성사에 가서 그 놈을 죽이고 왔습니다."

그는 비교적 분명히 이 말을 마치었다. 두 사람은 깜짝 놀라며, 한꺼번에 문칠이는

"그놈을 내가 죽이려 했더니……."

하고 여산이는

"무어? 저 방 손님까지?"

하였다. 월곡댁은 구토를 하였다. 그러나 아무 것도 나온 것은 없었다.

월곡댁을 붙잡은 여산이는 한 팔로 월곡댁을 붙잡고, 한 손으로는 수건을 당기어 흘리는 물 같은 것을 씻어 준다.

월곡댁은 남편의 가슴에 안기며 울음과 신음이 섞인 소리로,

"저의 죄를 용서해 주시겠어요?"

하고 눈물 맺힌 눈으로 안타깝게 쳐다본다. 내려다보는 여산에게는 아까의 타는 듯한 분노는 흔적 없이 사라졌다.

참회의 쓰린 눈물로 장식하여 놓은 아름다운 죽음 앞에는 저주와 증오 분노의 이러한 감정은 그 효과를 상실하게 되는 것이다.

여산의 눈에서도 어느덧 눈물이 흘러내린다. 여산이는 이윽이 내려다 보더니,

"당신의 마음은 잘 알았소. 그러나……"

하다가 말이 막힌다. 월곡댁은 알아챈 듯이

"그러면…… 저의 시체는 어머님 무덤……밑……에 엎어뜨려 묻……어……주세요. 용서하실 때까지 엎드려 빕니다."

하는 말은 혀가 굳어지는 탓인지 분명하지가 못하였다. 여산이는 말없이 고개만 끄떡인다. 월곡댁은 가슴만 쥐어뜯더니 있는 힘을 다하여 겨우

"손……님……자암……까안."

하니까, 여산이는 알아듣고, 월곡댁을 내려놓으려고 하는데, 문이 가만히 열리며 왕생이 들어온다.

"아이구, 어서 오십시오. 마침 그러지 않아도"

하며 일어나 맞으려니까, 왕생이 급히 만류하며 그 곁에 앉는다.

왕생은 조금 전에 여산이가 나간 후로 아무래도 범연치 않게 생각되어 밖으로 나와서, 안방 문 앞까지 왔다.

그는 월곡댁의 말을 다 듣고 측은히 여기는 마음까지 났다. 들어가 보

고도 싶었으나 참아 월곡댁 면전에 나설 수가 없어서 밖에 서 있기만 하다가, 부르는 소리에 그렇게 들어온 것이다.

문칠이는 왕생을 바라보고 있다.

월곡댁은 눈도 깜짝이지 않고 왕생을 이윽이 바라본다. 그 눈에는 힘이 없었고 그 대신에 슬픔만 가득하였다.

한참이나 바라보던 그의 눈에는 눈물이 새롭게 솟아나온다. 그의 입술이 가늘게 떨리며 입술을 움칫움칫 하다가 최후의 힘을 다하는 듯한 소리로

"용서하여 주세요."

하며 역시 그를 바라보고만 있다. 왕생은 침중한 어조로 그러나 다정하게

"주인댁! 안심하시고 아무쪼록 평안히……."

하고 월곡댁을 마주 바라보아 주었다.

월곡댁은 안심한 듯이 눈을 감는다. 입술에는 희미한 미소가 떠돌았다.

그는 소스라치며 다시 눈을 떠서 남편과 왕생을 번갈아 보며, 문칠이까지 유심히 보더니, 다시 남편을 바라보다가 눈을 감는 듯 하더니, 다시 고요히 떠서 왕생을 이윽이 바라본다.

그의 최후의 눈은 왕생의 얼굴에서 잠겨졌다. 입술이 잠깐 움칫거리다가, 고요히 그쳐버렸다. 쓸쓸함과 장엄함이 이 방에 가득하였다.

세 사람은 월곡댁을 가운데 놓고 말없이 눈물만 지었다. 닭의 소리가 멀리서 들려온다.

월곡촌에서 길러 배돌 여막에서 떨어진 한 송이 가련한 꽃봉오리를 설게 조상하는 듯 이 새벽에는 더구나 애처롭게 들린다.

그 이튿날 배돌촌 부근에는 큰 소문이 사람 사람의 입에서 급속도로 펼치어졌다.

유명한 계성사의 포덕대사인 매불선자는 불탑 아래서 붉은 홋옷을 입

고, 아래로 반만큼의 몸을 추하게 내어놓고, 목정통에 칼이 박힌 채로 엎으려져 죽었으며, 좌편 계소 안에서는 상자 중 계심이가 옷을 벗은 채로 가슴 옆구리에 칼을 맞아 죽었다는 소문거리다.

이 살인 소문에 가장 기괴한 것은 그날 밤 우편 계소에서는 장주현령의 첫째 며느리가 기도를 드리었고, 현행과 관속들이 나와서 검사하니까, 매불선자의 목에 찔리운 칼자루에는 헤니매암이라고 쓰여 있었다 하며, 배돌 여막 주인 마누라 헤니매암은 매불선자가 칼맞아 죽던 그날 밤 자기 집에서 독약을 먹고 죽었다는 것이다.

그 후 삼사 일을 연하여 출상이 나가는데, 계성사에서 둘이요, 배돌 여막에서 하나이며, 또 장주읍 현령의 부중에서 둘이 나갔으니, 이는 현령의 첫째 며느리와 둘째 딸이 목매어 자결한 까닭이었다.

이러한 다섯 죽음에 대한 굉장한 큰 소문이 얼마 동안 배돌 부근과 장주읍 근처에서 돌고 돌았다.

이 다섯 죽음의 원인을 생각하여 볼 때, 이 원인이 오로지 한 곳으로부터 출생한 것을 놀라워하지 않을 수 없는 것이다.

슬프던 밤은 걷혔다

늦은 봄의 새벽은 배돌촌을 깨워준다. 축축한 새벽 부드러운 새벽이다. 괴롭고 답답한 가슴을 안고 푹 안기어서 실컷 울고나 싶은 애인의 가슴과 같이 깊이 안기고 싶은 새벽이다.

멀리 푸르스름한 남빛 산으로부터 이 날의 해는 아련한 푸른 숲에, 그리고 물결치는 보리밭에, 이슬 풀밭에, 그의 부드럽고 따뜻한 웃음을 스르르 펼친다.

집집에서 일어나는 허염푸레한 연기가 초록 장막에 서리어 있다가, 다시 앞 언덕을 감돌아든다.

새들의 지저귐도 그치었다. 괭이를 멘 농부들이 아침밥을 먹으러 집에 돌아간다. 장사 다니는 사람들은 둘씩 셋씩 짐들을 무겁게 지고 벌써 길을 떠난다.

멀리 도령으로 연한 길은 가늘고 길게 또한 꼬불꼬불하게 산을 돌고 밭을 꿰뚫어 있다.

이제 세 사람이 이 길을 걸어간다. 그들의 눈은 피곤한 듯이 불그스름하게 부었다. 그리고 얼굴에는 비창함이 흘렀다.

두 사람은 조그마한 짐을 가진 젊은 사람에게 절을 하면서 키 큰 사람이 말한다.

"그러면 우리는 여기서 들어가겠습니다. 모쪼록 조심하셔서 행차하십시오. 닷새 후에는 꼭 도령읍에 도착하여 반가이 뵙겠습니다."
하고 좀 뚱뚱한 사람은
"여기서 일백륙십 리 가량이니까, 내일 해전으로는 도착하실 것입니다. 이렇게 급히 떠나시니까 원…… 도무지……."
하면서 머리를 긁는다.
젊은 사람이 두 사람에게
"자, 그러면 그 때 서로 만나기로 하고 떠납니다."
하면서 돌쳐서 간다. 두 사람은 멀거니 서서 그의 활발한 뒷모양을 보고 섰다.

왕생은 이렇게 여산과 문칠에게 전별을 받았다. 때는 사월 초순이다. 아직도 쾌차하지는 못하지마는 그러한 사건이 있은 만큼 조용하지가 못한 고로 월곡댁이 죽은 그 이튿날 새벽에 떠나게 된 것이다.

그는 길거리에서 여러 가지 생각을 많이 하였다. 첫째 이번에 당한 사건이며 월곡댁의 죽음을 생각할 때 혼자 분하여 하고 한심하여 하였다.

또한 이번에 새로 얻은 충직 쾌활한 두 사람을 생각하며, 장래의 일도 경영해 가면서 길고 긴 사월의 해를 지리한 줄도 모를 만큼 서서히 행하였다.

모든 생각 중 가장 밑에 깊숙이 자리를 잡은 것은 백화의 생각이니, 모든 생각들이 끝이 날 때마다 촌각의 여유라도 있기만 하면, 백화의 인상은 재빠르게 솟아가는 것이다.

그 동안이라도 얼마나 기다리는가? 얼마나 외로워하는가 별다른 변동은 생기지 않았는가? 잠시도 머리에서 그의 생각이 떠나지 않는다.

십 년을 그리워하던 일주를 졸지에 백화로 만나 하룻밤에 다시 이별한 그의 가슴, 더구나 백화의 지금 처지를 뼈저리게 애처로워하는 그의 마음이 그를 이처럼 여러 번째 병까지 나게 한 것이다.

그는 길가의 풀이나 밭머리에 외롭게 웃고 피어 있는 꽃이 사랑스럽게 그리고 애처롭게 보였다.

전부터 얼마나 이러한 먼 길을 많이 걸었으랴마는, 그 때는 마음이 항상 비었었다. 목적이 없이 왔다가 가고, 갔다가 돌아드는 구름의 종적과 같았다.

그러나 오늘의 왕생은 마음이 든든하게 백화로 찼다. 그는 길가는 보람이 있는 길을 걷고 있다.

"외숙은 반기시리라. 그러고 믿음성스러운 두 동무는 닷새 후에 이르리라. 만사는 순조로이 되어가리라."

이러한 생각으로 그는 기쁨에 잠기고 희망에 빛난 자기의 존재라는 것을 더욱 값있게 긍정하였다.

그는 멀리 서경 하늘을 바라고 백화와 초옥을 그리워하였고, 가까이 여산과 문칠을 생각하였다.

어느덧 그의 발길은 도령에 이르렀다. 몇 번이나 묻고 거듭 오르락내리락 하다가, 어떤 집 문 앞에 발을 멈췄다.

마침 안으로서 준수한 노인이 나오다가, 왕생과 마주쳤다.

"아이구 아저씨!"

하고 왕생은 공손히 절을 하였다. 노인은 왕생을 얼싸 안으며,

"아이구, 서룡아! 어찌 알고 여기까지 왔느냐?"

하고 극한 반김에 눈물까지 지으며 끌고 안으로 들어갔다. 집안은 반가이 왕생을 맞아 분주하였다.

그날 밤 왕생은 외숙에게 밤이 깊도록 백화의 이야기를 하여 드렸다. 외숙은 이 말을 듣는 중에 몇 번이나 침통한 눈물을 흘렸다. 그는 왕생에게

"아무 염려말고, 네 몸을 며칠간 잘 조리하여라. 약질이 그렇게 함부로 하면 안되니까, 앞일을 생각하여서라도 충분히 섭양하여야 한다. 여기서

서경이 오백여 리나 되니까, 그러고도 기한 전으로 당도할 것이다. 나도 같이 갔으면 좋겠다는, 지금 조정에서 전란으로 분주한 중에 나를 입관시키려고 부르기로 하니, 아니 갈 수가 없고, 그러자면 다소간 집안일들과 여러 일을 처리하여 놓아야 하겠으니까 그렇게 된다. 그러나 다행히 너하고 동무할 사람들이 그렇게 충실하다 하니, 안심은 된다. 그러니까 배가 그 일을 조처하여 가지고 경사로 오면 거기서 만나기로 하자. 워낙 그 보물은 보전해 두는 것이 좋지마는, 집안이 그렇지도 못하고 또 몸에 지니기로 불편하니, 그렇게 하기로 하고, 우선 몸이나 조심하여라."
하면서 왕생의 등을 사랑스러운 듯이 어루만진다. 왕생은 다만 공손히 듣사와 접두할 뿐이었다.

그 후 닷새 되는 날 밤에 여산이와 문칠이는 어김없이 도착하였다. 세 사람은 건넌 사랑방에서 날을 새어가며 이야기하였다.

왕생은 이 밤에 비로소 자기의 모든 일과 백화의 당한 자초지종을 자세히 이야기하였다.

여산이와 문칠이는 그의 이야기를 따라 놀라며 슬퍼하고 분하여 하였다. 그러나 문칠이의 놀람과 반김은 여간이 아니었다. 그는 울기까지 하였다. 그리고 신기함을 못 견디어 하여, 그는 대강 자기의 내력과 백화와의 모든 관계를 다 말하였다.

그리고

"고삼이와 같이 황파의 집에서 떠나 밤길을 걸으며, 서로 결심하기를 우리가 이미 이 같은 형제가 되었으니, 우선 각각 갈라져 얼마 동안 어떻게든지 노력하며 힘자라는 대로 서경에서 다시 만나 백화랑을 돕기로 하고, 만일 그렇지 않으면 해주서 만나서 임낭자를 위할 어떠한 계획이라도 세워서 평생을 서로 잊지 말자고 고삼이는 해주 당포리 딸에게로 갔습니다. 그리고 저는 김 수사에게서 얻은 은자를 자본으로 행상이 되어 내려오다가, 장주 땅에서 여산이를 만나가지고, 서로 뜻이 합하여 형제가 된 후, 배돌촌에 여막을 정하고 있었습니다. 그러고 매불의 일이 있은 후부터 항상 그곳을 떠나려고, 서로 기회를 엿보던 중 다행히 이렇게까지 된 것입니다."
하면서 오래 못 보던 형제가 대한 듯이 기뻐하는 것을 왕생은 마주 보며, 함께 신기히 여기다가,
"그러나 상처가 우리 떠날 동안에 완쾌하지 못할 터인데 먼 길을 어찌 갈까요?"
하니까 문칠이가 왼편 팔의 상처를 만지며
"그날 밤에도 말씀 드렸으나, 다행히 어깨 쪽을 조금 건드리고 지났기 때문에 별일은 없으니까, 조리하시는 동안 완쾌할 것입니다. 이 팔을 가지고도 아까 여산이가 말씀한 대로 그런 큰 일을 하고 왔는데요."
하며 기세를 보인다. 두 사람은 아직도 기력이 강강한 문칠의 얼굴을 보며 마주 웃었다.

계성사야 네 죄는 아니다

 여산과 문칠이가 도령에 도착하던 전날 밤에 배돌서는 큰 소동이 일어났다.
 이는 계성사 전부가 불에 타 버린 것이다. 계성사 스승과 부속 가운에서 불이 일어나자, 한 사람이 어두운 곳으로부터 급히 뛰어오다가, 하나와 마주치었다.
 그 사람은 단번에 중을 거꾸러뜨렸다. 중의 부르짖는 소리에 다른 중 두 사람이 달려들었다. 그러나 그 사람은 두 주먹으로 하나씩 삽시간에 넘어뜨렸다.
 법당과 불당에서도 연해 불이 일어난다. 중들은 황황히 아무 경황이 없다. 그 사람은 닥치는 대로 주먹을 휘둘러 넘어뜨리고, 도령 가는 길을 바라고 빨리 도망가다가, 어떤 언덕 밑에서 키가 훨씬 큰 사람과 마주치자 큰 사람이 그 사람을 맞붙들며,
 "어, 형님! 나는 안 오시기에 또 쫓아가려던 판인데, 왜 늦게 오시오?"
하니까, 뛰어오던 사람이 가쁜 숨을 내어 쉬면서,
 "응, 여산인가? 후유 몇 놈 거꾸러 치고 왔지. 세 놈이야 세 놈. 후우"
한다. 그 사람은 문칠이다. 여산이는 문칠의 어깨를 잡아 돌려세우며,
 "참 형님, 큰일날 뻔도 했으나, 일을 잘 치러버렸소. 하, 그것 참 내가

보았드면, 몇 놈 창자가…허 참… 나는 불당 칠성당 천불전 할 것 없이 모조리 불질러 버리고, 그저 이리로만 뛰어왔지요. 형님은 아직도 기력은 장사야. 한 주먹에 세 놈이라니…… 나는 삼십 명쯤 염려 없지마는…"
하고 허허 웃는다. 문칠이도 따라 웃었다. 그들은 언덕 위에 서서 계정사에 불붙는 것을 바라본다. 불길은 하늘까지 태울 듯이 충천하였다. 두 사람의 얼굴에는 강개 처참한 빛이 넘치었다. 여산이는 눈물겨운 소리로,
"아, 계성사야! 네가 죄 있던 것은 아니다. 그러나 너 때문에 얼마나 오래 동안 많은 여자들이……아, 계성사야! 네 죄는 아니다."
하고 부르짖듯이 소리친다. 그리고 불빛에 보이는 배돌촌 쑥쑥 솟은 지붕들과 산들을 이윽이 바라보더니, 그의 눈에는 눈물이 서린다. 그러나 즉시 쾌활하게 발길을 돌리며,
"형님! 갑시다. 그런데 참상처는 어떠십니까? 너무 과히……."
하는 말이 마치기 전에
"아니 관계찮네."
하고 문칠이가 막아버린다. 두 사람은 말없이 언덕 위로 올라가더니, 두 무덤 앞에 이르렀다. 여산이는 한 무덤 앞에 엎드려 절을 하고,
"어머님! 이 자식의 불효를 용서해 주십시오. 그러나 할만한 일은 하였습니다. 어머님 안심하시고 구천지하에서라도 원한을 풀어주십시오. 어머님! 이 자식은 떠나갑니다. 만일 죽지 않사오면 후일 다시 와서 뵈옵겠습니다."
하고 훌쩍훌쩍 눈물을 씻는다. 문칠이도 따라 무덤에 절을 하며,
"이 문칠이도 생전에 못 뵈왔사오나, 항상 마음에 맺힌 어머님이십니다. 이제 생사를 같이할 여산이와 고향을 떠나오니, 살펴주옵소서."
한다. 여산이는 다시 절하고 일어나 그 밑으로 새로 묻은 무덤 앞에 가서 머리를 숙이고 한참 섰다가, 한숨을 길게 쉬고는 돌아섰다. 두 사람은 솔숲 속에 감추어 두었던 짐짝을 찾아내어 여산이가 짊어지고 도령으로 향

하였던 것이다.

　세 사람은 며칠 동안 잘 섭양하였다. 왕생과 문칠이는 완쾌하기 위하여 여산이는 마음을 진정시키기 위하여…. 그들은 앞일을 계획하였다. 완전한 건강이 젊은 세 사람의 팔뚝에 힘찬 원기를 북돋우어줄 때, 왕생은 그들과 같이 외숙께 고별하고 서경을 향하여 떠나니, 때는 사월 이십 일경이었다.

단오의 아침은 닥쳐왔다

　죽음을 결정한 백화와 초옥은 곱게 잠들었다. 이들을 재워주는 고요한 새벽은 흐른다. 창이 어슴푸레 하였을 제, 초옥이는 깜짝 놀란 듯이 소스라쳐 일어나니, 촛불은 꺼지려하였다.
　초옥이는 곁에 누운 백화의 얼굴을 바라보다가, 더 가까이 곁에 가서 들여다본다.
　백화의 잠든 얼굴이란 깨어 있을 때보다 더 기묘하였다. 깬 얼굴에는 언제나 수심과 염려가 흘러 자욱한 안개 속의 백매화와 같았다.
　그러나 이 얼굴은 평화가 넘치는 여신의 얼굴과 같다. 고요히 감은 두 눈 밑에 기다란 속눈썹이 그림 같이 누워 있고 구름 같은 머리는 침변에 흐트러져, 은은한 숨결에 못 이기듯 이마에 가려진 머리털이 나부낀다. 입모습에는 곱다란 미소가 떠돌았다. 그는 꿈 속에서나 그의 그리운 사람을 만났음인가? 그렇지 않으면 꿈결 같은 꿈을 꿈꾸고 있음인가?
　초옥은 한참이나 들여다본다. 눈에서 눈물이 떨어지려 한다. 그는 자기의 얼굴을 그의 얼굴에 조심스럽게 가만히 대었다.
　백화는 눈을 떴다. 그는 방긋이 웃으며 초옥을 끌어안았다. 초옥은 파고들어 가는 듯이 백화의 가슴에 꼭 안긴다. 한참이나 있다가 백화는 초옥을 다시 힘있게 안으며,

"초옥아, 다시 내가 말한다. 너는 죽음을 받을 사람이 아니다. 나를 정말로 사랑한다면 너만은 살아있어다구, 응? 초옥아, 이것이 나의 원이다."
하는 그의 소리는 간절한 느낌에서 떨렸다. 초옥이는 가만히 있다. 백화의 가슴이 축축하게 더워진다. 기어코 초옥의 울음은 터지었다.

백화가 세 번째나 초옥에게 말한 간청이었으므로, 그의 가슴은 너무나 괴로웠다. 백화가 자기의 결심을 알아주지 못하는 것 같은 것이 몹시 안타까웠다.

"형님, 나는 이미 정했습니다. 오직 이것을 행하고 지킬 뿐이에요. 형님, 나를 버리지 마셔요. 죽음길에서 내 손을 놓쳐주지 마십시오. 이것뿐이에요."

백화는 입이 떨어지지 않았다. 초옥의 결심을 꺾을 수 없었음이다. 백화는 말없이 다시 초옥을 안고 제 얼굴을 그의 얼굴에 살짝 대었다. 더운 눈물이 희고 부드러운 두 얼굴 사이에서 흐르고 흘렀다.

이윽하여 백화가 다시 눈을 뜰 때 창문은 아까보다도 조금 더 희어졌다.

"아, 닥쳐왔구나 초옥아……."

문득 백화는 부르짖었다.

초옥이는…… 백화의 가슴에 푹 엎드렸다. 백화도 최후의 힘을 다하여 그를 안았다.

"초옥아! 때는 닥쳐온다. 아범이 잘 갈 때도 되었다. 일어나서 준비하자."

그는 초옥의 등을 가만가만 두드린다.

초옥이는 먼저 일어났다. 백화는 필연을 당겼다. 그리고 종이를 펼치었다. 그는 붓을 들고 눈을 감는다. 다시 뜨자 붓이 움직인다.

"지금은 단오의 새벽입니다. 일주는 최후의 소원을 이루기 위하여 아범을 멀리 기약 없이 임을 맞아 오게 보내 둡니다. 일주는 강 언덕만 바라보며 임의 그림자를 기다립니다. 평안히 떨어지는 꽃을 건지려 말고 위하여 울어나 주소서. 어제 모란봉에서 임을 기다려 부른 남풍사를 이 아래 기록하여 두오니 위하여 불러주소서."

백화는 그의 끝에 정성스럽게 노래를 기록하였다. 그리고 다시 조금 올려다가 이렇게 썼다.

"그리운 임이여! 외로운 일주에게는 먼 길의 동무가 있습니다. 떨어지려 하나, 떨어질 수 없는 초옥의 혼을 벗하여 죽음의 길에서도 붙들고 놓지 않으려 합니다. 임이여 위하여 기뻐하여 주소서. 이제 초옥의 남긴 글을 드리나이다."

　　　　공자의 걸음걸이
　　　　멀고도 더디오니
　　　　가련하은 이 넋들은
　　　　뛰어 뛰어 가옵니다
　　　　남편 하늘 지나치는
　　　　저 구름을 바라와서
　　　　대동강의 푸른 물은
　　　　붉어지고 마옵니다.
　　　　　　　　단오 계명에 초옥 근정

초옥이가 얼굴을 붉히며, 붓대를 놓고 저쪽으로 가 버린다. 백화는 이윽이 바라보며 아까워하는 듯 어루만지더니, 작은 금낭을 내어 어제 밤 글까지 합하여 조심스럽게 넣는다.

문이 열리며 아범과 어멈이 들어왔다. 백화는 조심스럽게 쪼그리고 앉는 그들을 바라보다가, 금낭을 주며,

"옜소. 이것을 잘 간수했다가 드려주시오."

하면서, 받아 드는 아범의 손에 꽉 쥐어진 주머니를 이윽이 바라본다. 그는 눈을 돌려 어멈과 아범을 번갈아 보며,

"나는 더할 말이 없습니다. 다만 해전에 공자를 뵈옵도록만 해주시오. 아무리 늦어도 오늘은 넘기지 않고 오실 것 같아요. 어제 밤 꿈에도⋯⋯ 아니 그러니까, 나는 강에 올라서는 배를 강 언덕에 가까이 있게 하겠습니다. 그러니 어멈과 초옥이는 그 근처에 숨었다가, 아범의 소식을 꼭 알려주시오. 그리고 해전까지는 기다리겠고, 밤이 좀 들기까지도 무슨 핑계로든지 면하겠으나, 만일 소식도 없고 왕의 행동이 정말 급하면 그때 단소를 불겠습니다. 그 때에는 내가 배를 보낼 터이니, 초옥이만 올라오너라."

하고 초옥이를 본다. 초옥은 고개를 끄덕이고 아범은 일어선다. 두 사람은 문밖까지 아범을 전송하였다.

아범이 백화와 초옥을 유심히 보며 참아 떠나지 못한다. 그의 눈에서 굵은 눈물 방울이 떨어지려 한다. 두 맑은 눈에서도 아지 못할 눈물이 솟쳐난다. 이것이 마지막의 눈물일지?

아범은 떠났다. 햇발이 멀리 하늘가에 솟친다. 문밖이 둘레며 왕의 시종이 성대한 의장과 어찬이며 어주를 받들어 오고, 왕의 명령으로 강변에 행차합실 행거를 대령하였다고 아뢴다.

백화는 기다리라 명하고 초옥과 들어 왔다. 그들은 대강대강 행리를 정돈하였다. 붉은 족자를 왕생에게 줄 의복 보통이에 싸놓고 나서는 한참이나 안고 울었다.

이것이 백화대의 마지막 아침이다. 어멈이 상을 들여 왔다. 백화는 모든 것을 어멈에게 맡겨버렸다. 어멈은 느껴 울어 가면서 응낙하였다.

아침을 먹고 나서 백화는 단장을 시작하였다. 기생 십 년에 오직 처음인 백화의 마음을 다한 단장이었다. 거울 앞에서 만지고 또 만져 백화는 피어오르는 꽃송이보다도 몇 배나 아름다운 얼굴이 되었다.

초옥이는 깜짝 놀랐다. 단장을 하기 때문에 더 고운 것은 아니다. 병중에도 절묘한 백화이었지마는, 단장으로 황홀 찬란하였다.

백화가 의복을 단속할 때 왕의 보낸 장복 등은 물리치고 눈같이 흰 의복으로 거울 앞에 서서 굽어보고 돌아보며 치장을 마치었다. 그가 다 마친 후에 초옥이는 백화 앞에 가서 입을 떡 벌인 채로 한참이나 취하여 말을 못 내었다. 초옥의 눈이 현황할 만큼 백화는 너무도 아름다웠다.

초옥은 백화를 가만히 얼싸안으며 쳐다보는 그의 눈에는 벌써 눈물이 괴어 있다.

"아, 형님 형님!"

그는 쳐다보고 형님만을 불러 가슴에 가득히 차고 넘치려는 모든 비회를 삼키고 삼켰다. 백화의 몸에서는 은은한 향기가 풍겼다.

그 동안 왕의 독촉이 사, 오차나 거듭하였다. 백화는 태연히 느릿느릿 단장을 끝마치었다.

해가 중공에 높았을 때 백화를 실은 채교는 천천히 꽃덩이처럼 산같이 모여서 거리거리 밀려있는 사람의 바다를 헤치고 부벽루로 향하였다.

우왕은 이른 아침부터 초라황포에 상홀을 들도 조혜를 신고 머리에 면관을 쓰고, 성장 성식으로 시종 군리와 군노 시녀를 따라 부벽루에 올랐다.

평생의 처음이 될 아름다운 의복과 단장으로 꾸민 기녀들의 옷자락이 훈훈한 바람에 나부껴 부벽루는 완연한 꽃밭을 이루어서 여간한 사람은 눈도 못 뜰만큼 정신이 아찔하며 또한 향기가 촉비하여 무릉도원에서 꿈꾸는 듯한 느낌이 들었다.

부벽루를 중심으로 모란봉에나 강변에는 사람으로 바다를 이루어 결진하여 있으니, 이는 당연한 일일 것이다.

국왕과 명기 백화가 인연을 맺는 단양 가기에 서경 내외뿐이 아니요, 멀리 각 촌읍에서도 이 계사를 축하하고자 올라온 사람이 또한 수효를 셀 수가 없었던 것이다.

이렇게 겹겹이 둘러싼 국왕의 신민과 정장한 기녀들이 왕의 눈에는 벌레만도 못하게 보였다. 아니 아무 것도 없는 빈 곳이나 같이 보였다. 백화가 없는 곳에 왕의 눈을 만족시킬 것이 없었다.

왕은 몇 번이나 독촉을 하며, 술을 기울여 반취하여 가지고 백화를 기다리는 중, 해가 중공에 솟았을 때 시종이 백화의 이름을 고하였다.

왕은 문득 흥이 솟아 기녀를 명하여 가무를 대창하게 하니, 노래는 굴러 패수(浿水)에 잠기고 우의는 편편히 바람에 나부껴 꽃송이들이 어지러이 떨어지는 듯한 찬란한 속으로 백화는 태연히 나타났다.

모든 사람은 백화의 이름을 보자, 물밀듯이 부벽루로 밀려왔다. 누상과 누외는 대혼잡을 이루었다. 왕은 노하였다.

"과인이 가신을 당하여 특히 관대함으로 사민이 수륙 양처에서 유흥만을 금하지는 않거니와, 만일 무범히 소요하는 자 있으면 용서하지 않으리니, 혼잡한 군중을 채찍으로써 쫓으라."

시종이 명대로 행하니, 다시 자리는 고요하여졌다.

우주는 백화를 바라보았다. 그의 황홀 찬란한 성장이 조금도 속됨 없이 찬란하되 단엄하고 황홀하되 선연한 중에 가벼운 걸음걸이에 패옥 소리가 쟁쟁하고, 향취가 은은하여 이른바 선녀가 하강한 듯한 백화이었다.

우주는 벌서 정신이 건공에 떠가지고 벌어진 입 그대로 멀거니 서있으며, 기녀들까지도 아무의 명령이 없이 가무를 뚝 그치었다.

단오 놀이

우주가 겨우 입을 열어
"가인아! 어찌 이름이 더딘고?"
하고 손을 이끌어 자리에 앉히며 벌써 두 팔은 모르는 사이에 백화의 몸을 감으려한다. 백화는 가만히 몸을 빼어 단정히 앉으면서,
"비록 주연이오나, 군신 만성의 이목이 무수하오니, 마땅히 언어 동작을 삼가소서."
하였지마는, 넋이 없어진 우주는 그래도 손을 놓지 않고,
"과인이 가기를 인하여 신인을 맞으니, 어찌 구구히 언동을 구애하랴. 원컨대 가인은 일후 궁궐 내전에 이른 후 극구충간하고 금일은 여를 위하여 일만 흥취를 돕게 하라."
하면서, 손목을 잡아당긴다. 백화는 어이가 없어 가만히 앉아있다.
　우주가 삼 일간 백화를 그리워 병이 날듯 하다가 오늘을 겨우 기다려 이렇게 황홀한 백화를 앞에 앉히고 보니 모든 물건은 우주의 눈에 형용도 보이지 않고, 오직 백화만이 그 눈에 찼을 뿐이다. 우주가 술잔을 당기며,
"과인이 주량이 크지 못하나, 족히 일주를 아끼지 말라."
한다. 백화가 생각하건대, 우주의 정신이 씩씩하면 핍박이 더욱 심할 것 같은지라, 술이나 흠뻑 먹어 취하게 한 후에 때를 기다려 보리라 하고, 얼

굴을 화하게 하고, 태도를 공손히 하여 술을 자꾸 권하니, 우주가 연해 받아 마시며,

"과인이 비록 천하를 다루지 못하였으나 오히려 일국의 부귀를 가졌거늘, 과인의 궁빈으로 가인의 의복이 마땅치 않도다. 어찌하여 과인이 보낸 채의장복을 입지 않았느냐?"

하고 백화의 흰옷을 바라본다.

"신첩에게는 이것도 과분하오니, 채의장복이 어찌 두렵지 않으오리까?"

"과인의 창고가 신인을 위하여 축적됨이 많으리니, 어찌 국가와 왕실을 위하여 행이 아닐까보냐 하늘이 과인에게 복됨을 주셨도다."

왕이 미타히 여기기는커녕, 등을 어루만져 칭선하였다.

이러는 동안 해도 차차 서로 기울어져 간다. 백화는 초조하여 먼 곳에 보이는 어멈과 초옥이를 바라보며, 침울한 기색으로 가끔 실심하고 앉았으니, 우주가 백화의 기색을 살피고

"과인의 천만 백성이 다 즐겨할지라도 다만 신인이 홀로 불락한즉, 무엇이 과인의 즐김이 되랴 여가 어려서부터 호적(胡笛)의 약간 재주가 있으니, 오늘 신인을 위하여 특히 한 곡조를 노래하여 가인의 웃음을 얻으리라."

하고 시종을 돌아본다. 호적은 왕의 손에 이르렀다. 제기는 왕명대로 호악을 대창하였다. 우주가 스스로 저를 불며 호동의 형태를 내어 노래하는 그 행동이 너무도 경망하여, 모든 사람이 바로 보지 못하였다. 노래는 제왕가라 하였다.

   백만 토부 채질하여
   만리장성 쌓아놓고
   사해 창성 호령하니
   막을 자가 그 누구냐
   백관 천료 못 들인다

제왕의 권위이라
백 리의 터를 닦고
아방궁을 진 연후에
천하 미인 모두 불러
주지육림 좋고 좋다
군왕의 귀함이라
   *
봉래 방장 영주산에
불로초를 캐어다가
닥가 감초 물을 부어
용각 봉피 가미하여
삼시 육각 마시고서
삼천 미녀 베개삼아
오래오래 살고지고
시선 되기 싫을세라
임금의 기상이라
   *
대동수에 용주 띄워
제왕장을 둘러치고
절대가인 팔준마라
구름 일며 비가 진다
요지를 무엇하리
굴삼려야 울지 마라
초회왕이 내 아닐다
천중가절 월로 적승
좋을시구 은하수에
황침혼상 좋을시구
당시의 제왕이라.
과인 기상 어떠한고

 끝절은 왕의 임시로 지음이라, 이러한 음란한 노래로 엄연한 군왕의 기상을 자랑할 때 백화는 분히 여기고 더러히 여겨, 쳐다보지도 않고 냉탁

백화 375

하게 앉았다.
"과인의 재주가 어떠한고?"
하고 우주는 백화를 들여다본다. 백화는 잠잠하였다. 우주가 무류한 듯이
"그러나 신인이 즐겨 않으니 자못 파흥이 되도다. 신인은 일곡을 노래하여 흥을 돋우라."
하니까, 백화가 즉시 대배를 들어 왕에게 권하면서,
"신첩도 일곡을 칠현으로 노래하오리니, 취하사 들으소서."
하고 거문고를 가져오라 하였다.
우주가 몸을 지탱하지 못하도록 대취하여, 백화의 무릎을 베려고 한다. 백화는 시녀에게 눈짓하였다. 시녀는 왕에게 교의를 드려 의지하게 하였다.
왕은 비스듬히 누워, 혀가 굳은 소리로 백화를 재촉하였다.
백화가 단정히 앉아서 줄을 고르니, 그가 우주와 제신의 앞에서 노래하는 것이 처음인 만큼, 모든 사람은 정신을 모아 그의 넘노는 흰 손과 노래를 기다린다. 손은 움직이고 단순은 열렸다. 곱고 맑은 소리가 은은히 일어나며 점점 높아진다. 이 노래는 후세 사람이 「강심곡」이라 하였다.

   송산 사동 깊은 골에
   숨겨 있던 흰 구슬이
   무삼 일로 왕검성에
   바서지게 되었는고
   채약하는 아이들아
   다투어서 일지 말라
   너희들의 호미 끝에
   캐어질까 저히노라.
     *
   숭산 동천 수풀 속에
   고이고이 길린 꽃이

청강 패수 내린 물에
떨어짐이 웬 말이여
아서라 뱃사공아
노 저어서 닫지 마라
성난 물에 떨어진 꽃
잠기일까 저히노라.
　　　　*
길고 멀다 오랜 물에
재자 가인 많은 눈물
흘리고서 띠워다가
어느 곳에 밀리쳤나
유유하다 푸른 물에
강심이 깊었으니
아무리 마자 해도
네 가슴에 안기리라.

　백화가 거문고를 밀쳐놓을 때 그의 얼굴에서는 이슬방울이 굴러 내리고, 그의 소리는 처마에 어린 듯, 모든 사람이 귀를 기울려 오히려 추연하여 하건마는, 우주와 신료들은 취안이 몽롱해 가지고 소리만을 듣고서, 우주가 손뼉 치며 흥이 돋우어 졌다고 대찬하였다.
　우주가 누에 내려서 강에 오르기를 분부하고 백화의 손을 잡아 일어나려다가 넘어진다. 백화는 좌우에게 왕을 부탁하고 잠깐 주저하는 동안 시종들이 왕을 부축하여 배에 올렸다.
　우주는 누에서부터 배에 오를 때까지 소리쳐 백화만을 부르니, 그 모양이 어찌도 우습든지 좌우에 모인 사람들은 가만히 서로 조롱하여 웃었다.
　백화가 잠깐 틈을 타서 누하에 내려가 뒤 숲 속에서 어멈과 초옥을 만나 그의 손을 잡고,
　"이렇게 늦어 가는 대도 공자의 소식이 망연하니 아마도 못 뵈옵고 죽을까 부다."

하고 서로 맞붙들어 참아 못 떠나는데 왕의 시위들이 백화를 찾으러 다니다가, 백화를 만나서, 초옥을 힐끗힐끗 바라보면서, 왕의 명을 전하고 데리고 가 버렸다.
 우주가 백화가 보일 때까지 백화만을 부르고 있다가, 백화를 보자, 몸을 들썩거리고 손을 치면서 부른다.
 백화가 왕의 앞에 거의 왔을 때, 왕은 달려들어 손을 잡아끌어다가, 백화의 발 앞에 푹 엎드러졌다. 시신과 제인이 붙들어 일으키며, 얼굴빛을 변하고, 백화는 노기가 발발하여 홍조가 오르며, 왕을 내려다보다가 저쪽으로 돌아간다.
 백화가 강수를 굽어보며, 잠깐 생각에 잠겼을 때, 강변 쪽에서 무슨 소리가 나는 듯하였다. 눈을 들어보니, 초옥이가 가만히 소리침이었다.
 백화는 깜짝 반기며 잠깐 미소하다가 눈으로 왕의 편을 가리키며, 약간 성낸 표정을 지어 보였다. 초옥이는 자기 가슴을 가리키고 다시 엷은 구름 속에 든 해를 가리키며 두 손을 합하여 주먹을 쥐어 두어 번 흔들면서 고개를 좌우로 흔든다.
 백화가 그 뜻을 알아차리고 대답하려고 하는 차에, 우주의 백화를 부르는 소리가 요란스럽게 들린다. 백화가 초옥에게 눈짓만으로 뜻을 보내고, 장내에 들어가 왕을 바라보며,
 "제인의 이목을 생각하사, 선상에서도 삼가 체면을 차리소서."
하고 짐짓 노한 기색을 보이며 멀찍이 앉았다. 왕이 고개를 끄떡여 그러하겠다는 표정을 보이면서 손을 끌어다가 가까이 앉힌다.
 왕의 명대로 배는 서서히 언덕에서 떨어지지 않을 만큼 지어간다. 어느덧 연수정에 이르렀다. 그곳서는 배를 한데 매어 띄워 놓았다.
 높은 석벽 위에 아련히 솟은 연수정은 머리에 제일 강산이라는 대액을 붙이고 있다. 백화는 연수정을 바라보며, 망연히 앉아 있다. 기울어지는 해는 석양을 고하였다. 질탕한 음악과 유흥의 소리가 저물어 가는 강상에

서 피곤함을 모르는 듯이 그침 없이 일어난다.

음기가 발동하기 시작한 우주의 핍박은 자꾸 심하여 갔다. 백화가 다시 노기를 보이며,

"전하께서 스스로 궁빈이라 정하셨으니, 체면을 가지심이 옳겠거늘, 이제 선상에서 주석을 인하여 겁압코자 하시니, 다만 신첩을 오히려 더럽게만 여기심이라, 차라리 몸을 강수에 던져 욕됨을 면하리라."

하고 몸을 빼쳐 던지려 하는 듯하니까, 우주가 깜짝 놀라 백화의 무릎을 움키면서,

"가인은 너무 매몰케 말고 화락히 지냄이 어떠하뇨? 여가 심하게 하지 않으리니, 잠깐 눕게 하라."

하고 백화의 무릎을 베고 눕는다.

우주의 포악한 성질로도 백화에게는 오직 물같이만 되어, 백화의 그침 없이 드리는 술잔을 영문 모르는 왕이 기뻐하면서, 주는 대로 마시더니 나중에는 정신없이 혼도가 되면서 코고는 소리가 뇌성같이 시작되었다.

백화는 시녀를 명하여 왕의 침상에 눕게 하고 선두에 나와서 초옥이를 찾으니, 초옥이는 저편 언덕에서 백화를 바라보고 웃는 표정을 지었다.

둘이는 쓸쓸한 웃음을 지었다.

백화는 초옥의 초조하여 하는 양을 바라보며 가슴이 끊어지는 듯한 아픔을 느끼었다. 숙성하고, 길숙한 생각을 가진 초옥으로도 나이 어린 여자인 만큼, 커다란 죽음(?) 아니 희망(?)을 앞에 놓고 안타까워하며 조급하지 않을 수 없었던 것이다. 더구나 그것이란 강수를 격하여 마주 바라보이는 곳에서 희미하게 움직이는 것이기 때문에…….

백화와 초옥이가 이렇듯 단장의 눈물을 흘리고 흘릴 때, 신하들과 기녀들은 서로 희롱하고 유락하면서, 백주에 강상에서 제기들과 선실에서 음행을 예사로 하니, 고려는 멸망하지 않고 어떻게 될 것이었던가?

왕생의 단장루

왕생은 여산이와 문칠과 함께 부지런히 길을 걸었다. 중하읍을 지나 만석교 가까이 왔을 때는 단오의 낮때가 훨씬 지났을 때이다.

왕생은 가까이 오는 서경의 맑은 하늘을 바라보면서, 오늘밤이면 그리운 사람을 만나겠다는 기쁨이 그의 얼굴을 평화스럽게 하여주었다. 그러나 마음은 공연히 더 바빴다.

세 사람이 주막에 들어서 밥을 사서 먹고 있노라니까, 주막에 가득한 행인들이 무슨 이야기를 분주히 하고 있는데, '백화'라는 말이 언뜻 들리는지라, 왕생이 깜짝 반기어 귀를 기울려 들어보니, 이 사람 저 사람의 이야기 중에서 주워 모은 요령은 대강 이러하였다.

"백화를 낚으려고 왕의 오늘 강상 대연이 벌어졌는데, 밤이 들기만 하면 백화는 왕과 가연을 이룰 것이라, 약정은 벌써부터 하였지마는, 백화가 종시 듣지 않으므로, 억측으로 오늘 잔치에서 백화를 후리려고 하는 것이라."

는 것이었다. 그러다가 한 사람이 큰 소리로,

"어 참. 오늘 보니까, 과연 백화는 천하에 둘도 없는 절색인데. 내가 한번 보고도 정신을 잃었는데, 좀 더 보고 싶은걸 왕께서 독차지하고 계시니까, 어디 보겠던가, 그래 홧김에 와 버렸지."

하니까. 또 한 사람이 너털웃음을 웃으며,

"저 사람! 자네 일이 바빠서 말 걸음아 날 살려라 하고, 애꿎은 말만 채찍질하고 오더니, 홧김은 무슨 홧김? 그러나 말이 났으니 말이지, 황파인지, 무엔지가 살았었더라면 응덩이가 남지 않을 걸 갖다가……. 그러나 백화는 오늘쯤은 참 날도 뛰도 못하고 걸릴 걸세."

하고, 바로 내용이나 잘 아는 듯이 고개를 끄덕끄덕하며 가슴을 내민다.

왕생의 가슴은 선뜻 내려앉았다. 그의 입에는 밥이 들어갈 수가 없었다. 그는 저편 방에서 이야기해가며 맛있게 먹는 두 사람의 밥이 끝나기를 기다려 눈짓해 가지고 데리고 나왔다. 왕생은 들은 바의 전후 말을 한 후에,

"그러니까 백화의 위급함이 시각을 다투고 있어 반드시 살지 않을 것이니, 어찌할까. 서경이 여기서 오십여 리나 되니, 걸어간다면 해전에는 어림도 없을 것이오. 그러니까 말을 세 필 얻어서 빨리 타고 가는 것이 상책이니, 어디 주인과 상의하여 보시오. 아무쪼록 속하지 않으면……."

하는 말이 끝나기 전에 두 사람은 주인을 찾으러 돌쳐 들어간다. 한참이나 있다가 주인이 말 두 필을 얻어 가지고 와서, 세 사람을 번갈아 보며,

"오늘은 서경에서 국왕이 유희를 하시기 때문에 구경간 사람이 많아서 말이 도무지 동이 나고 없는 걸 겨우 두 필을 구했습니다마는, 아마 값이 많을 터인데 어찌하시겠습니까?"

한다. 여산이가 마부를 돌아다보며,

"값의 다소는 세지 않을 것이니, 일각을 지체 말고 속히 달리기만 하면, 삯전은 속히 달릴수록 많이 줄 것이오니 그저 빨리 달리기만 하오."

하고, 왕생과 문칠더러 얼른 타라고 재촉한다. 두 사람은 두어 번 사양하다가, 할 수 없이 말에 오르고 여산이는 달음질로 쫓아간다. 왕생이 마부에게 서행을 말하고, 두 사람에게 향하여 처량한 기색을 약간 띠워,

"내가 임 낭자와 기약하기는 오월 오 일이라 하였으나, 그 안으로 성공

하려고 불피풍설 하다가, 병이 되어 많은 시일을 허비하였기 때문에 일이 이렇게 된 모양이외다. 임 낭자의 불행하다는 것이 나의 청춘지회를 위하여서, 보다도 임 처사의 대은과 또한 십 년 청루에 허다 고초 중 나 같은 자를 저버리지 않은 그 의기를 위하여서임이라. 이제 그가 만일 불행만 하고 보면, 이것은 오로지 유아지탄이라, 국왕의 무도함이 언어를 지나치니 임낭을 구하기는 심히 어려운 일이라, 내가 한번 죽음으로써 임낭을 구출할 것이니, 그대들이 나와 지합된 벗으로써 서로 힘을 다하여 임낭을 구함이 어떠하오? 결코 강박할 바 아니니, 그대들의 뜻을 말하여 주시오."
하였다. 두 사람은 그 말을 기다렸다는 것처럼 꼭 같이 기뻐하였다. 여산이는
"우리가 고초를 같이하기로 마음을 정한 것은 하늘이 아시는 바라, 여산이의 몸으로 말하더라도 공자 아니시면 매불의 독약을 어찌 면하며, 더구나 내 어머님의 철천의 한을 어찌 신설 하였으리까?"
하는 말끝을 문칠이가 달아서,
"문칠이 저로 말하여도 임 낭자가 아니면 저의 원수 김 장자를 어찌 그렇게 시원스럽게 복수하였겠습니까? 전번 살인사건에도 실상 임 낭자의 힘을 깊이 입었습니다. 무어 긴말 할 것 없이 우리 둘이는 이미 죽음을 받았던 자이니, 어떠한 죽음 길에서라도 꼭 같이 하기로 하늘께 맹세하지 않았습니까. 좌우간 임 낭자를…… 빨리 갑시다."
하고 용력이 배나 더하여 여산과 마부를 돌아보며,
"자, 어서 달리게. 빨리 달리세."
한다. 왕생이 그들의 의기를 탄복하며, 말없이 말을 달리는 중에 어떤 주막 앞을 막 지나치자, 누가 뒤에서 소리치며 쫓아온다.
"저기 말 타고 가는 사람이 문칠이 아니냐?"
문칠이가 돌아다보자, 얼른 말에서 뛰어내리며
"아이구, 형님?"

하고 절을 굽실하면서 손을 잡고 반가워한다. 왕생도 말에서 내렸다. 그 노인이 물끄러미 문칠을 바라보며, 눈물이 날듯 하다가 별안간 획 돌아서자, 왕생과 딱 마주친다. 노인은 그만 왕생의 발 앞에 푹 엎드러지며, 소리를 내어 울고 있다. 왕생의 머리에는 이상한 예감이 획 지나가자, 눈물에 막혀 잠깐 동안은 아무 소리도 못하였다.

문칠이는 눈물을 씻으면서 여산에게로 가서 무슨 말을 하니까, 여산이가 노인의 우는 소리를 들으며, 그 모양을 가만히 보고 섰다가, 무슨 뜻의 눈물일가? 건강한 두 뺨에도 굵은 눈물 방울이 줄줄 흘러내린다. 왕생은 노인을 붙들어 일으키며,

"좌우간 어떻게 되었소?"

하며 노인의 입을 바라본다. 노인은 대답의 대신으로 급히 품 속을 더듬어 금낭 하나를 전하였다. 왕생의 손은 금낭 속에서 빠르게 편지 한 장을 꺼냈다. 편지는 아직까지도 축축하니 훈훈한 기운이 있었다.

왕생은 편지를 펼치며 읽기 시작하여 내려간다. 남은 사람들의 눈은 왕생의 얼굴과 펼쳐내려 가는 편지에서 잠시도 떠나지 않는다. 편지를 읽는 왕생의 얼굴은 여러 번 변하였다. 눈에는 눈물이 돌더니, 그 눈물이 점점 굵어지면서 뚝뚝 떨어지기 시작하여, 그 후부터는 쉬지 않고 흘러내린다. 그 눈물은 손에 쥐어진 종이를 두 번째 적시어 주었다.

왕생의 지금 이 눈물이야말로 단장루(斷腸淚)이다. 사랑하는 사람의 최후의 피지는 글을 읽고 있는 그가 아니냐?

그는 다시 다른 종이를 들어 읽다가, 제일 끝에 가서는 눈을 뜨지 못하고 가슴이 막혀지는 듯 숨결이 가빠지며, 눈물만 흐르고 흐르는 것이다.

남은 사람들의 기색은 왕생의 기색이 변할 때마다 따라 변한다. 지금 이 네 사람의 마음은 오직 하나로 통하여 있는 까닭이다.

왕생은 글을 다 읽었는지, 종이를 접어서 손에 꼭 쥐면서 잠깐 눈을 감는 듯하더니, 그 눈은 하늘 편에서 떠진다.

그는 잠깐 망연히 섰더니, 깜짝 놀란 듯이 그 편지를 여산에게 전하며,
"자, 이것을 두 분이 빨리 읽으시오. 나는 그 동안 물어 볼 말이 있으니."
하고 노인에게 가까이 가서 말을 물었다. 그 노인은 백화의 부탁을 받고 나흘 동안 오직 왕생을 기다려 간을 태우던 문일이었다.
그는 주막에서 종일 고대고대하다가, 불가불 알리려고 돌쳐 돌아가려고 하던 판에, 그 동생 문칠을 만나 반김이 극하던 중에 왕생을 보니까, 그만 반김과 설움이 한꺼번에 터졌던 것이다.
"지금 대동강에서……. 그런데 대동강 어디쯤이라 합디까?"
"연수정 앞입니다."
하고 금시에 어디로 가려는 듯이 발을 움칫움칫하며,
"그런데 제가 올 때에 말 두 필을 얻어 가지고 왔는데, 마침 잘 되었습니다. 남은 말 한 필은 저분이 타고 가시지요."
하고, 만석교 주막으로 쫓아가면서, 소리를 질러 마부를 부른다.
그 동안 문칠과 여산은 백화의 글을 읽어, 내용을 자세히 알았다. 마부들이 이르렀을 때, 여산이는 총지휘관이나처럼 명령하였다.
"자, 빨리들 타시오."
전장에 선 장관의 호령이나 같이 모든 사람은 일제히 말에 올랐다.
"여, 마부들! 삯전은 물론이요, 빨리 갈수록 상급은 많이 내릴 터이니까, 걸음보다 늦어서는 아니 되네. 말고삐는 탄 사람을 주고, 자네들은 우리 큰형님을 따라오란 말이야. 그러니까, 우리는 못 만나더라도 삯전은 큰형님께 찾도록 할 것이니 자, 고삐를 맡기게."
마부들은 그대로 시행하였다. 웬일인지 여산이는 스스로 대장이 되었던 것이다. 그의 말은 참말이지 장관의 호령만큼 잘 실행되었다.
이러한 일행 중에서 제일 뒤에 따라오면서 발광적으로 기뻐하여 황망히 덤비면서 넋이 몸에 붙어 있지 못하는 것 같이 보이는 사람이 하나 있

었다.

 그러면서도 마음은 제일 편하였든지 마치 무겁던 짐을 지고 너무나 무거워서 애를 쓰다가, 나중에는 낙망까지 하였던 사람이 문득 그 짐을 대신 지어다줄 사람을 얻은 것처럼 좋아하고 다행하여 어쩔 줄을 모르는 모양이니, 이 사람은 즉 백화의 명을 받아 이 곳까지 왔던 문일 노인이었다.

 그는 마부들을 거느려, 마치 후군대장이나처럼 앞에 가는 일행을 바라보며 몹시도 기뻐하고 공연히 황망하면서도, 어느 구석엔지 뱃심좋게 턱 가라앉아, 문일은 한적하게도 보인다.

 그는 그 일행들을 바라보면서 미소를 띄우고 고개를 조금씩 끄덕이면서 마부들을 돌아보며 자기 역시 호령한다.

 "여보게, 마부들! 빨리 따르게 응?"
하고 긴 기침을 한 번 컥 하더니,

 "응, 자네들 말이 거 썩 잘 달리네 그려. 응 삯전은 내가 강가에 가서 얼마든지 줄 것이니, 자, 빨리들 따르게나!"
하면서, 지금은 생기가 펄펄한 모양이다.

 그러나 조금 전에 그가 만석교 주막에서 평상 끝에 행발한 채 두 손으로 턱을 괴고 길바닥만 바라보며, 종일 입 한 번 벌인 일이 없이 실심하고 앉아있을 때, 주인 마누라가

 "여보 노인! 점심 요기 안 하실 테우?"
하고 물으면, 쳐다보지 않고 그대로 앉아 턱을 괸 채로 머리만 좌우로 슬슬 내두르니까, 주인댁이 다시

 "그럼, 술이나 한 잔 하시우."
하여도, 까딱 않고 그대로 앉아 고개만 슬슬 내둘렀다. 주인댁이 눈을 흘기며,

 "꼭 얼빠진 사람 같으이. 종일 남의 주막에 와서 걸쳐 가지구, 원 별일도…"

하고 휙 돌쳐 들어갔다. 노인은 그 말을 듣고 턱을 괴었던 두 손을 떼어, 공연히 허리춤을 만지적거리면서, 얼굴이 벌개 가지고 무안을 몹시 먹어서 이 다리를 별안간 저 다리 위에 걸쳐 가지고 여전히 길바닥만 내려다 보고 있었다. 만일 그 때가 지금같이 후군대장격의 용기가 등등하였던들, 주인 마누라는커녕 술상의 주전자까지도 호령바지가 되었을 것이다.

이 일행이 그렇게 달리며 가지마는, 안타까운 일은 말이 군대용의 것이 아닌 까닭이다. 그들은 비지땀으로 목욕해 가면서 대동강 송교리에 이르렀을 때는 벌써 황혼이 되어 오 일의 서산일이 희미하게 없어지려 하였다. 대동강은 조용한 불빛에 덮여 불야성을 이루었고, 강을 건너는 내왕객들로 사람의 산과 바다를 이루어 있었다.

꽃은 떨어지고 구슬은 깨어져

　백화와 초옥이가 물을 사이에 두고 이편과 저편에서 기약 없는 사람을 기다리며 결정된 죽음을 밀치고 있을 때, 다만 눈물만이 그들의 가슴을 표시하여 주었다.
　희망의 햇발도 서산으로 숨어질 때, 황혼의 어슴푸레한 막이 햇빛에 번쩍이던 찬란한 왕의 배를 담뿍이 안아준다.
　우주는 술이 좀 깨어 몽롱한 눈으로 백화를 찾다가 없는 것을 보고, 빨리 일어나서 시종을 불러 백화의 간 곳을 불은 후, 다시 명령하였다.
　"이제 날이 저문지라, 미구에 환행하리니, 제인은 모든 기악을 데리고 다른 배에 올라, 기악을 주하여 여흥하라. 그리고 가인을 속히 부르라."
　시종이 왕의 명을 전하자, 제신은 기뻐하여, 각각 기녀의 손을 끌고 배에서 내려, 다른 배로 간 후에는 종일을 피곤하였던 까닭으로 다 쓰러져 버렸다.
　백화는 왕의 명대로 혼연히 장내에 돌아왔다. 우주가 백화의 손을 잡아 좌에 앉히며,
　"가인이 종일 피로하더니, 지금은 어떠뇨? 과인도 정신이 쇠락하도다. 이제 우리 양인이 가연을 맺어 일생을 동거하리니, 어찌 이 위에 더한 즐거움이 있으랴. 경은 결연주를 권하여 마시우라."

한다. 백화는 잠잠히 자주 술잔을 드리고 있을 뿐이다. 백화는 벌써 죽음을 결정하였다. 언제고 아니한 것은 아니지마는, 이제는 왕생의 일까지 단념하게 되었다.

　백화는 냉연히 앉아있다. 술을 더하여 취정을 격동시킨 왕은 솟치는 음욕을 걷잡을 수가 없어, 백화의 손을 단단히 잡고 첩첩이 걸린 장막 안 침상으로 끌어드리며,

　"오늘 가연에 어찌 그저 이 밤을 보내랴? 풍류 제왕과 절대가인이 취흥을 겸하여 인연을 맺음이 좋도다."

하고 힘써 끌어당긴다. 백화는 이 급한 때에라도 황망하지, 않고, 다만 잡힌 손을 잡아 빼며,

　"전하께서도 신첩에게 술 몇 잔을 권하사, 흥을 돋우게 하소서."

하는 백화의 말에, 우주는 비로소 손을 놓으며 화색이 만면하여 백화에게 잔을 권한다. 백화가 잔을 받아 자리에 놓고 왕을 바라보며,

　"술이 있으매, 가악이 없지 못할지라 신첩이 기녀 평생으로 오늘이 마지막이온 중, 제일 좋아하는 노래 있사오니, 몇 귀를 부르고자 하나이다."

하고 품에서 단소를 내어 마음을 진정하는 듯 가슴을 어루만진 후, 단순에 대고 굴원의 원사를 아련히 노래하다가, 곡조를 변하여 왕생의 부르던 곡조를 불러 마칠 때, 그의 얼굴은 눈물에 젖어서 비에 젖은 꽃과 같으니, 왕이 멀거니 바라보며 있다. 절세 가인의 부르짖는 애원이 이 곡조를 강언덕에서 듣는 사람은 있었는가? 없었는가?

　백화의 절실한 비통의 눈물도 오직 왕의 가슴에서 불붙는 음욕을 북돋우어 주는 자극성 밖에 되지 않았던 것이다. 우주가 백화의 몸을 다시 안고자 할 때, 초옥이가 급히 뛰어올라, 백화를 안고 등에 엎드려 울고 있다.

　왕은 너무도 놀래고 노하여, 초옥의 웃옷을 잡아서 낚아채며,

　"네 어떠한 계집인데, 감히 이 같이 무례하뇨?"

하고, 초옥을 막 외로 던지고 백화만을 안아 장내로 들어간다. 백화가 초옥의 엎드려짐을 보자 비로소 최후의 분원이 솟아, 눈앞에 아무 것도 보이지 않게 되어, 두 손으로 평생의 힘을 다하여 곤두가 되어, 비틀거리는 왕의 가슴을 밀어 넘겨쳤다. 백화의 얼굴은 서리를 치며, 두 눈에는 이상한 광채를 내어 우주를 쏘아 내려다보며, 분노에 떨리는 낭랑한 음성으로,
"무도 혼군아! 내 이미 부벽루에서 혼군의 실덕을 충간하고, 낭군이 있음을 말하였으나, 혼군이 끝내 무도하니, 내 이미 죽음을 결정한지라, 한 번 죽어 깨끗한 넋이 되리니 어찌 혼군에게 짓밟히랴?"
하는 꾸짖는 소리를 남기고, 초옥의 손을 빨리 끌어 나오려 하니, 우주가 다시 몸을 일으켜서 붙잡으려 한다. 두 여자는 힘을 다하여 밀어 넘어뜨리고 선두로 빨리 나와 백화가 초옥이의 손을 잡은 채 하늘을 우러러,
"아버지, 어머니, 왜 어린 일주를 홀로 이 세상에 남겨두셨습니까? 넓은 세상과 많은 인간에게서 일주는 쫓기어갑니다. 불쌍한 딸을 안아 주십시오. 공자여! 일주는 갑니다. 원한 많은 이 세상을 하직하고 이 물 속으로……"
하는 동안, 초옥이는 미리 가지고 왔던 허리끈을 빨리 풀어서 백화와 자기의 가는 허리를 두 겹으로 한 끝씩 빨리 매었다.
초옥이는 미리 생각하고 온 모양인지, 그 행동이 퍽 민첩하다. 죽은 몸이라도 따로 떨어져 흐르고 잠기기는 참아 서러웠던 것이다.
초옥은 백화의 말이 끝나자 다시, 백화를 되잡으면서,
"형님! 내 손목을 놓지 마셔요 꼭 붙잡……."
하는 말이 그치지 못하고, 두 몸은 배에서 뛰어 내렸다. 물결은 높이 솟아올랐다. 이때 어디서인지 무슨 소리가 급히 났다. 그러나 다시 잠잠하였다.
솟아올랐던 물결은 무겁게 털썩 내려지면서 그 물결이 다시 꿈틀거려 연수정 언덕으로 밀리어 간다. 이제 박명한 일생을 가졌던 두 어린 몸은

명기의 이름을 안고 대동강 푸른 물에 잠기려 한다.

이렇게 두 명기는 서경의 풍경에서 사라져 버렸다.

조금 전이다. 백화의 애끓는 단소의 노래가 은은히 들릴 때, 강 언덕에서부터 연수정 앞을 바라보고 미친 듯이 달려오는 한 사람이 있었다. 그는 한 여인과 마주치었다가, 다시 뛰어들려 강변 물가에 이르자, 백화는 물에 떨어졌다.

그 사람은 발을 구르며 실성한 사람같이 두 팔을 벌이고 물로 걸어 들어간다. 그의 몸은 점점 잠기어간다.

"아! 일주…… 백화……같이."

맺히지 못한 말의 끝은 물에 잠기고 말았다. 물결은 놀란 듯이 밀렸다가 다시 꿈틀거려 지나친다.

강 언덕에는 남녀 두 사람이 물가에 주저앉아서 몸부림을 하고 운다.

백화와 초옥을 한 번 덮어주고 뒷걸음치던 물결이 다시 어떠한 사람에게 놀라 몰려났다가 다시 꿈틀거리고 밀려와서는 퍼버리고 앉아 울고 있는 그들의 몸에 부딪치어 깨어지면서 다시 뒷걸음질친다. 물결은 이렇게 세상이나 만난 듯이 말없이 꿈틀거리고 있다.

대격투

왕생의 일행이 조용한 불빛을 바라보며 얼른 건너려고 마음들은 조바심하지마는, 십여 척의 배가 가뜩가뜩 손님을 싣고서 지체하기 짝이 없이 애가 달아서 하는 차에, 문일이가 뒤쫓아 와서, 급히 말께서 내려 일행의 앞에 가 가만히,

"저 모퉁이로 가십시다. 내 자식놈이 나루질을 하는데, 오늘 새벽 떠날 때 미리 부탁해서 배 한 척을 매어두고 날이 저물거든, 잠시도 떠나지 말라고 했으니까, 그 곳으로 빨리 가십시오."

하고 앞서 같다. 그들이 따라가 보니, 배 한 척이 사람을 가득 싣고 강 언덕에 가 머리가 얹어 있으며, 물가 모래판에는 오륙 인의 사람들이 한 사람을 에워싸고 때리고 하는데, 배 노를 든 사람은 그렇게도 많은 사람에게 구타를 받으면서 죽어라고 안 빼앗기려고 한다.

그 사람도 이삼 인쯤은 겁없이 해내는 모양인데, 사공인 모양이다. 배에서 다시 두서너 사람이 뛰어 내려오면서, 주먹을 불끈대고 덤비며 욕한다.

"이런 놈의 사공놈의 새끼, 이 씨양 간나놈의 새끼, 어서 내라. 이놈의 새끼!"

하고 한자가 노 잡은 손을 쑥 빼어 낚아채니까, 또 한 놈이

"이 씨양 배꼽을 퉁길 젊은 놈의 새끼, 안 낼 땐 배질을 아니 해줄 테니, 이놈의 새끼!"

하고, 사공의 뺨을 쥐어박으며, 어깨를 비틀어 버리니까, 먼저 사람이 노를 쑥 빼앗아 버렸다. 문칠이는 겹겹이 쌓인 사람을 헤치고 들어가며,

"저 애가 우리 조카……."

하고 달려가고 문일은 왕생과 여산을 돌아보며,

"저 사공 애가 제 자식……."

하고는 뒤쫓아 따라간다. 이 말을 듣자, 여산이는 언제 뛰어왔는지 문칠이보다도 앞장을 서서 탁 부딪치더니, 세 놈이 한꺼번에 쓰러진다. 그리고 언제 노를 빼앗았는지 왼손의 소스랑 같은 손가락들이 노의 중턱을 꽉 웅키고 버티고 섰다가, 문칠이가 오자 문칠이에게 노를 주며 무어라 하였다.

에워쌌던 사람들 중에 주먹 힘께나 쓰는 자 몇 명이 한꺼번에 와락 대어들자, 언제인지 저편 모래바탕에 차례로 떨어지는 것이 동정추월 은 사탄에 일점 이점 떨어지는 평사 낙안(平沙落雁)과나 같다 할까?

문칠의 내어젓는 노 끝에도 몇 사람이 쓰러진다. 여산이는 벌써 나룻배에서도 한바탕 야료를 쳐 사람들을 돌집어내 듯이 모래밭으로 던지면서,

"여보게 사공! 그 노를 받아 가지고 어서 오르게. 형님! 공자를 안아 올리시오. 큰 형님! 빨리 하시오."

하는 지휘관의 명령이 끝나자, 그대로 시행되었다.

여산이는 다시 배에서 뛰어내려, 덤비려는 몇 사람을 저만큼 던져버린다. 나룻배는 스스로 밀려 떠나간다. 여산은 배를 저어 내면서 뛰어올라 우뚝 서더니, 무슨 생각을 했는지, 옷을 훨훨 벗으며,

"형님도 옷을 벗으시오."

하니까, 문칠이도 벗었다. 여산이는 사공이 젓는 노를 잡고 금슬거린다. 배는 빨리 미끄러져 간다. 여산이는 과연 물에 익숙하고 배에 익숙하였다.

문일이는 강 언덕을 바라보며 그제야 깜짝 생각났다.
"여보게 마부들! 그 나루 주막에서 잠깐만 기다리게 곧 다녀올게."
하니까, 서경의 마부들이 즉시 돌아서면서 중얼중얼하는 만석교 마부들을 보고 무어라고 한다. 사공인 문일의 아들이 또 소리친다.
"여보게, 쇠돌이! 만쇠! 군달이! 채불이! 우리 집에 가서 좀 쉬게나."
그들은 그제야 안심이 되었는지 돌아서 가버린다.
아범은 근심되는 빛으로 연수정 아래편 강변을 자주 바라보며,
"하, 이것 참 초옥이가 곧 올라갈 텐데⋯⋯. 응, 초옥이가 곧 올라가겠어."
하면서 조바심을 댄다.
왕생은 아무 말이 없이 연수정 편만 망연히 바라보고 앉아있는 것이 만단의 회포가 가슴에 꽉 차서 견디지 못하여 하는 듯이 보였다.
"사공 아니 조카, 자네는 배가 나룻가에 닿을지라도 이대로 노를 잡은 채로 섰게, 응."
하더니, 문칠에게
"형님, 형님 나와 같이 물가에 내려, 내가 몰려오는 사람들을 막고 있거든, 그 동안에 공자를 모시어 내려만 놓으시오 네?"
하고 또 문일을 바라보며 말했다.
"또 큰형님은 공자가 내리시거든, 같이 모시고 연수정으로 빨리 가시오. 나는 작은 형님과 바로 연수정 앞까지 가서, 왕의 막선으로 가볼 터이니 그간 우리가 늦기 때문에 지금 어떻게 되었는지 모르겠으니까⋯⋯. 그렇지요?"
나룻가에는 송곳 세울 틈도 없이 사람들 몰려 서서, 배에 오르기도 하고 내리기도 하며, 어린애들과 부녀들은 사람에 치어서 울고 야단들이다.
여산이는 배를 조금 빗기어 대고 뱃머리를 돌렸다. 나룻가에 섰던 사람들은 와 하고 그리고 몰린다. 배가 닿을 듯 말 듯할 때에 여산이는,

"자, 형님! 공자를……."

하며 번개같이 강가에 뛰어내리더니, 두 팔을 넓게 쩍 벌리어 몰려오는 사람들은 휩쓸어 막았다. 뭉치가 되어 몰려오던 사람들은 마치 어장 그물에 고기떼가 걸치듯이 겹겹이 여산이의 두 팔에 걸쳐서 허덕거린다.

"형님, 다 되었소?"

"응, 다 되었네."

하는 소리가 그치자 말자, 여산이는 획 돌아선다. 밀리었던 사람들은 한꺼번에 와글 하고 물에 가서 푹 엎드리는 사람, 눌리는 사람, 앉히는 사람들이 소리를 지르고 야단법석이었다.

여산이는 돌아서자, 문칠이를 덥석 안아가지고 오르더니, 언제 배를 밀어냈는지, 나룻배는 쏜살같이 물 위에 검게 멀어진다. 여산이는 강 언덕을 향하여,

"형님, 빨리 모시고 어서 어서!"

하면서, 뱃머리에 우뚝 나서서 동정을 살펴본다.

조금 있다가 처량한 단소 소리와 노래 소리가 은은히 들린다. 그 소리 나는 곳은 휘황한 불을 무수히 달고 장막을 걷어치운 찬란한 배이다. 불빛에 바라보니, 빛이 영영 보인다. 여산이가 사공을 돌아보면서,

"여보게, 저기 저 배가 국왕의 유락하는 배지?"

하니까, 사공이 연방 노를 저으며,

"네. 지금 단소 소리는 그 배에서 납니다. 그리고 저 걷어치니 장막 안에 입에다 무엇을 대고 있는 이가 백화입니다. 그 앞에 가까이 앉은 사람이 국왕이십니다."

한다. 문칠과 여산의 두 가슴은 뿌듯해졌다. 여산이는 가만히 소리치며,

"옳지 되었다. 핫 그래 그래 머리와 의복이…… 자, 빨리 저우."

하며 날아갈듯이 기세가 당당하고, 문칠이는 팔뚝에 힘이 솟아 못 견디는 듯이 부러져라고 노를 내어젓는다. 상거가 아직도 좀 멀 때에 단소는 그

치고 남녀들의 성낸 듯한 소리가 나더니, 두 그림자가 뱃머리로 달음질해서 나오며 부르짖는다. 여산이는 극도로 격앙되었다. 그래서 주먹을 쥐고,
"형님, 형님은 큰 배에 올라 닥치는 대로……."
하는 말이 끝나기 전에 두 여자는 떨어지면서 강 저편에서도 이상한 소리가 났다. 두 사람은 다 듣고,
"어!"
하면서 여산이 살같이 큰 배 닻줄 밑으로 뛰어 들었다.

백화와 초옥이가 물에 떨어질 때, 두 여자는 더욱 힘껏 마주 잡고 떨어졌다. 그들은 다시 솟아오르지도 않았다. 아주 잠기어 버림인가?

떨어지던 그들의 몸은 어느 곳엔지 걸쳐 있었다. 그것은 배를 맞잡아, 매어놓았기 때문에, 닻줄이 엉키어 있었던 고로, 두 몸이 떨어지며, 초옥이가 묶어놓았던 허리끈이 닻줄을 사이에 두고 걸치어 있었던 것이다.

여산이가 물에 뛰어 드는 동안은 백화가 떨어진 후 잠깐 사이인고로, 더듬는 여산이의 큰 손길이 작은 손들을 붙잡게 되었다.

여산이가 손을 잡게 되자, 왼 손에는 닻줄이 붙들려졌다. 닻줄을 타고 배에 붙들어 오르려고 닻줄을 더듬을 때, 그의 손에는 걸쳐있는 끈이 붙잡힌다.

여산에게는 무슨 생각이 언뜻 지나가며 그것이 두 여자를 묶은 것인 줄 알았다.

그는 입에다가 그 끈을 물었다. 이제 잃어버릴 염려는 없었다. 그가 닻줄을 타고 두 여자의 몸을 어깨 가량 내어놓자, 문칠의 손은 여산의 입에서 끈을 붙들어, 두 여자는 작은 배에 올려지었다.

여산이가 뛰어 올라오자, 큰 배에서는 소동이 일어났다. 문칠이는 날쌔게 큰 배 뱃머리에 뛰어오르자, 물에 떨어지는 소리, 자빠지는 소리들이 요란스럽게 났다.

문칠이는 술독 속에 들어앉은 자들을 썩은 풀잎 날리듯이 하여버렸다.

제일 나중에 어떠한 사람이 곁에 사람에게 붙들려 가지고, 연방 호령하는 것을 들었다.
"다 어디 갔느냐? 저놈은 웬 놈이냐. 잡아라. 빨리 건져내어라. 어서들 건져내어라!"
호령하는 사람의 머리는 근들근들하고 다리는, 휘청휘청하게 붙들려 있다.
문칠이는 쫓아가서, 두 사람을 한데 뭉쳐다가 불끈 들어서 장막 속으로 몹시 동댕이를 치며 메다쳐 버렸다.
"이 무도한 혼군아!"
하였다. 옆에 배로부터 십여 명이 와르르 뒤에 몰린다. 문칠은 십여 명에게 에워싸여 날쌔게 대항하나, 술취한 사람들일 망정 강한 시위 장졸들인지라, 문칠이는 넘어졌다가 일어났다가 밀치고 잡히고 하는 판에, 뱃머리로부터 바람 쳐들어오듯이 큰 그림자가 뛰어오며 한꺼번에 서넛씩을 돌자갈 몇 개씩 던지듯이 이 배 저 배로 나누어 던지었다.
문칠이도 벌떡 일어나, 다시 몇 사람을 해내었다. 여산이가 문칠의 귀에다가 무슨 말을 하니까, 문칠이는 다시 작은 배에 뛰어내리고, 여산이는 큰 배에 사람의 그림자가 하나도 없어졌을 때 회오리바람처럼 연수정 물 앞에 뛰어들었다.
여산이는 물에 들어서면서, 왕생이 옅은 곳에서 걸어 들어와 잠긴 것을 생각하고, 물에 솟치는 강물이 어느 곳으로 흘러가는 것을 잘 알았다.
그는 생각을 정하고, 물에 잠기며 언덕 편으로 두 팔을 벌이고 휘저으며 나간다.
여산이는 이러한 위급한 경우에서 조금도 황황함이 없다. 그의 민첩한 생각은 왕생의 생명에 모든 생명이 매었다는 것을 생각하였다.
두 여자를 비록 살려놓는다 할지라도, 그들이 왕생의 죽음을 알면 결코 살지 않을 것이요, 자기 역시 본시 살려고 하였던 사람도 아니었다. 이러한 생각이 왕생의 목숨 하나를 구하겠다는 생각을 더욱 굳세게 용기 있게 하여주었다.

그는 조금도 정신을 혼잡하게 아니하고 샛별처럼 맑게 필사적으로 자기의 방향을 돌진하여 간다. 그의 휘젓는 큰 팔에 왕생의 몸은 안기워졌다.

여산이는 왕생을 구하여 언덕에 누이고 몸을 엎드러지어 물을 빼며, 손가락을 왕생의 입에 넣어 연방 구토하게 하고, 가슴을 누르며 사지를 주물러 정성스럽게 구호하고 있을 때, 문칠이는 사공과 함께 배를 저어 이르렀다.

능라도 밤 그늘에 사라지는 작은 배

왕생이 물에 잠길 때, 그는 최후로 일주를 부르고, 물에 가라앉게 되었다. 만일 왕생이 그래도 살아나지 못한다면,
 "일주"
라는 두 글자가 영원히 그의 가슴에 잠기었을 것이다. 그는 어려서 시냇가에 목욕할 때 헤엄치기를 배웠다. 그러나 그에게는 헤엄치고자 하는 생각이 조금도 없었다. 다시 물결은 왕생을 얕은 곳으로 밀려 줄 듯이 몰려왔을 때도 오직 그는 자기 몸을 물결에게 맡겨 버렸다.

왕생이 이렇게 즐겨 죽음을 받으려는 것은 일주를 위함이요, 일주를 위함은 사랑하는 사람이라는 것보다도 그의 생명은 벌써 일주의 생명과 떠날 수 없게 된 것을 잘 아는 까닭이다. 마치 초옥이와 백화가 죽음에서도 같이하려고 결심하였던 그와 같이…….

문칠이는 여산의 명령대로 작은 배에 뛰어내렸다. 두 여자는 엎드러진 대로 있었다. 문칠이는 다시 두 여자를 돌쳐 누이며, 손을 입에다 넣어 완전히 물을 토하게 하였다.

그 동안에 배는 연수정 앞으로 미끄러지는 듯이 행하였다. 문칠이가 왕생의 존망을 모를 때 너무도 안타까웠다. 그리하여 몸을 안정할 수가 없었다.

그는 연해 좌우를 둘러보면서, 자기도 물에 뛰어들듯이 몸을 움칫거렸다. 그러다가 여산의 그림자를 가까운 언덕에서 찾아냈을 때, 그는 미칠 듯이 기뻐하였다. 아범 내외도 이르렀다.

여산과 문칠이가 필사의 힘으로 세 사람을 건지던 그 동안은 짧은 시간이었다. 그들의 하나된 마음으로 그 짧은 동안에서나마 둘이는 이십 명의 함직한 큰 일을 하였던 것이다. 바람같이 시원스럽고, 제비와 같이 민첩하면서도, 침착하게 활약하였다.

그들은 아무에게도 방해와 의심을 받지 않았다. 국왕의 배 좌우에는 다만 시종 제신의 유흥선투를 끝마치고, 문칠의 배가 어둠 속으로만 가만히 빠져나오는 것을 매어다 붙여진 채로 자빠져 버둥거리는 술벌레들이 알 까닭이 없었다.

사람을 피한 으슥하고 컴컴한 강변에서 방금 끌어낸 왕생의 젖은 몸을 가운데 놓고, 세 사람은 잠깐 동안 당황해 하였다. 아범은 눈물을 금치 못하여 하마터면 소리를 질러 울 뻔하였다.

그러나 즉시 여산의 지휘대로 문칠이는 왕생을 안아 배에 올렸다. 여산이는 급히 배에 뛰어오르더니, 작은 돈전대를 가지고 나와서 문칠에게 주며,

"자, 이 곳에 남아 있는 곳으로 형님은 뒷일을 치르시오. 제일 여기 형편을 먼저 잘 알아보고 두 낭자의 물품 같은 것과 행리를 다 추심하여 말갛게 뒷일을 처리해 가지고 이 달 그믐 안으로 해주 서문안 당포리로 와서 고삼이라는 사람을 찾으시오 그때쯤은 형님과 내가 서문거리에서 나아가 볼 것이니까. 그리고 오실 때는 수로로 오시오."
하고 다시 사공을 돌아보며,

"자네는 여기서 내려가게. 그리고 오늘밤의 일은 입 밖에 내서는 안 되네."
하였다. 사공은 고개를 끄덕이고, 다시 배 안을 휙 돌아다보다가 나가 버

렸다.

　배는 다시 흐르는 듯이 떠난다. 차마 못 떠나고 말의 대신으로 눈물만 줄줄이 흘리는 문일 내외를 남기고서…

　불행하였던 세 남녀를 실은 작은 배는 능라도 밤 그늘에 사라져 버린다.

죽음의 제단에서 내리는 새 생명

밤 그늘 깊은 곳에 사라진 배는 이곳으로 백화라는 명기를 서경의 길거리에서 영영 떠나게 하였다.

백화를 죽음 길에 밀어 넣은 사람들과 그 외에 서경의 모든 사람들은 백화는 영원히 강심에 잠긴 줄만 알고 있었다.

이제 뱃속에 누워 흘러가는 백화 자신도 죽음 가운데서 혼혼할 뿐이요, 생의 감각이라고는 없었다. 왕생도 초옥도 또한 그러하다. 이 세 사람이 사선을 떠나 있는 줄은 배를 저어가는 여산과 문칠의 두 사람이 있었을 뿐이다.

사실 이 세 사람은 죽었던 목숨이다.

그들의 부모에게로부터 나음을 받았던 그들의 생명은 오늘 대동강수에 흘러졌고, 만일 그들이 다시 살게 된다면, 그들의 존재라는 것은 전과도 다른 생명의 존재일 것이다.

그들은 이 때까지의 역경에서 고통하고 짓밟히던 이 날을 경계로 새로운 희망의 생명을 여산과 문칠 양인의 의로운 구원으로 다시 이어짐을 받은 것이다.

희망을 실은 작은 배 그림자가 능라도를 벗어날 때까지 여산이는 옷이 젖은 채로 노만을 부지런히 저어간다.

"형님! 이제는 위험한 지경은 좀 벗어난 듯하니, 배는 그대로 흐르는 물에 맡겨두고, 우선 구호에 전심합시다."

여산은 문칠과 같이 백화의 곁으로 갔다.

백화와 초옥을 가운데 두고, 두 사람이 각각 하나씩을 맡아서 주무르려고 할 때, 두 사람의 눈은 똑 같이 마주 매인 허리끈에서 멈추어 섰다.

여산이도 처음에 그 끈을 입에까지 물었었으나, 그 때는 아무 정신이 없었으며, 그 후에는 엎드려 쳐만 놓고 왕생의 구호에 진력을 하였기 때문에 심상히만 알아버렸고, 문칠이도 두 여자의 가슴을 눌러서 물을 토하게 하고, 그들의 사지를 주물러는 주었을망정, 그것까지는 똑똑히 보지 못하였던 것이다.

이제 두 사람이 두 여자를 떼어놓으려고 하였을 때, 그들의 가는 허리는 줄 끝에 묶이어 있었다. 여산과 문칠의 눈은 힘있게 이 곳에서 멈추고 있다. 그들의 눈은 눈물로 어리어 지더니, 굵은 눈물 방울이 흘러내린다. 어린 가슴의 최후의 원이었던 그 애처로운 심정이 두 사람의 정직한 가슴에 깊이 부딪친 것이다.

여산이와 문칠이는 각각 한 끝씩을 풀었다. 물에 젖은 비단 수건은 얼른 쉽게 풀어지지 않았다. 초옥의 마지막의 힘과 정성이 몹시도 굳세게 맺어 놓았던 것이다.

왕생은 아까부터 문칠이가 안고 들어와 여기까지 오는 동안에 잘 구호하여 놓았으나 워낙 시간이 좀 길었던 탓인지 얼른 깨어나지 않았다.

문칠이는 백화를, 여산이는 초옥이를 정성껏 구호하였다.

초옥이는 긴 숨을 내어 쉬면서 돌아누웠다. 여산이는 기뻐하며 맥을 짚어보았다. 초옥이는 제일 어리고 건강하였던 몸인 고로 일찍 정신이 드는 모양이다.

여산이의 힘있는 손길이 초옥의 전신을 덥게 하였는지, 초옥이는 몸을 또 다시 움직이며, 무슨 소리를 내었다. 여산이는 초옥의 어깨를 두 손으로 잡아 가만가만 흔들어 보았다.
 초옥이는 눈을 뜬다. 여산이는 신통한 듯이 내려다본다.
 초옥이의 눈은 점점 놀라는 듯한 표정으로 여산이를 바라본다. 여산이는 그의 어글어글하고 동그스름한 고운 눈을 꿈나라나 들여다보는 듯이 내려다보고 있었다.
 초옥이가 벌떡 일어나서, 좌우를 휘휘 둘러보다가, 곁에 누웠던 백화를 보더니, 얼른 백화의 몸에 엎드러지며 얼굴을 맞대고 새롭게 느껴 운다. 감각을 잃었던 상태가 회복될 때는 더구나 절실히 서러운 것이다. 하물며 죽음을 머리 깊이 박혀 놓았던 초옥이가 곁에 누워 있는 백화를 바라봄이랴?
 그는 그칠 줄을 모르고 몹시 느낀다. 백화의 창백한 얼굴에는 초옥의 뜨거운 눈물이 넘쳐흐른다. 백화도 숨이 가쁜 듯이 괴로운 숨을 내쉬었다.
 두 사람은 말없이 초옥의 하는 모양을 보고 있다가, 백화의 기척이 있는 듯하니까 얼른 그 몸을 일으켜 놓으며, 연산이가
 "낭은 너무 울지 말고, 우선 임낭자를 구호하시오. 또 울음 소리를 내시면 위태할 뿐 아니라, 여기 왕공자도 계시니까, 안심하시고 마음을 진정하십시오."
하니까, 초옥이가 왕 공자란 말을 듣더니, 깜짝 놀라서 여산이를 다시금 쳐다보며 새로운 정신이 드는 듯한 모양이다. 문칠이가 얼굴을 잘 보도록 내어놓으며,
 "자, 정신만 차리십시오. 죽음은 우리에게서 떠나갔습니다."
하니까, 초옥이는 다시 문칠의 얼굴을 쳐다보며 또 한 번 깜짝 놀란다. 초옥이는 문칠의 얼굴을 잘 안다. 그는 어슴푸레한 빛 속에서도 문칠이를 틀림없이 알아보았다. 그러고 반가운 듯이,
 "아이구!"
하면서 다시 쳐다본다. 그러고 누구를 찾는 듯이 둘러보다가 문칠의 뒤편으로 누워 있는 왕생을 바라보며, 다시 눈에는 구슬이 맺혀서 떨어진다.

초옥이는 비로소 마음이 안정되는 듯이 기뻐하는 빛이 돌면서 백화의 손을 잡고 힘있게 주무른다.
백화가 갑자기 숨을 들이마시는 듯이 한참 마시더니, 길게 내쉬면서 몸을 움직인다. 여산이와 문칠이는 왕생의 좌우에서 부지런히 주무르면서 이쪽만을 바라보고 있다.
초옥이는 백화의 몸을 흔들어 보았다. 백화는 눈을 가만히 떠보고 다시 감는다. 초옥이가 다시 몸을 흔들며,
"형님! 형님! 정신 차리세요 네?"
하니까, 백화는 다시 눈을 떠서 들여다보고 있는 초옥의 얼굴을 쳐다보더니, 깜짝 놀란 듯이 일어나려다가, 그냥 얼굴을 초옥의 무릎에 대고, 조금 전에 초옥이가 하던 모양으로 느껴 운다. 이들의 눈물은 결정되었던 죽음 속에서 뜻하지 않은 삶을 알게 될 때에 표현되는 눈물인가?
초옥이가 얼굴을 백화의 등에다가 나직이 대고 가만히
"형님, 공자께서도 저기 누워 계셔요."
하니까, 백화는 벌떡 일어나려다가,
"응? 공자?"
하고 초옥을 쳐다본다. 초옥이가 손으로 왕생의 누워있는 곳을 가리키면서,
"저어기 누워 계셔요. 혼도 되셨나 봐요. 정신 모르고 누워 계셔요."
하였다. 문칠이가 얼른 달려와, 백화의 얼굴 가까이 향하여,
"공자는 저기 계시니, 안심하십시오. 문칠이 저를 잊지 않으셨습니까? 저는 문칠입니다."
하고 더욱 가까이 밝은 곳으로 댄다.
백화는 문칠을 똑 바로 쳐다보다가 깜짝 놀라며
"아이구!"
하였다. 그는 일어나 왕생이 누워 있다는 곳을 바라본다. 어슴푸레한 밤

빛 속에 한 사람이 누워 있고, 한 사람은 앉아서 구호한다.

백화는 누워 있는 왕생을 멀거니 바라보다가, 무겁게 몸을 끌어 왕생의 곁으로 가서 얼굴을 드려다 보더니, 그의 얼굴에 폭 엎드리면서 숨이 막히도록 간간이 소리까지 내어 느끼면서 운다.

초옥이도 백화 옆에 따라와서 울다가 백화를 흔들면서,

"형님, 진정하시고 기운을 차리서요 네? 그리고 공자를 구호하여 드려야 하지 않아요?"

한다. 백화는 그제야,

"구호"

라는 말에 비로소 정신이 든 듯이 일어나며 눈물을 씻는다. 왕생의 얼굴은 백화의 눈물로 젖어있다.

여산이는 벌떡 일어난다. 백화는 일어나는 여산을 힐끗 쳐다본다. 그리고 정신이 명랑하여지는 듯이 다시 배의 노를 잡는 여산이의 몸을 바라본다. 여산이는 언덕 가까이 대려는 듯이 노질을 시작하였다.

백화는 초옥이와 함께 왕생의 곁에 앉아서 몸도 만져보고 사지도 주무른다. 백화는 물에 젖은 왕생의 의복과 그의 혼도된 것을 보아 어찌 된 셈인지를 몰라 갑갑하였다.

왕생은 문득 한숨과 섞어,

"일주……."

하고는 몸을 돌이키려 한다. 백화는 왕생의 몸을 흔들면서,

"정신을 차리셔요. 일주는 여기 있습니다."

하는 소리는 벌써 눈물에 섞였다. 왕생은 아무 말이 없이 잠잠하고 누웠다가, 다시 눈을 떠서 가만히 주위를 바라본다. 백화는 다시

"일주가 여기 있어요. 초옥이도요. 정신을 진정하십시오 네?"

하고 백화는 애원의 눈빛으로 왕생의 눈을 드려다 보았다.

왕생은 그제야 깜짝 놀라는 기색으로 급히 몸을 일려고 한다. 문칠이가

뒤에서 안아 일으키니까, 백화와 초옥이가 한 손씩을 잡아서 일으킨다.
  왕생은 두 사람의 손을 힘있는 대로 꼭 잡으면서, 이윽이 바라보고 있더니,
  "아이구, 일주! 초옥!"
하고는, 다시 문칠에게 기대며 눈을 감는다. 감은 눈에서 눈물이 흘러내린다. 여산이도 들어왔다. 그리고 왕생의 일어나 앉은 모양을 우두커니 내려다보고 있다.
  초옥은 커다랗게 우뚝 서있는 건강한 그림자를 쳐다보더니, 천천히 여산의 키대로 훑어보며 내려온다. 아마 너무도 큰 키에 놀랜 듯싶다. 백화도 잠깐 여산이를 쳐다보고 다시 왕생의 얼굴을 바라본다. 왕생은 다시 눈을 뜬다. 여산이는 앉으면서
  "좀 기운을 진정하십시오. 옷들이 젖어놓아서 원, 도무지 인가 근처가 아니 보입니다."
하고 백화와 초옥의 젖은 옷을 바라본다. 그들은 그제야 생각난 듯이 자기들의 옷을 내려다보고, 여산의 젖은 옷도 바라본다.
  왕생은 일어나 앉아서도 아무 말 없이 문칠과 여산의 억세인 두 손을 꽉 붙들어다가 자기 무릎 위에 놓으며, 또 한번 더 힘있게 쥐면서, 눈에서는 더운 눈물이 새롭게 흐른다. 그리고 이윽 두 사람을 번갈아 보며, 또다시 눈물이 흐른다. 두 사람의 눈에는 잠깐 눈물이 어리었다가 사라진다.
  다섯 사람은 이렇게 서로 마주 보며 감개무량한 가슴들을 다만 눈물로 표현하였다.
  밤빛과 물빛의 사이로 미끄러져 흐르는 작은 배에는 많은 인간의 짓밟던 비인간적 전횡의 발길이 미치지 못한다.
  진리를 떠나 날카롭게 번쩍이며 내두르는 금전과 위세의 무기들이 낱낱이 떨어져 있는 억만의 각 생명들의 위에서는 광휘를 내어 번쩍거리지마는, 이 작은 배 위에서 손들을 마주 잡고 눈물을 흘리는 다섯 사람의

합쳐진 생명에게는 붉은 피를 묻힐 수가 없던 것이 아닌가? 이렇게 흘러가는 가장 작은 수효의 인간적 힘은 광막한 땅덩어리 위에 수많은 비인간적 힘에게 비하여 얼마나 굳세며 힘있는 것인가?

생사의 간에서 그렇게 그리워하며 애중하여 하던 그들이 이제 한 자리에 모이었으니 그들의 가슴에서 각각 뛰는 공통의 희망과 생각은 장차 솟아오를 아침 햇살처럼 붉고도 빛날 것이다.

그들 다섯 사람은 서늘한 강변 밤바람이 젖은 옷에 불어, 한기가 드는 줄도 알지 못하고, 배가 어느 방향으로 흘러짐도 알려고도 아니하여 서로 그 동안의 되어온 이야기를 말하여 들었다.

그들의 이야기가 새로운 것이 될 때마다 그들의 눈에는 기쁨과 감사의 눈물이 맺힌다. 그리고 문칠과 여산에게 감격의 칭사를 드리는 것이다.

새로운 아침 빛에 빛나는 구슬

　쓰리던 눈물도 이제로는 그들에게 다시 필요하지 않을 것이다. 보다도 더욱 힘있는 새로운 계획이 첫 실끝을 찾아야 될 것이다. 이제 동천에 붉게 타는 희망의 덩이가 솟아오르려고 동편 하늘은 세찬 붉은 줄기를 멀리 하늘가에 뻗치어 있지 않는가.
　그것을 바라보는 다섯 사람의 얼굴에는 각각 이상한 표정이 엉기어 있다. 문득 여산이의 힘있는 말소리가 적막을 깨뜨렸다.
　"그런데 이제는 위험이라거나 쓰라림이라거나는 우리에게서 확실히 떠났습니다. 이제는 마음들을 안정시키셨으니까, 어떻게 무엇들을 잡수셔야도 되겠고, 제일 옷들이 젖었으니까, 그것도 말려야 하겠는데…… 인가를 좀 찾아서 무얼 어떻게 좀 변통해 보아야지요."
하면서 문칠이를 본다. 문칠이는 마주 고개를 끄덕이며,
　"글쎄 어제 저녁들도 잡숫지 않고, 또 저렇게들 섬약하신 기질들이시니까, 어떻게 좀 해야 되겠는데……. 저기 저 곳이 어떤가?"
하고 문칠이는 손으로 보이는 인가를 가리킨다. 백화는 그 말 끝나기를 기다려,
　"무얼요. 먹기는 무얼 먹어요. 또 옷도 얇은 옷들이니까, 벌써 거의다 말랐는데요. 해가 뜨면 제대로 마를 것입니다. 그리고 먹기는 무얼 먹습

니까? 이렇게들 다 계신데 같이 앉아 있으니까, 아무 것도 생각이 없어요."
하고 왕생을 잠깐 바라보면서 얼굴이 붉어진다. 왕생은 미소를 띄워 문칠을 보며,
 "글쎄 그 말씀도 그럴 듯합니다. 우리야 관계찮다고도 하겠지마는, 두 분께서 너무 노력도 많이 하셨는데……."
 여산이가 얼른 말을 받아 쾌활하게,
 "무얼요. 우리 둘이는 관계 없습니다마는……. 그리고 공자와 임 낭자 두 분께서야 말씀대로 아마 잡숫지 않아도 아무 생각이 없으시겠지마는, 초랑께서는…"
하고 허허 웃으며 초옥이를 힐끗 보니까, 초옥이가
 "아이구!"
하고 여산이를 바라보다가, 얼굴이 몹시 붉어지며 고개를 수그린다. 왕생과 백화도 따라 웃고, 문칠이는 소리내어 웃으며,
 "글쎄 아무래도 그냥 지나칠 수는 없으니까, 어떻게 저기라도 대어보세."
하고 두 사람은 강가에 대었다.
 그리고 여산이가
 "아마 여기가 어떤 나룻가 주막인 모양입니다. 형님, 좀 내려가 봅시다."
하고 문칠이를 데리고 나갔다. 얼마 되지 않아서 그들은 돗자리 한 개와 화롯불과 목탄 얼마와 소반에 담은 약간의 음식을 가지고 와서 빙긋이 웃으면서,
 "이만하면 우선은 요기나 하고 의복은 말리겠습니다."
한다. 초옥이가 얼른 일어나 받아놓고, 자리를 편 후에, 병을 올려놓아 술을 데운다. 소반 위에는 밥과 국이며 약간의 찬수가 있었다. 여산이가 왕

생에게,

"몸에 찬 기운과 기력을 돕기는 술이 제일이에요. 국도 좋구요. 그리고 화로 가에서 옷도 말려 보십시오."

하고 백화와 초옥을 번갈아 보며 웃는다. 그들도 웃으면서 술과 국이며 음식들을 맛있게 먹었다.

항상 수심이 가득하던 백화의 얼굴에는 기쁨이 넘치어 어제 밤 괴로움도 영원의 과거였는 듯 입모습에서는 웃음이 사라지지 아니하고, 눈에는 정에 넘치는 물결이 일어 화기 만면한 그의 얼굴은 붉게 솟으려는 아침 햇발에 더욱 빛나고 아름다워 완전히 한송이 꽃이 향기를 토하여 웃는 것과 같았다.

해주성 서문루에 밤부엉이가 울어

 그 후로부터 열흘째 되는 날 밤이다. 해주 서문안 당포리 어떤 집 안방에는 칠팔 명의 남녀가 모여 앉아 가운데는 약간의 주효를 차려놓고 서로 바라보면서, 화기가 자리에 넘치게 탐탐히 이야기를 한다.
 아래편으로 인물과 자질이 훨씬 뛰어나는 두 남녀는 왕서룡과 임일주이요, 일주의 곁에 피어나는 꽃송이같이 고운 얼굴에 총명스러운 눈을 깜박이고 앉아있는 여자는 초옥이다. 그리고 그 곁으로 눈같이 흰 탐스러운 얼굴에 도화색의 빛을 띠어 부끄러운 듯이 앉아있는 여자는 고삼의 딸 문영이다. 우편으로 장대한 기질에 쾌활한 어조가 일좌를 웃기는 건장한 남자는 서여산이며, 곁으로 든든한 체격과 보기 좋은 얼굴에 웃음을 항상 띠어만 있는 사람이 문칠이와 고삼이었다. 고삼이가 좌우를 보면서,
 "일찍들 주무시지요. 오늘 아침에야 겨우 도착되셨으니까, 퍽이나 고단하시겠습니다. 방도 각각 다 마련해 놓았으니까요."
하면서, 그의 딸 문영을 바라본다. 문영이는 아버지를 마주 보다가, 얼른 눈을 일주와 초옥에게로 향하면서,
 "글쎄요. 아마 퍽 고단하신 모양이야요. 아까 임 낭자께서는 구토까지 하시든데요. 그리고 초랑도 퍽 고단해하니까 일찍 주무시는 게 좋겠습니다."

하고 잠깐 왕생의 얼굴을 거친다. 왕생은 일주를 돌아보면서,
 "퍽이나 곤하신 모양이셨구려. 구토를 다 하시고…… 그럼, 일찍 가서 주무십시오. 내일 또 이야기하기로 하고요."
하며 초옥이를 건너다본다. 일주가 일어나려 하며,
 "그러면 오늘은 일찍 쉬어 보겠습니다."
하니까, 문영이가 앞서서 나간다. 두 여자는 좌중에 예를 하고 나와서, 문영이의 지시하는 방으로 들어갔다.
 이 집은 고삼이가 해주 온 후에 딸 문영이를 속신하여 내어가지고 세를 들었던 집인데, 왕생이 그대로 이 집을 사서 유하게 된 것이다.
 일주와 초옥이가 방에 들어가 서로 마주 보고 웃으며,
 "형님, 이방이 백화대 옥란간보다 어떻습니까? 나는 형님의 그 화려하던 방보다 이 방이 더 마음에 들고 안심이 되요."
하면서 새로 꾸민 하얀 방을 둘러보고 있다. 일주가 초옥의 손을 끌어당기며,
 "초옥아! 그러면 우리가 타고 오던 그 배 속은 어떻더냐? 나는 단오 밤 젖은 옷 입고 울던 그날 밤이 제일 좋더라. 그리고 그 배 속이 이 방보다도……."
하면서, 고개를 돌려 왕생의 방 쪽을 잠깐 바라보면서 웃는다. 그 방에서도 무슨 말들을 했는지 여산이의 쾌활한 웃음소리가 요란스럽게 난다. 일주가 초옥이를 바라보고 미소를 띠우며,
 "참 서공은 퍽이나 남자답더라. 그리고 키가 어찌나 큰지, 그날 밤에 보고 나는 놀랐어……."
하니까, 초옥이가 같이 웃으면서,
 "참 형님, 나는 그 중에서도 아주 깜짝 놀랐어요. 어찌나 커다란 사람이 우뚝 서있는지, 아주 그만……."
하면서 말을 못 마치고 입을 가리며 웃는다. 일주가 마주 웃다가 얼굴빛

을 고쳐,

"그러나 서공과 문공의 재생지은은 아무리 생각해도, 갚을 길이 막연하구나. 어느 때까지든지 한마음 한뜻으로 한몸처럼 지내는 것이 은혜를 져버리지 않는 것이지만 생각하면 생각할수록 은혜가 너무도 무거워……."
하면서 감격한 표정을 짓는다. 그러고 눈에는 어떠한 새로운 동경의 빛이 움직인다.

그 달 그믐께 문일의 내외가 이르렀다. 그가 전한 서경의 소식은 이러하다.

왕은 그 후 발광적 난폭으로 형언할 수 없이 행악하되, 다수한 미색 기녀를 옷 벗기어 좌우에 앉히고 술 마시며 벌거벗긴 대로 가무를 연주하게 하여, 주야로 그의 난폭한 음행을 일일이 말할 수도 없으며, 근읍 내외에 자색이 있는 부녀이면 누구를 물론하고 강탈해다가 나체로 두어 행음하며 또한 상금을 걸어 백화 같은 미색을 구하여 오는 자에게는 상금과 벼슬이 내리며, 자색의 고하로 궁첩의 지위를 정한다고 각처에 선문놓더니, 요동북벌군(遼東北伐軍)이 반하여 서경을 엄습하매, 우주 대경하여 경사로 쫓기어 갔다.

그 때 요동성을 공략하려고 좌우군을 거느리고 행한 이 성계와 조 민수의 두 사람이 요동 정벌의 불가함을 선언하고, 자의로 반군하매, 우주가 쫓기어 화원(花園)에 이르러 은거하였다가, 이 성계에게 쌓인바 되어 강화도에 내침을 당하고, 우주의 아들 창(昌)이 왕위에 나아가는 이러한 변동으로 송경이 진동하였다. 하루는 여산이가 왕생에게,

"이제 정변으로 인하여 송경이 심히 어지러울 터이니까, 이 곳에서 얼마 동안 거처하시면서, 차차 송경 소식을 더 자세히 탐문하는 것이 옳겠습니다. 그러자면 자연 시일이 오래 걸릴 것이니까, 이 곳에서 임 낭자와 택일 성례하심이 좋을까 생각합니다."
하였다. 왕생이 고개를 숙이고 눈을 감아 한참이나 생각하다가 눈을 뜨며,

"내가 본시 생각을 정하기는 외숙께서 송경에 이르신 후에 외숙께 상의하여 임 낭자와 성혼하려고 하였습니다. 그것은 나와 임 낭자가 다 외로운 사람이기 때문에 아무리 표랑 종적이지마는, 속되이 결합치 아니하고, 외숙께 주선을 의탁하여 그 부친의 은의를 보답하고 또한 임 낭자를 예의로써 맞고자 함이라. 이제 형편을 살펴보니, 외숙께 뵙기가 용치도 못할 것 같고 또 경사로 모이기도 어려울 듯하니, 할 수 없이 임 낭자와 상의라도 하여 보아서 그 의향대로 하겠습니다."
하고 여산이를 보는 눈은 이미 어떠한 결정이 있는 듯이 보였다.

저녁 후에 왕생은 일주의 처소에 이르렀다. 일주와 초옥이가 반가이 맞아서 한참이나 담소하다가, 왕생이 얼굴에 잠깐 처연한 빛을 띄워 은근 정중한 어조로

"우리 양인이 겨우 이십 이내의 어린 몸으로 인간의 무수한 고초를 겪어, 오늘 이 같은 모임은 실로 뜻하지 못하였던 바이니, 선대인 양위의 훈령이라도 기뻐하실 것이요 가장 즐거운 일이려니와 이제 우리가 천지에 수습한바 되었으니, 우리의 성혼을 일시가 급한 것이라, 외숙께 의뢰하여 외로운 신세를 조금이라도 신설한가 했으나, 우리의 형편과 모든 사정이 이것을 허락지 않으니, 심히 난처합니다."
하고 송경의 소동난 말과 외숙의 형편이며 또 여산이의 하던 말을 일일이 한 후에 자기의 뜻도 대강 말하였다.

그는 일주의 얼굴을 옆으로 이윽이 바라보다가 그의 손을 잡으며,

"그러나 이 일은 도시 임 낭자의 의향대로 할 것인즉, 그대의 뜻을 말하시오."
하였다. 일주가 머리를 숙이고 잠잠히 옷깃을 만지며 한참이나 앉았다가 나직이 고개를 들며,

"모든 형편이 그러하옵고, 또한 공자의 뜻도 그 같사오니, 형편대로 결정하심이 옳겠사오나, 저의심중에 어떠한 소회 있으니, 명일 다시 상의하

여 결정함이 좋을까 합니다."
하고 얼굴에 홍조가 올라 부끄러운 듯이 다시 고개를 숙인다.
 왕생이 일주의 운빈과 그 밑으로 오르는 붉은 빛나는 고운 뺨을 바라보면서, 더욱 손을 힘들여 꽉 쥐었다. 일주는 초옥이가 옆에 있음을 꺼려함인지, 잡힌 손을 가만히 빼어내려고 애써 손을 잡아당기나, 쉽사리 왕생은 놓아주지 않았다. 왕생이 초옥을 바라보며,
 "우리 양인의 결합에 대하여 초랑의 높은 의견은 어떠신지? 신부가 자전하기를 심히 부끄러워하니, 초랑이 매파되어 이 일을 주선하여 주심이 어떠시오?"
하고 크게 웃으니까, 일주도 몸을 돌이켜 초옥을 바라보면서 웃는다. 초옥은 부끄러워 입을 가리고 웃음을 참다가 겨우 머리를 조금 들면서,
 "우리 형님이 규중의 귀하신 몸인데, 성례 전 규수의 손을 잡으시며 저렇듯 무례하시니, 저 같은 매파는 소용이 없겠습니다. 그러니 속히 성례하심이 풍속에 폐됨을 면할까 합니다."
하고 빨리 몸을 옮겨 일주의 등 뒤에 숨기고, 일주의 손을 꽉 쥐면서 부끄러워한다.
 일주 역시도 고개를 들지 못하고 부끄러워한다. 왕생은 소리를 내어 크게 웃으나, 얼굴은 심하게 붉어졌다.
 왕생이 조금 더 앉아서 여러 가지 이야기를 하다가, 밤이 이슥하여 자기 처소로 돌아갔다.
 일주가 초옥이와 문밖에까지 왕생을 보내주고 들어와 자리를 정돈한 후에, 일주가 초옥의 손을 잡고 그의 얼굴을 들여다보다가 얼굴에 추연한 빛을 띠우면서,
 "초옥아, 우리 두 사람의 마음은 이제 새삼스럽게 말할 것이 없이 우리의 정은 옛 사람에게 부끄럴 바가 없을 것이다. 우리는 이미 죽음길에서도 떠나지 않은 사람들이니 평생의 고락을 함께 할 것은 하늘이 아시는

일이다. 지난번에 나는 이미 너를 공자에게 부탁하여 나의 사후의 동무로 의탁하였으니, 나의 뜻이 어찌 생사에서 변할 것이냐? 공자께서도 나의 뜻을 알아 정하신 생각이 있을 것이고, 또 너도 다소간에 생각이 있을 것이다. 지금 공자 말씀대로 여러 형편에 의지해서 불가불예를 이룰 것이니, 너와 나는 생전에 생사를 한가지 할 것이라, 내가 너를 공자께 천거할 터이니, 우리 삼 인이 평생을 동거하여 사람된 의리를 충심으로 다할지라, 내 뜻은 이러하니, 네 뜻은 어떠하냐? 조금이라도 숨김이 없이 말하여다구.”

하는 말소리가 충곡에 맺혀 간절하다. 초옥의 눈물이 일주의 손등에 떨어지면서, 초옥이는 얼굴을 일주의 손에 꼭 대고 앉아있다. 한참이나 있다가 감격에 넘치는 가느다란 목소리로

"저 같은 천하던 몸이 오늘 이만큼 성장된 것과 또한 사람의 본의의 대강이라도 알게 된 것은 다 형님의 주신 바입니다. 더구나 초옥이 한 번 반드시 죽었을 몸이오나, 오늘까지 살아있는 것은 형님께서 이 생명을 이어 주심이오니, 이 생명은 즉 형님의 것이라, 제가 어찌 형님의 말씀을 거역하겠습니까?”

하는 말을 겨우 마치고, 다시 눈물을 씻는다. 그리고 눈을 들어 일주의 얼굴을 바라본다. 일주는 초옥의 말을 듣고, 더욱 그의 손을 힘있게 쥐며, 얼굴을 마주 바라보다가, 두 눈이 마주치자, 초옥의 눈에서는 이 때까지 백화가 보지 못하였던 감정의 물결이 눈이 부실 듯이 솟아 나왔다. 초옥의 고운 눈은 정열의 물결이 자주 친다. 문득 초옥의 얼굴이 붉어지고 고개는 수그려진다. 그의 고운 말소리가 떨리면서 말을 계속한다.

"형님, 그러하나 형님과 저의 몸이 생사의 간에서 떠남이 없을 한 몸이라 하오면, 형님과 제 몸이 받은 은의도 또한 떠남이 없을 것입니다. 오늘 형님과 제가 이렇게 목숨을 구하여짐도……”

말이 잠깐 막히며 머뭇거린다. 일주는 고개를 번쩍 들어 초옥의 입을

바라본다.

"……서공의 힘을 입음이 많사오니, 어찌 형님과 제 몸을 떼어 말하오리까?"

다시 주저한다. 일주의 눈은 더욱 빛나며 초옥의 입술에서 떠나지 않는다.

초옥이는 오히려 주저주저하다가 결심한 듯이 말을 계속한다.

"더구나 서공은 가만히 보면. 공자를 위함이 자기 몸을 분별하지 않고, 자기의 생명을 공자의 것과 합치어 있으니, 어찌 공자와 서공의 몸을 또한 떼어 말씀 할 수가 있겠습니까? 그러므로 초옥은 이 몸을 서공에게 바쳐 우리 삼 인의 은의에 대한 은덕을 만의 하나라도 보답하고자 합니다."

초옥은 말을 마치었다. 그는 붉게 오른 홍조를 못 견디겠다는 듯이 이마에 땀이 방울방울 솟았다.

그의 말소리는 가만한 중에 힘이 있고, 그의 얼굴에는 엄한 기운이 서리어, 대담히 자기의 충곡을 말하여 간절한 음성은 감격에 떨리고, 눈에는 이슬이 맺혀 떨어진다.

일주는 초옥의 그러한 태도를 보고, 어느 샌지 그의 눈에도 눈물이 어리어 초옥의 손을 끌어다가 힘있게 자기 얼굴에 대며, 눈을 감고 가만히 앉아 있더니 다시 눈을 떠서 초옥의 손을 무릎에 놓고 고쳐 쥐면서,

"초옥아, 너의 숙성하고 깊은 생각은 항상 나의 미칠 바가 아닌 줄은 이미 알았으나, 오늘 네 말을 들으니, 존경하는 마음과 감격한 정을 형용할 수가 없다."

하고 잠깐 그친다.

"초옥아, 나는 네 뜻을 존중히 여긴다. 그러니까 공자와 상의하여 서공에게 이 뜻을 전하고 성취하게 하겠다. 초옥아, 너와 내가 십 년 기루에서 정의 형제같이 죽음에서도 같이하고자 뜻을 정하였더니, 의외의 큰 은의를 입어 이러한 날이 우리에게 닥쳐왔구나."

정이 넘친 일주의 말소리가 초옥의 가슴을 흔들었다. 초옥은 백화의 무릎에 엎드려 뜨거운 눈물로 그의 무릎을 적시었다. 말없이 내려다보는 백화의 눈물도 초옥의 등 위에 떨어진다.

어제 일이다. 왕생이 일주에게 왔을 때 초옥은 잠깐 자리를 피하였다. 그는 시원한 바람을 쐬기 위하여 뒤뜰에서 거닐었다. 그다지 큰 집이 아닌 만큼 뒤뜰은 외당의 뜰과 연하게 되었다.

그는 일주의 방의 뒷문을 피하고자 자연히 외당 가까운 뜰에서 배회하였다. 외당에서는 쾌활한 여산의 음성과 유순한 문칠의 담화 소리가 들리었다. 초옥의 발길은 알지 못하는 사이에 외당으로 가까워졌었다. 여산의 소리가

"글쎄 형님, 이 나라가 어찌 되려고 이 모양입니까? 고려의 멸망은 눈앞에 있어요. 그러니 일개 남아로서 국가의 흥망을 수수방관할 수밖에 없는 이런 놈이야 말해 무엇합니까마는, 왕 공자 같으신 인재는 참으로 불우지탄이 적지 않아요. 게다가 세상은 이렇게 뒤숭숭하게 되니, 언제 경사로 모일지?"

하는 말이 끝나기 전에 문칠의 소리가

"그러기에 말이네. 나 같은 놈도 이런 생각은 가끔 하게 되니, 공자께서야 오죽 하시겠는가? 그런데 임 낭자와의 결혼은 어떻게 하시면 좋겠는가?"

한다. 초옥이는 그 말의 대답을 듣고자 귀를 기울이고 서있는데, 말소리는 안 들리고 발소리가 들리는 듯하더니, 모퉁이로 돌아오는 여산이와 딱 마주쳤다.

초옥이는 깜짝 놀란다. 그리고 언뜻 여산이를 쳐다보았다. 여산이가 처음에는 의외라는 듯이 놀란 듯하다가, 초옥의 쳐다보는 눈과 마주치자 여산이는 또 한번 놀랐다. 그는 초옥의 눈에서 뜨거운 정열의 표현을 보았음이다.

여산이는 그 눈을 내려다보며, 가슴이 설렘을 느끼었다. 초옥은 얼굴이 붉어지며 머리를 숙였다. 이 때였다. 외당으로 나오는 왕생이 이 광경을 보았다. 두 사람이 왕생을 보자, 초옥은 빨리 들어가고 여산이는 공연한 웃음을 큰 소리로 웃었다. 왕생에게는 뜻 깊은 미소가 떠돌았다.

이제 자기의 생각을 고백한 이 자리에서 초옥의 감정은 녹는 듯싶게 눈물로만 끝없었던 것이다. 밤 부엉이는 깊어가는 여름밤의 적막을 깨쳐 구슬프게 울며, 찬란한 별들은 제멋대로 반짝여 초옥의 어린 가슴을 알아주는 듯싶었다.

인간 단락

 이제 초옥은 열여섯 살의 소녀로 위대한 여산의 뜻과 그의 의리를 잘 통찰하고 이해한 것이다.
 그는 여산의 사람됨을 사랑하고 존경하였다. 그리고 무겁고 큰 은의를 뼈 깊이 감사히 여겼다.
 그에게 구함을 받았던 그날 밤부터 그는 여산을 사모하고 흠애 존경하게 되었다. 그의 고요하던 심장의 고동은 가끔 여산과 눈이 마주칠 때마다 몹시도 뛰었던 것이다. 이튿날 아침에 왕생이 일찍이 일주에게 왔다. 일주는 어젯밤 초옥의 생각과 뜻을 말한 후에
 "아직 나이 어린 초옥이가 이렇듯 노숙한 자로서도, 미치지 못할 의리와 심정을 가졌으니, 탄복함을 마지않습니다. 그러니까 제 뜻을 어기지 않도록 우리가 주선하여 서공과 성례하게 하는 것이 저버림이 되지 않을까 생각합니다."
하였다. 왕생은 탄복하기를 마지않았다.
 "초랑이 범연한 사람이 아닌 줄은 이미 알았거니와, 이대도록까지 고결한 심정과 견고한 의지를 가진 줄은 미처 생각지 못하였습니다. 역시 그의 뜻대로 성취시켜 주는 것이 좋겠지요."
하더니, 기색을 고쳐 일주의 손을 잡고 빙긋이 웃으며,

"그러나 어제 내가 잠깐 보니까, 초옥이 이미 서공과 무슨 약정이 있는 듯싶으니, 우리의 주선이 도리어 무미할 것 같습니다. 그러나 할 수 있는 대로 우리 양인의 월로 적승이 된 초랑을 위하여 힘을 다합시다."
하고 일주를 보며 다시 웃는다. 그의 머리에는 정월 열나흗날 밤 백화대에서 초옥의 애쓰던 모양이 언뜻 지나갔다.
"그러면 서공에게 이 말씀을 해보시는 게 어떻습니까?"
"그러면 지금, 서공과 문칠 고삼을 불러 그대가 발설 주관함이 좋은가 합니다."
일주가 그러히 여겨 점두하면서,
"그러면 오늘밤에 초옥과 제가 약간의 주효를 준비하여 제공과 함께 즐기고, 또한 우리들이 생사간에게 저버리지 않은 기념으로 세 쌍의 홍옥을 나눠 가짐이 어떻겠습니까?"
하였다. 왕생이 미소하며,
"그러면 내게 또 한가지 의견이 있으니, 만일 낭의 뜻에 합하면, 내가 먼저 발설하여, 우리 한가지로 즐김이 좋을까 합니다."
하고 의아한 눈으로 왕생의 얼굴을 쳐다보는 일주를 보면서,
"지금 문칠의 나이 사십이 세라, 아직도 기력이 강강하여 청춘의 기풍이 있는 중, 상처한지 二년에 아직 환부로 있으니, 고삼의 딸 문영으로 성친하게 함이 어떠할고?"
한다. 일주는 깜짝 반기며,
"참 다행합니다. 그러면 서공도 더욱 기뻐할 것이니, 그런 다행이 없겠어요. 그렇게 하시지요."
생각이 늦었다는 듯이 기뻐서 어쩔 줄을 모르고 좋아한다. 왕생은 아직도 천진스러운 그의 태도를 퍽이나 사랑스럽게 여기는 듯이 이윽이 본다.
"그러면 오늘 밤 모임을 기회로 삼인이 성친할 날을 정함이 좋겠소이다."

"그러나 서공에게는 먼저 뜻을 물어보시고 정하신 뒤 제공 석상에서 같이 정하시는 것이 좋을 것 같습니다."

"그러면 먼저 서공에게 뜻만을 전해 보겠으니 그대는 음식을 준비하시오."

하고 자기 처소로 돌아갔다.

일주는 문일의 내외를 시켜 찬 가음을 사드리고 초옥과 문영을 데리고 몇 가지 음식을 장만하였다. 일주는 문일의 내외를 "아저씨" "아주머니" 하고, 부르게 되었다.

음식을 장만하는 동안, 초옥은 여러 번 깊은 생각에 잠겨 있었다. 물그릇에 손을 넣은 채로 그릇은 집어내지 않고, 먼 산만 멀거니 바라보기도 하고, 칼질을 하다가도 칼을 멈추고 칼등으로 도마 끝을 똑똑 두드리기도 하였다.

이 모양을 볼 때마다 일주는 고개를 돌리며 잠깐씩 웃었다.

저녁은 되었다. 일주의 주선으로 모든 사람은 왕생의 처소에 모이고, 가운데 세 미인의 꽃다운 손으로 손수 만들어 놓은 음식이 벌어져 있었다.

왕생이 먼저 마을 내어 여산과 초옥의 성친함을 발설하였다. 모든 사람은 박수하여 크게 기꺼워하나, 초옥이는 일주의 등 뒤에 깊이 고개를 숙이고 앉았고, 여산이는 말없이 머리를 숙이어 장대한 얼굴에 붉은 빛이 넘치며 감개한 기색과 감격하는 빛이 가득하여 마땅하지 못함을 끝내 말하였다. 문칠이가 정색하여,

"자네의 심사는 내가 잘 아는 바이니, 그 같이 사양함도 사리에 틀림은 없거니와, 자네 나이 지금 삼십여에 혈기가 방장한 때이며, 또한 공자와 임 낭자의 깊은 성의를 어찌 구구한 빛으로 겸양하는가? 자네는 월전에 만석교상에서 임 낭자의 서신을 보고, 어떠한 염의지심으로 그 같이 함과 같으나, 이미 공자와 임 낭자가 주선하고, 또한 초랑의 그 높은 지의와 심

성을 어찌 저버리랴. 조금도 꺼릴 바가 아니니, 우리 어찌 사소한 생각으로 대의를 저버리겠는가?"
하였다. 여산이는 아직도 가만히 앉았다가, 뜻을 결한 듯이 결연히 고개를 들어 초옥을 언뜻 건너다보고, 왕생과 일주를 향하여,
"저는 본시 강변에 한낱 어부이었습니다. 평생을 다만 금리에 몸을 붙여 실로 사람됨에 아무 인생의 값이 없던 자이더니, 비로소 공자를 뵈옵고 그 의지의 숭고함에 절실히 감복하여, 비로소 어두운 생명이 밝은 빛을 얻었삽기, 생사의간에서 좇고자 결심한 후 약간의 노력이 있다 하나, 기실 생각하여 보면, 모두가 임 낭자의 고결하신 생명으로 좇아 일어나옴이며, 또 저로 말씀하더라도 실은 공자와 낭자 양위의 은덕으로 갱생된 몸이라 어찌 이것을 은의에다 붙이겠습니까? 그러한데 초랑이 높으신 의지를 굽히시고, 이러한 사람에게 일생을 부탁하고자 하시니, 나는 무엇이라고 말씀을 드릴 수가 없습니다. 그러하나 다만 두 분의 뜻을 받들고, 초랑의 의기를 존경하여, 마음을 다해서 평생을 두 분과 형님들로 오직 의를 위하여서 지내어 볼까 합니다."
하고 눈에는 뜻 깊은 정열이 어리어 초옥을 바라보았다. 초옥도 고개를 나지시 드리고 그의 말에 감복한 듯이 가만히 앉아 있다.
일좌가 여산의 말에 감복하여 잠깐 동안은 아무 말이 없이 앉았다. 일주가 초옥의 손을 끌어다가 잡고 여산이를 바라보면서,
"초옥이가 어려서부터 사람이 참아 당하지 못할 무수한 곤욕을 당하고도 오히려 간악한 황파의 소에 잡혀 우리 두 몸이 서로 의지하고 사랑함으로써 십 년이라는 세월을 지나게 된 것입니다. 또한 여러분께서도 아시는 바와 같이 초옥이와 나의 생명은 하나로 합쳐졌습니다. 죽고 사는데서 오직 같이할 뿐입니다. 만일 서공께서 추호라도 어찌 생각하신다면, 우리는 차라리 두 몸을 죽어서라도 구구한 용납을 받지 않을 것이니, 서공은 이 뜻을 알아 주셔야 합니다."

하는 말소리 몹시 떨려있다. 초옥의 손을 잡은 백화의 손에 초옥은 엎드리었다.

백화가 말하기 시작할 때부터 초옥은 눈물을 흘리기 시작하였다. 그의 설움은 터지고 말았다. 초옥은 백화의 무릎에 엎드리자마자, 소리까지 내어 느껴 운다.

모든 사람보다도 여러 방면에서 가장 쓰리고 쓰린 눈물의 맛을 절실히 맛보았던 초옥이가 십육 세의 어린 몸으로 한 많은 자기의 일생을 돌아보며, 오늘의 이 자리를 생각할 때, 어찌 한 줄기의 피눈물이 없을 것인가.

초옥의 눈물에 제일 서럽게 울고 있는 사람은 문영이다. 문영이는 수건을 얼굴에 대고 어깨를 들썩거리면서 서럽게도 울고 있다. 문영이 역시 초옥의 일생을 생각하여 자기의 처지를 돌아본 것이다.

고삼이는 딸의 눈물을 보고 코를 훌쩍이며 눈물을 흘리고 앉았고, 문일 내외도 주먹으로 눈물을 씻고 있다. 기뻐야 할 이 장면은 눈물의 자리로 바꾸었다.

그렇다. 쓰린 과거를 가진 자는 아무러한 기쁜 장면에서라도, 그 기쁨은 반드시 과거의 쓰라림을 가져오는 것이며, 그 기쁨은 그 쓰라림으로 더욱 효과를 크게 하는 것이다.

초옥의 애끊는 듯한 느끼는 소리가 여산의 가슴을 어여내었다. 그는 가슴이 쓰리다는 듯이 큰 손을 가져다가 널따란 자기의 가슴을 가만히 누르며 목이 막히는 듯이 헛기침을 연방 하다가, 고개를 들어 일주의 무릎에 엎드린 초옥을 이윽이 바라본다. 그는 눈을 돌려 설움을 독차지한 듯이 몹시 울고 앉아있는 문영이를 또한 바라본다. 무슨 뜻의 눈물일가. 여산의 눈에도 눈물이 괴어있다. 여산이는 기침을 가만히 하였다.

"지금 임낭자의 하신 말씀은 저의 간폐에 이미 새겨있는 바이니, 다시 두 번 말씀 드리지 않겠습니다. 그러나 지금 초랑의 저렇듯한 눈물을 대하니, 실로 내 몸둘 곳을 알지 못하겠습니다. 초랑은 눈물을 진정하여 주시오 좌석의 여러분이 같이 슬퍼하시니, 오히려 미안함이 많습니다. 마음을 진정하여 좌중의 화기를 도움이 옳은 일인가 합니다."
그는 간절한 음성으로 초옥을 위로하였다. 초옥이는 가만히 일어나 눈물을 씻으면서,
"제가 미거한 탓으로 공연히 여러분께 미안함이 많습니다."
하고 다시 고개를 숙인다. 일주가 문영의 손을 잡으면서,
"너무 슬퍼 마시오. 쓰라린 자에게는 기쁨도 오는 것입니다."
하면서 왕생을 바라본다. 왕생도 일주를 보다가 눈이 마주치며, 그는 일주의 뜻을 알아차렸다.
모든 사람의 눈물도 거두어지고 방 안에는 긴장한 기분이 가득하였다. 왕생이 정중한 기색으로 문칠을 보며,
"내게 또 한가지 간절한 의견이 있으니, 좌중은 용납하시겠습니까?"
하고 고삼이를 의미 있게 바라본다. 고삼이가 당황하며
"공자께서와 임 낭자의 뜻이오면, 저인들 어찌 거역하겠습니까? 아무 말씀이나 하시지요."
하니까, 왕생이 다시 문칠을 슬쩍 바라보며,
"좀 돌연한 말 같으나, 실상인즉 우리가 서로 도와서 행할 일이라 문칠 공의 나이 이제 사십여의 장년이니 우리가 피차의 경사를 도모할 제 다 같이 즐겨함을 힘써 주선할 것입니다. 이제 문영 낭이 또한 이십여의 꽃다움에 있으니, 문고 양가의 성친을 도모함이 어떻습니까?"
하고 다시 고삼의 얼굴을 거쳐 깜짝 놀라며 황망해 하는 문영을 잠깐 바라보았다.
왕생의 말이 끝나자, 고삼이는 소리를 내어 크게 웃고, 문영이는 깜짝 놀라 왕생을 바라보고는 빨리 고삼과 문칠을 얼른 바라보더니, 얼굴이 붉어지며 고개가 깊이 수그러진다. 그만 땅이라도 파고들어 갈듯이 몹시도 머리를 숙여버린다.

문칠이 역시 깜짝 놀랐다. 그는 천만 번이라도 당치 않다는 듯이 자리를 피하면서, 연망히 손을 내두르며, 미쳐 말이 입 밖에 나오지를 못한다.
여산이가 미리 문칠의 말을 막으려고 짐짓 기세를 내며 소리를 크게 하여,
"이 같은 기약은 자고로 인간에게 드문 바라, 오늘 형님이 학을 타고 봉래산에 불사약 얻은 폭은 될 것이니, 너무 좋아하다가 학의 등에서 떨어지면 모처럼 얻은 불사약은 없애버림은 둘째요, 구만리 장공에서 떨어지면 비록 천석이라도 편편파쇄할 것이니, 신선 못됨이 애석할 것이외다. 지금 저리도 미리 좋아하여 목줄이 막혀 말을 못하니, 좀 더 있으면 단장할지라, 어서 속히 허락을 하십시오."
하고 문영을 슬쩍 바라보니, 일주는 배를 구부리며 웃음을 참지 못하고, 문칠은 입을 벌린 채로 여산이를 쳐다만 보며 말을 못한다. 문일 내외는 더욱 기쁜 입을 줄이지 못한다. 여산이가 다시,
"우리 형님이 벌써 목줄이 끊어지려고 벌린 입을 다무지 못하니, 호사다마로 초상이 날지라, 속히 회답하여 생명을 구하시오."
하고 고삼이를 재촉한다. 모든 사람은 더 크게 웃었다. 초옥이는 견디지 못하겠다는 듯이 몸을 비비틀면서, 허리를 꼬부리고 우물을 양 뺨에 보이면서, 굴러가는 듯한 웃음소리로 낭랑히 웃고 있다.
여산이는 초옥의 웃는 모양을 슬슬 바라보면서 사랑스러워 못 견디겠다는 듯이 두 뺨의 우물을 바라보며, 미소만 띄우고 앉아있다.
문갓으로 앉아있던 문영이는 얼굴이 주홍이 되다 못해 익은 복숭아 색이 되어 가지고, 고개를 수그린 채 문을 열고 나가려다가, 일주의 빠른 눈에 들키었다.
일주는 빨리 문영이의 손을 잡아서 자리에 앉히었다.
문일이가 문칠이를 보면서,
"네가 너무 좋아만 하고 말대답은 안 하니까, 문영랑이 노해서 나가시

려고 하지 않느냐? 좌우간 어서 대답이나 하여라."
하니까, 문일의 부인이 말끝을 이어,
 "아이구, 아주버니두 참말 저 아주버니 말씀마따나 너무 좋아서 초상나시겠구려. 갑갑하여요. 어서 말씀이나 하시구려."
하고 일주에게 잡히어 머리를 숙이고 앉은 문영의 탐스러운 얼굴을 기웃이 보고 있다. 왕생이 다시 고삼에게,
 "낭자들의 마음은 이미 통함이 있는 듯싶으니, 속히 결정합시다."
하니까, 문칠이가 연해 손을 내저으며, 온 방중에 앉은 사람들의 얼굴을 두루두루 돌아보다가, 문영의 앉은 곳에 잠깐 두 눈이 멈추어지더니, 다시 왕생을 보며 황망한 어조로,
 "문칠의 나이 반백이 가까운데, 어, 결코 불감된 이이어, 도무지 승명치 못할 일이어."
하면서 미처 말을 이루지 못한다. 고삼이는 얼굴빛이 긴장해졌다.
 "그 같이 여러분이 찬성하시어 주선하시니. 도리어 감격합니다. 문영이 불행함을 많이 당한 신세이라 아비의 뜻으로만 대답할 수 없으니, 저 애와……."
하는 고삼의 말을 일주가 가로막으며,
 "당돌하오나, 제가 이미 문영에게 잠깐 뜻을 통하여 본즉, 전체를 부친에게만 미루오니, 속히 대답하십시오."
하니까, 고삼이가 딸의 앉은 편을 바라보다가, 다시 왕생을 보며,
 "제가 이미 아비에게 미루었다 하오면, 아비로는 즐거이 허락하겠습니다."
하고 문칠을 바라보고 웃으며,
 "늙은 사위를 얻으니, 섭섭키도 하거니와 든든키도 하네마는, 다만 늙은 추세하고 장인에게 버릇없을까 하는 것이 염려가 되네."
하니까, 일좌는 크게 웃고, 문칠이는 문영이를 선뜻 바라보며 얼굴만 붉

어진다.

여산이는 손벽을 치며 기뻐하였다. 일주가 몸을 일으켜 일어서려 하면서,

"이러한 첩첩한 경사를 하례할겸 저희들의 미정을 표하고자 박주를 하였으니, 달게 잡수십시오."

하니까, 여산이가 가슴을 슬슬 만지며,

"제가 본래 몇 말 술을 마셨는데, 요사이는 좀 분주하여 한 잔 술에도 목마름이 많습니다. 이왕 주시려거든 몇 섬 술을 내어주십시오."

하고 허허 웃는다. 일주가 먼저 나가니까, 문일댁과 문영 초옥이가 뒤를 따라 나가서 술을 내오고 안주를 다시 익히느라고 분주하였다. 일주가 좌중에게

"음식이 다 차게 되어 버렸습니다마는 유월의 날이옵고, 또 제공께서 정열로 더워졌을 것인, 오히려 찬 것이 더 나을까 합니다."

하고 미소하며 왕생을 바라본다.

일주가 한 잔을 가득히 따라서 왕생에게 드리며

"오늘밤 이 경사에 공자께서 제일 공이 되시니 우선 한 잔 받으십시오."

하였다. 왕생은 흔연히 받아 마시었다.

다음에는 여산과 문칠이 각각 왕생에게 사례의 잔을 드리고, 특별히 문칠이가 고삼에게 한 잔을 권하였다. 고삼이가 웃고 받으며,

"홍, 자네 술을 언제 안 먹어 보았겠는가마는 오늘밤 술은 알뜰한 술이니, 더 맛있을 걸세."

하고 마신 후에 문일에게 한 잔을 권하며,

"우리 두 늙은이가 서로 생각해야지. 언제 잔 돌아오기를 기다리겠소? 자, 사장님, 한 잔 하시오."

하고 소리내어 웃는다. 문일이도 마주 웃으며 받아 마시었다.

이렇게 술잔을 사례하는 이, 축하하는 이의 사명을 띠고 좌석을 돌고

돌았다. 눈물겨운 술잔의 사명은 특별히 일주가 재생의 은공을 사례하고자 여산 문칠과 문일 내외에게 잔을 권하던 것이었다. 그들은 술잔을 들고 감개 무량하여 새로운 눈물을 자아내었다.

초옥이가 일주의 다음으로 다시 네 사람에게 은의를 사례하는 잔을 드리게 되었다.

잔이 여산에게 이를 때 여산이가 픽 웃으며,

"두 벌 잔이로군."

하고 받아 단숨에 쭉 들이켰다. 긴장하였을 장면은 이로써 웃음으로 화하여 버렸다. 왕생이 빙긋이 웃으며,

"초랑이 아까 내게 권하던 잔은 채워지지도 않았더니, 이제 서공의 잔은 너무나 넘치니, 서공이 변명하되 두 벌 잔이라 하니, 서공은 참 알뜰한 가군이시오 그려."

하였다. 초옥이가 너무도 부끄러워하다가, 문일 부인에게 드리는 술을 조금 엎지르게 되었다.

"아이구, 이것 보아, 아까워서 그러시우 치마가 다 젖었어요. 그래두 어리고 어린 동서님이니까, 그저 용서해 드리지요."

하며 문일 부인이 또 놀렸다. 초옥이는 가장 어린 만큼, 또 그 상대자가 과도히 장대한 만큼 좌석은 두 사람을 중심으로 웃게 되었다.

이렇게 술잔이 오고 가는 동안 그들의 얼굴은 불그스름하게 취하여 아름다움이 배승하였다. 그리고 더 쾌활하게 가슴을 상통할 수가 있었다. 낭랑하고 은근한 이야기들이 그칠 사이가 없어 여름의 짧은 밤은 삼경을 고하게 되었다. 서늘한 바람이 화기 가득한 이 집 방 안에 슬슬 불어 준다.

괴로움에서 항상 근심만으로 낮과 밤을 보내던 그들이 이렇게 모여 사랑하는 사람들과 마주앉아 밤이 깊은 줄을 모르고, 단란할 때, 그들은 과연 얼마나 깊은 행복을 느낄 것인가? 별들조차도 찬란하게 번쩍여 그들의 장래를 축복하는 듯싶었다.

서로 헤어지려고 할 때, 일주가 세 쌍의 홍옥을 내었다. 그는 먼저 홍옥의 유래를 말한 후에,

"이러한 진귀한 가진 지보가 공자께서 내 몸을 속하시려고 하던 오직 하나인 재산이었습니다. 그러나 우리가 의로써 서로 구함을 입어 이렇게 모이게 되었으니, 이제 우리 삼 인이 한 쌍씩 나누어 가져 우리의 성친을 축하하며, 우리의 평생을 기념할 예물로 보관하여 둡시다."

하고 각각 갑에 담아서 문영과 초옥에게 주었다. 문영은 감격에 넘쳐 눈물을 흘리며 몸을 일으켜 받고, 초옥은 말 없이 절하여 받았다. 잠깐 담화를 더 계속하다가, 기쁨을 가득히 안은 아홉 사람은 각기 자기의 처소로 돌아갔다.

왕생과 일주의 성혼할 날은 앞으로 칠일이 격한 유월 십오 일이었다.

그들은 가택을 수리하고 혼수를 준비할세, 왕생과 일주의 기묘한 결합인 만큼 두 사람 외에 일곱 사람은 힘을 다하여 정성껏 준비하였다.

유월 십오 일은 닥치었다. 얕고 맑은 여름 하늘에는 뭉게뭉게 피어나는 구름덩이가 뜨거운 해를 가리웠다 말랐다 한다. 죽 둘러선 나무에서는 매미의 노래가 요란스러웠다.

나뭇 그늘 우거진 넓은 뜰에 구름 차일을 높이 치고 신랑 신부는 혼례를 마치었다. 당세의 그 쌍이 없을 두 사람의 인물 풍채야 어찌 이루 말할 수가 있으랴. 겹겹이 모아 둘러선 동리 사람들은 정신이 현황하여 칭선하는 소리가 우뢰 같았다.

잔치는 끝났다. 십오야 둥근 달의 나무 그림자가 넓은 뜰에서 움직이는 묵화를 그릴 제, 요량한 거문고와 노래 소리가 이 집을 에워싸고 새로운 단꿈을 앞에다가 안은 두 사람을 힘껏 축복하여 주었다.

웃음이 가득한 이 집의 밤은 이따금 부는 부드러운 바람결과 함께 흐르고 흘렀다.

왕생과 일주는 마주 앉았다. 그들은 각각 자기의 과거를 회고함인가,

일주는 숙이고 왕생은 내려다보아 잠시 동안 말이 없었다.

그들의 생각은 높고 깊으며 쓰리고 아팠던 추억의 실마리에서 오르락내리락하였다.

일주가 몸을 일어 농 안으로서 붉은 보자에 싼 것을 내어놓았다. 왕생은 그것을 펼치었다. 그 속에는 족자와 단소와 한 쌍의 홍옥이 있고, 그 밑에서는 팔, 구세 되는 어린 계집애의 의복이 나왔다.

일주가 그 옷을 펼쳐 앞에 놓으며,

"이것이 아홉 살 때 처사동을 떠나며 입고 나왔던 의복입니다. 아버지의 품에 안기었을 때에 입던 의복이야요."

하고 눈물이 옷 위에 비 오듯 떨어진다. 일주의 작은 옷을 물끄러미 들여다보는 왕생의 눈에서도 추억의 더운 눈물이 흘러 내렸다.

그들의 머리에는 처사동의 모든 장면이 지나가고 지나갔다. 처사 부부의 혼령은 얼마나 일주와 왕생의 더운 눈물에서 왕래하였을까?

왕생은 일일이 의복을 어루만지며 비회를 금하지 못하다가, 일주의 손을 잡으며,

"지난날의 우리들의 생활은 그 맛이 심히 썼으니, 오는 날의 맛은 극히 달 것이외다. 이러한 기쁜 밤에 너무 과거만 생각하지 말고 닥쳐오는 소망을 이루도록 하여봅시다."

하고 여러 가지 물건을 자기의 금낭과 함께 싸서 친히 농 속에 넣은 후, 다시 자리에 앉아 잠깐 담화하다가 일주를 끌어 자리에 들었다.

일주가 일세의 무쌍한 명기 백화로서 왕을 비롯한 모든 남성들의 횡포한 강박에서도 오히려 그의 피를 시키지 않다가, 이제 십팔 세의 뜨거운 정열의 핏줄을 한데 묶어, 오로지 왕생의 가슴에 바치었으니, 해주성 여름 밤을 넌지시 스치어 가는 남쪽 바람이 조심스럽게 단꿈에 취한 그들을 잠재워 주었다.

변동

그 이튿날부터 일주는 문일 내외와 함께 정성을 다하여 문영과 초옥의 혼수를 준비하기에 몹시 분망하였다.

그들의 성친날은 앞으로 오 일이 격한 이십 일이었다.

성친날은 닥치었다. 두 쌍의 신랑 신부는 각각 화촉의 방으로 안내되었다. 문칠의 방에서는 잠깐 동안 담화 소리가 들리더니, 일찍 불을 끄는 단꿈에 취하였다.

초옥의 신방은 적적하지 않았다. 여산의 힘있는 소리와 초옥의 낭랑한 소리가 오래 계속되었다. 그들은 서로서로의 과거 남달리 뛰어나게 험악하였고 복잡하였던 그들의 지난날을 이야기할 때 서로 동정하고 서로 위로하기에 밤이 깊어가는 줄도 몰랐다.

여산이는 구슬을 안아 자리에 들었다. 이들의 단꿈은 무르녹고 무르녹았다.

우왕이 강화(江華)에 내침을 받고, 그의 아들 창이 왕위에 있은지 불과 수일에 조정이 태후께

"우와 창이 다 역중 신 돈의 자손인고로, 역대의 왕통을 이을 수 없다." 고 아뢰었다. 그들은 창주마저 강화에 내치고 왕씨를 옹립하여 신종(神宗)의 칠세손 요를 왕위에 나아가게 하였다. 이가 고려의 최후의 왕인 공양

왕(恭讓王)이었다.

공양왕이 우의 부자를 국가의 죄인이라 하여 주하니, 우왕의 나이 이십오 세였다.

공양왕 때에 정 몽주(鄭夢周)가 재상이 되어 정사를 힘쓸 때, 쇠폐하여가는 국운을 회복하고자 주야로 힘을 써 충심을 다하였다. 정공이 이 행영과 친교가 두터울 뿐 아니라, 그의 현충함을 아는 고로, 이 행영을 천거하여 지신사(知申事)벼슬로 불렀다.

이 지신이 경사로 와서 왕생을 부르니, 왕생이 전 가족을 데리고 송경에 이르러, 자하동외에 약간의 주택을 사서, 고삼과 문일 형제들을 있게 하고, 여산의 내외와 외숙 집에 유하여 있었다.

이 지신이 왕생을 조정에 천거하매, 왕생이 외가의 성으로 경력도사(經歷都事)의 중직에 있어 전력으로 직무를 다하며, 또한 정공과 이공 같은 노재상을 도와서 기울어지는 국가를 붙잡으려고 밤낮으로 정성이 동동촉촉하였다.

일주가 송경에 이르자, 이 지신은 성외에까지 나가서 맞았다. 그는 일주의 손을 잡고 과거를 회고하며, 처사를 생각하여 몹시도 서러워하며 반가워하였다.

김 수사 역시 백화가 임 처사의 딸 일주임을 알고, 일부러 찾아와서, 일주의 손을 잡아 반기고 사랑하였다.

그는 노쇠를 청탁하고 벼슬을 사퇴하였으나, 이 지신의 집에 자주 와서 정사를 의논하고, 일주로 더불어 말씀도 하였다. 일주도 종종 수사댁에 찾아가 위로도 하여 부모와 같이 섬기게 되었다.

정공이 또한 임 처사와 막역의 벗이었던 만큼, 그들이 이 지신의 집에 와서 정사를 의논한 후에는 반드시 일주를 불러 내당에서 보았다. 초옥이도 일주를 따라 자리에 참석하면 일주와 초옥이 거문고를 타며 침부사를 노래하고, 왕생은 단소를 불러 화답하여, 쇠폐한 국가에 일심을 다하는 충신들을 잘 위로하였다.

노신들이 경사에서 물러날 때에는 소매를 연하여 이 지신의 집에 와서 일주등의 이러한 음률로 위안을 얻어 복잡한 머리를 겨우 쉬게 되는 것이었다.

일주가 낮이면 문일에게 이르러서 가산을 정리하고, 밤이면 왕생과 이 공을 도와 정사에 내조할 만한 것을 일일이 내조하며, 또한 틈나는대로 초옥과 함께 음률과 노래로 노신들을 위로하여 주야로 동동하니, 화기가 전가에 넘치어 봄바람이 항상 두 집에 불어 있었다.

여산과 문칠 고삼도 각각 관직에 처하여 지신사와 경력부에 힘을 나누어서 출사하며, 문일은 가산 치사에 전력하여 농업에 힘을 쓰고 부녀들은 각각 직무를 다하다가 며칠 건너서는 반드시 한 곳에 모여서 단락하게 지냈다.

당시에 조정은 양파로 나뉘어, 문관들은 정 몽주를 위주로 국조를 붙들고자 하며, 무관들은 이 성계의 무훈을 경모하여 그 밑에서 공명을 얻고자 하였다.

이 성계는 무훈이 혁혁하여 군권을 장중에 잡았으며, 또한 공양왕이 신뢰하므로 벼슬이 도총제사(都摠制使)에 있어 위권이 날로 날로 융성함에 따라, 고려의 천하를 빼앗으려는 마음이 더욱 강하게 되었다.

그리하여 그는 음양으로 충현을 축해하더니, 그의 다섯째 아들 방원(芳遠=太宗)이가 그 부하들을 데리고 선죽교에서 정 몽주를 격살하였다.

일세의 충신은 붉은 피를 선죽교 돌에 새겼을 뿐으로, 고려는 드디어 망하게 되었다.

그는 포은(圃隱)이라는 별호가 있었다. 정공의 남긴 글은 이러하였다.

> 이 몸이 죽어 죽어, 일백 번 고쳐 죽어, 백골이 진토 되어, 넋이라도 있고 없고, 임향한 일편단심이야, 가실 줄이 있으랴.

그의 피는 오히려 붉고, 그의 글은 아직도 살았으나, 고려는 망하였으니, 공양왕 4년 고려 건국 456년, 명나라 홍무 25년, 태조 왕건(王建)으로부터 왕씨가 32대요, 우, 창까지 합하여 34대였다.
 이 성계가 왕위에 오르니, 이가 이 태조이라, 등극 후에 고려의 왕실 종척 왕 강(王康), 왕 승귀(王承貴), 왕 승보(王承寶)의 다수한 사람을 큰 배에 실어 대해에 침살하게 하고 여조의 충신과 명사를 살륙하며, 그 자제들을 설득하여 이조에 종순함을 권하였다. 그러나 정 몽주의 뒤를 좇은 사람들은 이씨조의 신료됨을 싫어하여 칠십이 인의 현량들이 송도 성외에 둔 피하여 거하며, 세상에 출입하지 않으니, 이것을 두문동(杜門洞)이라 하였다.
 이 행영은 이미 피살되었고 공양왕은 원주(原州)에 내침을 당하였다가 그 후 삼 년에 간성(杆城)에서 피시한 바 되니, 그 나이 오십이었다.
 왕생이 일주와 함께 화락하며, 또한 등관하였음에 바야흐로 그의 탁월한 재질과 충성을 다하고자 하였으나 불운한 시대에 산출된 탓으로 그 뜻을 이루지 못하고, 이씨조의 난을 피하여 그의 종적은 사라지고 말았다.

 송악산 처사동 뒷산에 칠팔 인의 남녀가 두 무덤 앞에 엎드려 일어날 줄을 모르고 섧게도 느껴 울더니 그들은 다시 일어나 황폐한 임 처사의 옛 집터를 빙빙 돌아다니다가, 이윽이 서서 참아 못 떠나는 듯이 연련히 바라보다가, 이른 아침 송악의 자욱한 안개 속에 잠기어 버렸다.

> 송악에 나는 풀은 연년이 푸른대요 어쩐 일로 우리 임은
> 한번 가서 귀불권가 어버이 가신 곳에 못 따를 넋 아니언만
> 외로운 딸의 몸은 누구를 기다리나

이러한 노래만이 멀리 들려왔다.

동해 가에 사라지는 아화당의 세 음곡

익령 양주(翼嶺襄州=지금 江原道襄陽) 금강산의 일만이천 봉이 구름 밖에 솟아있고, 남으로는 강릉에 접하여 오대산이 솟아있어 만월, 기린 장령, 상왕, 지로의 다섯 봉이 하늘 반에 나란히 서있다.

서쪽에는 인제군이 있어, 동으로 한계산을 벗하여 소양강(昭陽江)의 흐름을 한수(漢水)에 합치고 있으며, 동쪽은 모래벌을 거쳐 창해 만리의 일출을 바라보는 곳이다.

쌍성호 동에는 비선대와 상운정의 경승이 있다. 그 북으로는 간성의 청간정이 있어 아래로 만경호의 거울 같은 맑은 물을 안고 있으며, 그 남으로는 죽도의 명사(竹島鳴沙)가 눈 같이 희어 하늘에 닿은 듯, 그 위에 무송대와 그 남쪽에 영랑호(永郎湖)는 천석이 기괴하니, 이것이 이른바 신라의 사선 영랑, 안랑, 술랑, 남랑(永郎安郎述郎南郎)등의 네 사람이 영동 팔경에 편유할 때 놀고 남긴 자취라고 하는 곳이다.

이러한 명승 경지를 이웃하여 낙산사(洛山寺) 동쪽의 시내를 임하여 유벽한 곳에 새로 지은 듯한 몇 가호의 초가집 처마를 연하여 넝쿨 울 안에 있다.

늦은 봄, 낮은 메에, 가는 비가 부슬 지어, 구름인 듯 안개인 듯 곱다란 가는 방울을 뿌리는 그림 같은 푸른 언덕에 몇간 정자가 솟아 있어, 그

패액에는 세음동천(世音東天)이라 써 있다.

정자 위에 두 사람이 창안 백발로 삿갓 쓰고 우장을 입은 채로 난간에 서서 건너편을 바라보며 미소를 그치지 않고 탄복하는 듯이 서로 말하고 있다. 그 보이는 곳에는 칠팔 두렁의 밭을 이루고, 그 밭두렁에 칠팔 인의 남녀가 삿갓 쓰고 우장 입어, 혹은 밭을 갈며 씨를 뿌리고, 혹은 호미와 삽을 들어 이랑을 골라 있는데, 밭두렁에 삽을 짚고 몸을 쉬는 젊은 사람은 비록 농부인 듯하지마는 삿갓을 거두치고 이마의 땀을 씻을 때 보면, 옥같은 얼굴이 산간 농부로는 아니 보인다.

그리고 조리를 신고 우장을 입어 밭이랑에서 일변 씨를 뿌리며 밭을 고르는 세 사람의 여자는 서로 돌아보며 담소가 자약하다가, 문득 밭두렁에 서있는 사람을 쳐다보며 다시 고개를 수그리고 서로 웃는다.

그들도 얼굴이 절묘하여 호미 든 손이 너무도 섬섬히 고와서, 범속 밭 이루는 산촌 여자들로는 보이지 않는다.

첫째로 앉아서 호미를 들고 씨를 뿌리던 여자가 두 여자를 돌아보면서,

"내가 세음 노래 하나를 부를 터이니, 그대들도 번갈아 불러 화답하여 수고로운 땀을 거두게 하자."

하고 밭 두렁에 서있는 젊은 사람을 쳐다보며, 옥 같은 이를 살짝 내놓고 싱긋 웃는데, 나직이 쓰고 있는 삿갓 밑에 고운 이마가 반쯤 보인다.

그는 연해 호미로 밭이랑을 고르며 맑은 목소리로 부른다.

    송악에 밭을 이뤄
    번종 만경 하잤더니
    무슨 일로 낙산사에
    가는 비만 뿌리는고
    애꿎은 삿갓 끝에
    방울방울 낙수로다
    망국한사 비지었나

열사가인 눈물 졌나
호미 등이 애닯어라
춘전세음 아니런가

그 여자가 부르기를 마치고, 양 뺨에 잠깐 추연한 빛을 띠우니, 아련한 맑은 소리가 건너편 세음정을 감돌아 울린다.

그 다음 여자는 제일 나이 어려 보이는데, 맑고 고운 눈으로 곁밭에 장기 들고 서있는 건강한 사람을 잠깐 바라보고, 붉은 뺨에 미소를 띄워 단순을 연다.

애닯다 여랑화야
무슨 일로 고소대에
네 넋을 붙였다간
구슬구슬 맺혔느냐
호미 끝에 지는 넋이
어린 눈에 방울지니
어이 참아 뽑겠느냐
어이 참어 매겠느냐
여랑화야 우지 말라
춘전세음 애닯도다

가는 목소리가 곱게 떨려 나오면서, 머리를 숙여 잠깐 함루한다.
세음곡의 차례가 다음 여자에게 돌아왔다. 그 여자의 희고 탐스러운 얼굴이 갑자기 붉어지면서 잠깐 머리를 쳐들어 이곳 저곳에 서있는 사람들을 좌우로 둘러보며, 머리를 푹 숙이고 삿갓으로 온 몸을 가리다시피 하더니, 나직한 음성이 새어 나온다.

열세무명 씨앗이는
방풍한이 세음이요

황소뿔에 풍경 소리
면기근이 세음이라
부엌 밑에 밥을 지니
솥뚜껑이 세음되고
시냇가에 빨래하니
표백성이 세음일네
밭이랑을 매어보세
춘전세음 잦아진다.

단련된 고운 목소리가 은은히 울릴 때, 밭두렁에 서있던 이는 삽을 되짚으며 탄식 절찬하고, 두 여자는 박수하여 칭찬하였다. 그러나 그 여자는 종시 고개를 들지 않고 다만 밭이랑만 매고 있었다.

이렇게 세음 노래가 마치자, 두 노인이 삿갓을 벗어 들고 창안에 웃음을 띠워 이편을 향하여 언덕길로 내려온다. 모든 사람은 몸을 일어 맞고 밭두렁에 섰던 젊은 사람은 허리를 공손히 굽혀

"늦은 봄비가 이 같사온데, 일부러 나오십니까?"

하니까, 한 노인이 웃으며,

"제랑동이, 부지런하여 이러한 날에도 밭이랑에 분주하기에 구경할 겸, 세음정에 올랐더니, 제랑의 노래가 자못 흥취를 돋우는지라, 아화당의 세음을 비롯하여 양랑의 세음은 들었거니와, 그대들도 하나씩 불러 제랑의 기운을 돕게 하라."

한다. 곁에 밭에서 장기 잡았던 건장한 사람이 그 곁에서 삽을 가지고 밭고랑 치던 뚱뚱하고 튼튼하게 생긴 사람에게 장기를 맡기고 자기가 삽을 받아 들더니, 사람들을 번갈아 보며,

"두 분 스승께서 이렇게 이르시니, 제가 하나 불러보지요."

하다가, 다시 곁에 장기든 이를 보고,

"형님도 내가 마친 후에 하나 화답하시오 네?"

하고는 삽을 짚어 몸을 의지하고, 웃음을 약간 띠워 건너편 세음동천 정자를 바라보며 우렁찬 목소리로 노래한다.

>역발산 기개세는
>초패왕이 으뜸인데
>무슨 일로 오강물은
>강동 길을 막았는고
>구척장신 솟은 몸에
>손과 발이 무쇠이라
>오대산 다섯 뿔을
>한 손에 움켜쥐고
>한수 구룡 솟는 물을
>못 막으니 한이로세
>애매한 우리 황소
>멍애자리 피만 진다
>할일없네 애닲어도
>세음을 어찌하나

부르기를 마치고, 애매한 삽을 밭고랑에 깊이 박으며,
"형님! 어서 부르시오."
한다. 장기를 들고 소를 몰아 밭 갈던 사람이 잠깐 웃으며 굵은 음성으로 부른다.

>호호탕탕 하늘이요
>울퉁불퉁 이 땅이로다
>우주홍황 솟치도록
>인간 세음 부를 테니
>세음동친 벗네들아
>내 세음을 들어보소
>황소 뿔에 네게 필경

쌍멍에를 걸친 후에
죄라 이라 우는 소야
어서 가세 죄라이라
오늘 아침 한 짐 꼴을
너 혼자서 다 먹고도
아홉 뱀이 열두 고랑
이랑 길이 장장커늘
죄라 이라 어서 가세
왜 걸음이 더디우냐
이랑 끝에 돌아드니
필경 소리 야단이라
핑글팽글 스르렁 핑글
춘전 세음이 아니런가

호탕한 음성이 구수하였다. 제인이 손뼉을 쳐 칭찬하며, 제랑은 몸을 굽히어 웃음을 못 견디어 한다.
조금 후에 다시 한 노인이 젊은이를 바라보며,
"전화당의 제자가 세음곡을 시작해 놓았으니, 전화락의 제자가 끝 지어 마치어 보라."
하니까, 전화락의 제자가 스승을 마주 보며 잠깐 웃더니, 삽을 짚어 서천을 향하여 웅장한 음성으로 가만 가만히 노래한다.

낙산사 고소대에
저 구름아 돌지 마라
만월대의 남은 넋이
아직도 예 있으니
영동 설악 만장봉에
세음이 막혔은들
옛 집을 못 잊어서
단심이 붉었어라

호미 들고 삽을 메어
세음이 적막한들
충의열사 망국루를
어찌 아니 그치겠나
장기 몰아 돌아가며
자규사나 읊으리니
세음동천 벗네들아
초로 세음 되었어라

가만한 노래나마 힘있게 맺혀, 남은 소리만 심수유곡에 은은히 퍼져간다. 소리를 마치고도 서향하여 초연히 섰으니, 재인과 제량이 적연히 눈물을 짓는다.

덩쿨 울안으로서 큰 광주리를 머리에 인 중노인 여자와 또한 광주리를 바지개에다 진 노인 남자의 두 사람이 이쪽을 향하여 온다. 삽살개 두 마리가 달음질로 쫓아온다. 그들이 이쪽 거의 가까이 왔을 때는 이미 젊은 남자의 세음곡이 끝마치어, 모든 사람이 처연한 기색으로 잠잠히 일만 하고 있던 때이다.

장기질을 하던 건장한 이가 이고 지고 오는 두 사람을 보자, 장기를 놓고 빨리 마주가며,

"아이구, 형님 무거우신데…… 아주머니 이리 주시지요."

하며, 큰 광주리를 머리 위에서 선뜻 들어 밭이랑 언덕 풀밭 위에 놓는다.

이 소리를 듣자, 세 여자는 고개를 들어 쳐다보며 일어났다. 그들은 호미를 한 곳으로 놓고 흙 묻은 손을 시내에서 씻고 올라오더니, 광주리 속에서 음식들을 내어 차리기에 분주하였다.

삽살개들은 꼬리를 요란스럽게 치며, 이 사람 저 사람에게로 뛰어 오려고 하면서 앞뒤로 돌아다니다가, 모두 모른 체하니까, 저희끼리 저편 풀밭으로 가서는 가닥질도 하고 달음질도 한다. 그들은 시냇가 풀 자리 위

에 자리를 잡고 두 스승에게 주효를 권하며, 담소하여 가면서 맛있게 음식을 먹고 있다.

여름이다. 푹푹 찌는 삼복의 더위는 산이라도 집이라도 녹일 듯이 뜨거운 볕을 퍼붓기만 한다. 삽살개는 허리가 쭉 늘어지고 꼬리가 축 처져 혀를 길게 빼어 물고는 숨을 헐떡거리며 느티나무 그늘에 자빠져 있다.
앞 논에는 이삭 나온 벼들이 검푸른 색으로 무성하게 되었다.
바람이 한 점도 없이 벼이삭 하나 까딱도 않는다.
세음곡을 부르며 밭을 이루어 씨를 뿌리며 이른 밭을 매던 언덕 아래에 밭들에는 온갖 밭곡이며 여러 가지 채소가 후부시 퍼렇게 되었으나 지금은 불볕에서 기운이 막히는 기운 없이 시들시들 하여있다.
석양이 되었다. 죽은 듯이 서있던 벼이삭들이 가끔 불어오는 미풍에 물결을 친다. 풀이 죽어 늘어져 있던 채마전 푸른 잎들도 이제는 살았다는 듯이 생기를 회복하였다.
덩쿨 울 안 넓고 넓은 마당가로 쭉 돌아가며 있는 화계는 더 곱게 보였다. 더구나 석양의 꽃인 분꽃은 다복한 키 작은 나무 위에 여러 빛의 꽃이 웃는 듯이 피어 있다.
삽살개들도 원기가 들었는지 마당에서 뛰어 다니며 둥우리에 오르려는 어린 닭들을 쫓아다닌다. 어미 닭은 긴 소리를 빼어 새끼들을 불러 가지고 둥우리로 오르기 시작한다.
저녁 먹기를 마친 이 집사람들은 마당에 깔아 놓은 멍석 위에 앉아 담소하고 있다. 마당에 피어 놓은 모깃불 연기가 뭉싯뭉싯 오르며 저편으로 흩어져 간다.
그믐밤이나마 하늘은 구름 한 점 없이 맑게 개었다. 총총하게 들여 박힌 별들이 이따금 유성을 하늘가로 번쩍하고 갈긴다.
"허, 이렇게 가물어 어쩌나요? 구름 한 점 안보이니…… 며칠 안으로 비가 아니 오면 큰일나겠는데……."
하고 한 노인이 하늘을 쳐다보며 근심한다.
 "나는 도무지 농사에 서툴러서 큰일났습니다. 아주 두 형님은 온갖 것을 빤히 아시지만 내야 알아야지요. 어부 노릇이나 하라면 잘 하겠는데……."
하고 한 사람이 말하였다.
 "비가 오고 안 오는 게 내게는 아무 상관 없이만 여겼더니, 이렇게 당해 보니까, 제일 안타까운 게 비 안 오는 것이야요. 이때까지 밥을 먹을 줄만 알았던 게 부끄러워요."
하고 아름다운 여자의 음성이 말하였다.
 "어디 당신만 그러시오? 나 역시 직접 당해보면서 여러 가지 느낌이 많소이다."
 그의 남편인 듯한 사람이 말하였다. 한 여자가
 "참 인제 방아질을 시작해야 되겠군."
하고 일어나니까, 여자들은 수건을 나직이 쓰고 초롱불이 희미한 방앗간으로 몰려간다. 남자들도 몇 사람이 뒤따라간다. 방아 소리가 시작되었다.
 이 방아 소리는 밤이 늦도록 까지 계속될 것이다.

 가을! 추수의 가을이다. 벼 추수는 끝났다. 이제는 밭 추수가 남았다. 넓은 앞뒤 마당 구석구석은 이곳 저곳에 벼 노적들이며 풋나무 등으로 꼭꼭 채어졌다. 오늘도 종일 밭에서 콩이며 팥과 녹두, 서숙 등의 곡식단을 져드렸다.
 이 집 주인의 유일의 취미거리인 듯한 화초밭만을 내어놓고 마당에는 곡식단이 가득히 쌓여 있다.
 노인 내외의 지휘대로 그들은 곡식대를 두드려 대를 잡고 탈탈 털면 콩과 팥 녹두 이런 것들이 푹푹 쏟아진다. 일변 곳간으로 드리면 일변은 나무대를 지어 한편으로 쌓는다. 곳간과 마루광의 모든 그릇이란 그릇은 이러한 손수 만든 곡식들로 담뿍담뿍 찼다. 그들의 마음은 또한 얼마나 느긋한 만족과 기쁨으로 찼을까?

그렇게 백옥 같은 손길들도 들바람 햇빛에는 할 수 없든지 많이 검어져 보인다. 이들은 이렇게 처음 농사에 성공하였다.

달 밝은 서리 찬 밤이나 눈 쌓인 겨울날 그들의 한가한 철이 돌아오게 되면 그들은 얼마나 북편 하늘을 바라 단장의 세음곡을 읊게 될 것인가?

삼 년 후의 봄이다.

창망한 동해 가에 한 바퀴 달이 명사 십리의 들에 그의 푸른빛을 깔아 놓았다. 망양정 솟은 머리에도 달빛이 빛나고 있을 때, 칠팔 명의 행려인 듯한 남녀들이 서로 손을 잡고 어깨를 겨누어 멀리 창파를 바라서 망연히 서있다.

잠깐 후에 일척의 단소 소리와 아련한 노래 소리가 애원하는 듯, 정자 머리에 솟아오른다.

      건곤은 여전컨만
      인간사는 어인 일로
      어제 흥망 오늘 성외
      그지없이 불리우나
      송악에 이는 구름
      망양정에 비 될 줄을
      교교히 솟은 달아
      넨들 어이 알았으랴
      어젯밤 월송정이
      오늘 망양 되었으니
      명사 십리 해당화야
      얼굴 곱다 자랑마라

춘거추래 연년환에
　　고희 칠순 어이하리
　　　　　*
　　건곤은 여전컨만
　　인간사는 어인 일로
　　어제 홍안 오늘 백발
　　그지없이 불리우나
　　창망한 동해 가에
　　이 넋을 붙이리니
　　침부침 저 갈매기
　　설리 울어 세음이라
　　애달프다 저 촉혼은
　　무삼 일로 슬피 울어
　　망국한사 애진 눈물
　　그칠 줄을 모르던고
　　가리로세 가리로세
　　세음 길로 가리로세

　단소와 노래 소리가 그치며 적연히 소리가 없어지고 몇 개의 소맷자락이 바람에 나부껴 보일 듯 말 듯하더니, 명사의 물소리 사이로 사라지고 말았다.
　어디에서인지 어떤 여자와 소리인 듯,

　　　송악 춘초는 연년록이언만, 하사 왕손은 귀불귀오(松嶽春草年年綠
　　何事王孫歸不歸)

하는 소리가 점점 멀어지며, 애끊는 두견의 소리만 그침 없이 울고 있다.
　그 후 십 년 후 가을이다. 개골산 헐성루(歇惺樓)에는 석양도 저물었다. 저녁 바람에 단풍잎은 소나기처럼 떨어진다.
　팔구 인의 행객들은 죽장을 끌고 초혜를 들매어 나타났다.

그들은 풍악 일만이천봉을 눈앞에 펼쳐놓고 늦은 경치를 이윽이 바라보다가, 젊은 두 남녀를 중심으로 좌우에 늘어서, 죽장을 들어 멀리 남북 하늘을 가리키며 잠깐 담화하더니, 문득 한 사람이 소매 속으로 단적을 꺼내어 부니, 애원한 맑은 소리가 하소하는 듯 원망하는 듯 바람결에 은은히 들린다. 이어 노래가 들린다. 여자의 소리인 듯싶다.

무심한 저녁 구름이 떼를 모아 헐성루 머리를 두텁게 가려준다. 희미한 그림자는 구름 속에 잠겨 버리고, 휩쓸려 오는 바람결에

"귀불귀란 웬 말이여, 왕자 왕손 세음일레."

소리만 사라지는 듯이 가늘게 들린다.

그들의 그림자가 개골에서 사라진 후, 오백 년이란 길고 긴 세월은 흐르고 흘렀으니, 고려의 자손들은 오늘 어느 곳에서 표류하는가?

■ 작품해설

「백화」의 작품구조와 역사의식

1.

장편 『백화』는 박화성이 쓴 최초의 장편소설이자 역사소설이다. 1925년 단편 「추석전야」로 문단에 데뷔한 뒤 1932년 『백화』를 발표하기까지 박화성은 작품발표의 공백기를 갖는다. 그러나 이 기간 동안에 신인 박화성은 역사소설 『백화』를 쓰고 수정하고 있었던 것이다.[1] 『백화』가 이광수의 손을 거쳐 ≪동아일보≫에 발표되자 박화성은 예기치 않은 수난을 겪는다. 여자로서 결코 쓸 수 없었으리라는 추측과 더불어 대작(代作) 운운의 시비가 그것이다.[2] 이는 이후 박화성이 발표하는 작품의 수준으로 진위가 가려진 셈이지만 이 작은 에피소드만으로도 『백화』의 충격이 어떠했는지 짐작해 볼 수 있다.

이러한 작품 『백화』가 당시 인기와는 상관없이 비평의 관심으로부터 외면되고, 심지어는 작가 스스로도 처녀작 소개에서 『백화』 이후에 쓴 「하수도공사」를 '다른 의미에서 처녀작'이라고 말하고 있는 것을 볼 때 기이한 감을 갖지 않을 수 없게 된다. 그러나 작가가 이렇게 쓰고 있는 때는 60년대로서[3] 처음 『백화』를 발표할 때부터 『백화』를 논외에 두었던 것은 아

---

1) 박화성, 「소설『백화』에 대하야」, ≪동광≫(1932. 11), p.486.
2) 위의 책, p.485.

니었다. 박화성은 『백화』를 발표하고 프로 문학계의 논평이 있을 것을 기대하고 있었던 것이다.4) 동반자적 성격의 소설이라고 평가를 받은 「하수도공사」와 나란히 "계급적 정신이라거나 창작의 동기에 대한 계급적 의식의 강약성을 비판하는 견지에서의 작품의 비판"5)을 기대한 것이다. 말하자면 작가는 그러한 의도를 가지고 작품을 썼던 것이다. 이러한 작가의 의도가 제대로 형상화되었느냐를 따지는 것이 선결과제겠지만 우선 이 의도로 놓고 볼 때 장편 『백화』를 단순한 야담류로 몰아버릴 수만은 없게 된다. 처녀작 「추석전야」에서부터 경향문학적 성격을 띠었던 박화성의 작품은 30대에 발표한 전 작품에 이르기까지 이와 같은 경향성이 일관되게 드러나고 있는데, 역사소설이라 해서 그의 작가의식을 달리했다고 볼 수는 없다. 장편 『백화』가 박화성의 다른 작품에 비해 전면에서 다루어지지 않은 이유는 신문연재소설은 통속소설이라는 선입견과, 우리 문학이 장편보다 단편을 우위에 놓으면서 발전, 전개되어 왔다는 점과 무관하지 않으리라고 생각한다. 박화성이 앞서와 같은 글을 썼던 60년대까지도 우리 문단은 단편이 보다 본격문학이라는 통념이 우세한 형편이었다.

  소설연구에 있어서도 이와 같은 경향은 그대로 이어져 30년대 문학의 다양성에도 불구하고 소설연구는 단편소설연구에 치우치거나 장편소설을 대상으로 하더라도 몇 작품에 국한하는 현상을 보여왔다.6) 최근 농민소설연구, 역사소설연구, 장편소설연구 등 30년대 소설연구가 장편소설을 대상으로 활발하게 이루어지고 있음은 바람직한 현상이라 하겠다.

  그러나 장편소설 『백화』는 여전히 이들 연구대상에서 빠지고 있는 것을 보게 되는데, 이는 역시 되풀이하거니와 여성 작가의 작품이기 때문이

---

3) 박화성, 「나의 처녀작, 내가 고른 처녀작」, ≪현대문학≫ 116호, p.14.
4) 박화성, 「소설 『백화』에 대하여」, 앞의 책, p.484.
5) 위의 책, 같은 곳.
6) 이주형, 『1930년대 한국장편소설연구』(서울대 박사학위논문, 1983), p.7.

아닌가 생각된다.『백화』는 역사소설의 성시(盛時)이던 30년대 중반이 아니라 이광수, 김동인에 이은 역사소설 등장 초반기의 작품이며, 역사소설 형식에 있어서도 사실의 충실한 재현이 아니라 "현실적인 의미에 역점을 두고 사실(史實)은 무시하는"[7] 창작적 성격이라는 점에서 그 문학적 위상을 밝혀 보는 작업은 의미 있는 일이라고 생각된다. 이는 또한 박화성의 장편소설을 살펴보는 작업의 시발점이기도 하다.

2.

역사소설은 크게 두 갈래로 나뉜다. 첫째는 시대배경과 사건은 실제 역사에서 따오되 중요인물은 그 시대에 살았음직한 가상의 인물로 설정하는 경우이다. 물론 이런 종류의 역사소설에는 실제 역사상의 인물도 등장하나(이들 대부분은 역사상 이름이 높은 인물이다) 소설 자체 내에서도 큰 역할을 하지 않고 단지 역사적 사실감을 높이는 효과를 위해 삽입된다. 둘째는, 역사상의 위인을 주인공으로 하여 한 역사적 시대와 사건을 역사적 기록에 될 수 있으면 부합되도록 재구성한 이른바 정사(正史) 소설이라는 것이다.[8] 백낙청은 첫째 항의 역사소설에 김동인의 작품을, 둘째 항의 경우에 이광수의 작품을 들고 각각 그 역사의식을 비판한 바 있다.[9] 사실에 충실함으로써 현대 역사의 생생한 거울을 찾는『단종애사』나 역사소설로서 성공할 여건을 많이 갖춘『운현궁의 봄』등이 야담화하는 것은 역사에 대한 신념과 역사를 서술할 능력이 없는 작가가 역사소설을 쓰기 때문이라는 것이다.

그러면 역사의식이란 무엇인가?『역사소설』을 쓴 루카치에 의하면 역사소설은 "현재 역사의 구체적 전신(前身)"으로서의 과거를 제시해야 하는

---

[7] 백철,『조선신문학사조사, 현대편』(백양당, 1949), p.328.
[8] 이상섭,『문학비평용어사전』(민음사, 1980), p.200.
[9] 백낙청,「역사소설과 역사의식」, ≪창작과 비평≫(1967 봄), p.5.

데, 이렇게 현재를 역사의 소산으로 보고 과거를 현재의 전신으로 파악하는 정신이 바로 역사의식이라는 것이다.10) 본격적인 역사소설이라 인정하는 작품은 이러한 역사의식을 갖고 쓰여져야 한다는 것이다.

이러한 관점에서 볼 때 박화성의 소설『백화』는 다음 몇 가지 점에서 우리의 관심을 끌게 한다. 첫째, 『백화』는 시대배경과 사건은 실제 역사에서 따왔으나 주인공은 가상인물이다. 둘째, 현재 역사의 구체적 전신으로서 과거를 우리 앞에 제시하고 있다. 즉 역사의식이 엿보인다. 셋째, 작품형식에 가사가 삽입된 고전소설적 양식을 보여 주고 있다. 이러한 특징들이 『백화』의 소설적 진실에 어떤 의미를 부여하는지 작품분석을 통해 살펴보기로 한다.

『백화』의 시대적 배경은 고려말이다. 작가가 시대적 배경을 왜 고려말로 택했는지는 이야기의 전모가 드러날 때 짐작할 수 있게 된다. 고려말은 안으로는 환관폐신(宦官嬖臣)과 요승사불(妖僧詐佛)이 전횡하여 충현(忠賢)을 주살함이 그치지 않고 밖으로는 원(元), 명(明) 양국의 제압을 받으며, 북으로는 홍건적이 침범하고 남으로는 왜적이 창궐하여 국가의 내우외환이 그치지 않은 어지러운 시기로서, 이는 마치 일제하의 시대와도 비견할 만한 시대배경이다. 이러한 국가의 위기에 명신 임경범도 권신에게 구축당한 바 되어 송악산 깊은 곳에 은거하면서 후진을 기르는 것으로 낙을 삼고 있다. 주인공 일주(백화)는 임 처사의 무남독녀로 태어난다. 주인공으로 등장하는 인물은 허구적 인물이다. 왕서룡, 황파, 여산, 문칠, 문일, 초옥 등이 모두 허구적 인물인 데 비해, 충혜왕, 우왕, 신돈, 정몽주 등은 실제인물로서 역사적 사실감을 높여 주는 효과로 삽입되고 있다.

주인공 일주는 아버지 임 처사가 충간을 하다 투옥, 옥사하자 방물장수 황파에게 몸을 의탁하게되어 결국 황파의 농간에 따라 기생에 입적되고

---

10) 반성완, 「루카치의 역사소설이론과 우리의 역사소설」, 《외국문학》, 1984 겨울, p.44.

만다. 일주의 파란한 생애가 이렇게 엮어져 간다. 일찍이 아버지 앞에서 은근히 배필로의 약정을 나누었던 공자(公子) 왕서룡과도 헤어진 일주는 기생 백화가 되었으면서도 왕 공자를 기다려 흰 꽃 족자를 걸어놓고 비어 있는 글귀를 채우는 사람에게 허신(許身)을 하겠다는 조건으로 정조를 지켜간다.

인물이 절세가인이요, 음곡(音曲)에도 절창인 명기 백화를 꺾으려는 한량들이 무수하지만 그 중에서도 김 장자는 자신의 재산을 물 쓰듯이 황파에게 건네며 백화를 낚으러 든다. 김장자의 마수를 간신히 벗어난 백화는 극적으로 왕 공자를 상봉하게 된다. 그러나 다시 우왕에게 붙잡힌 바 되자 몸값을 구하러 간 왕 공자를 만나 함께 해로하지 못할 바에는 정조를 지켜 죽음이 옳다 하고 강물에 뛰어든다. 백화의 투신을 목격하고 자신도 죽음을 택한 왕 공자까지 여산 문칠 등이 구해 내어 오랜 시련은 종지부를 찍게 된다.

매불선자와 월곡댁의 부수적인 이야기와 함께 『백화』는 완전히 허구적인 이야기이다. 이러한 허구적인 이야기 속에 담으려고 한 작가의 의도는 무엇이었을까? 인물의 계층적 분석을 통해 『백화』의 주제의식을 살펴본다.

3.

『백화』의 인물은 강자와 약자라는 힘의 계층으로 뚜렷이 갈라진다. 부와 권력을 가진 지배층은 강자로서 힘이 없는 피지배층 약자를 짓밟고 괴롭힌다는 구조를 지니고 있다. 『백화』의 주인공들은 바로 이 짓밟히는 약자, 곧 피지배층으로 이루어져 있다는 점이 주목할 만하다. 주지하다시피 이광수나 김동인이 쓴 역사소설의 주인공들은 왕이나 장군 등 지도자적 인물로 설정되어 있고, 다같이 국가건설이라는 공통된 뜻을 품고 활동하는데, 이러한 역사소설의 역사의식은 현재의 역사의식의 전신(前身)이라는 견지에서 볼 때 별 의미를 지니지 못한다. E. H. 카에 의하면 역사란 역사 자체의 방향감각을 찾고 받아들이는 사람만이 쓸 수 있는 것으로, 진보에 대한 신념이야말로 역사 이해의 기본조건이라는 것이다.11) 따라서 한 인물, 큰 사람이 나와야 새로운 역사가 전개된다는 신념은 역사의식의 쇠퇴라고 볼 수 있는 것이다. 『백화』의 주인공이 피지배층이며 약자라는 사실과, 백화를 구출하려 오는 왕 공자가 이 도령과 같이 마패를 지니지 못한, 무력한 평민이라는 사실, 그리고 결국 백화와 왕 공자를 구출하는 사람이 여산, 문칠 등의 평민이자 약자들이라는 점은 우리의 주목에 값할 만한 사실들이라 여겨지는 것이다.

더구나 이들 약자를 괴롭히는 강자가 부와 권력을 소유한 자들로 구성되어 있다는 것은 작가가 인물설정에 계급의식12)을 반영하고 있음을 뜻하기도 한다. 『백화』의 작가는 고려말이라는 시대적 배경을 빌어 계급의식을 가지고 인물설정을 함으로써 그 나름의 역사의식을 드러내고 있는 것이다. 이들 인물들을 계층적으로 살펴보자.

1) 왕, 승려, 부자 — 지배층

왕 공자는 충혜왕의 손자인 셈이다. 일찍이 충혜왕은 심히 황음무도하여 실정 패덕이 극심하였으나 신하 중 부귀를 탐하는 자는 자기의 처첩을 바쳐 도리어 출세의 수단으로 삼았다. 이때 윤정은 자신의 처 강씨가 충혜왕의 총애를 받음으로 말미암아 벼슬이 찬성사 겸 삼남순무사에 올랐으나 왕의 신임을 더 얻고자 자기의 형수 유비지를 왕에게 천거한다. 상

---

11) E. H. 카, 길현모 역, 『역사란 무엇인가』, 탐구신서 36, p.175.
12) 한상진 편, 『계급이론과 계층이론』(문학과 지성사, 1984), pp.159~166. 계급이론은 어디까지나 모순과 대립을 주제로 다루며, 계급간의 대립이 사회구성원의 각 층위에서 발전해 간다고 본다. 계급의 분류는 경제영역에서는 생산과 착취의 대립이 있듯이 정치영역에서는 지배와 복종의 대립이 있고, 문화영역에서는 이데올로기적 패권을 둘러싼 대립이 있다고 함.

부(喪夫)한 후 9년 동안 수절하던 유비지는 그 사실을 알고 분노하나 때는 이미 늦었다. 유비지는 왕께 고하여 자신의 원수를 갚고, 왕의 총애를 받게 된다. 그러나 임신한 사실을 알자 왕의 관심은 유비지를 떠난다. 유비지는 충혜왕이 왕위에서 쫓겨나고 죽은 후 잉태한 지 여섯 달 된 몸으로 궁전에서 쫓겨난다. 만삭이 되어 유씨가 낳은 아들이 왕승신이요, 곧 왕서룡의 부친이었다. 왕 공자는 이와 같은 한의 여성 유비지의 후예였던 것이다.

후일 백화를 괴롭히는 우왕 역시 황음무도하여 왕위에서 물러나며, 승려 역시 백성을 미혹케 하고 음행을 일삼는 악인의 모습으로 그려져 있다. 그 대표적 인물이 매불선자이다. 계성사 승려 매불선자는 아들을 낳고자 기도하러 오는 부녀자를 겁간하여 이를 부처의 계시라고 미혹하는데, 선량한 월곡댁도 아들을 얻고자 기도하러 온 부녀자들 중의 하나였다. 결국 매불선자와 불륜의 관계를 맺게 된 월곡댁은 매불선자의 사주로 시어머니를 독살하고 남편 여산마저 독살하려 한다. 왕서룡의 등장으로 사건은 급진전하나 결국은 월곡댁이 매불선자를 칼로 찌르고 자신도 자결하고 만다. 당시 지배층이었던 승려들의 타락상을 보여 주는 이야기이자 인물설정이다.

김장자라는 인물 역시 재산을 모으는 데는 피도 눈물도 없던 위인데다가 호색한으로서, 소작인의 딸들을 소실로 데려다 몇 개월 후면 한 푼의 재산도 나눠주는 법 없이 내쫓기를 일삼는 악인이다. 이러한 김 장자도 백화라면 돈을 아끼지 않는 처지인데, 그 아들 경수도 아비에 못지 않은 팔난봉꾼이다. 아비는 백화에게 몹쓸 짓을 하다 얼굴에 피멍이 들고 아들 경수는 초옥을 데려다 난행을 한 패들과 함께 고삼의 손에 죽임을 당한다. 이렇듯 『백화』에 등장하는 지배층은 강자이자 약자를 짓밟고 착취하는 인물들로 그려져 있다. 기생 백화는 이러한 지배층의 실상을 드러내면서 아울러 피지배층 약자의 삶까지도 드러내 주는 인물로서 매우 적절한 설정인 셈이다. 루카치가 말하는 삶의 총체성을 드러내 주기에 적합한 인물이라 볼 수 있기 때문이다.

2) 기생·평민 — 피지배층

아버지를 잃고 의탁할 곳이 없게 되자 황파에 의해 기생이 된 백화처럼 초옥 역시 어린 나이에 파란 중첩한 삶을 체험한다. 계모 밑에서 갖은 고생을 다하다가 결국 베 50필에 노비로 팔려갔는데, 때에 왜적이 창궐하여 청주성까지 함락되는 바람에 거리에서 방황하는 초옥을 계부가 발견하고 다시 기생으로 팔아, 초옥은 황파의 집에 오게 되었던 것이다. 백화와 초옥은 혈육과도 같이 뜨거운 정을 나누며 자신들의 운명을 슬퍼한다. 초옥은 시정(市井)의 무뢰배들-경수, 영국, 도춘들-에게 끌려가 윤간을 당하는 수모로 심신이 크게 상처를 받지만 백화의 위로로 백화와 삶을 함께 하리라 마음먹는다. 작가는 돈밖에 모르는 황파, 이들을 노리개로 여기며 짓밟으려는 온갖 세력과 대항해 가는 연약한 주인공들을 통해 민중계급의 한 맺힌 삶을 그리고 있다.

평민으로 등장하는 고삼, 문칠, 여산 역시 강자에게 짓밟히는 피압박층 약자들이다. 이들은 모두 씻기 어려운 한의 사연들을 지니고 있다. 고삼은, 사랑하는 딸 문영을 수사부 두찰관직에 있어 백성들에게 몹시도 냉혹한 장두찰의 아들 이웃집 무뢰배 도춘이에게 탈취 당해, 결국 기생이 되어 있는 자기의 딸을 길거리에서 만나 자초지종을 듣고, 도춘이에게 뼈저린 원한을 품게 된다. 문칠도 자신의 딸 소미를 굶주림 탓에 거역하지 못하고 김장자에게 소실로 바쳤던 것이나, 두 달 후에 쫓겨나와 화병으로 열일곱 꽃다운 나이에 죽고 만다. 이어 김 장자로부터 받았던 전답이며 집터까지도 빼앗긴 문칠은 서경에 와, 아들은 대동강 송교 나루의 나루장이가 되고, 문칠 내외는 들치기 장사를 하며 살고 있었다. 여산은 앞서 살펴본 매불선자와 월곡댁 사건으로 아내 월곡댁과 어머니를 잃어버린, 역시 한의 인물이다. 이들은 황파의 행랑아범인 문칠의 형 문일 등과 함께 백화와 왕서룡이 무사히 만날 수 있도록 조력하여주며, 종래는 함께 서경을 떠나 동해안에 삶의 터전을 마련, 세음(世音)을 부르며 농사꾼으로 살아간다.

이와 같이 『백화』의 인물은 두 계층의 인물군이 대립하는 계급문학적 인물구조를 보여 준다. 작가가 민중계급의 입장에서 이야기를 이끌어 가고 있다는 점과, 지배계층에 대하여 부패와 비정(非情)과 악덕을 강변(强辯)으로 비판하고 있는 점 등에서 작가가 지향하는 역사의식을 엿볼 수 있다. 민중이라는 개념을 자신에게 주어지는 온갖 제약을 벗어나고자 노력하며 그 욕구가 좌절당함으로써 한을 품게 된 계층이라고 정의해 볼 때13) 『백화』의 주인공들은 민중의 계층이라 해도 무리가 없을 것이다. 박화성은 앞서 인용했듯이 이러한 의식을 가지고 『백화』의 인물을 설정했고, 또 스토리를 엮었기 때문에 그 자신 이러한 측면의 비평을 기대했던 것이다. 그러나 역사소설 『백화』에서 이러한 인물들의 전형을 창조했느냐 하는 논의는 후일로 미루기로 하고, 우리는 『백화』에 나오는 「심부사(沈浮思)」라는 가사와, 소설 결말 부분에 드러나는 주인공들의 향방을 유의하여 살펴봄으로써 박화성의 역사의식을 우선 검토해 보기로 한다. 「심부사」나 결말 구조의 역사의식이 일견 충의로 대변되는 역사의식 쇠퇴의 징후로 보여질 가능성이 없지 않기 때문이다.

4.

『백화』에는 이례적으로 「심부사」라는 가사가 꽤 길게 나온다. 박화성

---

13) 유재천 편, 『민중』(문학과 지성사, 1984), pp.11~17. 이 책에서는 그 동안 논의해 온 민중론을 집약하고 있는데, 특히 이만열 교수는 민중이라는 말을 한국사에 보이는 민, 농민, 인민, 노복, 노비, 천민 등의 피지배계층을 망라하는 개념으로 보고 있다.

의 기록에 의하면 이 가사는 약 7회나 연재되었다고 한다.14) 가사만 7회 연재되었으나 신문사 측에서나 독자 측에서나 아무런 하자가 없었다면 이로써도 『백화』의 인기를 짐작해 볼 수 있다 하겠다. 필자가 확인한 바에 의하면 「심부사」는 기존의 가사가 아니고, 작가가 지은 것이다.15) 「심부사」는 작품 속에서 이렇게 해설되어 있다.

> 옛날 한 광무 때에 귀곡산중에 한 현사가 있어 이 노래를 지어 읊었으니 후세 사람이 혹 흥망가라고도 하는데, 이는 인간 몇만 년의 흥망성쇠를 가져 노래 지은 까닭이다.16)

이러한 인간 역사의 치란 성쇠의 뜻을 후세 사람들에게 유훈하고자 이 노래가 지어졌다고 하니, 이 「심부사」에는 작가의 역사의식이 반영되어 있다고 볼 수 있다.

「심부사」는 모두 3장으로 되어 있는데, 중국역사에서 역사적 사실을 취하고 거기에 나름의 해설을 붙여 엮고 있다. 제1장은 삼황의 등장으로 시작해서 하(夏)의 걸왕(桀王)과 은(殷)의 주왕(紂王)의 포학상을 노래하고 "요순되기 어려워도 / 걸주되기 쉽다네 / 충의 공도 공겸 근면 / 우애하여 지내이게"라 하여 특히 주색에 망국신사(亡國身死)한 왕의 예를 들어 경계한다. 제2장은 춘추시절을 두고 노래하고 있는데, 관중의 충의, 개자추의 충(忠) 등 충의를 노래하고 다시 서시(西施)에 빠진 월왕구천의 예를 들면서 굴원(屈原)을 노래하여 흥망성쇠의 덧없음을 노래한다. "국가의 흥망성쇠 / 그 임금의 탓이온데 / 무슨 일로 월서시를 / 망국 요녀 이름 주어 / 강심에 다 잠겼느냐 / 고소대에 비만 진다"고 했다. 거기에 황금귀신 되지 말라고 다시 덧붙인다. 팔운 오복 억만 금에 목숨이 제일이라 하고, "신흥군을 무

---

14) 박화성, 「즐겨 선택한 십자가」, ≪일요신문≫, 1979. 6. 17일자.
15) 박화성 씨와 필자의 면담 중에서.
16) 박화성, 『백화』, 삼중당, 1967, p.54.

엇 하나 / 무고한 저 인생이 부모처자 다 버리고 / 장평들 아침 날에 / 백만백골 되었으니 / 황하수 만여 리에 / 붉은 피만 무슨 일고 / 주나라 8백년에 / 피지는 이 백성일세"라 하여 백성의 원한을 노래하며 마친다. 제3장은 "인간의 생사란 것 / 천만고의 진리이라 / 죽는 것이 불의라면 / 충의절사 죄란 말가 / 불의코자 사는 것이 / 불세의 죄악일레"하여 다시 충의를 칭송하고 있다. 그리고 마지막 절에서 "의를 위해 싸우다가 / 이 몸이 남고 보면 / …(중략)… / 세 간 초옥 지은 후에 / 우리 임을 모시고서 / …(중략)… / 낙화암에 자리 펴서 / 동자야 술 부어라 / 1배에 저를 불고 / 2배에 거문고라"고 했다.

「심부사」 1, 2, 3장의 주제는 곧 『백화』의 주제와 동궤(同軌)의 것이라 할 수 있음을 본다. 임 처사의 충의, 정몽주의 충의가 있고, 패덕한 왕이 있으며, 피지(흘리)는 백성이 있고, 황금에 눈이 어두운 자가 있는 선과 악, 충의와 불의라는 이원대립적 『백화』의 주제가 그대로 노래되고 있다. 「심부사」의 마지막 절 "이를 위해 싸우다가 이 몸이 남고 보면……"에 해당되는 『백화』의 결말구조를 보자. 『백화』가 단순한 기생의 이야기가 아니라 역사의식을 드러내려고 노력한 역사소설이라는 반증이 이 결말구조에서 드러난다. 왕 공자가 벼슬길에 나아가고, 고려가 망한 후 두문동 72현량이 났다는 이야기 및 왕 공자 일행이 동해안 어느 곳에 숨어서 여생을 보내는 이야기가 기생 '백화'의 일대기에 속하는 이야기에 그칠 수 없다고 보이는 것이다. 충신 정몽주의 천거로 왕생이 벼슬길에 나아가고, 문칠이 여산이 고삼 등도 각각 관직에 처하여 의를 위하여 노력하는데, 드디어 고려가 망하매 왕생은 "바야흐로 그의 탁월한 재질과 충성을 다하고자 하였으나 불운한 시대에 산출된 탓으로 그 뜻을 이루지 못하고, 이씨조의 난을 피하여 그의 종적은 사라지고 말았다"고 했다. 작가는 "5백년이란 세월이 흐르고 흘렀으니 고려의 자손들은 오늘 어느 곳에서 표류하는가?"라고 물음으로 끝을 맺고 있다. 여기에서 작가가 표류하는 고려의 자손과 일제치하 조선백성을 나란히 비유하고 있다고 볼 때 이 물음의 의미는 무엇인가? 그 나름의 역사의식도 있고, 문제의식도 있었으나 작가에겐 충의를 덮을 만한 역사적 지평은 아직 보이지 않았다고 해석된다. 조선조의 난이라는 것을 일제의 침략이라 여길 수는 있으나 이에 대항하는 의지가 엿보이지 않았다는 점이다. 여기에 계급의식의 반영으로 민중 계층을 주인공으로 한 소설 『백화』가 갖는 한계가 있다. 충의를 강조하는 것은 이광수, 김동인의 역사소설에서 보이는 바, 역사의식의 쇠퇴를 되풀이하여 보이는 것이라고 볼 수밖에 없는 것이다.

그러나 『백화』는 역사소설이 등장하는 초기에 이와 같이 민중 계층을 주인공으로 한 본격적인 역사소설17)을 썼다는 점에서 우리 소설사에서 기억해야 할 작품이라고 생각된다.

또한 가사가 소설 속에 삽입된 특이한 형식의 장편소설로서, 이는 우리 고전소설의 형식과 맥이 닿는 것이므로 소설양식의 연구에서 한 번은 짚고 넘어가야 할 사항이 아닌가 생각되는 점이다. 이에 대한 고구(考究)는 박화성의 장편소설을 연구하는 과정에서 계속해 보려 한다.

《청파문학》 제15집, 1985)

(서정자)

---

17) 반성완, 앞의 책, p.55. 사실(史實)의 재현에 치중한 것이 아니라 삶의 총체성을 보여 주려는 자세에 입각해 있을 때 본격적인 역사소설이 된다.

박화성 연보

1903(1904·1세) 전남 목포시 죽동 9번지에서 음력 4월 16일에 아버지 박운서(朴雲瑞)와 어머니 김운선(본명 金雲奉, 후일 운선 雲仙으로 개명)의 4남매 중 막내딸로 태어나다. 아명 말재(末才), 본명 경순(景順). 문인사전 등 공식 기록에 출생연도가 지금까지 1904년으로 되어 있으나 실제 그의 출생연도는 1903년이다. 아버지 박운서는 소싯적에 서울에서 무슨 구실인가 했다는데 낙향해서 만혼을 하고 1902년에 목포로 와 선창에서 객주를 하여 돈을 잘 벌었다. 아호는 화성(花城), 소영(素影). 정명여학교 학적은 화재로 소실되어 남아 있지 않으나 남아 있는 사진 자료에는 박경순(朴景淳) 11세라고 표기되어 있다.(『정명100년사』)이때부터 어머니, 교회에 나가기 시작함.

1907년(4세) 찬미책과 성경을 줄줄 내리 읽음. 부모님 세례 받음. 이 때 박화성도 젖세례를 받음. (교회는 목포 양동 교회인 듯.) 어머니 김운봉 씨, 목사가 지어준 김운선으로 이름을 바꿈.

1908년(5세) 정월에 천자책을 뗌. 집에서 제사를 치우고 큰오빠 일경(호적명, 起華) 결혼. 언니를 따라 학당에 다님. 시험을 보면 늘 '통'(만점)을 맞음.

1909년 (6세) 교회와 학당에서 말재를 신동이라 함. 교회신문에 말재의 이야기가 크게 보도됨. 가장 따르던 원경 오빠 사망.

1910년(7세) 정명여학교에 3학년으로 입학. 말재에서 경순으로 승격. 언니 경애(敬愛)도 景愛였으나 김합라 선생이 景이 좋지 않다고 敬으로 고쳐주었고 말재도 敬順으로 바꾸어 주었다. 그러나 호적에는 여전히 景順으로 되어 있다. 이때부터 소설에 흥미를 갖고 소설 읽기에 밤을 새움.

1911년(8세) 성적이 좋아 5학년으로 월반함.

1912년(9세) 언니 경애 윤선을 타고 평양으로 가 숭의여학교에 입학하다.

1913년(10세) 신 학제에 따라 고등과 3학년이 되다. 60칸짜리 큰집을 지어 이사함. 한 달 동안 중병을 앓음. 꿈에 이기풍 목사가 나타나 먹여주는 약을 먹고 낫는 체험을 함. 두 달 보름만에 회복.

1914년(11세) 목포 항구에 철도가 개통되다. 고등과 4학년이 되다. 그때까지 읽은 책이 100권은 넘었을 것. 소설을 쓰다. 제목은 「유랑의 소녀」. 자신의 아호를 박화성으로 짓다. 아버지의 축첩으로 상처를 받다.

1915(12세) 목포 정명여학교를 졸업하다. 이때부터 노래를 짓고 시를 습작하기 시작하다. 보습과 입학.

1916년(13세) 보습과 졸업하고 서울 정신여학교 5학년으로 시험을 치르고 들어가다. 김말봉과 한반이었다. 편지를 검열하는 등 자유를 구속하는 정신여학교의 생활이 싫어 가을 학기에 숙명여학교로 가, 시험을 치르고 본과 2학년에 편입함. 풍금실에서 김명순을 만남.

1917년(14세) 숙명여자고등보통학교 3학년이 되다. (김명순 졸업). 소설 쓸 결심을 하고 식물원에 가기도 하면서 모방소설「식물원」을 쓰다. 시도 쓰다. 왕세자 전하 모신 자리에서 풍금 연주를 하다.

1918년 3월(15세) 숙명여자고등보통학교 제9회 졸업. 음악학교에 진학한다면 교비생으로 해주겠다는 말이 있었으나 전문가로서의 음악가는 원치 않았기에 거절하다. 그렇다고 소설가나 시인이 되겠다는 생각도 없었고 우리나라 독립을 위해 큰 일꾼이 되겠다는 이상을 품음. 아버지와 약속한 내년의 동경유학을 기다리며 일 년만 보통학교의 교원으로 일하기로 하다. 학교에 말해 천안 공립보통학교 교원으로 가다. 본가의 죽동 9번지 집이 팔리고 양동 126번지 작은 집으로 이

사하다. 8개월 근무 후 아산 공립보통학교로 가다.
1919년(16세) 3월에 교원 사직하고 귀향하다. 아버지 사업의 재기가 어려워 일본 유학 약속이 지켜지기 어렵게 되다. 언니 경애 나주로 시집을 가다.
1920년(17세) 우울증을 달래러 언니와 형부가 교사로 나가고 있는 광주로 가다. 김필례 씨로부터 영어와 풍금의 개인교수를 받다. 몇 달 후 북문교회 유치원의 보모로 일하고 밤이면 부녀야학에서 가르치다.
1921년(18세) 영광 중학원 교사로 부임하다. 조운이 주도하는 자유예원에 글을 써 번번이 장원이 되다. 조운의 문학지도를 받다. 조운으로부터 덕부노화의 『자연과 인생』을 받아 읽고 처음으로 무한히 넓은 창공과 가슴이 태양처럼 툭 터져나가는 상쾌함과 신비로움을 감각하다. 소설작법 희곡작법의 소책자와 일본 문인들의 작품과 서구 문호들의 방대한 소설을 밤새워 읽다. 자유예원에서 장원한 수필 〈ㅎㅍ형께〉〈K선생께〉〈정월초하루〉를 ≪부인≫에 싣다.
1923년(20세) 단편「팔삭동」을 쓰다. 연희전문에서 내는 ≪학생계≫라는 교지에 시「백합이 지기 전에」실리다. 김우진 김준연 박순천 등의 동경유학생 하기순회강연에서, 채동선의 바이올린 연주에 풍금으로 반주를 하다.
1924년(21세) 단편「추석전야」를 쓰다. 조운이 계룡산에서 수양하고 있는 춘원 이광수에게 가지고 가 전하다.
1925년(22세) ≪조선문단≫ 1월호에 단편「추석전야」가 춘원의 추천으로 실려 문단에 등단하다. 3월에 신학제에 따라 숙명여고보 4학년에 편입하다. 춘원선생을 처음 만나다. 서해 최학송 만나다.
1926년(23세) 숙명여자고등보통학교를 최우등으로 졸업하다. 오빠 박제민, 노동조합 선동의 혐의로 검속되다. 오빠의 친구인 P씨(본명 미확인) 박화성의 일본 유학 학비 도와주다. 4월에 일본으로 건너가 일본여자대학교 영문학부 1학년에 입학하다.
1927년(24세) 여름방학에 오빠로부터 김국진 소개받다. 가을부터 보증인이 되어있는 세이께 부인의 권유로 독서회에 나가다. 근우회 동경지부 위원장이 되다.

1928년(25세) 삼 학년에 진급만 하고 귀국하다. 학비지원을 받던 P씨와 파혼을 한 까닭에 학업을 계속하기 어려워지다. 장편 『백화』 쓰기 시작. 6월 24일 아침 김국진 씨 체부동 하숙으로 찾아오다. 6월 30일 오후 7시 Q라는 은사의 주례로 김국진 씨와 결혼하다. 참석인원은 20명. 어머니도 오빠도 몰래 비밀로 한 결혼. 결혼반지에 Be Faithful L&I(사랑과 이즘에 충실하자)고 새기다.

1929년(26세) 2월 숙명 4학년 때 학비를 지원해 준 이윤영 씨를 찾아가 여비와 학비를 도움받다. 3월 말 동경으로 가 혼고(本鄕)라는 동네에 2층 6첩 방에 들다. 김국진은 와세다대 정치경제과에 적을 두다. 5월 27일 오후 8시 15분 첫딸 승해(勝海) 출산. 음력 9월 아버지 박운서 사망.

1930년(27세) 오빠에게서 여비와 약간의 금액을 얻어 동경에서 하숙을 치다. 일본여자대학교 영문학부 3년을 수료하다. 임신으로 다시 귀국.

1931년(28세) 3월 13일 목포에서 장남 승산(勝山) 출산. 보통학교 근처(북교초등학교)에 사글세 집을 얻어 생활. 28년부터 쓰기 시작했던 『백화』 집필 수정 계속. 춘원이 목포에 와 『백화』 탈고를 알림. 반전 데이 삐라 사건으로 김국진 피포. 3년 언도를 받고 복역. 옥바라지 시작.

1932년(29세) 1월 ≪동아일보≫ 신춘문예에 동화 「엿단지」가 박세랑이란 필명으로 당선되다. 5월에 중편 「하수도공사」를 ≪동광≫에 발표. 6~11월 한국여성 최초의 장편소설인 『백화』를 ≪동아일보≫에 연재하다. 10월 「떠나려가는 유서」를 ≪만국부인≫에 발표하다. 『백화』가 창문사에서 간행되다.

1933년(30세) 1월 연작소설 「젊은 어머니」를 ≪신가정≫에, 2월 콩트 「누가 옳은가」 ≪신동아≫에, 11월에 단편 「두 승객과 가방」을 ≪조선문학≫에 발표하다. 8~12월에 중편 「비탈」을 ≪신가정≫에 연재하다. 경주·부여 등 고도 답사, 기행문과 시조를 《조선일보》에 연재.
1934년(31세) 남편 김국진 복역 끝내고 나옴. 팔봉 형제에게 부탁하여 간도 용정의 동흥중학교의 교원으로 가게 함. 성해 이익상이 《매일신보》에 4배의 원고료를 줄 테니 글을 쓰라고 했으나 거절하다. 6월 희곡 「찾은 봄·잃은 봄」을 《신가정》에, 7월 「논 갈 때」를 《문예창조》에, 10월에 「헐어진 청년회관」을 《청년조선》에, 11월 단편 「신혼여행」을 《조선일보》에 발표하다. 「헐어진 청년회관」이 검열에 걸려 발표되지 못하자 팔봉 김기진이 시 〈헐어진 청년회관〉을 써 발표하고 후일 원고를 돌려주어 해방 후 창작집에 실리다.
1935년(32세) 4.1~12.4 장편 『북국의 여명』을 《조선중앙일보》에 연재하다. 1월 단편 「눈 오던 그 밤」을 《신가정》에, 2월 단편 「이발사」를 《신동아》에, 3월 단편 「홍수전후」를 《신가정》에, 11월에 단편 「한귀」를 《조광》에 발표하다. 10월에 모교 동창의 집이자 천독근 씨의 집 방문. 그 후 편지가 오고 부부가 함께 오기도 하고 혼자 오기도 하는 등 왕래.
1936년(33세) 1월 단편 「불가사리」 《신가정》에 역시 1월에 단편 「고향 없는 사람들」 《신동아》에 발표하다. 4월 연작소설 『파경』 1회분 《신가정》에 발표하다. 4월에 딸 승해 초등학교 입학, 7월에 용정에 있는 남편 찾아가다. 6월에 단편 「춘소」 《신동아》에 발표하고 역시 6월에 단편 「온천장의 봄」을 《중앙》에, 8월에 단편 「시들은 월계화」를 《조선문학》에 발표하다. 가족은 버려도 동지는 버릴 수 없다는 남편과 헤어질 결심을 함. 천독근 씨 청혼. 강경애로부터 김국진에게 돌아오라는 권고의 편지 받음. 9월에 언니 경애 사망.
1937년(34세) 일본 개조(改造)지에 단편 「한귀」 최재서 씨의 일역으로 실림. 9월 단편 「호박」을 《여성》에 발표한 것을 끝으로 해방이 되기까지 일제의 우리말 말살정책에 항거하여 각필하다.
1938년(35세). 3월 2일 승준 출생. 5월 14일 천독근과 혼인신고. 5월 22일에 결혼예식. 8월 하순 김국진이 목포에 와서 승해와 승산 남매 데리고 용정으로 감. 9월에 큰오빠 기화 별세. 장례 후 제주도에 가서 한 달간 지내다 옴. 아이들 다시 데려오기로 결심. 동기방학에 전진항에서 아이들을 데려온 김국진과 만남. 아이들 목포 연동에서 외할머니와 함께 생활.
1939년(36세) 2월 23일 승세 출생. 여름에 시모, 겨울에 시부 사망.
1940년(37세) 목포에서 후진 지도.
1941년(38세) 6월 14일 승걸 출생, 12월 대동아전쟁 발발.
1942년(39세) 응하지 않으니 원고청탁이 뜸해짐. 승해 중학교 입학. 천독근 씨가 도회의원, 부회의원, 상공회의원, 섬유조합 이사, 전남도 이사장, 회사사장을 겸하여 손님 치르기에 부엌에서 도마와 칼만 쥐고 살다시피 함.

  삼 년상, 조석 삭망에 제사 때마다 음식 마련과 손님 치다꺼리에 겨를이 없이 지남. 친정 어머니, 젖세례까지 받은 네가 그렇게도 우상 섬기는 데에 얽매일 줄 몰랐다고 함. 9월 28일에 오빠 제민 사망.
1943년(40세) 3월 승산 목포중학교 입학. 7월 11일 금강산 탐방. 10월 9일에 다시 금강산 추풍악을 여섯 살짜리 승준을 데리고 탐승.
1944년(41세) 5월 시동생 둘 결혼. 함께 친영. 승준 국민학교 입학.
1945년(42세) 8월 15일 목포 자택에서 해방 맞음. 12월엔 강도까지 듦. 목포고녀 교가 작사.(김순애 작곡) 장녀 승해 이화여대 영문과 입학.
1946년(43세) 광복과 함께 다시 붓을 들어 오빠 제민을 추모하는 수필 〈시풍 형께〉를 ≪예술문화≫에 발표. 친일파로 몰려 수난. 단편 「봄안개」를 민성에 발표하다. 천독근 씨 호열자로 와병 후 회복.
1947년(44세) 2월 조선문학가동맹 목포지부장에 뽑힘. 최영수, 백철, 김안서, 김송, 정비석 흑산도 갔다가 목포에 들러 박화성 씨 자택에 들름. 단편 「파라솔」을 ≪호남평론≫에 발표하다.(미확인) 9월 승산 경기중학에 편입. 역시 9월 승걸 국민학교 입학. 11월에 2학년으로 월반. 첫 단편집 『고향 없는 사람들』을 중앙보급소에서 간행하다. 12월 31일 목포에서 『고향 없는 사람들』 출판기념회.

1948년(45세) 1월 정지용 씨 목포에 와 만찬회. 지역문인들 만당하는 성황. 4월 콩트 「검정사포」 ≪새한민보≫ 발표, 7월 단편 「광풍 속에서」를 ≪동아일보≫에 발표하다. 10월 제 2단편집 『홍수전후』를 백양당에서 간행하다. 여순반란사건. 반민특위에서 천독근 씨 조사 결과 수사에서 제외되다. 서울 사간동에 집 마련. 승해, 승산 이대와 경기중학 통학.

1949년(46세) 승산이 서울대 문리대 영문과 진학. 승준, 승세, 승걸 모두 서울 수송국민학교로 전학. 제주 4·3사태를 다룬 단편 「활화산」을 탈고, 게재 전 소실되다.

1950년(47세) 승준이 경기중학에 입학. 1월 콩트 「거리의 교훈」 ≪국도신문≫에 발표, 단편 「진달래처럼」을 ≪부인경향≫ 창간호에 발표하다. 6·25 발발. 7월 24일 친구에게 들켜 나간 승산이 끝내 돌아오지 못함. 한성도서에서 출간하기로 되어 있었던 『북국의 여명』신문 스크랩, 회사의 철궤에서 집으로 가져와 다락에 두고 떠나 잃어버림. 9월 3일 목포를 향해서 걸어서 감. 헌병대와 CIC 등에 가서 조사를 받는 등 고역을 치렀으나 무사히 석방. 관상쟁이가 백일 기도를 하면 영험이 있으리라해서 잃어버린 아들 승산을 위해 절에 가서 3·7기도를 함.

1951년(48세) 승세 중학에 입학. 단편 「형과 아우」를 ≪전남일보≫에 게재하다.

1952년(49세) 승걸 국민학교 일등으로 졸업. 4월에 중학 입학. 단편 「외투」를 ≪호남신문≫에 콩트 「파랑새」를 ≪주간시사≫에 게재하다. 여름에 이동주, 서정주 등 문인들 목포 방문.

1953년(50세) 승준 고교 입학. 승해 목포여중 영어교사로 근무. 남편의 회사 운영 어려워짐.

1955(52세) 사간동에서 팔판동 작은 전세 집으로 이사. 아이들 헌 스웨터를 고치면서 눈이 쑤시고 아플 땐 또 뇌빈혈로 쓰러졌을 때는 죽음에 대한 공포를 느끼다. 전에도 이렇게 쓰러질 때 "걸작을 내지 못해서 어쩌나?" "어머니 앞에서 죽어서야…" "내 아들을 못보고 죽어서

야…" 이 세 가지 큰 숙제 때문에 눈을 감지 못하리라 했다. 9월 단편「부덕」을 《새벽》에 발표. 8월부터 56년 4월까지 장편소설『고개를 넘으면』을 《한국일보》에 연재하다. 이제서야 서울 문우들과 교우 시작. 11월 5일 모친 김운선 씨 사망.

1956년(53세) 8월 단편「원두막 풍경」을 《여성계》에 발표하다. 10월 3일 고향에서『고개를 넘으면』출판기념회. 30일에는 서울 동방살롱에서 출판기념회. 11월~57년 9월 장편『사랑』을 《한국일보》에 연재하다. 장편『고개를 넘으면』을 동인문화사에서 간행하다. 딸 승해 손주현 씨와 약혼.

1957년(54세) 대학동창회(일본여대)에서 출판기념회 열어주다. 2월 26일 승세가 맹장 수술을 해 목포에서 병간호를 하며 20일 간 소설을 써 보내다. 4월 27일 딸 결혼. 이 무렵부터 천독근 씨 와병. 5월 8일 권농동으로 이사. 남편의 신경질로 건넌방 구석에 숨어서 소설을 쓰며 눈물. 여자란 아내라거나 어미라거나 그런 책임만이라도 감당하기 어려운데 주제에 소설을 쓴다니 천만 부당하지 않느냐?(『눈보라의 운하』373면) 11월 장편『사랑』전편을 동인문화사에서 간행하다. 단편「나만이라도」를 《숙명》에 발표하다. 10월 3일 인의동으로 이사. 천독근 씨 해남 대흥사, 삼각산 승가사에서 요양. 10월~58년 5월『벼랑에 피는 꽃』《연합신문》에 연재. 섣달 그믐 승세 《동아일보》신춘현상문예에 당선작 없는 가작 당선 소식 오다.

1958년(55세) 1월 단편「하늘이 보는 풍경」을 《조선일보》에 발표. 승걸 서울대 영문과 입학. 승세 《현대문학》에 추천완료 문단 등단. 단편「어머니와 아들」을 《여원》에, 단편「딱한 사람들」을 《소설계》 창간호에 발표하다. 목포시 문화상을 수상하다. 4월~59년 3월 장편『바람뉘』를 《여원》에 연재하다. 6월~12월 장편『내일의 태양』을 《경향신문》에 연재하다. 영화화 원작료로 정릉에 20평 집을 사서 이사. 연말에 장편『사랑』후편을 동인문화사에서 간행하다.

1959년(56세) 장편『고개를 넘으면』『내일의 태양』등이 영화화되다. 5월에 병석의 남편이 별세하다. 10월에 장편 집필을 위하여 유관순의 고향인 천안 지령리를 답사하다.

1960년(57세) 1~9월 유관순을 주인공으로 한 장편『타오르는 별』을 ≪세계일보≫에 연재하다. 2~9월 장편『창공에 그리다』를 ≪한국일보≫에 연재하다. 11월~61년 7월 장편『태양은 날로 새롭다』를 ≪동아일보≫에 연재하다. 승세 결혼. 유관순 전기『타오르는 별』출간하다. 차남 승세가 이철진(연극인)과 결혼.

1961년(58세) 12월 단편「청계도로」를 ≪여원≫에,「비 오는 저녁」(소설집 『잔영』에 수록)을 발표하다. 5·16 군사혁명 발발. 이화여자대학교 제정 문학선구공로상을 받다. 한국문인협회 창립과 동시에 이사로 선임되다.

1962년(59세) 단편「회심록」을 ≪국민저축≫에,「별의 오각은 제대로 탄다」를 ≪현대문학≫에 발표하다. 장편『가시밭을 달리다』를 ≪미의 생활≫에 연재하다. 교육제도 심의위원에 피촉되다. 7월~63년 1월 장편『너와 나의 합창』을 ≪서울신문≫에 연재하다.

1963년(60세) 3~9월 장편『젊은 가로수』를 ≪부산일보≫에 연재하다. 국제펜클럽 한국본부 중앙위원에 위촉되다. 4월~64년 6월 자전적 장편『눈보라의 운하』를 ≪여원≫에 연재하다. 6월~64년 2월 장편『거리에는 바람이』를 ≪전남일보≫에 연재하다.

1964년(61세) 정릉의 진풍사를 떠나 하월곡동으로 이사. 회갑기념으로『눈보라의 운하』를 여원사에서 간행하고 출판기념회를 열다. 가정법원 조정위원에 위촉되다. 오월문예상 심사위원에 위촉되다. 최정희와 공저로 여인인물전기『여류한국』을 어문각에서 간행하다. 7월에 한국여류문학인회가 창설되고 초대회장으로 추대되다.

1965년(62세) 장편전기『열매 익을 때까지』를 청구문화사에서, 장편『창공에 그리다』를 영창도서에서 간행하다. 5월 단편「원죄인」을 ≪문예춘추≫에, 7월에 단편「샌님 마님」을 ≪현대문학≫에, 11월에 단편「팔전구기」를 ≪사상계≫에 발표하다. 자유중국부인사작협회 초청으로 대만을 방문, 각계를 시찰하고 강연, 좌담회 등을 갖다.

1966년(63세) 1월 단편「증언」을 ≪현대문학≫에,「어떤 모자」를 ≪신동아≫에 발표하다. 장편전기『새벽에 외치다』를 휘문출판사에서 간행하다. 6월에 한국 예술원 회원이 되다. 같은 달에 미국 뉴욕에서 열린 국제 펜클럽 세계연차대회(34차)에 한국대표로 도미, 2개월간 각지 문화계를 시찰하다. 10월에 단편「증언」으로 제3회 한국문학상을 받다.

1967년(64세) 단편「애인과 친구」를 ≪국세청≫에 단편「잔영」을 ≪신동아≫에 발표하다.

1968년(65세) 제3단편집『잔영』을 휘문출판사에서 간행하다. 단편「현대적」≪여류문학≫을 발표하다. 7월, 한일친화회의 초청으로 도일, 동경 대판 경도 나라 등지를 시찰하고 문학강연, 좌담회 등을 갖다. 장남 승준, 작가 이규희와 결혼.

1969(66세) 수상집『추억의 파문』을 한국문화사에서 간행하다. 중편『햇볕 나리는 뜨락』을 ≪소년중앙≫에, 5월 단편「이대」를 ≪월간문학≫에, 단편「비취와 밀화」≪여성동아≫에 발표하다. 서울대병원에서 위암수술을 받다. 10월에 제1회 문화공보부 예술문화상 심사위원에 위촉되다. 11월에 〈나와 ≪조선문단≫ 데뷔 시절〉을 대한일보에 연재하다.

1970년(67세) 3월 단편「성자와 큐피드」를 ≪신동아≫에, 11월에 단편「평행선」을 ≪월간문학≫에 발표하다. 제15회 예술원 문학상을 수상하다. 서울시 문화상 심사위원에 위촉되다. 3남 승걸 서울대학교 영문과 교수로 부임하다. 10월에 3남 승걸 정혜원(상명여대 국문과 교수)과 결혼하다.

1971년(68세) 11월 단편「수의」를 ≪월간문학≫에 발표하다.

1972년(69세) 장편『고개를 넘으면』이 삼성출판사에서 간행되다. 장편『내일의 태양』이 삼중당에서 간행되다

1973년(70세) 단편「어머니여 말하라」를 ≪한국문학≫에 발표하다.

1974년(71세) 중편「햇볕 나리는 뜨락」을 을유문화사에서 간행하다. 10월에 문화훈장을 받다(은관). 12월, 제2수필집『순간과 영원 사이』를 중앙출판공사에서 간행하다.

1975년(72세) 모처럼 아들, 사위와 더불어 대천에 피서를 다녀와 9월 단편 「해변소묘」를 ≪신동아≫에 발표하다.
1976년(73세) 1월 단편 「신록의 요람」을 ≪한국문학≫에, 8월 단편 「어둠 속에서」를 ≪한국문학≫에 발표하다.
1977년(74세) 제4단편집 『휴화산』을 창작과 비평사에서 간행하다.
1978년(75세) 11월에 단편 「동해와 달맞이꽃」을 ≪한국문학≫에 발표하다.
1979년(76세) 7월에 단편 「삼십 사년 전후」를 ≪한국문학≫에 발표하다.
　　　　　　 장편 『이브의 후예』 상하를 미소출판국에서 간행하다.
1980년(77세) 단편 「명암」을 ≪쥬단학≫에, 7월 단편 「여왕의 침실」을 ≪한국문학≫에 발표하다.
1981년(78세) 1월에 단편 「신나게 좋은 일」을 ≪한국문학≫에 11월에 단편 「아가야 너는 구름 속에」를 ≪한국문학≫에 발표하다.
1982년(79세) 8월 단편 「미로」를 ≪한국문학≫에 발표하다.
1983년(80세) 6월 단편 「이 포근한 달밤에」를 ≪한국문학≫에 발표하다.
1984년(81세) 5월 단편 「마지막 편지」를 ≪한국문학≫에 발표하다. 제 24회 삼일문화상을 수상하다.
1985년(82세) 5월 단편 「달리는 아침에」를 ≪소설문학≫에 발표하다.
1988년(85세) 1월 30일 까맣게 잊고 있던 암세포가 19년만에 다시 췌장에 나타나 약 1개월간 와병 후, 새벽 6시에 영면하다.
1990년 8월 우리문학기립회에서 창작의 산실이었던 목포시 용당동 986번지에 '박화성문학의 산실'비를 건립하다.
1991년 1월 30일 우리나라 최초의 문학기념관인 〈소영 박화성 문학기념관〉이 목포에 세워지다. 작가의 문학작품과 생활유품 1,800여 점이 전시되다. 1월 30일 오후 7시 〈박화성 문학기념관〉 개관기념 〈민족문학의 밤〉이 민족문학작가회의 주최로 목포에서 개최되다.
1992년 10월 9일 한국문인협회 목포지부와 소영 박화성 선생 기념사업추진위원회 공동주최로 제1회 소영 박화성 백일장이 목포 KBS홀에서 열림. 이후 매년 개최돼 현재에 이름.

1996년 9월 6일 한국문인협회와 SBS 공동으로 소영 박화성 문학기념관 앞 정원에 문학공로 표징석을 세움.

1996년 9월 6~7일 「박화성 문학 재조명」을 위한 세미나가 한국여성문학인회 주최(회장 추은희)와 한국문화예술진흥원 후원으로 목포에서 열림.

2002년 10월 11일 예총 목포지부와 문인협회 목포지부 공동주최로 「소영 박화성 문학의 발자취를 찾아서」 연구발표회가 목포에서 열림.

2003년 12월 장편 『북국의 여명』 서정자 편저로 푸른사상사에서 출간.

2004년 4월 16일 문학의 집·서울(이사장 김후란)에서 박화성 탄생 100주년 기념 〈문학과 음악의 밤〉 개최.

2004년 4월 29, 30일 민족문학작가회의(이사장 염무웅)와 대산문화재단(이사장 신창재) 주최로 박화성, 이태준, 계용묵 등 탄생 100주년을 기념하는 문학제 '어두운 시대의 빛과 꽃'을 세종문화회관 컨퍼런스 홀 등에서 열렸으며 박화성 작 「한귀」가 연극으로 공연되었다.

2004년 5월 서정자 편저 『박화성문학전집』 푸른사상사에서 출간예정.

2004년 6월 한국소설가협회 주최(이사장 정연희) 박화성 탄생 100주년 기념 세미나, 서울 아카데미하우스에서 열릴 예정. 주제 발표 중앙대 교수 문학평론가 임헌영, 초당대 교수 서정자.

박화성 작품연보

1923	단편	「팔삭동」	자유예원
1925.1	단편	「추석전야」	≪조선문단≫
1932.1	동화	「엿단지」	≪동아일보≫ 신춘문예 당선작
1932.5.	중편	「하수도공사」	≪동광≫
1932.6-11	장편	『백화』	≪동아일보≫
1932.10	단편	「떠나려가는 유서」	≪만국부인≫
1933.2	콩트	「누가 옳은가」	≪신동아≫
1933.1	연작소설	「젊은 어머니」(1회)	≪신가정≫
1933.8~12	중편	「비탈」	≪신가정≫
1933.11	단편	「두 승객과 가방」	≪조선문학≫
1934.6.	단편	「논 갈 때」	≪문예창조≫
1934.7	희곡	「찾은 봄·잃은 봄」	≪신가정≫
1934	단편	「헐어진 청년회관」	≪청년문학≫
1934.11.6~21	단편	「신혼여행」	≪조선일보≫
1935.1	단편	「눈 오던 그 밤」	≪신가정≫
1935.2	단편	「이발사」	≪신동아≫
1935.3.	단편	「홍수전후」	≪신가정≫

1935.4~12	장편	『북국의 여명』	《조선중앙일보》
1935.11	단편	「한귀」	《조광》
1935.11	단편	「중굿날」	《호남평론》
1936.1	단편	「불가사리」	《신가정》
1936.1	단편	「고향 없는 사람들」	《신동아》
1936.4.	연작소설	「파경」(1회)	《신가정》
1936.6	단편	「춘소」	《신동아》
1936.6	단편	「온천장의 봄」	《중앙》
1936.8	단편	「시들은 월계화」	《조선문학》
1937.9.	단편	「호박」	《여성》
1946.6	단편	「봄안개」	《민성》
1947	단편	「파라솔」	《호남평론》 (미확인)
1948.4	콩트	「검정 사포」	《새한민보》
1948.7	단편	「광풍 속에서」	《동아일보》
1949	단편	「활화산」	게재 전 소실
1950	단편	「진달래처럼」	《부인경향》
1950	콩트	「거리의 교훈」	《국도신문》
1951	단편	「형과 아우」	《전남일보》 (미확인)
1952	단편	「외투」	《호남신문》 (미확인)
1952	콩트	「파랑새」	《주간시사》 (미확인)
1955.8~56.4	장편	『고개를 넘으면』	《한국일보》
1955.9.	단편	「부덕」	《새벽》
1956	단편	「원두막 풍경」	(창작집 『잔영』 수록)
1956.11~57.9	장편	『사랑』	《한국일보》

1957.10~58.5	장편	『벼랑에 피는 꽃』	《연합신문》
1957	단편	「나만이라도」	《숙명》
1958	콩트	「하늘이 보는 풍경」	《조선일보》 신년호
1958	단편	「어머니와 아들」	《여원》 (미확인)
1958.6~12	장편	『내일의 태양』	《경향신문》
1958	단편	「딱한 사람들」	(창작집『잔영』수록)
1958.4~59.3	장편	『바람뉘』	《여원》
1960.2~9	장편	『창공에 그리다』	《한국일보》
19601.1~9	장편	『타오르는 별』	《세계일보》
1960.11~61.7	장편	『태양은 날로 새롭다』	《동아일보》
1961.12	단편	「청계도로」	《여원》
1961	단편	「비 오는 저녁」	(창작집『잔영』수록)
1962	단편	「버림받은 마을」	《최고회의보》
1962	단편	「회심록」	《국민저축》 (160매를 6개월간)(미확인)
1962	장편	『가시밭을 달리다』	《미의 생활》 (3회 연재 확인, 미완)
1962.11	단편	「별의 오각은 제대로 탄다」	《현대문학》
1962.7~63.1	장편	『너와 나의 합창』	《서울신문》
1963.3~9	장편	『젊은 가로수』(『이브의 후예』로 개제 출간)	《부산일보》
1963.6~64.2	장편	『거리에는 바람이』 (단행본, 휘문출판사)	《전남일보》
1963.4~	장편	『눈보라의 운하』	《여원》
1964	인물열전	『여류한국』	어문각(최정희 공저)
1965.5.	단편	「원죄인」	《문예춘추》

1965.7	단편	「샌님 마님」		≪현대문학≫
1965.11	단편	「팔전구기」		≪사상계≫
1965	장편	『열매 익을 때까지』		청구문화사
1966	장편	『새벽에 외치다』		휘문출판사
1966.1	단편	「증언(금례)」		≪현대문학≫
1966.7	단편	「어떤 모자」		≪신동아≫
1967	단편	「애인과 친구」		≪국세≫
1967.10	단편	「잔영」		≪신동아≫
1968	단편	「현대적」	(창작집『휴화산』수록)	
1969	중편	「햇볕 나리는 뜨락」		≪소년중앙≫
		(국제펜클럽, 한국중편소설전집)		
1969.5	단편	「삼대」		≪월간문학≫
1969	단편	「비취와 밀화」	(창작집『휴화산』수록)	
1970.3	단편	「성자와 큐피드」		≪신동아≫
1970.11	단편	「평행선」		≪월간문학≫
1971.11	단편	「수의」		≪월간문학≫
1971	단편	「오 공주」	(창작집『휴화산』수록)	
1973.12	단편	「어머니여 말하라」(휴화산」으로 개제)		
				≪한국문학≫
1975.9	단편	「해변소묘」		≪신동아≫
1976.1	단편	「신록의 요람」		≪한국문학≫
1976.8	단편	「어둠 속에서」		≪한국문학≫
1978.11	단편	「동해와 달맞이꽃」		≪한국문학≫
1979.7	단편	「삼십사 년 전후」		≪한국문학≫
1980	콩트	「명암」		≪쥬단학≫
1980.7	단편	「여왕의 침실」		≪한국문학≫
1981.1	단편	「신나게 좋은 일」		≪한국문학≫
1981.11	단편	「아가야 너는 구름 속에」	≪한국문학≫	

1982.8	단편	「미로」		《한국문학》
1983.6	단편	「이 포근한 달밤에」		《한국문학》
1984.5	단편	「마지막 편지」		《한국문학》
1985.5	단편	「달리는 아침에」		《소설문학》

장편 17편(미완1편·전기소설 4편 포함)
중편 3편
단편 62편
연작소설 2회
여성인물열전 10편
콩트 6편
동화 1편
희곡 1편
총 101편

기타 수필 다수

■ 단행본

『백화』(1932 창문사)
『고향 없는 사람들』(1947 중앙문화보급소)
『홍수전후』(1948 백양당)
『고개를 넘으면』(1956 동인문화사)
『사랑』 상, 하(1957 동인문화사)
『타오르는 별』(1960 문림사)
『태양은 날로 새롭다』(1978 삼성출판사)
『벼랑에 피는 꽃』(1972 삼중당)
『눈보라의 운하』(1964 여원사)

『거리에는 바람이』(1964 휘문출판사)

『여류한국』(1964 어문각)

『열매 익을 때까지』(1965 청구문화사)

『창공에 그리다』(1965 영창도서)

『새벽에 외치다』(1966 휘문출판사)

『잔영』(1968 휘문출판사)

『추억의 파문』(1969 한국문화사)

『내일의 태양』(1972 삼중당)

『햇볕 나리는 뜨락』(1974 을유문화사)

『바람뉘』(1974 을유문화사)

『순간과 영원 사이』(1974 중앙출판공사)

『너와 나의 합창』(1976 삼중당)

『휴화산』(1977 창작과비평사)

『북국의 여명』(2003 푸른사상사)

버나드 쇼와 샬롯 쇼

버나드 쇼 G.Bernard Shaw
1856-1950

아일랜드 태생 극작가이자 비평가, 사상가. 셰익스피어 이래 최고의 극작가로 일컬어진다. 열다섯 살에 학교를 관두고 6년 간 더블린의 부동산 사무소에서 일하다 스무 살이 되던 해 런던으로 건너갔다. 음악과 미술, 연극비평가로 두각을 나타내다 처녀작 『홀아비의 집』을 발표하고 『워렌 부인의 직업』, 『칸디다』, 『무기와 인간』, 『인간과 초인』 등의 화제작을 잇달아 내놓으며 선도적인 극작가로 부상했다. 쇼의 작품은 지적인 대사와 허를 찌르는 유머로 변화하는 가치관과 시대정신을 대변하며 20세기 초 젊은이들의 마음을 사로잡았다. 『성녀 잔다르크』와 『메투셀라로 돌아가라』는 걸작으로 추앙받으며 1925년 쇼의 노벨문학상 수상에 영향을 미쳤고, 『피그말리온』은 영화로 제작되어 1938년 쇼에게 오스카상을 안겨줬다.

쇼는 극작 활동 못지 않게 공적 활동에 매진했다. 페이비언협회의 주요 멤버로서 저술과 강연, 토론과 연설을 통해 이른바 영국식 사회주의를 대중화하는 데 앞장섰으며 영국 노동당에 사상적 토대를 제공했다. 부인 샬롯 쇼, 웹 부부 등과 런던정치경제대학교(LSE)를 설립하고 지방의원으로 활동하며 탁월한 능력을 발휘하기도 했다.

평등한 사회를 지향하는 사회주의자로서 쇼는 성차별과 성불평등을 해소하기 위해 많은 노력을 기울였다. 일찍부터 성별 임금격차와 남성 편의적인 결혼제도를 비판하고 여성참정권을 옹호했으며, 지방의원으로서 실질적인 제도 개선에 나섰다. 남자들만 가입할 수 있었던 극작가 클럽에서 여성 극작가 가입 허용 캠페인을 주도하기도 했다. 쇼의 사망 소식을 듣고 그의 집 주위로 모여든 추모 인파 가운데 어느 여성참정권 운동가는 이런 플래카드를 들고 있었다. "우리가 투표권을 얻기 위해 싸우는 동안 우리의 베스트 프렌드였던 G.B.S."